BASTEI
LÜBBE

Über den Autor:

Stefan Fandrey, geboren 1970 in Hamburg, studierte nach seinem Abitur einige Semester Volkswirtschaft, bevor er sich einem Germanistik- und Politikstudium zuwandte. Schon als Kind schrieb er seine ersten Geschichten auf. Mit der Zeit kam dann das Interesse an der Recherche hinzu – und seine Vorliebe für historische Schauplätze. »Hexengericht« ist sein erster Roman. Der junge Autor lebt mit seiner Freundin in Hamburg.

STEFAN FANDREY

HEXEN GERICHT

HISTORISCHER ROMAN

BASTEI LÜBBE

BASTEI LÜBBE TASCHENBUCH
Band 15534

1. Auflage: August 2006

Vollständige Taschenbuchausgabe

Bastei Lübbe Taschenbücher in der Verlagsgruppe Lübbe

Originalausgabe

Einbandgestaltung: Bianca Sebastian
Titelbild: © Chasseriau/Artothek
Satz: hanseatenSatz-bremen, Bremen
Druck und Verarbeitung: Nørhaven Paperback A. S., Viborg
Printed in Denmark
ISBN-13: 978-3-404-15534-7 (ab 01.01.2007)
ISBN-10: 3-404-15534-3

Sie finden uns im Internet unter
www.luebbe.de

Der Preis dieses Bandes versteht sich einschließlich
der gesetzlichen Mehrwertsteuer.

Für Julia

In Gedenken an meine Mutter Hannelore (1947–2001)

PROLOG

Tiefste Finsternis. Die schwärzeste Nacht war gleißendes Feuer gegen diesen dunklen, kalten Ort. Und still war es. Stiller als auf einem Totenacker. Selbst die Ratten wagten sich nicht hierher. Als wäre dies der einzige Winkel auf Erden, den Gott in seinem siebentägigen Werk mit Leben zu füllen vergessen hatte.

Plötzlich wurde es Licht. Es fiel als dünner Strahl von oben auf den kalten Boden. Dann ertönten Schritte. Und mit den Schritten kam mehr Licht. Das Klackern von Sandalen erfüllte die Gänge und Hallen. Die Mönche entzündeten Fackeln an den Wänden, und mit der Stille verschwand auch die Dunkelheit. Immer weiter drang das Licht vor, bis alle Schatten aus den Nischen verschwanden.

Niemand sprach ein Wort. Alle hatten ihre Aufgaben zu erfüllen. Einige schleppten schwere Säcke durch die Gänge in Vorratskammern, andere trugen Reliquien und Statuen durch die Räume. Aus verborgenen Kammern kamen sie mit Skulpturen und Büsten aus purem Gold, die hässliche Fratzen zeigten.

Nachdem sie ihr Werk vollbracht hatten, sammelten sich die Mönche in einem großen Saal. Ein halbes Dutzend Stufen führte in der Mitte zu einer ovalen Empore aus weißem Marmor. An der Längsseite stand ein hoher Altar aus tiefschwarzem Lydit. Vorn am Altar prangte die Fratze eines goldfarbenen Dämons. Die Wände waren reich mit biblischen Szenen und Bildern des Weltenendes bemalt.

Die Mönche standen mit verschränkten Händen beieinander und beteten lautlos. Da begann einer von ihnen einen Choral anzustimmen, und seine Mitbrüder fielen in den Singsang ein.

Dann erschienen die Priesterinnen. Die schlanken Körper waren in weiße Gewänder gehüllt, die Schädel kahl geschoren. In einer stillen Prozession stellten sie sich neben die Mönche. Kaum hatte die Letzte unter ihnen ihren Platz gefunden, stimmten auch sie in den Choral ein.

Schließlich verstummten sie, und der älteste Mönch unter ihnen sprach Verse, die die anderen singend wiederholten.

Darauf öffnete sich eine Tür hinter dem Altar. Eine schwarz gekleidete Gestalt mit verhülltem Gesicht betrat den Saal. Sie stieg die Stufen hoch und trat an den Altar. Sie sah im Raum umher, nickte und nahm mit beiden Händen den Schleier ab. Zum Vorschein kam das Gesicht einer jungen Frau mit großen Augen und dunklem, lockigem Haar, das ihr bis über die Schultern reichte. Die Mönche und Priesterinnen fielen auf die Knie.

Die dunkle Priesterin hob beschwörend die Hände und rief: »Dich rufe ich an, den Ungeborenen. Dich, der die Erde und den Himmel erschuf. Dich, der die Nacht und den Tag erschuf. Dich, der die Dunkelheit und das Licht erschuf.«

Auch die Mönche und Priesterinnen hoben die Hände. *»O, Adu en I Ba Ninib!«*, sangen sie.

»Du«, fuhr die Priesterin fort, »hast zwischen dem Gerechten und dem Ungerechten unterschieden. Du hast das Weibliche und das Männliche geschaffen. Du hast den Samen und die Frucht hervorgebracht. Du hast die Menschen geformt, dass sie einander lieben und dass sie einander hassen.«

»O, Adu en I Ba Ninib!«, sangen die Mönche und Priesterinnen.

Die Stimme der Priesterin wurde lauter. »Höre mich, denn ich bin der Engel von Osoronophris. Ich rufe Dich an, den schrecklichen und unsichtbaren Gott, der im leeren Platze des

Geistes wohnt. Komme und wohne uns bei an diesem Tage der wirbelnden Luft und des brausenden Feuers. Eile herbei und segne Deinen obersten Diener.«

Nun sangen nur die Mönche: »*Qu-u imtana.*«

Die Priesterinnen antworteten: »*Allu-u pi-ia.*«

In diesem Augenblick öffnete sich wieder die Tür hinter dem Altar. Ein Mann in glänzend schwarzer Robe trat aus der Dunkelheit. Sein schwarzes Haar war schütter, und auf dem Hinterkopf trug er die Tonsur der Mönche. Seine Nase war lang; die kleinen dunklen Augen lagen tief in den Höhlen. Kein Muskel in dem hageren Gesicht regte sich. Wortlos ging er zu der Priesterin am Altar. Kurz trafen sich ihre Blicke, dann kniete er vor ihr nieder. Sie nahm eine schwarze Tiara aus einer Nische des Altars und hob sie über den Kopf des Mönchs. »Geist des Großen Planeten«, rief sie, »erinnere Dich! Gott des Sieges über die dunklen Engel, erinnere Dich. Herr all der Lande, erinnere Dich! Überwältiger der Alten, erinnere Dich! Kenner der Geheimnisse aller Dinge, erinnere Dich! Gehörnter der Stille, erinnere Dich!«

»*Ninib ia duk Marduk!*«, sangen die Versammelten.

»Im Namen des zwischen Dir und der Rasse der Menschen geschlossenen Pakts«, fuhr die Priesterin fort, »rufe ich Dich! Höre und erinnere Dich! Segne in Deinem Namen diesen Mann! Auf dass er Dein oberster Priester und geringster Diener zugleich sei! Führe und schütze ihn auf seinen Wegen! Und strafe ihn, wenn er sich Deiner unwürdig erweist!« Mit diesen Worten setzte sie die Tiara auf das Haupt des Mönchs. »Erhebe dich, Sohn der flammenden Scheibe des Anu! Erhebe dich, Abkömmling der goldenen Waffe des Marduk! Erhebe dich, Bewahrer der Wahrheit!«

Langsam stand er auf. Entrückt blickte er die Priesterin an. Auch die Priesterinnen und Mönche im Saal erhoben sich.

Erneut griff die Priesterin in eine Nische des Altars und holte drei Rollen aus Ziegenleder heraus, die an den Rändern die Abnutzung von Jahrhunderten zeigten. Sogleich warfen sich die Mönche und Priesterinnen erneut auf den weißen Marmor. Feierlich überreichte sie die Rollen. »Auf dass du unsere Gemeinde auf ihrem Pfade weiterführst und das Geheimnis vor den Verrätern beschützt. So wie es viele vor dir getan haben und viele nach dir tun werden.«

Der schwarze Mönch nahm die Rollen behutsam entgegen. Er wandte sich seiner Gemeinde zu und hielt die Rollen hoch. »Wendet eure Blicke auf die Wahrheit!«, rief er. »Kein Zauber soll euch hindern! Kein Spruch euch binden! Kein Gericht soll euch richten! Kein Kerker euch schinden! Nun geht und verstreut die Speise des Lebens. Geht und versprengt das Wasser des Lebens. Geht mit der Wahrheit im Herzen!«

»Marzas zin kanpa!«, antwortete die Gemeinde ihrem neuen Abt.

Der Mönch wandte sich der Priesterin zu. Ein kaltes Lächeln huschte über seine Lippen. Er legte die Rollen auf den Altar, nahm ihr Gesicht in beide Hände und küsste sie. Er war am Ziel seiner Wünsche …

Das Land, in dem dies geschah, hieß Frankreich. Man schrieb das Jahr der Menschwerdung des Herrn 1331.

Erster Teil

Der Rabe

Wo ich auch hinblickte, es gibt nichts als Bilder des Todes.
Ovidius, Tristia 1. 11,23

Der neue Prior

Sechzehn Jahre später.

»Bruder Raphael – wach auf, Bruder.«

Das sanfte Rütteln an seiner Schulter riss Raphael aus einem tiefen Traum. Schlaftrunken öffnete er die Augen und erblickte über sich Bruder Brunos faltiges Gesicht. »Habe ich etwa verschlafen, Bruder?«, fragte er.

»Nein, nein«, sagte der alte Mönch. »Wir haben die Nachricht bekommen, dass Bruder Henri früher eintrifft als erwartet. Es bleibt nicht einmal Zeit für das Morgengebet. Der gesamte Konvent versammelt sich in diesem Moment vor den Toren des Klosters.«

»Ich verstehe«, murmelte Raphael. »Ich komme sofort.«

Bruder Bruno verließ Raphaels Schlafzelle.

Der Mond schien durch ein kleines Fenster in den schmalen Raum. Selbst die Sonne ist noch nicht erwacht, dachte Raphael. Er gähnte, fuhr sich mit beiden Händen über das Gesicht und stand auf. Auf einem Tisch standen eine Karaffe mit Wasser und eine Schale aus Ton, in die er das Wasser goss. Er fröstelte. Es war Herbst, doch die herrschende Kälte ließ bereits den kommenden Winter ahnen.

»Bruder Henri«, flüsterte Raphael. Henri le Brasse sollte ihn als Prior des Dominikaner-Klosters St. Albert bei Rouen ablösen. Nachdem der letzte Prior, Bruder Michel, im Frühjahr gestorben war, hatte der Konvent ihn, Raphael, zum Prior gewählt. So lange, bis der Generalmagister des Ordens aus der fernen römischen Abtei Santa Sabina einen Nachfolger für Bruder Michel vorschlug. Seine Wahl war auf Henri le Brasse gefallen. Ein Dominikaner aus Carcassonne, der viele Jahre im Palast des Papstes in Avignon beschäftigt gewesen war. Obgleich Bruder Henri offiziell von den Mönchen des Klosters zum Prior gewählt werden musste, stand der Ausgang der Wahl fest. Es gab ohnehin keine Gegenkandidaten – und Raphael war der Letzte, der dieses Amt anstrebte. Seine Wahl zum Prior auf Zeit hatte, obwohl eine Ehre für ihn angesichts seines noch jungen Alters, stets eine Last für ihn bedeutet. Viel lieber widmete er seine Zeit der Erforschung und Übersetzung alter Schriften im Scriptorium.

Nachdem er sich gewaschen hatte, warf er den weißen, wollenen Habit über. Er glich einer römischen Tunika mit langen, schmalen Ärmeln. Um die Hüfte band er einen Ledergürtel, an dem ein Rosenkranz hing. Darüber legte er das schwarze Skapulier. Das weite Kleidungsstück, das ebenfalls bis zum Boden reichte, bestand aus zwei Stoffbahnen, die vorne und am Rücken herabfielen, und einer angenähten Kapuze. Schließlich band er seine Sandalen um und verließ seine Zelle.

Der Fichtenwald reichte bis an die hohen Mauern des Klosters. Ein breiter Weg führte durch das Dickicht direkt bis vor die Tore und weiter Richtung Rouen. Über dem Boden waberte Morgennebel.

Vor den massiven, eisenbeschlagenen Toren von St. Albert fand Raphael seine Mitbrüder vollständig versammelt vor. Einige waren vertieft in leise Gespräche, andere standen stumm und frierend da. Raphael suchte nach seinem Freund Bruno und sah ihn kurz darauf kommen.

»Bruder Raphael!«, rief Bruno und lief auf den Prior zu.

Raphael lachte. »Langsam, Bruder«, sagte er. »Der Herr sieht die Eile gar nicht gern.«

Raphael legte seinem Mitbruder die Hand auf die Schulter. »Wo ist er nun, Bruder?«

»Du hast es wohl sehr eilig, deine Verpflichtungen als Prior abzugeben?«, fragte Bruno.

»Sieben Monate waren eine lange Zeit«, antwortete Raphael und fuhr sich über die Tonsur, die von braunem Haar umkränzt war. »Es warten Aristoteles, Plato, Horaz und Homer auf mich.«

Aus den Wäldern drang Hufgetrappel herüber.

»Ich glaube, der Herr hat dich erhört!«, meinte Bruno.

Und in der Tat – Augenblicke später erschien eine zweispännige Carretta mit dem Emblem des Heiligen Stuhls.

Er lässt es sich nicht nehmen, mit gehörigem Pomp vorzufahren, dachte Raphael.

Der Lenker nahm die Zügel und brachte sein Gefährt direkt vor Raphaels Füßen zum Stehen. Noch bevor die Pferde sich beruhigt hatten, wurde die Tür aufgestoßen, und ein Mann stieg aus und trat in den Vorhof des Klosters. Henri le Brasse war angekommen.

Unter den Augen seiner fünfzig Mitbrüder ging Raphael zu Henri. Dieser fasste Raphael sanft bei den Schultern und zog ihn an sich, um ihm den brüderlichen Kuss zu geben.

»Seid willkommen in St. Albert, Bruder Henri«, sagte Raphael und neigte mit gefalteten Händen seinen Oberkörper. Unauffällig betrachtete Raphael den neuen Prior. Henri le Brasse war ein Mann mit schwarzen Knopfaugen und spitzer Nase, die ihm das Aussehen eines Raben verliehen. Die Gestalt war hager, der Gang aufrecht. Sein Schädel war kahl bis auf einen schwarzen Haarkranz.

Henri lächelte kalt. »Ich danke Euch, Bruder. Bevor wir mit der Wahl beginnen, führt mich ins Abthaus – und lasst den Zellerar und den Bursar ebenfalls erscheinen.«

Verwundert rief Raphael Bruder Antoine und Bruder Joseph zu sich und bedeutete ihnen, ihnen zu folgen.

Das Abthaus des Klosters lag direkt neben der Klosterkirche. Raphael hatte es von Beginn an vermieden, hier zu leben. Er wollte dieses äußerliche Zeichen äbtlicher Würde nicht annehmen. Stand es doch von vornherein fest, dass er die Geschicke des Klosters nur übergangsweise leitete. Das Abthaus verfügte über drei Räume: den Schlafraum, den Arbeitsraum und den Speiseraum. Raphael führte die kleine Gruppe zunächst in den Arbeitsraum, was Henri mit einem zustimmenden Nicken quittierte.

Während der Kutscher die Habseligkeiten Henris in den Schlafraum stellte und gleich darauf wieder verschwand, schaute Henri in die Gesichter seiner Mitbrüder. »Ich will keine kostbare Zeit vergeuden. Bevor wir zur Wahl schreiten, wünsche ich einen Überblick über die Finanzen und Güter des Klosters zu erhalten.«

Bruder Joseph war als Bursar des Klosters zuständig für die Finanzen und gemeinsam mit Bruder Antoine, dem Zellerar, für den Wohlstand der Klostergemeinde verantwortlich. Zwar war Joseph unvorbereitet, doch er hatte die Zahlen immer im Kopf. »Das Kloster verfügt zurzeit über bare Mittel in Höhe von 7 579 Livre, 3 544 Sous, 1 061 Gros tournois und 633 Gros parisi.«

Wortlos blickte Henri zu Bruder Antoine.

Der führte sogleich aus: »Das Kloster St. Albert erhält jährlich von seinen unfreien Bauern 5 800 Scheffel Getreide, 1 400 Schweine und Ferkel, 3 000 Hühner, 17 000 Eier, 12 000 Lot Leinen, drei Fässer Honig, 3 500 Eimer Wein, 1 100 Sous bares Geld, dazu noch über 3 000 Fuhrdienste und 15 000 Tage Arbeitsdienste.«

»Grundherrschaften?«, fragte Bruder Henri.

Der Zellerar überlegte einen Moment und sagte: »Im letzten Jahr erwarb das Kloster die Herrschaft über das Dorf Maromme. Zudem gehören zum klösterlichen Besitztum das Dorf Boos sowie alle angrenzenden Wälder. Die Rechte der Ländereien umfassen urkundlich Abgaben aus dem Grundbesitz, also von Höfen, Äckern und Weinbergen, dazu die Abgaben aus der Vergabe dörflicher Einrichtungen wie Mühle, Kelter und Badestube. Zudem verfügt die Abtei über die Rechte, in den Dörfern Steuern zu erheben sowie Schultheiß und Dorfgericht einzusetzen.«

»Wie viele Unfreie?«, wollte Henri wissen.

»187 Eigenleute, Bruder Henri«, antwortete Antoine. »Die Abtei hat ihnen gegenüber besondere Rechte, die sich auf die Hinterlassenschaft beim Tode dieser Personen erstrecken.«

Henri le Brasse sah starr vor sich hin. »Der Ordensgeneral hat mit keinem Wort erwähnt, wie wohlhabend St. Albert ist«, sagte er mehr zu sich selbst. Er blickte auf. »Danke, das ist alles, Bruder Antoine und Bruder Joseph. Ruft den Konvent zusammen. Bruder Raphael und ich werden alsbald dort erscheinen.«

Noch während die Tür des Abthauses sich hinter Antoine und Joseph schloss, wandte sich Henri an Raphael. »Ihr habt gute Arbeit geleistet, Bruder. Bedenkt man Euer geringes Alter und Eure unzureichende Erfahrung.«

Statt einer Antwort neigte Raphael leicht den Oberkörper. Er unterdrückte seinen Zorn und dachte an die achte Ordensregel im ersten Kapitel des Augustinus von Hippo: *Lebt also alle wie ein Herz und eine Seele zusammen und ehrt gegenseitig in euch Gott; denn jeder von euch ist sein Tempel geworden.* Ihn fröstelte plötzlich. Waren es die herbstlichen Temperaturen oder die Grabeskälte, die von Henri ausging?

»Sagt, Bruder«, fuhr Henri le Brasse fort, »wie steht es mit der Hexerei in der Gemeinde? Gibt es Zauberer und Hexen? Wie viele und wie groß ist der Schaden, den sie angerichtet haben?«

Verwirrt antwortete Raphael: »Es gab bis dato in Rouen und Umgebung keine Hinweise auf Schadenszauber und Hexenwirken, Bruder Henri.«

»Ihr meint, es gab keinen Hexenprozess, Bruder?«

»Keinen einzigen.«

Henri legte die hohe Stirn in Falten. »Ihr wollt doch nicht etwa behaupten, dass, während in ganz Frankreich die Scheiterhaufen brennen, unsere Gemeinde von der Hexerei verschont blieb?«

»In der Tat, so ist es, Bruder Henri«, sagte Raphael.

»Ich sehe«, sagte Henri, »dass das Kloster zumindest in der Fürsorge um das Seelenheil des Sprengels gefehlt hat. Ist es doch unbestritten, dass kein Ort von den schrecklichen Heimkehrungen der Hexen und Hexenmeister sicher ist. Mir scheint, Ihr habt in diesem Bereich versagt.«

Ohne auf den Vorwurf einzugehen, sagte Raphael: »Erlaubt mir die Frage, mit welchen Aufgaben Ihr am Heiligen Stuhl betraut wart, Bruder.«

»Mit der Inquisition«, war die knappe Antwort.

Der junge Mönch erschrak zutiefst. Er ahnte, dass mit Henris Ankunft eine Zeitenwende in ihrer Gemeinde angebrochen war. Zugleich hoffte er, dass der neue Prior keine Opfer finden würde. Bisher war die Bevölkerung von Rouen und Umgebung eine fromme und friedfertige Gemeinschaft gewesen. Aber aus Berichten wusste er, dass Inquisitoren aus den sanftesten Christen gewissenlose Denunzianten und blutrünstige Mörder machen konnten.

»Führt mich jetzt zum Kapitelhaus!«, verlangte Henri.

Raphael eilte Henri voran durch die klösterlichen Gänge. Es war, als triebe der Teufel persönlich ihn durch den Kreuzgang. Die kalten Blicke Henris in seinem Rücken schienen ihm direkt in den Schädel zu fahren und seine Gedanken zu durchforschen.

Im Kapitelsaal stand das Konventkapitel vollzählig bereit, um die Wahl durchzuführen. Der weitläufige Saal war prachtvoll ausgestattet. In den Säulenzwickeln fand man Rundbildnisse, die Mönche mit Büchern zeigten. An Nord- und Südwand hatte ein unbekannter Meister vier großflächige Fresken mit Szenen aus der Bibel geschaffen. An der Stirnwand gegenüber dem Eingangsportal prangte ein dreiteiliger Mäander in den schönsten Gold- und Blautönen. Unter dem geschwungenen Ornamentband befand sich ein großer, massiver Tisch, hinter dem ein prunkvoller, mit Leder besetzter Stuhl stand. Dieser Ort bildete den Machtmittelpunkt des Priors. Seitlich davor gab es eine kleine Kanzel, von der aus der Sakristan bei

Versammlungen die Gebete leitete und lateinische Verse vortrug. An den Seitenwänden standen drei Reihen mit Bänken, auf denen nun die Mönche still warteten.

Hinter Henri schloss Raphael die Tür. Mit hoch erhobenem Kopf ging Henri auf den prächtigen Stuhl zu und setzte sich würdevoll. Raphael nahm neben Bruno auf einer der Bänke Platz. Nachdenklich blickte er zu dem neuen Prior hinüber. Über Henris Kopf prangten in Stein gemeißelt die Worte *contemplari et contemplata aliis tradere*. Der junge Mönch fragte sich, ob Henri le Brasse die Frucht der Kontemplation weiterzugeben vermochte.

Der Sakristan, Bruder Mathieu, ein alter, gebeugt gehender Mönch, betrat die Kanzel und stimmte einen gregorianischen Choral an. Der Rest des Konvents fiel ein, und einstimmiger lateinischer Gesang erfüllte den Kapitelsaal. Bruder Bruno, der die Choräle über alles liebte, übertönte mit seiner tiefen, klaren Stimme seine Mitbrüder. Daher übernahm er bei den Chorälen stets den Cantus des Konvents – die melodieführende Stimme. Er wiegte seinen bauchigen Körper im Takt, die Augen geschlossen, die Brauen angehoben.

Nach zwei Chorälen brach der Sakristan ab. Er öffnete die Bibel und las aus dem Neuen Testament. Hin und wieder bestätigten die Mönche die Verse mit einem gesungenen Amen. Es folgten Auszüge aus den Ordensregeln und ein weiterer Choral.

Schließlich schritt man zur Wahl des Priors. Berechtigt zu wählen war jeder Mönch, der mindestens den Rang eines Subdiakons innehatte. Diesem Kreis gehörten sämtliche Brüder des Klosters an. Allein die Novizen waren von der Wahl ausgeschlossen. Raphael ergriff die tönerne Wahlurne und schritt die Reihen seiner Mitbrüder ab. Unter Henris wachsamen Blicken warf ein jeder ein kleines Pergament in die Urne, auf dem entweder mit Ja oder Nein gestimmt war. Die Urne hoch erhoben, schritt Raphael feierlich zu dem Tisch, hinter dem Henri saß, und leerte sie dort aus. Henri benötigte zwei Drittel der Stimmen, um die Wahl zu gewinnen. Raphael kannte das Ergebnis, noch bevor er den ersten Stimmzettel ergriff. Die anfängliche Freude, sich nun wieder mit seinen Studien im Scriptorium befassen zu können, war verblichen und machte einer ungewohnten Befangenheit Platz. Er spürte, dass er an einem Scheidepunkt seines Lebens angekommen war. Eine ungewöhnliche Erkenntnis für einen jungen Mönch, der sein Leben mit voller Hingabe dem Herrn und der heiligen Mutter Kirche widmete.

Die Auszählung dauerte nicht lang, und monoton verkündete er das Ergebnis: »Der Konvent hat einstimmig Bruder Henri zum Prior des Klosters St. Albert gewählt.« Er kniete vor Henri nieder und küsste dessen Ring als Anerkennung der neuen Würde. Bedächtig erhob er sich und machte Platz für seine Mitbrüder.

Nun war Henri le Brasse offiziell geistlicher Vater des Klosters. Jeder Mönch, jeder Novize musste ihn als Lehrer und Führer anerkennen. Für sie war er nun kein *Bruder* mehr, sondern ein *Vater,* während sie seine *Söhne* waren. Und als hätte Gott der Herr sein wohlwollendes Auge auf Henri le Brasse gerichtet, schien der erste Sonnenstrahl des Tages durch das hohe, runde Fenster auf ihn herab.

Nach der Investitur blieben Henri und Raphael allein im Saal zurück. Henri zeigte keinerlei Regung. Er stand am Fenster und schaute in den Klostergarten. Noch immer wartete Raphael auf ein Zeichen von Henri. Plötzlich stand dieser auf. »Begleitet mich nach Rouen«, sagte er. »Ich will mir einen ersten Eindruck von der Gemeinde verschaffen.«

Ein ungewöhnliches Mädchen

Unfertige Körbe lagen in dem einzigen Raum des bescheidenen Hauses herum, darauf wartend, dass Anne Langlois ihre Arbeit beendete. Diffuses Licht fiel durch die von Holzwürmern zerfressenen Fensterläden. Zu viel Helligkeit würde Lunas Leid nur steigern. Anne Langlois betete seit vielen Jahren nicht mehr. Sie hoffte nur aus tiefstem Herzen, dass es nicht wieder anfing. Nicht heute. Jeden Moment konnte Jean erscheinen, um seine Körbe abzuholen. »Halte durch, mein Engel«, flüsterte sie.

Luna litt an starken Leibschmerzen. Anne Langlois wusste nicht, wie sie ihrer Tochter noch helfen sollte. Es schien, als würden die Schmerzen von Tag zu Tag stärker werden. Geld für einen Medicus besaß Anne nicht. So musste sie tun, was sie stets in solchen Fällen tat: Sie braute einen Kräutertee, legte Luna kalte Wickel auf die Stirn und hielt an ihrem Bett Wacht.

Sie ging hinüber zu der winzigen Kochstelle, schöpfte mit einer Kelle etwas Tee in einen Becher und setzte ihn ihrer Tochter an den Mund. Luna trank einen kleinen Schluck, dann fiel ihr Kopf wieder nach hinten auf das mit Stroh gefüllte Kissen. Anne seufzte.

»Maman«, wisperte Luna. Ihre Augen blieben geschlossen.

»Ja, mein Engel?«

»Hörst du das Krächzen, Maman? Hörst du es?«

Nicht schon wieder, dachte Anne. Warum muss das arme Kind so leiden? »Nein, ich höre es nicht. Schlaf, mein Engel. Schlaf.« Zärtlich streichelte sie die blassen Wangen.

Plötzlich schlug Luna die Augen auf. »Es ist fort. Dunkelheit. Ich sehe nur Dunkelheit.«

Erleichtert atmete Anne auf. Sie holte eine Schale mit Dinkeleintopf. »Iss etwas.«

Luna war völlig verändert. Ihr Gesicht rötete sich, ihre Augen glänzten wieder. Gierig schlang sie die Suppe hinunter. Mit vollen Backen strahlte sie ihre Mutter an. Und solche Momente waren es, die Anne die Kraft gaben, an den schwarzen Tagen zu bestehen. Momente, in denen tiefstes Leid zu höchstem Glück wurde.

Luna reichte ihrer Mutter die Schale, sprang aus dem Bett, zog ihr erdfarbenes Hemdkleid über und lief laut lachend aus dem Haus.

Anne hielt kurz inne, um dann ihre Arbeit an den Körben fortzusetzen. Ihre erfahrenen Hände vollführten die Arbeit selbstständig. In die Stadt ging sie nur selten, und wenn sie Weidenruten für die Körbe brauchte, Dinkel, Erbsen, Bohnen und Kräuter für den Eintopf, Leinen für Kleider, die sie selbst nähte, dann machte sie sich immer allein auf den Weg nach Rouen. Das Leben in der Stadt war nichts für Luna. Betrunkene Spießgesellen, anrüchige, leicht bekleidete Huren, grobschlächtige Kesselflicker, die willkürlichen Methoden des Landvogts, das alles wollte sie Luna ersparen.

Es klopfte. »Anne, bist du da? Hier ist Jean.«

Schnell wischte Anne ihre feuchten Hände an ihrer Schürze ab und eilte zur Tür. Das gutmütige runde Gesicht Jean Brillons lächelte sie an. »Guten Morgen, Jean«, sagte sie. »Komm herein.«

»Einen wunderschönen guten Morgen auch dir, Anne«, sagte Jean.

»Wie geht es Lisette?«, fragte Anne.

»Hervorragend«, antwortete Jean. »Sie lässt dir schöne Grüße bestellen und fragt, ob du noch etwas von deinem himmlischen Dinkeleintopf hast.«

Belustigt musterte Anne den dicken Bauch ihres Nachbarn und Freundes. »Ist Lisette an meinen Kochkünsten interessiert oder ist es allein dein Magen, Jean?«

Ertappt rieb Jean über sein fleischiges Kinn.

Anne lachte auf. »Für dich habe ich immer eine Schüssel übrig.«

Jean Brillon grinste und setzte sich, mit der Zunge schnalzend, an den Tisch. Gierig schlürfte er das einfache, doch delikate Mahl hinunter. Dabei sah er sich um. »Du musst dir endlich einen Mann suchen, Anne. Das Haus und das Kind brauchen eine starke Hand. Yves Rénards Frau ist letztes Jahr gestorben. Er ist der wohlhabendste Bauer in dieser Gegend und würde gut für dich und Luna sorgen.«

»Yves Rénard ist vierundsechzig Jahre alt, Jean«, wandte Anne ein. Sie verspürte nicht das geringste Verlangen, über mögliche Ehemänner zu sprechen.

»Aber ...«, begann Jean. Doch Annes strenger Blick hieß ihn schweigen.

»Sieben Körbe sind fertig«, sagte Anne. »Die restlichen fünf bekommst du in ein paar Tagen.«

Betrübt senkte Jean den Kopf. Er legte den Löffel aus der Hand. »Es tut mir Leid, Anne. Aber ich kann dir die Körbe nicht abnehmen.«

»Ich ... ich verstehe nicht«, stammelte Anne. Sie brauchte die wenigen Sous zum Überleben.

»Die Zeiten sind schlecht«, erklärte Jean. »Die Ernte ist jämmerlich ausgefallen.«

Anne schwieg. Sie war zu stolz, um über ihre missliche Lage zu klagen.

»Ich wünschte, ich hätte eine bessere Nachricht für dich, Anne«, sagte Jean und stand auf.

»Es ist gut. Ich bringe dich zur Tür.«

Gemeinsam traten sie auf den schlammigen Vorhof hinaus. Luna machte gerade einen wackligen Handstand.

»Schau, Maman!«

»Das machst du sehr gut, mein Engel!«, rief Anne.

»Ach!«, entfuhr es Jean. »Luna, mein liebes Kind, ich habe da etwas für dich.«

Unsanft plumpste Luna auf den Bauch, rappelte sich wieder hoch und lief neugierig zu Jean. »Was ist es, Onkel Jean?«

Brillon öffnete seine große Ledertasche. Behutsam holte er eine lange Rabenfeder hervor. »Da, schau! Es ist eine Schwanzfeder. Die findet man nicht überall.«

In diesem Augenblick ging eine schreckliche Veränderung mit Luna vor. Sie schrie aus Leibeskräften. Sie schrie, als ramme ein unsichtbarer Dämon ihr glühende Nadeln in den Schädel. Dann musste sie sich übergeben.

»Oh, mein Gott!«, rief Jean aus. »Geht es wieder los, Anne? Ist es wieder so weit?«

Anne achtete nicht auf Jean, sondern stürzte zu ihrer Tochter. Gerade noch rechtzeitig, um sie zu halten.

»Maman!«, brüllte Luna. »Ein Rabe kommt. Ein Rabe, schwärzer als die Nacht!«

»Beruhige dich, mein Engel«, flüsterte Anne und strich Luna über die eiskalte Stirn. Zu Jean gewandt, sagte sie: »Geh, Jean! Geh und grüß Lisette von mir.«

Verunsichert stolperte Brillon davon, hin und wieder einen Blick über die Schulter zurückwerfend.

Lunas Augen waren in weite Ferne gerichtet. Anne wusste nicht einmal zu sagen, ob ihr Kind sie überhaupt wahrnahm.

»Er kommt auf einem Pferd, Maman«, hauchte Luna. Sie war nun etwas ruhiger. Doch plötzlich schrie sie wieder auf. »Feuer! Alles brennt! Nein! Nicht alles. Du brennst, Maman! Du brennst!«

Anne erschrak zu Tode. Sie war unfähig, irgendetwas zu sagen oder zu tun.

»Ich sehe ein Auge«, rief Luna. »Es blutet! Da ist ein Mann. Ich kenne ihn, aber ich kann sein Gesicht nicht sehen. Er ist ein guter Mensch. Er wird mir helfen. Vielleicht hilft er dir auch, Maman! Er hilft dir bestimmt!«

Tausend Gedanken schossen Anne durch den Kopf. Nie hatte sie verstanden, was Luna in ihren Visionen vorhersah. Als Jeans Kuh verendet war, hatte sie ranzige Butter in einem Fass gesehen. Niemand konnte je sagen, welche Bedeutung die Bilder vor Lunas innerem Auge hatten.

»Der Rabe kommt näher! Immer näher!«, schrie Luna. »Wir müssen fort, Maman! Weit, weit fort!«

»Sssch, mein Engel«, flüsterte Anne. »Wir sind hier in Sicherheit!«

Luna fuhr hoch. »Auf der Stelle!«, schrie sie, wie sie nie zuvor geschrien hatte.

Die Pferde waren schnell gesattelt gewesen, und Henri und Raphael ritten auf der Straße nach Rouen. Die Sonne war hinter dicken Wolkenschichten verborgen. Über ihren Köpfen zogen einige Raben krächzend dahin.

Der schweigsame Ritt bedrückte Raphael. Gern hätte er mehr über Henris Vergangenheit gewusst, traute sich aber nicht, ihn zu fragen. Zudem schien der Prior ein Mann zu sein, der die Stille schätzte. Und so suchte Raphael etwas Zerstreuung, indem er sich an Gottes Schöpfungen des Waldes erfreute.

»Erzählt mir von Euch«, sagte Henri irgendwann unvermittelt.

Raphael schrak auf. »Was begehrt Ihr zu wissen, ehrwürdiger Vater?«

»Nun, woher stammt Ihr? Wer sind Eure Eltern?«

Raphael sammelte kurz seine Gedanken. »Meine Eltern leben als Bauern in der Nähe von Dreux, zwei Tagesreisen von Paris entfernt.«

»Leibeigene?«, wollte Henri wissen.

»Freie Bauern, Vater«, gab Raphael zurück. Er wusste, worauf der Prior hinauswollte. Viele unfreie Bauern gaben ihre Kinder in die Obhut eines Klosters. Sei es aus religiöser Ergebenheit, aus finanziellen Erwägungen oder unter Zwang. Und der erzwungene Eintritt eines Kindes in die Gemeinschaft Gottes schürte später oft Insubordination und Lasterhaftigkeit. Henri prüfte seine Wurzeln und damit seine Demut.

»Wie lange gehört Ihr dem Orden an?«, fragte der Prior weiter.

»Ich trat dem Orden im Alter von zehn Jahren bei, Vater«, sagte Raphael. »Eine Nonne aus unserem Orden half mir auf die Welt. Meine Mutter blutete stark, und ihr Leben lag in Gottes Hand. Mein Vater versprach der Schwester, dass er mein Leben der heiligen Mutter Kirche schenken würde, wenn meine Mutter und ich die Geburt überstünden.«

»Ein frommer Mann«, meinte Henri.

Raphael nickte. »Er hat aus mir einen guten Christen gemacht, und ich habe freiwillig sein Gelübde erfüllt.«

Damit schien Henri zufrieden. Er schwieg.

»Woher stammt *Ihr*, ehrwürdiger Vater?«, fragte Raphael und biss sich auf die Zunge. Die Frage ziemte sich nicht für einen einfachen Mönch wie ihn.

»Aus Montaillou«, antwortete Henri. Er schien an der Frage keinen Anstoß zu nehmen. »Sagt, wie steht Ihr zur Inquisition?«, fragte er unvermittelt.

»Nun«, sagte Raphael gedehnt. Er spürte, dass es von großer Bedeutung für ihn selbst und für die Gemeinde war, was er nun sagen würde. Fieberhaft suchte er nach einem Ausweg. »Plato sagt im 11. Buche, Kapitel 772 seiner Schriften über die Gesetze: ›*Es glauben gewisse Leute, dass sie durch allerlei Gaukeleien, Zaubersprüche und so genannte Bannformeln anderen Schaden zufügen können, und viele fürchten sich vor jenen, die sie im Besitz solcher Kräfte wähnen. Was für eine Bewandtnis es mit solchen Dingen hat, ist nicht leicht zu durchschauen, noch schwerer ist es, andere darüber zu belehren, ja es lohnt sich nicht der Mühe, dies bei Leuten zu versuchen, die bereits einen derartigen Verdacht gefasst haben.*‹«

»Ihr meint demnach, dass Hexerei reine Einbildung ist?«, fragte Henri. »Eine Art Rausch … wie wenn man schweren Wein getrunken hat?« Er lachte trocken auf. »Sagt mir, mein Sohn, wem schenkt Ihr mehr Glauben: einem heidnischen Philosophen, dessen Gebeine längst zu Staub zerfallen sind, oder der Heiligen Schrift?«

»Ohne Zweifel dem Wort Gottes, Vater«, antwortete Raphael.

Er wollte noch etwas hinzufügen, doch Henri kam ihm zuvor: »Dann erinnert Euch der Worte Mosis, die da lauten: *Die Zauberinnen sollst du nicht leben lassen. Wenn ein Mann oder Weib Wahrsager und Zeichendeuter sein wird, die sollen des Todes sterben, man soll sie steinigen, ihr Blut sei auf ihnen.*«

Raphael unternahm einen letzten verzweifelten Versuch, seine Position zu stärken. »Ehrwürdiger Vater«, sagte er, »selbst der heilige Dominikus und sein Bischof Diego machten Bekanntschaft mit der Häresie der Katharer. Sie waren bereit, von ihnen zu lernen.«

Von einem Moment zum anderen verwandelte sich Henris Hochmut in unbändigen Zorn. »Die Katharer waren gottlose Ketzer!«, fauchte er. »Ich verbiete Euch, jemals wieder von ihnen zu sprechen!«

Eingeschüchtert mied Raphael Henris strengen Blick. Ratlos starrte er auf den Schädel seines Pferdes, der sich im Rhythmus des Trittes hob und senkte. Warum brachte die Erwähnung der Katharer Henri so auf? Sie existierten längst nicht mehr. Nach den Albigenserkriegen vor mehr als einem Jahrhundert waren sie fast gänzlich ausgerottet worden, und die Inquisition hatte ihnen anschließend endgültig den Garaus gemacht.

Am Horizont erschienen die ersten Höfe vor den Toren der Stadt Rouen. In der Ferne sah man einige Gestalten, die ihre Äcker bewirtschafteten. Henri ritt auf sie zu.

»Wer lebt dort?«, fragte Henri. Er zeigte auf einen kleinen Hof.

»Der Bauer Jean Brillon, Vater«, antwortete Raphael.

»Frei?«

»Ein unfreier Bauer, Vater. Er und seine Familie sind Leibeigene des Klosters.«

Als Jean Raphael erblickte, winkte er freudestrahlend und rief Frau und Kinder aus dem Haus. Lisette richtete ihr Haar, und die beiden Söhne liefen den Mönchen lachend entgegen. Als sie Henris Gesicht aus der Nähe sahen, stockten sie mitten im Lauf. Verunsichert lächelten sie Raphael zu, warfen einen verstohlenen Blick auf Henri und rannten zurück zu ihren Eltern, um sich hinter ihrer Mutter zu verstecken.

Vor dem Haus stieg Raphael ab. Mit ausgestreckten Händen ging er auf Jean und Lisette zu. »Gott mit Euch«, sagte er und strich den beiden Knaben über das dunkle Haar. »Ich möchte Euch den ehrwürdigen Vater Henri vorstellen. Seit heute Prior von St. Albert.«

Jean legte als Erster seine Beklommenheit ab. Er ging auf Henri zu. »Ehrwürdiger Vater, seid willkommen auf meinem bescheidenen Hof.«

Verächtlich fielen Henris Mundwinkel herab. »Bescheiden in der Tat«, sagte er von seinem Pferd herunter und sah sich um. »Warum bestellst du nicht sämtliche Felder? Sprich!«

»Ehrwürdiger Vater«, stammelte Jean. »Seit Generationen betreiben wir auf diesem Land die Dreifelderwirtschaft. Ein Drittel liegt immer brach.«

»Reicht mir die Unterlagen«, verlangte der Prior von Raphael.

Der ging hinüber zu seinem Pferd und nahm aus den Satteltaschen ein Bündel Schriftrollen. Eine davon gab er Henri.

»Wohlan denn«, murmelte Henri und studierte das Papier. »Laut Vertrag bist du verpflichtet, jedes Jahr 200 Scheffel Getreide abzugeben. In diesem Jahr waren es nur 120, im vorigen Jahr nur 100. Von den Hühnern, Schweinen und Eiern ganz abgesehen. Was hast du dazu zu sagen?«

Lisette tat zwei Schritte vor und wollte den Mund öffnen, doch Jean hielt seine Frau zurück. »Es ist gut, Lisette.« Er wandte sich wieder dem Prior zu. »Die letzten Ernten waren verheerend, ehrwürdiger Vater. Früher Frost verdarb einen Großteil der Ernte, und der Getreiderost tat ein Übriges. Die Erträge reichten gerade aus, um nicht zu verhungern.«

Henri kniff die Augen zusammen. »Dann frage ich mich, wie du und dein Weib so fett geworden seid, Mann.«

Ohne eine Erwiderung senkte Jean den Kopf.

»Stell den gesamten Hof für die nächste Ernte um! Alle Felder!«, befahl Henri.

»Wie Ihr wünscht, ehrwürdiger Vater«, gab Jean kleinlaut zurück.

»Die fehlenden Abgaben reichst du im nächsten Jahr nach«, ergänzte Henri.

Jean sah verstört auf, unfähig, ein Wort zu sagen.

Raphael wollte seine Stimme für die Familie erheben, aber Henri bedeutete ihm, aufzusitzen. Mit einem letzten Blick wollte er den Brillons aufmunternd zulächeln – es misslang, und er verzog nur bekümmert das Gesicht.

Schnell entfernten sie sich von dem Hof. Mit sich selbst hadernd, überlegte Raphael, wie er Henri die Augen für die Probleme der Bevölkerung öffnen könnte. Durch das Versprechen der Oboedientia war er seinem Prior zum bedingungslosen Gehorsam verpflichtet. Aber bedeutete das, dass er seine Meinungen und Ansichten unterdrücken musste? Erneut suchte er Antwort in den Ordensregeln des Augustinus von Hippos. Sie besagten, dass der Mönch seinem Oberen wie einem Vater gehorchen solle. Mit dem gebührenden Respekt, der ihm kraft seines Amtes zustand. Andernfalls fehlte der Mönch gegen Gott.

Nun gut, dachte Raphael. An Respekt soll es nicht mangeln. Aber wie steht es mit Henris Verpflichtungen gegenüber seinen Söhnen aus dem Kloster? Und den ihm anvertrauten Seelen der Gemeinde? Augustinus sagte hierzu, dass der Obere sich nicht deshalb glücklich schätzen soll, weil er kraft seines Amtes gebieten, sondern weil er in Liebe dienen kann. Durch unsere Hochachtung soll er unter uns herausgehoben sein, doch wegen seiner Verantwortung vor Gott soll er sich als der Geringste von uns einschätzen.

Dient Henri in Liebe?, überlegte Raphael. Sah er sich als den Geringsten unter seinen Brüdern? Beide Fragen konnte er mit Nein beantworten. Henri war hochmütig und selbstgefällig. Schwere Sünden für einen Dominikaner.

Und noch während der junge Mönch über seinen Zwiespalt

nachdachte, erreichten sie ein kleines schmuckloses Haus, vor dem ein Mädchen spielte.

»Luna!«, rief Raphael und winkte.

Luna sprang auf und lachte mit erhobenen Armen. Dann sah sie Henri, schwankte und sank ohnmächtig zu Boden.

Anne Langlois trat vor das Haus. Sie erblickte Henri, und der Tonkrug in ihren Händen zersprang auf den Dielen klirrend in hundert Teile.

Und Henri le Brasse griff sich ans Herz, das Gesicht kreidebleich.

Raphael saß auf seinem Pferd und verstand nicht, was um ihn herum vor sich ging.

Da nahm Henri die Zügel, stieß seinem Pferd die Fersen in die Flanken und stob davon. Raphael konnte seinen Blick nicht von dem bewusstlosen Kind und der wie zu Stein erstarrten Anne abwenden. Dann folgte er Henri.

Henri raste über das Land. Sein Pferd schnaubte und blähte die Nüstern. Es bereitete Raphael alle Mühe, mit dem wahnwitzigen Tempo mitzuhalten.

Im Kloster angekommen, rannte Henri ins Abthaus, dicht gefolgt von Raphael. Eilig ergriff Henri Gänsekiel und Tinte und setzte eine Note an den Landvogt auf. Raphael spähte über die Schulter des Priors und versuchte zu lesen, was dort stand. Aber er vermochte kein Wort zu entziffern. Er konnte lediglich erkennen, dass Henri das Schreiben mit »Henri le Brasse, Prior des Klosters St. Albert und Inquisitor der heiligen Mutter Kirche« unterzeichnete. Er siegelte es und reichte es Raphael mit den Worten: »Gebt dies einem Boten, auf dass er das Schriftstück unverzüglich dem Landvogt überreiche. Eilt Euch!«

Mit unheilvollen Gefühlen reichte er das Schreiben an einen Novizen weiter und trug ihm Henris Worte auf. Der Novize sattelte unverzüglich ein Pferd und ritt davon. Noch lange schaute Raphael dem Schüler vor den Mauern St. Alberts nach.

Am selben Abend, kurz nach Einbruch der Dunkelheit,

klopften vier Reiter in Rüstung und Waffen an die Tür von Anne Langlois …

Am nächsten Morgen, noch vor den Laudes, verließ Henri le Brasse das Kloster auf einem jungen, starken Fuchs. Kurz nach Sonnenaufgang erreichte er Jean Brillons Hof. Verschlafen kam dieser gerade aus seinem Haus und suchte Erleichterung an einem dürren Baum, in dessen blattlosem Wipfel still ein Rabe hockte.

Noch bevor Jean seine Gegenwart wahrnahm, war Henri abgestiegen und bis auf wenige Schritte an den Bauern herangekommen. »Guten Morgen«, sagte er.

Jean fuhr herum, die Augen erschrocken aufgerissen. »Ehrwürdiger Vater!«, rief er. »Wo kommt Ihr denn so plötzlich her?«

»Das ist nicht wichtig«, sagte Henri. »Ist dein Weib schon wach? Und deine Kinder?«

»Sie schlafen allesamt noch, ehrwürdiger Vater.«

Henri nickte. »Gut, dann höre, was ich dir zu sagen habe.«

»Ich höre, ehrwürdiger Vater«, gab Jean zurück und schnürte hastig seine Hose zu.

»Du kennst das Weib Anne Langlois?«

»Sie ist mir gut bekannt.«

»Hast du jemals etwas Auffälliges an ihr bemerkt?«

Verständnislos starrte Jean den Prior an. »Ich verstehe nicht, ehrwürdiger Vater.«

»Gab es, sagen wir, unerklärliche Phänomene, während sie zugegen war?«, fragte Henri ruhig weiter.

»Es tut mir Leid«, beteuerte Jean, »aber ich weiß nicht, was Ihr zu erfahren begehrt, ehrwürdiger Vater.«

Henri sah aus, als wollte er dem Bauern an die Kehle springen. Er ballte seine Hände zu Fäusten, auf die Stirn traten Zornesfalten. »Ich will von dir wissen, ob sie dir oder deiner Familie Schaden zugefügt hat, Mann!«, fauchte er. »Hast du irgendwann Anzeichen für Schadenszauber oder sonstige Hexerei bemerkt?«

In Jeans Augen glomm der Funke des Verstehens. »Ihr meint, sie ist eine Hexe, ehrwürdiger Vater? Nein, nein, das ist völlig ausgeschlossen. Sie …«

»Das zu beurteilen, überlass mir allein!«, unterbrach Henri, und Jean duckte sich wie ein geschlagener Hund. »Und jetzt denk nach! Hast du jemals ein Kind verloren? Ist eines deiner Kinder oder dein Weib je ernsthaft erkrankt?«

Fieberhaft überlegte Jean. »Kinder haben wir keine verloren«, sagte er. Allmählich ahnte er, worauf der Prior hinauswollte. »Ehrwürdiger Vater, ich versichere Euch, dass Anne eine ehrbare Frau ist.«

»Mir scheint, du bist dir nicht im Klaren darüber, welche Konsequenzen deine Weigerung, mir Auskunft zu geben, nach sich ziehen kann«, sagte Henri mit eiskalter Stimme. »Du erfüllst deine Pflichten dem Kloster gegenüber nicht, was allein deiner Faulheit und der deiner Familie geschuldet ist. Dein Hof und du gehört der Kirche. Ich kann dich zertreten wie eine Assel, und es wird keinen scheren. Ich kann deine Kinder verkaufen und deine Frau auf den Scheiterhaufen bringen. Aber ich kann dir auch die Freiheit schenken. Dieser Hof könnte dir gehören und alles, was darauf wächst und gedeiht. Du könntest gut für deine Familie sorgen. Es würde euch an nichts fehlen. Also, denk nach!«

Jean schluckte schwer. »Vor einigen Jahren war einer meiner Söhne sehr krank«, sagte er schleppend. »Sein Bauch war hart wie Stein, und er erbrach alles, was er zu sich nahm. Das Leben wich aus ihm wie Getreide aus einem aufgeschnittenen Sack.«

»Gut, gut«, sagte Henri. »Ich nehme an, dass Anne Langlois zuvor bei euch im Haus war?«

»Nein, ehrwürdiger Vater.«

Henri schnaufte. »Hör zu: Anne Langlois war bei euch im Haus am Tag, bevor dein Sohn krank wurde.«

Mit gesenktem Kopf sagte Jean Brillon: »Ja, am Tag zuvor war Anne bei uns.«

»Und du hast gesehen, wie sie heimlich Formeln in einer unbekannten Sprache aufgesagt hat und in jeder Ecke des Hauses umgedrehte Kreuze schlug.«

»Ja, das habe ich gesehen.«

Zum ersten Mal lächelte Henri. »Deine Felder hat sie auch verhext, um dir Schaden zuzufügen. Deine schlechten Ernten sind allein auf Teufelswerk zurückzuführen.«

»In der Tat, so ist es«, flüsterte Jean.

»Hast du jemals fleischliche Lust nach Anne Langlois verspürt?«, fragte Henri weiter.

Tränen stiegen in Jeans Augen hoch. »Ja, das habe ich.«

Unberührt starrte Henri den Bauern an. »Nun, gut. Bist du willens, diese, deine heute gemachten Aussagen vor Gericht zu wiederholen und vor Gott zu bezeugen?«

»Das bin ich, ehrwürdiger Vater.«

»Dann besprich dich mit deinem Weib, dass sie deine Angaben bestätigen kann«, sagte Henri abschließend. Er wartete keine Antwort ab, sondern stieg wortlos auf sein Pferd. Einen Moment lang stach sein Blick in Jean Brillons Augen, dann ritt er davon.

Unfähig zu denken, stand Jean da und blickte dem dunklen Reiter nach. Da ging die Tür seines Hauses auf. Lisette kam auf ihren Mann zu und umarmte ihn von hinten. »Ich habe Stimmen gehört«, sagte sie. »Mit wem hast du gesprochen?«

Jean wandte sich um. Er wich ihrem Blick aus und antwortete tonlos: »Mit dem Teufel, Lisette. Mit dem Teufel.«

Im Hexenturm von Rouen

In den folgenden zwei Monaten fiel es Raphael schwer, seiner Arbeit an den alten Schriften mit der gewohnten Sorgfalt nachzugehen. Henri hatte er seit ihrem Ritt nach Rouen nur bei den Gebeten gesehen. Offenbar war es dem Prior mühelos gelungen, ohne die Hilfe seines Vorgängers die Leitung des Klosters zu übernehmen. Raphael war dies nur recht. Solange er sich nur seiner Arbeit widmen konnte, stimmte ihn die Abwesenheit Henris nicht trüb. Dennoch kreisten seine Gedanken ständig um diesen seltsamen Mann, der die Aura eines eisbedeckten Felsens hatte. Ihr Ausritt ließ Raphael nicht zur Ruhe kommen. Die Reaktionen von Anne und ihrer Tochter Luna, als sie Henri erblickt hatten, wollten sich ihm nicht erschließen. Und dann die Panik in Henris Augen, als er Annes gewahr wurde, und seine überstürzte Flucht. Es gab eine Verbindung zwischen den dreien. Nur welche? Was hatte ein Mönch, der die letzten Jahre in Rom verbracht hatte, mit einer einfachen Frau wie der Langlois zu schaffen? Die zwei konnten sich zuvor kaum jemals über den Weg gelaufen sein. Oder doch? Und Luna? Gewiss, er kannte das Gerede der Leute über dieses Kind, schenkte dem jedoch wenig Glauben. Wie passte sie in das Bild? Hatte sie mehr in Henri gesehen, als jeder Spiegel zeigen könnte? Fragen über Fragen, deren Antworten der Allmächtige Raphael schuldig blieb. Oft übermannte dieses Karussell von Fragen und Vermutungen Raphael, wenn er sich zur Nachtruhe begab. Und er vermochte sich aus diesem Strudel der Gedanken nur zu befreien, indem er sich vorstellte, wie ein Burgtor nach unten gelassen wurde und den Weg zu den Fragen versperrte. Dann fiel er in einen unruhigen Schlaf. Doch häufig schafften es einige Fragen, über die Burgmauern zu springen und ihn im Schlaf zu überraschen. Dann wachte er schweißgebadet und mit heftigem Herzklopfen auf.

An diesem Morgen stand Raphael gemeinsam mit drei Mitbrüdern im Scriptorium an einem Pult und übersetzte hebräische Schriften ins Lateinische. Es war kalt, doch Raphael war dermaßen in seine Arbeit vertieft, dass er die Welt um sich herum vergaß. Plötzlich stand Henri, scheinbar aus dem Nichts kommend, vor seinem Pult.

»Mein Sohn«, dröhnte Henris Stimme.

Raphael zuckte zusammen und sah auf. »Ehrwürdiger Vater?«

»Begleitet mich nach Rouen.«

Insgeheim wünschte sich Raphael, bei seiner Arbeit zu bleiben, sagte aber stattdessen: »Sofort, ehrwürdiger Vater.« Er legte den Federkiel beiseite, verschloss das Tintenfässchen und folgte seinem Prior in den Stall. Schnell waren zwei Pferde gesattelt, und die beiden Mönche machten sich auf den Weg in die Stadt.

Raphael fröstelte. Seine Zähne schlugen aufeinander, und der eisige Wind schnitt ihm ins Gesicht. Die wollene Kukulle hielt die Kälte kaum ab. Er zog die Kapuze hoch und schob seine Arme in die weiten Ärmel des Ausgehmantels. Er warf einen verstohlenen Blick auf Henri. Der schien die erbärmliche Kälte gar nicht wahrzunehmen. Das Gesicht des Priors war zu einer Maske erstarrt. Steif, die Augen in die Ferne gerichtet, saß er auf seinem Pferd.

Einem inneren Impuls folgend, fragte Raphael: »Was begehrt Ihr in Rouen zu tun, ehrwürdiger Vater?«

»Wir suchen eine Gefangene im Kerker auf«, antwortete Henri, ohne den Kopf zu wenden.

Überrascht zog Raphael die Brauen hoch. »Um wen handelt es sich?«

»Die Hexe Anne Langlois.«

Raphael erschrak. Anne Langlois? Hatte Henri wirklich *Hexe* gesagt? Die gute, stets hilfsbereite Frau? Das konnte nicht sein! Nein, es musste sich um einen Irrtum handeln. Er überlegte, ob er widersprechen sollte, entschied sich dann aber dafür, abzuwarten. Jetzt konnte er ohnehin noch nichts für sie tun.

Den Rest der Reise rutschte Raphael unruhig auf seinem Sattel hin und her. Endlich kamen die Mauern der Stadt Rouen in Sicht. Die Torwachen ließen die Mönche ungehindert passieren. Mit traumwandlerischer Sicherheit lenkte Henri sein Pferd durch die engen Straßen und Gassen. Hin und wieder begegneten ihnen Menschen, die Raphael seit Jahren vertraut waren, und sie nickten dem jungen Mönch freundlich zu. Henri jedoch bedachten sie mit angsterfüllten, misstrauischen Blicken. Der Prior beachtete sie nicht.

Die Burg Rouen, die auf einer Anhöhe mitten in der Stadt lag, rückte ins Sichtfeld der Dominikaner. Raphael vermutete, dass dort ihr Ziel war. Doch Henri lenkte sein Pferd gen Westen und ritt um die Burg herum. Noch grübelte Raphael über diesen ungewöhnlichen Weg nach, da sah er hinter der Burg einen etwa fünfzig Fuß hohen steinernen Turm. Seltsam! Das Bauwerk hatte doch bei seinem letzten Besuch in Rouen noch nicht dort gestanden. Soweit Raphael sehen konnte, hatte der Turm eine massive Tür und daneben ein kleines vergittertes Fenster. Er schätzte, dass der Umfang des Turms etwa hundert Schritt betrug. Ein imposantes Monument. Trotz düsterer Vorahnungen siegte seine Neugier. »Ehrwürdiger Vater«, flüsterte er, »was ist das?«

»Der Hexenturm von Rouen«, erklärte Henri.

Behände stieg der Prior vor dem Hexenturm vom Pferd und ließ es dort stehen. Raphael folgte ihm in einigen Schritten Abstand zum Eingang des Turms. Dort erwartete sie ein grobschlächtiger Klotz mit schlechten Zähnen. Das linke Auge war trübe wie Eidotter, das rechte klein und gierig wie das eines Habichts.

»Ehrwürdiger Vater«, sagte der Klotz und verneigte sich tief. Er stank wie die Latrinengrube in St. Albert.

»Führe uns zu der Gefangenen!«, befahl Henri le Brasse.

Der Henker grinste breit und stieß ein devotes »Sehr wohl, ehrwürdiger Vater«, hervor. Er ging hinein, nahm eine Fackel von der Wand und humpelte die breiten Stufen hinab. Es stank entsetzlich nach Exkrementen, und Raphael hätte sich beinahe übergeben.

Nachdem sie die Treppe hinuntergestiegen waren, führte der Henker die Mönche in einen durch zwei Fackeln nur schwach beleuchteten Seitengang. Von den Wänden tropfte Wasser. Der Gestank war kaum noch zu ertragen. Vor einer schmalen eisenbeschlagenen Tür blieb er stehen und grinste.

Henri wandte sich an Raphael. »Lasst mich zuerst allein hineingehen.«

»Wie Ihr wünscht, ehrwürdiger Vater.«

Schnell schloss der Henker die Tür auf, und Henri trat in den dunklen Raum. Er riss dem Henker die Fackel aus der Hand und bedeutete ihm, die Tür wieder zu verschließen. Er war allein mit Anne Langlois.

Anne saß mitten in dem Verlies im Block, ihre Hände und Füße festgeschraubt in den dafür vorgesehenen Löchern, sodass sie weder Arme noch Beine bewegen konnte.

»Da bist du also«, sagte Henri halblaut und hielt die Fackel höher.

Erst jetzt schien Anne den Besucher zu bemerken. »Henri?« Sie lachte auf. »Ich wusste, dass du dahintersteckst. Begrüßt man so eine alte Freundin?«

Ihr Sarkasmus verwirrte Henri. Doch schnell gewann er seine Fassung wieder. »Es wäre besser für dich gewesen, wir hätten uns nie wieder gesehen. Nun bleibt mir keine andere Wahl.«

Wieder lachte Anne. »Keine Wahl? Du hattest immer eine Wahl.«

»Schweig!«, fuhr Henri die Gefangene an. Dann hielt er kurz inne. »Dieses Kind …«

»Luna«, warf Anne ein.

»Wie alt ist sie?«

Anne versuchte zu lächeln. Sie hob den Kopf und schaute Henri in die Augen.

»Nein«, flüsterte der Prior. Er stolperte drei Schritte zurück und stieß gegen die Kerkerwand.

Anne kicherte. »Ich sehe, du erkennst die Wahrheit. Willst du mir nicht endlich sagen, warum du mich hier gefangen hältst?«

Hastig richtete Henri seinen Habit und sagte wie beiläufig: »Du bist der Hexerei beschuldigt.«

Eine Weile starrte Anne Henri an. Dann lachte sie keuchend. »Ich? Eine Hexe?«

»Dir wird das Lachen noch vergehen!«, schrie Henri. »Spätestens in der Folterkammer!«

»Du vergisst dabei eins«, sagte Anne ruhig. »Ich weiß um deine Machenschaften. Ich bin sicher, das Gericht und der Papst wären interessiert an meiner Geschichte.«

Nun lachte Henri. »Und ich bin sicher, dir liegt viel am Leben deiner Tochter. Ein Wort von dir an irgendwen, und dieses Kind leistet dir im Kerker und auf dem Scheiterhaufen Gesellschaft.«

Anne erschrak. »Das wirst du nicht wagen.«

Statt einer Antwort warf Henri ihr einen eiskalten Blick zu.

»Doch, du schon«, sagte Anne und senkte den Kopf.

Als Raphael das erbarmungswürdige Geschöpf im Block sah, wäre er beinahe auf die Knie gefallen. Anne Langlois war nicht wiederzuerkennen. Das einst glänzende Haar war stumpf und verfilzt, die Kleider hingen nur noch als verdreckte Lumpen an ihrem geschundenen, ausgezehrten Körper. Soweit er erkennen konnte, waren ihr durch die Kälte in dem Verlies drei Zehen und ein Daumen zu schwarzen Stümpfen erfroren. Der bestialische Gestank und ihre Kleidung deuteten darauf hin, dass Anne seit Wochen, wenn nicht gar Monaten in ihren eigenen Exkrementen saß. Raphael schloss die Augen, faltete die Hände und betete stumm.

»Beten könnt Ihr später«, raunte Henri. Wortlos ging er zu der schmalen Tür und klopfte dagegen. »Komm herein«, sagte er zu dem Henker, der die Tür öffnete und hereinlugte.

»Hol sie da raus!«, rief Henri, zum Henker gewandt.

Der Henker nestelte mit flinken Fingern den richtigen Schlüssel hervor, schloss den Block auf und packte Anne unter den Armen. Kot und schwarze Blutklumpen fielen aus

Annes Kleid auf den Boden. Der Henker hielt sie fest, damit sie nicht vor Schwäche umfiel.

»In die Folterkammer mit ihr!«, befahl der Prior.

»Wollt Ihr sie nicht waschen?«, fragte Raphael. Und auf Henris tadelnden Blick hin beeilte er sich zu sagen: »Nur damit wir uns nicht Läuse oder Gott weiß was einfangen, ehrwürdiger Vater.«

»Nun, gut«, sagte Henri. »Wasch sie, gib ihr ein Hemd und schaff sie in die Folterkammer.«

Ein sanftes Lächeln erschien auf Raphaels Gesicht.

In der Folterkammer wartete ein Aktuar des Gerichts von Rouen auf die Mönche. Henri machte sich nicht die Mühe, Raphael den jungen Mann vorzustellen.

Quälend langsam verging die Zeit. Raphael nutzte diese Augenblicke, um die Kammer zu inspizieren. Das finstere Gewölbe verfügte über ein Fenster knapp unter der Decke, das etwas Licht hereinließ. In der Mitte stand ein langer Tisch mit einigen Vorrichtungen, deren Zweck Raphael nicht kannte. Holz knisterte in einem Kamin. Einige metallene Gerätschaften, die wie Schürhaken aussahen, lagen im Feuer. Daneben stand ein Stuhl, der auf der Sitzfläche, dem Rückenteil und den Armlehnen gespickt war mit eisernen Nägeln. Rundherum waren Lederriemen angebracht. An den Wänden hingen eiserne Masken und Halsringe, gespickt mit Eisennägeln, Ketten, Zangen, Messer, ein Schwert und weitere grausige Folterinstrumente, auf dass die Gefangenen bis aufs Blut gepeinigt werden konnten.

Just kam der Henker mit Anne herein. Sie war nun gewaschen und steckte in einem dünnen weißen Hemd.

»Bring sie her!«, herrschte Henri den Henker an.

Der Henker schleppte Anne durch die Folterkammer. Vor Henri ließ er sie los. Raphael sprang unverzüglich zu ihr, doch konnte er nicht verhindern, dass sie hart auf dem nackten, kalten Boden aufschlug. Sachte richtete er ihren Oberkörper auf. Anne lächelte ihn schwach an.

»Wir beginnen mit den Hexenproben«, sagte Henri, zum

Aktuar gewandt. Der schrieb jedes Wort mit Gänsekiel und Tinte auf ein Pergament. »Zuerst die Tränenprobe.« Er legte Anne eine Hand auf den Kopf und sprach: »Ich beschwöre dich um der bitteren Tränen willen, die von unserm Heiland, dem Herrn Jesus Christus, am Kreuze für unser Heil vergossen worden sind, dass du, im Falle du unschuldig bist, Tränen vergießest, wenn schuldig, nicht!«

Aufmerksam beobachteten Henri, der Henker und der Aktuar die Gefangene. Aus Annes Augen floss keine einzige Träne.

Henri rümpfte die Nase. »Ich sehe keine Tränen.« Fragend schaute er in die Runde. Der Henker lächelte schief, der Aktuar machte seine Notizen.

»Schreiten wir zur Nadelprobe«, sagte Henri. »Henker, suche nach dem *stigma diabolicum*!«

Augenblicklich stapfte der Klotz hinüber zu Anne und riss ihr mit einem Griff das Hemd vom Leibe. Dann nahm er ein scharf gewetztes Messer zur Hand, legte die andere Pranke auf ihren Kopf und schnitt ihr Haar ab. Anne schrie auf und versuchte, sich zu wehren, doch gegen die harte Hand des Henkers konnte die geschwächte Frau nichts ausrichten. Die letzten Büschel schabte der Klotz mit der Klinge ab.

Raphael stellte sich zwischen Henri und den Henker. »Ehrwürdiger Vater!«, protestierte er. »Ich bitte Euch, diesem unmenschlichen Treiben Einhalt zu gebieten.«

Henri stieß ihn beiseite. »Geht mir aus den Augen!«

Raphael stolperte. Seine Blicke jagten zwischen Anne und Henri hin und her. Das Gefühl der Hilflosigkeit machte ihn wütend und verzweifelt zugleich.

Blut rann Anne über Gesicht und Nacken. Der Henker spreizte ihre Beine. Raphael wandte sich erschrocken ab. Der Henker schien seine Umgebung nicht mehr wahrzunehmen. Lüstern hockte er zwischen Annes Beinen und starrte auf ihre unverhüllte Scham.

Raphael suchte Annes Blick. Er wollte ihr stumm Mut zusprechen, doch sie war vor Tränen und Schmerzen nicht in der Lage, seine Bemühungen zu erkennen. Wut stieg in ihm auf. Wenn er nur etwas für diese arme Frau tun könnte!

»Was sitzt du da und starrst vor dich hin?«, fuhr Henri den Henker an.

Wie ein geschlagener Hund zuckte der Klotz zusammen und begann sogleich, Anne den letzten Rest ihrer Würde vom Körper zu schneiden und zu kratzen. Sie schrie, fluchte und weinte. Da die Tränenprobe abgeschlossen war, nahm Henri nunmehr keine Notiz von den Tränen.

Schließlich legte der Henker das blutverschmierte Messer zur Seite. Auf einem Tisch fand er eine lange Nadel. Die Nadel in der Hand, prüfte er, ob Anne eine Narbe, einen Leberfleck oder ein Muttermal hatte. Auf ihrem Bauch fand er schließlich ein Muttermal. Er stieß die Nadel zweimal tief hinein. Blut floss aus der Wunde.

»Weiter!«, befahl Henri.

Der Henker leckte sich über die Lippen und suchte nach weiteren Malen. Eines fand er auf einem ihrer Schenkel, ein anderes auf dem Rücken. Aus beiden strömte Blut, nachdem er die Nadel tief hineingebohrt hatte.

Grimmig nickte Henri. Mit Blick auf den Schreiber führte er aus: »Die gefundenen Male auf dem Körper der Anne Langlois zeigten nach eingehender Untersuchung, dass sie natürlichen Ursprungs sind.«

Raphael atmete auf.

»Doch«, ergänzte Henri, »ist dies nur ein weiteres Zeichen, dass das Weib mit dem Teufel im Bunde ist, denn der Teufel zeichnet nur diejenigen, deren er noch nicht ganz sicher ist; seine getreuesten Anhänger lässt er bekanntlich ohne Zeichen.«

Unmerklich schüttelte Raphael seinen Kopf. Fieberhaft suchte er nach Gründen, juristischen oder kanonischen, um diesem unmenschlichen Treiben ein Ende zu setzen.

»*Ferrum candens*«, verkündete Henri in diesem Moment. »Die Feuerprobe.«

»Nein!«, schrie Anne. Sie lag zusammengekauert auf dem kalten Boden und zitterte.

Der Henker holte mit einer Zange ein glühendes Stück Eisen aus dem Kamin. »Streck deine Hände aus!«

Anne versteckte ihre Hände unter ihrem geschundenen Körper.

»Streck deine Hände aus!«, wiederholte der Henker und trat ihr dabei kräftig in die Rippen.

Anne schrie auf. Zitternd hielt sie ihre Hände hin.

Der Klotz ließ das glühende Eisen in Annes Hände fallen. Achtlos warf er die Zange in die Ecke und presste Annes Hände um das Eisen zusammen. Sie brüllte, schlug mit den Beinen um sich und versuchte, der sengenden Umklammerung zu entkommen. Dann schenkte ihr der Schmerz gnädige Bewusstlosigkeit.

Nun konnte Raphael nicht mehr tatenlos zusehen. »Ehrwürdiger Vater«, rief er. »Im Namen Christi ersuche ich Euch …«

»Schweigt!«, fuhr ihn der Prior an. »Weck sie auf!«, befahl er dem Henker.

Der Henker holte einen Eimer Wasser und schüttete ihn auf Annes Kopf aus. Sie erwachte und sah sich benommen um. Dann kehrte die Erinnerung zurück. Entsetzt kroch sie fort von den Teufeln in Menschengestalt. Raphael wollte auf sie zustürzen, aber der Henker war schneller. Er packte sie an einem Bein und schleifte sie quer durch die Folterkammer zurück.

»Wir verlassen den Hexenturm für die letzte Probe«, sagte Henri. »*Ordale judicium aquae frigidae*. Das Gottesurteil des kalten Wassers.« Er warf dem Henker einen stummen Blick zu.

Der griff nach Anne und schleppte sie wie einen Sack Mehl aus der Folterkammer, die Stufen hinauf und aus dem Hexenturm hinaus. Sofort zogen sie die Aufmerksamkeit der Bürger auf sich.

Kaum an der Burg vorbei, zog die seltsame Prozession einen Strom belustigter Gaffer hinter sich her Richtung Seine. Henri schritt ihnen hoch erhobenen Hauptes und mit ernster Miene voran. Raphael wollte zu Anne, die der Henker halb bewusstlos durch die dreckigen Gassen schleifte. Eine Gruppe raufdustiger Jungen, kaum älter als Luna, lief lachend neben dem Henker her. Sie bedachten Anne mit hämischen Bemerkungen, bespuckten sie und bewarfen sie mit Steinen. Als Raphael sie scharf zurechtwies, lachten sie nur und liefen weiter – dem nächsten Zeitvertreib entgegen. Es waren dumme Jungen, die es nicht besser wussten. Doch was ihn wahrhaft zornig machte, war der Anblick der johlenden Menge, die ihnen folgte. Sie taten es jetzt den Jungen gleich und beschimpften und bespuckten Anne. Sie warfen fauliges Gemüse, Eier und schwere Steine. Einer traf Anne an der Schläfe, und sie brach zusammen. Raphael rannte zwischen dem Gesindel umher, um sie von ihrem Tun abzuhalten, er wetterte gegen sie mit Bibelsprüchen und drohte ihnen das Höllenfeuer an, so sie nicht aufhörten mit diesem unchristlichen Benehmen. Plötzlich traf ihn ein spitzer Stein am Hinterkopf. Er strauchelte, fiel auf ein Knie und rappelte sich wieder auf. Blutend wankte er auf den Henker zu, packte ihn am Arm und riss ihm Anne aus den Pranken. Er legte seine Kukulle ab, schlug sie der nackten Frau um den Körper und hob sie auf seine Arme. So trug er sie bis zum Fluss.

Von alledem hatte Henri nichts bemerkt. Kaum stand er an der Seine, lief der Henker zu ihm und deutete auf den jungen Mönch, der Anne fest in seinen Armen hielt. Henri rümpfte die Nase und zeigte auf den Boden vor seinen Füßen. Sanft, beinahe zärtlich, setzte Raphael die Frau vor seinem Prior ab.

Zu beiden Seiten des Seineufers und auf einer nahe gelegenen Brücke waren die Schaulustigen versammelt. Sie zeigten auf Anne, lachten und scherzten miteinander. Vom nahe gelegenen Markt her kamen einige Händler und boten ihre Waren feil. Sie machten ein gutes Geschäft an diesem kalten Tag.

Kurzerhand benutzte der Henker einen am Fluss montierten Kran, der zum Entladen der Schiffe diente. Grinsend nahm er ein Seil zur Hand, schlurfte zu Anne, die zitternd im Dreck lag, und riss ihr unter Jubelrufen Raphaels Mantel vom Leib. Er band der Angeschuldigten den linken Daumen an die rechte große Zehe und den rechten Daumen an die linke große Zehe. Um ihren Leib schlang er ein weiteres Seil. Anne ließ es apathisch geschehen. Dann trug er die nackte Frau hinüber zu dem Kran. Mit wenigen Handgriffen war Anne am Seilzug befestigt. Der Henker schaute zu Henri – der nickte kurz. Der Henker zog fest an dem Seil. Anne riss es vom Boden in die Höhe. Der Henker gab ihr einen Stoß, ließ das Seil nach; da klatschte sie auch schon in das schlammgrüne Wasser der Seine.

Gespannt, mit offenem Mund, starrte die Menge auf das Geschehen am Fluss. Ging Anne unter, dann war ihre Unschuld bewiesen, oder schwamm sie auf dem Wasser wie ein Pantoffelholz? War sie eine Hexe?

Während alle Augen auf Anne gerichtet waren, beobachtete Raphael den Henker. Er war verwundert, dass der Henker das Seil noch immer fest in beiden Händen hielt. Er hätte es leicht in einer Hand führen können. Raphaels Blick glitt an dem gespannten Seil hinauf, vorbei am Flaschenzug und wieder hinunter zu dessen Ende, wo Anne gegen das Ertrinken kämpfte. Etwas stimmte hier nicht. Da traf ihn die Erkenntnis wie ein Schmiedehammer. Der Henker hielt Anne absichtlich an der Wasseroberfläche, damit sie nicht unterging und so ihre Unschuld bewiesen wäre!

»Ehrwürdiger Vater«, beschwor Raphael seinen Prior, »der Henker entstellt die Beweisfindung. Seht, er zieht an dem Seil! Anne Langlois kann gar nicht untergehen!«

Henri schien Raphael nicht zu beachten. »Es ist gut«, rief er dem Henker zu. »Zieh sie herauf!«

»Ehrwürdiger Vater«, sagte Raphael erneut, »Ihr könnt dem nicht tatenlos zusehen. Ich bitte Euch …«

»Schluss damit!«, unterbrach Henri den Mönch. »Kehrt unverzüglich zurück nach St. Albert und bereitet Euch auf den morgigen Tag vor. Ihr werdet dem Weib als Advokat vor Gericht zur Seite stehen.«

Benommen schaute Raphael dem Henker zu, wie er Anne aus dem Wasser zog. Er sollte Anne vor Gericht verteidigen? Er verfügte nicht über eine juristische Ausbildung. Kenntnisse des Rechts besaß er nur aus alten griechischen und römischen Schriften. Wie sollte er Anne Langlois' Leben und ihre Seele verteidigen?

Der Henker brachte Anne zurück in den Hexenturm, der Pöbel folgte ihm und Henri.

Eine Weile stand Raphael noch am Ufer der ruhig dahinfließenden Seine. Dann gab er sich einen Ruck, holte sein Pferd und ritt nach St. Albert.

»Ich weiß nicht, was ich tun soll, Bruder«, sagte Raphael am selben Abend im Scriptorium zu seinem Freund Bruno. Es war der Abend vor Mariä Lichtmess, und eigentlich hätten sie an den Vorbereitungen zu den Feierlichkeiten teilnehmen sollen. Doch Raphael hatte Bruno heimlich fortgezogen. Hier nun, im Scriptorium, waren sie ungestört.

Raphael stand vor seinem Pult, auf dem eine Kerze langsam herunterbrannte. Darauf lagen zwei päpstliche Bullen, der Liber Sextus und die Constitutio Clementinae. Bruno hielt die Arme über dem Bauch verschränkt und lächelte.

»Der ehrwürdige Vater hat dir ein schweres Amt aufgebürdet«, sagte Bruno.

»In der Tat«, erwiderte Raphael.

»In den Bullen hast du nichts gefunden?«

»Nein«, seufzte Raphael. »Diesen zufolge handelt der Prior den Rechten gemäß. Es gibt dort nichts, auf das ich meine Verteidigung stützen könnte. Rein gar nichts.«

»Hm«, machte Bruno und rieb sich sein fleischiges Kinn. »Erinnerst du dich an den vergangenen Frühling, als man Baptiste Vadé wegen Rauferei und Trunkenheit einkerkerte?«

»Ja.« Raphael wusste nicht, worauf sein Freund hinauswollte.

»Vadé *hat* gerauft. Und er *hat* getrunken. Seine Festnahme war rechtens. Doch du hast ohne weiter nachzudenken Bürgermeister Juspierre aufgesucht und ihm in deutlichen Worten nahe gelegt, Vadé unverzüglich freizulassen.«

»Vadé ist Eigentum der Kirche«, sagte Raphael und blickte verlegen zu Boden.

»War das Eigentumsrecht der Grund, warum du eingegriffen hast, Bruder?«, fragte Bruno.

»Nein«, antwortete Raphael leise.

»In der Tat, dir ging es um den Menschen. Die Schergen haben Vadé misshandelt, seine Frau war guter Hoffnung. Du hast dafür gesorgt, dass Vadé unverzüglich freikam, und noch dazu den entstandenen Schaden vom Bürgermeister ersetzt bekommen – und das Geld anschließend Vadé gegeben.«

Raphael nickte langsam. »Ich glaube, ich verstehe.«

Bruno lächelte gutmütig. »Tu das, was du für richtig hältst, Bruder. Sag das, was dir richtig erscheint. Vertraue dem Herrn, denn Er wird dein Herz sprechen lassen.«

»Ja«, sagte Raphael. Er streckte seine müden Glieder. »Ich danke dir, Bruder.«

Bruno winkte ab. »Und jetzt geh schlafen. Sammle deine Kräfte. Du wirst sie morgen brauchen.«

Der Hexenprozess

Der Gerichtssaal der Stadt Rouen war überfüllt mit Menschen. Hier saßen Bäcker Roche und seine Frau, dort der Waffenschmied Malaut mit seinen Söhnen, hinter den Bänken standen Sekretäre des Landvogts. Jeder ein frommer Bürger der Stadt. Und neben ihrer tiefen Frömmigkeit verband sie noch etwas anderes: die Gier. Die Gier nach dem Feuer, das die erste Hexe von Rouen verbrennen sollte. Anne Langlois' Schuld stand für sie längst fest. Weder die Kirche noch der Bürgermeister würden eine Frau der Hexerei beschuldigen, wenn sie nicht eindeutige Beweise hätten. So diente der Prozess, der eine unschuldige Frau das Leben kosten könnte, nur ihrer Unterhaltung. Ein wenig Abwechslung vom eintönigen Leben. Etwas Ablenkung von den alltäglichen Problemen, mit denen ein jeder sich tagein, tagaus herumschlagen musste.

Hinter einer mächtigen Tafel saßen die Ankläger. In der Mitte Henri, rechts daneben Bürgermeister Juspierre, links daneben Bischof de Margaux und außen zwei vom Gericht bestellte Schöffen – beide ehrbare Bürger von Rouen. Vor der Tafel nahm ein Aktuar mit seinen Schreibutensilien Platz.

Hinter einem kleinen Tischchen zwischen Publikum und Klägern wartete Raphael nervös auf seinen Schützling.

»Bringt die Angeklagte herein«, rief Henri le Brasse feierlich. Die Menge verstummte.

Ein Büttel verschwand hinter einer kleinen Tür am Ende des Saales. Wenig später zerrte er Anne mit dem Rücken zu den Anwesenden herein, damit sie die Richter nicht mit ihren Blicken verhexen konnte. Die Richter inspizierten die Angeklagte gründlich. Henri fragte nach ihrem Alter und Namen, was sie wahrheitsgemäß beantwortete. Anne schien völlig ruhig.

»Sie ist angeklagt«, sagte Henri, »eine Ketzerin zu sein. Einen anderen Glauben zu haben und zu verbreiten als die heilige Kirche.«

Leises Gemurmel erfüllte den Saal.

»Glaubt sie an Gott, den Vater, den Sohn und den Heiligen Geist?«, fuhr Henri fort. »Glaubt sie an Jesus Christus, geboren von der Jungfrau Maria, gekreuzigt, auferstanden und aufgefahren in den Himmel? Glaubt sie, dass der Leib Jesu Christi auf dem Altar ist?«

Anne schwieg.

»Nun?«, drängte Henri.

»Nein, ich glaube das alles nicht.«

Ein Aufschrei ging durch die Menge. Mit dieser Lästerung Gottes hatte niemand gerechnet. Raphael begann zu schwitzen. Hinter dem Tisch steckten die Ankläger die Köpfe zusammen und berieten das weitere Vorgehen. Anne stand ruhig und stolz da. Die Qualen der gestrigen Hexenproben schien sie ungewöhnlich gut überstanden zu haben.

»Ruhe!«, rief Henri. »Kann sie zaubern?«, fragte er weiter.

»Ich mache den besten Dinkeleintopf der Stadt«, antwortete Anne. »Manche behaupten, das wäre Zauberei.«

Das Publikum lachte und klopfte sich auf die Schenkel.

»Ruhe!«, brüllte Henri erneut. »Also kann sie nicht zaubern?«

»Nein.«

»Hat sie böse Geister in Zirkel, Ringe oder Spiegel gebannt?«, fragte Henri. »Und den Menschen, welche ihr verhasst waren, dadurch Schaden zuzufügen gesucht, dass sie deren Bilder von Wachs oder Blei durchbohrte?«

»Nein«, gab Anne zurück. »Was für eine merkwürdige Frage.«

Henri runzelte die Stirn. »Dann ist es wohl auch eine merkwürdige Frage, ob sie mit dem Tode und der Hölle ein Bündnis geschlossen, böse Geister angebetet, ihnen geopfert und von ihnen die Enthüllung der Zukunft sowie Unterstützung bei frevelhaften Anschlägen gegen ihre Mitmenschen verlangt hat?«

»Dann wäre ich wohl nicht hier.«

Wieder lachte das Publikum. Raphael schien es, als hätte Anne mit ihrem ungebrochenen Stolz und dem fehlenden Respekt gegenüber dem Gericht die blutgierige Meute auf ihre Seite gezogen.

Henris Augen wurden schmal. »Ich sehe, dass sie ein arg großes Maul hat! Sie soll sich zu ihrem Advokaten setzen. Die Zeugen sollen hereinkommen.«

Der Büttel öffnete kurz die Tür und winkte jemandem zu. Herein kamen Jean und Lisette Brillon.

Anne sah die beiden Freunde, sprang auf und schlug entsetzt die Hände vor ihr Gesicht. »Nein! Nein, nicht ihr!«, stammelte sie.

»Setzen!«, brüllte Henri. »Sie soll sich setzen!«

Schnell fasste Raphael Anne bei den Schultern und zog sie hinunter auf den Stuhl. Er versuchte, seine Gefühle von Fassungslosigkeit, Enttäuschung und Wut zu überspielen. Vor allem, um Anne das Gefühl zu geben, dass der Auftritt ihrer Freunde nicht das Ende bedeutete.

Nachdem ihm Jean und Lisette Namen und Beruf genannt hatten, fragte Henri le Brasse: »Die Angeklagte ist euch bekannt?«

»Ja, ehrwürdiger Vater«, antwortete Jean.

»In welcher Beziehung steht sie zu euch?«

»Sie hat ihr Haus neben unserem Hofe, ehrwürdiger Vater.«

»Arbeitet sie für euch?«

Jean begann zu schwitzen. »Nicht direkt, ehrwürdiger Vater.«

»Was heißt ›nicht direkt‹? Sprich deutlich.«

»Sie flicht hier und da Körbe für uns, ehrwürdiger Vater.«

»Aha«, sagte Henri. Er las einige Zeilen eines Schriftstückes. »Vor vier Jahren war einer deiner Söhne schwer krank. War die Angeklagte vor der Erkrankung bei euch im Hause?«

»Nun, ja«, sagte Jean. Er trat von einem Bein aufs andere. »Drei Tage vorher hat Anne eine Lieferung Körbe zu uns gebracht.«

»Was geschah an diesem Tag?«

»Lisette und ich waren vor dem Haus. Ich sagte Anne, sie solle die Körbe nur hereinbringen. Wir vertrauen Anne, und deshalb ...«

»Schweif nicht ab!«, polterte Henri. »Was hast du gesehen, als du in das Haus kamst?«

Der Blick des Bauern wanderte von Lisette zu Henri, zu

den anderen hohen Herren und zu Lisette zurück. Er wagte nicht, in Annes Richtung zu schauen. »Ich habe gesehen, dass Anne Worte in einer Sprache aufsagte, die ich nie zuvor gehört habe.«

»Sprach sie zu dir?«

»Nein, ehrwürdiger Vater.«

»Sondern?«, fragte Henri ungeduldig.

»Sie sprach in alle vier Ecken des Hauses«, sagte Jean. »Wie zu unsichtbaren Geschöpfen. Und dabei schlug sie fortlaufend umgedrehte Kreuze.«

Gemurmel entstand unter den Versammelten.

»Gut, gut«, sagte Henri. Er schien zufrieden. »Die Aufzeichnungen zeigen, dass deine Ernten in den letzten Jahren schlecht ausgefallen sind. Kannst du dir das erklären?«

Jean blickte zu Boden.

»Kannst du dir das erklären?«, wiederholte Henri schärfer.

»Ja, ehrwürdiger Vater«, gab Jean zu. »Ich fand eines Tages auf meinem Acker eine seltsame Puppe. Sie sah aus wie der Teufel, und sie war geflochten aus dem Schilf, das Anne für ihre Körbe verwendet.«

»Ergo hat die Angeklagte deinen Acker behext, auf dass er nicht mehr Früchte trug?«

»Ja, ehrwürdiger Vater.«

Erneutes Gemurmel.

»Es ist bekannt«, führte Henri aus, »dass Hexen unter Zuhilfenahme von verderblichen Mixturen und Zaubersprüchen einen Mann behexen können, sie zu lieben und ihnen zu Willen zu sein. Hast du je fleischliche Lust für die Angeklagte empfunden?«

»Das habe ich, ehrwürdiger Vater«, flüsterte Jean.

»Sprich lauter!«

»Ja, das habe ich«, wiederholte Jean.

»Wie hat sie dir die Zaubertränke verabreicht?«, fragte Henri.

»Sie hat mir oft und reichlich von ihren selbst gekochten

Speisen angeboten«, sagte Jean. »Sie war erbost, wenn ich abgelehnt habe.«

»Hast du jedes Mal, wenn du bei der Angeklagten ihre Speisen gegessen hast, fleischliche Lust nach ihr verspürt?«

»Jedes Mal, ehrwürdiger Vater«, antwortete Jean.

»Dein Weib bestätigt deine hier gemachten Aussagen?«

»Ja, ehrwürdiger Vater.«

Anne, die die ganze Zeit apathisch dagesessen hatte, löste sich plötzlich aus ihrer Starre. »Das ist doch alles nicht wahr, Jean«, stöhnte sie weinend. »Sag ihnen, dass das nicht wahr ist. Lisette, sag du es ihnen!«

»Ruhe!«, rief Henri, und Raphael legte einen Arm um seinen von unmenschlichen Qualen gemarterten Schützling.

Noch bevor Henri die beiden Zeugen entlassen konnte, sprang Raphael von seinem Stuhl auf. »Ich bitte das hohe Gericht, den Zeugen einige Fragen stellen zu dürfen.«

»Es ist Euch erlaubt«, zischte Henri.

Raphael sammelte seine Gedanken. Seine Knie zitterten. Es ging um das Leben einer ehrbaren, unschuldigen Frau. »Diese Puppe, von der du sprachst ... Hast du sie mitgebracht? Kannst du sie vorzeigen?«

»Äh«, stammelte Jean. Er starrte hinüber zu seiner Frau, dann zu Henri und zurück zu Raphael.

»Nun?«, fragte Raphael.

»Nein, ich habe sie nicht hier.«

Raphael zog die Augenbrauen hoch. »So? Wo ist sie dann?«

»Ich ...« Man sah Jean die Verzweiflung an. Schließlich hellte sich sein Gesicht auf. »Ich habe sie verbrannt.«

Raphael sackte in sich zusammen. Es schien aussichtslos, diesen Prozess zu Gunsten von Anne zu entscheiden. Ein Komplott womöglich? Nur, was lag Henri daran, eine Frau auf den Scheiterhaufen zu schicken, der er nie zuvor begegnet war? »Hast du gesehen, dass Anne Langlois die Speisen mit Zaubertränken vergiftet hat?«, fragte er weiter. »Mit deinen eigenen Augen?«

Diesmal griff Henri ein. Noch bevor Jean ein Wort sagen konnte, bemerkte er: »Der Zeuge hat ausgesagt, dass er die Angeklagte jedes Mal nach dem Genuss der Speisen begehrte. Das genügt dem Gericht als Beweis. Die Zeugen Brillon können gehen.«

»Hohes Gericht«, rief Raphael. Seine Stimme überschlug sich. »Ich beantrage die Beendigung des Verfahrens und die unverzügliche Freilassung der Angeklagten Anne Langlois. Das Corpus Delicti, die Teufelspuppe, konnte nicht vorgelegt werden, die Zeugen haben nicht gesehen, dass die Langlois die Mahlzeiten vergiftet hat. Es gibt keinerlei Hinweise auf Hexenwerk. Die Inquisitio muss abgebrochen werden.«

Wütend schlug Henri le Brasse auf den Tisch und stand auf. »Das Gericht sieht die Beweise als gültig an! Hütet Euch davor, die Kompetenz des Gerichts infrage zu stellen!«

Zutiefst eingeschüchtert ließ sich Raphael zurück auf seinen Stuhl fallen. Was soll ich nur tun, fragte er sich. Sieht der Bürgermeister denn nicht, was für ein teuflisches Spiel Henri mit dem Leben einer untadeligen Frau spielt?

Henri war stehen geblieben und zeigte nun mit ausgestrecktem Arm auf Anne. »Gestehst du nun, dass du eine Hexe bist? Gestehst du, dass du mit dem Teufel und seinen Dämonen im Bunde bist, um deinen Mitmenschen Schaden anzutun? Gestehe im Namen unseres Herrn Jesus Christus und des heiligen Kreuzes, und dir wird Gnade gewährt.«

Anne starrte auf den Boden. Langsam, dann immer schneller schüttelte sie den Kopf. Schließlich sah sie tränenüberströmt auf und blickte Henri in die Augen. »Nein!«, sagte sie mit überraschend starker Stimme, so als wäre ihre Zunge eine Schwertspitze. Und nochmals: »Nein! Nein, ich werde nie gestehen. Niemals. Geh zur Hölle mit deinem Kreuz und deinem Herrn Jesus!«

Henri keuchte. Seine kleinen Augen waren weit aufgerissen. Der Bürgermeister musste ihn stützen. »Bringt diese Hure des Satans in die Folterkammer«, flüsterte der Inquisitor. »Wir beginnen alsbald mit der peinlichen Befragung.«

Raphael musste mit ansehen, wie der Büttel und ein Waffenträger Anne von ihrem Stuhl rissen und in den Hexenturm schafften. Henri le Brasse sammelte seine Dokumente ein. Er stob davon, ohne ein Wort mit dem Bischof, dem Bürgermeister oder den Schöffen zu wechseln. Der Aktuar folgte ihm in gebührendem Abstand. Zügig nahm auch Raphael seine Bücher und Schriften auf. Er nickte dem Bürgermeister kurz zu, dann rannte er durch die Menge hinaus auf die Straße, wo Anne gerade in einen Käfig auf einem Ochsenkarren gesperrt wurde, der sie zum Hexenturm verbringen sollte.

»Es ist noch nichts verloren, Anne«, sagte Raphael, während er versuchte, mit dem Karren Schritt zu halten.

Anne blickte ihn mild lächelnd an. »Ich werde bald sterben. Es ist gut so. Mein Leben ist nun nicht mehr wichtig.«

»Nein, nein«, sagte Raphael. »So darfst du nicht reden. Du …«

»Kümmert Euch um Luna«, unterbrach Anne den Mönch. Ihre Hände waren schneeweiß, so fest umklammerte sie die Gitterstäbe. »Sie wird jemanden wie Euch brauchen. Versprecht es mir. Versprecht es.«

Raphael schluckte schwer. »Ich verspreche es.«

Der Büttel gab den beiden Ochsen die Peitsche, und Raphael blieb keuchend hinter dem Karren zurück.

Sie hat aufgegeben, dachte Raphael. Woher soll ich da die Kraft für den Kampf gegen das Feuer nehmen? Seine Sorge galt der Korbflechterin, aber am Horizont sah er schon den nächsten Hexenprozess, dem ein weiterer folgen würde. Dann noch einer und wieder einer. Und am Ende würde es in Rouen aussehen wie in anderen Teilen Frankreichs. Hass, Gier, Neid und Denunziation wären die neuen Herren der Stadt. Und allen voran schreitet Henri le Brasse, der die Fahne der Inquisition trägt und dessen Wappen einen Scheiterhaufen darstellt. »Herr, steh uns bei«, flüsterte er.

Auf dem Hexenturm lag eine dicke Schneeschicht. Der hässliche Bau stand so friedlich da, dass man nicht glauben mochte, welch grausames Innere er verbarg.

Raphael fand Anne zusammen mit dem Prior, dem Henker und dem Schreiber in der Folterkammer. Gerade erläuterte der Henker ihr gründlich die verschiedenen Folterwerkzeuge, ihre Funktionen und die Schmerzen, die sie verursachten. Anne stand nackt und zitternd da. Bevor Raphael angekommen war, hatte man sie entkleidet und ihr die letzten Haare mit einer Fackel entfernt. Sie beachtete weder den Henker noch Henri oder Raphael.

Der Henker schloss mit den Worten: »Das alles steht dir bevor, wenn du nicht gestehst.«

Henri übernahm die Leitung der peinlichen Befragung. »Schwört sie dem Teufel und seinen Dämonen ab, bereut ihr Hexenwerk und übergibt sich der Liebe Jesu Christi, unseres Herrn, auf dass er sie von ihren Sünden reinwasche?«

Anne schwieg. Nur ihre Zähne schlugen aufeinander.

»Henker«, sagte Henri, »beginne mit deinem Werk.«

Grob schnappte der Henker nach Anne und zerrte sie auf einen Schemel, vor dem ein kleiner Tisch stand. Sie ließ es ohne Gegenwehr geschehen. Von einer Ablage an der Wand nahm er die Daumenschrauben und legte sie vor Anne auf den Tisch. Dann legte er Annes Daumen zwischen die Bretter und drehte langsam an den Schrauben. Er beobachtete die Frau aufmerksam, doch auf ihrem Gesicht zeigte sich keine Regung. Er drehte die Schrauben noch enger. Jetzt schrie Anne auf.

»Halt ein«, fuhr Henri dazwischen. Er stellte sich vor Anne auf. »Warum hat sie sich in dem Hause und auf dem Felde des Leibeigenen Brillon sehen lassen?«, fragte er.

»Ich habe ihnen Körbe gebracht«, antwortete Anne mit zusammengepressten Zähnen. »Auf dem Feld war ich nicht.«

Ein Nicken Henris hieß den Henker weiter an den Schrauben drehen. Nach einer viertel Umdrehung fragte Henri erneut: »Warum hat sie sich in dem Haus und auf dem Feld des Leibeigenen Brillon sehen lassen?«

»Ich …«, stöhnte Anne, »ich habe ihnen Körbe geliefert.«

»Henker«, sagte Henri, und der unbarmherzige Klotz setzte zu einer weiteren Umdrehung an. Anne schrie so laut, dass Raphael glaubte, sie würde auf der Stelle sterben.

»Gesteht sie jetzt, dass sie mit dem Teufel im Bunde ist?«, fragte Henri.

Es dauerte eine Weile, bis Anne antworten konnte. »Niemals«, hauchte sie.

Eine unbekannte Kraft erfüllte Raphael. Er baute sich vor seinem Prior auf. »Ein letztes Mal ersuche ich Euch, mit diesem unchristlichen Vorgehen ein für alle Mal aufzuhören. Wenn Ihr diese Frau weiterfoltert, schicke ich noch vor Einbruch der Nacht einen Boten zum Heiligen Vater nach Avignon, dass er Kenntnis von Eurem Tun erhält. Ich selbst werde …«

Weiter kam er nicht, denn Henri le Brasse hatte ihm eine schallende Ohrfeige gegeben. »Fort mit Euch, elender Ketzer! Wollt Ihr mir erzählen, was christlich ist und was nicht? Wer seid Ihr denn? Hinaus aus meinem Kerker! Hinaus, sage ich!«

Der Henker packte Raphael und warf ihn durch die Tür auf den eisigen Gang. »Fahre fort mit den Beinschrauben!«, waren die letzten Worte Henris, die er hörte. Er wandte sich um, setzte sich an die feuchte Wand und schlug wütend mit den Fäusten auf den Boden. »Es ist nicht rechtens, was hier geschieht«, murmelte er. »Es ist nicht Gottes Wille, der hier geschieht.« Er hob flehend die Hände. »Herr im Himmel, warum hilfst du nicht?« Dann drangen Annes Schreie zu ihm. Er sprang auf und hämmerte wild an die Tür. Er schlug so heftig gegen das Holz, dass Splitter in seine Hände drangen und seine Knöchel bluteten. Keine Reaktion. Drinnen führten Henri und der Henker ihr Teufelswerk an der armen Frau fort. Weinend brach Raphael vor der Tür zusammen.

Raphael vermochte nicht zu sagen, wie lange es dauerte,

bis Annes Schreie erstarben. Irgendwann ging die Tür wieder auf. Sofort war er auf den Beinen. Der Aktuar erschien leichenblass und rannte fort. Dann erschien der Henker mit Anne auf den Armen. »Wie geht es ihr?«, fragte Raphael. Seine Stimme überschlug sich. Sein Blick fiel auf Annes Gesicht. Blut überall. Auch auf ihrem Gewand. »Was in Gottes Namen habt Ihr mit ihr gemacht?«, wollte er von Henri wissen.

Henri hielt ihm triumphierend ein Schriftstück hin. »Sie hat gestanden, dass sie eine Hexe ist. Nun geht mir aus den Augen!« Er stieß Raphael zur Seite und achtete darauf, dass der Henker ihm folgte. »Zurück zum Gericht!«, befahl er ihm.

Auf dem Weg zurück bestand Raphael darauf, bei Anne in dem schrecklichen Käfig mitzufahren. Da Henri nicht zugegen war, konnte er seine Forderung mühelos durchsetzen.

Die ehemals stolze Anne Langlois, die er nun in den Armen hielt, bot einen herzzerreißenden Anblick. Die Glieder ausgerenkt, Finger und Beine gebrochen, an beiden Füßen heftig blutend, war sie dem Tode näher denn dem Leben. Womöglich wäre der Tod eine Erlösung für sie, überlegte Raphael, während er den kahl rasierten Kopf streichelte. Nur ein dünnes Gewand hatte man der Angeklagten zugestanden. Dabei war die Kälte kaum auszuhalten. Anne atmete stoßweise, und ihr Atem bildete kleine Wolken vor ihren geschlossenen Augen, die sich schnell verflüchtigten.

»Kyrie eleison«, murmelte Raphael. Er war in Gedanken bei seinen letzten Worten vor dem Inquisitionstribunal. Was konnte er sagen? Wie sollte er die Frau den Klauen dieser Bestien entreißen, wo ihr Urteil doch schon feststand? Was sollte ein junger Mönch aus der Provinz einem Meister des Worts wie Henri le Brasse entgegensetzen? Er erinnerte sich an das, was Bruno gesagt hatte, und beschloss, sein Herz sprechen zu lassen.

Schon war der Karren vor dem Gerichtshaus angekommen. Man schleppte Anne hinein, ohne auf Raphael zu achten. Er sprang in den Schlamm, raffte seine Kukulle und lief den Bütteln hinterher. Vor dem Gericht war eine Schar Menschen zusammengeströmt. Sie warteten auf das Urteil – und die darauf folgende Verbrennung der Hexe.

Als Raphael in den Gerichtssaal kam, war Anne bereits da. Sie hing mehr im Stuhl, als dass sie saß. Die Zuschauer starrten erschrocken zu ihr hinüber. Am Morgen war sie zwar geschwächt und gedemütigt, aber dennoch ungemein stolz gewesen, nun war sie nur noch eine leblose Hülle.

Henri stand auf, und die Menge richtete den Blick auf ihn. »Die Angeklagte hat die Ketzerei gestanden.«

»Ehrwürdiger Vater«, warf Raphael ein. »Ich bitte Euch, mir das Wort zu erteilen.«

»Ihr habt es Euch bereits genommen«, zischte Henri. »Sprecht!«

Einen Augenblick hielt Raphael inne. Dann hob er den Kopf und unternahm einen letzten Versuch, Annes Leben zu retten. »Die Mediziner lehren, dass bei Mensch und Tier mancherlei neue Leiden auftreten, die von den Ärzten noch nicht genügend erforscht sind. Wenn ein Arzt eine neue Krankheit nicht kennt oder ein altes Leiden sich trotz Behandlung nicht bessert – dann überlässt man sich irgendwelchem Aberglauben, spricht von Hexenwerk und Zauberei und gibt die Schuld denen, die zufällig dort waren, wo das Unerklärliche passiert ist. Da ist es denn kein Wunder, wenn immer mehr Frauen beschuldigt werden, Hexen zu sein, zumal Prediger und Geistliche nichts dagegen unternehmen, sondern diesen Aberglauben noch schüren.«

Bei den letzten Worten war der Prior aufgesprungen. »Hütet Eure Zunge oder ich lasse sie Euch herausschneiden! Ihr beleidigt die heilige Inquisition wie ein Ketzer!«

Raphael ließ sich nicht beirren. »Denunziation und Angst werden diese Stadt regieren. Niemand kann mehr sicher sein, ob ihn nicht sein Nachbar aus Neid, Gier und Hass verrät.« Er wandte sich dem entsetzten Publikum zu. »Ihr alle könnt morgen die Nächsten sein. Gebietet diesem Treiben Einhalt oder ihr folgt dieser unschuldigen Frau auf den Scheiterhaufen. *Quousque tandem?*«, rief er. »Wie lange noch?«

Stille trat ein. Bischof de Margaux starrte Raphael mit offenem Mund an. Henri schnaubte vor Wut. Dann sagte er ungewohnt ruhig: »Das wird ein Nachspiel haben. Seid dessen gewiss.«

Er atmete tief durch. »Ich verlese das Geständnis der Angeklagten Anne Langlois. Bezeugt und unterschrieben: ›Vor zehn Jahren, als ich beim Körbeflechten war, kam ein Mann in schwarzen Kleidern und einem grünen Hut in mein Haus. Er schüttete viel Gold und Silber in meinen Schoß und forderte den Beischlaf von mir. Ich habe sogleich eingewilligt, aber der Beischlaf war kalt und unnatürlich. Nach zehn Tagen kam der Teufel erneut zu mir und forderte abermals den Beischlaf. Wieder habe ich ihm gehorcht. Dann hat er gefordert, ich müsse ihm nacheifern und alles Vieh und alle Ernten vernichten. Abends war er schon wieder aufgetaucht und hat mich mit auf einen Hexentanzplatz genommen. Dabei musste ich im Namen des Teufels links auf eine Geiß aufsteigen. Er nannte sich Luzifer und gab mir den Namen Röschen. Der Buhle hat mich dann öfter in Gestalt einer schwarzen Katze aufgesucht, und auch einmal ein Viert Kleie mitgebracht. Darauf habe ich selber eine andere Frauensperson das Zaubern gelehrt und sie in ihrem Stalle bei den Kuhkrippen wiederum einem Teufelsbuhlen angetraut, der Hundsfüße hatte und den Namen Kasper trug. Ich danke Gott selber höchlich, dass er mich zur Erkenntnis meiner Sünden hat kommen lassen und mich durch die angewendeten Mittel in die ewige Seligkeit aufnehmen will.‹«

Gemurmel hob an. Raphael schüttelte den Kopf. Anne war nicht einmal in der Lage gewesen, das Geständnis zu unterschreiben. Wie hatte sie es da lesen können? Das Dokument ist eine einzige Lüge!

Henri verlas das Urteil. »Wegen Verleugnung Gottes, Vereinigung mit dem bösen Feind, Verunglimpfung des heiligen

Sakraments des Altars und wegen des Lasters der Zauberei soll sie von peinlichem Rechts wegen mit dem Feuer vom Leben zum Tode gestraft und vernichtet werden. Wir empfehlen ihre Seele Gott, dem Allmächtigen.«

Mit diesen Worten rissen die Büttel Anne fort. An der Tür traten zwei bewaffnete Männer hinzu, die die Verurteilte nicht mehr aus den Augen ließen. Raphael blieb keine Zeit; er lief den Männern hinterher. Seine letzte Pflicht bestand nun darin, die unschuldige Frau zum Scheiterhaufen zu geleiten und für sie zu beten.

Vor dem Gericht stand der Mob bereit, einen Hagel aus Eiern, alten Kohlköpfen und Steinen auf die Hexe zu werfen. Unter den johlenden Rufen der Menge stieß man Anne in den Käfig. Langsam setzte sich der Tross in Bewegung, begleitet von unzähligen erregten Menschen. Raphael betete laut. Doch Anne nahm all dies nicht wahr. Atmete sie überhaupt noch? Raphael streichelte sie und spürte den flachen Atem auf ihrem Bauch. »Möge Gott deiner Seele gnädig sein, gute Anne«, flüsterte er.

Miraculus, der Gaukler

Auf dem Marktplatz herrschte buntes Treiben. Bauern der Umgebung boten ihren Überschuss an Getreide, Käse, Milch, Eiern oder Fleisch feil. Fahrende Händler verkauften Töpferware, Seile, Salz, Stoffe. Da wurde gefeilscht, gestritten und gezecht. Mancher Standbesitzer stritt scherzhaft mit seinem Nachbarn und zog über dessen Waren her. Messerschleifer drohten frechen Gassenjungen, die hier und da einen Versuch wagten, an die begehrten Klingen zu gelangen. Feiste Wurstverkäufer schmeichelten den Damen. Gelegentlich sah man grell geschminkte Huren, die sich möglichen Freiern anboten, in der Hoffnung auf ein paar Sous. In einer Ecke lag ein kriegsversehrter Soldat, der um ein paar Münzen bettelte. Händler, die ein gutes Geschäft gemacht hatten, schlossen ihre Stände, tranken Bier und vergnügten sich beim Würfelspiel. Obwohl es eisig kalt war, blieb kaum einer den Vergnügungen auf dem Markt fern.

Die Attraktion stellten zweifellos die Spielleute dar. Das bunte Volk zog die Massen magisch an. Da waren Stelzenläufer, Schwertschlucker, Messerwerfer, Feuerspucker, Puppenspieler und allerlei Musikanten mit Schellen, Drehleier, Zimbeln, Flöten, Laute, Rotta und Mandora, die fröhliche Zechlieder und traurige Minne vortrugen. Einige Jungen vollführten Purzelbäume, schlugen Räder und beherrschten das Diabolo so gekonnt, dass den Leuten der Mund offen blieb.

»Kommt heran und staunet!«, rief der alte Bertrand. Er marschierte gemeinsam mit einem Trommler die Reihen der Marktbesucher ab. »So etwas habt ihr noch nie gesehen. Lasst euch verzaubern von Miraculus, dem Meister der Gaukelei. Schaut ihm zu, wie er Keulen und Bälle und selbst Feuerschwerter durch die Luft wirft. Hört, wie tausend Stimmen aus ihm sprechen. Und gebt gut Acht auf euren Geldbeutel, dass er nicht verschwindet wie von Zauberhand.« Er deutete auf einen schlaksigen jungen Mann mit braunen Haaren und grünen Augen, der mit den anderen Gauklern auf dem Marktplatz stand und mit fünf Bällen jonglierte.

Bertrand ging weiter zu einem kahlköpfigen, muskelbepackten Kerl, der seinen Kopf in den Nacken legte und langsam ein Schwert in seinem Schlund verschwinden ließ. »Magnus, der Schwertschlucker!«, tönte Bertrand. »Und er spuckt Feuer, dass selbst der Teufel neidisch wäre.« Zum Beweis nahm Magnus einen Schluck aus einer Flasche, hielt eine Fackel vor seinen Mund und blies der Menge eine Feuerfontäne entgegen.

»Amicus, der Herr der Messer!«, rief Bertrand. Amicus, ein großer, kräftiger Mann mit einem prächtigen schwarzen

Schnurrbart, warf einige Messer auf eine Holzscheibe, vor der eine Frau stand.

»Kommt näher und erfreut euch an den Possen von Jacques und Jacques«, krähte Bertrand weiter. »Sie tragen denselben Namen, doch sie könnten kaum unterschiedlicher sein.«

Zwei Männer, der eine klein mit lockigem schwarzen Haar und einer knolligen Nase, der andere groß, blond, mit strengen Augen, eilten herbei. Der große Jacques, gekleidet in einen blauen Umhang, der einst prächtig ausgesehen haben mochte, und einer hölzernen Krone auf dem Kopf; der kleine Jacques in einem Narrenkostüm. Während der kleine Jacques den größeren neckte, schlug der mit der Krone ihm mit einem Stock unentwegt auf den Kopf. Das Publikum lachte schallend.

»Und nun lasst euch verzaubern«, beendete Bertrand seinen Vortrag. Er verneigte sich tief, zog seine Mütze und wedelte damit vor seinen Füßen.

Der junge Miraculus war an der Reihe. Schnell zog er die Aufmerksamkeit der Zuschauer an. Er warf drei bunte Bälle in die Luft, jonglierte einhändig, warf zwei weitere dazu und beherrschte schließlich sieben Bälle. Die Leute riefen »Ahh« und »Ohh«. Kinder lachten und klatschten begeistert. Das gleiche Kunststück vollbrachte er mit Keulen, die eine Elle maßen. Schließlich zündete er die Keulen an und jonglierte mit den brennenden Fackeln.

Eine weitere Kunst, die Miraculus beherrschte, war das Bauchreden. Er nahm aus einer Holztruhe eine Puppe, die aussah wie ein blond gelockter Prinz. Dann fuhr er mit der Hand hinein und ging auf ein rothaariges Mädchen von vielleicht fünf Jahren zu. Er hielt die Puppe vor ihr Gesicht und sagte, fast ohne die Lippen zu bewegen: »Hallo, liebes Mädchen.«

»Hallo«, sagte die Kleine verwundert. Dabei blickte sie zu der Puppe und von der Puppe zu Miraculus

»Wie ist dein Name?«, fragte die Puppe.

Dem Kind war anzusehen, dass ihm unheimlich zumute war. Der Prinz sprach, doch öffnete er nicht den Mund. Und dieser merkwürdige Mann, der den Prinzen hielt, sprach auch nicht. »Bernadette«, sagte sie verschüchtert, dabei hielt sie sich an der Schürze ihrer Mutter fest.

»Oh, welch bezaubernder Name«, sagte der Prinz. »Wie der einer Prinzessin.«

Das Mädchen lächelte verlegen.

»Möchtest du später eine Prinzessin sein?«, fragte der Prinz.

»Ja«, sagte die Kleine und nickte heftig. Sie schien Gefallen an dem seltsamen Wesen zu haben.

»Und aus welchem Land soll dein Prinz kommen?«

»Oh«, machte das Mädchen. Sie zuckte mit den Schultern.

»Schau«, sagte der Prinz, »einmal wirst du groß sein, und ein Prinz kommt auf einem weißen Ross daher, das glänzt wie Silber. Bestimmt wird er für dich einen großen Drachen töten. Hast du schon einmal einen Drachen gesehen?«

Das Mädchen schüttelte wild mit dem Kopf, dass die roten Locken flogen.

»Drachen sind wilde, gefährliche Geschöpfe, die Feuer aus ihrem Maul speien. Nur die stärksten und tapfersten Prinzen können sie besiegen.«

Gebannt, den Mund weit geöffnet, starrte das Kind auf den Prinzen.

»Du wirst dereinst seine Prinzessin sein. Euer Reich sind die Gefilde eurer Herzen, wo nur ihr allein herrscht. Und irgendwann, so Gott will, werdet ihr eine kleine Prinzessin haben, so wie du jetzt eine kleine hübsche Prinzessin bist.«

Staunend blickte das Mädchen in die hölzernen Augen der Puppe. Dann griff sie danach und drückte sie fest an ihre Wangen. Die Leute lächelten verzückt. Die Mutter gab Miraculus einen Sou, und unter tosendem Applaus verbeugte sich der Bauchredner.

»Hochverehrtes Publikum«, rief Miraculus, nachdem er die Puppe wieder in die Kiste gelegt hatte. »Zum Schluss meiner

Darbietung benötige ich Eure Unterstützung. Gibt es unter Euch einen Freiwilligen, der sich bereit erklären würde, einer kleinen Gaukelei beizuwohnen?«

Zwei betrunkene Gerber stießen lachend ihren nicht minder betrunkenen Begleiter in die Mitte des Platzes. Noch bevor der verdutzte Mann zurückschleichen konnte, packte Miraculus ihn am Schlafittchen.

»Wie lautet Euer Name?«, fragte der Gaukler, während er den Gerber fortzog.

»Louis«, lallte der Mann.

Miraculus zog seine Ärmel hoch und zeigte dem Gerber und dem Publikum seine leeren Hände. »Seht her! Meine Hände sind leer wie die Kassen des Königs.« Gelächter. Blitzschnell griff er dem Gerber hinter ein Ohr und zog eine Münze hervor. Unter den staunenden Blicken der Umstehenden fand er dort noch drei weitere Münzen.

Erschrocken fasste der Gerber hinter seine Ohren, musste dann aber enttäuscht einsehen, dass dort keine Münzen mehr zu finden waren.

Doch schon vollführte der Zauberer neue schelmische Spiele mit ihm. Unter seinem Hut fand Miraculus ein Ei, das er an seinem Kopf aufschlug und hinunterschlang. Ein Griff in sein Wams, und Louis sah überrascht, dass Miraculus ein Tuch herauszog, das scheinbar kein Ende nahm. Miraculus fand noch einige andere Dinge in den Gewändern des Gerbers, dass dem Mann die Augen übergingen.

Miraculus verabschiedete Louis mit den Worten: »Ich danke Euch für Eure Hilfe.«

Louis wollte gerade davontorkeln, da hielt die Stimme des jungen Zauberers ihn zurück: »Habt Ihr nicht etwas vergessen?«

Der Gerber tastete sich ab. Da hielt Miraculus einen Geldbeutel in die Luft. Louis lachte und wollte nach seinem Geldbeutel greifen, da verschwand er auch schon aus Miraculus' Hand und tauchte gleich darauf in seiner anderen Hand auf.

Unter Begeisterungsrufen schickte Miraculus seinen unfreiwilligen Helfer zurück zu dessen betrunkenen Freunden.

»Und nun, verehrte Leut'«, sagte Miraculus abschließend, »danke ich für Euren Applaus und Euer Wohlwollen.«

Das Publikum verabschiedete ihn mit donnerndem Beifall.

Lächelnd zog sich Miraculus zurück und verschwand hinter einem der Planwagen. Sein Lächeln erlosch, und er ließ die Schultern hängen. Er zog einen zerschlissenen Wollmantel über und nahm an dem flackernden Feuer Platz.

»Müde?«, fragte Agnès, die Frau des alten Bertrand.

»Die Kälte macht mir zu schaffen«, log Miraculus, dessen richtiger Name Pierre Lavalle lautete. Er war es leid, tagtäglich sein Publikum zu unterhalten. Er war es leid, kein Heim zu haben, sondern ständig herumzureisen. Er war es leid, nicht sein eigener Herr zu sein. Doch vor allem war er es leid, sein hart erarbeitetes Geld an Magnus abzugeben. Denn nicht der alte Bertrand, sondern Magnus war der Herr der Truppe. Vorsichtig spähte Pierre hinter dem Wagen hervor und sah, dass Magnus gerade mit hochrotem Kopf, die Muskeln zum Bersten gespannt, die präparierten Ketten um seinen Körper sprengte. »Pah! Humbug!«, fluchte Pierre.

»Magnus?«, fragte Agnès.

Pierre nickte schwach.

Agnès schaute den Flammen bei ihrem Spiel zu. Sie zog den alten Umhang fester um ihre Schultern. Ihre langen grauen Haare waren zu einem Zopf geflochten, der sie um Jahre jünger erscheinen ließ.

»Als wir noch einen Bären hatten, war alles besser«, sagte Agnès.

Wenn sie nicht wusste, was sie sagen sollte, fing sie immer mit dem Bären an. »Wie lange wollen wir das noch mitmachen, Agnès?«, fragte Pierre.

»Du weißt, was damals mit Maurice geschehen ist«, antwortete Agnès leise.

Natürlich erinnerte er sich. Wie hätte er das vergessen können? Maurice hatte gegen Magnus aufbegehrt und wurde eines Tages mit gebrochenem Genick aufgefunden. Niemand wagte es damals, Magnus offen zu bezichtigen, aber es war allen gewiss, dass er schuld an dem Mord gewesen war. »Warum unternimmt Amicus nichts?«, fragte Pierre weiter. »Er ist Magnus gewachsen. Bestimmt ist er das!«

Agnès hob den Kopf und sah Pierre in die Augen. »Das haben wir doch schon so oft besprochen, Pierre. Solange Magnus Amicus in Frieden lässt und ihm genug Geld gibt, hält Amicus still. Ohne Amicus würde es uns allen ohnehin schlechter gehen. Das weißt du.«

Murrend biss Pierre in einen Apfel. Gab es denn keinen Ausweg? Am liebsten wäre er fortgegangen. Wäre des Nachts fortgeschlichen von der feigen Truppe und hätte irgendwo in Frankreich ein neues Leben begonnen. Wie oft hatte er sich vorgenommen zu fliehen? Wie oft nachts wach gelegen und Pläne geschmiedet? Doch wenn die Sonne aufging und die Menschen zu den Märkten strömten, hatte er immer wieder aufs Neue seinen blauen Mantel mit den Mond- und Sternornamenten übergestreift, den langen spitzen Hut aufgesetzt und den Leuten eine ordentliche Darbietung seiner Künste geboten. »Verdammt!«, zischte er.

Am Beifall erkannte Pierre, dass Magnus' Vorstellung zu Ende war. Ihm applaudierten die Zuschauer stets am längsten. Muskeln, gesprengte Ketten und geschluckte Schwerter waren bei den Leuten beliebter als sprechende Puppen, fliegende Bälle und Zaubertricks. Nun würde Amicus mit seinen Messern Kunststücke vollführen, Jacques und Jacques vor das Rad stellen und sie wie immer um Haaresbreite verfehlen. Schließlich würde der alte Bertrand mit seiner schäbigen Mütze die wenigen Sous einsammeln und sie Magnus übergeben. So war es immer, und so würde es bis ans Ende aller Tage weitergehen.

Und da kam auch schon der alte Bertrand um die Ecke, die Mütze noch in der Hand. Magnus schlich hinterdrein, packte die Mütze und stierte hinein. »Kein guter Tag«, schimpfte Magnus.

»Die Zeiten sind schlecht, der Winter ist hart«, sagte der alte Bertrand unbekümmert.

Magnus gab jedem von ihnen einen Sou, Amicus erhielt drei der Münzen. Pierre schüttelte verärgert den Kopf.

»Wolltest du etwas sagen?«, fuhr Magnus den jungen Zauberkünstler an.

»Nein!«, fauchte Pierre und steckte seine Münze ein.

»Das will ich dir auch geraten haben, Junge!« Ohne seinen Blick von Pierre abzuwenden, ließ Magnus seinen Anteil in einen gut gefüllten Geldbeutel klimpern.

Da überkam Pierre plötzlich die Kraft aufzuspringen und wütend gegen ein Rad des Wagens zu treten. Wie aus weiter Ferne hörte er sich sagen: »Ich will den Anteil an den Einnahmen, der mir zusteht. Wir alle wollen unseren gerechten Anteil.«

Magnus' Gesicht lief puterrot an. Es sah aus, als würde sein Schädel gleich platzen. »Was sagst du da?«

»Du hast schon richtig gehört!«, gab Pierre scharf zurück.

Solche Worte war Magnus nicht gewohnt. »Du mieser kleiner …«, keuchte er. » Dir werde ich zeigen, was dir zusteht.« Damit packte er Pierre, presste ihn an seinen stinkenden Körper und drückte ihm die Kehle zu.

Im letzten Augenblick griff Gottes Hand ein. Amicus stand plötzlich hinter Magnus und hielt ihm ein Messer an die Kehle. »Lass ihn sofort los«, zischte er.

Magnus wagte keine Bewegung. Schweißperlen rannen über sein feistes Gesicht. Er löste die Umklammerung, und der Junge fiel hustend nach vorn.

»Ganz ruhig«, sagte der Messerwerfer zu Magnus. »Ich gehe jetzt einen Schritt zurück. Rühr dich ja nicht.«

»Das wirst du mir büßen.« Magnus' Stimme klang wie fernes Donnergrollen. Er wandte sich um.

Amicus stand da wie ein Fels. Keine Wimper zuckte, die

Augen fest auf Magnus gerichtet, das Messer zum tödlichen Hieb bereit.

»Eines Morgens wirst du nicht mehr aufwachen«, drohte Magnus dem jungen Pierre. Er warf einen letzten Blick auf Amicus und ging.

Pierre kam allmählich wieder zur Besinnung. Agnès und der alte Bertrand halfen ihm auf. »Das darfst du nie wieder tun, Pierre«, sagte Agnès. »Hörst du? Nie wieder.«

»So ein Unfug!«, wetterte der alte Bertrand. »Du stürzt uns noch alle ins Unglück!«

Pierre sagte nichts, sondern warf Amicus einen dankbaren Blick zu, den dieser mit einem kurzen Nicken erwiderte.

»Seht!«, rief da der große Jacques.

Die Truppe blickte in die Richtung, in die der große Jacques wies. Was sie sahen, verblüffte sie. Der Markt war noch lange nicht zu Ende, es war gerade kurz nach Mittag, doch die Leute strömten davon. Die Händler schlossen ihre Stände. Sie waren seit vielen Jahren auf unzähligen Märkten im ganzen Land gewesen, aber so etwas war noch nie zuvor passiert. Für gewöhnlich beendete der Herold den Markt am Nachmittag, und erst dann verließ ein jeder den Platz.

Da kam auch schon der kleine Jacques herbeigelaufen. »Eine …«, keuchte er aufgeregt. »Eine … eine …«

»Beruhige dich und hole Luft«, sagte Amicus.

Der kleine Jacques schluckte. »Eine Hexenverbrennung!«

Ungläubig, mit offenem Mund, starrten sie einander an. Eine Hexenverbrennung in dieser Gegend? Das hatte es noch nie gegeben.

Pierre zog seinen Mantel fester um sich. Hexenverbrennungen waren nichts Ungewohntes mehr für ihn. Letztes Jahr in Bayeux, dachte er. Der alte Mann schrie noch, als die Flammen seinen Kopf erfassten. So etwas Schreckliches wollte Pierre nicht noch einmal erleben.

»Kommst du mit?«, fragte der alte Bertrand.

Pierre wollte eigentlich nicht mitgehen, aber der Gedanke,

allein hinter dem Wagen zu hocken und darauf zu warten, dass Magnus zurückkam, gefiel ihm noch weniger. »Ich komme«, antwortete er und folgte den Spielleuten.

Auf dem Richtplatz war ein Scheiterhaufen errichtet, auf dem eine Frau festgebunden war. Davor stand ein Büttel. Er entrollte ein Dokument und las laut vor: »Es sollen billig erschrecken und mit stillschweigender Verwunderung alle Zuseher auf diesem traurigen Schauplatz anhören und zu Gemüte ziehen, was der von Gott in die Höllenglut verstoßene Mord- und Lügengeist in den Kindern des Unglaubens wirkt und zu was für harten, grausamen Untaten er sie zum Verderben ihrer armen Seelen anführt. Welchergestalt die erschrecklichen, himmelschreienden und stummen Sünden der Zauberei und Sodomiterei vielerorten überhand genommen und hochschädlicherweise um sich gefressen, das bezeugt die tägliche, höchst traurige Erfahrung. Daher muss von einer christlichen Obrigkeit auch beizeiten durch harte und exemplarische Bestrafung solchen seelenverderblichen Unheil- und Gräueltaten vorgebeugt werden.« Sodann verlas er Geständnis und Urteil und schloss mit den Worten: »Erlassen, verkündet und vollstreckt zu Rouen am 2. Februar im Jahre der Menschwerdung des Herrn 1348.«

Auf ein Zeichen hin entzündeten der Henker und einige Knechte ihre Fackeln und hielten sie an den Scheiterhaufen. Doch wegen der Kälte und der Feuchtigkeit brannte das Holz nicht an, und so schütteten sie Eimer mit Öl darüber. Schließlich fing das Reisig Feuer. Flammen züngelten zu den dicken Hölzern, und innerhalb weniger Augenblicke stand der Scheiterhaufen in Flammen. Der Mob starrte gebannt auf das Schauspiel. Kinder versteckten sich hinter ihren Müttern. Frauen schlugen die Hände vors Gesicht, gestandene Männer wandten sich ab. Ein junger Mönch stand beim Scheiterhaufen und betete für die arme Frau.

Sie stand dort oben mit weit aufgerissenen Augen und suchte die Menge ab. Die ersten Flammenzungen leckten an ihren Füßen, und sie zuckte und zerrte an ihren Fesseln, um ihnen auszuweichen. Als das Feuer ihr dünnes Gewand entzündete und an ihrem Körper emporstieg, brüllte und schrie sie in tiefster Not.

Pierre wandte sich ab. Um sich sah er entsetzte, verzerrte Gesichter. Und dann entdeckte er sie. Etwa zehn Schritte entfernt stand ein Mädchen, wohl wenige Jahre jünger als er selbst. Ihr Haupt war umrahmt von sanften Locken in der Farbe von Bernstein. Ihr Gesicht war weiß wie Marmor. Ihre blauen Augen waren groß und strahlend wie der Vollmond. Sie waren starr auf die brennende Frau gerichtet. Ihr eng geschnittenes Kleid, ockerfarben wie guter Ackerboden, ließ erkennen, wie weit der junge Körper auf dem Weg zur Frau war. Es schien, als wäre sie umgeben von einem Ring göttlicher Kraft. In dem dichten Gedränge stand sie allein. Aus irgendeinem Grund machten die Leute ihr Platz. So viel war gewiss: Sie war das schönste Geschöpf, das Pierre je in seinem Leben zu Gesicht bekommen hatte.

Jemand stieß Pierre hart in den Rücken. Er strauchelte und musste mit ansehen, wie vier schwer bewaffnete Männer an ihm vorbei auf das wundervolle Geschöpf zugingen und es fortschleppten. Er wollte ihnen hinterherlaufen und das Mädchen befreien, doch er kam in der Menge nicht voran. Das Letzte, was er von dem Mädchen sah, war, dass die Männer sie in Richtung des merkwürdigen Turms eskortierten. »Verdammt!«, fluchte er. Weiter vorn sah er den Mönch, der zuvor bei der Hexe gewesen war. Auch er schien auf der Suche nach dem Mädchen zu sein. Kannte er sie etwa? Pierre beschloss, den Mönch nach dem Mädchen zu fragen, doch dieser war verschwunden.

Pierre fühlte eine seltsame Art von Verzweiflung. Sein Herz schien zu bersten, sein Kopf dröhnte wie ein Amboss, auf den ein Schmied einen gewaltigen Hammer schlug. Er musste dem schönen Wesen helfen. Nur wie? »Was ist das für ein Turm?«, fragte Pierre einen schmächtigen Bauern und zeigte auf den düsteren Bau.

»Das, mein Junge«, sagte der Bauer nicht ohne Stolz, »ist der Hexenturm von Rouen.«

Pierres Herz schien auszusetzen. Er achtete nicht mehr auf die Menschen um sich herum oder auf die Frau, die nun keinen Laut mehr von sich gab. Er dachte an das Mädchen, an den Hexenturm und daran, wie er sie befreien konnte.

In der folgenden Nacht fand Pierre keinen Schlaf. Seine Gedanken waren erfüllt von der wundersamen Schönheit. Wie sie wohl heißt, fragte er sich. Er schlug die dünne Decke zurück und spähte umher. Magnus schlief in einem der drei Wagen. Pierre hörte ihn laut schnarchen. Er hatte sich mit Dünnbier und Wein voll laufen lassen und schlief nun seinen Rausch aus. Pierre war dies nur recht. So ließ Magnus ihm, Pierre, seinen Frieden. In einem anderen Wagen ruhten Agnès und der alte Bertrand, im dritten schlief Amicus. Nur er und die beiden Jacques' mussten auf den gefrorenen Steinen des Marktplatzes übernachten.

Ein eisiger Hauch streifte Pierre. Nein, er konnte nicht tatenlos hier liegen, während das Mädchen im Hexenturm gefangen war. Er musste etwas tun! Nur was? An die Tür klopfen und den Henker höflich fragen, ob er denn wohl das schöne Mädchen aus seinem Kerker ließe, kam kaum infrage. Sie gewaltsam zu befreien war ebenso abwegig. Er überlegte fieberhaft hin und her. Schließlich beschloss er, zum Hexenturm zu schleichen. Vielleicht kam ihm dort eine Idee. Zumindest war er so dem Mädchen nah.

Auf leisen Sohlen stahl er sich davon. Quer über den menschenleeren Platz. Der frische Schnee reflektierte das Licht des Vollmonds, sodass er schnell vorankam. Vorbei an Kirche, Schusterei, Schmiede, Rathaus und dem jüdischen Viertel führte ihn sein Weg, bis er endlich die Burg sah. Von dort aus war der Hexenturm nicht zu verfehlen. Schwarz und mächtig stand er da wie ein riesiger Golem. Einem Katzenauge gleich drang schwacher Lichtschein durch ein Fenster. Dickes Mauerwerk verbarg jeden Laut.

Je näher Pierre dem Hexenturm kam, desto monströser kam ihm das Gemäuer vor. Warum wurde ein so graziöses Wesen wie das schöne Mädchen in einem solchen Berg aus Stein eingekerkert? Er schüttelte den Kopf. Nein, sie musste hier heraus. Eile war geboten. Wer weiß, vielleicht klagt man sie morgen schon an, dachte er. Den Körper angespannt, zur Flucht bereit, schlich er vorwärts. Der Schnee knirschte unter seinen alten Lederstiefeln.

Am Turm angekommen, lehnte Pierre sich gegen den kalten Stein. Sein Atem ging schwer und rasselnd. Vorsichtig huschte er zu dem Fenster. Es war beschlagen, und er entdeckte nur ein paar schemenhafte Gestalten, die an einem Tisch saßen, und ein Feuer, das an der Wand in einem schmalen Kamin loderte.

Da ging mit einem Schlag die Tür auf, und ein Henkersknecht trat heraus in den Schnee. Geistesgegenwärtig warf Pierre sich zu Boden. Der Knecht war nur wenige Schritte von ihm entfernt und öffnete lachend seine Hosen.

»Warte nur«, lallte er, und Pierre dachte für einen Moment, er sei entdeckt worden. »Mein Geld nehme ich dir wieder ab. Die Nacht ist noch lang und der Wein …«

Der Knecht verstummte und schlug sein Wasser ab.

»Komm endlich rein und spiel weiter«, rief jemand von drinnen. Dröhnendes Lachen. »Oder willst du, dass unser schönes Kind friert?«

Der Knecht stimmte hustend in das Gelächter ein. »Die? Bei der ist es doch gleich. Morgen wird ihr der Prozess gemacht, und übermorgen wird sie brennen. Recht so! Verdammte Hexenbrut!« Angewidert spie er auf den Boden, zog die Hosen hoch und trottete zurück.

Gerade wollte Pierre sich aufrichten, da dröhnte eine Stimme: »Wartet!« Pierre ließ sich wieder zu Boden fallen.

Einer der Knechte hielt die Tür offen. »Beeil dich! Wir dachten schon, du kommst nicht mehr wieder.«

Pierre sah eine Gestalt mit zwei Krügen auf den Hexenturm zuschwanken.

»Halt dein dummes Maul«, rief der Knecht mit den Krügen. »Hol doch den Wein nächstes Mal selbst. Säufst ja auch am meisten.« Gemeinsam verschwanden sie im Turm.

Pierre wagte nicht zu atmen. Womöglich kam ein weiterer Henkersknecht um die Ecke. Seine Gedanken kehrten zu der liebreizenden Gefangenen zurück. Morgen schon, dachte er hilflos. Und übermorgen soll sie brennen? Wie zum Teufel konnte er sie in dieser kurzen Zeit befreien? Es brauchte einen Ritter, um sie aus dem Turm zu holen. Ach was! Zehn Ritter! Er war bloß ein dürrer, hohlwangiger Gaukler, der nur mit Waffen in Berührung kam, wenn er Amicus' Messer polierte. Dennoch ... er besaß einen wachen Verstand. Etwas, das die Henkersknechte trotz all ihrer Muskeln nicht hatten.

In seinem Kopf entstand nach und nach ein Plan. Und als er an sein Lager auf den Marktplatz gelangte, lange bevor die Sonne aufging, sah er dem folgenden Tag unverzagt entgegen.

Das zweite Opfer

Auf!«, rief jemand. Dem Befehl folgte ein kräftiger Tritt in die Rippen.

Pierre war schlagartig wach. Über ihm war die fleischige Fratze von Magnus. »Wie spät ist es?«, fragte Pierre und blinzelte.

»Die Glocke hat grad neun geschlagen«, sagte Agnès vom Feuer her, über dem sie in einem zerbeulten Topf Schnee schmolz.

Pierre sprang auf. »Ich muss fort!«

»Was soll das heißen?«, fragte Magnus.

Pierre verspürte kein Verlangen danach, mit Magnus in Streit zu geraten. »Ich bin bald zurück«, sagte er, während er seine Stiefel zuschnürte.

Magnus verengte seine Augen zu schmalen Schlitzen und starrte Pierre an. »Hier geblieben!«, knurrte er und packte Pierre am Kragen. »Die Vorstellung beginnt in einer Stunde. Du gehst nirgendwohin!«

Fast hätte Pierre klein beigegeben. So wie es immer war, wenn Magnus etwas verlangte. Aber seit gestern war alles anders. Und er wusste, wenn er sich losriss, konnte er nie mehr zurückkehren. Er holte tief Luft, ließ sich fallen, rollte sich ab und rannte, als wäre der Teufel hinter ihm her.

Derart überrascht, konnte Magnus nicht mehr tun, als fäusteschwingend hinter dem jungen Magier herzurufen: »Warte nur! Das wirst du mir büßen! Du kommst schon zurück, wenn der Hunger an dir frisst!«

Im scharfen Winterwind hörte Pierre nur noch undeutlich, was Magnus da rief. Er schlug Haken um irgendwelche Leute, die den Marktplatz überquerten, stürzte beinahe über eine Butterfrau, bis er um die Kirche herum war und außer Sichtweite. Einen elegant gekleideten Herrn fragte er: »Bitte, wo finde ich das Gerichtsgebäude?«

Der Mann erklärte es ihm, und Pierre stürmte davon.

Vor dem Gericht hatte sich eine Menschentraube gebildet. Pierre drängte sich nach vorn, ohne auf die verärgerten Rufe der Leute zu achten. Hinter der mächtigen Tür waren Schlüssel zu hören, dann ging sie knarrend auf. Er stürzte hinein und folgte einer dicken Frau, die schnaufte wie ein Ackergaul. Sie führte ihn in das obere Stockwerk, in einen großen Saal. Er lief nach vorn in die erste Reihe, wo er einen Platz bekam. Nun hieß es warten.

Der Gerichtssaal füllte sich, und kaum saß der letzte Zuschauer, öffnete ein Büttel eine schwere, reich verzierte Tür hinter der Richterbank. Herein schritten zwei Schöffen. Ihnen folgte der Bürgermeister, der stolz seine Amtskette um den fleischigen Hals trug. Nun betrat ein Bischof den Amtssaal und schließlich … der Inquisitor. Furcht einflößend stand er einen Augenblick im Türrahmen unter dem Kreuz. Er trug eine Tonsur, umgeben von einem schwarzen Haarkranz. Die Nase war lang und spitz, die Augen klein und dunkel mit irrlichterndem Funkeln. Er sieht aus wie eine alte Krähe, dachte Pierre. Ihn fröstelte.

Auf ein Zeichen des Inquisitors öffnete der Büttel eine Seitentür. Von zwei Bewaffneten geleitet, betrat das schöne Mädchen den Gerichtssaal. Sie trug ein schlichtes weißes Kleid aus Linnen. Ihr Haar fiel sanft auf ihre Schultern wie Daunen. Ihre Augen waren groß und blickten klagend. Dennoch erweckte sie nicht den Eindruck, dass sie voller Gram war – oder gar Furcht verspürte. Nein, sie wirkte neugierig, zuversichtlich und arglos. Bemerkenswert angesichts ihrer aussichtslosen Lage, wie Pierre fand. Aber er würde sie aus den Klauen der Bestien befreien.

Die Männer führten das Mädchen zu einem kleinen Tisch in der Mitte des Saals an dem, wie Pierre erst in diesem Augenblick sah, bereits der junge Mönch vom Vortag saß. Als das Mädchen an Pierre vorbeiging, hielt sie für einen Moment inne und schaute ihm in die Augen. Pierre erschrak. Wieso betrachtete sie ausgerechnet ihn? Sie konnte ihn eigentlich nicht kennen; und gewiss nicht seinen Plan, den er in dieser Nacht umsetzen wollte. Doch schien es ihm, als würde sie ihn erkennen.

Einer der Männer stieß sie zu dem Tisch. Sie schrie laut auf, blickte den Mann wütend an und setzte sich neben den Mönch, der aufmunternd lächelte.

»Erhebe dich und nenne uns deinen Namen«, begann der Inquisitor die Verhandlung.

»Luna Langlois«, sagte das Mädchen leise.

»Sprich lauter!«

»Luna Langlois«, wiederholte sie mit fester Stimme.

Luna, dachte Pierre. Ein wundervoller Name für ein wundervolles Geschöpf.

»Weißt du, warum du hier bist?«, fragte der Inquisitor weiter.

»Du klagst mich an, eine Hexe zu sein.«

»Und bist du eine Hexe?«

Luna straffte sich. »Dein Urteil steht bereits fest. Warum fragst du dann noch?«

Gemurmel ging durch die Menge.

»Unser Urteil steht erst nach Gottes Beweis fest«, knurrte der Inquisitor. »Du solltest mehr Ehrfurcht vor Gott und diesem Gericht zeigen. Schließlich haben wir auf die Hexenproben vorerst verzichtet, weil …«

»Weil du mich alsbald brennen sehen willst«, führte Luna den Satz weiter.

»Hüte dich!«, tobte der Inquisitor. »Du bist das Kind einer überführten Hexe, die …«

»Die du unschuldig angeklagt, gefoltert und ermordet hast«, unterbrach Luna den Mönch erneut.

Die Farbe wich aus dem Gesicht des Inquisitors. »Büttel, züchtige sie!«

Ein alter Büttel ging mit einem Rohrstock auf sie zu und schlug ihr damit siebenmal auf den Nacken, dass Luna die Tränen über die Wangen rannen.

»Steh auf!«, forderte der Inquisitor scharf. »Nun, antworte: Kannst du zaubern?«

»N… nein«, stammelte Luna.

»Hast du je den Teufel angerufen?«

»Nein. Niemals.«

»Ist dir der Teufel dann ohne Anrufen erschienen?«

»Nein.«

»Hat deine Mutter dich das Hexen gelehrt?«

»Nein, nein, nein!«, schrie Luna und bäumte sich auf.

Nun überschlugen sich die Ereignisse. Luna fasste sich mit beiden Händen an den Bauch. Sie krümmte sich und stöhnte vor Schmerz. Sie zuckte und schwankte. Dann fuhr ihr ein erstickter Schrei aus der Kehle, und an ihren Beinen lief dunkelrotes Blut hinunter.

Entsetzt sprang der Bischof auf und rief: »Seht doch!«

Ein jeder erhob sich von seinem Platz und versuchte, einen Blick auf die Vorgänge vor dem Richtertisch zu erhaschen. Der Inquisitor starrte fassungslos auf das Blut zu Lunas Füßen.

Verstört blickte Luna zu Boden. Ein Schrei des Entsetzens drang aus ihrer Kehle. Sie zog das Kleid höher und betastete ihre Beine. Blut, überall Blut!

Plötzlich rief irgendjemand: »Eine Hexe! Sie ist eine Hexe!«

Darauf schien der Pöbel nur gewartet zu haben. Brüllend und johlend gaben sie zum Ausdruck, dass dies ein eindeutiges Zeichen sei, dass Luna, das Kind einer Hexe, ebenfalls eine Hexe war. Es konnte nicht anders sein. Sie musste vernichtet werden. Sie musste brennen!

Noch während der Inquisitor um seine Fassung rang, flog die Tür zum Gerichtssaal auf, und ein dünner alter Mann stürzte herein. Es dauerte eine Weile, bis man ihn bemerkte. »Die Pest! Die Pest hat Rouen erreicht! Hört ihr, Leute? Die Pest ist in unserer Stadt!«

Irgendwoher gellte ein Schrei: »Sie hat die Pest hierher gebracht! Die Hexe war es! Verbrennt sie! Verbrennt sie!«

Nun gab es kein Halten mehr. Die Menschen stürmten rücksichtslos zu der großen Tür und hinaus aus dem Gerichtsgebäude. Sie schlugen und bissen und trampelten über diejenigen hinweg, die zu Boden gestürzt waren.

Der Inquisitor war aufgesprungen. »Schafft sie fort!«, brüllte er erregt den Bütteln zu. »Sie wird morgen brennen!«

Am Abend desselben Tages schlich eine dunkle Gestalt durch die Gassen von Rouen. Die Straßen und Gassen, die Plätze und Viertel waren menschenleer. Die Pest bannte die Einwohner der Stadt in ihre Häuser. Nur ein paar herrenlose Hunde streunten durch den Schnee auf der Suche nach etwas zu fressen. Gut so. Je weniger Menschen, desto besser für den Plan. Es ging um Leben und Tod. Um das Leben des schönsten Mädchens der ganzen Welt!

Vorsichtig tastete Pierre nach dem Ledersack auf seinem Rücken. Kurz zuvor war es ihm gelungen, ihn aus dem Lager der Spielleute zu stehlen. Was er enthielt, war wichtig für seinen Plan.

Es gab sieben Schänken in Rouen. Drei lagen im Westen der Stadt, eine im Norden und drei im Süden. Er hielt sich gen Süden.

Die erste Schänke war geschlossen. Also, auf zur nächsten. Sie hieß *Zum tapferen Ritter*. Über der Tür klirrte ein verrostetes Schild im Wind, das einen Ritter in voller Rüstung auf einem Schlachtross zeigte. Drinnen fand Pierre den Wirt und eine alte Hure vor.

»Seid willkommen, junger Herr«, empfing ihn der schnauzbärtige Wirt lächelnd; offensichtlich erfreut darüber, endlich einen zahlenden Gast bewirten zu können.

»Habt Dank«, sagte Pierre und setzte sich an den Tresen.

Sogleich stand die Hure auf und ging zu Pierre. »Du musst ganz erfroren sein, mein Kleiner«, hauchte sie, und Pierre verschlug es den Atem. Aus ihrem Mund stank es faulig, und sie roch nach Schweiß wie ein Pferdeschmied. Ihr Kleid war alt und verdreckt, die Haare strähnig und an den Schläfen grau. Sanft strich sie mit ihren schmutzigen Fingern durch Pierres Haar.

»Ich warte auf einen guten Freund«, sagte Pierre schnell zum Wirt. »Er ist Knecht drüben im Hexenturm. Wisst Ihr, ob er gelegentlich bei Euch einkehrt?« Er lachte. »Er sagte, er würde in der Schänke auf mich warten. Aber er hat vergessen, mir zu sagen, in welcher.«

Der Wirt überlegte. Dann schüttelte er den Kopf. »Nein, ich muss Euch enttäuschen, junger Herr«, sagte er bedauernd. »Die Henkersknechte kehren niemals hier ein. Euer Freund ist wohl beim Barden. Folgt dieser Straße und haltet Euch dann beim Böttcher links. Es ist nicht zu verfehlen.«

»Habt herzlichen Dank, Herr Wirt«, sagte Pierre. Er versuchte, der Hure ein Lächeln zu schenken, und entschwand durch die Tür.

Der Barde war in der Tat nicht zu verfehlen. Schon von weitem hörte Pierre die Klänge einer Drehleier. Dazu sang eine hohe Stimme traurige Lieder. Über der Tür der Schänke des Barden hing ein Schild mit einer Laute. Pierre hatte erwartet, drinnen einige Gäste zu finden, die den Liedern des Barden lauschten. Aber da war niemand bis auf den großen blonden Minnesänger, der hinter dem Tresen stand und die Leier spielte.

Als der Barde den unerwarteten Gast sah, verstummte er keineswegs, sondern wob ein geträllertes »tretet ein, mein Gast sollt Ihr heut' Abend sein, ich reiche Euch sogleich den Wein« in das Lied hinein.

Pierre hob lachend die Hand zum Gruß. Er nahm an einem der Tische in der Nähe der Tür Platz. Eine gemütliche Schänke, wie er fand. An den Wänden hingen Bärenfelle – Schmuck und Schutz vor der Kälte zugleich. Dazwischen verschiedene Instrumente. Eine Rotta aus England, ein schottischer Dudelsack, eine Schalmei aus dem Orient, ein spanisches Psalterium. In einer dunklen Ecke stand eine verstaubte Harfe.

Wie ein Geist stand plötzlich der Barde neben ihm. In den Händen einen Krug Wein und einen Becher. Unaufgefordert schenkte er Pierre ein. »Man nennt mich den Barden. Womit kann ich Euch dienen?«

»Etwas Käse, etwas Brot«, sagte Pierre.

»Etwas Käse, etwas Brot«, echote der Barde singend und tänzelte um den Tisch herum, »das schützt den Herrn vorm schwarzen Tod.«

Pierre lächelte gequält. Es brauchte keinen singenden Wirt, um ihn an die Pest zu erinnern. Er knurrte einen kräftigen Fluch, den er von einem fränkischen Scherenschleifer auf einer Reise durch Süddeutschland gelernt hatte, nestelte an seinem Ledersack und förderte das Shaboc zu Tage. Den merkwürdigen Würfel hatte er von einem persischen Kaufmann bei einem Gastspiel in Cabasson erworben. Er war aus Holz gefertigt und mit Kerben, Schiebern, Öffnungen und Aussparungen versehen. Bildhübsche Malereien von orientalischen Schönheiten und Schriftzeichen zierten die Oberfläche des Shaboc. Der alte Perser hatte ihm damals gesagt, dass nie ein Mensch in der Lage sein würde, den Würfel in der richtigen Form zusammenzusetzen und damit das Geheimnis des Shaboc zu lüften. Pierre schalt ihn einen Narren und versuchte seitdem, dem Geheimnis des Würfels auf die Spur zu kommen. Es war ihm oft gelungen, einige der Figuren und Schriftzeichen in Einklang zu bringen, aber nie hatte er es vermocht, den ganzen Würfel derart zusammenzufügen, dass alles zueinander passte. Und dem Henkersknecht würde es auch nicht gelingen.

Brot und Käse standen auf dem Tisch. Der Barde merkte, dass Pierre nicht zu einem Gespräch aufgelegt war, und zog sich hinter die Theke zurück. Die Lust zu einem Lied war ihm dennoch nicht vergangen.

Während der Barde seine Weisen trällerte, spielte Pierre gedankenversunken mit dem Shaboc. Alles hing jetzt von diesem alten Würfel ab. Und davon, dass Pierre die Henkersknechte richtig einschätzte.

Es mochte gegen Mitternacht gehen, als die Tür mit einem dumpfen Knall aufflog. Herein kam auf unsicheren Beinen … der Knecht, dessen Uringestank Pierre in die Nase stieg. Pierres Körper spannte sich. Es war so weit.

»Barde!«, brüllte der Knecht. »Gib mir zwei Krüge Wein!«

Der Barde verstummte augenblicklich. »Sofort«, sagte er und holte die gewünschten Krüge.

Ohne Dank nahm der Knecht die Krüge, warf dem Barden zwei Münzen hin und schickte sich an, die Schänke wieder zu verlassen. Dabei fiel sein Blick auf den merkwürdigen Würfel. »Was ist das?«, lallte er.

Pierre tat gelangweilt. »Das? Das ist ein Shaboc. Du wirst es kaum kennen.«

»Ist das ein Werkzeug?«

Pierre lachte auf. »Oh, nein. Es ist ein Spiel. Ein Exercitium des Geistes und des Körpers. Aber nur die Klügsten und Stärksten können es lösen.«

Unvermittelt packte der Knecht Pierre und riss ihn vom Stuhl. »Willst du etwa behaupten, ich wäre dumm?«

Angewidert von den Speichelkaskaden in seinem Gesicht, sagte Pierre schnell: »Nein, nein. Nie würde ich so etwas in den Mund nehmen. Sieht doch ein jeder beispielhaft an dir, dass starke Muskeln einen starken Verstand erschaffen.«

Aus zusammengekniffenen Augen starrte der Knecht Pierre an. Dann ließ er von ihm ab. »Gib mir das Ding.«

»Nein, du würdest es nur kaputtmachen. Außerdem traue ich dir nicht zu, das Geheimnis zu lüften.«

»Konntest du es?«, fragte der Knecht.

Pierre nickte. »Bei meiner Seel'.«

»Dann kann es so schwierig kaum sein«, höhnte der Knecht.

»Wohl bin ich nicht so stark wie du«, sagte Pierre in gekränktem Ton, »aber ich bin dem Geheimnis in einer Nacht auf die Spur gekommen.«

Dieser Herausforderung konnte der Knecht sich nicht entziehen. Er beugte seinen Kopf zu Pierre hinunter. »Ich wette mit dir, dass ich das Rätsel lösen kann – noch in dieser Nacht. Ein kleines Würstchen wie dich schlage ich allemal.«

Mit gespielter Entrüstung sagte Pierre: »Nun gut, dann versuch dein Glück. Ich gebe dir zehn Sous, wenn du es schaffst.«

Der Knecht stellte die Krüge auf den Tisch. »Ach, ja! Die Krüge! Ich kann nicht bleiben«, sagte er enttäuscht.

»Aha!«, machte Pierre. »Erst große Töne spucken und sich dann vor der Blamage drücken.«

»Ich muss den Wein zum Hexenturm bringen.«

Pierre spielte seine Rolle hervorragend. »Ich könnte ja für dich die Krüge zu deinen Freunden tragen, aber vielleicht ist es doch besser, du gehst selber. Das Shaboc wirst du niemals lösen.«

Der Plan ging auf. »Ich nehme dein Angebot an«, schnaufte der Knecht. »Jetzt gib mir diesen verdammten Würfel.«

»Hier«, sagte Pierre und reichte dem Knecht das Shaboc. Er stellte sich dicht neben den Knecht. »Diese Schieber kannst du hin und her bewegen. Wenn du auf die Kerben drückst, öffnen sich weitere Aussparungen, in die einige der Schieber eingeschoben werden können. Am Ende muss der Würfel wieder komplett sein, die Schriftzeichen und Figuren müssen in der richtigen Weise zusammenpassen.«

Ohne ein weiteres Wort plumpste der Knecht auf einen Stuhl und begann, dem Würfel sein Geheimnis zu entlocken.

Pierre nahm die Krüge, gab dem Barden drei Sous und trug ihm auf, stets für Wein auf dem Tisch des Knechts zu sorgen.

Vor der Schänke empfing ihn eisiger Wind. In den Händen hielt er die beiden Krüge und ... den Schlüsselring des Knechts.

Als der Hexenturm vor ihm aufragte, war Pierre vor Aufregung in Schweiß gebadet. Nun sollte sich zeigen, wie gut sein Plan war. Schlug er fehl, so hieß gewiss der nächste Gefangene im Hexenturm Pierre Lavalle.

Vorsichtig spähte er in das Fenster neben der Tür. Er sah zwei Knechte an einem schmalen Tisch sitzen und würfeln. Ihre Laune schien gut. Nun, das würde sich bald ändern. Pierre holte tief Luft und klopfte an die Tür.

»Was willst du?«, fragte der Knecht, während er die dünne Gestalt mit der langen Nase betrachtete.

»Ich ... ich bringe den Wein«, stotterte Pierre.

»Wo ist René?«

»Oh, es geht ihm nicht gut. Er bat mich, euch den Wein zu bringen.«

»Es geht ihm nicht gut?«

»Nein, ihm war furchtbar übel, und seine Arme waren mit kleinen dunklen Punkten übersät.«

Der Knecht wurde auf einen Schlag weiß im Gesicht. »Mein Gott!« Er sah über die Schulter nach hinten. »Luc, hast du gehört? René hat es erwischt.«

»Beim heiligen Kreuze«, dröhnte es aus dem Inneren des Hexenturms.

»Komm rein«, sagte der Knecht an der Tür.

Drinnen erwarteten Pierre wohlige Wärme und der Gestank von Schweiß. Pierre sah sich unauffällig um. Eine halb abgebrannte Kerze spendete etwas Licht. Das Feuer im Kamin war erloschen. Die Kohle knackte noch gelegentlich. Eine offene Tür führte in einen kleinen Nebenraum. Direkt vor ihm waren die ersten Stufen einer Treppe hinab in die Gewölbe zu sehen. Er stellte die Krüge vor den völlig verängstigten Luc auf den Tisch. Luc fegte sie mit einer kräftigen Bewegung seines Armes gegen die Wand. »Das verpestete Zeugs sauf ich nicht mehr!«

Schnellen Schrittes lief der zweite Knecht von der Tür zu Luc hinüber. Er beugt sich tief hinunter und sah Luc ernst in die Augen. »Hör zu, dass René die Pest hat, bedeutet nichts. Verstehst du? Gar nichts.«

Luc sah derart jämmerlich aus, dass Pierre beinahe Mitleid verspürte. »Begreifst du denn nicht, François? Wenn René die Pest bekommen hat, dann sind wir die Nächsten. Wir haben die gleiche Luft geatmet und den gleichen Wein getrunken.« Panisch suchte er seine Arme nach Spuren des schwarzen Todes ab.

»Reiß dich zusammen!«

»Reiß dich zusammen«, echote Luc. »In Le Havre sind die Leute wie die ärmsten Schweine verreckt. Haufenweise sind sie tot auf der Straße zusammengeklappt, erzählt man sich.«

Zeit für den nächsten Teil des Plans.

»Ihr gehört längst mir«, sprach eine dunkle Stimme aus der Dunkelheit des Turms.

»Was war das?«, fragte Luc und fuhr sich mit einer Hand nervös über seinen kahlen Schädel.

François stand still da und lauschte. »Ich weiß nicht«, flüsterte er. Dann schaute er Pierre an. »Warst du das?«

Pierre tat ebenso verdutzt wie die Knechte. »Nein«, gab er scheinbar verschreckt zurück.

François zuckte mit den Achseln. »War wohl Einbildung.«

»Ihr könnt mir nicht entkommen«, meldete sich die Stimme erneut.

Nun sprang Luc auf. »Einbildung, was?«

»Still«, flüsterte François und ging langsam in dem schummerigen Raum herum.

»Ich komme, eure Seelen zu holen.«

»Das bist doch du!«, bellte François Pierre an.

»Der Bursche hat die Lippen nicht bewegt«, bezeugte Luc vom Tisch her. »Ich glaube, es kam von da unten.« Er zeigte die Treppe hinunter.

»Du wartest hier«, sagte François und stieg die knarrenden Stufen hinab.

Pierre spielte seine Rolle hervorragend. Völlig verängstigt fragte er: »Wer oder was mag das sein?«

»Ich weiß es nicht«, antwortete Luc bang. Seine großen Augen suchten den Raum ab.

Da erscholl die fürchterliche Stimme ein weiteres Mal. »Es ist längst zu spät für euch.«

Luc schlug ungelenk drei Kreuze.

»Es kommt von dort«, flüsterte Pierre und deutete in den Nebenraum.

»Geh nachsehen«, forderte Luc.

»Nie im Leben. Geh du vor, ich bleibe dicht hinter dir.«

Widerwillig stand Luc auf und ging quälend langsam auf die Tür zu. Was dahinter lag, hielt die Dunkelheit verborgen. Pierre tappte hinterdrein – in der Hand einen Schürhaken, den er neben dem Kamin gefunden hatte.

Wie eine ängstliche, aber doch neugierige Katze schlich

Luc in die dunkle Kammer. »Nichts«, sagte er. Er atmete tief aus.

Noch bevor Luc wieder Atem holen konnte, sauste der schwere Schürhaken auf ihn nieder. Er traf Luc an der rechten Schulter und ließ ihn in die Knie gehen. Luc schrie laut auf. Pierre war erschrocken und verwundert zugleich. Hatte er doch angenommen, der Schlag würde den Knecht sofort außer Gefecht setzen. Einen Augenblick stand er ratlos da.

Diesen Moment nutzte Luc, um sein ganzes Gewicht auf den dürren Angreifer zu werfen. Pierres Glück war es, dass Luc zu benommen war, um ihn richtig zu fassen. So traf Luc nur Pierres linkes Bein und fiel neben ihm zu Boden. Pierres Verstand begann wieder zu arbeiten. Keinen Augenblick zu spät. Gerade wollte Luc auf die Knie kommen, da fällte ihn ein weiterer Hieb. Bewusstlos blieb er liegen.

Ohne zu zögern, holte Pierre die Schlüssel hervor und schloss den Knecht in der Kammer ein. Drei Knechte weniger zwei Knechte macht einen Knecht, dachte er und schickte sich an, François in die Tiefen des Turms zu folgen.

Über glitschige, moosbedeckte Stufen stieg Pierre hinab. Er verzichtete auf die Kerze, aus Furcht, dass François ihn schon von weitem sehen könnte. Vorsichtig tastete er sich Stufe für Stufe hinunter. Dabei hielt er sich dicht an der Mauer. Nichts war zu hören. Die dicken Mauern erstickten jeden Laut. Am Ende der Treppe endlich ein wenig Licht von einzelnen Fackeln. Von François immer noch keine Spur. Pierre wollte den linken Gang betreten, da hörte er von rechts ein Rascheln. Sein Herz pochte wie die Hufe eines Streitrosses im Galopp. Nur keine Furcht, dachte er unentwegt. Nur keine Furcht. Der Gang verlief ein Dutzend Schritte geradeaus in den Turm hinein, vorbei an vier verschlossenen Türen. Dann bog er nach links. Wo zur Hölle steckte dieser Folterknecht?

Die Antwort erhielt Pierre just in diesem Augenblick. Eine Hand so groß wie ein Pferdekopf griff nach seiner Schulter und riss ihn herum. Pierre starrte in François' narbiges Gesicht. »Was machst du hier?«, fauchte François. »Und wo ist Luc?«

Pierre erschrak zu Tode. »Luc?«, fragte er, als hätte er diesen Namen nie zuvor gehört.

»Ja, Luc! Wo ist er?«

»Ach, Luc.« Pierre lachte. »Wir sind zusammen heruntergekommen. Er sucht auf der anderen Seite des Turms nach der Stimme.«

»Hm«, brummte François. »Irgendetwas stimmt hier nicht.« Er fuhr über sein stoppeliges Kinn. »Und ich glaube, das bist du.«

Pierre kicherte, als hielte er dies für einen Witz. »Ich?«

»Ja, du. Kommst hier herein und erzählst uns Geschichten von René, dass er die Pest hat. Dabei war er kerngesund, als er den Wein holen ging. Dann hören wir plötzlich Stimmen, und jetzt ist Luc fort.« Er packte Pierre am Kragen seines Mantels. »Du bleibst schön bei mir, Bürschlein.«

»Was hast du vor?«, fragte Pierre.

»Du kommst mit mir nach oben. Da klären wir die Sache.«

Oh, nein, dachte Pierre. Oben findet er Luc, und der ganze Plan schlägt fehl. Seine angespannten Muskeln erschlafften. Er hatte versagt. Er konnte Luna nicht mehr befreien.

François schleifte sein hilfloses Opfer durch die halb dunklen, modrig stinkenden Gänge. Gerade als François seinen Fuß auf die erste Stufe setzte, klopfte es irgendwo dort unten laut und durchdringend. Der Knecht schien zu wissen, worum es sich handelte. Er fluchte kräftig und glotzte unentschlossen abwechselnd die Stufen hinauf und in den Gang hinein. Ein weiterer Fluch – und die Entscheidung war gefallen. Mit Pierre im Schlepptau stapfte er den Weg zurück in den Gang, bis er vor einer Tür hielt. Das Klopfen verstummte, als er mit einem großen Schlüssel aufschloss. Pierre an der einen Hand, eine Fackel in der anderen, betrat er das Verlies.

Im schwachen Schein der Fackel erkannte Pierre anfangs nicht, wer dort saß. François zog ihn mit hinein, und schließlich blickte Pierre in das Gesicht, das er nie vergessen würde. Es war dieses Gesicht, das ihn zu der gefahrvollen Mission getrieben hatte. Lunas Gesicht. Sie hielt einen Becher in der Hand und blickte François unbewegt an.

»Was willst du?«, bellte François.

»Wasser«, antwortete Luna. »Ich verdurste hier.«

François lachte. »Morgen brennst du. Was willst du heute noch Wasser?«

»Der Teufel soll dich holen!«, gab Luna zurück.

Das boshafte Lächeln in François' Gesicht erlosch. Eine Mischung aus Angst und Zorn erschien auf seinen Zügen. »Hüte dich!«, drohte er mit erhobener Hand. »Oder ich schlage dir noch heute Nacht den Kopf von deinem Hals.«

Luna schwieg.

»Und jetzt sei ruhig, oder es setzt Hiebe. Und du bleibst erst einmal hier, Bürschchen.« François stieß Pierre in das Verlies. Rückwärts ging er hinaus und verschloss die Tür.

In dem Verlies war es nun stockdunkel. Pierre atmete schwer. »Meine Name ist Pierre Lavalle«, stieß er hervor. »Ich bin gekommen, Euch zu retten!«

Helles Lachen war die Antwort. Aber es war kein hämisches Auslachen. Es klang eher, als würde eine Mutter sich über die ersten unbeholfenen Gehversuche ihres Kindes freuen. »Und jetzt steckst du selbst hier fest, Pierre Lavalle.«

»Ja«, gab Pierre zu. »Ich habe versagt. Hier ist kein Herauskommen.«

»Doch«, sagte Luna. »Du hast die Schlüssel.«

Pierre schlug sich mit der flachen Hand an die Stirn. Die Schlüssel! Wie hatte er sie vergessen können? Aber ... »Woher wisst Ihr, dass ich die Schlüssel habe?«

»Das ist nicht wichtig. Rasch, beeile dich. Es bleibt nicht viel Zeit.«

Pierres zitternde Hände schlossen die Tür auf. Jetzt schnellen Schrittes den Gang entlang und die Treppe hinauf. Unauffällig spähten sie in die obere Kammer hinein, in der François am Tisch saß und grübelte. Was nun, überlegte Pierre. Auch zu zweit sind wir dem Riesen nicht gewachsen.

Der Zufall wollte es, dass in diesem Moment Luc in der kleinen Kammer erwachte und laut aufstöhnte. François schlich zu der Tür und legte prüfend ein Ohr daran. Schließlich schloss er auf. Beim Anblick des blutüberströmten Knechtes schrie er auf. Er ging vor Luc in die Hocke und wollte ihm auf die Beine helfen, da hörte er hinter sich ein Geräusch. Es gelang ihm noch, einen Arm abwehrend in die Höhe zu recken. Doch Pierre traf François mit dem Schürhaken auf den Kopf. Der Knecht ächzte leicht und schlug neben Luc der Länge nach hin. Luc, der gerade noch ein heiseres »Nein!«, ausstoßen konnte, bekam den Schürhaken ein weiteres Mal zu spüren. Außer Atem schloss Pierre die Tür ab. Stolz lächelte er Luna an.

»Fort!«, zischte Luna. »Wir müssen hier fort!«

Pierre spähte durch das Hauptportal des Turms. Niemand war auf dem großen Platz vor der Burg zu sehen. Er nahm Luna an der Hand, und sie liefen, bis sie den Schutz der schmalen, verwinkelten Gassen Rouens erreichten.

»Wohin jetzt?«, keuchte Luna.

Erschrocken hielt Pierre inne. Darüber hatte er sich noch keine Gedanken gemacht. Er musste ziemlich ratlos aussehen, denn Luna lachte. »Du weißt es nicht, oder?«

Pierre hüstelte. »Ich wollte Euch vor allen Dingen aus der Gewalt dieser Mörder befreien.«

Zärtlich berührte sie Pierres Gesicht und küsste ihn sanft auf eine Wange. »Das ist dir vorzüglich gelungen, lieber Pierre. Aber die Flucht hat erst begonnen. Wir müssen Rouen verlassen oder wir sitzen noch vor Tagesanbruch erneut im Hexenturm.«

Der Kuss ließ Pierres Gesicht rot anlaufen. Allein die Dunkelheit schützte ihn vor der peinlichen Entdeckung. »Nach Norden?«, fragte er. »Nein, eher nach Süden. Hm, oder besser Westen?«

»Wir brauchen Geld«, warf Luna ein. »Hast du welches?«

»Vielleicht noch fünf Sous.«

»Das ist nicht viel.«

Das sah Pierre ein. Aber woher nehmen, wenn nicht stehlen? Stehlen? Stehlen! »Magnus!«, rief er aus.

»Magnus?«, fragte Luna.

»Ich weiß, wie wir an Geld kommen«, antwortete Pierre. »Folgt mir!«

So schnell, dass sie den Schnee unter ihren Füßen aufpeitschten, liefen sie zum Marktplatz. Ruhig lagen die Planwagen der Spielleute da. Sie pirschten sich langsam heran, bis sie neben dem vordersten Wagen standen, dem Wagen von Bertrand und Agnès.

»Ihr braucht Schuhe«, bemerkte Pierre. Er ging um den Wagen herum und spähte unter die Plane in das Innere. Das Glück war ihm hold. Agnès' Schuhe standen sauber geputzt da. Er ergriff sie und nahm auch Agnès' neuen Mantel mit. Dann übergab er Luna die Kleidungsstücke. Nun auf zu Magnus.

Der Schwertschlucker schlief tief grunzend in seinem Wagen unter einem Bärenfell.

Ganz dicht stand Luna hinter Pierre, als der vorsichtig und mit schwitzenden Händen nach Magnus' Geldbeutel an dessen Gürtel griff. Seine Finger berührten schon die ersehnte Beute, da wälzte sich Magnus schnaubend auf die andere Seite. Pierre zog seine Hand zurück und schaute Luna fragend an. Was nun? Er hatte eine Idee. Er riss sich ein Büschel Haare aus und lehnte sich in das Wageninnere, um Magnus damit an der Nase zu kitzeln. Er hoffte, dass dieser nach einem kräftigen Schnaufer seine Position erneut ändern würde. Da griff eine gewaltige Pranke pfeilschnell nach Pierres Hals. »Hab' ich dich endlich!«

Flucht aus Rouen

Die Nokturn war längst vorüber, doch Raphael fand einfach keinen Schlaf. Gedankenversunken ging er in seiner Zelle in St. Albert auf und ab. Immer wieder blieb er vor dem kleinen Fenster stehen und betrachtete den Mond. Er hatte versagt. So viel war gewiss. Es war ihm nicht gelungen, Anne Langlois und ihre Tochter vor dem Scheiterhaufen zu retten. Wieder und wieder überdachte er seine Fehler. Sowohl im kanonischen als auch weltlichen Recht musste es eine Möglichkeit geben, zu verhindern, dass Luna und auch alle künftig Angeklagten verbrannt wurden. Aber sosehr er sich auch das Hirn zermarterte, er fand keine Lösung. Um seine Zukunft fürchtete er nicht. Zwar war es besiegelt, dass Henri sein, Raphaels, Verhalten vor Gericht tadeln und bestrafen würde, doch sah er sein Leben nicht in Gefahr. Möglicherweise wurde er von Tisch und Oratorium ausgeschlossen. Dies war eine schwere Strafe. Keiner der Brüder dürfte in diesem Fall mit ihm reden. Er müsste stets allein ungesegnete Mahlzeiten essen und die Arbeit allein verrichten. Vielleicht würden zusätzlich Rutenschläge angeordnet. Oder Henri würde ihn gar auf Mission schicken. Doch das war ihm gleich. Allein das Bild der sterbenden Frau auf dem Scheiterhaufen hielt vor seinem inneren Auge stand.

Ich muss hier raus, dachte Raphael und öffnete leise die Tür seiner Zelle. Auf dem Gang und im Dormitorium war es still. Er schlich durch den Schlafsaal und betrat den Kreuzgang. Sein Weg führte vorbei an Refektorium, Sakristei und Werkstätten. Vorbei an Scriptorium, Bibliothek und Archiv. Er stieg die breiten Stufen hinab, um in den großen Innenhof zu gelangen. Für einen Moment überkam ihn das Bedürfnis, in die Kirche zu gehen, um zu beten. Doch der Schein der Kerzen, der durch die Fenster des Abthauses drang, hielt ihn davon ab. Henri war noch wach? Um diese Zeit? Raphael überlegte hin und her. Schließlich siegte seine Neugier über die

Tugenden des Mönchs. So ging er näher an das Abthaus und warf einen verstohlenen Blick hinein. Von Henri keine Spur. Er schlich um das Haus herum und schaute in jedes Fenster. Henri schien nicht da zu sein. Auf einem Pult sah er ein Dokument liegen. Sein geschultes Auge sagte ihm, dass es alt sein musste. Noch einmal schaute er um sich. Henri blieb wie vom Erdboden verschluckt.

Langsam ging er zur Tür des Abthauses. Dort klopfte er dreimal laut. Keine Antwort – wie erwartet. Ein letztes Mal sah er sich um. Schließlich drückte er gegen die Tür. Knarrend ließ sie sich öffnen. Er ging hinein und schloss sie sogleich wieder. Mehrmals rief er nach dem Prior. Noch immer keine Antwort. Raphaels Herz begann zu rasen. Erst in diesem Moment kam ihm zu Bewusstsein, was er gerade tat. Sein Eindringen verstieß gegen eine Menge Regeln des Ordens.

Ein Dutzend Kerzen wiesen ihm den Weg geradewegs zu dem Pult an der Wand. Darüber hing ein silbernes Kruzifix. Er bekreuzigte sich dreimal und bat den Herrn um Vergebung für seine Neugier. Mit zitternden Händen griff er nach dem Pergament. Es war älter, als es von draußen den Anschein gehabt hatte. Älter als alles, was er je in Händen gehalten hatte. Die Art des Materials erinnerte an ägyptischen Papyrus. Mit kunstvoll geführten Strichen standen Worte in einer ihm unbekannten Sprache darauf. Vergeblich versuchte er, die Schriftzeichen zu entziffern. Die Zeichen besaßen keinerlei Ähnlichkeiten mit Hebräisch, Griechisch, Aramäisch, Arabisch oder sonst einer Sprache, der er mächtig war. Was mochten sie nur bedeuten? Plötzlich entdeckte er am unteren Ende des Schriftstücks bekannte Zeichen, und mit einem Aufschrei ließ er es zurück auf das Pult fallen. Da war ein Pentagramm eingezeichnet, in dessen Mitte eine hässliche, dämonische Fratze prangte. Umrahmt wurde es von mehreren Siegeln, in die schlangenartige Symbole gemalt waren. »Das ist Teufelswerk«, flüsterte Raphael. Unwillkürlich trat er drei Schritte zurück und bekreuzigte sich. Fort von hier!, dachte er. Nur fort!

Noch bevor er sich umwandte, ertönte Henris Stimme in seinem Rücken. »Was treibt Ihr hier?«

Raphael wünschte, der Boden würde sich auftun und ihn auf der Stelle verschlucken. Schnell drehte er sich zu Henri um. »Ich?«, fragte er, wobei er nervös an seinem Skapulier nestelte. Er begann zu schwitzen.

»Außer Euch sehe ich niemanden«, zischte Henri. Er sah an Raphael vorbei zum Pult. »Beantwortet meine Frage!«

»Ich … ich«, stammelte Raphael. »Ich möchte Euch um Vergebung bitten.«

Henri sah ihn misstrauisch an. »Ihr mich um Vergebung bitten?«, echote er. »Wofür?«

Raphael hatte sich wieder im Griff. »Für mein Verhalten bei Gericht, ehrwürdiger Vater. Gewiss, meine Respektlosigkeit ist unverzeihlich, aber wenn Ihr mir eine Buße auferlegt, will ich die heilige Mutter Gottes bitten, mir meine Sünden zu vergeben.«

»Habt Ihr hier herumgeschnüffelt?«, wollte Henri wissen. »Habt Ihr Dinge gesehen, die Euch nichts angehen?«

Raphael lachte. »Herumgeschnüffelt, ehrwürdiger Vater? Dinge gesehen? Nein, nein, ich habe hier auf Euch gewartet.«

Nachdenklich legte Henri eine Hand unter das Kinn.

»Ich bin gewillt, jede Buße auf mich zu nehmen, ehrwürdiger Vater«, sagte Raphael. »Bestraft mich, wie Ihr es für angemessen erachtet.«

Henri grinste. »Eine Buße erwartet Ihr? Nein, keine Buße. Ich habe noch ein Schreiben für den Landvogt aufzusetzen. Gebt es einem Novizen und tragt ihm auf, es unverzüglich nach Rouen zu bringen.« Er ging an Raphael vorbei an das Pult und setzte das Schriftstück auf. Dann faltete er es zusammen, siegelte es und reichte es Raphael.

»Habt Dank für Eure Güte, ehrwürdiger Vater«, sagte Raphael und verneigte sich. »Ich gebe es sogleich einem Novizen.«

Henri wedelte mit den Händen. Raphael ging rückwärts

aus dem Arbeitsraum. Draußen vor der Türe lehnte er sich gegen die kalte Wand und atmete tief durch. Ob Henri sein Spiel durchschaut hatte? Vermutlich nicht, denn warum hätte er ihn sonst so einfach ziehen lassen?

Während der Schweiß an seinem Körper allmählich trocknete, weckte er einen Novizen, gab ihm das Schriftstück und trug ihm auf, was Henri ihm befohlen hatte. Der Novize machte sich umgehend auf den Weg.

Während er zurück in seine Kammer ging, beschlichen Raphael Zweifel. Selbst ein Narr hätte Raphael die Ausflüchte nicht abgekauft. Und Henri le Brasse war gewiss kein Narr. Wenn Henri also auf Raphaels Schauspiel einging, musste er einen Grund dafür haben. Er wusste, dass Raphael etwas gesehen hatte, was er nie hätte sehen dürfen. Raphaels Gedanken sprangen hin und her. Schließlich entschied er sich, in der Nähe des Abthauses zu bleiben, um zu beobachten, was in dieser Nacht noch geschehen würde.

Im Klostergarten, zwischen hohen Hecken und Büschen, verbarg er sich. Von hier aus hatte er einen guten Blick auf das Abthaus und das Klostertor. Nun hieß es warten.

Raphael wusste nicht, wie lange er schon dort hockte, als das Tor sich öffnete und der Novize mit zwei berittenen Soldaten ins Kloster zurückkam. Die Männer gaben dem jungen Mönch die Zügel ihrer Pferde und gingen geradewegs auf das Abthaus zu. Sie klopften, und Henri ließ sie ein.

Nun fühlte sich Raphael in seinen Vorahnungen bestätigt. Er schlich aus dem Garten zum Abthaus hinüber und spähte durch ein Fenster in den Arbeitsraum. Dort stand Henri an seinem Pult. Er schrieb irgendetwas auf ein Pergament, unterzeichnete und siegelte es.

»Hier, nehmt diese Urkunde«, sagte Henri, und erst jetzt traten die Männer in Raphaels Blickfeld. Einen von ihnen kannte er flüchtig. Irgendein Hauptmann der Stadtwache. Der Hauptmann nahm das Schriftstück entgegen und las es sorgfältig durch.

Dann sprach Henri den Satz, der Raphael das Blut in den Adern stocken ließ: »Ihr kommt nach dem Morgengebet und nehmt Raphael de Dreux fest. Bereitet den Hexenturm für den Ketzer vor.«

Raphael sank in die Knie. Konnte es wahr sein? Henri ließ ihn verhaften und in den Hexenturm werfen? Er musste den Bischof über diesen Fall in Kenntnis setzen. Doch Raphael verwarf den Gedanken sogleich wieder. Der Bischof würde Henri aus der Hand fressen. Und schließlich war Bischof de Margaux Zeuge seiner, Raphaels, Ausführungen vor Gericht gewesen. Nein, die Hilfe des Bischofs zu suchen war keine Lösung. Wer konnte dann helfen? Der Generalmagister in Rom oder der Heilige Vater höchstselbst, der in Avignon residierte. Rom war weit und die Unterstützung des Ordensgenerals ungewiss. Nicht minder ungewiss war die Hilfe des Papstes, doch kannte Raphael Clemens VI. aus der Zeit, als der noch den Namen Pierre Roger de Beaufort trug und Erzbischof von Rouen war. Der Heilige Vater musste Kenntnis davon erhalten, dass Henri unschuldigen Menschen den Prozess machte, sie folterte und verbrannte. Und er musste erfahren, dass der Prior unchristliches Hexenwerk betrieb.

Raphael holte tief Atem. Dann lief er so vorsichtig wie möglich zu den Ställen. Dort wartete er im Dunkel. Kurz darauf verließen die Soldaten das Abthaus und stiegen vor dem Kloster auf ihre Pferde. Raphael wartete noch eine Weile, bis er sicher war, dass Henri sich zur Ruhe begeben hatte. Flugs sattelte er einen Rappen, den er zu den Toren des Klosters und weiter hinein in den Wald führte. Erst in sicherem Abstand zu St. Albert wagte er es, aufzusteigen. Schnell und immer schneller ritt er davon. Fort von Henri le Brasse und der Hinrichtung auf dem Scheiterhaufen.

Pierre wurde aus dem Wagen auf das schneebedeckte Pflaster des Marktplatzes geschleudert. Noch ehe er aufzustehen vermochte, erschien Magnus über ihm und schlug ihm die Faust ins Gesicht »Wolltest wohl mein Geld stehlen, was?«

»Nein, nein ...«, stotterte Pierre, die Hände schützend vor seinen Kopf haltend. Da traf ihn schon der nächste Hieb.

Warmes Blut lief von Pierres Auge über seine geschwollenen Wangen, bis er den metallischen Geschmack auf seinen Lippen spürte.

»Jetzt rechnen wir ab, Bastard!« Magnus hielt ein kurzes Messer in der Hand. Er kniete vor Pierre nieder und hielt ihm die Klingenspitze keine Handbreit vor die Augen. »Mit welchem soll ich anfangen?«, fragte er grinsend.

Ein schwarzer Schemen erschien in Magnus' Rücken. Pierre sah ein verkohltes Holzscheit niedersausen – direkt auf den hässlichen Schädel des Schwertschluckers. Magnus erstarrte in der Bewegung und sank zu Boden. Eine Hand streckte sich zu Pierre und zog ihn hoch. Durch seine verquollenen Augen blickte er in das Gesicht von Amicus. »Du hast mir schon wieder das Leben gerettet«, sagte Pierre schwer atmend.

Amicus lächelte. »Lass es nicht zur Gewohnheit werden, junger Freund.« Er schaute hinüber zu Luna, die hinter dem Wagen Schutz gesucht hatte. »Wer ist das?«

»Luna«, antwortete Pierre. Stolz fügte er hinzu: »Ich habe sie aus dem Hexenturm gerettet.«

Das Lächeln auf Amicus' Lippen erstarb. »Du hast *was* getan? Du musst verrückt geworden sein. Völlig wahnsinnig.«

Pierre wusste nicht recht, was er darauf sagen sollte. Er hatte eher Lob oder gar Bewunderung erwartet.

»Bist du dir im Klaren, dass es hier bald von Soldaten nur so wimmeln wird? Dass wir alle gefoltert und hingerichtet werden?«

»Ja«, gab Pierre zu. »Deshalb müssen wir fort von hier.«

»Fort?«, fragte Amicus. »Aber wohin denn, zum Teufel?«

»Zum Teufel nicht«, sagte Luna, die näher gekommen war, »sondern nach Süden.«

Die beiden Männer starrten sie verdutzt an.

»Vertraut mir«, erklärte Luna. Sie schlang die Arme eng um ihren Körper und stapfte durch den Schnee Richtung Südtor.

Amicus schnitt den Geldbeutel vom Gürtel des Schwertschluckers. Er klopfte Pierre auf die Schulter und deutete mit dem Kinn zu Luna.

Der Morgen graute noch nicht, als Pierre, Luna und Amicus Rouen verließen.

Ein frommer Christ

Zur Mittagszeit merkte Raphael, welch verhängnisvollen Fehler er begangen hatte, als er das Kloster fluchtartig verließ. Er hatte weder Proviant noch Geld. Wie sollte er so bis nach Avignon kommen? Eine Reise von vielen Wochen stand ihm bevor ... und das ohne einen einzigen schäbigen Sou. Zwar konnte er als Bettelmönch auf die Mildtätigkeit seiner Mitmenschen hoffen, doch wollte er so wenig Aufsehen wie möglich erregen. Hätte er je gelernt zu fluchen, er würde jetzt einen kräftigen Fluch ausstoßen. Sein Magen knurrte wie ein wütender Bär, und seine Kehle war ausgedörrt wie der Wildbach nahe St. Albert im Sommer.

Die nächste Stadt war Les Andelys. Er beschloss, dort Halt zu machen, um etwas Brot und Käse zu bekommen. Auch wollte er dort die Seine überqueren. Les Andelys war eine große Stadt – fast so groß wie Rouen, und ein Bettelmönch sollte dort kaum auffallen. In Boos war er zu bekannt, und bei St-Cyr-du-Vaudreuil lag ein Kloster des Dominikaner-Ordens, sodass er den Ort meiden musste.

Es bestand für ihn kein Zweifel: Sobald Henri merkte, dass er geflohen war, würde er ihm die Häscher des Landvogts hinterherjagen. Womöglich waren ihm schon die Soldaten auf der Spur. Immerhin hatte er einen Vorsprung von etwa sechs

Stunden, wobei seine Verfolger nicht wussten, in welche Richtung er geflohen war. Das blieb der einzige Vorteil. Eine Karte wäre ein weiterer großer Vorteil. Er war in seinem Leben nicht weit herumgekommen – kannte nur den Hof seiner Eltern bei Dreux und das Kloster mit seinen umliegenden Ortschaften. Zwar hatte er eine grobe Vorstellung von dem Weg nach Avignon, doch reichte sie kaum aus, um schnell dorthin zu gelangen. Schnell genug, um dem Scheiterhaufen zu entkommen und Henris mordlüsterne Pläne zu vereiteln. Also, woher eine Karte bekommen? Da kam ihm der rettende Einfall, und er schlug sich mit der Hand an die Stirn. »Dass ich daran nicht vorher gedacht habe!«, rief er. »Auguste! Auguste Gousset!«

Gousset war ein wohlhabender Kaufmann, der ein ansehnliches Gut südlich des Dorfes Boos besaß. Vor wenigen Jahren hatte Prior Michel ihn ertappt, wie er sich mit gefälschten Urkunden Ländereien in der Bretagne erschleichen wollte. Ländereien, die der Krone gehörten. Der ehrwürdige Vater, eine ausgewiesene Kapazität auf dem Gebiet alter Urkunden, bekam damals die Aufgabe, die Schriftstücke einer gewissenhaften Prüfung zu unterziehen, und Raphael ging ihm dabei zur Hand. Schnell kamen sie dem Betrug auf die Schliche. Aber eine ansehnliche Summe aus den Taschen Goussets überzeugte den ehrwürdigen Vater, die Echtheit der Urkunden zu bestätigen. So war das Kloster zu einer neuen Kirche gekommen und Gousset zu einem Landstrich am Meer. Gousset wusste, dass Raphael von dem Betrug Kenntnis hatte, und Raphael wusste, dass Gousset es wusste. Doch Gousset war ein gottesfürchtiger Mann, der viel für das Kloster und die Gemeinde tat, sodass Raphael den Mund gehalten hatte. Gousset schuldete ihm, Raphael, also noch einen Gefallen.

Raphael lenkte sein Pferd gen Süden, wobei er stets am Wegesrand ritt. Seine einzigen Begleiter waren die tief stehende Sonne und ein krächzender Rabe hoch über ihm.

Es gelang Raphael, ungesehen das Gut Gousset zu erreichen. Einige Male musste er hinter Bäumen und Büschen Deckung suchen, um von Reisenden nicht gesehen zu werden. Wie oft hatte er Bischof de Margaux um Gelder für den Ausbau der Straßen und Wege in der Diözese gebeten? Nun war er froh, dass diese nie bewilligt wurden. Auf den schmalen Pfaden war es viel einfacher, sich vor den Blicken zu schützen.

Das Haus Goussets war breiter als eine Scheune und höher als eine Kirche. Auf massiven Steinmauern saß hoch droben der gedeckte Giebel, der die Schneemassen mühelos trug. Spitzbogige, zum Teil kunstvoll bemalte Fenster warfen flackerndes Kerzenlicht in die Dämmerung. Überall schillernde Winkel und Nischen, verziert mit wertvollen Metallen. Die Wirtschaftsgebäude zu beiden Seiten, vornehmlich Stallungen, Scheunen und Gesindehaus, nahmen sich dagegen eher klein aus. Die aufwändige Verarbeitung und das teure Material ließen keinen Zweifel am Reichtum des Besitzers. Und Gousset wollte auch keine Zweifel aufkommen lassen. Er zeigte gern, was er besaß.

Raphael band sein Pferd an einen Baum. Als er an die Tür unter dem bronzenen Kreuz klopfte, öffnete ihm ein Famulus – ein unfreier Diener – in feinstem Zwirn. »Ihr wünscht, Bruder?«

»Mein Name ist Raphael. Führe mich zu deinem Herrn.«

Der Famulus öffnete die Tür ein Stück weiter, und Raphael schlüpfte hindurch. Wohlige Wärme umgab ihn, und der Duft von Wildfleisch und Zedernholz stieg ihm in die Nase. Der Diener führte ihn in das Arbeitszimmer. In unzähligen Wandgestellen standen oder lagen sorgfältig geordnet Goussets Geschäftsaufzeichnungen. Zumindest hielt Raphael die Bücher und Pergamente dafür.

»Wartet hier, Bruder«, sagte der Diener. »Mein Herr kommt sogleich.«

Noch bevor Raphael seine Gedanken ordnen konnte, erschien Auguste Gousset. »Bruder Raphael!«, rief er und ging mit ausgestreckten Händen auf Raphael zu.

Raphael lächelte. Er fasste die warmen Hände und sagte: »Seigneur Gousset, verzeiht mir, dass ich so spät in Euer Haus eindringe.«

Der hoch gewachsene, schlanke Mann machte eine wegwerfende Handbewegung. »Ihr seid hier immer willkommen, Bruder Raphael. Eure Hände sind eiskalt, und Euer Haar gleicht spitzen Eiszapfen. Ihr müsst halb erfroren sein.«

»Ich bin eine Weile unterwegs, Seigneur«, sagte Raphael. Vorsichtig betastete er seinen Kopf. Das Eis begann zu schmelzen und in kleinen Bächen seinen Nacken hinunterzulaufen.

»Kommt«, sagte Gousset und packte Raphaels Hand. »Ihr seid ein Eisblock, und mein Diener führt Euch in diese kalte Kammer.«

Wortlos ließ Raphael sich führen. Kurz darauf stand er in einem großen Wohnraum, wo in einem Kamin ein behagliches Feuer loderte. Die Wände waren behangen mit edlen Tapisserien, und bequeme Möbel luden zum Ausruhen ein. Vor dem Kamin ließ Gousset seinen Gast stehen und rief nach seinem Diener.

»Ihr wünscht, Seigneur?«

»Wo hast du deine Gedanken?«, schimpfte Gousset. »Bruder Raphael ist halb erfroren. Bring ihn ins Arbeitszimmer. Schaff sofort Weinbrand und eine Decke her. Und eil dich!« Zu Raphael gewandt sagte er: »Verzeiht meinem Diener, Bruder. Noch heute bekommt er zwanzig Stockhiebe.«

Raphael winkte schnell ab. »Bitte nicht, Seigneur. Es ist halb so schlimm.«

Der Famulus brachte eine warme Decke und eine Karaffe besten Weinbrands. Mit gesenktem Kopf verließ er den Raum.

Gousset warf Raphael die Decke um die Schultern und schenkte reichlich Weinbrand ein. Nach einem großen Schluck fühlte Raphael sich besser.

»Nun, lieber Bruder«, sagte Gousset, »was führt Euch her?«

»Ich bin auf der Flucht«, sagte Raphael mit fester Stimme. »Man trachtet mir nach dem Leben.«

Überrascht stellte Gousset sein Glas auf einen Tisch. »Nach dem Leben? Euch? Wer, in Gottes Namen, sollte so etwas tun?«

In kurzen Worten erläuterte Raphael Gousset seine Lage. Beginnend mit Henris Ernennung zum neuen Prior, über den Hexenprozess gegen Anne Langlois und ihre Tochter, bis zu seiner überstürzten Flucht aus dem Kloster. »Und nun komme ich zu Euch … als einem Freund«, schloss er.

Kaum hatte Raphael geendet, da stieß Gousset hervor: »Egal, was es ist. Ihr bekommt es von mir. Sagt mir, wie ich Euch helfen kann.«

Langsam senkte Raphael den Blick. »Habt Dank, Seigneur. Ihr seid ein guter Mensch«, flüsterte er.

Mit beiden Händen wehrte Gousset ab. »Einem frommen Mann und Freund, wie Ihr es seid, zu helfen, ist eines Christen oberste Pflicht.«

»Alles, worum ich Euch bitte, sind einige Sous, damit ich in Les Andelys eine Karte kaufen kann.«

»Eine Karte?«, fragte Gousset und strich sich über die grauen Haare. »Wozu braucht Ihr eine Karte?«

»Ich reise nach Avignon«, antwortete Raphael. »Zum Heiligen Vater, um ihn über die unchristlichen Machenschaften von Prior Henri zu unterrichten.«

Überrascht starrte Gousset seinen Gast an. »Ihr habt einen wahrhaft kühnen Plan, Bruder. Woher wisst Ihr, dass der Papst *Euch* Glauben schenken wird und nicht dem Prior?«

»Ich weiß es nicht«, sagte Raphael. »Ich weiß nur, dass ich alles versuchen muss, um unschuldige Menschen vor dem Scheiterhaufen zu retten. Selbst wenn ich dabei mein Leben verliere.« Er verschwieg, was er außerdem über Henri herausgefunden hatte. Es ging niemanden außer dem Papst etwas an, dass Henri Teufelswerk praktizierte.

»Ihr spielt ein gewagtes Spiel«, meinte Gousset ernst. »Avignon ist weit, die Reise lang und gefährlich. Zweifelsohne hat Henri längst Soldaten ausgesandt, Euch zu fassen.«

In diesem Moment öffnete sich die Tür. Herein schritt eine anmutige junge Dame mit feuerroten Haaren und blauen Augen. Gousset erhob sich, ging der Dame entgegen und nahm sie bei der Hand. »Jeanne«, sagte er. »Du erinnerst dich an Bruder Raphael?«

Jeanne Gousset machte einen Knicks und sagte: »Aber gewiss. Es ist schön, Euch wiederzusehen, Bruder.«

Raphael war aufgestanden und erwiderte das scheue Lächeln der Hausherrin. Sie war in seinem Alter – und damit halb so alt wie ihr Mann. Eine herbe Schönheit mit einem breiten Mund und weit auseinander liegenden Augen, die melancholisch entrückt schauten. Raphael ahnte, woher der traurige Ausdruck kam. Gousset hatte Jeanne vor einigen Jahren ihrem Vater abgekauft. Nun, *abgekauft* entsprach nicht ganz der Wahrheit. *Erpressung* traf die Sache eher. Einer von Goussets Untervasallen, Jeannes Vater, war vor Jahren in finanzielle Not geraten. Seine Äcker waren in der Hitze des Sommers 1341 verdorrt, das Vieh war verendet, und er besaß keinen Sou, um Saatgut für die nächste Ernte zu kaufen. Schließlich wandte er sich an seinen Grundherren, um Aufschub der Abgaben zu erwirken oder einen kleinen Kredit zu erhalten. Doch Gousset blieb hart, bis … ja, bis er zum ersten Male Jeanne sah. Gousset stellte seinen Bauern vor die Wahl: entweder das Land aufzugeben und elend zu Grunde zu gehen oder aber ihm Jeanne zur Frau zu geben und ein sorgenfreies Leben zu führen. Jeannes Vater hatte keine Wahl, und so war Goussets Wunsch in Erfüllung gegangen. Raphael störte sich nicht an dieser Regelung, war doch eine derartige Vereinbarung nicht unüblich.

Jeannes Stimme riss ihn aus seinen Gedanken: »Ihr seht sehr müde aus, Bruder Raphael.«

»Es war ein langer Tag, Madame«, sagte Raphael.

»Bruder Raphael musste aus dem Kloster fliehen, meine Liebe«, warf Gousset ein. »Die Inquisition trachtet ihm nach dem Leben.«

Jeanne starrte Raphael erschrocken an. »Das ist ja furchtbar«, hauchte sie. »Welchen Verbrechens klagt man Euch an?«

»Ketzerei«, antwortete Raphael.

»Ihr ein Ketzer?«, fragte Jeanne. Sie schüttelte den Kopf. »Das muss ein Irrtum sein.«

»Ein Irrtum?«, wiederholte Raphael. »Nein, kein Irrtum. Vielmehr der kalkulierte Versuch, mich mundtot zu machen.«

Jeanne sah Raphael fassungslos an.

»Bruder Raphael reist nach Avignon, um die gegen ihn erhobenen Vorwürfe zu widerlegen«, sagte Gousset.

Jeanne nickte langsam. »Ich wünsche Euch viel Glück auf Eurer Reise, Bruder. Wenn wir Euch irgendwie helfen können …«

»Euer Gemahl in seiner Großzügigkeit hat versprochen, mir ein wenig Geld zu geben. Das ist Hilfe genug.«

»Aber Ihr bleibt doch über Nacht?«, fragte Jeanne.

»Ja«, sagte Gousset. »Seid über Nacht unser Gast. Es wäre uns eine große Freude. Morgen könnt Ihr dann ausgeruht und gestärkt nach Les Andelys reiten.«

»Ihr seid sehr freundlich, Seigneur«, lächelte Raphael. »Aber jede Stunde, die vergeht, erhöht die Gefahr, dass ich entdeckt werde. Ich muss noch in dieser Nacht weiter.«

»Gut, gut«, sagte Gousset und ging hinüber zu einer verzinkten Lade in einer Ecke des Raumes. Er holte einen kleinen ledernen Beutel heraus, in dem Münzen klangen. Raphael nahm ihn mit einer dankbaren Verbeugung entgegen.

»Sei nicht kleinlich und gib dem Bruder einige Münzen mehr«, bat Jeanne. »Die Reise ist lang.«

Gousset wandte sich kurz zu seiner Frau, dann sah er wieder Raphael an.

»Aber gewiss«, sagte er und lächelte gezwungen. »Wie unbedacht von mir. Natürlich kommt Ihr mit den wenigen Münzen nicht weit.« Erneut ging er zu der Lade und holte einen weiteren Beutel hervor.

»Habt Dank, Seigneur«, sagte Raphael. »Habt Dank für Eure Gastfreundschaft und Eure Barmherzigkeit. Gottes Segen mit Euch.«

»Gott mit Euch, lieber Bruder«, rief Jeanne Raphael hinterher, der sich anschickte, das Haus zu verlassen.

An der Tür angekommen, gaben sich die beiden Männer die Hand. »Viel Glück, Bruder. Ihr werdet es brauchen.«

Raphael nickte. Er verneigte sich leicht und stapfte dann durch den Schnee hinüber zu seinem Pferd. Ob Gousset verstimmt war? Auch war Raphael nicht entgangen, wie unglücklich dessen Frau war. Hoffentlich schlägt er sie nicht, dachte er, als er sein Pferd bestieg und in langsamem Tritt das Gut verließ.

»Du bist wohl des Teufels! Was ist nur in dich gefahren?« Gousset holte aus und schlug die flache Hand in Jeannes Gesicht.

Sie stürzte zu Boden. Erschrocken und verständnislos starrte sie ihren Mann an. »Was habe ich denn getan?«

Gousset baute sich drohend vor ihr auf. »Da fragst du noch?«, donnerte er. »Hast du nicht gehört? Er ist ein Ketzer!«

»Ich … ich verstehe nicht. Bruder Raphael ist unschuldig. Du selbst hast ihm doch eben Geld gegeben, damit er seine Unschuld beweisen kann.«

»Törichtes Weibsbild!«, fauchte Gousset. »Ich habe es ihm gegeben, um ihn in Sicherheit zu wiegen. Durch deine Schuld ist er nun mit weit mehr Geld fort, das ich nie wieder sehen werde. Oder glaubst du, die Inquisition gibt es mir zurück?«

Jeanne verstand noch immer nicht. »Was hat die Inquisition mit deinem Geld zu tun?«

Wieder holte Gousset aus und schlug Jeanne, dass sie aufschrie und noch näher an die Wand rutschte. Blut lief aus einem Mundwinkel auf ihr blaues Gewand. »Hat dein Vater dich gar keine Gottesfurcht gelehrt, dummes Weib? Raphael ist ein Ketzer, und als Christ ist es meine Pflicht, zur Ergreifung des Renegaten beizutragen, damit er seiner gebührenden Bestrafung zugeführt wird.«

»Das kannst du nicht tun«, sagte Jeanne. »Er ist unser Freund.«

Gousset achtete nicht weiter auf sie. Er rief den Famulus und befahl ihm, zwei Pferde zu satteln.

Jeanne glaubte kein Wort von der Ketzerei. Sie kannte Raphael gut genug. Sie sprang auf, lief zur Tür und rief den Famulus zurück. Als er erschien, schaute er verwundert von Jeanne zu Gousset und wieder zu Jeanne. »Die Pferde bleiben im Stall«, befahl sie dem Diener. »Mein Gemahl hat sich umbesonnen.«

Aus großen Augen starrte der Famulus seinen Herren an. »Seigneur?«, fragte er.

»Ich habe dir eine deutliche Anordnung gegeben!«, krächzte Gousset. »Geh und befolge sie endlich!«

Der Famulus verschwand erneut, und Jeanne ging zu ihrem Mann. Dicht vor ihm blieb sie stehen. »Ich flehe dich an«, beschwor sie ihn. »Verrate Raphael nicht. Nie und nimmer ist er ein Ketzer. Das weißt du so gut wie ich.«

»Die Kirche weiß es«, erwiderte Gousset. »Das genügt mir als Beweis. Nun geh mir aus den Augen!« Er versuchte, sie fortzuschieben.

Doch Jeanne wehrte sich gegen Gousset. »Gut, dann komme ich mit dir.«

Verdutzt öffnete Gousset den Mund. »Ich höre wohl nicht recht«, keuchte er. »Du tust, was ich dir sage, Weib!«

Nur einmal in ihrem Leben hatte sich Jeanne derart hilflos gefühlt wie in diesem Augenblick. Und das war der Tag ihrer Vermählung mit diesem furchtbaren Mann gewesen.

Als Gousset sich an ihr vorbeidrängen wollte, schlang sie ihre Arme um seinen dürren Leib. »Man wird ihn auf dem Scheiterhaufen verbrennen!«, unternahm sie einen letzten Versuch, Gousset von seinem Vorhaben abzubringen.

Gousset befreite sich aus der Umklammerung. »Kein Wort mehr, sage ich!« Er warf Jeanne zu Boden.

»Ich lasse dich nicht gehen!«, rief Jeanne und griff nach seinen Beinen.

Ein Hieb mit der Faust, und Jeanne kippte besinnungslos zur Seite. Gousset kümmerte sich nicht weiter um sie, sondern zog seinen Mantel an. Der Famulus erschien, um zu berichten, dass die Pferde gesattelt wären. Gousset nickte und verließ mit seinem Diener das Haus.

Gerade verhallten die letzten Klänge des Psalmengesangs zum Completorium im Kapitelsaal von St. Albert. Die Mönche begaben sich zur Nachtruhe. Gousset sprang vom Pferd und rannte keuchend auf das schwere Tor des Klosters zu. Dröhnend hämmerte er dagegen, bis ein junger Mönch ihm öffnete. »Ihr wünscht?«

»Führt mich zu Eurem Prior, Bruder«, stieß Gousset atemlos hervor.

»Der ehrwürdige Vater empfängt zu dieser Stunde keine Besuche mehr«, gab der Mönch zu verstehen. »Kommt morgen wieder.«

Gousset stellte einen Fuß in das Tor. »Es ist von größter Bedeutung, dass ich unverzüglich den Prior spreche. Es geht um den Ketzer Raphael. Bitte, lasst mich ein.«

Der Mönch überlegte kurz, dann öffnete er das Tor für den späten Gast. Sorgfältig verschloss er es hinter Gousset. »Folgt mir.«

Wortlos führte der Mönch Gousset über den dunklen Klosterhof. Vor dem Abthaus blieb er stehen. »Wartet hier«, sagte er und verschwand darin, um kurz darauf wieder zurückzukehren. »Der ehrwürdige Vater empfängt Euch.«

»Danke, Bruder«, sagte Gousset und betrat das Haus.

»Kommt her!«, rief eine dunkle Stimme.

Bedächtig folgte Gousset der Stimme in einen halbdunklen Raum. Hinter einem breiten Tisch saß der Prior, davor zwei

Dominikaner, deren Gesichter Gousset nicht erkennen konnte. »Wer seid Ihr?«, fragte der Prior, ohne sich die Mühe einer Vorstellung zu machen.

»Mein Name ist Auguste Gousset, ehrwürdiger Vater«, sagte Gousset. »Ich bin Kaufmann und habe ein Gut nahe dem Dorf Boos. Ich …«

»Gut, gut«, grollte Henri le Brasse. »Kommt zum Grund Eures Erscheinens. Ihr habt Informationen über Raphael?«

»Ja, ehrwürdiger Vater. Er kam heute Abend in mein Haus und bat um Geld. Sagte, er wäre unschuldig der Ketzerei bezichtigt.«

Henri zog die Augenbrauen hoch. »Tat er das?«, sagte er mehr zu sich selbst, dabei blickte er die beiden Dominikaner durchdringend an. »Was sagte er noch?«

Gousset fühlte, dass sein Entschluss, den Prior zu informieren, richtig war. Die Worte sprudelten aus ihm heraus. Hier und da unterstrich er seine Erläuterungen mit Bibelsprüchen und fügte das eine oder andere frei erfundene Element hinzu. Vielleicht ergaben sich ja ungeahnte Vorteile für ihn, wenn aufgrund seiner Hinweise Raphael gefasst wurde. Bestimmt würde der Prior ihm eine großzügige Belohnung zukommen lassen. Womöglich gar ein großes Stück Land. So schloss er mit den Worten: »Als guter Katholik sah ich es als meine Verpflichtung an, Euch über die Pläne des Ketzers zu informieren, ehrwürdiger Vater. Auf dass Ihr ihn alsbald ergreifen und im Namen Jesu Christi bestrafen könnt.«

»Der Dank der Kirche ist Euch gewiss«, sagte Henri. »Sie wird es nicht vergessen. Und nun lasst uns allein.«

Goussets Lächeln gefror. Hatte er doch auf eine sofortige Belohnung gehofft. Sollte er den Prior darauf ansprechen? Henris schwarze Augen sagten, dass jedes weitere Wort unnütz war. So schlich Gousset davon.

»Imbert und Cumanus«, sprach Henri die beiden Mönche an. Beide waren große, asketische Männer mit strengen Blicken und schmalen Lippen. Der eine, Imbert, war von einer hässlichen Narbe auf der linken Wange gezeichnet, der andere war an seinem kahlen Schädel leicht zu erkennen. »Brecht sofort auf. Reitet nach Les Andelys und schafft Raphael her. Es genügt, wenn ihr mir seinen verkohlten Leichnam bringt. Vielleicht ist das die beste Lösung. Richtet ihn dort, wo ihr ihn findet.«

Imbert und Cumanus lächelten kalt. Der Ketzer würde brennen, noch bevor er das Vaterunser beten konnte. Einer Verhandlung bedurfte es in diesem Fall ohnehin nicht. Henri hatte Raphael bereits durch öffentliche Bekanntmachung für vogelfrei erklärt. Jeder Dieb, Wegelagerer oder Leibeigene durfte ihn töten, ohne auch nur die geringste Strafe der weltlichen und kirchlichen Gerichte befürchten zu müssen. Außerdem besaßen Imbert und Cumanus die wirkungsvollste Legitimation zur fast grenzenlosen Machtausübung vom Papst persönlich: Der Heilige Stuhl hatte sie unlängst zu Inquisitoren ernannt.

Plötzlich flog die Türe zum Abthaus auf. Noch ehe Henri seine Verärgerung über das ungebetene Eindringen zum Ausdruck bringen konnte, rief ein Mönch keuchend: »Ehrwürdiger Vater, die Gefangene ist geflohen!«

»Welche Gefangene?«, herrschte Henri den Mönch an. »Erklär dich deutlicher!«

»Luna Langlois, ehrwürdiger Vater. Sie ist aus dem Hexenturm entkommen!«

Henri erbleichte. Er musste sich setzen. »Wann?«

»Heute Morgen vor Tagesanbruch.«

»Heute Morgen?«, schrie Henri. »Und ich erfahre erst jetzt davon?«

Der Mönch schwieg.

»Wie konnte das passieren?«, wollte Henri wissen.

»Offenbar ist ihr jemand zu Hilfe gekommen«, sagte der Mönch mit brüchiger Stimme. »Die Knechte sagen, ein Jüngling hätte sie niedergeschlagen und wäre mit der Hexe geflohen.«

»Ein Jüngling schlug die Knechte nieder?«, donnerte Henri. »Was weißt du noch? Sprich endlich!«

»Zuletzt sah man drei Personen die Stadt Richtung Süden verlassen, ehrwürdiger Vater.«

Fassungslos starrte Henri den Mönch an. »Drei? Wieso sind es plötzlich drei?«

»Man weiß es nicht, ehrwürdiger Vater. Draußen wartet ein Bote. Habt Ihr Order für ihn?«

»Ja«, sagte Henri, dachte dann aber kurz nach. »Nein, schick ihn fort. Und schlagt den Knechten allesamt den Kopf ab! Nun geh! Geh!«

Der Mönch raffte seine Kutte und lief davon.

Mit einer Wucht, dass die Kerzen umfielen, schlug Henri auf den Tisch. Doch schnell gewann er seine Fassung wieder. Er blickte die still dasitzenden Inquisitoren an. »Wir müssen unsere Pläne nur geringfügig ändern«, sagte er. »Imbert, du folgst Raphael. Er darf unter keinen Umständen nach Avignon gelangen. Findest du ihn nicht in Les Andelys, reite weiter nach Dreux. Dort leben seine Eltern, und ich bin sicher, er wird sie auf dem Weg nach Avignon besuchen wollen. Cumanus, du spürst Luna und den beiden Unbekannten nach. Tötet sie alle.«

Imbert und Cumanus sahen sich an und ein Lächeln umspielte ihre Lippen. Sie würden ihre Mission erfüllen. Bisher hatten sie jede Mission erfüllt.

Im Hause Gousset erwachte Jeanne aus tiefer Bewusstlosigkeit. Sie benötigte einige Zeit, um wieder einen klaren Gedanken zu fassen. Und der erste Gedanke war, Raphael zu folgen und ihn vor Augustes Verrat zu warnen. Sie war es endgültig leid, von ihrem Gemahl wie eine Gefangene gehalten und täglich geschlagen zu werden. Sie war es leid, an jedem Sonntag in der Kirche ihre Wunden und ihre blauen Flecken von Goussets Hieben mit Faust und Gürtel verbergen zu müssen. Sie war es leid, in diesem düsteren Haus zu leben, dessen Wände nie ein Lachen hörten. Ihr Vater war im vergangenen Jahr gestorben, sodass sie sich an den Pakt zwischen ihm und Auguste nicht mehr gebunden fühlte. Keinen Augenblick dachte sie an die möglichen Folgen, an die lange Reise, die Gefahren, Folter und qualvollen Tod. Mit einem Ärmel wischte sie das Blut von ihrem Mund, holte schnell zwei Satteltaschen und packte in die eine die wichtigsten Habseligkeiten – zwei wollene Gewänder, eine Decke, lederne Stiefel, zwei Sekel Seife, ein langes Messer und einen Kamm. Dazu drei Flaschen Wein, harten Käse, weiches Brot, einige Äpfel und einen fetten Schinken. Dann ging sie hinüber zu der verzinkten Lade und nahm sämtliche Geldbeutel heraus, die sie mit ihrem Geschmeide in der zweiten Satteltasche verstaute. Das sollte für die Reise reichen!

Im Stall wartete ihr einziger Freund. Giacomo, ein mächtiger Rappe, schnaubte, als er sie sah. Sie streichelte ihn kurz, dann war das Pferd auch schon gesattelt. Sie schaute sich nicht um, wagte keinen Blick zurück zu dem Haus, in dem sie seit Jahren eine Gefangene gewesen war. Les Andelys hieß das Ziel.

Der finstere Mönch

Nach einer kurzen, unruhigen Nacht in einem Gasthaus am Rande von Les Andelys stand Raphael zeitig auf. Bei einem Kartografen erstand er eine Karte und ritt anschließend zum Hafen. Am Ufer der Seine fand er den Fährmann, der nachdenklich auf den Fluss starrte. »Seht Euch das an«, sagte der Fährmann.

Raphael folgte dem Blick über den Fluss. Vier Kähne mit jeweils sechs Mann an Bord trieben auf der Seine dahin. Erst jetzt bemerkte er die gemächlich treibenden Eisschollen, die

die Männer mühselig mit schweren Äxten und Hämmern zerschlugen. Eine unglaubliche Plackerei.

Der Fährmann wandte sich Raphael zu. »Ihr wollt über den Fluss, Bruder? Da müsst Ihr wohl noch eine Weile warten.«

»Wann, meint Ihr, ist die Seine wieder schiffbar?«, fragte Raphael.

Nachdenklich wiegte der Fährmann den Kopf. »Ihr habt gewiss noch Zeit für ein ausgedehntes Mittagsmahl. Mein Bruder hat eine Schänke gleich neben dem Rathaus. Sagt ihm, ich schicke Euch, und Ihr werdet fürstlich bewirtet. Ich lasse Euch wissen, wann die Fähre übersetzt.«

»Habt Dank, guter Mann«, sagte Raphael. Er nickte grüßend und schritt den Pfad am Abhang hinauf zurück zu seinem Pferd. Mit dem Ostwind drang der grauenvolle Gestank der Gerberwerkstätten in seine Nase. Es mussten Sämischgerber sein, die am Stadtrand angesiedelt waren – der beißende Fischtran war nicht zu verkennen. Dazwischen der Verwesungsgeruch der noch nicht von Fleischresten und Haaren gesäuberten Häute. Am Fluss vor den Toren der Stadt mussten dutzende Gerber, Seifensieder und Kürschner am Werke sein. Der durchdringendste Geruch allerdings kam von den Färbern, die zum Beizen ihrer Stoffe reichlich Alaun, Kupfervitriol und Kuhmist verwendeten. Es war einfach ekelhaft. An den eisfreien Stellen der Seine schwammen die Abfälle der Werkstätten: faulige Fleischbrocken in ätzender Gerberlohe, Dung, weißer Ziegentalg, Buchenasche. Am Ufer bildeten die Alaunkristalle widerlichen weißen Schaum. Dazwischen trieben tote Forellen mit dem Bauch nach oben. Das Wasser war derart sauer, dass weder Hunde noch Vögel zur Tränke kamen. Nur die hartgesottenen Waschweiber setzten einen Fuß in das Gewässer.

Raphael schüttelte sich und wandte sein Pferd Richtung Stadtkern. Die Schänke war schnell ausgemacht. Drinnen war es behaglich warm, und es roch nach gebratenem Wild. Die Gäste waren bunt und zahlreich. Neben einer Gruppe in fachmännische Unterhaltung vertiefte Jäger fanden sich hier Fuhrleute, Advokaten, Reisende und zwei Adelsmänner. Sie starrten den Mönch an wie ein fremdes Wesen.

Raphael nahm an einem freien Tisch am Fenster Platz. Er bemerkte die Blicke der Männer, konnte sich aber keinen Reim darauf machen. Schon kam der Wirt herbeigeeilt und verneigte sich. »Seid willkommen, Bruder. Wonach dürstet es Euch, und was beliebt Ihr zu speisen?«

»Gott zum Gruße, Herr Wirt«, sagte Raphael. »Euer Bruder, der Fährmann, schickt mich.«

»Ah«, machte der Wirt. »Dann seid hier doppelt willkommen. Ihr wartet wohl auf die Fähre?«

»Ja«, antwortete Raphael. »Die Seine ist noch zu stark vereist. Euer Bruder gab mir den Rat, bei Euch einzukehren.«

Der Wirt lächelte. »Das war gewiss ein guter Rat, Bruder. Womit kann ich Euch dienen? Vielleicht zuerst ein Püree von dicken Bohnen, danach unser berühmtes Huhn mit Dörrzwetschgen und Datteln, saftig mit Bauchspeck gebraten und herrlich gewürzt mit Zimt, Kardamom, Koriander, Ingwer und einem Hauch edlen Safran. Anschließend eine den Säften schmeichelnde Weinsuppe mit Zimtbrotwürfeln und zum Abschluss süße Krapfen mit Honig und Sauermilch übergossen.«

Raphael lief das Wasser im Munde zusammen. Seit Tagen hatte er nichts Richtiges in den Magen bekommen. Er konnte sich nicht erinnern, wann er zuletzt etwas Warmes gegessen hatte. Allein: Sein Gelübde erlaubte ihm nicht, all diese famosen Speisen zu kosten. Er war ein Bettelmönch, kein Bischof oder gar Kardinal. »Eure Speisen hören sich sehr schmackhaft an«, sagte er. »Doch bin ich zufrieden mit einer Schale Hirsebrei. Dazu reicht mir einen Krug Dünnbier.«

»Wie Ihr wünscht«, brummte der Wirt und verschwand.

Die Tochter des Wirts, ein langes, dürres Geschöpf mit gelben Zähnen, reichte Raphael zwei Aquamanilen, eines mit warmem Wasser, eines mit kaltem. Im Bewusstsein seines

Standes wählte er das kalte Wasser, um seine Hände darin zu waschen. Nun trug die Wirtsfrau eine große Schale mit grauem Hirsebrei auf, die Raphael so schnell verschlang, dass mit dem letzten Löffel noch nicht einmal der Bierkrug auf dem Tisch stand. Nach dem Mahl wischte er Mund und Finger am Tischtuch ab und rülpste und furzte kräftig.

Sofort eilte der Wirt herbei. »Es hat Euch geschmeckt?« Offenbar hatte er die Hoffnung noch nicht aufgegeben, dass der Gast doch mehr zu speisen gedachte.

»Vorzüglich, Herr Wirt«, sagte Raphael, der sich nur zu gern unter den Tisch gelegt hätte, um ein kleines Nickerchen zu machen. Doch er durfte dem Bedürfnis nicht nachgeben. Daher fragte er nur nach der Höhe der Zeche.

»Ein Sou, Bruder«, brummte der Wirt.

Beim Anblick des großen Geldbeutels in Raphaels Hand gingen dem Wirt die Augen über. Raphael bemerkte den Blick und sagte schnell: »Ich bin im Auftrag der Diözese unterwegs.« Woraufhin der Wirt seine Neugier zügelte.

Satt und ausgeruht verließ Raphael das Wirtshaus. Draußen empfing ihn erneut der eisige Wind. Er zog die große Kapuze seines schwarzen Skapuliers über den Kopf und wollte gerade auf sein Pferd steigen, als eine weibliche Stimme seinen Namen rief. Raphael blickte sich um, doch wegen der Kapuze konnte er nicht viel sehen. Wieder rief die Stimme seinen Namen. Er streifte die Kapuze zurück in den Nacken, da sah er sie von einem stolzen Rappen steigen und auf ihn zulaufen: Jeanne Gousset! »Bei Gott!«, flüsterte er.

»Bruder Raphael!«, rief Jeanne. »Ein Wunder, dass ich Euch gefunden habe.«

»Madame Gousset!«, stieß Raphael hervor. »Was in Gottes Namen habt Ihr hier verloren?«

Sie holte tief Luft. »Ihr seid in großer Gefahr, Bruder Raphael. In sehr großer Gefahr.«

»Ich … ich verstehe nicht«, stotterte Raphael. »Was tut Ihr hier in Les Andelys? Hat Euer Gemahl Euch geschickt?« Er sah die Verletzungen in ihrem Gesicht und stutzte. »Hat der Seigneur Euch …?«

»Fragt nicht«, sagte Jeanne. »Hört mir zu. Auguste ist, nachdem ihr fort wart, zum Kloster geritten, um Euch der Inquisition ans Messer zu liefern. Er hat den Prior über Eure Pläne unterrichtet. Gewiss sind bereits Männer ausgesandt, Euch zu verhaften. Wir müssen fort von hier. Fort, so schnell es geht.«

Raphaels Gedanken rasten. Auguste Gousset hatte ihn verraten? Ihn? Es konnte nicht wahr sein. »Weshalb sollte er so etwas tun?«, fragte er Jeanne.

»Ihr habt doch selbst gesagt, Ihr wäret ein Ketzer«, gab Jeanne mit eindringlicher Stimme zurück. »In seinem Eifer ist er davon überzeugt, Euch, den Ketzer, an die Kirche verraten zu müssen.«

»Aber ich habe doch gesagt, dass ich zu Unrecht verfolgt werde«, sagte Raphael.

Jeanne schüttelte den Kopf. »Das zählt für Auguste nicht. Zudem bin ich sicher, dass er eine Belohnung erwartet, was seinen Entschluss nur festigte.«

»Das kann ich nicht glauben«, flüsterte Raphael.

»Glaubt es und kommt!«, sagte Jeanne und packte Raphael am Arm. Er konnte gerade noch die Zügel seines Pferdes nehmen.

Unten am Fluss lief ihnen der Fährmann schon mit beiden Händen fuchtelnd entgegen. »Ich wollte soeben nach Euch schicken«, rief er. »Der Fluss ist frei, die Fähre abfahrbereit.«

Mit einem kräftigen Schlag auf das Hinterteil ließ Raphael sein verängstigtes Pferd auf die schaukelnde Fähre springen. Danach half er Jeanne und Giacomo an Bord. Wegen der langen Wartezeit war auch der kleinste Fleck auf der Fähre mit Menschen, Tieren, Fässern und Kisten belegt. Hinter Raphael und Jeanne spannte der Fährmann ein Seil. Er rief drei jungen Männern etwas zu, sprang auf die Fähre, und sogleich zogen die drei Männer an einem armdicken Tau, das von einem Ufer zum anderen gespannt und mit der Fähre verbunden war.

Erleichtert darüber, dass es endlich wieder weiterging, blickte Raphael zur Anlegestelle und zu dem kleinen Hafen zurück. Einige verspätete Fahrgäste liefen zum Ufer und riefen dem Fährmann zu, er solle umkehren. Der rief zurück, sie sollen sich etwas gedulden, er würde bald wieder dort sein. Aufmerksam beobachtete Raphael die Leute am Ufer. Ein Schmied schwang drohend seinen Hammer, während seine Frau ein kleines Bündel in den Armen trug. Daneben stand pöbelnd ein Waschweib. Und neben ihr – ein Dominikaner! Schweigend starrte er der Fähre nach. Raphael gefror das Blut in den Adern. Er kannte den großen Mönch nicht, dabei kannte er alle Mönche der Diözese. Was also tat dieser Mann dort? Zwar war es durchaus möglich, dass er ein Bote war oder in sonst irgendeiner Mission unterwegs, aber Raphael glaubte zu wissen, warum er dort am Ufer stand: Der Grund war er, Raphael, selbst. Jeanne hatte also Recht. Gousset hatte ihn verraten, und schon einen Tag später war man ihm auf der Spur. Auf seine Stirn trat Schweiß, der sofort gefror. Er wischte mit dem Ärmel darüber.

»Ihr seht besorgt aus«, sagte Jeanne.

Soll ich es ihr sagen, überlegte Raphael. Er entschied sich dagegen, um sie nicht zu beunruhigen. Es bestand immer noch die Möglichkeit, dass er sich irrte. Daher antwortete er, ohne den Blick von der Gestalt am Ufer zu wenden: »Es ist nur die Erschöpfung, Madame. Nur die Erschöpfung.« Er zwang sich, den Blick von dem Dominikaner zu wenden. Stattdessen richtete er sein Augenmerk auf das gegenüberliegende Ufer der Seine, auf das die Fähre langsam zuschaukelte.

Ihren Begleitern voran ritt Luna durch die mächtigen Stadttore von Les Andelys. Allerlei Volk und Gesindel war auf den Straßen. Es schien Markttag zu sein. Die großen Fuhrwerke der Händler schoben sich durch die Straßen und Gassen, die Fischer und ihre Frauen trugen schwere Körbe mit zappelnden Fischen zum Marktplatz.

Luna hielt ihr Pferd an und schaute sich um. Sie schien irgendetwas zu suchen – oder irgendjemanden.

»Worauf warten wir?«, fragte Amicus.

Luna antwortete nicht. Sie suchte weiterhin die Menge ab. »Wir reiten zum Fluss.«

Pierre blickte sie besorgt an. Da war etwas an diesem Mädchen, das gänzlich anders war als bei allen Menschen, die er je getroffen hatte. Und das waren bei Gott viele gewesen. Sie schien oft sehr fern; nicht im Hier und Jetzt, sondern seltsam entrückt. Vermutlich liegt es am Tod ihrer Mutter, dachte Pierre. Niemand konnte ein derart grausiges Bild sehen, ohne Schaden zu nehmen.

Kurz bevor sie den Fluss erreicht hatten, wurde Luna unruhig. Ihr Blick war auf einen Mönch geheftet, der die Kapuze tief ins Gesicht gezogen hatte, sodass Pierre sein Gesicht nicht sehen konnte. Er stand neben einer in feinsten Zwirn gekleideten Dame auf der Fähre.

Da rief Amicus: »Sie hat ja schon abgelegt!«

»So bleibt uns Zeit für ein ausgedehntes Mahl, bis sie wieder zurück ist.«

Nachdenklich wiegte Amicus den Kopf. Dann lächelte er. »Nicht übel.«

Sie ritten wieder in die Stadt. Neben dem Rathaus erspähten sie eine Schänke, aus der einladende Düfte drangen.

»Seht!«, rief Amicus. »Jetzt gibt es endlich was zwischen die Zähne!« Er sprang aus dem Sattel und stürmte durch die Tür wie ein Rammbock.

In der Schänke saßen nur wenige Leute. Verlegen lächelnd bot Pierre Luna einen Stuhl an. Er nahm erst Platz, nachdem sie es bequem hatte.

»Wirt!«, rief Amicus.

Der Wirt, ein alter Mann mit krummem Rücken und krummen Beinen, eilte herbei. Amicus orderte Wein, Käse, Brot, Schinken, Hühnchen in Rotweinsauce, Wildbret und Barsch. Pierre war mit Ruetschart zufrieden, Luna aß Püree von dicken Bohnen. Von Magnus' Geld ließ es sich wahrlich gut leben.

Während des Festschmauses fiel kaum ein Wort. Amicus hatte nur Augen für die Speisen und Pierre nur für Luna. Jedoch versuchte er mühevoll, seine Gefühle zu verbergen. Gelegentlich schaute Luna zu einem der kleinen Fenster. Sie beobachtete die Leute, doch schien sie durch sie hindurchzusehen.

Den letzten Bissen noch zwischen den Zähnen, fragte Amicus: »Wie geht es nun weiter?«

»Wir reiten nach Digny«, sagte Luna.

»Digny?«, echote Amicus. »Was wollen wir in Digny?«

»Wir übernachten dort. Morgen.«

»Warum?«, fragte Amicus weiter.

Sanft legte Luna eine Hand auf Amicus' Arm. »Vertrau mir, lieber Amicus«, sagte sie, und Amicus schluckte schwer. »Bitte, vertrau mir.«

Pierre war, als gerate Amicus in Lunas Bann. Die gerunzelten Brauen entspannten sich, der Mund öffnete sich leicht, die Schultern senkten sich. Schon glaubte Pierre, Luna hätte ihn erobert, aber so leicht erlag Amicus weiblichen Reizen nicht. Schlagartig zog er seinen Arm unter Lunas Hand hervor. »Verdammt!«, fluchte er. »Ich will endlich wissen, was wir hier tun! Warum reiten wir nach Digny? Warum überhaupt gen Süden? Wo liegt unser Ziel, und was willst du dort tun? Ich habe das Gefühl, dass wir auf einem äußerst gefährlichen Abenteuer sind. Und wenn ich mein Leben riskiere, will ich wissen, wofür!«

Pierre hielt den Atem an. Er war nicht weniger an den Antworten interessiert, nur hätte er es nie gewagt, Luna derart anzufahren. Sein Vertrauen in sie war ebenso grenzenlos wie seine Liebe. Er hätte für sie sogar den Teufel aus der Hölle getrieben.

»Ich weiß«, sagte Luna, »dass es dir schwer fallen muss, einer jungen Frau zu folgen, Amicus.« Sie holte tief Atem. »Einige deiner Fragen kann ich jetzt beantworten, andere nicht. Es ist wichtig, dass ihr beide mir vertraut, was auch immer geschieht. Um mehr bitte ich euch nicht.«

Amicus wischte sich mit einer Hand über den Mund. »Ich höre«, sagte er.

Ohne Zögern fuhr Luna fort: »Unser vorläufiges Ziel ist Avignon.« Sie achtete nicht auf die überraschten Reaktionen der Männer. »Wir warten dort auf einen guten Freund. Sobald wir vereint sind, reiten wir weiter nach Westen. Mehr dürft ihr in diesem Augenblick nicht erfahren.«

Avignon, dachte Pierre. Was will sie dort? Er wusste nicht viel über die Stadt, außer dass sie auf dem Gebiet des Imperiums lag und der alte Bertrand deshalb immer einen großen Bogen darum machte. Er traute den Deutschen nicht. Was gab es noch Bemerkenswertes in Avignon? Der Papst residierte dort und … Pierre fuhr zusammen. War es möglich, dass Luna zum Papst wollte? Er verwarf den Gedanken sogleich wieder. Es war für ihn kaum vorstellbar, dass jemand wie sie den Heiligen Vater aufsuchte. Demnach musste sie einen anderen Plan verfolgen. Und wen wollte sie treffen? Pierres Gedanken rasten durch seinen Kopf. Die Antworten auf Amicus' Fragen hatten nur weitere Rätsel zum Vorschein gebracht. Doch er ahnte, dass Luna keine weiteren Erklärungen folgen lassen würde.

Luna stand auf. »Reiten wir zur Fähre.«

Wortlos zahlte Amicus die Zeche. Vor der Schänke stiegen sie auf ihre Pferde, die sie gemächlich zum Hafen trugen. Auf der Seine trieben die letzten Eisschollen den Fluss hinab. Die Fähre befand sich in der Mitte des Flusses. Zwischen all den gestapelten Kisten und Fässern standen und saßen die Leute und warteten. Luna ließ ihren Blick wandern. Da war ein Dominikaner hoch zu Pferde. Er schaute gelassen der Fähre entgegen und rührte sich nicht. »Wir müssen uns trennen«, sagte Luna zu ihren Begleitern.

Das gefiel Pierre ganz und gar nicht. »Warum?«

»Seht ihr den Dominikaner am Ufer?«, fragte Luna. »Dort neben den Weinfässern.«

»Ja, ich sehe ihn«, sagte Pierre. »Was ist mit ihm?«

»Er ist gesandt, uns zu fangen und zu töten«, antwortete Luna.

»Woher willst du das wissen?«, fragte Amicus.

»Ich weiß es einfach«, erwiderte Luna. »Er sucht nach drei Personen – einer Frau und zwei Männern. Wir müssen also getrennt zum Hafen reiten. Kein Wort darf zwischen uns fallen, kein Blick gewechselt werden. Habt ihr verstanden?«

Pierre und Amicus nickten. Amicus brach zuerst auf, ihm folgte Pierre und dann Luna.

Während Luna und Amicus am Rand der Anlegestelle warteten, blieb Pierre in der Mitte. Der finstere Mönch saß wie erstarrt auf seinem Pferd und fixierte unentwegt das gegenüberliegende Ufer. Pierre konnte nicht anders, er musste ihn beobachten. Sein Gesicht zierte eine breite, dunkelrote Narbe, die vom linken Auge über die Wange bis zum Hals verlief. Die Augen waren groß und hervorquellend wie die einer Kröte, der Mund schmallippig und nach unten gezogen. Pierre schauderte. Dieser Mann würde sie alle eiskalt meucheln. Ohne jeden Skrupel, ohne einen Funken Gnade.

Pierre war so in Gedanken versunken, dass er zu Tode erschrak, als die Fähre mit einem Ruck anlegte. Kaum waren Fracht und Passagiere von Bord, drängten die Wartenden nach. Pierre stieg von seinem Pferd und führte es vorsichtig über den Steg auf die Fähre. Er übersah den mit Schnee vermengten Möwendreck, rutschte aus und schlug hin. Sein Pferd scheute und stellte sich wiehernd auf die Hinterhufe, sodass Pierre die Zügel entglitten. Er kam hoch und versuchte, den Gaul zu beruhigen. Doch er bekam einen Schlag mit dem Schädel und taumelte zurück. Vor den Vorderhufen eines anderen Pferdes stürzte er nieder. Nun stieg dieses Ross, und der Reiter hatte alle Mühe, sein Pferd unter Kontrolle zu bringen. »Sieh dich doch vor, törichter Lümmel«, brüllte der Reiter.

Benommen sah Pierre hoch und erkannte den Dominikaner! Schnell wie eine Katze war Pierre wieder auf den Beinen. Er bat vielmals und unterwürfig um Verzeihung. Der Mönch schnaufte verächtlich und ritt auf die Fähre, ohne Pierre weitere Beachtung zu schenken.

Pierre atmete tief durch, nahm sein Pferd, das nun wieder ganz ruhig war, und betrat die Fähre. Er schaute nach Luna und Amicus, konnte beide in dem Gewühl aber nicht finden.

Die Fahrt war nur von kurzer Dauer. Kaum war die Fähre am Anleger, da stieß der Dominikaner die Leute beiseite und schrie sie an: »Aus dem Weg! Aus dem Weg mit euch, in Gottes Namen!« Schnell war eine Gasse gebildet, und der Mönch preschte über die Fähre, über den Anleger und verschwand im angrenzenden Wald. Zwei Knaben fanden zuerst die Fassung wieder. Johlend liefen sie durch die Gasse, den Steg hinauf, wo sie dann Fangen spielten. Pierre folgte ihnen zügig, damit er nicht auf die anderen Passagiere warten musste. Dreißig Schritte vom Anleger entfernt hielt er nach seinen Freunden Ausschau.

Plötzlich tippte ihm jemand von hinten auf die Schulter. »Luna!«

»Wie du siehst.« Sie lächelte.

»Wo ist Amicus?«

Sie zeigte zur Fähre. Amicus führte missmutig sein Pferd zu ihnen. »Ich hasse Schiffe«, sagte er. »Mir wird es speiübel auf See.«

Pierre lachte. »Die Seine mit der See zu vergleichen ist etwas weit hergeholt, mein Freund.«

»Wie dem auch sei«, murmelte Amicus. »Wie geht es weiter? Sollen wir getrennt reiten?«

Luna schüttelte den Kopf. »Die Gefahr ist vorerst vorüber.« Sie schaute zum Himmel hinauf, wo dichte dunkle Wolken dahinzogen. »Der Abend naht. Wir kehren in ein Gasthaus ein. Morgen müssen wir vor Einbruch der Dunkelheit in Digny sein.«

Sie stiegen auf und ritten im Trab in den Wald hinein.

Ein jeder von ihnen hing seinen Gedanken nach. Auch der Wald schwieg. Keine Eule rief durch die Nacht, kein Wolf heulte den Mond an, kein Fuchs, der auf Beutezug durch das Unterholz pirschte. Vollkommene Stille. Das eintönige Hufgetrappel sorgte schließlich dafür, dass Pierre sanft im Sattel einschlummerte.

Währenddessen ritt Amicus voran, um mögliche Gefahren frühzeitig zu erkennen. Er übernahm diese Aufgabe mit höchster Gewissenhaftigkeit. Nichts und niemand konnte ihnen zu nahe kommen.

Unterdessen waren Raphael und Jeanne tief in den Wald eingedrungen. Keiner der beiden sprach darüber, ob Jeanne Raphael begleiten sollte. Es war irgendwie selbstverständlich – so selbstverständlich wie dass bald die Sonne unterging.

»Ihr kennt den Weg?«, fragte Jeanne irgendwann.

»Ich habe eine Karte«, antwortete Raphael tonlos.

»Ihr schaut Euch oft um«, fuhr Jeanne fort. »Ich habe das Gefühl, etwas stimmt nicht.«

»Es ist alles in Ordnung, Madame.«

Jeanne lachte. »Ihr seid ein miserabler Lügner, Bruder Raphael. Ich glaube …« Weiter kam sie nicht, denn Raphael schnappte nach ihren Zügeln und preschte mit beiden Pferden und Jeanne einen Hang herunter. Hinter einer Baumreihe mit Blick auf den Pfad hielt er an. Jeanne riss den Mund auf, um sich zu beschweren, aber Raphael bedeutete ihr, zu schweigen.

Die Zeit verging. Plötzlich hörten sie in der Ferne Hufgetrappel. Schnell kam es näher. Es hörte sich an wie eine ganze Horde wilder Reiter. Wie ein Blitz stürmte plötzlich der unbekannte Dominikaner aus Les Andelys an ihnen vorbei.

Raphael vermochte kaum sein Gesicht zu sehen, so schnell war der Spuk vorbei.

Aus aufgerissenen Augen starrte Jeanne ihren Begleiter an. »Wer war das? Und sagt mir nicht, es wäre alles in Ordnung.«

Raphael sah ein, dass er Jeanne die Wahrheit sagen musste, obwohl er sie selbst nur ahnte. »Ich kenne den Mann nicht. Doch vermute ich, Henri le Brasse hat ihn gesandt, mich aufzuspüren und zu verhaften.«

Jeanne nickte. »Ich verstehe«, sagte sie. »Was gedenkt Ihr nun zu tun?«

»Fortan müssen wir noch vorsichtiger sein«, antwortete Raphael.

»Ach«, sagte Jeanne.

Laut lachend saß Raphael auf seinem Pferd, und die Anspannung fiel von ihm ab. »Madame, Ihr seid einmalig, und Eure Gesellschaft ein Segen«, sagte er lachend. »Ich schlage vor, wir rasten hier im Wald. Morgen reiten wir nach Evreux, dann weiter nach Dreux, zum Hof meiner Eltern. Da Euer Gemahl meine Pläne kannte, ist der Weg nach Avignon weit gefährlicher geworden. Henri wird alles unternehmen, um mein Gespräch mit dem Heiligen Vater zu verhindern.«

»Ihr habt eine gute Seele und Gottes Liebe in Eurem Herzen, Bruder«, sagte Jeanne. »Nun lasst uns ein geschütztes Plätzchen für die Nacht suchen.«

Bevor Raphael ein Wort sagen konnte, ritt sie weiter in den Wald hinein. Auf einer Lichtung machten sie Halt und suchten Reisig für ein Feuer zusammen. Als die Flammen zaghaft an den Hölzern nagten, rissen sie große Äste von den Tannen, um daraus ein weiches Lager zu schaffen. Dann holte Jeanne eine Flasche Wein, einen Kanten Brot, Käse und Schinken aus den Satteltaschen hervor. Mit dem Messer schnitt sie von allem etwas ab und reichte Raphael seinen Teil. Der lehnte dankend ab. »Esst, Madame«, sagte er. »Ihr müsst hungriger sein als ich.«

Jeanne zuckte mit den Schultern und biss ein großes Stück

ab. Und nach einem kräftigen Schluck Wein entspannten sich ihre Züge. Kauend fragte sie: »Sagt, Bruder, warum tut Ihr das alles? Ihr setzt Euer Leben ein, nur um einigen Menschen das ihrige zu retten. Menschen, die vermutlich anderen mit ihrer Hexerei Leid zufügten.«

Regungslos starrte Raphael in die Flammen und schaute den Funken bei ihrem Flug durch die Dunkelheit zu. »Ich glaube«, sagte er, »die Hexerei findet nur in den Köpfen der Inquisition und derer statt, die die Inquisition angesteckt hat.«

»Ihr glaubt also nicht an Hexen und Zauberer?«

»Nein, gewiss nicht.«

»Aber«, sagte Jeanne, »seid Ihr nicht verpflichtet, an Hexenkunst zu glauben?«

»Ihr meint, als Mönch muss ich alles für wahr halten, was die Kirche vorgibt?«

»Ja.«

»All die päpstlichen Bullen, Erlasse und Verordnungen können mich nicht von der Hexenkunst überzeugen, Madame«, sagte Raphael. Kurz überlegte er, ob er Jeanne von dem Pergament in Henris Arbeitsraum erzählen sollte, entschied sich aber dagegen. Er nahm einen Schluck Wein, bevor er fortfuhr: »Niemand hat je eine Hexe in Ausübung ihrer Kunst gesehen. Weder dass sie mit dem Teufel tanzen noch über den Dächern der Dörfer und Städte fliegen. Die Hexerei besteht allein in der Kunst der Inquisition, die Köpfe der Leute zu verzaubern, um sich gegenseitig zu denunzieren und abzuschlachten.«

»Ihr müsst die Menschen sehr lieben.«

Raphael wusste nicht recht, was er erwidern sollte. So etwas hatte nie zuvor jemand zu ihm gesagt. Natürlich liebte er die Menschen. Jeannes Bemerkung offenbarte eine verletzte Seele. Er wollte nicht direkt darauf eingehen und entschied sich für eine Phrase: »Die Liebe ist die göttlichste aller Kräfte, Madame.«

Unschlüssig spielte Jeanne mit ihren Fingern. »Ich bin nicht sicher, ob ich an Eurer Stelle ebenso handeln würde«, sagte sie nach einer Weile. »Bisher habe ich nichts in den Herzen der Menschen gesehen, für das ich mein Leben geben würde. Eure Gründe mögen sehr ehrbar sein, aber sie bleiben mir verschlossen.«

»Sagt mir, Madame«, entgegnete Raphael, »warum Ihr mir, einem Ketzer, helft? Zweifellos habt Ihr mein Leben gerettet.«

»Weil ich nicht glauben kann, dass Ihr ein Ketzer seid«, antwortete Jeanne.

Raphael sah ihr tief in die Augen und lächelte. Er griff nach seiner Decke und legte sich hin. »Gute Nacht, Madame Gousset.«

Das Feuer knisterte, die Tannennadeln zischten wütend in den Flammen. Es roch nach Harz und Farn. Jeanne blickte nach oben, wo der Mond seine Bahn zog. »Glaubt Ihr, Bruder«, wisperte sie, »dass ein einziger Mann die Kirche zu Boden zwingen kann?«

»Die Spinne umgarnt nur Fliegen«, antwortete Raphael, ohne die Augen aufzuschlagen, »die Wespen lässt sie durch.«

Noch lang saß Jeanne am lodernden Feuer. Schließlich fielen auch ihr die Augen zu. Sie bettete ihren Kopf auf eine der Satteltaschen und schlief auch schon ein.

Schneeglöckchen

Am nächsten Morgen wurde Raphael vom lauten Krächzen eines Raben irgendwo in den Baumwipfeln geweckt. Benommen schaute er sich um. In der Nacht musste es kräftig geschneit haben. Eine knöcheltiefe Schneedecke lag auf seinem Lager. Auch Jeanne lag unter Schnee begraben. Er schlug seine Decke zurück und ging zu ihr hinüber. Er wischte den Schnee von der Decke und zog sie fort, darunter kam ihr gerötetes Gesicht zum Vorschein. Sie ist schön, dachte er. Schön und klug.

So mancher Edelmann würde sich glücklich schätzen, sie zur Gemahlin zu haben. Stattdessen fristete sie ihr Leben mit diesem heuchlerischen, hässlichen Auguste Gousset. Er fragte sich, ob es richtig war, sie der Gefahr auszusetzen, in der sie sich befand. Zweifellos würde man auch sie auf den Scheiterhaufen bringen. Stand es ihm zu, das Schicksal dieser Frau zu beeinflussen? Eine innere Stimme sagte ihm, dass Jeanne diese Entscheidung selbst getroffen hatte, als sie daheim auf ihr Pferd gestiegen war. So oder so, es geschah Gottes Wille; und wer war er schon, dass er Seine Pläne kennen konnte.

»Mir scheint, der Winter will niemals enden«, sagte Jeanne plötzlich.

Raphael zuckte zusammen. »Ihr seid wach?«

»Wie ihr seht«, sagte sie. »Brechen wir auf?«

»Ja«, sagte Raphael. »Nach Evreux ist es nicht weit. Dort kaufen wir Proviant. Das Geld, das mir Euer Gemahl gab, reicht allemal.«

Sie lächelte geheimnisvoll, zog eine der Satteltaschen unter ihrem Kopf hervor und ließ Raphael hineinschauen. Raphael gingen die Augen über. In den Taschen klimperten Gold- und Silbermünzen zwischen edlen Ketten, Ringen und Armreifen. »Ihr müsst die Schatzkammern des Königs geplündert haben, Madame.«

»Nein«, bekannte sie. »Nur Augustes Geldtruhe. Seht es als Wiedergutmachung an, Bruder.«

»Ich weiß nicht, ob ich das kann«, sagte er.

»Tut es«, sagte Jeanne und reichte ihm die Hand. »Helft mir hoch und lasst uns diesem Ort den Rücken kehren.«

Sie packten wortlos ihre Sachen zusammen. Zwar verspürte Raphael großen Hunger, doch durften sie keine Zeit verlieren. So nahmen sie auf dem Rücken ihrer Pferde das Morgenmahl ein. Gelegentlich sang Jeanne mit reinster Stimme, was Raphael in seltsamer Weise berührte. Ihn überkam das Gefühl, als würde sie nur für ihn singen. Sie war schon eine besondere Frau, diese Jeanne Gousset.

Wie Raphael vorausgesagt hatte, erreichten sie bald Evreux. Dort kauften sie, was sie brauchten. Raphael wagte nicht, die Leute nach jenem düsteren Dominikaner zu fragen. Er hoffte nur, dass der fremde Mönch nicht in der Nähe war. Unmerklich schüttelte er den Kopf. Er musste sich geirrt haben. Der Mönch war gewiss nicht hinter ihm her.

»Worüber grübelt Ihr, Bruder?«, fragte Jeanne.

»Ich frage mich nur, ob wir Dreux noch vor Mittag erreichen«, log Raphael. Er begutachtete Jeannes Pferd. Ein außergewöhnlich schönes und kräftiges Tier. Dabei fiel ihm der heruntergekommene Sattel auf. »Ihr benötigt einen neuen Sattel, Madame. Dieser ist kaum noch zu gebrauchen. Ein schneller Ritt und die Riemen reißen wie Grashalme. Ein Wunder, dass er die Reise bis hierher überstanden hat.«

Jeanne nickte. »Gousset hat es bei seinem Geiz niemals in Erwägung gezogen, mir einen neuen Sattel zu kaufen. Ohnehin ließ er mich nur selten ausreiten.«

»Ich verstehe«, sagte Raphael. Er vermochte nur zu erahnen, welches Leben hinter Jeanne lag.

Im leichten Trab ritten sie aus Evreux. Raphael vermutete, dass es außerhalb der Stadt eine große Zahl Gehöfte und Stallungen gab. Dort würden auch Sattler ihre Werkstätten haben.

Auf der Südseite der Stadt stand kaum ein Baum mehr. Der gewaltige Bedarf an Holz sorgte dafür, dass Rodungsmannschaften der Wildnis Tag für Tag mehr Ackerland abtrotzten. Dort, wo das Ausroden der Bäume noch nicht geschehen war, blieben die Baumstümpfe vorerst mitten auf den neuen Äckern stehen. Viele Böttcher bauten ihre Werkstätten am Rand der Wälder, um so in der Nähe des Taugenholzes für ihre Fässer zu sitzen. Zwar lagen die Felder unter einer dicken Schneedecke, doch kannte Raphael den gespenstischen Anblick solcher Baumfriedhöfe, wo um die Stümpfe herum der Hafer spross. Um Rouen sah es nicht besser aus. Die Rodungen erfassten dort bereits die Wälder des Klosters. Und sollte die Diözese dem Abholzen weiterhin zustimmen, wäre es auch um die letzten Waldbestände des Klosters geschehen.

»Seht!«, rief Jeanne plötzlich. Sie zeigte auf einen Hof, neben dem eine Koppel lag. Raphael sah ein Dutzend junger Pferde durch den Schnee toben. Gleich daneben befand sich eine kleine Hütte, vor der Sättel aller Formen und Größen aufgereiht lagen.

»Ausgezeichnet«, sagte er.

Vor dem Gutshaus stiegen sie ab. Die Zahl an Bockshäuten, Schaffellen, Gehörnen und Wolle, Flachs und Hanf in eisenbeschlagenen Zubern vor dem Haus zeugten vom Reichtum des Gutsherrn. Raphael klopfte dreimal an die Tür.

Ein fleischiger Kerl öffnete ihnen. Als er Raphael sah, zog er die Augenbrauen hoch. »Ihr wünscht?«

»Seid gegrüßt, Seigneur«, sagte Raphael und verneigte sich leicht. »Wir möchten Euch einen Eurer schönen Sättel abkaufen.«

Der Bauer öffnete die Tür etwas weiter, sodass Jeanne in sein Blickfeld geriet. Bei ihrem Anblick rutschten seine Augenbrauen noch höher. »Habt Ihr Geld?«, fragte er Raphael.

Raphael klimperte mit dem Geldbeutel.

Knurrend trat der Bauer aus der Tür. »Meine Sättel sind teuer, müsst Ihr wissen. Die besten in der ganzen Gegend.«

»Wir zahlen gut«, sagte Raphael.

»Dann folgt mir«, brummte der Bauer. Er führte sie an der Koppel vorbei zur Sattlerwerkstatt. Drinnen saß ein junger Sattler, der gerade einen Faden in eine starke Nadel einfädelte.

»Wählt einen aus«, sagte der Bauer.

Eingehend begutachtete Jeanne jeden einzelnen Sattel. Prüfte die Nähte, das Leder, die Riemen. Schließlich zeigte sie auf einen Sattel, so rabenschwarz wie Giacomo.

»Was verlangt Ihr dafür?«, fragte Raphael den Bauern.

Gedankenvoll strich der Mann über sein stoppeliges Kinn. »Sechzig Livres.«

»Ihr seid des Wahnsinns«, stieß Raphael hervor. Dieser

Preis war die reinste Unverfrorenheit. »Ich gebe Euch zwanzig. Für sechzig Livres kann ich einen Eurer Hengste kaufen.«

Sie einigten sich schließlich auf vierzig Livres. Raphael bezahlte, während der Sattler die Sättel austauschte.

»Ihr macht einen freundlicheren Eindruck als Euer Ordensbruder heute Morgen«, sagte der Bauer, während er mit den Zähnen die Münzen prüfte.

Raphael versteinerte. »Was sagt Ihr da? Ihr seid heute Morgen einem Dominikaner begegnet?«

»Er ritt wie der Teufel an meinem Gut vorbei, kurz bevor die Sonne aufging.«

»Wie sah er aus?«

»Sein Gesicht war nicht zu erkennen«, antwortete der Bauer. »Er ritt gen Süden. Mir scheint, Ihr kennt ihn?«

»Nein«, beeilte sich Raphael zu sagen. »Wir müssen weiter. Gott mit Euch, Seigneur.«

»Eine gute Reise«, rief der Bauer, doch Raphael und Jeanne hörten ihn kaum noch. Sie traten den Pferden in die Flanken und galoppierten los.

»Glaubt Ihr, dass der Bauer den Mönch von gestern Abend gesehen hat?«, brüllte Jeanne Raphael zu.

»Ich habe ein ganz übles Gefühl, Madame«, brüllte Raphael zurück.

Giacomo flog wie ein Sturm über das Land. Vornübergebeugt, mit dem Kinn die wehende Mähne streifend, ließ sie Giacomo seine Kraft unter Beweis stellen.

Raphaels Gedanken kreisten um den dunklen Mönch. Irgendwann musste er unweigerlich bemerken, dass die, die er jagte, *hinter* ihm waren – nicht vor ihm. Daraufhin würde er irgendwo ein Versteck suchen und auf sie warten. Zumindest sind wir in Dreux sicher, dachte Raphael. Der Mönch konnte kaum wissen, dass … »Gütiger Gott!«, rief er aus.

»Was habt Ihr?«, fragte Jeanne.

»Henri weiß, dass ich aus Dreux stamme.« Raphaels Stimme überschlug sich.

»Was bedeutet das?«

»Folglich weiß das auch der unbekannte Mönch. Meine Eltern sind in großer Gefahr!« Raphael trat seinem Pferd derart in die Flanken, dass er sogar Giacomo überholte.

Gegen Mittag erreichten sie Raphaels väterlichen Hof bei Dreux. Es war still. Zu still. Irgendwo klapperte ein Fensterladen im Wind. Sonst nicht das leiseste Geräusch. Weit und breit war niemand zu sehen.

Raphael saß ab. Er bedeutete Jeanne, hier bei den Pferden auf ihn zu warten. Vorsichtig wie eine Katze pirschte er sich an sein Elternhaus heran. Sein Herz pochte wie ein Schmiedehammer. Er wagte nicht, nach seinen Eltern zu rufen. Die Tür war nur angelehnt. Knarrend öffnete sie sich, und Raphael spähte hinein. Es war zu dunkel, um irgendetwas zu sehen. Vorsichtig setzte Raphael einen Fuß über die Schwelle. Plötzlich packte jemand Raphael an der Kapuze und schleuderte ihn quer durch den Raum. Noch bevor Raphael erfassen konnte, wie ihm geschah, schlug ihm der Unbekannte die Faust ins Gesicht. Instinktiv zog Raphael die Knie an und versetzte dem Angreifer einen Tritt. Jetzt erkannte Raphael auch, wer ihn überfallen hatte: Es war der unheimliche Dominikaner. Er war einen Kopf größer als Raphael und hatte ein hageres Gesicht mit einer hässlichen roten Narbe. Mehr konnte Raphael nicht erkennen, denn der Mönch stürzte sich erneut auf ihn. Geschickt wich Raphael ihm aus und stellte ihm ein Bein. Wütend schrie der Mönch auf, als er mit dem Kopf auf die Treppe krachte. Er rappelte sich auf und griff erneut an. Diesmal traf er Raphael in die Magengrube. Der stolperte, fiel über einen Tisch und blieb benommen liegen. Er spürte etwas Weiches unter sich, und eine grauenvolle Ahnung beschlich ihn. Er drehte den Kopf und erkannte im Halbdunkel seine Mutter. Ihre Augen waren leer, und ihre Kehle war durchtrennt. »Nein!«, schrie er verzweifelt.

Diesen entsetzlichen Augenblick nutzte der Mönch aus. Er sprang hinter Raphael und hielt ihm ein blutverschmiertes

Messer an die Kehle. »Im Namen der heiligen Mutter Kirche und der heiligen Inquisition übergebe ich dich in die Hände des Teufels.«

Sein Atem stank wie faules Fleisch. Es ist aus, dachte Raphael. Er hatte keine Angst um sein Leben. Er dachte nur an die unzähligen Menschen, die er nun nicht mehr retten konnte.

Plötzlich gab es ein dumpfes Geräusch – und der Dominikaner kippte zur Seite.

Nur allmählich begriff Raphael, was geschehen war. Jeanne hatte dem Mönch einen ehernen Kessel über den Schädel geschlagen. Benommen richtete er sich auf und blickte in Jeannes Gesicht.

»Gebt mir Eure Hand«, sagte Jeanne. »Ich helfe Euch hoch.«

»Ich schulde Euch mein Leben«, keuchte Raphael.

Jeannes Blick fiel auf den toten Körper hinter dem Tisch. »Wer ist das?«

»Meine Mutter«, sagte Raphael. Die Worte fielen ihm schwer. »Dieser Teufel hat sie gemeuchelt.«

Jeanne schlug die Hände vors Gesicht. »Das ist ja furchtbar!«

»Helft mir, diesen Mörder zu fesseln.«

Auf dem Boden lag das Messer. Jeanne hob es auf. Wütend starrte sie auf den leblosen Mönch hinunter. »Ihr wollt ihn fesseln? Zahlen wir ihm diesen Mord doch mit gleicher Münze heim. Um ihn ist es nicht schade.«

Raphael hielt ihren Arm fest und löste das Messer aus ihrer verkrampften Hand. »Nein«, sagte er. »Sein Tod wäre sinnlos. Gott wird ihn strafen, wenn es an der Zeit ist.«

Fassungslos schüttelte Jeanne den Kopf. »Und wenn er Euch vorher tötet?«

»Dann ist es in Gottes Sinne, Madame«, erwiderte Raphael. »Nun helft mir bitte.«

Widerwillig legte sie das Messer beiseite und half Raphael,

den Mönch zu fesseln. Anschließend durchsuchte er den Ordensbruder. Er fand mehrere Dokumente und begann zu lesen. »Sein Name ist Imbert«, sagte er tonlos. »Hier die Legitimation und Ernennung zum Inquisitor, vom Papst persönlich unterzeichnet.« Er studierte ein zweites Dokument. »Henri hat mich für vogelfrei erklärt. Von Euch weiß er noch nichts, Madame.«

»Wie soll es nun weitergehen?«, fragte Jeanne.

»Das ändert nichts an meinen Plänen«, antwortete Raphael. »Wir reiten nach Avignon.«

»Er ist vom Papst zum Inquisitor ernannt worden«, sagte Jeanne. »Glaubt Ihr da wirklich noch, Ihr würdet bei ihm Gehör finden?«

»Ja, das glaube ich, Madame.«

Sie verengte ihre Augen zu schmalen Schlitzen. »Da ist noch etwas, was Ihr mir nicht sagen wollt. Ich glaube nicht, dass Henri Euch nachstellen würde, wenn er Angst hätte, sein Verhalten könnte beim Papst Missfallen erregen.«

»Doch, so ist es, Madame«, antwortete Raphael.

Sie verschränkte die Arme.

Raphael wusste, dass er dieser Frau nichts vormachen konnte. Er steckte die Dokumente ein und atmete tief durch. »Ich habe herausgefunden«, sagte er, »dass sich ketzerische Schriften in Henris Besitz befinden. Die Sprache war mir unbekannt, vermutlich Beschwörungsformeln, um böse Geister und Dämonen anzurufen. Ich wollte dieses Wissen nutzen, um mir beim Papst Gehör zu verschaffen. Doch der Tod meiner Eltern ist der Beweis, dass weit mehr dahintersteckt. Der Besitz ketzerischer Schriften hätte Henri gewiss das Amt gekostet, vielleicht wäre er gar exkommuniziert worden.« Er zeigte auf den bewusstlosen Imbert. »Aber dieser Mann zeigt mir, dass Henri um sein Leben fürchtet. Ich vermute, dass Henri Mitglied eines geheimen Zirkels ist. So geheim und ketzerisch, dass die Offenbarung dieses Geheimnisses den Tod auf dem Scheiterhaufen zur Folge hätte.«

Atemlos hatte Jeanne den Ausführungen Raphaels gelauscht. »Bei Gott«, hauchte sie. Offenbar wurde ihr erst in diesem Augenblick bewusst, auf welch gefährliches Unterfangen sie sich eingelassen hatte.

»Und nun helft mir«, sagte Raphael.

Jeanne packte Imbert am Kragen, sodass Raphael ihn mit einem starken Seil fesseln konnte.

»Wartet hier«, sagte Raphael. Wo war sein Vater? Er sah sich im Haus um. Dann ging er nach draußen. Hinter dem Haus fand er ihn schließlich, ebenso hinterrücks ermordet wie seine Mutter. Vorsichtig, als könnte er dem Vater noch wehtun, zog er ihn auf das Feld und legte ihn unter eine Ulme, dann ging er wieder hinein, um die Leiche seiner Mutter zu holen. Jeanne begleitete ihn mit zwei Spitzhauen. Er war sehr dankbar, dass sie kein Wort sprach, sondern ihn in aller Stille trauern ließ.

Unter der Ulme hackten sie den ganzen Nachmittag hindurch zwei Gräber in den gefrorenen Boden. Sie legten die Toten hinein und begruben sie unter der Erde, auf der sie ihr ganzes Leben lang gearbeitet hatten. Raphael kniete nieder, faltete die Hände und betete. Er schloss mit den Worten: »*Requiescat in pace.*«

»Amen«, sagte Jeanne und bekreuzigte sich. Sie folgte Raphael zurück zum Haus. »Was geschieht nun mit diesem Imbert?«

»Den lassen wir hier«, entschied Raphael. »Bis er sich befreit hat, sind wir auf halbem Wege nach Avignon, und er kann uns nicht mehr einholen.«

»Wie Ihr meint«, sagte Jeanne.

Raphael half Jeanne aufzusteigen, dann schwang er sich in den Sattel. Er warf einen langen Blick zurück auf Haus und Hof, wo er geboren und aufgewachsen war. Schließlich nickte er Jeanne zu, als Zeichen, dass er zum Aufbruch bereit war.

»Oh, seht!«, rief Jeanne und deutete auf den Boden. Doch

Raphael sah nichts als Schnee und wollte sie schon rügen, da erspähte er am Wegesrand ein kleines weiß-grünes Hütchen, das sich mühevoll durch die Schneedecke kämpfte.

»Schneeglöckchen!«, rief Jeanne. »Es wird Frühling!«

Raphael lächelte kraftlos. Ja, der Frühling nahte endlich. Was brachte er wohl mit sich? Gerechtigkeit oder Tod? Er schnalzte mit der Zunge, zog an den Zügeln, und dicht gefolgt von Jeanne kehrte er der verlorenen Heimat den Rücken.

Ritter Seiner Majestät

Als sie am Abend Digny erreichten, führte Luna ihre Freunde zu einem Gasthaus. Durch die Fenster drang Licht auf die matschige Straße. Lautes Gelächter aus Männerkehlen und vulgäres Kreischen der Huren zeugten von einem ausschweifenden Gelage.

Amicus blickte Luna zweifelnd an, stieß die Tür auf, und sie traten ein. Pierre wich instinktiv zurück. Bewaffnete Männer und Huren fraßen, soffen, grölten und lachten durcheinander. Ein heilloses Durcheinander von Körpern, herumfliegenden Bierkrügen und achtlos weggeworfenen Hühnerknochen, Brotscheiben, Apfelresten. Unter einem Tisch kopulierte ein bärtiger Mann mit zwei Frauen. Die Männer waren alle baumlang mit strähnigen Haaren und verfilzten Bärten, die Wämser verdreckt mit Erde, Blut, Bratfett. In einer Ecke lagen verbeulte Helme und Harnische, Schwerter, Schilde, Lanzen, Morgensterne – allesamt genauso dreckig wie ihre Besitzer. Hinter einer langen Tafel, dicht an die Wand gerückt, standen sechs große Truhen. Pierre vermutete, dass die Männer dort die Beute verwahrten.

»Verschwinden wir von hier«, raunte Pierre seinen Freunden zu. »Sofort!« Selbst der starke Amicus hätte gegen diese Bande nichts ausrichten können.

Doch es war zu spät. Einer der Männer, der den Hals einer Hure mit wilden Küssen bedeckte, sah sie zuerst. Als er Luna erblickte, hielt er in der Bewegung inne, sein gieriges Lachen gefror. Auf einmal war es totenstill. Aller Augen waren auf Luna geheftet. Der Wirt bahnte sich einen Weg durch die erstarrte Menge. Mit einem fleckigen Tuch wischte er sich die Schweißperlen von der Stirn. »Seid willkommen«, japste er. »Wie ihr seht, habe ich viele Gäste zu bewirten. Vielleicht solltet ihr euch eine andere Bleibe suchen.«

»Er hat Recht«, flüsterte Pierre.

»Wer sind diese Männer?«, fragte Amicus.

»Söldner«, antwortete der Wirt so leise, dass Pierre ihn kaum verstand. »Sie kommen gerade aus dem Krieg.«

»Welcher Krieg?«, fragte Amicus weiter.

Der Wirt zuckte mit den Schultern. »Irgendwo ist doch immer Krieg. Wohl der gegen die Engländer. Wer weiß das schon?«

»Der Tisch dort vorn«, sagte Luna, »ist der noch frei?«

Der Wirt seufzte. »Ja, aber …«

Gefolgt von zwei Dutzend Augenpaaren durchquerte Luna den Schankraum und nahm an dem Tisch Platz. Pierre und Amicus schüttelten den Kopf, setzten sich dann aber neben sie.

»Was darf ich euch bringen?«, fragte der Wirt mit gequältem Gesichtsausdruck. »Viel gibt meine Vorratskammer nicht mehr her.«

»Wir sind mit Brot, Käse und Wein zufrieden, lieber Herr Wirt«, sagte Luna.

Noch immer herrschte Grabesstille im Schankraum. Da ertönte ein lautes Ächzen. Einer der Hünen, noch größer und dreckiger als seine Kumpanen und wohl auch älter, warf die Hure von seinen Schenkeln und stand auf. Wie ein Golem stapfte er auf Luna, Pierre und Amicus zu, sodass Pierre auf seinem Stuhl zusammensank. Tiefe Furchen in sonnengegerbter Haut offenbarten die Härten eines langen Lebens im Gesicht des Anführers.

»Wer seid ihr?«, fragte der Riese. Seine Stimme klang wie fernes Donnergrollen.

Pierre war nicht in der Lage, irgendeine Antwort zu geben. Ein Blick zur Seite sagte ihm, dass auch Amicus nicht wohl zumute war. Nur Luna schien unbekümmert. »Wir sind Spielleute«, sagte sie. »Und wer bist du?«

Der Anführer schaute Luna erst ratlos an, dann brach er in schallendes Gelächter aus. Das löste die Spannung im ganzen Raum. Die Horde fiel in das Lachen ein, und auch die Huren kreischten vor Belustigung. Sogar der Wirt lachte, wobei seine Mundwinkel zuckten.

Der Riese gebot seinen Männern zu schweigen. »Verzeiht, ich vergaß, mich vorzustellen«, sagte er und verneigte sich leicht. »Mein Name ist Maurice d'Aubrac, Ritter Seiner Majestät und Euer ergebenster Diener, Mademoiselle.«

Wie ein Ritter Seiner Majestät sah er nicht gerade aus, dachte Pierre. Eher wie ein Raubritter, der für Geld seine Mutter verkaufen würde.

»Ihr seid also Spielleute«, sagte d'Aubrac, wandte sich um und ging zurück zu seinem Platz. Er blickte seine Männer einen nach dem anderen an. »Wohlan, erfreut uns mit eurer Kunst.«

Pierre sah Amicus hoffnungsvoll an. Der stand auf, griff in seinen Beutel und förderte sechs Messer zutage, die er, zum Beweis ihrer Echtheit, in den Tisch rammte. »Ich brauche einen Freiwilligen«, rief er.

Einer von d'Aubracs Männern trat dem zitternden Wirt in den Hintern. »Hier hast du deinen Freiwilligen«, höhnte er, als der Wirt in die Mitte des Schankraums stolperte. Die Meute lachte.

Unter gutem Zureden platzierte Amicus den Wirt an der Wand. Dem Mann schlotterten die Knie und klapperten die

Zähne. Amicus nahm etwa zwölf Schritte entfernt Aufstellung. Er legte die Messer in die linke Hand, stellte das linke Bein vor das rechte und grinste breit. Dann ging alles ganz schnell. Das Publikum sah, wie im wahrsten Sinne im Handumdrehen ein Messer nach dem anderen von Amicus' linker Hand in die rechte schnellte, und schon sausten sie auf den kreidebleichen Wirt zu. Über und neben dem armen Mann schlugen sie krachend in die Wand. Mit beiden Händen befühlte der Wirt seinen Körper und starrte Amicus verwundert und überglücklich an. D'Aubrac und seine Männer applaudierten lachend.

»Einen wie dich können wir brauchen«, sagte d'Aubrac. »Schließ dich mir an. Es soll dein Nachteil nicht sein. Du bekommst alles, was du willst. Gold, Ruhm, Weiber!«

Für einen Moment schien Amicus zu wanken. Er blickte zu Pierre und Luna, dann zu d'Aubrac.

»Ich bleibe bei meinen Freunden«, sagte Amicus. »Sie brauchen mich.«

»Überleg es dir«, sagte d'Aubrac. Dann wandte er sich Luna zu. »Mademoiselle, sagt, welche Kunststücke beherrscht Ihr?«

Erschrocken wollte Pierre d'Aubrac entgegnen, dass Luna keine besondere Kunst beherrschte. Dass sie nur seine kleine Schwester wäre oder so etwas. Aber Luna kam ihm zuvor: »Ich sehe die Vergangenheit, die Gegenwart und die Zukunft.«

Jetzt ist alles zu spät, dachte Pierre. Die Männer würden sie alle hängen, vierteilen und verbrennen. So beobachtete er besorgt, wie d'Aubrac zu Luna hinüberstapfte. Er griff nach einem Stuhl und setzte sich Luna gegenüber an den Tisch.

»Deine Männer sollen den Raum verlassen«, sagte Luna.

D'Aubrac stutzte. »Was habt Ihr gesagt?«

»Du hast mich schon verstanden«, sagte Luna.

»Ihr glaubt doch nicht, dass ich ohne jeden Schutz allein hier sitzen bleibe!«

»Dein Gold ist hier sicher – und du bist es auch. Deine Männer bleiben in der Nähe.«

»Ich verzichte eher auf Eure Weissagungen, als dass ich meine Männer fortschicke«, entgegnete d'Aubrac und stand auf.

Luna erhob sich ebenfalls. Sie beugte sich über den Tisch zu ihm hin und flüsterte: »Dann wirst du noch in dieser Nacht sterben.«

D'Aubrac sank zurück auf den Stuhl. »Verlasst den Raum«, rief er seinen Männern zu. »Alle! Und nehmt die Huren mit!«

Niemand protestierte. Der Respekt der Horde ihrem Anführer gegenüber war zu groß. Nacheinander verließen sie den Schankraum, nur einer zögerte, ein Mann mit roten Haaren und einer Augenklappe.

»Du auch, Basile«, befahl d'Aubrac. »Geh zu den anderen.«

»Du bist sehr unvorsichtig«, erwiderte Basile. »Lass mich bei dir bleiben.«

»Geh, Basile«, befahl d'Aubrac erneut. »Mir wird kein Leid geschehen.«

Es schien, als wollte Basile gegen seinen Herrn aufbegehren, jedoch gehorchte er schließlich murrend.

»Und nun hör mir zu«, sagte Luna, als sie endlich allein waren.

»Ich höre.«

»Einer deiner Getreuen ist ein Verräter«, sagte Luna. »Er will dich noch in dieser Nacht töten und mit der Beute verschwinden.«

»Ihr spielt ein gewagtes Spiel«, sagte d'Aubrac. »Meine Männer sind mir treu ergeben. Jeder von ihnen würde sein Leben für meines geben. Also passt auf, was Ihr sagt.«

Luna schmunzelte. »Du hast Recht. Bei Crécy warf sich der kleine Henriot zwischen dich und einen englischen Bogenschützen. Der Pfeil durchbohrte seinen Hals. Als du bei ihm warst, konnte er nicht mehr sprechen, aber er lächelte, als er deine Wangen streichelte. Er hat dich sehr geliebt.«

D'Aubrac riss die Augen auf. »Woher …«, stammelte er.

»In Calais«, fuhr Luna fort, »bist du in englische Gefangenschaft geraten, aus der deine Männer dich nach drei Tagen befreiten. Englische Pikeniere entdeckten deine Flucht und schlugen Alarm. Charles Treignat, Hugo de Roches und Roger Turenne blieben zurück, um dich zu retten. Du hast sie nie wieder gesehen.«

D'Aubracs Gesicht war weiß wie Schnee, sein Mund halb geöffnet, die zitternden Lippen waren nicht in der Lage, auch nur eine Silbe zu formen. »Glaubst du mir jetzt?«, fragte Luna. Sie wartete nicht auf d'Aubracs Antwort, sondern wiederholte: »Einer deiner Männer will dir heute Nacht den Bauch aufschlitzen, um an dein Gold zu kommen.«

»W – w – wer?«, stotterte d'Aubrac.

»Basile Matour.«

»Das ist nicht möglich!«, rief er aus. »Nie und nimmer!«

»Er hat dir nie verziehen«, sagte Luna weiter, »dass Suzette dich erwählt hat und nicht ihn. An dem Tag, an dem du sie zum Weibe genommen hast, hat er geschworen, dich zu töten. In wenigen Stunden schleicht er in deine Kammer und setzt sein Messer an deinen Hals.«

»Das kann nicht sein«, flüsterte d'Aubrac.

»Entweder du wachst morgen früh auf«, sagte Luna, »oder du schläfst bis in alle Ewigkeit. Es liegt allein bei dir.«

Kopfschüttelnd stand d'Aubrac auf. »Ich – ich kann das nicht glauben«, sagte er, um Fassung bemüht. Er ließ Luna nicht aus den Augen und taumelte rückwärts zur Tür. Suchend tastete er nach dem Griff, riss die Tür auf und trat hinaus. Pierre hörte, wie einer der Männer den Ritter fragte, was geschehen sei. D'Aubrac ging auf die Frage nicht ein, sondern befahl ihnen, unverzüglich zu Bett zu gehen. Nach kurzer Zeit war es still im Hause. Sogar der Wirt schien längst zu schlafen.

»Du bist zu weit gegangen«, sagte Amicus nach einer Weile.

»Ich habe getan, was getan werden musste«, erwiderte Luna tonlos. Sie nahm einen tiefen Schluck Wein. »Nun bist du an der Reihe, lieber Amicus.«

»Ich? Was habe ich damit zu tun?«

»Maurice braucht heute Nacht deinen Schutz.«

Amicus fasste sich an die Stirn. »Du nimmst doch nicht allen Ernstes an, ich würde dieser törichten Geschichte Glauben schenken. Nein, ohne mich, mein Kind. Ich geh zu Bett, und dort bleibe ich, bis der Hahn kräht.«

»Dann werden wir alle sterben«, sagte Luna.

Hilfe suchend blickte Amicus zu Pierre. »Sag doch was, Pierre! Glaubst du das alles?«

»Ja«, sagte Pierre. Die vergangene Stunde hatte ihn davon überzeugt, dass Luna übermenschliche, ja göttliche Fähigkeiten besaß. Der Schrecken in d'Aubracs Augen und dessen panische Reaktion sprachen für Lunas Gabe. Er, Pierre, brauchte keine weiteren Beweise. »Ja, ich glaube ihr«, bestätigte er erneut. »Und du solltest auch nicht zweifeln. Du *darfst* nicht zweifeln!«

»Verliebter Tor«, flüsterte Amicus.

Die Augen fest geschlossen, sagte Luna: »Tu es für Eve, lieber Amicus. Erinnere dich, was du ihr auf dem Totenbett versprochen hast.«

Amicus versteinerte. »Woher weißt du das?«, fragte er. Als Luna nicht antwortete, rannte er zu ihr und fasste die schlanke junge Frau an den Schultern. »Rede endlich!«, schrie er ihr ins Gesicht. »Sag mir, woher du Eve kennst! Sag es mir!«

Luna schwieg immer noch. Pierre ging langsam auf Amicus zu. »Amicus«, sagte er in beschwichtigendem Ton. »Lass sie, bitte.«

Amicus' Gesicht war rot vor Zorn. Er schien Pierre nicht zu beachten. Die Zähne fest zusammengebissen, die Augen blutunterlaufen, starrte er Luna an. Sie erwiderte seinen Blick, ohne zu zucken. Unendliche Güte und Verständnis sprachen aus ihren blauen Augen. Es war, als hätte sich alle Liebe, alle Huld, alle Zuneigung und alles Wohlwollen der Welt darin gesammelt. Da lockerte Amicus seinen Griff. Er fluchte und ließ sich auf einen Stuhl fallen.

Lächelnd strich sie ihm über den Kopf. Amicus sah zu ihr auf wie ein Knabe, der seine Mutter fragend musterte, ob sie nun böse auf ihn war oder nicht. »Was soll ich tun?«, fragte er.

»Du und Pierre«, sagte Luna, »ihr nehmt die Kammer gegenüber der von Maurice.«

»Woher wissen wir, welche das ist?«, fragte Pierre.

»Ich zeige sie euch«, antwortete Luna. »Legt euch zu Bett – aber schlaft nicht ein. Hört ihr? Ihr dürft auf keinen Fall einschlafen. Sonst ist Maurice verloren.«

Amicus nickte. »Gut, gut. Und weiter?«

»Sobald die Kerze auf dem Tisch erlischt«, fuhr Luna fort, »ist der Augenblick gekommen. Nun liegt alles bei dir, lieber Amicus. Nimm ein Messer, öffne leise die Tür und geh in die Kammer. Dort wirst du den Mörder finden. Zögere nicht, sondern wirf dein Messer, bevor er sein Werk vollenden kann.«

Wieder nickte Amicus. »Ich habe verstanden.«

»Wo gedenkt Ihr zu ruhen?«, fragte Pierre Luna.

»Nur zwei Kammern weiter«, gab sie zurück. »Jedoch kann ich euch nicht zu Hilfe kommen. Ihr seid auf euch allein gestellt.«

Sie begaben sich in das obere Geschoss. Vor einer Kammer blieb Luna stehen. »Hier schläft Maurice«, sagte sie und deutete auf die Tür. »Hier ist eure Kammer.« Sie küsste Pierre und Amicus auf die Stirn. »Viel Glück euch beiden. Vergesst die Kerze nicht. Sobald ihr Licht erlischt, müsst ihr handeln.« Sie lächelte zuversichtlich und ging den Gang hinauf, wo sie in eine Kammer entschwand.

Amicus atmete tief durch. »Wohlan, nach dir.« Er zeigte auf die Tür.

Die Kammer war prunkvoll ausgestattet. Wahrlich eines Fürsten würdig. Zwei große Fenster ließen den Mondschein herein, davor standen zwei riesige Betten mit prall gefüllten Kissen und Bettdecken, die zu einem langen, wohligen Schlaf einluden. Ein massiger Schrank, reich verziert und aus edlen Hölzern gearbeitet, stand neben dem Kamin. Das Holz knisterte und knackte, und es roch nach Zedernholz; es war wundervoll warm und behaglich.

In voller Kleidung warf Pierre sich auf das weiche Bett. Er reckte und streckte seine Glieder. »Hier gefällt es mir.«

Aus dem Kamin fischte Amicus ein brennendes Holzscheit und zündete damit die Kerze auf dem kleinen Tisch zwischen den Betten an. Dann warf er das Scheit zurück ins Feuer und setzte sich nachdenklich auf die Bettkante.

Irgendwann ertrug Pierre die Stille nicht mehr. »Amicus?«

Amicus sah auf. »Ja, was ist?«

»Wer ist Eve?«

»Das geht dich nichts an!«

Pierre war gekränkt und drehte sich auf die andere Seite.

»Entschuldige«, sagte Amicus nach einer Weile. »Ich spreche nicht gern von Eve, und es ist mir nicht recht, dass Luna ihren Namen kennt.« Er zögerte. »Nun, offenbar weiß sie weit mehr als nur ihren Namen.«

Pierre wandte sich Amicus wieder zu.

»Eve war mein Weib«, gestand Amicus. »Vor vielen, vielen Jahren. Nicht nur mein Weib – sie war weit mehr als das. Gefährtin, Vertraute, Mutter, Schwester, Tochter, alles in einer Seele vereint. Vor allem aber war sie der beste Freund, den ein Mann sich nur wünschen kann.« Er lachte auf. »Herr im Himmel, sie vertrug mehr Bier als ein ganzes Ritterheer samt Knappen!«

Nun lachte auch Pierre. »Sie muss eine wundervolle Frau gewesen sein.«

»Bei meiner Seele, das war sie! Ich war damals ein rechter Galgenstrick. Vor nichts und niemandem machte ich Halt. Keine Schänke, in der ich nicht Gast war, keine Rauferei, vor der ich zurückschreckte. Ich ließ jeden meine Verachtung spüren, beleidigte alle, die mir nicht passten. Bis zu dem Tag, der mein Leben veränderte.«

Gespannt richtete Pierre sich auf.

»Es war ein heißer Sommerabend«, fuhr Amicus fort. »Seit Wochen hatte es nicht geregnet, und die Hitze verbrannte einem den Verstand. Bier, Wein und Schnaps erledigten dann den Rest. Eve und ich saßen in einer Schänke am Rande Beaunays, wo wir lebten. Wir tranken, als wäre es der letzte Tag in unserem Leben, und ich würfelte mit vier bayerischen Landsknechten. Der Einsatz ging schnell in die Höhe, und bald lag unser gesamtes Geld auf dem Tisch. Da merkte ich, wie die Burschen mich betrügen wollten. Ich stellte sie zur Rede, woraufhin sie mich einen Lügner schimpften. Ein Wort gab das andere, und schon war die Prügelei im Gang. Zwei Kerle schlug ich nieder, ein dritter zückte plötzlich ein Messer. Der Wirt, der ein guter Freund war, griff ein. Er wollte dem Burschen das Messer entreißen, doch der war schneller und stach dem guten Mann das Messer in die Brust. Zorn und Hass überwältigten mich. Ich kann mich nur noch erinnern, dass ich beiden das Genick brach und dann Eve packte, um sie in Sicherheit zu bringen. Wir standen im Türrahmen, einen Fuß schon auf der Straße, als sie neben mir zusammenbrach. Ich verstand erst nicht, was mit ihr geschehen war, aber dann sah ich das Messer in ihrem Rücken. Da begriff ich, dass ich einen verhängnisvollen Fehler begangen hatte, denn ich hatte die beiden anderen völlig vergessen. Einer von ihnen hatte Eve das Messer in den Rücken gestoßen. Ich schrie auf, voll unbändiger Wut, zog das Messer aus dem Rücken meines geliebten Weibes und rammte es einem nach dem anderen bis zum Heft in ihr verdammtes Herz.«

»Gütiger Gott«, flüsterte Pierre.

»Dann lief ich zu Eve und brachte sie heim«, erzählte Amicus weiter. »Mit jedem Atemzug strömte das Leben aus ihrem Körper. In ihren letzten Augenblicken nahm sie mir das Versprechen ab, mein Leben fortan zu ändern. Ich solle mir eine ehrbare Arbeit suchen, ein guter Christ sein – und ich musste ihr versprechen, anderen zu helfen, die meiner Hilfe bedürfen.«

Jetzt begriff Pierre die Zusammenhänge. »Daher Lunas mysteriöse Anspielung.«

Amicus schüttelte den Kopf. »Ich habe nie ein Wort darüber verloren. Niemand war bei uns, als Eve ihr Leben aushauchte. Woher zur Hölle kann Luna davon wissen?«

Pierre sah darin einen weiteren Beweis für Lunas geheimnisvolle Gabe. »Glaubst du ihr jetzt?«, fragte er, obwohl er eine Antwort fürchtete.

»Ich bin mir nicht mehr so sicher«, antwortete Amicus. »Vielleicht hat sie das zweite Gesicht, vielleicht aber auch nicht.« Er zog sein Messer aus der Scheide am Gürtel und bettete seinen Kopf auf ein Kissen. So starrte er stumm an die Decke.

Pierre entschied, Amicus nicht weiter zu bedrängen. Sollte sich Lunas Prophezeiung als wahr erweisen, würde der Freund nicht mehr zweifeln. Mit diesen Gedanken fiel Pierre in einen tiefen Schlaf, während die Kerze auf dem Tisch langsam herunterbrannte.

Bis mit einem Donnerschlag das Fenster aufflog und ein starker Windhauch die Kerze ausblies. Pierre und Amicus schraken auf. Auch der starke Messerwerfer war eingeschlafen. »Es ist so weit«, flüsterte er und stand auf.

»Sei vorsichtig«, flüsterte Pierre zurück.

Wie eine Katze auf leisen Pfoten schlich Amicus zur Tür und lauschte. Auf dem Flur schien alles still. Behutsam öffnete er die Tür und spähte durch einen Spalt hinaus. Es war stockdunkel. Er nahm das Messer zwischen die Zähne und schob sich vorsichtig durch die Tür. Noch immer nicht das leiseste Geräusch. Seine Augen hatten sich inzwischen an die Dunkelheit gewöhnt, und er sah, dass d'Aubracs Tür sperrangelweit aufstand. Auf Zehenspitzen schlich er hinüber und konnte nun schemenhaft eine Gestalt erkennen, die sich über das Bett von Maurice d'Aubrac beugte.

Amicus zögerte nicht mehr. Er packte sein Messer an der Spitze, holte aus und warf es nach dem Schemen. Ein erstickter Schrei durchbrach die Stille, dann ein lautes, schmatzendes Geräusch, und die Gestalt brach gurgelnd zusammen.

»Licht!«, brüllte d'Aubrac. »Macht Licht!«

Schon war Pierre mit der Kerze in der Kammer. Auf dem Boden zu d'Aubracs Füßen lag Basile Matour, der Verräter. Im Rücken steckte Amicus' Messer, im Bauch das Schwert d'Aubracs. Der alte Haudegen war also vorbereitet gewesen.

Im Nu war die gesamte Mannschaft in der Kammer versammelt. Nur Luna erschien nicht.

»Was ist passiert?«, fragte einer der Männer und starrte verständnislos auf die Leiche des Kameraden.

»Der verdammte Hurensohn wollte mir die Kehle durchschneiden!«, donnerte d'Aubrac. Er spie auf Basiles Rücken und versetzte dem Toten einen Tritt in die Rippen. »Schafft ihn fort!«, befahl er. »Und dann geht wieder zu euren Huren. Wird's bald!«

Zwei Männer packten den Verräter und brachten ihn aus der Kammer. Dabei zogen sie eine lange dunkelrote Blutspur hinter sich her. Die anderen verließen leise murmelnd das Schlafgemach ihres Anführers. Nur Pierre und Amicus blieben zurück.

D'Aubrac reichte den beiden die Hand. »Ich bin euch zu tiefstem Dank verpflichtet«, sagte er. »Eure Begleiterin hat also doch Recht behalten.« Er schüttelte den Kopf. »Unfassbar. Wo ist sie überhaupt?«

»Ich nehme an, sie schläft«, antwortete Pierre.

D'Aubrac lachte. »Sie hat das Gemüt eines alten Kämpen. Aber wir sollten ihrem Beispiel folgen. Der Morgen bricht schon bald an. Habt eine gute Nacht und seid euch meines Dankes sicher.«

Pierre und Amicus erwiderten die Wünsche und gingen zurück in ihre Kammer. Wortlos entledigten sie sich ihrer Kleidung, und wortlos schliefen sie ein.

Am nächsten Morgen fanden sie d'Aubrac vor dem Gasthaus hoch zu Ross. Seine Männer verluden die letzten Kisten und Truhen auf zwei Wagen.

D'Aubrac winkte, als er Luna erblickte. »Mademoiselle!«, rief er und lenkte sein Pferd Luna entgegen.

»Es freut mich«, sagte Luna, »dass du wohlauf bist.«

»Ein Umstand, den ich allein Euch und Euren Freunden verdanke.«

Mit einem Knicks und einem Lächeln nahm Luna den Dank an.

D'Aubrac räusperte sich. »Sagt mir, wie kann ich mich erkenntlich zeigen? Braucht ihr Geld? Dann nehmt aus den Truhen, so viel ihr tragen könnt. Nehmt es.«

»Hab Dank für deine Großzügigkeit, lieber Maurice«, sagte Luna. »Geld haben wir genug.«

»Womit kann ich Euch dann dienen, Mademoiselle?«, fragte d'Aubrac. »Sagt es, und es wird geschehen.«

Das kindliche Lächeln in Lunas Gesicht verschwand. »Alles, worum ich dich bitte, ist ein Gefallen.«

»Was immer es ist. Sprecht es aus.«

»Wenn der Hahn in der Nacht kräht«, sagte Luna, »am Morgen der Bäckersmann schläft, am Mittag die Eule stirbt und am Nachmittag die Sonne verschwindet, musst du mit deinen Männern aufbrechen. Reite drei Tage und drei Nächte gen Süden, bis der hässliche einsame Mann dir winkt. Sodann wende dich nach Westen. Noch vor dem letzten Sonnenstrahl des Tages erreichst du die alten Mauern auf dem hohen Berg, wo der Teufel lebt. Dort sehen wir uns wieder.«

»Ich … ähem … ich weiß nicht, ob ich das verstehe, Mademoiselle.«

Nun trug Luna wieder ihr Lächeln voll Liebe und Güte. »Du wirst verstehen, wenn der Tag gekommen ist.«

D'Aubrac nickte ihr zu, bedachte auch Pierre und Amicus mit einem stummen Gruß und führte anschließend sein Pferd zu seinen Männern. Er hob die Hand. »Los, Männer!« Ein letztes Mal wandte er sich zu Luna um. Dann setzte der Tross sich langsam in Bewegung.

Luna und ihre Freunde beschlossen, ein reichliches Frühstücksmahl zu sich zu nehmen. Anschließend gingen sie in ihre Kammern, packten ihr Hab und Gut zusammen und legten dem Wirt ausreichend Münzen für die Zeche hin.

Schnell verschwand das Gasthaus hinter ihnen. Sie ritten vorbei an trostlosen, schneebedeckten Feldern und Hängen. Bei einem Bauern kauften sie Proviant ein. Dann verließen sie die Stadt.

Pierre hing seinen Gedanken nach. Plötzlich sah er am Wegesrand kleine grüne Tupfen durch den Schnee brechen. »Schaut!«, rief er seinen Freunden zu. »Schneeglöckchen! Endlich ist der Frühling gekommen!« Er sprang aus dem Sattel. Die ersten Schneeglöckchen des Jahres wollte er Luna schenken.

»Nein«, hielt Luna ihn zurück. »Lass sie bitte stehen. Sie sollen allen verkünden, dass die dunkle Zeit vorüber ist. Wer zuerst in Chartres ist!«, rief sie und trat ihrem Pferd kräftig in die Flanken.

Kopfschüttelnd blickte Amicus zu Pierre hinüber. Der aber nahm die Herausforderung an. Er schwang sich in den Sattel und preschte jauchzend hinter Luna her.

»Kinder«, murmelte Amicus. Dann aber grinste er breit und gab seinem Pferd die Sporen.

Im Palast des Papstes

Sie durchquerten die grüne Landschaft der Bourgogne und das karge Land der Auvergne, ohne einen Verfolger zu entdecken. Der düstere Mönch, der Pierre auf der Fähre so in Schrecken versetzt hatte, blieb wie vom Erdboden verschluckt.

Immer wieder wechselte Luna die Richtung. Allein, der Grund blieb Pierre und Amicus verborgen. Die Antwort erschien im Moment auch nicht wichtig. Nur Lunas Sicherheit zählte. Und diese Aufgabe oblag ihm und Amicus. Obwohl er ab und zu dachte, dass es Luna war, die für seine und Amicus' Sicherheit sorgte. Wie auch immer. Es war unbeschreiblich schön, so nah bei ihr zu sein. Ihre Stimme zu hören, wenn sie ihn am Morgen mit den Vögeln weckte. Und zu sehen, wie sie stolz und unnahbar auf ihrem Pferd saß. Mit ihr über dieses und jenes zu schwatzen, mit ihr zu lachen und zu schweigen. All das genoss Pierre in jedem einzelnen Augenblick auf ihrer Reise. Und er war Gott dankbar, dass er dies erleben durfte.

Dann endlich, nach dreißig Tagen, erreichten sie ihr Ziel.

Avignon, die Stadt am Ufer der Rhône, erhob sich wuchtig auf einem schneeweißen Kalksteinfelsen. Sogar hier, auf dem Pont-Saint-Bénézet, ein Stück über dem Fluss, erkannte man Avignons Pracht. Die Stadt, die Eigentum des Herzogs von Anjou war, jedoch zum Heiligen Römischen Reich gehörte, bestach durch mächtige gotische Bauwerke. Alle sieben Kirchen von Avignon waren von weitem zu sehen. Darunter die kolossale Kathedrale Notre-Dame-des-Doms und der gewaltige Palast des Papstes. Umgeben war Avignon von dicken, hohen Mauern, die einen hervorragenden Schutz vor Angreifern boten.

Es war für die drei Gefährten auf der Brücke nicht zu übersehen, dass weitaus mehr Menschen die Stadt verließen als hineinströmten. Dabei schienen es keineswegs Händler und Bauern zu sein, die von den Märkten kamen. Vielmehr flüchteten hier die Bürger mit Sack und Pack. Wer keinen Pferdewagen, nicht einmal einen Karren, sein Eigen nennen konnte, der schleppte seine Habseligkeiten auf den Schultern hinfort.

Vom Rücken seines Pferdes blickte Pierre in panische, erschöpfte oder starre Gesichter. Kinder schrien und versuchten verzweifelt, mit ihren Eltern Schritt zu halten. Wer dies nicht konnte, blieb zurück.

»Was ist hier los?«, fragte Pierre den neben ihm reitenden Amicus. Der schüttelte ratlos den Kopf.

Nach dem mühevollen Ritt über die Brücke erreichten sie bald die Stadtmauer. Die Stadtwachen am Tor ließen die Ankömmlinge wortlos passieren.

An die Mauer gelehnt, saß ein dürrer Mann, der einen verwirrten Eindruck machte. In der Hand hielt er einen Krug, aus dem er immer wieder einen Schluck nahm. Dazu sang er aus voller Kehle: »Avignon in Not, Avignon in Not. In Avignon reitet der Tod – Falara falara falara.«

»Was hat das alles zu bedeuten?«, fragte Pierre nun Luna.

»In Avignon wütet die Pest«, antwortete sie.

Amicus rang nach Atem. »Zum Teufel!«, fluchte er. »Du führst uns sechs Wochen lang kreuz und quer durch Frankreich bis hierher in diese Pesthölle?«

»Dir wird kein Leid geschehen«, sagte Luna.

Amicus biss die Zähne zusammen und ballte die Fäuste. Er wollte etwas erwidern, schluckte dann aber seine Entgegnung hinunter.

Pierre fächelte sich mit einer Hand Luft zu. »Es stinkt erbärmlich!«

»Wohl der Pesthauch«, spottete Amicus.

»Eher der Unrat auf den Straßen«, meinte Luna.

An den Türen vieler Häuser prangte ein Kreuz aus roter Farbe. Davor standen finster dreinblickende Wachen. »Wozu dienen die Kreuze?«, wollte Pierre von Luna wissen.

»In diesen Häusern hält man die Familien der Erkrankten fest«, erklärte Luna. »Vierzig Tage lang darf niemand diese Häuser betreten oder verlassen. Darauf achten die Wachen Tag und Nacht.«

»Woher bekommen diese Leute dann zu essen?«, fragte Amicus.

»Dafür sind auch die Wachen verantwortlich.«

Gebannt starrte Pierre auf die vielen Kreuze. Er blickte die Straße hinauf. Rote Kreuze überall. »Wohin jetzt?«, fragte er.

»Wir begeben uns in den Papstpalast«, sagte Luna, und Amicus stöhnte auf.

»Jesus Christus!«, rief er und streckte die Hände gen Himmel. »Lass mich einfach hier sterben!«

Luna schnalzte mit der Zunge, und ihr Pferd fiel in leichten Trab. Sie führte ihre Freunde an der Mauer entlang, bis sie am gegenüberliegenden Punkt des Tores waren. Hier stiegen sie ab und machten ihre Pferde fest. Nun weiter durch enge Gassen, in denen unheimliche Todesstille herrschte. Vor einem verfallenen Gebäude machte sie Halt. Inzwischen war die Sonne untergegangen.

»Das ist nicht der Palast«, wunderte sich Pierre.

»Offensichtlich«, lächelte Luna. Sie öffnete die Tür. Staub und der Geruch von vermodertem Holz schlugen ihnen entgegen. Auf einem Tisch sah Pierre die Umrisse einer Fackel. Er reichte sie weiter an Amicus, der sie entzündete. Der fahle Schein tauchte den Raum in dämmriges Licht. Bis auf den Tisch, zwei umgestürzte Stühle und ein paar Spinnweben war hier nichts Ungewöhnliches zu entdecken. Warum brachte Luna sie hierher?

»Kommt weiter«, sagte Luna. Sie ging durch eine Tür in ein leeres Hinterzimmer. »Öffnet die Falltür.«

Hinter ihr betrat Pierre den Raum. »Welche Falltür?«, wollte er wissen, doch da stolperte er schon und fiel hin.

»Du hast sie gefunden«, lachte Luna.

Pierre fand den eisernen Griff der Bodenluke und zog daran. Er starrte in ein finsteres Loch und zögerte. »Da sollen wir hinunter?«

Luna nickte und stieg als Erste hinunter. Über Steigeisen an der Wand des Schachtes glitt sie langsam in die Tiefe. Pierre trat von einem Bein aufs andere. Doch schließlich siegte der Beschützer in ihm. Er atmete tief durch und folgte Luna in die schier unendliche Dunkelheit.

»Noch drei Stufen.« Lunas Stimme klang nah. Mit zittrigen Beinen erreichte Pierre festen Boden. Kurz darauf war Amicus mit der Fackel bei ihnen. Hier unten erstreckte sich ein Gang, der so niedrig war, dass sie nur gebückt gehen konnten.

»Was zur Hölle ist das?«, fragte Amicus.

»Dies sind die Katakomben unterhalb des Palastes«, erklärte Luna. »Sie dienen dem Papst als Fluchtweg im Falle einer Belagerung oder eines Angriffs.« Sie deutete in eine Richtung. »Dort entlang geht es weiter unter der Stadtmauer hindurch und hinüber in den Wald. Wir gehen hier weiter bis zum Herz des Palastes.«

»Ich gehe voran und leuchte euch den Weg«, sagte Amicus.

Sie kamen nur langsam vorwärts. Nach kurzer Zeit schmerzte Pierre der Rücken ob der gebeugten Haltung. Immer wieder stieß er mit dem Kopf hart gegen das Gewölbe. Seit Ewigkeiten mochten diese Mauern keines Menschen Seele mehr gesehen haben. Es waren kaum Rußspuren an den Wänden zu entdecken, in der dichten Staubschicht auf dem Boden sah er keine Fußabdrücke. Die Schmerzen in Rücken und Nacken trieben ihn fast zur Raserei. Schon wollte er um eine Rast bitten, als Amicus stehen blieb. Vor ihnen ragte eine Wand mit Steigeisen in die Höhe.

»Hinauf«, flüsterte Luna. »Aber seid leise.«

Amicus übergab Pierre die Fackel und stieg hoch. Pierre hörte, wie Amicus weiter oben vorsichtig eine Falltür öffnete. Kurz darauf bedeutete er Pierre und Luna, ihm zu folgen.

Oben angekommen, herrschte Amicus Pierre an. »Weg mit der Fackel!« Unverzüglich warf Pierre die Fackel zurück in die Tiefe. Er sah sich um. Sie waren in einer fensterlosen Kammer, in der unzählige alte Truhen standen. Die Tür zu der Kammer war verschlossen. Durch eine kleine Sichtöffnung in der Tür drang schwacher Lichtschein zu ihnen herein. Es roch nach faulem Holz.

Amicus spähte durch die Öffnung. »Niemand zu sehen«, sagte er, ohne sich umzudrehen. »Was nun?«

»Wir warten«, sagte Luna. Sie setzte sich auf eine der Truhen, nahm ihren Beutel von den Schultern, bat Amicus um ein Messer und schnitt jedem von ihnen eine Scheibe Brot und ein großes Stück Schinken ab.

Als Raphael und Jeanne Gousset am Abend Avignon erreichten, bot sich ihnen das gleiche Bild wie Luna, Pierre und Amicus einige Stunden zuvor. Über die Brücke strömten die Menschen aus der Stadt heraus. Einige sahen die beiden Reisenden auf ihren Pferden mitleidig an, andere warfen ihnen spöttische Blicke zu. Die meisten jedoch nahmen keine Notiz von ihnen. Sie waren nur froh, dem schwarzen Tod entkommen zu können.

»Die Pest hat Avignon fester im Griff, als ich angenommen habe«, flüsterte Raphael Jeanne zu.

An den Stadtwachen kamen sie ohne Schwierigkeiten vorbei. Hinter den starken Mauern packte Raphael das blanke Entsetzen. Welch Sündenpfuhl war die Stadt, in der der Heilige Vater residierte? Überall in den Straßen und offenen Fenstern sah man Frauen, so spärlich bekleidet, dass die Umrisse des nackten Körpers durchschienen. Durch die eng anliegende Kleidung konnte man ihr Geschlecht erkennen. Zudem hatten die Gewänder so weite Ausschnitte, dass die Brüste fast völlig entblößt waren. Die Röcke der Jünglinge waren so kurz, dass sie ihr Gemächt und Gesäß kaum mehr verhüllten. »Sodom und Gomorrha«, flüsterte Raphael fassungslos. »Schaut nicht hin, Madame.«

Aber sie lachte nur. »Gewiss wird es in der Nähe des Heiligen Stuhles keuscher zugehen.«

Raphael trieb sein Pferd an und vertiefte Jeanne in ein belangloses Gespräch, damit sie nicht in Versuchung geriet, diesem schamlosen Treiben Beachtung zu zollen.

Der Papstpalast lag nun unweit in südlicher Richtung. Auf dem Place du Palais angekommen, sagte Raphael: »Madame, Ihr wartet hier. Es ist sicherer, wenn ich allein gehe.«

Jeanne griff Raphaels Hand. »Seht Euch bitte vor, Bruder.

Mir ist nicht wohl bei dem Gedanken, Euch dort allein zu wissen.« Sie deutete mit dem Kopf zum Palast hinüber.

Raphael nickte, saß ab und gab ihr die Zügel seines Pferdes. Dann ging er über den ausgedehnten Platz. Ein Totengräber, der kräftig die Totenglocke schwang, kam ihm entgegen. Ein Helfer zog den Karren, auf dem ein halbes Dutzend Leichen lagen.

An der Westseite des monumentalen Bauwerks, das gut und gern die Ausmaße von vier Kathedralen besaß, stieg er über einige Stufen zum Palasttor hinauf. Vor dem Tor versperrte ihm die Palastwache den Weg. Zwei grobschlächtige Burschen hielten ihm ihre Lanzen an die Brust. Sie trugen weiße Mäntel mit schwarzen Kreuzen, Erkennungszeichen der Ritter des Deutschordens. Raphael konnte ihre Gesichter durch den Helm nicht erkennen. Nur ihre Bärte schauten darunter hervor.

»Was ist dein Begehr?«, fragte der eine.

Raphael zitterten die Knie und sein Magen war schwer wie Blei. Doch eine dermaßen unverschämte Despektierlichkeit durfte er nicht hinnehmen, wollte er seine Mission nicht gefährden. Er packte die Lanze und schob sie zur Seite. Dann trat er dicht vor den Ritter. »Wer bist du, dass du dir herausnimmst, in diesem Ton mit mir zu sprechen?«

Der Ritter öffnete den Mund, brachte aber kein Wort heraus. Dafür griff der andere ein. »Hast du eine Legitimation? Einen Passierschein? Falls nicht, kommst du hier nicht herein!«

Jetzt wurde Raphael wütend. »Du wagst es, mich wie einen Gossenjungen anzusprechen?«, fauchte er. »Die korrekte Anrede lautet *Bruder*! Das sollte von der Wache des Papstes zu erwarten sein!«

Die zwei Ritter sahen betreten zu Boden. »Verzeiht, Bruder«, sagten sie im Chor.

»Und nun lasst mich hinein«, verlangte Raphael.

Wieder hoben die Ritter ihre Lanzen. »Wir dürfen Euch ohne Legitimation keinen Einlass in den Palast gewähren, Bruder.«

»Meine Zugehörigkeit zum Orden ist meine Legitimation«, sagte Raphael. »Mein Glaube der Schlüssel zu diesen Toren. Lasst mich sofort ein!«

»Wir haben Order, niemanden in den Palast zu lassen, der sich nicht legitimiert.«

Raphaels Gesicht färbte sich rot. »Ich muss unverzüglich mit Seiner Eminenz Kardinal Aubert sprechen«, sagte er ruhig. Er hielt es für klüger, seine Absicht, mit dem Heiligen Vater selbst zu sprechen, vorerst zu verheimlichen.

Doch die Ritter hielten das Portal versperrt.

Raphael atmete tief durch. »Ich bin im Besitz von Informationen«, sagte er, »die auf ein baldiges Attentat auf den Heiligen Vater schließen lassen. Seine Eminenz muss davon Kenntnis erhalten.« Dann fügte er lauter hinzu: »Geht beiseite oder ihr werdet noch in dieser Nacht auf dem Weg nach Königsberg sein und gegen die heidnischen Litauer kämpfen. Das verspreche ich euch bei Gott!«

Endlich traten die Männer zur Seite und Raphael schritt an ihnen vorbei.

Im Inneren des Palastes angekommen, überlegte Raphael, was er als Nächstes tun sollte. Er wusste kaum etwas über die Architektur des Palastes, noch kannte er mehr als eine Hand voll Bewohner beim Namen. Den Heiligen Vater um diese Zeit in den Gängen und Sälen anzutreffen war äußerst unwahrscheinlich. Er musste entweder auf ein bekanntes Gesicht stoßen oder beim niederen Gesinde einen wichtigen Gesandten mimen, der sich verlaufen hat.

Raphael hielt sich rechts und rief sich dabei die wenigen Fakten in sein Gedächtnis, die er aus Erzählungen über den Palast kannte. Der Palast war ehemals der Bischofspalast von Avignon gewesen. Nachdem Clemens V. im Jahre 1309 Avignon dem unsicheren Rom vorgezogen hatte, begann der Ausbau des Bischofspalastes. Fünfzehn Jahre später begann an dieser Stelle der Bau des neuen Palastes. Um einen großen Kreuzgang hatten die Baumeister in allen vier Himmelsrichtungen Gebäude gruppiert. Im Osten den Konklaveflügel für die Gäste des Heiligen Stuhls, im Süden das Konsistorium, im Westen den für die Familiaren bestimmten Trakt, im Norden die große Kapelle und den Tour de la Campagne. Raphael wusste, dass der amtierende Papst Clemens VI. zwei oder drei Jahre zuvor im Süden einen weiteren Gebäudetrakt, das Palais Neuf, hinzufügen ließ. Dorthin ging er nun, denn er vermutete, dass im Palais Neuf die Gemächer des Heiligen Vaters lagen.

Raphael ging durch einen langen Gang über einen Boden aus blankem Marmor. Bei jedem Schritt hallte das Echo seiner Sandalen von den Wänden und der hohen spitzbogigen Decke wider. Dort oben fiel schimmerndes Mondlicht durch bunt bemalte Glasfenster und beleuchtete schwach die farbigen Fresken an den Wänden. Ab und zu standen links und rechts des Gangs brennende Kerzen.

Vor einer schweren hohen Tür blieb Raphael stehen. Er hatte das Gefühl, dass er beobachtet wurde. Ein Blick zurück aber zeigte ihm, dass er allein war. Vorsichtig drückte er die Klinke nach unten und öffnete die Tür einen Spalt. Niemand zu sehen. Er öffnete die Tür etwas weiter, schlüpfte hindurch und schloss sie ebenso leise. Er war in einem riesigen Saal, offenbar dem großen Audienzsaal. Hier tagte auch das päpstliche Gericht, die Rota. Die Decke war hier nur etwa halb so hoch wie in dem Gang. Sie ruhte auf fünf mächtigen, sich nach oben verbreiternden Säulen. Am Ostende führten mehrere Stufen zum Altar, davor stand der Papstthron.

Ehrfürchtig durchschritt Raphael den Audienzsaal. An der Nordseite entdeckte er eine weitere Tür, die in einen kleineren Raum führte. Die Decke hier war noch niedriger, die Proportionen waren gleichmäßiger. Dieser Raum war hell erleuchtet, und Raphael schloss unwillkürlich die Augen. Nur langsam gewöhnten seine Augen sich an die plötzliche Helligkeit. Was er zuerst sah, war ein kleiner rundlicher Mann, der auf einem Holzgerüst saß und die Wände mit Fresken verzierte. Wahrlich beeindruckenden Fresken. In strahlenden Farben warf der Meister Jagd- und Fischfangszenen in einer Pracht an die Wände, dass es Raphael den Atem verschlug. Lebensechte Wölfe, Füchse, Enten und Schwäne prangten neben Jägern und Fischern. Gerade arbeitete der Künstler an einem bunt bekleideten Jägersmann, der einen Falken auf einer Hand trug. Zu seinen Füßen witterten zwei Hunde nach der Beute.

Der kleine dicke Mann hatte den Fremden offenbar bemerkt. Er wandte den Kopf. »Wer da?«

»Nur ein Mönch«, sagte Raphael.

Der Maler stieg herab und ging zu Raphael hinüber. »Seid gegrüßt«, sagte er. »Ich bin Matteo Giovanetti, päpstlicher Hofmaler.«

Raphael faltete die Hände. »Gott mit Euch. Mein Name ist Raphael.«

»Was führt Euch her, Bruder Raphael?«, fragte Giovanetti. »Ich glaube, ich habe Euch noch nie hier gesehen.«

»Ich komme von weit her, Maître Giovanetti«, sagte Raphael. »Ich bin in dringender Mission unterwegs und muss unbedingt den Heiligen Vater sprechen. Leider kenne ich mich im Palast nicht gut aus.«

Giovanetti lachte. »Und doch habt Ihr die Gemächer des Papstes gefunden. Dies ist die Chambre du Cerf.«

Erst jetzt bemerkte Raphael das Bett, die voll gestellten Bücherregale an den Wänden, mehrere mit Seide umhüllte Kisten, aus denen Wäschestücke heraushingen, und einen großen Tisch, um den herum Stühle mit dem päpstlichen Emblem standen.

»Wo kann ich den Heiligen Vater finden? Erwartet Ihr ihn bald hier zurück?«, fragte Raphael.

»Der Papst weilt dieser Tage in Avence«, antwortete Giovanetti. »Man erwartet ihn und einen Teil der Kurie im Herbst zurück. Hat man Euch davon nicht unterrichtet?«

Unter Raphael begann der Boden zu schwanken. All die Mühen auf dem langen Weg von Rouen hierher, um Clemens über Henris Machenschaften in Kenntnis zu setzen, und nun war der Papst geflohen. Es war zum Verzweifeln.

»Bruder Raphael«, sagte Giovanetti. »Ist Euch nicht wohl?«

»Doch, doch«, beeilte sich Raphael zu sagen. »Mir geht es gut. Ich denke, ich suche Kardinal Aubert auf. Er ist doch hier?«

Giovanetti nickte. »Ihr findet den Kardinal wohl im Ostflügel.«

Raphael versicherte den Meister seines Dankes und verließ das Zimmer. Im Audienzsaal beschleunigte er seinen Schritt. Er riss die schwere Tür auf – und stieß mit einem Mönch zusammen, der kaum älter war als er selbst.

»Oh!«, rief der Mönch. Er trug den Habit der Dominikaner.

»Verzeih, Bruder«, sagte Raphael.

»Du scheinst in Eile«, sagte der Mönch. »Darf ich dir meine Hilfe anbieten.«

Raphael sagte hastig: »Ich suche Kardinal Aubert. Wo finde ich ihn?«

Der Mönch schien die Dringlichkeit zu bemerken. »Folge mir«, sagte er.

Der junge Ordensbruder führte Raphael durch Gänge und Hallen, über Treppen, durch Loggien und ausgedehnte Gebäudetrakte. Vor einer unscheinbaren Tür blieb er stehen. »Hier ist der, den du suchst, Bruder Raphael.«

Raphael nickte dankbar, stutzte dann aber. »Woher kennst du meinen …«

Weiter kam er nicht. Die Tür ging auf. In einem hell erleuchteten Raum, am Ende einer langen Tafel saß eine Gestalt. »Imbert!« Raphael merkte nicht, dass er vor Schreck den Namen ausgerufen hatte. Sofort eilten Wachen herbei. Sie packten Raphael, schleppten ihn zu Imbert und stießen ihn vor dem Inquisitor zu Boden.

»Hab ich dich«, sagte Imbert.

»*I in malam crucem!*«, fluchte Raphael.

Imbert lachte auf. »Nicht ich werde an den Galgen gehen, sondern du wirst auf den Scheiterhaufen kommen.«

»Deine Tage sind längst gezählt«, gab Raphael zurück.

Imbert schien zu überlegen. »Oh, du meinst dieses Weib, das mit dir kam.«

»Sie ist über alles im Bilde.«

Wieder lachte Imbert auf. »Bringt die Hure herein!«, befahl er zwei Wachen.

Wenig später erschienen sie wieder. Vor sich her trieben sie die in Ketten gelegte Jeanne Gousset.

»Madame Gousset!«, rief Raphael.

»Es geht mir gut«, sagte Jeanne und warf Imbert einen zornigen Blick zu.

»Habt gedacht, ihr hättet mich ausgeschaltet«, höhnte Imbert. »Habt gedacht, ihr wäret schlauer als ich und könntet den Papst mit euren törichten Lügen blenden. Ha!« Er stand auf. »Schaut euch an. Ein winselnder Haufen Nichts. Kaum das Holz wert, das euch morgen verbrennen wird.«

Raphael war keineswegs gewillt, sich einschüchtern zu lassen. »Ich fordere die Einberufung der Rota«, sagte er. »Es ist mein Recht als Mönch, vor dem päpstlichen Gericht gehört zu werden.«

Wie ein Wolf, der zum Angriff übergeht, senkte Imbert den Kopf. »Recht? Du sprichst von Recht? Ein Ketzer und Gotteslästerer wie du hat keinerlei Rechte.«

»Ein Mörder wie du ebenfalls nicht!«, fuhr Raphael den Inquisitor an.

Es schien, als wollte Imbert Raphael den Hals umdrehen. Die Augen zu Schlitzen verengt, die Finger zuckend wie gierige Spinnenbeine, beugte er sich zu Raphael hinab. Den schauderte beim Blick in Imberts kalte, tote Augen. »Werft sie in den Kerker«, befahl Imbert den Wachen, ohne Raphael aus den Augen zu lassen.

Grob gepackt von mehreren Händen, wurden Raphael und Jeanne hinausgeschafft. Auf dem dunklen Gang legten vier

Wachen Raphael in Ketten. Dann ging es über viele Treppen, über Flure, Hallen und Gänge durch den riesigen Palast. Hin und wieder schaute Raphael zu Jeanne hinüber. Er versuchte, ihr mit einem Lächeln Zuversicht zu schenken. Aber er stellte bald fest, dass er es war, dem es an Hoffnung fehlte. Jeanne war stolz und stark wie eh und je.

Durch eine Tür führten ihre Bewacher sie auf einen Innenhof. Raphael nahm an, es war der Cour d'Honneur, der den alten und den neuen Palast verband. In einigen Räumen über ihnen brannte Licht. Doch hier unten war es dunkel, und Raphael und Jeanne stolperten weiter.

Plötzlich hörte Raphael ein Geräusch! Es war nur schwer zu sagen, woher es kam. Ein leises Knarren, wie wenn eine Tür vorsichtig geöffnet wird. Offenbar hatten die Wachen durch ihre schweren Helme nichts gehört.

Dann brach das tödliche Unheil über die vier Männer herein. Wie vom Blitz getroffen fiel einer von ihnen Raphael vor die Füße. Dort blieb er regungslos liegen. Bevor seine Kameraden begriffen, was geschah, sank der zweite mit einem erstickten Schrei zu Boden. Raphael sah einen schwarzen Schemen, der wie ein Faun um sie herumzurasen schien.

Die zwei verbliebenen Wachen zückten ihr Schwert. Sie stachen wild in die Dunkelheit, ohne den Geist zu treffen. Der Faun hielt inne, holte zweimal aus und schleuderte etwas durch die Luft. Beide Männer fielen stöhnend zu Boden. Der Schemen eilte zu den Leichen und zog etwas aus ihrem Leib. Dann lief er zu Raphael und Jeanne. Seine geschickten Finger, die, wie Raphael erleichtert feststellte, aus Fleisch und Blut waren, lösten die Ketten von beiden Gefangenen. »Folgt mir«, flüsterte der Unbekannte. Seine Stimme war tief und warm. »Rasch!«

Raphael und Jeanne zögerten nicht. Gewiss hatte der Mann ihnen nicht das Leben gerettet, um sie anschließend in eine Falle zu locken.

So folgten sie der dunklen Gestalt über den Innenhof hinein in einen noch dunkleren Raum. Er hörte, wie ihr Retter eine weitere Tür öffnete, und schon ging es wie zuvor durch endlose Gänge. Schließlich klopfte der Mann dreimal an eine niedrige Tür mit einer vergitterten Sichtöffnung. »Wir sind da«, sagte der Unbekannte und trat in einen kleinen Raum. Nachdem Raphael und Jeanne eingetreten waren, schloss er die Tür und schob eine schwere Truhe davor.

Plötzlich löste sich ein Schatten von der Wand. Wie ein Geist schwebte eine Gestalt auf Raphael zu. Sie war etwa einen Kopf kleiner als er, und, soweit Raphael dies in der fahlen Dunkelheit sehen konnte, hatte sie langes Haar, das ihr bis über die Schultern fiel. Schon schlang der Geist seine Arme um Raphael. Sie fühlten sich warm an.

»Bruder Raphael!«, sagte das Wesen. Unendliche Erleichterung schwang in den Worten mit.

Diese Stimme, dachte Raphael. Woher kenne ich diese Stimme? Sie klingt wie ... Nein, das ist nicht möglich! Kann es sein, dass ...? »Luna?«, flüsterte er. »Luna, bist du das?«

»Ich bin es, Bruder Raphael«, flüsterte Luna zurück. »Ich bin es wirklich.«

Tränen der Freude und Erleichterung stiegen Raphael in die Augen. Er drückte Luna fest an seine Brust. »Mein Kind, ich dachte, du wärest ...«

»Nein«, unterbrach sie. »Ich konnte mit der Hilfe meiner Freunde fliehen. Der Mann, der euch befreite, ist der starke und tapfere Amicus. Der Jüngling dort auf der Truhe heißt Pierre Lavalle.«

»Der nicht minder tapfer ist«, fügte Pierre hinzu.

Raphael stellte Jeanne vor. Er brauchte Luna nicht zu fragen, woher sie denn wusste, dass er in Avignon war. Wusste er doch um ihre Fähigkeiten.

»Wir müssen fort«, mahnte Amicus.

Sie öffneten eine Falltür und stiegen hinab in die Katakomben. Der Staub wirbelte unter den Schuhen der Flüchtenden auf. Raphael wagte keinen Blick zurück. Er vertraute Lunas Gabe und darauf, dass sie sie alle sicher führte.

Dort, wo Luna, Pierre und Amicus Stunden zuvor hinuntergestiegen waren, kletterten sie wieder hinauf. In dem alten Gemäuer angekommen, sagte Luna: »Wir haben drei Pferde. Sie sind stark genug, uns alle aus der Stadt zu tragen.«

»Nein!«, rief Jeanne dazwischen. »Ich gehe nicht ohne Giacomo!«

»Wer zum Teufel ist Giacomo?«, fragte Amicus.

»Mein Pferd«, erklärte Jeanne. Sie verschränkte die Arme und hob das Kinn.

»Und wo ist der Gaul?«, fragte Amicus weiter.

»Dort, wo ich ihn zurücklassen musste«, sagte Jeanne. »Vor dem Palast.«

Amicus stöhnte auf. »Herr im Himmel!«

»Madame«, sagte Raphael. »Es ist in der Nähe des Palastes zu gefährlich. Wir können Euch ein anderes Pferd erstehen.«

»Nein, nein, nein«, gab Jeanne zurück. »Ich lasse Giacomo nicht zurück. Nie und nimmer! Außerdem …« Sie lächelte siegessicher. »Er trägt die Satteltaschen mit unserem Geld auf dem Rücken.«

Raphael unternahm einen weiteren Versuch, Jeanne von dem mörderischen Vorhaben abzubringen. »Ihr glaubt doch nicht, dass es immer noch da ist. Irgendwer hat es bestimmt geraubt.«

Stille. Dann sprach Luna: »Sie sind noch da. Aber womöglich nicht mehr lang.«

Raphael sah Luna und ihre Freunde fragend an, woraufhin Luna und Pierre den Hünen Amicus anstarrten. »Zum Teufel!«, brummte der. »Holen wir uns den Klepper.«

Dicht an den Hausmauern entlang liefen sie durch Avignons dunkle, enge Gassen. Was Raphael zuvor nicht aufgefallen war, überfiel ihn nun mit großer Wucht: süßlich stechender Verwesungsgeruch. Hinter den vielen Fenstern mussten hunderte Leichen liegen. Hier, in den schmalen Winkeln der Stadt, hielt sich der bestialische Gestank dicht über dem Boden. Raphael war es speiübel. Den anderen erging es nicht besser. Ihre Gesichter erschienen im Licht der Laternen weiß wie Milch und grün wie Schimmel zugleich.

Am Ende einer dieser fürchterlichen Gassen war eine breite Querstraße zu erkennen. Der junge Pierre wollte mit letzter Kraft dorthin laufen, aber Luna hielt ihn zurück. »Vorsicht!« Sie drückten sich an die feuchten Mauern.

Keinen Augenblick zu früh. Eine Horde Deutschordensritter zu Pferde preschte an ihnen vorbei. Offenbar hatte Imbert mit seiner Legitimation als Inquisitor die Männer verpflichtet, ihn bei der Jagd auf die Ketzer zu unterstützen.

»Weiter«, flüsterte Luna, nachdem die Ritter fort waren.

Geduckt rannten sie die Straße hinunter, bis sie zu einem Brunnen auf einem kleinen Platz kamen. Hier war der Verwesungsgestank noch heftiger. Raphael blickte in den Brunnen. Ihm stockte der Atem. Er sah aufgetürmte Leichen, bis fast an den Brunnenrand. Fliegenschwärme schwirrten um die offenen Münder. Maden und Würmer krochen über die Leiber und aus den leeren Augenhöhlen. Er hielt sich Mund und Nase zu und wandte sich ab.

»Hier entlang«, sagte Luna. Sie deutete in eine Straße hinein.

Gelegentlich stießen sie auf Patrouillen, denen sie aber rechtzeitig auswichen. Dann lag der Palast des Papstes vor ihnen. Raphael spähte um eine Häuserecke. Es standen nur vereinzelte Posten vor dem Palast. Offenbar ging Imbert davon aus, dass sie fliehen würden, nicht, dass sie zurückkamen. An der Südwand entdeckte Raphael sein Pferd und Giacomo. »Hier sind sie«, gab er nach hinten weiter. Er hörte, wie Jeanne aufatmete.

»Lasst mich sehen, Bruder«, sagte Amicus. Er schob sich an Raphael vorbei. Eine Weile nahm er die Umgebung in Augenschein. Als er sich wieder umwandte, lächelte er breit. »Ich sehe fünf Wachen. Drei oben am Tor, die uns kaum entdecken können. Zwei Männer stehen bei den Pferden. Ich denke, dass ich nahe genug herankomme, um sie auszuschalten. Wartet auf mich.« Auf Zehenspitzen pirschte Amicus sich heran. Kein Lichtschein drang bis zu ihm, er war also vorerst sicher.

»Ihr benötigt meine Hilfe jetzt nicht mehr«, sagte Luna. »Pierre und ich gehen zurück zu unseren Pferden. Reitet durch das Osttor und dann in den Wald. Haltet euch südlich, bis ihr an eine verfallene Mühle kommt. Dort treffen wir uns.«

Raphael nickte. »Gott mit euch.«

Nachdenklich sah Jeanne den beiden nach. »Ein seltsames Geschöpf.«

»Sie ist gewiss der ungewöhnlichste Mensch, den Ihr je getroffen habt, Madame«, sagte Raphael. »Sie hat erstaunliche Kräfte.«

Amicus nahm Raphaels Aufmerksamkeit in Anspruch. Nur schwer war der Schemen zu erkennen, der da durch die Nacht schlich. Seine Opfer waren arglos. Sie plauderten und lachten. Als der eine von ihnen seine Hose öffnete, um seine Blase an der Wand des Palastes zu leeren, schlug Amicus zu. Wie eine Raubkatze sprang er auf ihn los, rammte ihm ein Messer in die Kehle und warf dem anderen ein Messer in den Nacken. Er winkte Raphael und Jeanne zu. Ohne zu zögern, liefen sie im Schutz der Mauern zu ihm. Amicus half Jeanne in den Sattel, schwang sich auf Raphaels Pferd und half dem Mönch beim Aufsteigen. »Zum Osttor«, wisperte Raphael Amicus zu.

Plötzlich klappte hoch über ihnen im Palast ein Fenster auf. Raphael sah den Helm eines Ritters blitzen. Und schon brach ein Donnerwetter los. Der Mann schrie sich die Seele aus dem Leib. Irgendwo schlugen Türen auf, und schwer bewaffnete Ritter strömten auf den Platz. Sie erblickten die Flüchtenden und warfen Lanzen hinter ihnen her, die ihr Ziel nur knapp verfehlten. Amicus schlug Giacomo kräftig auf das Hinterteil. Raphael rief er zu, er solle sich gut festhalten, dann trat er dem Pferd so kräftig in die Flanken, dass es wiehernd einen Satz nach vorn machte. Doch schnell gewann er die Herrschaft über das Tier.

In schnellem Galopp ging es durch die Stadt. Hinter einer Mauer versperrte ihnen ein einzelner Ritter den Weg. Noch bevor er mit seinem Schwert zum Schlag ausholen konnte, traf Amicus' Fuß dessen Helm.

Der Weg zum Osttor war frei. Der Anblick der wilden Reiter löste bei den Torwachen Entsetzen aus. Sie versuchten noch, die schweren Tore zu schließen, aber Giacomo war schneller. Er stieß die Männer mit seinem Körper zur Seite, und Amicus versetzte ihnen noch zusätzlich einen Tritt.

An der Mühle fanden sie wieder zusammen. Raphaels Herz raste noch immer wie das eines wilden Stiers in der Arena. »Wir sollten hier nicht lang verweilen«, sagte er mit einem Blick zurück.

Luna und Pierre ritten ihnen entgegen. Amicus sprang von Raphaels Pferd und stieg auf sein eigenes.

»Wir brechen sogleich auf«, sagte Luna.

»Wohin?«, fragte Jeanne.

»Wir müssen nach Montpellier«, antwortete Luna. »Zuerst jedoch reisen wir nach Nîmes. Wir werden in zwei Tagen dort eintreffen.«

Jeanne stutzte. »Wieso nach Montpellier? Und was haben wir in Nîmes verloren?«

»Ich kann nicht sehen, was wir dort zu tun haben«, gab Luna zu. »Doch sehe ich, dass wir diesen Weg gehen müssen.«

Jeanne zuckte mit den Schultern. »Montpellier soll eine schöne Stadt sein. Worauf warten wir?«

Sie nahmen die Zügel und verließen Avignon so schnell ihre Pferde sie tragen konnten.

Zweiter Teil

Das große Sterben

Mach dir nicht länger Hoffnungen, das gottverhängte Schicksal durch Bitten abwenden zu können.
Vergilius, Aeneis 6. 376

Die Gabe

Den Pesthauch bemerkten sie schon aus der Ferne. Anfangs umwehte er noch leicht ihre Nasen, vor den Toren der Stadt jedoch wütete er wie ein Orkan. Der Tod hielt reiche Ernte an diesem Ort. Um die bösen Erfahrungen in Avignon reicher, hatten die Reisenden bei einem Bader Rosenöl erworben. Mit diesem benetzten sie nun ihre Tücher und bedeckten damit Nase und Mund. Derart gewappnet gingen sie in die Stadt Nîmes.

Es war heiß und in den Straßen hing der Staub. Nur ganz wenige Menschen waren unterwegs. Einige Händler und Bauern trieben ihre Fuhrwerke von den Märkten. Offenbar war hier die Panik, die in Avignon geherrscht hatte, längst abgeebbt. Die Bürger, die in der Stadt geblieben waren, waren entweder zu arm oder zu krank, um die Flucht zu ergreifen.

Fragend blickte Raphael zu Luna. Die schüttelte traurig den Kopf. Er biss die Zähne zusammen. Es war unmöglich, den Menschen hier zu helfen.

»Ich brauche neue Kleider«, sagte Raphael.

»Was habt Ihr vor?«, fragte Jeanne Gousset.

»Ich darf nicht länger in meinem Habit reisen«, antwortete Raphael. »Ich bringe uns alle in Gefahr. Beten wir, dass der Schneider noch lebt.«

»Er lebt«, sagte Luna. »Es ist nicht weit. Folgt mir.«

Wieder diese starke Sicherheit in Lunas Worten. Raphael lächelte. Ein Narr, wer sich nicht aus Liebe zu ihr das Herz herausreißen ließe.

Der Schneider war schnell gefunden. Er führte Raphaels Wunsch sogleich aus.

Im Handumdrehen entstanden auf dem Schneidetisch eine braune Hose und eine graue Gugel, eine an einem breiten Schulterkragen befestigte Kapuze. Darunter konnte er in den kommenden Wochen seine Tonsur verbergen. Ein Paar geschnürte Halbstiefel fanden sich auch.

Er kleidete sich an und trat ein wenig beschämt zu seinen Freunden. »Erkennt ihr mich wieder?«

Und auch wenn um sie herum der Tod wütete, mussten Raphaels vier Begleiter lachen.

»Reiten wir weiter?«, fragte Raphael und schaute zu Luna.

»Nein«, antwortete diese. »Ich schlage vor, wir nehmen ein reichliches Mahl zu uns, bevor wir uns auf den Weg machen.«

»Das hört sich gut an!«, rief Amicus.

»Unweit der Kirche ist ein Wirtshaus«, fügte Luna hinzu. Wie gewohnt übernahm sie die Führung.

Wenig später hielt Luna unvermittelt inne. Sie gab Pierre die Zügel ihres Pferdes und ging zu Raphael. »Die Satteltaschen mit den Münzen«, sagte sie. »Steck sie in den Spalt.« Sie zeigte auf die verwitterte graue Hauswand vor ihnen. Auf Kniehöhe waren einige Steine herausgebrochen. Dahinter war nichts zu sehen außer Dunkelheit. Raphael dachte kurz nach. Luna wusste genau, was sie tat. Er nahm seinem Pferd die Taschen ab, gab Jeanne mit einem Nicken zu verstehen, dass alles in Ordnung war, und stopfte die Taschen in den Spalt.

»Gut«, sagte Luna. »Weiter. Ich habe großen Hunger.«

Das Wirtshaus wirkte ebenso ausgestorben wie die Stadt. Außer dem Wirt, seiner Frau und einem volltrunkenen Mann war keine Seele dort.

Die Bestellung war schnell aufgegeben, das Mahl eilig serviert.

»Was machen wir in Montpellier?«, fragte Amicus.

Luna schien die Frage unangenehm zu sein. »Ich weiß es nicht«, sagte sie.

»Seltsam«, brummte Amicus. »Du wusstest doch bisher alles.« Leichter Spott klang in seiner Stimme mit.

»Ich weiß nur, dass wir nach Montpellier müssen«, erwiderte Luna.

»Hm«, machte Amicus und leerte seinen Bierkrug.

Raphael lehnte sich zu Luna hinüber. »Geht es dir gut, mein Kind?«, flüsterte er.

»Ja«, flüsterte Luna zurück.

»Aber?«

Luna presste die Lippen aufeinander. »Ich verliere meine Gabe.«

»Was?«, entfuhr es Raphael, doch sofort senkte er seine Stimme wieder. »Wie konnte das geschehen?«

»Ich weiß es nicht. Ich sehe nur Montpellier. Es ist lebenswichtig, dass wir dorthin gelangen. Aber was dort geschehen wird und warum, kann ich nicht sehen. Alles liegt in grauem Dunst.«

Fieberhaft dachte Raphael nach. Welchen Grund mochte es geben, dass Luna ihre Fähigkeit verlor? Wollte der Herr allein die Führung übernehmen? Die Wege des Herrn waren unergründlich. »Hast du Angst?«, fragte er.

»Ein wenig«, gab Luna zu.

Raphael lächelte sie an. »Hab Vertrauen zu Gott, unserem Vater, mein Kind. Wenn *deine* Augen versagen, werden *Seine* uns sicher führen.«

Luna nickte.

»Reiten wir weiter?«, fragte Jeanne.

»Noch nicht«, sagte Luna.

»Warum nicht?«, wollte Amicus wissen.

»Wir warten«, antwortete Luna. Ihre Stimme klang wieder entschlossen.

So warteten sie. Die Sonne zog langsam über die Dächer

von Nîmes hinweg. Im Wirtshaus wurde es immer stickiger. Die Gefährten leerten Bierkrug um Bierkrug.

Plötzlich sprang Luna auf. »Es geht los«, sagte sie.

In diesem Moment preschte eine Horde Deutschordensritter am Wirtshaus vorbei. Ihnen voran ritt ein dunkler Mönch im Habit der Dominikaner. Drei Reiter scherten aus dem Tross aus und stiegen vor dem Wirtshaus von ihren Pferden.

»Hinten hinaus!« Sie rannte an dem verdutzten Wirt vorbei in den hinteren Bereich des Hauses. Die anderen folgten ihr.

Amicus drückte dem Wirt schnell drei Goldmünzen in die Hand. »Für die Zeche«, flüsterte er. »Und dafür, dass du uns nie gesehen hast.« Er wies auf seine funkelnden Messer. Der Mann nickte schnell, und Amicus rannte seinen Freunden hinterher.

Luna lehnte an der Wand. »Wartet.«

Pierre blickte sie angstvoll an, und Raphael legte ihm lächelnd eine Hand auf die Schulter.

»Wartet«, wiederholte Luna.

Jeanne raffte ihr Kleid hoch.

»Wartet.«

Von seinem Gürtel nahm Amicus sechs Messer. Drei für jede Hand.

»Wartet.« Luna war die Ruhe selbst. Die Augen hielt sie geschlossen. »Jetzt!«, rief sie und rannte los.

Die anderen folgten ihr über die Straße. Raphael sah gerade noch, dass die drei Ritter in das Wirtshaus gingen. Am Ende der Straße tauchten weitere Reiter auf. Im letzten Augenblick sprang Raphael hinter die Wand eines alten Hauses, dessen Balken morsch waren und nach Fäulnis stanken.

Quer durch mehrere Obst- und Gemüsegärten führte Luna ihre Freunde zu einem ausgestorben wirkenden Platz. Nur drei Männer und eine Frau waren zu sehen, die am Brunnen in der Mitte des Platzes miteinander schwatzten.

»Hört mir zu«, flüsterte Luna. »In wenigen Augenblicken werden fünf Ritter erscheinen. Wir können nicht zusammen den Platz überqueren.«

In diesem Augenblick ertönte Hufgetrappel. Tatsächlich ritten fünf Reiter auf den Platz und machten am Brunnen Halt. Die Leute rannten bei ihrem Anblick fort, und die Ritter lachten und riefen ihnen hämische Worte hinterher. Dann warfen sie einen Eimer in den Brunnen, zogen ihn hoch und tranken gierig das Wasser.

»Seht ihr die alte Schmiede?«, fragte Luna.

Raphael beugte sich vor. Auf der gegenüberliegenden Seite des Platzes lag die Schmiede. Er zog den Kopf zurück und nickte. »Wie sollen wir es bis dorthin schaffen?«

Luna lächelte. »Wartet nur ab«, sagte sie. »Auf mein Zeichen laufen zwei von uns hinüber zur Schmiede. Lauft, als wäre der Teufel hinter euch her. Raphael und Jeanne machen den Anfang.«

Raphael und Jeanne machten sich bereit. Sie richteten ihre Augen auf Luna. Deren Augen waren wieder fest geschlossen. Sie hob eine Hand.

Plötzlich stob irgendwo über den Dächern eine Schar Tauben davon.

Luna senkte die Hand. »Lauft! Lauft! Lauft!«

Raphael ergriff Jeannes Hand, und sie stürmten davon. Die Aufmerksamkeit der Ritter war auf die Tauben gerichtet, und noch bevor sie sich wieder dem Platz zuwandten, waren Raphael und Jeanne in der Schmiede verschwunden.

»Jetzt ihr«, sagte Luna zu Pierre und Amicus.

»Ich lasse Euch auf keinen Fall allein«, protestierte Pierre.

Luna wollte ihm etwas entgegnen, aber Amicus fuhr dazwischen. »*Ich* bleibe bei ihr«, sagte er. »Geh du allein.«

Pierre wollte protestieren, aber schließlich fügte er sich.

»Auf mein Zeichen«, sagte Luna, hob eine Hand und schloss die Augen.

Pierre machte sich bereit. Er nickte Amicus kurz zu.

Da fiel in einem Haus am anderen Ende des Platzes irgendetwas krachend zu Boden.

Luna ließ ihre Hand sinken. »Lauf, Pierre! Lauf!«

Die Ritter hoben ihre Lanzen und gingen langsam auf das Haus zu.

Pierre lief, als säße ihm der schwarze Tod im Nacken. Beim Brunnen strauchelte er jedoch und fiel vor einem der Pferde in den Staub. Das Ross wieherte und schlug aus.

Noch bevor er wieder auf die Beine kam, entdeckten ihn die Ritter. Die fünf schwer bewaffneten Männer machten unverzüglich kehrt und liefen auf ihn zu.

»Verdammt!«, sagte Amicus. Er holte tief Luft, rannte wie ein Stier auf den Platz und warf seine Messer gegen die Feinde. Zwei Ritter fielen tödlich getroffen zu Boden, noch ehe sie begriffen, was geschah. Der dritte sah Amicus zwar noch, doch steckte auch in seinem Hals einen Herzschlag später ein Messer. Die beiden anderen Ritter näherten sich von zwei Seiten dem unbekannten Messerwerfer und stießen dabei ihre Lanzen gegen ihn.

Aber Amicus war nicht nur ein Meister der Messer. Er steckte eine der Klingen zurück in seinen Gürtel, nahm die zweite zwischen die Zähne und versuchte mit der freien Hand nach einer Lanze zu fassen. Bald hielt er das Ende der Waffe unterhalb der Spitze fest umklammert. Er machte einen schnellen Schritt nach vorn, klemmte sich die Lanze unter den Arm und trieb den Angreifer in Richtung Brunnen. Der Ritter versuchte dagegenzuhalten, doch Amicus stieß ihn kopfüber in den Brunnen.

Der fünfte Ritter war schreckensstarr. Und diesen Moment nutzte Amicus, um auch ihm ein Messer in den Hals zu bohren.

Luna und Pierre liefen zu Amicus und zogen ihn mit sich in die Schmiede, gerade noch rechtzeitig, bevor ein Dutzend Reiter auf den Platz ritten. Staubfontänen spritzten von den Hufen auf. Die Männer sprangen aus dem Sattel und liefen zu ihren toten Kameraden. Als sie feststellten, dass sie ihnen nicht mehr helfen konnten, begannen sie, die umliegenden Häuser zu durchsuchen.

»Jetzt ist alles aus«, flüsterte Pierre.

»Gar nichts ist aus!«, wies Amicus Pierre zurecht. »Mit denen werde ich auch noch fertig.«

»Ruhig!«, zischte Luna.

Durch einen Spalt in der Wand konnte Raphael beobachten, wie die Ritter ein Haus nach dem anderen durchstöberten. Ein Schrei war zu hören, danach ein Schlag. Dann herrschte wieder Ruhe.

Schließlich hatten sie alle Häuser durchsucht, nur die Schmiede fehlte noch. Drei Ritter gingen auf das alte Gemäuer zu. Ihre Gesichter waren unter den Helmen nicht zu erkennen, ihre Schwerter blitzten hell in der abendlichen Sonne. Einer der Männer ging um das Gebäude herum. Ein anderer versuchte, durch die Schlitze in den Fensterläden in das Innere zu spähen. Der dritte strebte auf die Tür zu und öffnete sie einen Spaltbreit. Hätte er nur *einen* Schritt in den Raum gemacht, hätte er Luna, Raphael, Pierre, Jeanne und Amicus keine Armlänge von ihm entfernt auf dem Boden kauern sehen. Stattdessen schloss er die Tür wieder. Raphael sah, wie er mit seinen beiden Kumpanen zurück auf den Marktplatz lief. Ein weiterer Reiter wartete dort. Er sagte etwas zu den anderen. Es gab ein heftiges Wortgefecht, dann stiegen sie alle auf ihre Pferde und ritten davon.

»Das verstehe, wer will«, sagte Jeanne.

»Wir sind jetzt sicher«, sagte Luna. »Sie suchen auf der anderen Seite der Stadt nach uns. Wir gehen in die Berge und übernachten dort.«

»Moment, junge Dame«, sagte Jeanne und stand auf. »Ich verlasse diese Stadt nicht ohne Giacomo!«

Amicus stöhnte auf. »Nicht schon wieder.«

»Giacomo geschieht kein Leid, liebe Jeanne«, sagte Luna. »Du findest ihn wieder.«

»Da bin ich mir nicht so sicher«, protestierte Jeanne. »Wer sagt mir, dass sie ihm nicht schon längst den Kopf abgeschlagen haben?«

»Ich«, antwortete Luna.

Jeanne atmete tief durch und sah Raphael an. Der erwiderte ihren Blick mit einem Nicken und einem sanften Lächeln. »Also gut«, sagte Jeanne resigniert. »Brechen wir auf.«

Luna führte sie durch die schmalen Gassen von Nîmes. Der süßliche Leichengestank und der widerwärtige Geruch von Unrat und Exkrementen hing schwer in der Luft. Immer wieder kamen sie an Pesttoten vorbei. Man hatte die Leichen aufeinander geschichtet, um sie später zu verbrennen.

In einer Bäckerei und bei einem Metzger versorgten sie sich mit Vorräten, dann verließen sie die Stadt.

Inzwischen war es dunkel geworden, das bergige Hinterland von Nîmes war kaum mehr zu erkennen. Der Marsch durch die Nacht war beschwerlich. Er führte über Geröll, scharfe Felskanten und Vorsprünge. Der Halbmond schenkte den Flüchtenden nur wenig Licht. Amicus fluchte immerfort, Raphael stützte Jeanne, und Pierre achtete wie eine Glucke auf Luna.

Immer tiefer drangen sie in die Felsschluchten vor. Ab und zu wandte Raphael sich um und schaute zur Stadt zurück. Nur wenige Lichter waren in den kleinen Fenstern zu sehen. Einmal blitzte es am südlichen Rand von Nîmes auf, und innerhalb weniger Augenblicke erhob sich dort unten ein gewaltiger Flammenberg. »Sie verbrennen die Toten«, sagte er.

Luna blieb stehen. »Nein«, sagte sie. »Sie verbrennen drei Menschen. Auf Imberts Geheiß. Als er merkte, dass wir entkommen sind, hat er diese armen Menschen seinen Zorn spüren lassen.«

Raphael sah Luna an. Das Feuer spiegelte sich auf ihren Wangen wider. »Werden wir ihn besiegen?«, flüsterte er, damit die anderen ihn nicht hörten.

»Sein Schicksal erfüllt sich jenseits von Montpellier«, flüsterte Luna zurück. »Ich kann es nicht sehen.«

Zuversichtlich lächelte Raphael ihr zu und strich über ihre Schulter. »Alles wird gut, mein Kind. Das verspreche ich dir.«

Ein schwaches Lächeln huschte über Lunas Gesicht. Dann wandte sie sich wieder den Bergen zu.

In einer tiefen Schlucht machten sie Halt. Die Stadt war nicht mehr zu sehen. Amicus warf seinen Beutel mit den Vorräten auf den nackten Fels. Er wartete nicht, sondern machte sich gleich darüber her.

Während Raphael, Pierre und Jeanne neben Amicus Platz nahmen, blieb Luna stehen. »Ich gehe zurück in die Stadt«, sagte sie.

Pierre sprang sogleich wieder auf. »Nein, das dürft Ihr nicht! Man nimmt Euch gefangen und verbrennt Euch noch in dieser Nacht!«

»Warum willst du zurück?«, fragte Raphael.

»Ich will die Taschen mit dem Geld holen«, antwortete Luna.

»Geld haben wir genug«, sagte Amicus kauend. Dabei klimperte er mit den Geldbeuteln, die sie Magnus, dem Schwertschlucker, gestohlen hatten.

Luna knetete ihre Finger und scharrte mit einem Fuß über den Felsboden. »Ich muss zurück«, sagte sie so leise, dass die anderen sie kaum verstanden. »Ich weiß nicht, warum, aber ich muss zurück in die Stadt und das Geld holen.«

»Dann komme ich mit Euch«, sagte Pierre.

»Nein«, sagte Luna. »Deine Fürsorge ehrt dich, lieber Pierre. Aber ich muss allein gehen.«

Resigniert setzte Pierre sich neben Amicus und versank in Nachdenken.

»Jeanne«, sagte Luna. »Begleite mich doch ein kleines Stück.«

Fragend blickte Jeanne Raphael an. Der nickte zustimmend, obwohl er nicht verstand, was Luna mit Jeanne vorhatte.

Gemeinsam verließen die beiden Frauen die Schlucht. Der Scheiterhaufen brannte noch immer lichterloh.

Luna hielt inne.

»Wie kann ich dir helfen?«, fragte Jeanne.

»Horch«, sagte Luna nur. »Horch, Jeanne.«

Anfangs hörte Jeanne nichts. Nur den Wind, der durch die zerklüftete Berglandschaft zog. Dann war da ein leises Pochen, als fielen kleine Steine zu Boden. Das Geräusch kam näher, schneller und schneller, bis Jeanne Hufgetrappel heraushörte. Wie ein Sturm brauste etwas aus der Dunkelheit auf sie zu. Markerschütterndes Wiehern dröhnte durch die Finsternis. Laut und immer lauter. Wie ein Orkan, der durch die Berge fegte. Jeannes Finger verkrampften sich in ihrem Kleid. Und da erschien im fahlen Mondlicht der schwarz glänzende Leib eines Pferdes. »Giacomo! Giacomo!« Jeanne schrie den Namen wieder und wieder, während sie ihrem Hengst entgegenstürzte. Endlich war er wieder bei ihr. Sie warf sich um seinen Hals und küsste ihn wild auf die kleine Blesse zwischen seinen Augen. Tränen strömten über ihre Wangen. »Luna«, sagte sie. »Ich danke dir von ganzem Herzen.« Als keine Antwort kam, drehte sie sich um. Luna war fort. Jeanne versuchte noch, sie in der Dunkelheit auszumachen, aber kein Schemen und kein Schatten war zu sehen. So griff sie nach Giacomos Zügeln und ging zurück zu den Gefährten.

Raphael sah mit Freuden, dass Jeanne ihren geliebten Hengst wieder hatte. Er ging zu ihr und schloss seine Arme um ihre Schultern.

»Luna ist fort?«, fragte Pierre mit traurigen Augen.

Jeanne nickte und setzte sich neben Raphael auf einen Felsen. Amicus reichte ihr Wein und Brot. Er hatte ein Feuer gemacht, das knisternd und knackend Licht und Wärme spendete.

»Sie kommt wieder«, sagte Raphael, dem der junge Bursche Leid tat.

Amicus rülpste. »Ein merkwürdiges Mädchen.«

»Ihr werdet gewiss nicht schlau aus ihr«, sagte Raphael. »Sie ist ein Mensch, wie es nur wenige auf Gottes Acker gibt. Und die meisten von ihnen enden auf dem Scheiterhaufen.«

»Bruder Raphael«, sagte Pierre, »Ihr kanntet sie schon vor diesem ... diesem ...« Er suchte nach dem passenden Wort. »Schlamassel! Erzählt uns von ihr.«

Raphael lachte. »Dann gebt mir einen kräftigen Schluck Wein, damit sich meine Zunge lockert.« Jeanne gab ihm den Krug.

Pierre war schon ganz aufgeregt. »Nun?«

»Nun«, wiederholte Raphael, »es gäbe viel über sie zu erzählen oder auch nur sehr wenig. Ihre Mutter war eine arme, aber ungemein starke, tapfere Frau.«

»War?«, fragte Pierre.

»Ein Mönch hat sie ermordet«, antwortete Raphael. »Der Prior meines Klosters ließ sie verbrennen.«

»An dem Tag, als man Luna festgenommen hat?«, fragte Pierre weiter.

Raphael nickte.

»Ich war dabei«, sagte Pierre. »Ich habe gesehen, wie sie auf dem Scheiterhaufen verbrannt ist und Luna fortgeschafft wurde.«

»Ich verstehe«, sagte Raphael. Jetzt wusste er, warum Pierre Luna beschützen wollte.

»War sie schon immer so ... so ... hm, so wie sie jetzt ist?«

»Du meinst ihre Fähigkeiten?«

Pierre nickte heftig.

»Nein«, sagte Raphael. »Noch vor wenigen Monaten war sie wie ein kleines Mädchen, das kaum mehr kannte als Haus und Hof. Ihre Prophezeiungen kamen selten und waren ungenau. Aber das hat sich in letzter Zeit geändert.« Er glaubte, dass dies mit den unwürdigen Geschehnissen bei Gericht zusammenhing, wollte dies jedoch nicht sagen.

»Ihr glaubt also an sie?«, fragte Pierre.

»Unbedingt.«

Da wandte sich Pierre an Amicus. »Du hörst es. Warum glaubst du nicht an sie? Warum nicht?«

»Sei nicht dumm, Pierre«, war Amicus' ruhige Antwort.

Pierre fuhr auf. »Welches Wunder muss sie noch vollbringen, damit du ihr glaubst?«

Amicus schwieg beharrlich.

»Es ist nicht wichtig«, sagte Raphael, »dass er ihr glaubt. Er muss ihr nur vertrauen.«

»Sagt mir doch«, verlangte Amicus, »wenn sie hellsehen kann, warum hat sie dann seelenruhig in der Schänke gewartet, bis die Ritter kamen? Warum haben wir nicht vorher das Weite gesucht?«

»Sie hatte bestimmt ihre Gründe«, sagte Pierre. »Vielleicht *sollten* wir in die Berge fliehen, anstatt weiterzureiten. Vielleicht wäre sonst der Zeitplan nicht eingehalten worden. Es gibt tausend Gründe. Das heißt doch nicht, dass sie lügt. Bist du denn blind, Amicus?«

»Verdammt!«, rief Amicus und sprang auf. »Wer bist du, Pierre, dass du mir sagst, was ich glauben soll und was nicht? Wer seid Ihr, Bruder Raphael, dass Ihr mir sagt, wem ich vertrauen soll und wem nicht? Die Kirche verfolgt Euch als Ketzer, und bisher habe ich keinen Beweis gesehen, der das Gegenteil bezeugt. Wer sagt mir, dass Ihr nicht wirklich ein Ketzer seid, der uns alle auf den Scheiterhaufen bringt? Ich meine, es wäre doch möglich, dass man Euch zu Recht verfolgt. Dass Ihr ein Abtrünniger und Sektierer seid. Dass Ihr gar mit dem Teufel selbst einen Pakt geschlossen habt.«

Raphael sah, wie alle ihn anstarrten. Er fühlte unbändigen Zorn in sich hochkriechen. Seine Hände ballten sich zu Fäusten. Er wollte diesem aufgeblasenen Tunichtgut sagen, wie es war, wenn unschuldige Menschen gequält, gefoltert und vor dem blutrünstigen Pöbel auf den Scheiterhaufen gebracht wurden. Wie ihr entsetzliches Wehgeschrei klang, wenn die Flammen an ihnen fraßen. Wie sie zappelten und flehten. Wie der Brand und der höhnende Spott des Gesindels jeden Schrei und jede Bitte um Barmherzigkeit erstickten. Bis der Herr ihnen endlich Erlösung schenkte. Und jetzt stand dieser Hüne vor ihm. Ein tapferer Mann, der das Herz am rechten Fleck trug. Ein Mann, den er seinen Freund nannte, dem er sein Leben verdankte. Ein Mann, den er für christlicher hielt als so manchen Kirchenfürsten. Ausgerechnet dieser Mann beleidigte ihn, wie er nie zuvor beleidigt worden war. Raphael war fassungslos, sodass er überhaupt nichts mehr sagen konnte. Er starrte Amicus einfach nur an.

Der hatte offenbar mehr erwartet. Er wandte sich um und entfernte sich aus dem Lichtschein des Feuers, bis nur noch seine Silhouette zu sehen war.

Jeanne, die noch immer neben Raphael saß, schaute zu Boden. Plötzlich begann sie zu sprechen, langsam und deutlich: »Selig sind, die da Leid tragen; denn sie sollen getröstet werden. Selig sind die Sanftmütigen; denn sie werden das Erdreich besitzen. Selig sind, die da hungert und dürstet nach der Gerechtigkeit; denn sie sollen satt werden. Selig sind die Barmherzigen; denn sie werden Barmherzigkeit erlangen. Selig sind, die reinen Herzens sind; denn sie werden Gottes Kinder heißen. Selig sind, die um der Gerechtigkeit willen verfolgt werden; denn das Himmelreich ist ihrer.«

Eine Zeit lang geschah nichts. Pierre schaute in die Richtung, in der Nîmes lag. Raphael blickte noch immer wie benommen zu Boden. Da bewegte sich die Silhouette. Erst langsam, dann immer schneller. Amicus lief auf Raphael zu, warf sich vor ihm zu Boden und sagte mit Tränen in den Augen: »Vergebt mir, Bruder. Bitte, vergebt mir. Ich bin ein Narr.«

Raphael schluckte. Seine Wut verflog. Sanft legte er seine Hand auf Amicus' Kopf. »Es gibt nichts, das ich Euch zu vergeben habe. Es wart nicht Ihr, der gesprochen hat, sondern das Leid. Es waren die Qual und die Liebe. Es waren der Kummer und die Einsamkeit. Es waren der Gram und der Schmerz.

Es war die Bürde des Lebens. Euch, lieber Freund, habe ich nichts zu verzeihen. Allzeit würde ich mein Leben für das Eure geben, so wie Ihr Euer Leben für das meine geben würdet. Wir stehen hier im Auftrag Gottes. Seinem Plan folgen wir. Euch und mich und Jeanne, Pierre und Luna, uns verbindet ein gesegnetes Band, das weder wir noch irgendjemand hier auf Erden zerschneiden kann. Das ist alles, was wir wissen. Das ist alles, was wir wissen müssen.«

Langsam hob Amicus den Kopf. Aus tränennassen Augen schaute er Raphael an. Dann griff er nach Raphaels Hand und küsste sie. »Ich danke Euch, Bruder«, sagte er. »Ihr wisst nicht, wie sehr.«

»Lasst uns einige Stunden ruhen«, sagte Jeanne in die Stille hinein. »Der Tag bricht bald an, und wir müssen bei Kräften sein.«

Jeder suchte sich ein Plätzchen am Feuer.

Kurz bevor er einschlief, spürte Raphael, wie Jeanne ihm bekräftigend über den Arm strich.

Im Würgegriff der Pest

Als die Strahlen der Sonne über den Bergkamm strichen, kehrte Luna zurück. Sie nahm die schweren Taschen von ihren Schultern und ließ sie in den Staub fallen. Lange stand sie da und betrachtete jeden ihrer tapferen Freunde. Pierre und Amicus schnarchten im Chor. Pierre hatte sich den Bauch von Amicus als Kopfkissen ausgesucht. Fast zärtlich hatte Amicus seinen Arm um die Schultern des jungen Mannes gelegt. Jeanne war ganz nah an Raphael gerückt. Sie wärmten sich gegenseitig. Luna setzte sich auf einen Felsen und wartete.

Nach einer Weile schlug Raphael die Augen auf. Er wusste

nicht, ob es ein Traum gewesen war, aus dem er hochschreckte, oder ein Geräusch. Er suchte die Umgebung ab und fand Luna einige Schritte entfernt. Sie lächelte ihn liebevoll an.

»Du bist zurück, mein Kind?«

»Wie du siehst.« Sie lachte.

Raphael war beruhigt. Luna war wohlbehalten wieder zurückgekommen. »Sag, wie ist es dir in der Stadt ergangen?«

»Es herrschte Stille«, antwortete sie. »Die Ritter waren fort, und die Menschen versteckten sich in ihren Häusern. Ich war also nicht in Gefahr.« Sie hob die Taschen hoch. »Ich habe das Geld.«

Raphael ahnte, dass mehr geschehen war als das, was Luna erzählen wollte. Er rüttelte sanft an Jeannes Schultern. Ihr müder Blick fiel auf Raphael, dann auf Luna. Freudig sprang sie auf und umarmte das Mädchen.

Nun wachten auch Pierre und Amicus auf. Pierre schmollte noch ein wenig, konnte aber seine Freude und Erleichterung über Lunas Rückkehr nicht verbergen.

So schnell das Frühstück bereitet war, so schnell war es auch verschlungen. Kurz beratschlagten die Freunde, wie sie jetzt vorgehen sollten. Sie kamen überein, möglichst bald weiterzuwandern.

Bis zur Mittagszeit hatten sie die Berge und Hügel hinter sich gelassen. Ihr Blick war nun frei bis zum diesigen Horizont. Erschöpft erreichten sie das flache Land und folgten der Straße nach Calvisson. Dort kauften sie vier neue Pferde, Proviant und Kleidung. Pierre wollte sich, wie er sagte, »ein wenig umsehen«. Nach einer Stunde kehrte er zurück, im Gepäck ein rostiges Schwert und eine seltsame maurische Kopfbedeckung, die er Fez nannte – eine rote, kegelförmige Kappe aus Filz, an der eine dunkelblaue Quaste baumelte. Aus einem Sack zauberte er eine Laute hervor.

Nach einem stärkenden Mahl stiegen sie auf ihre Pferde und verließen Calvisson. Ihr nächster Halt auf dem Weg nach

Montpellier sollte das Städtchen Lunel sein. Raphael schätzte, dass sie dort in zwei Tagen eintreffen würden.

Irgendwann, sie waren schon Stunden unterwegs, sagte Luna unvermittelt: »Lieber Pierre, spiel uns etwas auf der Laute vor. Bitte.«

Zuerst schüttelte Pierre verlegen den Kopf. Dabei schlenkerte der Bommel vor seinen Augen hin und her. Doch dann holte er das Instrument hervor und stimmte die Saiten.

»Spiel ein Liebeslied, Pierre«, sagte Jeanne.

»Wie Ihr wünscht, Madame.« Pierre räusperte sich, legte vorsichtig die Finger auf die Saiten und sang mit glockenheller Stimme:

»Warum bin ich nicht der Rasen, der empfängt in schöner Nacht
meine Schäferin zum Schlafe, den die Liebe wohl bewacht?
Warum bin ich nicht die Brise, streiche über ihren Bauch,
unter ihrem Fuß die Wiese und in ihrem Mund der Hauch?«

Pierre sang so voller Leidenschaft und Hingabe, dass Jeanne Tränen in die Augen traten. Sanft klang das Lied aus. Pierres Finger glitten langsamer über die Saiten, bis sie ganz innehielten.

»Das war ein sehr schönes Lied«, sagte Jeanne nach einer Weile. »Hat es dir auch gefallen, Luna?«

Luna, die an der Spitze der Gruppe ritt, antwortete nicht.

»Luna?«, wiederholte Jeanne.

Wieder gab sie keine Antwort. Plötzlich wurde das Pferd langsamer und blieb stehen. Luna schwankte hin und her. Dann fiel sie wortlos aus dem Sattel und blieb auf dem trockenen Boden liegen.

Sofort sprang Raphael von seinem Pferd. Er lief zu Luna und bettete ihren Kopf in seinen Schoß. Sie schien ihn nicht zu erkennen. Ihre Lider waren halb geschlossen, ihr Atem ging stoßweise. Das Gesicht war blass und glänzte fiebrig. Ein schlimmer Verdacht stieg in Raphael hoch. Er schluckte schwer. Vorsichtig öffnete er die obersten Knöpfe von Lunas Kleid.

»Herr im Himmel«, flüsterte Jeanne neben ihm.

Pierre drängte sich vor, bis er Luna sehen konnte. »Was ist mit ihr?«, fragte er. »Was sind das für seltsame Beulen?«

Amicus sah ihn aus traurigen Augen an. »Verstehst du denn immer noch nicht?«

Entsetzt riss Pierre die Augen auf. »Das darf nicht sein!«, flüsterte er. »Das kann nicht sein! Niemals! Sie kann die Zukunft sehen; nie könnte sie sich die Pest holen! Nie und nimmer!« Er begann zu weinen.

Jeanne stand auf und umarmte ihn. »Beruhige dich, Pierre. Alles wird gut. Das verspreche ich dir.«

Pierre riss sich los. »Gar nichts wird gut!«, schrie er. »Und Ihr könnt mir nichts versprechen! Hört Ihr? Überhaupt nichts!« Weinend lief er in den Wald.

»Lasst ihn gehen«, sagte Raphael. »Es ist schwer für ihn.« Liebevoll strich er über Lunas Gesicht.

Jeanne riss ein Stück Stoff von ihrem Kleid. Sie machte es im nahen Fluss nass und legte es auf Lunas Stirn. »Sie ist kochend heiß«, flüsterte sie.

»Gott allein kann ihr noch helfen«, flüsterte Raphael.

Wortlos nahm Amicus Pierres Schwert und ging in den Wald. Dort schlug er starke Äste von den Bäumen und baute daraus eine Trage. Diese band er an Lunas Sattel. Mit Raphaels Hilfe bettete er Luna darauf. »Wir müssen weiter, wenn wir ihr Leben retten wollen«, sagte Amicus.

Pierre kam aus dem Wald zurück. Er hielt Blumen in der Hand, die er Luna in die Hand drückte. Zärtlich strich er über ihre Wangen. Dann stieg er auf sein Pferd.

Amicus griff nach dem Sattel auf Lunas Pferd. »Brechen wir auf«, sagte er und zog sich hoch.

Sie ritten einen ganzen Tag und eine ganze Nacht, ohne zu schlafen. Die Mahlzeiten nahmen sie auf dem Rücken ihrer Pferde ein. Hin und wieder hielten sie an, damit Jeanne sich um Luna kümmern konnte, ihr etwas Wasser gab und die Stirn kühlte. Meistens dämmerte das Mädchen vor sich hin.

Sie hielt die Augen geschlossen und flüsterte unverständliche Formeln. Dann wiederum schreckte sie hoch und schrie, als würde der Leibhaftige sie foltern.

»Wir müssen einen Medicus finden«, sagte Jeanne, die neben Raphael ritt. »Ich weiß nicht, wie lange sie noch gegen die Pest anzukämpfen vermag.«

Raphael hielt die Karte in der Hand. »Die nächste Stadt ist Lunel. Wir müssten sie sehen können, sobald wir auf jenen Hügeln sind.« Er zeigte auf eine leuchtend grüne Hügelgruppe vor ihnen.

Auf den Feldern, an denen sie vorbeiritten, stand der Weizen goldgelb in der warmen Sonne. Es roch nach Kräutern, Wildblumen und Gras. Bienen und Hummeln surrten emsig umher. Die Bauern bestellten ihre Felder und ihre Kinder liefen lachend durch die Ähren. Welch schöner Tag auf Gottes Erde, der jedem Menschen gefallen sollte. Raphael seufzte. War dies das Ende? Er wollte es nicht glauben. Er spürte, dass *seine* Mission längst zu *Lunas* Mission geworden war. Ein Geheimnis umgab dieses Kind, das unmittelbar mit seinem Schicksal verwoben war. Sollte sie sterben, so war auch seine Prüfung vorüber. In diesem Fall hatte er gefehlt. Das war gewiss. Aber würde der Herr ihn prüfen, um ihn dann durch die Pest scheitern zu lassen? Nein, das konnte nicht sein. Er brauchte Luna, und Luna brauchte ihn. Luna würde leben. Sie *musste* leben!

Pierres Stimme riss Raphael abrupt aus seinen Gedanken: »Lunel! Dort vorn ist Lunel!«

Die Stadt lag in einem weiten Tal. Von hier oben waren unzählige verwinkelte Gassen und ein großer Marktplatz zu erkennen. Der weiße Kalkstein der Häuser schimmerte in der Sonne.

Als sie näher ritten, erkannten sie, dass nur wenige Wachen auf den Türmen und Stadtmauern standen. Hinter den starken Mauern bot sich das gleiche Bild wie in so vielen anderen Städten: Die Menschen flohen in Scharen. Die wenigen, die nicht fliehen konnten oder wollten, waren von der Pest gezeichnet. An einer Hauswand, es mochte ein alter Stall sein, saßen mehrere Bettler, die um eine tote Katze stritten.

»Heda!«, rief Amicus ihnen zu. »Wo finden wir einen Medicus?«

Keine Antwort. Nicht einmal ein kurzer Blick.

Amicus stieg von Lunas Pferd und ging zu den Streitenden.

Einer von ihnen sah auf. »Was willst du?«, fragte er. Sein Blick war wirr, die Haut blutverschmiert, die Zähne waren nur noch schwarze Stumpen.

»Einen Arzt!«, polterte Amicus. »Wo gibt es in dieser verfluchten Stadt einen Medicus?«

»Medicus?« Der Mann kicherte. »Tot«, sagte er. »Sie sind alle tot. So wie auch du bald tot bist.«

Fluchend ging Amicus zurück zu den Freunden. »Gehen wir. Die sind alle verrückt hier.« Er packte die Zügel von Lunas Pferd. »Irgendwo in dieser Stadt muss es einen Arzt geben.«

Weiter gingen sie durch die trockene Sommerhitze, vorbei an Schmieden, Scheunen und Werkstätten, vorbei an Kirchen, Kapellen und Friedhöfen. Gelangten sie an die Stadtmauern, machten sie kehrt und versuchten es in einer anderen Gasse.

»Durst«, sagte Pierre irgendwann. Sein Kopf sank nach unten.

»Machen wir Rast«, sagte Raphael zu Amicus.

Der schüttelte den Kopf. »Nein! Zuerst finden wir Hilfe für das Kind.«

Er führte sie in eine schmale, unscheinbare Gasse, die steil anstieg und noch enger zu werden schien. Schnaufend gingen sie weiter. Plötzlich blieb Amicus wie vom Donner gerührt stehen.

»Seht!« Er hob einen Arm und zeigte auf ein kleines Schild, das über einer Tür baumelte.

Raphael stieg ab. Erschöpft ging er auf das Haus zu. Es war ein schönes Fachwerkhaus mit einem reich verzierten Giebel.

Die Schrägen waren mit Krabben besetzt, die Spitze war mit einer Kreuzblume bekrönt. Statuen und Maßwerk schmückten das Giebelfeld. Große Fenster und zwei efeuberankte Erker rundeten das Bild ab. Raphael las, was auf dem Schild stand: »Georges Dubocq, Medicus.« Er drehte sich um und rief es den Freunden zu: »Ein Medicus!«

Längst war Amicus damit beschäftigt, die Trage vom Sattel zu lösen. Vorsichtig ließ er Luna zu Boden. Pierre sprang mit einem Satz von seinem Pferd. Er half Jeanne herunter und drückte sie selig an seine Brust.

Derweil klopfte Raphael dreimal an die Tür. Keine Reaktion. Er klopfte erneut.

Eine hagere Gestalt in schwarzer Kleidung öffnete. In einer Hand hielt sie einen Federkiel. Unter schmalen grauen Brauen schauten ihnen dunkle Augen entgegen. »Wer seid Ihr?«

»Wir benötigen Eure Hilfe, Maître Dubocq«, sagte Raphael mit sich überschlagender Stimme. »Mein Name ist … Alfonse. Dies sind meine Freunde Edmond, Fernand, Gisèle und Julie.«

Der Arzt verzog angewidert das Gesicht. »Und was wollt ihr von mir?«

»Unsere Freundin Julie ist krank.« Er zeigte auf Luna, die, von Amicus bewacht, auf der Trage lag.

»Was ist mit ihr?«, fragte Dubocq argwöhnisch.

»Sie hat die Pest«, sagte Raphael.

Die dunklen Augen des Arztes weiteren sich vor Schreck. »Seid ihr des Teufels?« Er wollte die Tür zuschlagen.

Schnell schob Raphael einen Fuß zwischen Tür und Angel. »Bitte, Maître Dubocq, helft uns. Wir sind fremd in der Stadt und …«

Dubocq unterbrach Raphael scharf: »Es ist mir einerlei, wer ihr seid! Eine Pestkranke kommt mir nicht über diese Schwelle. Geht zu den Barbieren, Phlebotomisten oder Apothekern. Sie können euch in ausgezeichneter Weise helfen. Geht!« Er versuchte, Raphaels Fuß aus dem Türrahmen zu stoßen, war aber zu schwach.

Jeanne trat zu Raphael. »Wir haben Geld«, sagte sie und klimperte mit einem Beutel voller Münzen. »Viel Geld. Ihr werdet gut entlohnt.«

Das wirkte. Dubocq öffnete die Tür.

Amicus und Pierre trugen Luna in das Innere des Hauses. Raphael und Jeanne folgten.

In einem geräumigen Zimmer, in das viel Licht durch die Fenster einfiel, ließ Dubocq die Trage abstellen. »Legt sie auf das Bett«, sagte er zu Pierre und Amicus. Neben dem Bett stand ein langer Tisch mit einer Schale und einer Karaffe darauf. Dubocq goss reichlich Wasser in die Schale. Anschließend wusch er sich gründlich die Hände. Dann ging er zu einem breiten Schrank an der gegenüberliegenden Wand und holte allerlei Instrumente und Werkzeuge heraus. Zuletzt zog er die schweren Vorhänge vor die Fenster. Schnaufend zündete er drei Kerzen auf dem Tisch und die Kerzen in drei eisernen Kandelabern an. Echte Kerzen, nicht die stinkenden Talglichter der armen Leute.

Jeanne setzte sich auf einen Stuhl neben dem Schrank. Sie atmete schwer. Ihre Stirn war schweißnass.

»Habt Ihr etwas Wasser für uns, Maître?«, fragte Raphael mit Blick auf Pierre und Jeanne. Pierre stand blass am Fußende des Bettes und verfolgte aufmerksam jede Bewegung Dubocqs.

»Wenn ihr zahlt, habe ich Wein«, antwortete Dubocq. »Unten im Keller.«

Amicus lief sogleich in den Keller hinunter und kehrte wenig später mit einer Flasche Wein zurück, die er Jeanne gab. Sie trank einen großen Schluck und gab dann Pierre die Flasche.

Dubocq holte aus dem Schrank ein Büchlein, in dem Abbildungen menschlicher Körper zu sehen waren. Bestimmte Stellen an diesen Lassmännchen waren markiert und mit lateinischen Formeln versehen.

»Was geschieht jetzt mit ihr?«, fragte Pierre.

»Ich lasse sie zur Ader«, antwortete Dubocq.

»Ist das wirklich notwendig, Maître?«, wollte Raphael wissen. Er traute dem Aderlass nicht.

Dubocq seufzte. »Die Pest beruht auf einer Störung des Gleichgewichts der Säfte. In diesem Falle ist es die schwarze Galle. Um das Gleichgewicht wiederherzustellen, ist der Aderlass unabdingbar.« Er blätterte in dem Buch und studierte die Lassmännchen. Dann entschied er sich für zwei Lassstellen. Die erste fand sich an Lunas linkem Unterarm zwischen zwei hühnereigroßen Beulen. Dubocq band eine Lassbinde in Höhe des Ellbogens fest und wartete. Dann öffnete er die aufgestaute Vene mit einer Fliete, einem messerähnlichen Instrument. Das Blut fing er sorgsam in einem bronzenen Lassbecken auf. Die zweite Lassstelle lag an Lunas linker Schläfe. Er öffnete auch sie und fing das Blut in einem Lassbecken auf. Dann holte er eine Sanduhr hervor und stellte sie umgedreht auf den Tisch.

Luna schien von ihrer Umwelt nichts wahrzunehmen. Hin und wieder stöhnte sie leise auf und murmelte unverständliche Worte.

»Was geschieht nun?«, fragte Raphael.

»Wir warten«, gab Dubocq zurück.

»Wie lange?«

»Bis der Sand durchgelaufen ist.«

Raphael schaute auf die Sanduhr. Etwa ein Viertel ihres Inhalts war durch die kleine Öffnung in ihrer Mitte gerieselt. Auch die Lassbecken liefen langsam mit dunkelrotem Blut voll. Schweigend betete er.

»Sagt, Maître Dubocq, wo können wir für einige Stunden ruhen?«, fragte Jeanne.

Dubocq sah auf. »Ruhen? Wer hat gesagt, ihr könntet hier übernachten? Sucht euch gefälligst ein Gasthaus.«

»Wir zahlen für Eure Gastfreundschaft, Maître«, wandte Amicus ein.

»Also gut«, knurrte Dubocq. »Sucht euch eine Stelle im Keller.«

Amicus legte einen Arm um Jeannes Schultern. Aufmunternd lächelte er ihr zu. Zu Raphael gewandt, sagte er: »Ich lege mich schlafen.« Gemeinsam stiegen sie die Stufen in den kühlen Keller hinunter.

»Geh mit, Fernand«, sagte Raphael zu Pierre. Der reagierte nicht. Sein Blick blieb auf Luna geheftet. »Fernand!«, sagte Raphael lauter.

Nun sah Pierre auf. »Ja?«

»Geh schlafen.«

»Oh …«, Pierre schien wie aus einem Traum zu erwachen. »Ja, ja, ich denke, du hast Recht.« Ohne seinen Blick von Luna zu lösen, stieg er die Treppe hinunter.

Gleichzeitig fiel das letzte Sandkorn hinab. Dubocq stand ächzend auf und verband die Wunden an Lunas Arm und Kopf. Er nahm die vollen Lassbecken, stellte sie auf den Tisch und begutachtete das Blut. Hin und wieder murmelte er unverständliche Worte.

»Wie steht es um sie, Maître?«, fragte Raphael.

»Schlecht«, antwortete Dubocq.

Verärgert über die knappe Antwort, sagte Raphael: »Drückt Euch etwas genauer aus.«

»Was willst du sonst wissen?«, fragte Dubocq. »Du wirst kaum verstehen, wenn ich dir erkläre, was die Blutschau mir über die Schwere der Krankheit verrät.« Wieder starrte er in die Lassbecken.

So ein eingebildeter Patron, dachte Raphael. Vermutlich weiß er selbst nicht, was er da tut! Nur mit Mühe konnte Raphael seinen Ärger hinunterschlucken. Zu gern würde er Luna nehmen und das Haus dieses aufgeblasenen Quacksalbers verlassen. Aber der Medicus war Lunas einzige Hilfe. Vorerst.

Wieder murmelte Dubocq etwas Unverständliches. Er nahm die Lassbecken, zog die Vorhänge vor einem Fenster zurück und schüttete das Blut hinaus.

»Nun, was hat Euch die Blutschau verraten?«, fragte Raphael übertrieben freundlich.

»Dass ich sie schröpfen muss«, sagte Dubocq. Er nahm ein halbes Dutzend Schröpfköpfe aus dem Schrank, dann ritzte er mit einer dornigen Schröpfgeißel die zu behandelnden Stellen auf Brust, Bauch und Beinen, bis Blut aus den kleinen Schnitten trat. Zügig entzündete er ein kleines Holzscheit an einer Kerze, hielt es kurz unter einen Schröpfkopf und setzte diesen schnell auf eine der Wunden. Genauso verfuhr er mit den anderen Schröpfköpfen. Nach einer Weile zog Dubocq die Schröpfköpfe wieder ab. Sorgsam untersuchte er Blut und Wunden.

»Und nun?«, fragte Raphael.

»Ich muss sie brennen«, gab Dubocq zurück. Er verließ die Kammer. Als er zurückkehrte, hielt er ein spitz zulaufendes, rot glühendes Brenneisen in Händen. Langsam bewegte er es auf eine Geschwulst in Lunas Achselhöhle zu. Er zögerte kurz – und dann presste er das Eisen auf die Beule.

Luna schrie. Ihr Körper bäumte sich auf.

»Haltet ein!«, rief Raphael dem Medicus zu. »Ihr bringt sie um!«

Hochmütig sah der Arzt Raphael an. »Was weißt du schon von der Medizin? Nicht *ich* bringe sie um, sondern der schwarze Tod. Wenn dir meine Behandlung nicht zusagt, dann geh zu diesem jüdischen Quacksalber nach Montpellier. Es heißt, er heilt die Pest mit Kuhmist.« Dubocq lachte auf.

Raphael horchte auf. Luna hatte von Montpellier gesprochen. War dies der Hinweis, den sie benötigten? Vorerst entschied er sich abzuwarten. »Eure Methoden scheinen mir nutzlos zu sein«, sagte er. »Ihr Zustand verschlechtert sich noch.«

»Die Genesung braucht ihre Zeit«, verteidigte sich Dubocq. »Die Säfte müssen untereinander einen Ausgleich schaffen. Besonders der Schleim und die gelbe Galle sind mit höchst anspruchsvoller Gelehrsamkeit zu behandeln. Denn nur sie können die schwarze Galle in das Gleichgewicht zurückdrängen.«

Raphael war mit der Lehre der Säfte vertraut, und so beschlich ihn das Gefühl, der Medicus wolle mit seinen aufwändigen Behandlungen nur ein möglichst hohes Honorar erzielen. »Wir warten bis zum Morgengrauen, ob sich Besserung einstellt«, sagte er schließlich.

»Hast du nicht gehört, was ich über die Säfte gesagt habe?«, entgegnete Dubocq.

»Ihr vergesst die Lehre der Temperamente. Ohne sie ist die Lehre der Säfte nutzlos«, sagte Raphael. »Ihr habt Euch nicht einmal erkundigt, ob Julie phlegmatischen, sanguinischen, cholerischen oder melancholischen Temperamentes ist. Wir warten bis Sonnenaufgang.«

Dubocq war anderer Meinung. »Wenn ich jetzt die Behandlung unterbreche, stirbt sie binnen zweier Tage.«

Raphael ließ sich nicht beirren. »Wir warten.«

Der gebrechliche alte Mann stand ächzend auf. »Mein Junge«, sagte er in väterlichem Ton, »ich habe in Bologna, Salerno und Paris studiert. Du hast bestimmt von all diesen Städten noch nie ein Wort gehört. Die Namen Galen, Hippokrates, Al-Quarashi und Faragut werden dir auch nichts sagen. Also leg dich zu deinen Freunden in den Keller und überlass das Heilen mir.«

Das war zu viel für Raphael. Was bildete sich dieser Mann ein? Fürwahr, er hatte nicht Medizin studiert, wohl aber hatte er die Werke all dieser Männer aus dem Griechischen und Lateinischen übersetzt und unzählige Kopien verfasst. Er kannte deren Theorien mindestens so gut wie Dubocq. »Galen«, sagte er langsam, und Dubocq sah auf, »ist vor der Pest geflohen. Er wusste nichts über diese Krankheit. Sein Wissen über die menschliche Anatomie war lückenhaft, denn er hat nur Affen seziert. Ein höchst unglaubwürdiger Vertreter der Pestkunde, Maître.«

Dubocq starrte Raphael mit offenem Mund an. Er keuchte auf. Dieser Bauernlümmel! Was bildete der sich ein? »Du sprichst über diesen gelehrten Mann wie über einen Hund«, sagte er. »Du hast gar keine Vorstellung von den Dingen. Du weißt nichts über die *res naturales* und *res non naturales* …«

»Ihr habt die *res morales* vergessen«, wandte Raphael ein.

Dubocq rang nach Luft. *»Per regimen sanitatis conservatio!«*

»Wie wollt Ihr unserer Freundin durch Fasten Heilung bringen, Maître? Darum müssen wir uns jetzt wohl nicht kümmern.« Raphael begann, an diesem Spiel Gefallen zu finden. Er wusste, dass Dubocq Luna in keiner Weise helfen konnte. Aber er wollte Zeit gewinnen. Damit Luna sich ein wenig von der Behandlung des Arztes erholte und die Freunde im Keller schlafen konnten.

Dubocqs Wangen röteten sich. Zornesfalten traten auf seine Stirn. *»Per curationem sanatio, id est aegritudinum!«*

Raphael lachte. »Wohl sind besondere Maßnahmen zur Heilung notwendig, aber nicht die Euren.«

»Willst du sagen, dass es mir nicht um das Wohl deiner Freundin zu tun ist?«

»Ebendas.«

»Die Pflege der Kranken steht über allem und soll ihnen helfen.«

Raphael schüttelte den Kopf. »Ihr habt Eure Lektion nicht gelernt«, sagte er spöttisch lächelnd. »Die Regel besagt: damit ihnen – als wäre es Christus selbst – geholfen werde. Mir scheint, Ihr habt dies vergessen. Handhaben tut Ihr es ohnehin nicht. Oder würdet Ihr Gottes Sohn schröpfen und zur Ader lassen?«

Dubocq ging ein paar Schritte auf Raphael zu. Argwöhnisch sah er ihn an. »Wer in drei Teufels Namen bist du?«

Schlagartig begriff Raphael, dass er einen Fehler gemacht hatte. Seine Eitelkeit konnte ihn und seine Freunde in eine tödliche Gefahr bringen. Er schwitzte. »Nur ein Bauer, Maître.«

Dubocq schüttelte den Kopf. »Nein, du bist kein Bauer«, flüsterte er. »Ein Bauer hat nicht so viel Geld. Ein Bauer kennt nicht die Werke Galens, die Lehre der Säfte oder die Regeln des heiligen Benedikt. Also, was bist du dann?«

Der Schweiß lief Raphael übers Gesicht. Sie mussten fort. Weit fort. »Ich denke, wir bezahlen Euch und verlassen unverzüglich Euer Haus, Maître. Habt Dank für Eure Hilfe.« Er wollte sich abwenden.

Doch Dubocq hielt ihn fest. »Warum hast du bei dieser Gluthitze deine Kapuze über den Kopf gezogen?« Und ehe Raphael reagieren konnte, riss ihm Dubocq die Gugel herunter. »Ha! Dachte ich es mir doch! Nur ein Mönch oder ein Medicus kann dein Wissen besitzen.«

Raphael stieß Dubocq zu Boden. »Amicus!«, rief er so laut er konnte.

Doch der stand schon neben ihm. »Ich habe alles mit angehört. Brechen wir auf. Wir haben keine Zeit zu verlieren, wenn wir das Kind noch retten wollen.«

»Ich wecke Pierre und Jeanne«, sagte Raphael. »Behaltet ihn im Auge.«

»Keine Sorge.« Amicus zückte ein Messer und hielt es dem zurückweichenden Dubocq an die Kehle.

So schnell er konnte, lief Raphael in den Keller und weckte die beiden.

Als sie nach oben kamen, hatte Amicus den Arzt geknebelt und an einen Fuß des Schranks gefesselt. »Bis morgen früh kann er sich befreien. Das gibt uns einen ausreichenden Vorsprung.«

Pierre und Amicus hoben die bewusstlose Luna auf die Trage und schafften sie hinaus.

Raphael baute sich vor Dubocq auf und zog ihm den Knebel aus dem Mund. »Ihr spracht von einem jüdischen Medicus in Montpellier. Wie ist sein Name?«

Dubocq wandte den Kopf zur Seite.

»Amicus!«, rief Raphael.

Sogleich eilte der herbei und hielt Dubocq sein Messer an den Hals.

»Ich warte auf Eure Antwort«, sagte Raphael.

»Wohlan, ich ... ich rede«, stammelte Dubocq. »Sein Name

ist Juda ben Zekharya ibn Tibbon. Mehr weiß auch ich nicht. Und wenn ihr mir die Kehle durchschneidet.«

Raphael nickte Amicus zu, worauf dieser das Messer wegsteckte. »Gebt mir Geld«, bat Raphael Jeanne.

»Meint Ihr wirklich?«, fragte sie.

»Wir haben es versprochen.«

»Also gut«, sagte Jeanne. Sie zog aus einer Satteltasche einen prall gefüllten Beutel.

Raphael hielt Dubocq den Beutel vor die Nase. »Hier! Wir halten uns an unsere Vereinbarung. Es ist mehr als genug. Dafür erwarten wir von Euch, dass Ihr keiner Menschenseele ein Wort über uns erzählt. Solltet Ihr dennoch schwatzen, stattet Euch unser Freund einen Besuch ab. Ihr habt mich verstanden?«

Dubocq nickte heftig. Raphael steckte dem Arzt den Knebel wieder in den Mund, warf die Geldkatze auf das Bett und griff nach Jeannes Arm.

Vor der Tür warteten Pierre und Amicus. Inzwischen war es dunkel. Von irgendwoher drang das schaurige Läuten der Totenglocke zu ihnen herüber. Lunas Trage war wieder an ihrem Pferd befestigt. »Was machen wir jetzt?«, fragte Amicus.

»Luna hat gesagt, wir müssen nach Montpellier«, sagte Raphael und stieg in den Sattel. »Und offenbar werden wir dort den Medicus finden, dessen Bestimmung es ist, ihr Leben zu retten.«

Dubocq konnte sich tatsächlich erst am Morgen befreien. Er warf die Fesseln fort, riss den Knebel aus seinem Mund und fluchte kräftig. Erschöpft kroch er auf den Tisch zu. Er griff nach dem Wasserkrug und trank ihn leer. An das Bett gelehnt, atmete er mehrmals tief durch. Das verdammte Pack hätte ihn um ein Haar umgebracht! Er tastete auf dem Bett herum, bis seine Finger den Geldbeutel fassten. Schwer lag der Beutel in seiner Hand. Er grunzte und zog den Lederriemen auf. Goldmünzen verschiedener Größe blitzten ihn an. Sie linderten rasch die Qualen der vergangenen Stunden voller Todesangst. Kurz überlegte er, ob er die Stadtwachen hinter dieser skrupellosen Mörderbande herschicken sollte, verwarf den Gedanken aber wieder. Dieser Goliath könnte womöglich entkommen und ihm tatsächlich die Gurgel durchschneiden. Nein, das war keine famose Idee. Besser das Gold in der Hand als den Leib in der Erde. Er grinste über diesen, wie er fand, geistreichen Gedankenblitz.

Er wechselte die Kleider, warf einen prüfenden Blick in den Spiegel, griff schwarze Kappe und Stock und ging hinaus auf die Straße. Er wackelte die schmale Gasse hinunter, hielt sich links und erreichte bald den Marktplatz neben der Kirche. Von hier war es nicht mehr weit bis zur Schänke seines alten Freundes Thadée.

Schwungvoll stieß er die Tür auf. Drinnen war es angenehm kühl. Er achtete nicht auf die Gäste im Schankraum, er achtete nie auf andere, sondern ging direkt zu seinem Stammtisch vor dem Fenster.

Thadée stand vor einem Weinfass an der Rückseite des Schankraums. Er sah auf. »Gott zum Gruße, Georges.« Er lächelte und kam herüber.

Dubocq murmelte etwas Unverständliches.

Thadée lachte. »Welche Laus ist dir denn über die Leber gelaufen?«

Dubocq winkte ab. »Schwatz nicht so viel, sondern schenk mir Wein ein.«

Schon standen Becher und Krug vor Dubocq. »Kerbelsuppe wie immer, Georges?«

»Nein«, antwortete Dubocq. »Ich gedenke nur kurz in deinen verdreckten Wänden zu verweilen. Füll mir zwei Schläuche Wein voll.«

»Dein Wunsch soll erfüllt werden«, gab Thadée zurück. Er rief seiner Frau, einer kleinen, drallen Person, Dubocqs Bestellung zu. Dann setzte er sich an den Tisch. »Wie geht es dem alten Schlachtross?«, fragte er.

»Bah«, machte Dubocq. Er verspürte nicht das geringste Bedürfnis nach einer Unterhaltung.

»So schlimm?« Wieder lachte Thadée.

Dubocq sah auf. »Hast du nicht irgendein Schwein zu schlachten oder ein Fass Bier aus dem Keller zu holen?«

»Alle Achtung«, sagte Thadée, »dir ist aber übel mitgespielt worden.«

»Das geht dich einen Dreck an«, sagte Dubocq.

Thadée gab nicht auf. »Mir kannst du es doch erzählen, alter Freund.«

Zuerst zögerte Dubocq noch, doch dann begann er zu erzählen. Hier und da schmückte er das Ereignis etwas aus, erfand auch die eine oder andere Kleinigkeit hinzu, unterstrich seine Worte mit ausladenden Gesten und protzte mit allerlei medizinischen Termini.

»Du sagst, sie stammen nicht aus der Gegend?«, fragte Thadée fassungslos.

»Nie und nimmer«, antwortete Dubocq. »Ich kenne die Leute hier. Sie waren fremd und ohne jede Manieren. Gaben falsche Namen an. Einer von ihnen war ein als Bauer getarnter Mönch – dem ich natürlich auf die Schliche kam.«

Thadée riss die Augen auf. »Ein Mönch, der sich als Bauer ausgibt?«

»Sagte ich doch.«

»Vielleicht ist eine Belohnung auf das Gesindel ausgesetzt«, dachte Thadée laut.

Belohnung! Dubocq wurde hellhörig. Kein dummer Gedanke. Ein Wunder, dass ein simpler Kerl wie Thadée darauf gekommen war. Dennoch … die Angst um sein Leben war größer als die Gier. »Nein«, sagte er. »Sie sind zu weit fort, als dass Soldaten sie noch greifen könnten.«

»Wie auch immer«, sagte Thadée und stand auf. Seine Frau brachte gerade die Trinkschläuche. »Dort vorn will jemand zahlen. Hast du noch einen Wunsch, Georges?«

Dubocq hob prüfend die Schläuche an. Sie wogen schwer

in seinen Händen. Er spürte, wie der Wein hin und her schaukelte. »Nein, geh nur.«

Er hörte, wie Thadée einen Gast in seinem Rücken hofierte. Der Mann antwortete mit einer tiefen, dunklen Stimme, die Dubocq frösteln ließ. Augenblicke später schwebte ein schwarzer Schemen an ihm vorbei, und Dubocq dachte kurz, es wäre ein Mönch. Er rieb sich die Augen. Als er sie wieder öffnete, war die Erscheinung fort. Er rief Thadée, zahlte und verließ die Schänke, um hinunter zum Bach zu gehen, wo er Kröten und Kräuter für seinen selbst gebrauten Theriak sammeln wollte.

Er kam jedoch nicht weit. Er erreichte nicht einmal die nächste Straße. Jemand packte ihn von hinten am Genick, sodass er erschrocken aufschrie. Die Schläuche wurden aus seinen Händen geschleudert und zerplatzten irgendwo hinter ihm auf dem Pflaster. Er wurde in eine menschenleere Seitengasse gezerrt und in den Gossendreck gestoßen. Sand und Staub drangen ihm in Augen, Nase, Mund und Ohren. Er hustet und nieste und fürchtete, zu ersticken.

Vor ihm stand eine große, schwarze Gestalt. Jetzt ist es aus, dachte Dubocq. Der Tod kam, um ihn zu holen. Im Geiste sah er eine Sanduhr, groß wie ein Berg, in der das letzte Sandkorn hinabschwebte. *Clausula.*

Dubocq meinte, die düstere Fratze grinsen zu sehen. »Bist … bist du der Tod?«, stammelte er.

Da lachte das Gespenst. Es lachte und lachte. Plötzlich verstummte das hämische Gelächter. »Nein«, sagte die Gestalt. »Viel schlimmer.«

Dubocq erschrak. »Gütiger Gott«, flüsterte er.

Wieder lachte diese Ausgeburt aller Höllenwelten. »Sieh mich an!«, forderte sie. Dabei verdeckte sie mit ihrem langen Körper die Sonne.

Der Arzt blinzelte. Aus den Konturen schälten sich Einzelheiten heraus. Ein weißer Habit, darüber ein schwarzes Skapulier. Ein Dominikaner, schoss es Dubocq durch den Kopf. Nun, mit einem Mönch würde er schon fertig werden! Er drehte sich auf die Seite, um aufzustehen, aber der Mönch gab ihm einen kräftigen Tritt, und er fiel wieder in den Schmutz. Dubocq schrie auf. Wut stieg in ihm hoch. »Was fällt dir ein?«, bellte er.

»Zügele deine Zunge, alter Mann«, sagte der Dominikaner. »Du sprichst mit der heiligen Inquisition.«

Jetzt wünschte sich Dubocq, es wäre doch der Tod gewesen. »Was … was wollt Ihr von mir? Ich habe mich keines Vergehens gegen die Kirche schuldig gemacht. Ihr müsst mir glauben!«

»Es geht nicht um dich«, sagte der Mönch.

»Ich verstehe nicht«, sagte Dubocq.

»Drei Männer und zwei Weiber waren bei dir letzte Nacht.« Der Mönch beugte sich zu Dubocq hinunter. »Erzähl mir von ihnen.«

Dubocq atmete erleichtert auf. Es ging dem Dominikaner nicht um ihn, sondern um diese Halsabschneider. Die Worte sprudelten aus ihm heraus wie das Wasser aus einer heiligen Quelle.

Abrupt unterbrach der Mönch Dubocqs Redeschwall. »Erzähl mir nicht den gleichen Humbug, den du dem Wirt aufgeschwatzt hast, Mann! Ich will die Wahrheit hören!«

Dubocq schluckte schwer. Es gelang ihm nicht, den riesigen Kloß in seinem Hals hinunterzuschlucken. Also berichtete er wahrheitsgemäß. Der Mönch hörte aufmerksam zu, ohne eine einzige Frage zu stellen. Dubocq schloss mit den Worten: »Dann banden sie mich fest und verschwanden in der Nacht.«

»Du glaubst, sie haben falsche Namen genannt«, sagte der Mönch. »Woher nimmst du dies Wissen?«

»Weil der, der ein als Bauer verkleideter Mönch war, den Großen in der Aufregung mit ›Amicus‹ ansprach. Daraufhin nannte er den Jungen ›Pierre‹ und das ältere Weib ›Jeanne‹.«

»Gut«, sagte der Mönch. »Woran kannst du dich noch erinnern?«

»Das ist alles, ehrwürdiger Vater«, sagte Dubocq.

Der Mönch legte seine Finger um Dubocqs Hals und drückte zu. »Das ist nicht alles! Denk nach!«

Dubocq sah schwarze Schleier vor seinen Augen. »Ich ...«, prustete er. »Ich denke ja schon nach. Bitte ...«

Der Mönch lockerte den Griff. »Nun?«

»Ich glaube ...« Dubocq musste husten. »Ich glaube, sie reisen weiter nach Montpellier.«

Die Finger legten sich noch enger um den Hals des Medicus'. »Du glaubst?«

»Ich ... ich bin mir sicher. Ich habe ihnen von einem jüdischen Medicus erzählt, der in Montpellier arbeitet.«

Die Gestalt ließ von Dubocq ab. Der griff sich an den Hals und massierte ihn vorsichtig.

»Wie lautet der Name dieses Arztes?«

»Juda ben Zekharya ibn Tibbon«, antwortete Dubocq.

»Wo in Montpellier finde ich ihn?«

»Das vermag ich Euch nicht zu sagen.« Und schnell fügte Dubocq hinzu: »Bei der Heiligen Jungfrau Maria, das ist alles, was ich weiß.«

»Ich danke dir für deine Hilfe«, sagte der Mönch und wandte sich ab.

Endlich ist es vorbei, dachte Dubocq. Er beschloss, liegen zu bleiben, bis der Dominikaner fort war. Allmählich beruhigten sich seine Nerven.

Doch es war nicht vorbei. Der Dominikaner schnellte herum. Dubocq sah einen Herzschlag lang die Klinge eines Messers aufblitzen. Ehe er begriff, was geschah, schnitt die Klinge in sein Fleisch unterhalb des linken Ohrs. Von dort fuhr sie über seinen Hals bis unter das andere Ohr. Dubocq fühlte einen Schwall warmes Blut in seinen Kragen laufen. Dann fühlte er nichts mehr.

Juda

Einen ganzen heißen Tag lang irrten sie schon in Montpellier herum auf der Suche nach dem jüdischen Medicus. Sie klopften bei etlichen Ärzten an und bekamen unverzüglich zu hören, dass diese nur den Adel oder das reiche Bürgertum betreuten. Noch bevor die Freunde auch nur den Namen Juda nennen konnten, hatten ihnen die Ärzte schon die Tür vor der Nase zugeschlagen.

Am Nachmittag verschlimmerte sich Lunas Zustand. Das Fieber, das in ihrem Körper loderte, stieg so stark, dass Jeanne befürchtete, sie könne im nächsten Augenblick sterben.

Nun brach der Abend herein, und die Freunde waren müde und hungrig. Vor einer mächtigen Kirche legten sie eine Rast ein.

»Ich kann nicht mehr«, sagte Pierre und stieg von seinem Pferd. Erschöpft setzte er sich neben das Kirchenportal auf das Pflaster und ließ den Kopf hängen.

Jeanne kümmerte sich sofort um Luna. Sie lief hinüber zu einem nahen Brunnen, tränkte dort einen Stofffetzen und legte ihn auf Lunas Stirn. »Sie glüht wie Höllenfeuer«, sagte sie.

»Ich kümmere mich um etwas Essbares«, sagte Amicus und verschwand in der Dämmerung.

Lange sah Raphael Amicus nach, bis dieser hinter einer Ecke verschwand. Was in Herrgotts Namen konnten sie nur tun, um Hilfe für Luna zu finden? Das arme Kind konnte doch nicht hier auf offener Straße einfach dahinsiechen. Es gab gewiss eine Lösung. Es musste eine Lösung geben! Und es ging nicht allein um Lunas Wohl. Auch bei Jeanne und Pierre ließen allmählich die Kräfte nach. Amicus tat zwar noch so, als sei er unbesiegbar, aber Raphael sah, wie auch er gegen Müdigkeit, Hunger und Entkräftung kämpfte. Und er selbst? Es ging ihm um keinen Deut besser als den Freunden. Es gab Momente, da wäre er fast verzweifelt. Aber dann kehrten die

Bilder brennender Menschen in sein Gedächtnis zurück. Wieder hörte er ihre Schreie. Und aus diesen Bildern schöpfte er neue Kraft. Er wusste, dass er nicht aufgeben durfte. Er würde gegen Lüge, Unrecht und Hass kämpfen, bis er Erfolg hatte oder der Henker das Stroh unter seinen Füßen entzündete. Er sah zu Jeanne hinüber, die sich rührend um Luna kümmerte. Sanft strich sie mit dem kalten Stofffetzen über Gesicht, Arme und Beine der jungen Frau. Vorsichtig näherte er sich den beiden, als könnte ein lautes Geräusch Lunas Zustand verschlechtern, und hockte sich neben Jeanne. Besorgt blickte er in das fiebrig glänzende Gesicht, das von kleinen Beulen übersät war. »Wie geht es ihr?«, fragte er.

Jeanne wandte den Blick nicht von Luna, als sie antwortete: »Ich weiß nicht, ob sie diese Nacht übersteht.«

Raphael nickte. Lange saßen sie schweigend neben Luna. Pierre schlief derweil ein. Leises Schnarchen drang zu ihnen herüber. »Versucht zu schlafen, Madame Gousset«, sagte Raphael. »Ich kümmere mich um sie.«

»Meint Ihr wirklich?«

»Legt Euch neben Pierre«, sagte Raphael. »Ich wecke Euch, wenn eine Veränderung eintritt.«

Jeanne stand langsam auf. »Dann gute Nacht, Bruder Raphael.«

»Gute Nacht, Madame.« Raphael beobachtete, wie sie eine Decke vom Sattel ihres Pferdes nahm und diese neben Pierre ausbreitete. Kurz darauf war sie eingeschlafen.

Von Amicus gab es weit und breit keine Spur. Raphael seufzte und befeuchtete Lunas Gesicht. Durchdringend sah er sie an, als könnten seine Gedanken sie aus dem Delirium herausholen. »Luna«, flüsterte er. »Hilf mir, Kind. Bitte, hilf mir. Was soll ich tun? Sag mir, was ich tun soll. Bitte, Luna.« Er erwartete keine Antwort. Resigniert ließ er den Kopf hängen.

Plötzlich stöhnte Luna leise und schlug die Augen auf. Sofort war Raphael hellwach. »Luna«, flüsterte er. »Kannst du mich hören?«

Luna sah ihm nicht in die Augen. Ihr Blick war starr auf den Sternenhimmel gerichtet. »Bruder …«, stammelte sie. »Bruder Raphael.«

»Ja, mein Kind. Ich bin hier. Hier neben dir.«

»Ihr werdet ihn in dieser Nacht finden«, flüsterte Luna. »Zieht jetzt los. Wartet keinen Augenblick länger. Sonst … sonst ist es zu spät.« Die müden Augen schlossen sich.

»Pierre!«, rief Raphael.

»Was ist los?« Pierre erwachte und rieb sich die Augen.

»Ist etwas mit Luna geschehen?«, wollte Jeanne wissen. Sie war sofort auf den Beinen.

»Nein, nein«, antwortete Raphael. »Wir steigen wieder auf unsere Pferde. Wir werden in der Nacht auf unseren unbekannten Freund treffen. Luna hat es mir gesagt.«

»Wie gehen wir vor?«, fragte Jeanne. Ihre Augen leuchteten vor Aufregung.

»Wir warten auf Amicus«, sagte Raphael, »der …«

»Der just zurückkehrt«, dröhnte die tiefe Stimme des Messerwerfers in ihrem Rücken. Er trug einen schweren, prallvoll mit allerlei Proviant gefüllten Sack. Er stellte den Sack neben Pierre an die Kirchenmauer.

Mit wenigen Worten erzählte Raphael Amicus, was geschehen war. »Ich denke«, schloss er, »wir schwärmen aus und reiten in alle Richtungen, durchstöbern jeden Winkel. Irgendwo läuft er uns schon über den Weg. Beim ersten Sonnenstrahl treffen wir uns hier wieder.«

»Jemand muss bei Luna wachen«, wandte Pierre ein.

»Ich bleibe bei ihr«, sagte Jeanne.

»Ich auch«, sagte Amicus. »Zu Eurem und Lunas Schutz. Damit nichts passiert.«

»Er hat Recht«, sagte Pierre.

Jeanne nickte. Lächelnd ergriff sie die große Hand und drückte sie fest.

Raphael stand auf. »Nun denn, Pierre! Wir haben keine Zeit zu verlieren.«

Sie bestiegen ihre Pferde, winkten Jeanne und Amicus zu und stoben davon. Die Suche nach Lunas Lebensretter hatte begonnen …

Der Norden der Stadt war Pierres Ziel. Er führte sein Pferd durch die engen Gassen. Viele der Häuser waren verfallen, einige sogar verlassen. Sanfter Wind strich durch die Straßen und ließ die Fensterläden leise klappern. Überall sah er Tote auf dem Pflaster liegen. Es war die Gegend der Armen, in die er eindrang. Das Reich der Bettler, Trinker, Krüppel und Siechen. Menschen ohne Bürgerrechte. Gelichter.

Eine Weile ritt er planlos durch das Viertel. Hier und da hielt er an, um ein Türschild in Augenschein zu nehmen. Den gesuchten Medicus fand er nicht.

Erschöpfung und Durst zwangen ihn zu einer Pause. Auf einem kleinen Platz, neben einem Brunnen stieg er vom Pferd, ließ den Eimer hinunter und zog ihn wieder hoch. Zuerst wollte er nur trinken, aber dann steckte er den ganzen Kopf in das kühle Nass. Anschließend gab er seinem Pferd zu trinken.

Eine Stimme hinter Pierre lachte höhnisch auf. Erschrocken fuhr er herum. Vor ihm stand ein altes Kräuterweib, das Gesicht voller Warzen, die Haare grau und verfilzt, den knochigen Körper in stinkende Lumpen gehüllt. Auf dem Rücken trug sie einen Weidenkorb, in dem Kräuter und Wurzeln lagen.

»Lachst du über mich?«, fragte Pierre und ballte vor Schreck drohend die Fäuste.

Die Alte lachte immer noch. »Ja, über dich.«

»Und was ist so komisch an mir?«

»Der Brunnen«, krächzte sie.

»Was ist mit dem Brunnen?« Pierre wurde wütend. »Sprich endlich!«

Das Lachen verstummte. »Die Juden haben ihn vergiftet.«

Pierre schrak zurück. »Vergiftet, sagst du?«

»Mit der Pest haben sie ihn vergiftet.« Die Alte fing wieder an zu lachen. »Und weil sie ihn vergiftet haben, haben wir sie getötet und in den Brunnen geworfen.«

Pierre taumelte. Sein Magen begann zu rebellieren. Er konnte sich gerade noch umwenden, als er sich auch schon erbrach. Stöhnend stützte er sich auf den Brunnenrand. Als er sich wieder umdrehte, war die alte Frau verschwunden.

Nur fort von hier! Er atmete ein paarmal tief durch, dann setzte er sich wieder auf sein Pferd. Mit rumorendem Magen machte er sich weiter auf die Suche nach dem Medicus.

Irgendwann hörte er ein Kind weinen. Er ritt tief in eine dunkle Gasse hinein. Sie war so schmal, dass kaum zwei Pferde nebeneinander Platz fanden. Wie finstere Berge ragten die Häuser links und rechts in die Höhe. Der Ort war ausgestorben wie die Hölle am Tag des Jüngsten Gerichts.

Vor einem alten, schiefen Holzhaus fand er das Kind. Im Haus gegenüber brannte im ersten Stock eine Kerze, sodass ein wenig Licht in die Gasse fiel.

Pierre sprang aus dem Sattel und ging zu dem Kind. Es hob den Kopf, und Pierre sah, dass es ein Mädchen von vielleicht fünf Jahren war. Das blonde Haar dreckverklebt, das Gesicht mit Ruß beschmiert. Das Kleidchen war zerrissen. Schuhe trug es nicht. Es beachtete ihn nicht, sondern saß nur da und weinte. »Gott mit dir, kleines Mädchen«, sagte Pierre und hockte sich hin. »Warum weinst du?«

Das Mädchen schüttelte den Kopf und weinte weiter.

Pierre empfand Mitleid mit dem armen Geschöpf. »Was ist denn geschehen?«, fragte er. »Wo sind deine Eltern?«

Das Weinen und Schluchzen erstarb. »Tot«, sagte es mit gesenktem Kopf. »Tot.«

Fast brach es Pierre das Herz. Vater und Mutter waren der Pest zum Opfer gefallen, und dieses kleine Mädchen musste allein überleben. »Wann sind deine Eltern gestorben?«

Wieder schüttelte es mit dem Kopf.

Ratlos fragte Pierre: »Deine Eltern sind nicht tot?«

Kopfschütteln.

»Wer ist dann tot?«

Da hörte er ein seltsames Kichern. Unsicher stand er auf und blickte sich um. »Wer ist tot?«, wiederholte er.

Das Mädchen schüttelte wieder nur den Kopf. Dann sah es auf und blickte Pierre mit großen Augen an. *»Du!«*, flüsterte es. *»Du* bist tot!«

Nur fort, dachte Pierre. Er machte auf dem Absatz kehrt und wollte zurück zu seinem Pferd. Doch vier düstere Gesellen versperrten ihm den Weg. Ihre Gesichter konnte er nicht erkennen.

»Nicht so eilig«, sagte einer von ihnen.

»Was wollt ihr von mir?«, fragte Pierre.

»Was für eine dumme Frage«, sagte ein anderer.

Schritt für Schritt kamen sie näher. Pierre drehte sich um und wollte fliehen. Aber zwei weitere Halsabschneider riegelten auch diesen Fluchtweg ab.

»Du trägst gute Kleider«, meinte einer. »Ordentliches Schuhwerk und teure Stoffe. Du hast bestimmt Geld. Gib es uns, und wir verschonen dein Leben.«

»Ich ...«, stotterte Pierre, »ich habe kein Geld. Keinen Sou.«

Plötzlich fühlte er einen Schlag auf seinem Hinterkopf. Benommen ging er zu Boden. Warmes Blut lief über die Stirn in seinen Mund.

Zwei der Burschen durchsuchten ihn grob, rissen Hemd und Hosen auf, raubten ihm Schuhe und Gürtel.

»Er hat wirklich kein Geld«, sagte einer.

»Verflucht!«, sagte ein anderer. »Nehmen wir, was er hat, und dann nichts wie weg.«

Die Bande zog Pierre bis auf die nackte Haut aus. Dann schlugen und traten sie auf ihn ein, bis er sich nicht mehr bewegte. Das Mädchen setzten sie auf das Pferd. Es lachte und quiekte vor Vergnügen. Dann verschwanden sie in der Nacht.

Raphael suchte jeden Winkel in den westlichen Vierteln von Montpellier ab. Wo immer er glaubte, ein Haus könnte einem

Medicus gehören, stieg er ab und verschaffte sich Gewissheit. Ärzte fand er wohl, doch nur die hochnäsigen Professores, Doctores und Lizenziaten der Universität. Von ihnen war keine Hilfe zu erwarten.

»Juda«, sagte Raphael immer wieder, »wo steckt Ihr nur?«

Mitten in der Nacht erreichte er die Stadtmitte. Vor ihm ragte die Kathedrale Saint Pierre in den Himmel. Daneben lag die berühmte Universität der Stadt. Vor dem großen Portal der Kathedrale stieg Raphael ab. Müde, durstig und hungrig hockte er sich auf die Stufen. Er fühlte sich erschöpft und kraftlos. Seine Glieder schmerzten, sein Kopf schien wie ein Amboss, auf den ein riesiger Schmiedehammer einschlug. Immerzu sah er Luna vor sich, die starb, wenn ihre Suche nach dem Medicus erfolglos blieb. Und sie alle würden sterben, wenn Luna nicht überlebte. Die Verantwortung lag schwer auf Raphaels Schultern. Er zog die Beine an, legte seine Arme auf die Knie und bettete den Kopf darauf. Eine Weile saß er so da. Dann übermannte ihn die Anspannung der vergangenen Monate, und er tat etwas, das er seit seiner Kindheit nicht mehr getan hatte – seit er damals das elterliche Gut verlassen hatte und in den Orden eingetreten war. Er weinte. Und er schämte sich nicht.

Plötzlich hörte er eine Stimme: »Weint nicht, junger Freund. Habt Gottvertrauen. Unter seiner Führung wird alles ein gutes Ende nehmen.«

Raphael stockte. Sein Kopf ruckte hoch. Wer war das? Durch die tränennassen Augen konnte er kaum etwas erkennen. Er wischte sie mit einem Ärmel trocken. Wo war der Fremde hin, der zu ihm gesprochen hatte? Er schaute nach rechts und links, fand aber niemanden.

Dann fiel sein Blick auf einen gebeugt gehenden Mann, der gerade um die Ecke bog. Raphael zuckte mit den Schultern und legte seinen Kopf wieder auf die Arme. Plötzlich erstarrte er. Da war etwas an diesem alten Mann gewesen, das ihn aufmerken ließ. Fieberhaft überlegte er. Dann fiel es ihm ein: der Hut! Der alte Mann trug einen Judenhut.

Er war mit einem Satz auf den Beinen und lief dem Mann hinterher. Als er um die Ecke bog, blickte er auf eine lange Straße. Niemand war zu sehen. Er lief weiter. Er blickte in jede Seitengasse, ob er den geheimnisvollen Fremden dort vielleicht entdeckte, aber so angestrengt er auch in die dunklen Ecken und Winkel starrte, er fand ihn nicht.

Am Ende der langen Straße zweigte nur noch eine Gasse ab. Raphael hastete hinein. Atemlos suchte er die Häuser ab. Plötzlich nahm er Bewegung wahr. Etwa fünfzig Schritte entfernt sah er den Mann wieder. Er betrat gerade ein Haus. Raphael wollte ihm etwas zurufen, aber seine Kehle war wie ausgedörrt. Er rannte weiter bis zu einem kleinen, gemütlich aussehenden Häuschen mit einem kleinen Garten davor. In dem Garten, neben der Pforte, las er auf einem Schild: »Juda ben Zekharya ibn Tibbon – Rophe Ouman.« Raphael, der Hebräisch beherrschte, erinnerte sich, dass dieser Titel so viel bedeutete wie ›qualifizierter Arzt‹. Darunter war eine Matula auf das Schild gemalt, ein Gefäß aus Glas, in dem Urin für die Uroskopie aufgefangen wurde. Es war das Zeichen der Ärzte. Raphael konnte es kaum glauben. Er stand vor Judas Haus. Lunas Prophezeiung hatte sich erfüllt.

Seine Hände zitterten, als er an die schmucklose Tür klopfte.

Der Arzt öffnet[illegible] und schaute ihn fragend an. Er musste schon sehr alt se[illegible]n Haar und sein Bart waren schlohweiß und lang. Tiefe Furchen durchzogen das Gesicht. In seinem Blick fand er etwas, das selten war in dieser Zeit: Liebe. Noch Jahre später sollte Raphael sich an diese Augen erinnern.

Der Mann neigte den Kopf, seine Lippen formten ein Lächeln. »Was führt Euch zu mir, junger Freund?«

»Eine Freundin, die sehr krank ist, Maître«, sagte Raphael. Seine Stimme war vor Aufregung schwach und dünn.

»Dann lasst uns keine Zeit verlieren«, sagte der alte Mann. Er griff nach Hut und Mantel, und schon stand er neben Raphael auf der Schwelle. »Bringt mich zu ihr.«

Gern hätte Raphael mehr über diesen Medicus erfahren, der, wie Luna gesagt hatte, der Einzige war, der ihr zu helfen vermochte. Aber er traute sich nicht, ihn zu fragen.

Als sie bei dem Pferd angekommen waren, sagte Raphael: »Bitte, steigt auf, Maître. Ich führe das Pferd.«

Der Arzt lachte und entblößte zwei Reihen makellos weißer Zähne. »Hinauf mit Euch! Ich folge.«

Raphael gehorchte, dann wollte er dem Arzt seine Hand reichen. Aber Juda saß längst hinter ihm im Sattel. Und bevor Raphael darüber nachdenken konnte, was da geschehen war, hatte der alte Mann die Zügel gegriffen und trieb das Pferd an.

Wie der Wind sausten sie durch Montpellier. Fast schien es Raphael, als wüsste der Arzt, wo er seine Patientin finden würde. Zielsicher lenkte er das Pferd durch Straßen und Gassen, vorbei an Kirchen und Werkstätten und quer über Plätze.

Schließlich erreichten sie Luna, die von Jeanne und Amicus immer noch streng bewacht wurde.

Sofort sprang der Medicus ab, eilte zu Luna und begann mit der Untersuchung.

»Ich mag es kaum glauben«, raunte Amicus in Raphaels Ohr. »Ihr habt ihn wirklich aufgespürt.«

Jeanne hatte Tränen in den Augen.

»Ich kann es selbst nicht fassen«, sagte Raphael. »Doch scheint mir vielmehr, er hat *mich* gefunden.«

Jeanne und Amicus blickten Raphael fragend an. Doch der zuckte nur mit den Achseln.

Juda ben Zekharya stand auf und kam auf die drei zu.

»Wie steht es um sie, Maître?«, fragte Raphael.

»Der schwarze Tod hält sie fest in seinem Griff«, antwortete Juda. »Noch einen Tag und eine Nacht ohne Behandlung, und sie wäre in die andere Wirklichkeit hinübergegangen.«

»Demnach glaubt Ihr, Ihr könnt sie heilen, Maître?«, fragte Amicus.

Der Medicus nickte. »Gewiss«, sagte er. »Aber nennt mich Juda.«

»Wir fühlen uns geehrt, Rabbi Juda«, sagte Raphael und verneigte sich.

»Nur Juda.« Der Arzt lächelte. »Und nun bringt sie in mein Haus. Wir wollen diese Seele dem Satan aus seinen Klauen reißen.«

»Wir müssen uns beeilen«, sagte Raphael zu Jeanne und Amicus. »Ihr helft Juda, damit er unverzüglich mit der Behandlung beginnen kann. Ich warte hier auf Pierre.«

Jeanne nickte. Amicus befestigte die Trage am Sattel, dann verstauten sie die wenigen Habseligkeiten und brachen auf.

»Ihr wollt wirklich warten?«, fragte Juda, der auf Lunas Pferd saß.

»Ja«, antwortete Raphael. »Unser Freund kann nicht mehr lange auf sich warten lassen. Wir folgen Euch sofort.«

Unschlüssig sah Juda ihn an. Es schien, als wollte er noch etwas sagen, dann aber nickte er nur, und sie setzten sich in Bewegung.

Lange sah Raphael den Freunden nach. Nun hieß es warten.

Stunde um Stunde verging. Die Stadt erwachte. Doch war es ein anderes Erwachen als jenes, das er aus Rouen kannte. Kein Kindergeschrei, kein Hundegebell, keine Marktweiber. Nur die Totengräber machten sich an die Arbeit, um die Leichen der Nacht fortzuschaffen.

Irgendwann war es Mittag, und Pierre war noch immer nicht zurückgekehrt. Irgendetwas stimmte nicht. Pierre war ein gewissenhafter, verlässlicher junger Mann. In steter Sorge um Luna. Raphael überlegte. Sollte er noch länger warten? Nein, er musste wissen, wie es den anderen ging. Hatte der jüdische Arzt Luna helfen können?

Er schwang sich auf den Rücken seines Pferdes. Der Weg zu Judas Haus war ihm noch gut im Gedächtnis. Dort angekommen, sprang er aus dem Sattel und lief durch den Garten.

Jeanne musste ihn gesehen haben, denn sie öffnete die Tür, noch ehe er anklopfen konnte. »Wo ist Pierre?«, fragte sie.

»Ich weiß es nicht«, keuchte Raphael. »Wo sind die anderen?«

»Oben«, sagte Jeanne. »Ich führe Euch.«

In einer Kammer, in der zwei Betten, eine Kommode und ein Tischchen standen, fand er die anderen vor. Amicus hockte auf der Bettkante und kühlte Lunas Stirn mit feuchten Tüchern.

Er sah auf, als Raphael eintrat. »Pierre ist nicht bei Euch?«, fragte er.

Raphael schüttelte den Kopf. »Wo ist Juda?«

»Im Unland«, antwortete Jeanne. »Er wollte Pilze suchen, die tief im Boden wachsen.«

»Juda sammelt Pilze?« Raphael konnte kaum glauben, was er hörte.

Jeanne nickte. »Er sagte, sie würden Luna heilen.«

»Wie auch immer«, seufzte Raphael. »Wir müssen den Jungen suchen. Es muss etwas Schlimmes geschehen sein.«

»Ich gehe allein«, sagte Amicus und stand auf. »Ihr und Madame Gousset benötigt Schlaf.«

Raphael wollte widersprechen, aber er gestand sich ein, dass Amicus Recht hatte. Körper und Geist benötigten eine Ruhepause. Also sagte er: »Geht, bester Freund, und findet Pierre.«

Amicus stand auf, streichelte noch einmal liebevoll Lunas Gesicht, nickte Raphael und Jeanne zu und ging hinaus.

»Legt Euch schlafen, Madame«, sagte Raphael. »Ich wache bei Luna, bis Juda zurück ist.«

»Habt Dank«, sagte Jeanne. »Juda gab uns Schlafplätze im unteren Geschoss. Ruft mich, wenn Ihr mich braucht.«

»Schlaft gut«, sagte Raphael. Er wartete noch, bis Jeanne fort war, dann setzte er sich auf die Bettkante. Er nahm das Tuch von Lunas Stirn, tauchte es in die Schüssel mit kaltem Wasser, wrang es aus und tupfte damit über ihr Gesicht. Das Fieber schien mit jeder Stunde zu steigen. »Mein Kind«, sagte er, »du wirst wieder gesund. Das verspreche ich dir.«

In diesem Moment hörte er, wie unten jemand die Tür öffnete und schloss. Schleppende Schritte kamen die Stufen hinauf. Die Tür zur Kammer öffnete sich, und Juda kam herein. Er lächelte. »Habt Ihr Euren Freund gefunden?«

»Nein«, antwortete Raphael.

»Euer großer Freund wird es schon schaffen«, sagte Juda.

»Ihr habt gefunden, wonach Ihr suchtet?«, fragte Raphael mit Blick auf den braunen Beutel in Judas Händen.

»Gewiss.« Juda lächelte. »Aus diesen Pilzen bereite ich einen Sud, der Luna innerhalb weniger Tage gesunden lässt. Erlaubt mir, das Kind zu untersuchen.«

Raphael machte dem Medicus Platz. Mit geübten Fingern tastete er an Lunas Hals entlang, drückte hier und knetete dort. Dann entdeckte er die Wunde an ihrer linken Schläfe. »Man hat sie zur Ader gelassen?«, fragte er mit hochgezogenen Augenbrauen.

»Ein Medicus in Lunel hat sie behandelt«, antwortete Raphael.

Murmelnd fuhr Juda mit der Untersuchung fort. Er öffnete Lunas Gewand und strich über die Beulen in den Achselhöhlen. Er merkte auf. Tiefe Falten traten auf seine Stirn. Er öffnete das Kleid etwas weiter. »Söhne Abrahams!«, rief er aus. »Was hat dieser Samardaki ihr nur angetan?«

»Er hat sie gebrannt«, sagte Raphael. Er starrte betreten zu Boden. »Wir konnten Schlimmeres verhindern.«

»Euch ist kein Vorwurf zu machen«, sagte Juda. »Lasst mich raten: Er hat von den vier Säften und derlei Firlefanz geschwatzt. Von Galen, Hippokrates und anderen gelehrten Meinungen fabuliert.«

»So war es«, sagte Raphael.

»Ihr habt ihn hoffentlich nicht entlohnt?«

»Ich fürchte, allzu reichlich.«

Wieder murmelte Juda etwas Unverständliches. »Es ist gut. Die Pest ist weit fortgeschritten in diesem jungen Leib. Aber meine Medizin treibt sie wieder hinaus. Wollt Ihr mich begleiten?«

»Gern, Juda.«

Der Medicus führte Raphael nach unten in das fensterlose Laboratorium. Ein sonderbarer Raum. Tischreihen an jeder Wand, auf denen seltsame Apparaturen standen, deren Bedeutung Raphael verborgen blieb. Eine bestand aus vier übereinander angeordneten, bauchigen Gefäßen aus Kupfer. Unter dem untersten Gefäß, in dem es brodelte, stand eine brennende Kerze. Darüber befand sich ein Aufsatz, durch dessen schnabelförmige Öffnung ein Destillat in ein Auffanggefäß tropfte. Überall blubberte und kochte es. Die Luft war geschwängert von Kräuterdüften, Salpeter, Salmiak und Kienspanrauch. Auf den Tischen und in den Regalen entdeckte er Behältnisse unterschiedlichster Art: Büchsen, Kannen, Schalen, Ampullen, Phiolen und Flaschen aller Größen und Materialien. Zum einen verwahrten sie die vielfältigsten Zutaten für Judas Mixturen wie Kräuter, Pilze, Blätter oder Baumrinde. Zum anderen beinhalteten sie die fertig gestellten Essenzen, Therapeutika, Präparate, Tinkturen und Liquores.

Juda leerte den Beutel auf einem Tisch aus.

Raphael trat heran und besah sich die weißen Kügelchen. »Das ist Schimmel.«

»Schimmel? Welch ordinäres Wort für dieses Geschenk Gottes.« Juda streichelte zärtlich über die Pilze. »Nennt es Gold, denn es ist wertvoller als alles andere auf Erden. Nennt es Liebe, denn es heilt die schlimmsten Wunden. Nennt es den Odem des Herrn, denn es schenkt reines Leben. Nur nennt es nicht Schimmel, lieber Raphael.«

Lächelnd verneigte sich Raphael. »Was geschieht nun?«

»Es bedarf zügiger und genauer Verarbeitung«, antwortete Juda. Er legte die Pilze in einen Mörser und zerstieß sie. Dann fügte er frische Rosenblätter hinzu, die er ebenfalls zerkleinerte. Noch die eine oder andere Zutat, die Raphael nicht kannte, und eine rosafarbene Substanz entstand. »Jetzt muss es eine Stunde sieden.«

Begleitet von Raphaels neugierigen Blicken, schüttete Juda

die Substanz in einen kleinen Kupferkessel. Er gab einen Becher Wasser hinzu und rührte kräftig um. Dann hängte er den Kessel über die rot glühende Feuerstelle. Schon stiegen feine Dampfschwaden empor.

»Ich würde gern etwas ruhen, bis der Sud bereit ist«, sagte Raphael. »Bitte erlaubt mir, mich zurückzuziehen.«

»Es sei Euch gestattet«, sagte Juda. »Gleich nebenan findet Ihr meine bescheidene Bibliothek. Ich wecke Euch, sobald es an der Zeit ist.«

»Habt Dank.« Raphael gähnte. Er verließ die Küche, schaute erst nach links, dann nach rechts und entdeckte eine auffällig verzierte Tür. Abbildungen von Männern mit langen Bärten und Büchern in den Händen waren von blumigen Ornamenten umrankt. Raphael trat ein. Hatte Juda nicht von einer ›bescheidenen Bibliothek‹ gesprochen? Raphael verschlug es die Sprache. Regal reihte sich an Regal, prall gefüllt mit Büchern. Der ganze Raum mochte gut und gern dreißig Schritte lang und zwanzig Schritte breit sein.

Ehrfürchtig machte Raphael ein paar Schritte. Seine Nase nahm den so vertrauten Geruch von Tinte, Papier und Leder wahr. Ein leichter Hauch von Moder, der zu jeder guten Bibliothek gehörte, empfing ihn. Für einen Moment fühlte er sich in das Scriptorium von St. Albert versetzt. An Schlaf war an diesem Ort nicht zu denken. Die einladenden Stühle und Bänke beachtete er nicht, stattdessen las er jeden Titel. Verzückt blieb er immer wieder stehen. Er fand die Werke von Aristoteles, Platon, Pythagoras und Sokrates, die Schriften von Heraklit, Zenon von Elea, Leukipp und Abu Musa Jâbir Ibn Hayyân. Da standen Bücher vor ihm, von denen er niemals geahnt hatte, dass sie noch existierten.

In einem anderen Regal entdeckte er allerlei Medizinisches: Traktate über die Anatomie, die Aphorismen des Hippokrates, illustrierte Bücher mit detaillierten Zeichnungen des menschlichen Körpers, vornehmlich von arabischen Ärzten wie Ibn el Baitar, Alhazen und Ibn Ali Hosaibah verfasste

Schriften. Bücher, für die Rabbi Juda hunderte Male auf den Scheiterhaufen gebracht werden könnte.

Immer wieder griff Raphael ein Buch heraus. Hier *Die Konkordanz* von Jean de Saint-Amand, dort *Die Konkordanz* von Pierre de Saint-Flour. Hier Galens berühmtes *De usu partium*, hier Albucassis' *Die Lehre von den Gegengiften* und gleich daneben Nicolaus Myrepsus' *Die geläuterte Lehre von den Gegengiften*.

Ein ungewöhnliches Regal im hinteren Bereich der Bibliothek erregte Raphaels Aufmerksamkeit. Es war viel größer als die anderen und mit hebräischen Schriftzeichen verziert. Raphael studierte die Verse und erkannte, dass sie aus der Mischna und Gemara stammten, die zusammen den Talmud bildeten, jenes jüdische Gesetzes- und Religionswerk. Er fand den Midrasch Halacha neben dem Midrasch Haggada, die Tosefta neben dem Pentateuch, den die Juden Thora nannten.

In der untersten Reihe fiel ihm ein unscheinbares Buch in die Hände. Der Einband aus braunem Leder hatte keine Beschriftung. Er schlug es auf und las leise die hebräischen Zeichen: »*Das Buch der Drogen.*« Mit einem Knall schlug er es zu. Das war unmöglich! Das konnte nicht sein! Noch einmal klappte er es auf. Er glaubte, den Titel womöglich falsch übersetzt zu haben. Aber er hatte sich nicht geirrt. Mit dem Buch in den Händen sank er zu Boden.

»Glaubt es ruhig«, sagte Juda, der auf einmal in der Tür stand. Er ging zu Raphael. »Es ist das Buch Salomons.«

»Dieses Buch ist ein Phantom«, sagte Raphael. Er war zutiefst erschüttert. »Es existiert nicht. Es ist ein Hirngespinst.«

»Und doch haltet Ihr es in Euren Händen, seht es mit Euren eigenen Augen.«

»Aber …«, stotterte Raphael, »aber wie ist so etwas möglich?«

»Es gibt nur zwei Exemplare dieses Buchs«, sagte Juda. »Das eine liegt in den geheimen Archiven des Heiligen Stuhls. Das zweite haltet Ihr in Händen.«

»Unfassbar«, murmelte Raphael. »Habt Ihr Euer Wissen um die Heilung des schwarzen Todes aus diesem Buch?«

Juda nickte.

Raphael fuhr mit der Hand unter die Gugel und kratzte sich am Kopf. »Wenn die Kirche im Besitz dieses Buchs ist, warum heilt sie dann nicht all die armen Seelen von der Pein? Warum lässt der Heilige Stuhl hunderttausende elendig sterben?«

Juda lächelte mild. »Dieses Buch verleiht seinem Besitzer ungeheure Macht. Macht über die Unwissenden. Sogar Macht über den Teufel.«

»Ich verstehe nicht.«

»Die Pest erzeugt Angst«, erklärte Juda, und Raphael nickte. »Angst, die die Kirche nur noch mehr schürt, indem sie von Sünden und Höllenqualen predigt. Und allein die Kirche ist im Besitz der Mittel, um all die armen Seelen vor der Hölle zu bewahren. Manchmal genügen ein paar Münzen, manchmal ein Schwein oder auch ein Kind, um sich von seinen Sünden reinzuwaschen. Der Segen der Priester in *dieser* Welt bringt Segen in der *anderen* Welt. Weitab von Höllenfeuern und Dämonen.«

»Ich glaube, ich verstehe, was Ihr meint«, sagte Raphael. »Das Fundament kirchlicher Macht ist die Angst. Aber wo bleibt die Liebe Christi?«

Der Medicus lachte. »Das dürft Ihr einen Juden nicht fragen, Bruder Raphael.«

Raphael war so verwirrt und erschüttert darüber, dass der Papst ein derart teuflisches Spiel trieb, dass er Judas letzte Bemerkung fast überhört hätte. Aber dann blickte er auf. »Wie habt Ihr mich genannt?«

Wieder lachte Juda. »Ihr habt recht gehört.«

»Woher wisst Ihr …?«

»Ich weiß es«, sagte Juda. »Das sollte Euch vorerst reichen. Also nehmt diese lächerliche Maskerade ab. In diesem Hause seid Ihr sicher. So wahr ich Juda ben Zekharya ibn Tibbon heiße.«

Bedächtig schob Raphael die Kapuze in den Nacken. Die Tonsur würde schon in wenigen Wochen nicht mehr zu erkennen sein. »Gestattet mir noch eine Frage.«

»Fragt.«

»Da Ihr das Geheimnis der Heilung kennt, warum helft Ihr dann nicht? Ihr könntet tausende Leben retten.«

Schlagartig verfinsterte sich Judas Gesicht. »Ich habe es versucht. Gott weiß, dass ich es versucht habe. Aber sie haben mich fortgejagt. Mich geschlagen und getreten. Meine Frau und meinen Sohn …« Er stockte. »Sie haben das mir Liebste auf Erden genommen. Erschlagen und verbrannt.«

Entsetzt und voller Mitgefühl für diesen guten Mann stand Raphael auf und schob das Buch Salomons in das Regal zurück. »Ich dachte, Pogrome kämen nur im Norden vor.«

»O, es war bei Gott kein Pogrom«, sagte Juda. »Es ging nicht um die Religion. Die war den Wahnsinnigen ganz gleich. Die Pest raubte ihnen den letzten Rest an Verstand. Es hätte genauso gut Scherenschleifer, Grafen oder Bischöfe treffen können.«

Gern hätte Raphael mehr über die Umstände erfahren, er wollte aber nicht unhöflich sein. So starrte er unschlüssig das Bücherregal an.

Juda überspielte die Stille mit einem freundschaftlichen Lächeln. Dann sagte er: »Lasst uns zurück in das Laboratorium gehen. Auf dass der Zauber gelingen möge.«

In der Tat erschien Raphael die Heilung des schwarzen Todes wie Zauberei. In ehrfürchtigem Abstand folgte er Juda in das alchimistische Laboratorium.

Juda griff nach einem Biberfell und legte es um den Henkel des Kessels. Bevor er ihn vom Feuer nahm, rührte er kräftig um und roch an den Schwaden. Zufrieden stellte er den Kessel auf den Tisch. Aus einem Fach unter dem Tisch zog er einen Tonkrug hervor. Darüber setzte er ein Sieb, durch das er vorsichtig den Sud goss. Die Flüssigkeit hatte die Farbe von morastigem Wasser – und genauso roch sie auch. Juda ließ den ganzen Sud in den Krug laufen. Danach kratzte er den Kessel mit einem Spatel aus, bis auch der letzte Rest der breiigen Rückstände das Sieb füllte. Als kein Tropfen mehr in den Krug fiel, leerte er das Sieb in einer Holzschale aus. Nochmals roch er an dem Sud, nahm einen Löffel und probierte einige Tropfen. Er schien angestrengt nachzudenken, nahm dann mehrere Fläschchen zur Hand und gab aus jedem einige Tröpfchen in den Krug. Er rührte kräftig um und probierte erneut. »*Consummatum est*«, sagte er lächelnd. »Es ist vollbracht.«

»Ihr sprecht die Worte Jesu?«, wunderte sich Raphael.

»Warum nicht?«, fragte der Medicus. »Schließlich war er Jude.«

Raphaels Respekt vor Juda wuchs. Da stand dieser alte, weise Mann vor ihm, dessen Familie wie viele andere aus seinem Volke im Namen Christi verfolgt und hingerichtet wurde. Und mit nur einem einzigen Satz sprang er über alle religiösen Barrieren hinweg. Raphael verneigte sich tief.

»Warum verneigt Ihr Euch?«, fragte Juda, den dampfenden Krug in Händen haltend.

»Weil ich durch Euch geehrt bin«, sagte Raphael.

»Ach was.« Juda winkte ab. »Besser, Ihr folgt mir nach oben. Dort liegt jemand, der unsere Hilfe benötigt.«

Raphael öffnete die Tür. »Nach Euch.«

Mit schnellen Schritten gingen sie durch das Haus und die Stufen hinauf. Sie fanden Luna fiebernd, aber tief schlafend in ihrem Bett vor.

»Hebt ihren Kopf an«, bat Juda.

Raphael setzte sich auf die Bettkante, schob sanft eine Hand unter ihren Kopf und hob ihn leicht an.

»Etwas höher«, sagte Juda. Er nahm ein Glas, das so groß war wie ein Hühnerei, und goss ein wenig von dem Trank hinein. Er hielt das Glas an Lunas Lippen und goss den ganzen Inhalt in ihren Mund. Damit sie die Medizin nicht wieder ausspuckte, drückte Juda ihren Unterkiefer nach oben.

»Hat sie es geschluckt?«, fragte Raphael.

Ohne den Blick von Luna zu wenden, antwortete Juda: »Ihre Heilung hat begonnen.«

Zärtlich streichelte Raphael über Lunas heißes, rot glänzendes Gesicht. »Wie geht es nun weiter?«

»Wir müssen uns um die Beulen und Bubonen kümmern. Bitte bringt mir den Extrakt aus dem Sieb, Bruder Raphael.«

»Sofort«, sagte Raphael, lief hinaus und holte die Holzschale aus dem Laboratorium. Den Spatel legte er dazu. Gerade als er die Treppe hinaufhasten wollte, flog die Eingangstür krachend auf. Amicus! Und auf den Armen trug er – Pierre! Halb nackt, blutüberströmt, der ganze Körper von Schürfwunden gezeichnet. Offenbar war er ohne Bewusstsein.

Fast hätte Raphael die Schale fallen lassen. »Allmächtiger!«, rief er. »Was ist mit dem Burschen geschehen?«

»Man hat ihn verprügelt und ausgeraubt«, keuchte Amicus.

»Schafft ihn nach oben in Lunas Zimmer«, sagte Raphael und machte den Weg frei.

»Hier ist ein weiterer Patient für Euch«, sagte Amicus zu Juda, als er den Raum betrat.

»Legt ihn auf das Bett.« Juda nahm Leinentücher aus der Kommode, dazu zwei Fläschchen und einen Tiegel voll goldgelber Salbe. Er stellte die Utensilien auf den Tisch und goss Wasser in eine große Schale. Eingehend untersuchte er den geschundenen Körper, tastete Kopf, Rücken, Beine und Arme ab. Mit den Daumen schob er Pierres Augenlider hoch und prüfte die Pupillen. Dann schaute er in den Mund und befühlte den Hals.

»Wie steht es um ihn, Juda?«, fragte Raphael.

»Ein starker Jüngling«, sagte Juda. »Er wird es überleben.«

»Kann ich Euch zur Hand gehen?«

»Gewiss. Nehmt den Extrakt und bestreicht damit die Bubonen des Mädchens. Aber geht mit Vorsicht zu Werke, dass die Beulen unter der Haut nicht platzen. Das wäre ihr Ende.«

Mit spitzen Fingern öffnete Raphael Lunas Kleid und schob es auseinander. Zwei Dutzend schwarze Beulen konnte er erkennen. Er nahm die Schale mit dem Extrakt, tauchte den Spatel in die blassrosa Masse und bestrich sorgfältig die Male.

Derweil kümmerte Juda sich um Pierres Wunden. Zuerst wusch er die Wunden aus und entfernte das Blut von Gesicht, Brust und Armen. Jetzt sah Pierre schon fast wieder normal aus. Dann öffnete Juda eine der Flaschen. Augenblicklich erfüllte der scharfe Geruch von Arnika den Raum. Er beträufelte eines der Tücher mit der Tinktur und tupfte damit auf die Blutergüsse und blauen Flecken. Anschließend öffnete er die zweite Flasche, und die süßlich-fruchtige Note der Kamille breitete sich in der Kammer aus. Juda goss die Tinktur über ein weiteres Tuch und bestrich damit die offenen Wunden. Zuletzt nahm er den eisernen Tiegel. Er stellte ihn neben Pierres Kopf auf das Bett. Der Inhalt bestand aus einer dunkelbraunen, geruchlosen Masse, die an dunkle Butter erinnerte.

»Was ist das für ein Zeug?«, fragte Amicus, der beobachtete, wie Juda damit alle Wunden bedeckte.

»Eine Salbe, aus der Rinde der Pappel gewonnen«, antwortete Juda, ohne innezuhalten. Nachdem alle Wunden unter einer dicken braunen Schicht lagen, verband er sie mit breiten Leinenstreifen. Liebevoll deckte er Pierre zu und strich über das geschwollene Gesicht. »Wie weit seid Ihr?«, wollte er von Raphael wissen.

»Ich denke, ich habe vorn alle Beulen gefunden und behandelt«, antwortete Raphael.

»Dann lasst uns das Mädchen umdrehen«, sagte Juda.

Gemeinsam legten sie Luna auf die Seite. Raphael hielt sie fest, damit Juda die Beulen auf dem Rücken und der Unterseite der Beine bestreichen konnte.

»Das genügt«, sagte er schließlich.

Behutsam legten sie Luna wieder auf den Rücken. Noch immer zeigte sie keine Regung.

»Und jetzt?«, fragte Amicus.

Juda stand auf und ging zu ihm. Er legte ihm eine Hand auf die Schulter. Seine dunklen Augen fixierten Amicus. »Betet«, sagte er und verließ die Kammer.

Fragend blickte Amicus zu Raphael. Der zuckte mit den Schultern. Er küsste Luna auf die Stirn und schlug eine Decke über ihren geschundenen Körper. »Wohlan«, sagte er. »Beten wir.« Er legte ebenfalls eine Hand auf Amicus' Schulter und drängte sich dann an ihm vorbei.

»Wohin geht Ihr, Bruder Raphael?«, rief ihm Amicus hinterher.

»Schlafen«, kam die Antwort. »Und das solltet Ihr auch tun.«

»Aber …«, sagte Amicus. »Aber es ist doch erst früher Nachmittag.«

Raphael antwortete nicht. Amicus hörte nur, wie zwei Türen zufielen. Amicus warf noch einen letzten Blick auf Luna und Pierre. »Werdet gesund«, flüsterte er. »Beide.« Leise ging er hinaus und schloss die Tür. Was sollte er jetzt tun? Schließlich ging er hinunter und legte sich im Garten unter die Schatten spendenden Äste einer Kastanie. Noch während er überlegte, wie er die nächsten Stunden verbringen sollte, schlief er auch schon ein.

Oben, in der abgedunkelten Kammer, lagen Luna und Pierre nur drei Schritte voneinander entfernt. Zwei Stunden lang geschah nichts. Beide schliefen tief und fest. Dann plötzlich bellte in der Nähe ein Hund, und Pierre wachte auf. Er fuhr hoch und sah sich um. Wo war er hier? Die Erinnerungen der letzten Nacht stiegen in ihm hoch. Diese Räuberbande, die ihm hinterhältig aufgelauert hatte. Mir der Erinnerung kamen die Schmerzen. Als hätte ein Waschweib ihn durch eine riesige Mangel gedreht. Er tastete über seinen Körper und spürte die Verbände. Wer hatte ihn hierher gebracht und versorgt? Ächzend schwang er die Beine auf den Boden. Da entdeckte er das andere Bett. Das ist Luna, durchfuhr es ihn. Er schüttelte den Kopf und rieb sich die Augen, als könnte er damit den Spuk vertreiben. Aber umsonst. Keine Manneslänge von ihm entfernt lag Luna. Der unbekannte Freund hatte auch sie versorgt.

Eine Weile blieb er auf der Bettkante sitzen, um Kräfte zu sammeln. Schließlich stand er auf und ging auf wackeligen Beinen zur Tür. Er öffnete sie, konnte aber niemanden sehen. So schloss er sie wieder und ging zum Fenster. Mit viel Mühe schob er die schweren Vorhänge zur Seite. Unter ihm lag ein verwilderter Garten mit allerlei Bäumen, Büschen, Blumen und Kräutern. Und unter einem dieser Bäume? Amicus! Da unten lag Amicus im Schatten und schlief tief und fest. Pierre atmete auf. Und wo Amicus war, konnten Bruder Raphael und Madame Gousset nicht weit sein.

Beruhigt zog Pierre seine Arme zurück, und der Vorhang fiel wieder zu. Er schaute Luna an. Wie schön sie war, wenn sie schlief. Auch die garstigen Beulen konnten ihrer Anmut nichts anhaben. Er schleppte sich zu ihrer Bettstatt hinüber und setzte sich neben sie. Gefühle von tiefster Liebe und Aufopferung übermannten ihn. Gefühle, die er schon viel zu lange verbergen musste. Ohne wirklichen Erfolg, wie er vermutete. Jeder wusste, wie es um ihn stand. Luna eingeschlossen. Aber in diesem Augenblick, hier allein mit ihr, überwältigten ihn diese Gefühle. Er kniff die Augen zusammen und weinte. Bedächtig schob er seine zitternde Hand vor, bis sie Lunas Haar berührte. Seine Finger fuhren über ihre Schläfen bis zu den Wangen. Dabei achtete er darauf, dass er die Beulen nicht berührte. Nicht aus Angst, sich anzustecken, sondern um ihr keinerlei Schmerzen zuzufügen. Ganz sanft strich er mit zwei Fingern über ihr Gesicht. Dann, aus einem inneren Impuls heraus, beugte er sich vor. Dicht an ihrem Ohr öffnete er die Lippen. »Werdet bald gesund«, flüsterte er so leise, dass er es selbst kaum verstand. »Bitte werdet gesund. Euer Licht muss scheinen, Mademoiselle. Es muss!« Er wollte sich aufrichten, hielt aber inne. Da war noch etwas, das er ihr sagen musste.

Etwas, das zu sagen er nie wagen würde, wäre sie wach. »Ich liebe Euch. Ich liebe Euch aus tiefstem Herzen. Zwar weiß ich, dass wir nicht füreinander bestimmt sind, aber dennoch liebe ich Euch. Noch an meinem letzten Tag werde ich an Euch denken. Und mit meinem letzten Atemzug werde ich Euren Namen wispern.«

In diesem Moment wandte Luna den Kopf, und seine Lippen berührten ihre heiße, feuchte Stirn. Erschrocken fuhr er hoch. Ob sie mich gehört hat, fragte er sich. Doch sie schien tief zu schlafen. Pierre atmete auf. Ein letztes Mal strich er über ihren Kopf. Er ging zur Tür, um nachzusehen, ob jemand lauschte. Doch niemand stand draußen. So stieg er wieder in sein Bett, legte sich auf die Seite, damit er Luna sehen konnte, und schlief innerhalb eines Augenblicks ein.

Lunas Geheimnis

Die Stunden zogen dahin. Bis zum nächsten Morgen gab es nicht das leiseste Geräusch in dem Häuschen. Raphael und Jeanne schliefen in der Bibliothek, Juda in seinem Bett und Amicus unter der Kastanie.

Noch bevor seine Gäste erwachten, stand Juda auf und versorgte seine Patienten. Er gab Luna von dem Sud aus Schimmelpilzen zu trinken, wusch die Masse von den Beulen, prüfte jede einzelne und bestrich sie erneut. Anschließend wechselte er Pierres Verbände.

Dann, lange nach dem ersten Hahnenschrei, fanden die Freunde heraus, dass Juda nicht nur ein ausgezeichneter Medicus, sondern auch ein vorzüglicher Koch war. Er bereitete seinen Gästen ein köstliches Frühstücksmahl mit selbst gebackenem Brot, Käse, schmackhafter Wurst aus Eselfleisch, Eiern, Milch und Kräutertee. Zum Mittag kochte er einen Eintopf, dessen geheimnisvolle Gewürzmischung, wie Raphael verwundert feststellte, in Judas alchimistischer Giftküche, wie Amicus das Laboratorium nannte, entstand.

So verging Tag um Tag. Raphael und Jeanne verbrachten viel Zeit miteinander. Er las ihr aus Judas Büchern vor, berichtete von seiner Kindheit in Dreux, seinen Erlebnissen als Mönch, und sie erzählte ihm unzüchtige Witze, die ihm ein ums andere Mal die Schamesröte ins Gesicht trieben.

Derweil suchte Amicus die Einsamkeit. Er lag oft viele Stunden an seinem Lieblingsplatz unter der Kastanie und starrte zum Himmel hinauf. Bei Tisch sprach er meist nur das Nötigste. Dabei trat er keineswegs unfreundlich auf.

»Er braucht Zeit für sich«, sagte Jeanne eines Abends zu Raphael, der Sorge um den Freund hatte. »Lassen wir ihm seine Ruhe.«

Dann, am Morgen des fünften Tages, geschah etwas Wunderbares.

Raphael und Jeanne wollten gerade ihre Plätze am Frühstückstisch einnehmen, da rumpelte und polterte es über ihnen. Gleich darauf hastete jemand die Treppe herunter.

»Sie ist wach!«, brüllte Pierre. »Sie ist wach!«

Raphael sah Jeanne aus weit aufgerissenen Augen an. »Jesus Christus«, flüsterte er.

Schon flog die Tür auf, und Pierre kam atemlos herein. Die Bandagen hatten sich gelöst. »Luna ist aufgewacht! Nun steht auf und kommt! Worauf wartet ihr noch?« Er drehte sich um und lief hinaus in den Garten, wo er Amicus weckte.

Raphael und Jeanne stürzten nach oben. Juda war ihnen dicht auf den Fersen. Raphael riss die Tür zu der kleinen Kammer auf und – Luna saß im Bett!

»Mein Kind!«, rief Raphael. Er kniete sich neben sie und wollte sie umarmen. Da erst sah er, dass viele Beulen über Nacht aufgeplatzt waren und eine grüne, übel riechende Flüssigkeit aus ihnen herauslief.

»Rührt sie nicht an!«, rief Juda von der Tür aus.

Raphael zuckte zurück. Jeanne, den Tränen nahe, nahm ihn beiseite, damit Juda das Mädchen untersuchen konnte.

In diesem Augenblick begann Luna zu lächeln. Es schien, als wäre Juda ihr seit langem vertraut.

»Wie geht es dir, mein liebes Kind?«, fragte er.

Sie zeigte ihm Arme, Hals und Nacken. Viele der dunklen Beulen waren noch nicht aufgeplatzt. Die offenen reinigte Juda gründlich. Danach trug er eine gelbe Tinktur auf.

Jeanne packte Raphael und zog ihn hinaus. Gerade schloss Raphael die Tür, da stürmten Pierre und Amicus herauf.

»Ist es wahr?«, fragte Amicus.

Jeanne nickte heftig. Tränen rollten über ihre Wangen. Sie drückte die drei Männer fest an sich. Auch Raphael und Pierre weinten vor Freude. Nur Amicus wollte seine Tränen nicht zeigen. Er spielte einen Hustenanfall vor, ging ein paar Schritte zurück und drehte sich zur Wand. Aber jeder sah, wie er verstohlen mit einem Tuch über sein Gesicht wischte. »Ich glaube«, sagte er, »ich habe mich in der Nacht erkältet.«

Pierre grinste und klopfte Amicus auf die Schulter.

Die Tür ging auf und Juda trat heraus. »Ich denke«, sagte er mit quälender Langsamkeit, »dass das Schlimmste überstanden ist.«

Die Freunde brachen in Jubel aus.

Doch Juda mahnte sie, nicht voreilig zu sein. »Noch ist sie nicht geheilt. Das Fieber geht allmählich zurück, wie es zu erwarten war. Doch müssen wir noch zweimal sieben Tage und sieben Nächte Geduld haben. Dann, wenn die Beulen weg sind und die Temperatur normal ist, hat sie die Krankheit endgültig besiegt. Bis dahin: betet.«

»Das sind wahrhaft gute Neuigkeiten, Juda«, sagte Raphael. »Erlaubt Ihr uns, mit ihr zu sprechen?«

Juda überlegte nicht lange. »Nein«, antwortete er. »Vielleicht in ein oder zwei Tagen. Noch ist sie zu erschöpft. Gönnt ihr etwas Ruhe.«

Raphael nickte. Er spürte, wie eine große Last von ihm abfiel. Und erst jetzt merkte er, wie auch er der Erholung bedurfte. Obwohl er in den vergangenen Tagen viel geschlafen hatte, drängte es ihn, sich irgendwo niederzulegen und ihre Situation in Ruhe zu überdenken. Vielleicht gestattete ihm Amicus, an seiner Seite im hohen Gras unter der Kastanie zu liegen. Nur für einige Stunden. Er würde ihn auch nicht stören. Es gab so viel, über das er sich Klarheit verschaffen musste. Da war Henris böser Schatten, der in Gestalt von Imbert unentwegt nach ihnen griff. Es mochte nur eine Frage der Zeit sein, bis er ihnen wieder auf den Fersen war. Wie lange könnten sie noch auf der Flucht sein? Es war an der Zeit, den Spieß umzudrehen. Aber wie? Wo war Henris Schwachstelle? Jedoch … Ging es überhaupt noch um ihn? Ging es nicht längst um mehr? Ging es nicht nur noch um eine einzige Frage? Die Frage, die Raphael kaum zu denken wagte und deren Beantwortung er mehr fürchtete als tausend Jahre Höllenfeuer? Warum verweigerte die Kirche, die auf dem Fundament der Liebe Christi errichtet war, die Heilung von der Pest? Behielt Juda Recht, wäre alles, woran er, Raphael, bisher geglaubt hatte, mit einem Schlag hinfällig. Die Kirche log, wenn sie nur das Wort *Pest* in den Mund nahm. Und was wäre die Konsequenz? Wenn sie in diesem Fall log, was war dann mit der Vergebung der Sünden, der Vertretungsmacht Gottes auf Erden in Person des Heiligen Vaters, dem Jüngsten Gericht und den Evangelien? War nicht womöglich alles nur ein mächtiges Lügengebilde? Gott wohnt in uns, dachte Raphael. Das waren die Worte Jesu zu seinen Jüngern am Abend vor seiner Gefangennahme. Wenn der Herr aber in uns allen wohnt, dann, und dieser Gedanke war Raphael derart neu und unvertraut, dass er ihm fast ketzerisch vorkam, dann kann die Kirche nicht gegen Münze die Vergebung Gottes *verkaufen*. Denn der Herr in seiner Güte weiß um die Sünden eines jeden, und seine Liebe vergibt uns. Ihn schwindelte.

»Ist Euch nicht wohl?«, fragte Jeanne besorgt.

»Doch, doch«, sagte Raphael schnell. »Es ist nur die Hitze.«

»Ich bringe Euch Wasser«, sagte Jeanne.

Raphael hielt sie zurück. »Es ist gut, Madame. Habt Dank für Eure Mühe. Mich dürstet nur nach etwas Muße.«

Amicus schien Raphaels Gedanken erraten zu haben: »Der Platz unter der Kastanie ist der Eure, Bruder. Ein ausgezeichnetes Fleckchen Erde, wenn Ihr mich fragt.«

Lächelnd verbeugte sich Raphael und ging die Stufen hinunter.

»Was ist mit ihm?«, fragte Amicus.

Jeanne antwortete mit einem Achselzucken.

Währenddessen, nur wenige Schritte entfernt und durch eine Tür getrennt, saß Pierre im Bett. Er zögerte. War es erlaubt, Luna, nachdem sie gerade erst aus den dunklen Gefilden zurückgekehrt war, mit Fragen zu bedrängen? Er versuchte, sie unbemerkt zu beobachten. Sie lag ausgestreckt unter dem schneeweißen Linnen, die Augen halb geschlossen.

»Wie geht es dir, lieber Pierre?«, fragte sie unvermittelt.

»Es ...«, stammelte Pierre. »Es geht mir gut. Wie geht es Euch, Mademoiselle?«

»Wer hat dir so böse mitgespielt?«, fragte sie weiter.

»Lumpenpack«, antwortete er. In wenigen Worten berichtete er, woran er sich erinnerte. Es war ihm peinlich, dass Luna ihn in dieser Verfassung sah.

»Du bist sehr mutig, dass du dich in diese Gegend gewagt hast, um Juda zu suchen«, sagte Luna.

Pierre wusste aus lauter Verlegenheit nicht, was er entgegnen sollte. Also hielt er es für das Beste, gar nichts zu sagen.

Stille trat ein. Pierre schloss die Augen und lauschte Lunas Atemzügen. Seit sie damals im Hexenturm von Rouen gefangen waren, war er nicht mehr mit ihr allein gewesen. Es war herrlich, ihr so nah sein zu dürfen. Ohne das ständige Schwatzen der anderen. Er hörte, dass sie sich aufrichtete, und öffnete die Augen.

»Wie geht es Raphael, Jeanne und Amicus?«, fragte sie.

»Gut«, sagte Pierre. »Raphael und Jeanne verbringen viel

Zeit miteinander. Amicus liegt meist im Garten und betrachtet die Wolken.«

»Das ist schön.« Sie lächelte.

»Ihr habt mir noch nicht gesagt, wie *Ihr* Euch fühlt.«

»Oh«, stieß Luna hervor. Ihr Gesicht wurde ernst. »Ich fühle mich sehr schwach«, sagte sie, ohne Pierre anzusehen.

»Hm«, machte Pierre. Er überlegte, ob er sie mit seinem Verdacht konfrontieren sollte. Er entschied sich dafür: »Ihr verheimlicht etwas.«

Erschrocken wandte sie ihm das Gesicht zu. »Was meinst du damit?«

»Ich weiß es nicht«, gab Pierre zu. Er bemerkte die Angst in ihren Augen und bereute sein forsches Vorgehen. Nun war es zu spät. »Es ist nur ein Gefühl. Verzeiht, wenn ich Euch zu nahe getreten bin.«

Sie antwortete nicht. Stattdessen strich sie nervös das Laken glatt.

»Sagt, wohin wenden wir uns, wenn Ihr wieder gesund seid und wir Maître Judas Haus verlassen?«

»Ich, ich, ähm …« Luna hustete. »Es gibt viele Möglichkeiten. Zu gegebener Zeit werden wir uns für die beste entscheiden.« Sie zog das Laken bis unter das Kinn und drehte sich zur Wand.

»Bisher wusstet Ihr immer, was zu tun war. Oft schon Wochen oder gar Monate im Voraus«, sagte Pierre.

»Ich bin müde«, flüsterte Luna. »Lass mich bitte schlafen.«

»Hier stimmt doch etwas nicht«, beharrte Pierre. »Etwas bedrückt Euch. Lange vor Ausbruch der Krankheit ist es mir aufgefallen.«

Luna reagierte nicht.

»Bitte, lasst mich an Eurem Leid teilhaben«, bat Pierre. Seine Stimme war ganz ruhig.

Luna hüllte sich weiter in Schweigen.

Ächzend stieg Pierre aus seinem Bett. Noch immer schmerzten alle Knochen im Leib. Er nahm den Stuhl, der vor dem

Fenster stand, und setzte sich neben Lunas Schlafstatt. »Bitte«, wiederholte er, »redet mit mir. Als Euer Freund, der ich hoffe zu sein, möchte ich Euch helfen. Ich tue alles, was in meiner Macht steht. Nur, redet mit mir. Bitte, redet. Lasst mich nicht betteln wie ein Kind.«

Ein Seufzen drang aus Lunas Kehle. Langsam drehte sie sich um und sah ihm tief in die Augen. »Ich kann dir nicht sagen, wohin wir ziehen müssen, was wir tun und lassen sollten, welche Orte wir zu suchen und zu meiden haben.« Sie holte tief Luft. »Weil ich es nicht sehen kann.«

Pierre hatte das Gefühl, der Boden unter ihm würde sich auftun und er fiele in die Ewigkeit. »Das ist unmöglich«, flüsterte er. Und lauter, als wäre es dadurch wahrer, fügte er hinzu: »Das ist nicht wahr!« Er wartete. Warum sagte sie nichts? Irgendetwas, dass sie nur einen Scherz gemacht hatte. Bestimmt würde sie gleich auf ihre unnachahmliche Weise laut lachen und ihn einen Tölpel schimpfen, dass er ihr auf den Leim gegangen war.

Doch Luna lachte nicht. Und es kam noch viel schlimmer: Sie weinte.

Pierre hatte das Gefühl, sein Herz würde zerspringen. Er sank zu Boden. »Weint nicht«, wisperte er. »Bitte, weint nicht.« Er streckte seine Arme aus.

»Fass mich nicht an!«, schrie sie.

Pierre zuckte zurück.

»Verzeih«, sagte Luna. »Es ist nur, weil Juda es gesagt hat. Es war nicht in meiner Absicht, dich anzufahren.«

»Da ist rein gar nichts, das ich Euch zu verzeihen hätte, Mademoiselle.«

Sie blickte ihn durchdringend an, und wieder rannen Tränen aus ihren Augen.

Pierre glaubte, sich wieder gefangen zu haben. Die Hoffnung blieb sein letzter Halt. »Vielleicht könnt Ihr wieder sehen, wenn Ihr geheilt seid. Bestimmt könnt Ihr das!« Er versuchte, aufmunternd zu lächeln.

Luna schüttelte den Kopf.

»Oder Maître Juda verabreicht Euch eines seiner zahllosen Wässerchen, irgendein Granulum oder eine Essenz. Er ist ein gelehrter Mann. Er wird schon wissen, wie Euch zu helfen ist. Seine Bibliothek ist riesig, und Bruder Raphael hat gesagt, dass dort Bücher der Geheimwissenschaften aus allen Ecken der Welt stehen.«

»Niemand kann mir helfen«, schluchzte Luna. »Nicht alle Gelehrten mitsamt ihren weisen Büchern. Keiner, hörst du?«

Jetzt verlor auch Pierre die Zuversicht. Wütend und voller Gram, weil er Luna in ihrem Leid nicht helfen konnte, begann auch er zu weinen. Er stand auf und stampfte mit beiden Füßen auf den Boden. »Das kann ich nicht glauben«, schrie er tränenüberströmt. »Ohne Eure Gabe wird es ein schlimmes Ende mit uns und mit Euch nehmen. Das darf nicht geschehen!«

»Es tut mir Leid«, wimmerte Luna.

Weinend humpelte Pierre hinaus, die Treppe hinunter, vorbei an Jeanne und Juda und in den Garten.

Verwirrt blickte Jeanne den Medicus an. »Ist jetzt jeder in diesem Hause verrückt?«

Juda lächelte geheimnisvoll. »Alles ist, wie es zu sein hat«, sagte er.

Jeanne zuckte mit den Achseln und ging kopfschüttelnd in die Küche. Bei aller Narretei – auch die Wahnsinnigen mussten irgendwann essen.

Bis zum Abend lagen die drei Männer regungslos und ohne ein Wort miteinander zu wechseln im Schatten der Kastanie. Dann trieb der Hunger sie zurück in das kleine Haus. Gemeinsam mit Jeanne und Juda nahmen sie das Abendessen ein.

Jeanne versuchte, hier und da einen Scherz zu machen oder einen der Freunde anzusprechen, aber sie erntete kaum Beachtung.

Erst zu später Stunde, als Juda schon schlief und Amicus mit Pierre im Garten war, richtete Raphael das Wort an sie.

Sie saßen in der Bibliothek und bereiteten ihr Nachtlager. »Vergebt mir, wenn ich mich heute wie ein Flegel benommen habe, Madame.«

Jeanne breitete ihre Decke auf dem Boden aus. »Ich habe Euch nichts zu vergeben.«

Raphael hatte sehr wohl gehört, dass in ihrer Stimme Verärgerung mitklang. »Es gab da einige Dinge, über die ich nachsinnen musste.«

»Und«, sagte sie, »seid Ihr zu einem Ergebnis gelangt?«

»In der Tat.«

»Wollt Ihr es mir sagen?«

»Zu gegebener Zeit, Madame.«

Kräftig rüttelte und schüttelte Jeanne ihr Kissen, als wollte sie ihre Wut daran auslassen. Raphael verstand ihren Groll. Den ganzen Tag lang hatte er sie wie Luft behandelt. Aber zu seinem großen Unglück verstand er nicht viel von Frauen. Er wusste nicht, wie er sich verhalten sollte. Ob er sie den ganzen Abend um Verzeihung bitten oder lieber eine Nacht warten sollte. Eine Nacht wirkte Wunder. Er seufzte tief.

Plötzlich merkte Jeanne auf. »Habt Ihr das gehört?«, fragte sie.

Raphael schüttelte den Kopf.

»Sssch!« Sie horchte. »Ich glaube, Pierre ist nach oben gegangen.« Sie warf das Kissen fort und schlich zur Tür. Dort lauschte sie erneut. Nach einer Weile öffnete sie vorsichtig die Tür und spähte hinaus. Draußen war es dunkel. Und noch ehe Raphael etwas sagen konnte, schlüpfte sie hinaus und schloss die Tür.

Wieder seufzte Raphael. Er stand auf und ging rastlos in der Bibliothek umher. Es tat ihm Leid, dass er Jeanne nicht sagen konnte, was er zu tun beabsichtigte, sobald ihre Reise beendet war und sie mit Gottes Hilfe noch am Leben waren. Aber er war zu dem Schluss gekommen, dass die Zeit noch nicht reif war, um den Freunden seine Entscheidung mitzuteilen.

Die Tür ging leise auf und Jeanne kam wieder herein. Sie lächelte, als sie die Tür vorsichtig ins Schloss drückte.

»Was ist geschehen?«

»Ich habe an der Tür gelauscht«, sagte sie und schmunzelte wie ein Kind, das einen Apfel gestohlen hat.

»Was habt Ihr gehört? Nun sprecht doch!«

»Pierre hat Luna tausendfach und in den blumigsten Worten um Verzeihung gebeten«, sagte sie. »Es war herzzerreißend.«

»Habt Ihr in Erfahrung gebracht, weshalb sie sich gestritten hatten?«

»Nein«, sagte sie und sah ihn an, als hätte er etwas sehr Törichtes gesagt. »Ist das noch wichtig?«

Raphael verstand die Welt nicht mehr. Er sprach Latein, Französisch, Hebräisch, Griechisch, Aramäisch und Arabisch. Aber die Weiber bedienten sich einer Sprache, die ein Mann nie verstehen würde. Er seufzte noch tiefer und klagender als je zuvor. »Ich wünsche Euch eine gute Nacht, Madame«, sagte er und kroch unter die Decke.

Jeanne löschte die Kerzen. Raphael hörte, wie sie ihre Kleider auszog und sich hinlegte. Er lag auf dem Rücken, verschränkte die Arme hinter dem Kopf und dachte nach.

Nach einer Weile drang aus Jeannes Richtung ein Rascheln zu ihm herüber. Erschrocken spürte er, dass sie seine Decke hochhob und sich neben ihn legte. Vorsichtig bettete sie ihren Kopf auf seine Brust. Zögernd, als könnte eine falsche Bewegung sie wieder verscheuchen, legte er einen Arm um ihre Schultern. Er liebkoste ihren Kopf mit seinen Fingern und spürte ihren Atem über seine Brust streichen. Er wollte etwas sagen, aber sie legte drei Finger auf seinen Mund. Dann hob sie den Kopf und gab ihm einen Kuss auf die Wange.

Noch lange, nachdem Jeanne eingeschlafen war, gab Raphael sich dem Orkan nie gekannter Gefühle hin. Und er spürte: Es gab etwas, das größer war als die Liebe zu Gott.

Ein gefahrvoller Marktbesuch

Es folgten ruhige Tage in dem kleinen Haus am Rande von Montpellier. Jeden Tag nach dem Mittagsmahl entschuldigte sich Juda bei den anderen, füllte eine Schüssel mit den von Jeanne gezauberten Leckerbissen und stapfte hinauf zu Luna. Dort blieb er dann so manche Stunde. Am dritten Tage, nachdem Luna erwacht war, trieb die Neugier Raphael die Stufen hoch. Die Tür zur Kammer war nur angelehnt. Pierre lag zu dieser Zeit meist im Garten bei Amicus.

Als er durch den Spalt hindurchschaute, sah er Luna im Schneidersitz auf dem Bett hocken. Davor saß Juda auf dem Schemel. Die leere Schüssel lag daneben auf dem Boden. Nichts Ungewöhnliches also. Wenn da nicht Gelächter zu ihm dringen würde. Er versuchte zu hören, was die beiden schwatzten, vernahm aber nur unverständliches Kauderwelsch. Hin und wieder schnappte er seinen Namen oder die der Freunde aus Lunas Mund auf. Juda antwortete in abgehackten Sätzen und schien dabei irgendwelche Possen zu reißen. Dann bogen sich beide vor Lachen. Raphael schlich wieder nach unten und berichtete Jeanne davon, die nur mit den Achseln zuckte. Raphael aber blieb argwöhnisch. Es war ein weiterer Stein des geheimnisvollen Mosaiks, in dem sich Judas Leben verbarg. Erst am Tage ihrer Abreise sollte es vollständig sein.

Am achten Tag rief Juda Raphael und Amicus zu sich.

»Unsere Vorräte gehen zur Neige«, sagte der Medicus. »Ihr zwei müsst auf den Markt gehen, um sie wieder aufzufüllen.«

Raphael war nicht wohl bei dem Gedanken, sich unter das Volk zu mischen. Hinter jeder Ecke, unter jeder Kapuze konnte Imbert stecken.

»Ich gehe allein«, bot Amicus an. »Mein Gesicht kennt der Teufel nicht.«

»Nein«, sagte Juda entschieden. »Es sind zu viele Dinge, die wir benötigen. Auch für einen Mann wie Euch, bester Amicus.«

»Ich nehme Pferde mit«, wandte Amicus ein.

»Die benötigt Ihr ohnehin«, sagte Juda. »Aber wie wollt Ihr vier Pferde mit nur zwei Händen führen?«

»Gut, ich gehe mit«, entschied Raphael schließlich.

»Nein, bleibt hier, Bruder«, sagte Amicus. »Ich schaffe es schon allein.«

Doch Raphael blieb bei seinem Entschluss. Juda hielt es offensichtlich für sehr wichtig, dass er Amicus begleitete. Es war an der Zeit, dem Mosaik ein weiteres Steinchen hinzuzufügen. »Gehen wir«, sagte er und griff nach Gugel und Geldkatze.

Gefolgt von Amicus, dem Juda noch flink ein Pergament zusteckte, gelangte er durch die Hintertür in den Garten, wo die fünf Pferde grasten.

»Ich hoffe, Ihr wisst, in welche Gefahr Ihr Euch begebt«, sagte Amicus, als er aufstieg.

»Macht Euch keine Sorgen«, antwortete Raphael. Sie nahmen Pierres und Lunas Pferd mit. Giacomo ließ ohnehin niemanden außer Jeanne auf seinen Rücken.

»Ihr kennt den Weg zum Markt?«, fragte Raphael Amicus.

»Gewiss. Ich bin dort auf der Suche nach Pierre vorbeigekommen.«

Gemächlich ritten sie durch die Stadt. Auf dem Marktplatz angekommen, wollte Raphael die Pferde vor einer Schänke anbinden, doch Amicus hielt ihn davon ab. Er sagte, es wäre sicherer, die Tiere nicht aus den Augen zu lassen. Raphael schaute über den leer gefegten Markt. Es war bei den wenigen Menschen auf dem Platz so gut wie unmöglich, die Pferde aus den Augen zu verlieren. Aber Amicus sollte seinen Willen haben, und so führten sie die Tiere mit. »Habt Ihr die Liste?«

Amicus zog ein Stück Pergament hervor, auf das Juda in

aller Eile die benötigten Dinge gekritzelt hatte. Er gab es Raphael.

»Lest ruhig vor.«

Amicus begann zu stottern. »Ich … na ja …«

Da erst begriff Raphael.

»Gebt sie mir«, sagte er schnell. »Es ist wohl besser, wenn Ihr die Sachen tragt. Ich dürfte viel zu schwach dafür sein.« Er lächelte.

Amicus tat, als wäre nichts gewesen. Er blickte zu den wenigen Marktständen und sagte: »Wohlan. Was hat Juda uns aufgeschrieben?«

Raphael studierte die Aufstellung. »Eier, Mehl, Butter, Käse, Erbsen, Schinken und derlei mehr.«

In aller Ruhe kauften sie die Dinge, die auf Judas Liste standen. Wann immer die Last zu schwer für Amicus' starke Arme wurde, beluden sie die Pferde und kehrten dann zurück.

Raphael blickte auf das Pergament. »Bald ist es geschafft«, sagte er. »Noch ein Dutzend Kerzen, drei Löffel und fünf große Töpfe.«

»Auf zu Kerzenmacher, Löffelschnitzer und Töpfer«, sagte Amicus.

Während Amicus um den Preis für die viel zu teuren Kerzen feilschte, nahm Raphael den Marktplatz in Augenschein. Schimmerte irgendwo der Habit eines Dominikaners? Preschte plötzlich eine Horde Reiter aus einer Gasse? Aber nirgends war etwas Ungewöhnliches zu entdecken. Da blieb sein Blick an einer kleinen Kirche haften. Ihre Mauern mussten schon sehr alt sein. An den rissigen Wänden waren Steine herausgebrochen. Auf dem Dach fehlten Schindeln, einige lagen zerbrochen auf dem Pflaster. Diebe hatten offensichtlich die kleine Glocke gestohlen. Das Glockenseil flatterte lose im Wind. Ein Anblick voller Melancholie und ein Symbol vergehender Zeit.

Sie gingen weiter zum Löffelschnitzer und danach zum Töpfer. Schließlich luden sie alles auf den Rücken der Pferde.

Amicus wollte schon aufsteigen, zögerte dann aber, als er Raphaels versonnenen Blick sah. »Worauf wartet Ihr?«

»Seht Ihr die Kirche dort vorn?«

»Ihr meint die Ruine?«

»Auch eine Kirchenruine ist ein Haus Gottes«, mahnte Raphael lächelnd und mit erhobenem Zeigefinger.

»Worauf wollt Ihr hinaus, Bruder?«

»Ich war seit Monaten nicht mehr in einer Kirche«, sagte Raphael. »Ich will endlich wieder vor dem Kreuz des Herrn beten. Auf geweihtem Boden. Und wenn es nur für wenige Augenblicke ist.«

»Ihr wisst, dass wir in größter Gefahr sind?«

»Gewiss«, sagte Raphael. »Aber im Augenblick sehe ich keinen Grund, der mir verbietet, vor dem Altar zu knien, um mit Gott Zwiesprache zu halten.«

»Nur weil Ihr keinen Grund seht, heißt das nicht, es gäbe keinen«, wandte Amicus ein.

»Der Herr in seiner Weisheit hätte diese Kirche nicht vor meine Nase gestellt, wenn Er nicht wollte, dass ich in ihr bete«, erwiderte Raphael.

Amicus gab seufzend auf. »Wie Ihr wollt«, sagte er. »Ich warte auf Euch in der Schänke nebenan.«

Sie führten die Pferde über den Platz. Vor der Schänke wollte Raphael sie anbinden, aber Amicus schickte ihn gleich in die Kirche.

So ging Raphael die wenigen Schritte zu dem verfallenen Gotteshaus, während Amicus sich um die Tiere kümmerte. Er achtete nicht auf den schwarzen Hengst, der vor den geschlossenen Toren stand, sondern winkte Amicus zu, der gerade die Schänke betrat. Dann stieg er die zwei Stufen empor. Er langte nach den von Holzwürmern zerfressenen Griffen der beiden Tore … und erstarrte. Wie von Geisterhand öffneten sich die Tore, und er blickte in das hässliche Gesicht von – Imbert! Ein erstickter Schrei drang aus Raphaels Kehle. Instinktiv wich er zurück.

Imbert lächelte. »Ich habe dich erwartet. Nun, schutzlos und allein, entkommst du mir nicht mehr.« Er stürmte auf Raphael zu und warf sich auf ihn. Beide stürzten zu Boden.

Imbert grinste. Schwer lag er auf Raphaels Brust. Langsam krochen seine Finger zu dessen Kehle. Raphael hielt keuchend dagegen, aber der Inquisitor schien übermächtig. Raphaels Knöchel waren weiß vor Anstrengung. Mit letzter Kraft drückte er Imbert von sich weg, hieb ein Knie in dessen Gemächt und stieß den schmerzvoll aufschreienden Dominikaner von seinem Körper herunter.

Raphael wollte sich aufrichten und in die Schänke laufen, aber schon stand Imbert neben ihm und packte ihn an den Schultern. Raphael versuchte, Amicus zu rufen, doch Imbert versetzte ihm einen Faustschlag in den Bauch. Raphael bekam keine Luft mehr und sank auf die Knie.

»Darauf habe ich lange gewartet«, triumphierte Imbert. »Erst du, dann die Hure, die mit dir reist, und wer sich dir noch angeschlossen hat. Als Krönung das verfluchte Hexenkind.« Er zückte ein Messer.

Raphael atmete schwer. Er musste Zeit gewinnen oder alles war aus. »Wenn du willst«, hechelte er, »bringe ich dich zu ihnen.«

Überrascht hielt Imbert inne. »Du willst die Huren ausliefern?«

Raphael nickte.

Imbert lachte. »Meinst du, ich bin dumm genug, dir das zu glauben?«

»Mitnichten«, antwortete Raphael. Allmählich wichen die Schmerzen, und er konnte freier atmen. Noch immer kniete er vor Imbert, der keine Armlänge von ihm entfernt stand. »Ich will nur mein Leben retten. Du bekommst die Weiber und lässt mich ziehen.« Er schielte hinüber zum Wirtshaus.

»Warum sollte ich dir Glauben schenken?«

»Weil es für mich keinen Grund mehr gibt, sie zu schützen«, sagte Raphael. Seine Gedanken rasten. Wie konnte er

Amicus alarmieren, ohne dass Imbert ihm sofort die Gurgel durchschnitt?

»Sprich nicht in Rätseln, Ketzer!«

»Es ist sehr einfach«, sagte Raphael. »Du hast mich in deiner Gewalt und könntest mich auf der Stelle töten. Wenn ich aber nicht mehr zu den anderen zurückkehre, zählen sie eins und eins zusammen und fliehen über alle Berge. Ich wäre tot, und du müsstest weiter viele Tage und Nächte, gar Wochen oder Monate hinter ihnen herjagen. Schenk mir mein Leben; ich schenke dir die Weiber und erspare dir viel Mühe.«

»Hmm«, machte Imbert. »Die Idee ist gar nicht so übel.«

Diesen Augenblick nutzte Raphael. Er spannte alle Muskeln an und stieß seinen Kopf in Imberts Magengrube. Ohne auf den schmerzvoll aufschreienden Mönch zu achten, rappelte er sich auf und hetzte der Schänke entgegen. Doch dann stolperte er und stürzte zu Boden. Aus den Augenwinkeln sah er, dass Imbert wieder auf den Beinen war.

»Amicus! Amicus! Hilf mir!«, schrie er immer wieder.

Doch Imbert war schon über ihm. Er warf sich auf Raphaels Rücken. »Jetzt stirbst du, elender Sohn einer Hure!«

Raphael sah im Augenwinkel eine Klinge aufblitzen. Das war das Ende. Er kniff die Augen zu.

Doch plötzlich schien sich das Gewicht auf seinem Körper aufzulösen. Vorsichtig öffnete er die Augen und erkannte Amicus. Imbert lag neben ihm auf dem Boden. Blut rann aus seiner Nase.

Amicus hielt Raphael eine Hand hin. »Steht auf, Bruder.«

»Ihr habt ein Gespür für den richtigen Augenblick, mein Freund«, sagte Raphael.

Imbert kicherte. »Das ist also der große Namenlose. Ich freue mich darauf, dich zu töten, Bastard.«

Amicus griff hinter seinen Rücken, holte ein Messer hervor und baute sich vor Imbert auf. »Dazu wird es wohl kaum kommen«, sagte er und legte dem Inquisitor die Klinge an den Hals.

»Haltet ein!«, rief Raphael.

Amicus starrte ihn ungläubig an. »Ihr wollt diese Bestie doch nicht etwa verschonen?«

»Das will ich«, sagte Raphael. Er erinnerte sich an Lunas Worte, dass Imberts Schicksal sich hinter Montpellier erfüllen würde. Wollte er Gottes Plan folgen, durfte Imbert hier und jetzt nicht sterben. Zudem blieb er seiner Überzeugung treu, keinen Menschen zu töten. Auch einen Mörder wie Imbert nicht. »Wir dürfen nicht sündigen, indem wir ihn umbringen. Der Herr wird über ihn richten, wenn es an der Zeit ist.«

»Aber …« Den Rest schluckte Amicus hinunter.

»Wir nehmen sein Pferd und lassen ihn hier zurück«, sagte Raphael. »Er kann uns nicht folgen.«

Murrend holte Amicus den schwarzen Hengst. Imbert verfolgte jeden seiner Schritte. Als Amicus auf dessen Pferd stieg, öffnete er ein letztes Mal den Mund: »Das wirst du mir büßen, dreckiger Bastard.«

Wortlos ging Amicus zu Imbert zurück. Noch bevor Raphael eingreifen konnte, stieß er sein Knie in das Gesicht des Dominikaners. In hohem Bogen stürzte dieser nach hinten und blieb regungslos auf dem Pflaster liegen.

»Warum habt Ihr das getan?«, fragte Raphael entsetzt. »Ihr müsst wahnsinnig sein!«

»Um den ist es nicht schade«, sagte Amicus und stieg wieder auf Imberts Pferd. »Außerdem lebt er ja noch.«

Mittlerweile waren einige Leute auf das Handgemenge aufmerksam geworden und kamen auf sie zu.

Nur fort von hier, schoss es Raphael durch den Kopf. Niemand sollte wissen, wo ihr geheimer Zufluchtsort war. So schnell es ging, verschwanden sie mit den Pferden in der nächsten Gasse.

Am Abend saßen sie in Judas Bibliothek und sprachen über das, was geschehen war.

»Es wäre das Beste, wenn wir unverzüglich aufbrechen«, sagte Amicus.

»Montpellier ist eine große Stadt«, erwiderte Raphael. Er saß auf der Bank neben der geschlossenen Tür. »Wenn wir uns draußen nicht mehr blicken lassen, sind wir hier sicher.«

Amicus schüttelte den Kopf wie ein störrisches Pferd. »Wir sind nirgendwo in dieser Stadt sicher. Auch hinter diesen Wänden nicht.«

Juda, der neben Amicus stand und wie beiläufig den Staub von den Büchern entfernte, sagte: »Wenn man es genau nimmt, hat sich für Euch nichts geändert.«

Alle sahen ihn fragend an.

»Es ist sehr einfach«, sagte Juda. »Eure Spur war hinter Nîmes verwischt. Imbert wusste nicht, wohin Ihr geflohen seid. Aber er hat Montpellier gewählt. Ergo …?«

»Ergo *was*?«, fragte Amicus.

Juda lächelte milde. »Ergo hat er einen Hinweis erhalten, dass er Euch hier finden kann.«

Raphael starrte nachdenklich zu Boden.

»Dubocq«, flüsterte er.

Wortlos nickte Juda.

»Dieser Bastard!«, fluchte Amicus. Seine Hände waren zu Fäusten geballt. »Er wird Imbert von unseren Plänen erzählt haben. Man müsste zurückreiten und ihm den Hals umdrehen.«

»Das würde nichts an unserer Lage ändern«, sagte Raphael.

»Wenn Imbert Dubocq begegnet ist«, sagte Jeanne, »dann weiß er auch, dass wir bei Juda sind. Ein Wunder, dass er uns hier noch nicht aufgespürt hat.«

»Richtig«, meinte Amicus. »Verschwinden wir von hier. Diese Nacht ist wie geschaffen dafür. Die Wolken verdecken den Mond. Wir können im Schutz der Dunkelheit leicht entkommen.«

Raphael öffnete den Mund, doch Jeanne, die neben ihm

saß, legte eine Hand auf seinen Arm. »Überseht Ihr nicht etwas, Amicus?«, fragte sie. »Was ist mit Luna und Pierre?«

»Pierre kann laufen«, antwortete Amicus. »Wer laufen kann, kann reiten.«

»Welch törichte Bemerkung!« Jeanne war entsetzt. »Erwartet Ihr auch von Luna, dass sie auf ein Pferd steigt? Sie ist wach und kann sprechen, essen und trinken. Hat obendrein Kraft, einige Schritte zu gehen. Dann vermag sie wohl auch zu reiten, wie?«

»Nein, natürlich nicht«, sagte Amicus, ohne sie anzusehen.

»Ich lasse das Kind nicht aus dem Haus, bevor es nicht vollständig geheilt ist«, sagte Juda.

Raphael nickte. »Dem kann ich nur beipflichten.«

Amicus gab sich noch nicht geschlagen. »Sie könnte auf der Trage liegen, bis sie stark genug ist, in den Sattel zu steigen. Schließlich haben wir sie auf diese Weise hergeschafft. Und da ging es ihr viel schlechter.«

»Das ist nicht Euer Ernst?« Jeanne schüttelte den Kopf.

»Besser schlecht gelegen als gut gestorben«, erwiderte Amicus. »Das ist meine Meinung.«

»Wenn Ihr sie jetzt fortbringt, dürft Ihr morgen zu dieser Stunde ihr Grab ausheben«, sagte Juda.

»Woher wollt Ihr das wissen, Juda?«, fragte Amicus.

Juda beugte sich zu Amicus hinunter. »Verzeiht, ich wusste nicht, dass Ihr auch Arzt seid.« Seine Stimme war schneidend wie ein Messerstich, die Augen hatte er zu Schlitzen zusammengekniffen. Raphael konnte sich nicht erinnern, den Medicus jemals derart aufgebracht gesehen zu haben.

Amicus räusperte sich und stand auf. »Bleiben wir eben hier«, sagte er und ging zur Tür. »Euch allen eine gute Nacht.« Er verließ die Bibliothek und schlug die Tür hinter sich zu.

Raphael atmete tief durch. »Da das geklärt wäre, gehe ich hoch zu Luna. Ich habe noch mit ihr zu reden.«

»Ich begleite Euch nach oben«, sagte Juda. »Gute Nacht, Madame Gousset.«

»Gute Nacht auch Euch«, erwiderte Jeanne.

»Amicus ist ein guter Mann«, sagte Juda auf der Treppe zu Raphael. »Tapfer und ehrlich ist er. Der beste Freund, den ein Mann sich wünschen kann. Nur muss er lernen, seine Gefühle im Zaum zu halten. Seine Kräfte auf die Augenblicke im Leben zu konzentrieren, in denen sie vonnöten sind.«

»In der Tat«, sagte Raphael. »Seine Unbeherrschtheit ist seine Schwäche.«

Vor Lunas und Pierres Kammer blieben sie stehen.

»Oh!«, stieß Juda hervor. »Bevor ich es vergesse. Wartet einen Augenblick auf mich.« Er eilte davon.

Raphael hörte, wie Juda die Tür zu seinem Schlafgemach öffnete. Schließlich kehrte er zurück, in der Hand ein blaues Fläschchen. Er gab es Raphael.

»Was ist das?«

»Ein Exzitans aus verschiedenen Kräutern«, erklärte Juda. »Es regt Geist und Körper an. Ich selbst nehme jeden Morgen fünf Tropfen davon. Es wirkt Wunder. Gebt es Luna, und sagt ihr, sie soll drei Tropfen vor dem Frühstück und drei vor dem Mittagsmahl nehmen.«

»Ich richte es ihr aus«, sagte Raphael.

»Und grüßt das Kind von mir. Ich sehe morgen früh nach ihr. Gute Nacht.«

»Gute Nacht, Juda«, sagte Raphael. Er klopfte dreimal und trat ein.

Luna lag auf der Seite, das Gesicht Pierre zugewandt, und lachte. Pierre hatte eine Kerze zwischen die Betten gestellt und warf mit beiden Händen Schattenfiguren an die Wand. Raphael glaubte, seine eigenen Umrisse zu erkennen, doch Pierre ließ geschwind die Hände fallen.

»Guten Abend, ihr zwei«, sagte Raphael.

»Guten Abend, Bruder Raphael«, sagten die beiden wie aus einem Mund.

»Wie fühlst du dich heute, mein Kind?«, fragte Raphael das Mädchen.

»Es geht mir jeden Tag besser«, antwortete Luna. »Ich habe den ganzen Nachmittag im Garten gelegen. Es war herrlich, die Sonne auf der Haut zu spüren.«

Raphael nahm die Kerze vom Stuhl und stellte sie zurück an ihren Platz auf dem kleinen Tisch. Dann setzte er sich und tätschelte Lunas Fuß unter dem Laken. »Ich freue mich sehr, dass deine Gesundung so vorzüglich voranschreitet.« Er holte tief Luft. »Fühlst du dich stark genug, mir einige Fragen zu beantworten.«

»Ja«, versicherte Luna. »Frag nur.«

Raphael warf Pierre einen kurzen Blick zu.

Der verstand sofort. »Ich komme später wieder.« Er schwang die Beine aus dem Bett.

»Warte«, sagte Luna. Als Raphael ihr einen fragenden Blick zuwarf, fügte sie hinzu: »Pierre weiß um mein Problem. Ich habe es ihm erzählt.«

Raphael dachte kurz nach. Es war ihm nicht recht, dass Pierre vor allen anderen eingeweiht war. Viel lieber hätte er vorab noch einige Worte mit Luna gewechselt, bevor sie den Freunden offenbarten, dass sie ihre Fähigkeit verloren hatte. »Gut«, sagte er schließlich. »Spürst du Anzeichen, dass deine Gabe zurückkehrt?«, fragte er Luna.

Bekümmert verzog Luna den Mund. »Nein«, flüsterte sie. »Selbst in meinen Träumen sehe ich die Zukunft nicht.«

Raphael erinnerte sich, dass Luna einmal berichtet hatte, auch im Schlaf würden sie deutliche Bilder erreichen. Seine Hoffnung, sie würde ihre Gabe zurückerlangen, sobald die Krankheit aus ihrem Körper wich, schwand dahin. Aufmunternd lächelte er ihr zu. »Sorge dich nicht«, sagte er. »Du kannst bald wieder sehen. Das verspreche ich dir.«

»Ich weiß nicht«, gab sie kaum hörbar zurück.

»Was war das Letzte, das du vor der Krankheit erblickt hast?«

»Nur Schatten und Schemen«, antwortete Luna. »Fließende

Wasser in einem dunklen Wald, in denen sich das Mondlicht spiegelt.«

»Keinerlei Einzelheiten?«

»Nein. Gar nichts.«

»Weißt du zumindest, in welche Richtung wir gehen müssen?«, fragte Raphael weiter. »Was mit uns geschieht? Was mit Imbert geschieht? Mit Henri?«

»Ich weiß überhaupt nichts«, sagte Luna. Ihre Stimme klang auf einmal lauter. Und trotzig.

Raphael wollte noch nicht aufgeben. »Der kleinste Hinweis könnte entscheidend sein. Bitte, denk nach.«

Lunas Augen wurden feucht. Zwei Tränen liefen über ihre Wangen. »Hörst du nicht, was ich dir sage?«, presste sie hervor. »Ich sehe nicht mehr als du, Jeanne oder Pierre.« Sie legte sich hin und zog das Laken bis unters Kinn. »Und jetzt möchte ich schlafen.«

Nur zu gern hätte Raphael sie in den Arm genommen, sie an seine Brust gedrückt und mit sanften Worten getröstet. Wie schutzlos sie dalag! Eingehüllt in Verbände, die dort, wo die Beulen aufplatzten, durchnässt waren. Wie eine Mumie auf den alten Zeichnungen, die er einst studiert hatte. Zerbrechlich wie feinste Keramik. Ächzend stand er auf. »Vergib mir«, sagte er zu Luna, die die Augen geschlossen hielt. Er wartete auf irgendeine Reaktion. Aber Luna schwieg und stellte sich schlafend. Er stellte Judas Exzitans auf den Tisch und erklärte ihr, wie sie es einnehmen sollte. Dann sah er zu Pierre hinüber, der an der Wand lehnte und das Kissen auf seinen Beinen knetete. »Gute Nacht, Pierre.«

»Gute Nacht, Bruder Raphael.«

Raphael öffnete die Tür, ging hinaus, blickte ein letztes Mal zu Luna, aber sie rührte sich nicht. Leise zog er die Tür zu.

Er hatte die Treppe noch nicht erreicht, da hörte er, wie Luna lauthals seinen Namen rief. Er eilte zurück und öffnete die Tür. Luna saß aufrecht im Bett.

»Ja?«, fragte er.

»Schlaf gut, lieber Raphael«, sagte sie und lächelte.

Raphael lächelte zurück. »Du auch, mein Kind.« Er nickte ihr zu und schloss wieder die Tür.

Er lächelte noch, als er in die Bibliothek zurückkehrte, wo Jeanne ihn erwartete. Mit wenigen Worten erzählte er ihr, was er mit Luna besprochen hatte.

Eine Weile plauderten sie noch. Dann löschten sie die Kerzen, und Jeanne schlief in Raphaels Armen ein. Der jedoch fand die ganze Nacht lang keinen Schlaf.

Der letzte Sinn

Am Morgen des vierzehnten Tages nach Lunas Erwachen weckte Raphael die Freunde gleich nach dem ersten Hahnenschrei. Als er in die Kammer zu Luna und Pierre kam, waren die beiden längst angekleidet und trieben ihre Späße. Die Wunden an Lunas Körper waren gut verheilt. Bald schon würden die äußerlichen Spuren der Pest verwischt sein. Pierres Blessuren waren längst verschwunden. Raphael sagte ihnen, sie sollten sich auf die Abreise vorbereiten.

Im Garten fand er Amicus, der schnarchend unter der Kastanie lag. Er weckte ihn und bat auch ihn, baldmöglichst abreisebereit zu sein.

Zu guter Letzt weckte Raphael Jeanne. Schlaftrunken öffnete sie die Augen. »Es ist an der Zeit«, sagte Raphael.

»Schon?« Sie gähnte. »Ihr habt Euch eine frühe Stunde ausgesucht. Das Frühstücksmahl nehmen wir doch noch ein, oder?«

»Gewiss«, sagte Raphael. Er stand auf und goss frisches Wasser, das er aus dem kleinen Brunnen in Judas Garten geholt hatte, in eine Schale.

»Habt Ihr eine Entscheidung getroffen?«, fragte Jeanne, während sie Gesicht und Hals wusch.

»Ihr meint, in welche Richtung wir reiten sollen?«

Jeanne nickte.

»Nein«, sagte Raphael. »Aber ich weiß, wen ich danach zu fragen habe.«

Jeanne drehte sich zu ihm um. »Ihr sprecht in Rätseln.«

Raphaels Antwort bestand aus einem breiten Lachen. Er wollte sie nicht in seine Pläne einweihen. Noch nicht.

Kurz darauf trafen sich alle am großen Tisch in der Küche. Allein Juda fehlte. Als Amicus nach ihm fragte, zuckte Raphael nur mit den Achseln.

Die meiste Zeit schwiegen sie. Raphael aß wenig und mit geringem Appetit. Schließlich stand er auf und sagte: »Entschuldigt mich. Ich habe noch etwas zu erledigen.« Auf die fragenden Blicke der anderen reagierte er nicht.

Sein Herz pochte wild, als er die schmale, knarrende Treppe nach oben ging. Gleich sollte es sich erweisen, ob seine Vermutung richtig war.

Vor der Kammer des Arztes hielt er inne. Er atmete tief durch – dann klopfte er an die Tür. Juda rief ihn herein.

Der Medicus stand vor dem Fenster neben seinem Bett und schaute hinaus. »Guten Morgen, Bruder Raphael«, sagte Juda, ohne sich umzudrehen.

Raphael trat ein. »Guten Morgen auch Euch, Juda.«

»Seht hinaus. Es verspricht ein schöner Tag zu werden.«

Raphael stellte sich neben Juda und blickte aus dem Fenster. Wolkenfetzen zogen am Himmel dahin. Die Sonne stand über dem Horizont. »In der Tat«, sagte er.

Langsam wandte sich Juda seinem Gast zu. »Ihr reist heute ab?«

»Ja«, antwortete Raphael. »Sofern Ihr Lunas Genesung als abgeschlossen anseht.«

»Das ist sie.«

»Ich …«, setzte Raphael an. »Ich bin gekommen, um Euch

zu danken. Ohne Euch hätte keiner von uns diesen Morgen erlebt. Wir schulden Euch mehr, als alles Gold der Welt zu begleichen vermag.«

Juda lächelte milde. Seine Augen strahlten. »*Ich* bin es, der Euch zu danken hat. Ihr habt dem Leben eines alten Mannes einen letzten Sinn gegeben.«

Raphael verstand nicht, was Juda damit sagen wollte. Er traute sich jedoch nicht, ihn danach zu fragen. Es gingen ihm ohnehin ganz andere Dinge durch den Kopf. »Da ist noch etwas, über das ich mit Euch sprechen möchte.«

Juda lachte auf, und Raphael sah verlegen zu Boden.

»Ich weiß«, sagte Juda. »Stellt die Frage, die Euch seit Wochen auf der Seele liegt.«

Raphael hüstelte. »Ihr habt sie auch, nicht wahr? Die Gabe, meine ich.« Jetzt war es endlich heraus.

»Ihr wisst die Antwort längst«, entgegnete Juda. Seine Züge spiegelten Zuneigung und Wärme wider.

»Ja«, sagte er leise.

»Sagt mir, woran Ihr es bemerkt habt«, bat Juda.

»Nun«, sagte Raphael gedehnt. »In der Nacht, in der wir einander trafen, seid Ihr gerade im rechten Augenblick an mir vorbeigegangen und habt auf Euch aufmerksam gemacht.«

»Das hätte Zufall sein können.«

»Gewiss«, sagte Raphael. »Aber Ihr trugt den Judenhut, nach dem wir gesucht haben. Ich habe Euch beobachtet. Wann immer Ihr das Haus verlassen habt, blieb Euer Hut am Haken. Nur in jener Nacht nicht.«

»Ihr habt Recht«, sagte Juda. »Ich verabscheue das hässliche Ding. Was fiel Euch noch auf?«

»Ihr wusstet den genauen Weg zu der Kirche, vor der Amicus und Madame Gousset mit Luna warteten.«

Juda nickte. »Weiter.«

»Ihr wusstet auch, dass ich Mönch bin«, fuhr Raphael fort. »Etwas, das Ihr keineswegs wissen konntet.«

»Ihr besitzt einen scharfen Verstand«, sagte Juda.

»Zudem sagtet Ihr, Ihr hattet *einen* Sohn. In der Kammer nebenan standen *zwei* Betten bereit. Eines davon frisch gezimmert. Ihr müsst also gewusst haben, dass nicht nur Luna, sondern auch Pierre Eurer Behandlung bedurfte.«

Juda klatschte in die Hände. »Gut, ich gebe mich geschlagen.«

»Da wären noch zwei Dinge, über die ich mir nicht ganz im Klaren bin«, sagte Raphael.

»Sprecht.«

»Was hat Euch und Luna derart belustigt an den vielen Abenden, die Ihr mit ihr allein in der Kammer zugebracht habt?«

»Oh«, kicherte Juda. »Ich gebe zu, ein gar schändliches Verhalten. Luna wollte wissen, wie Ihr in ihrem Alter wart. Ihr, Madame Gousset und Amicus. Da ihre Fähigkeiten sie verlassen haben, bin ich als ihr Auge in die Vergangenheit eingesprungen.«

»Und was habt Ihr gesehen?«

»Wie Ihr als Novize Bruder Bruno in der Brauerei geholfen habt und schlussendlich lallend vor Prior Michel Eure Trunkenheit beichten musstet.«

Raphael musste lachen. Bruno, dachte er, wie es ihm wohl in diesem Augenblick erging? Allzu fern waren die Brüder und das Leben, das er einst führte. Er wischte die Erinnerungen fort. Sie waren mehr Last als Nutzen.

»Was möchtet Ihr noch wissen?«, fragte Juda.

»Wie meint Ihr?«, fragte Raphael. Er war einen Augenblick lang verwirrt. Dann kehrte die Erinnerung zurück. »Ja, da ist noch etwas. Ihr habt gewiss gesehen, dass Amicus und ich auf Imbert treffen würden, wenn wir auf den Markt gehen.«

»Das ist richtig«, bestätigte Juda.

»Nur sagt mir, warum Ihr darauf gedrängt habt, dass wir gemeinsam und zu genau jener gefährlichen Stunde den Markt besuchen.«

»Das«, sagte Juda, »ist etwas, das Euch zu sagen mir verwehrt ist.«

»Aus welchem Grund?«

»Es gehörte zum Plan, dass Ihr auf Imbert trefft.«

»Ist es Euch nicht erlaubt, mir Näheres über diesen Plan zu offenbaren? Was ist das für ein Plan? Wer hat ihn erdacht und warum?« Raphael war verwirrt.

»Stellt Euch eine Landkarte vor«, sagte Juda, »auf der nur Dörfer und Städte eingezeichnet sind. Keine Straßen, keine Pfade, keine Flüsse, keine Brücken. Nun gibt es viele Möglichkeiten, die Orte zu erreichen, zu denen Ihr gehen müsst. Welche Ihr wählt, ist Euch überlassen. *Dass* Ihr dort ankommt, jedoch nicht.«

Raphael kratzte sich am Kopf. »Ihr meint, dass gewisse Dinge in eines Menschen Leben vorbestimmt sind, dass aber die Zeit dazwischen unseren eigenen Entscheidungen unterliegt.«

Juda nickte. »Das ist das, was wir Schicksal nennen. Wobei ein Ereignis nicht zwangsläufig etwas Großes sein muss, etwa Geburt, Tod oder eine Reise. Auch eine Entscheidung, die Ihr meint, aus eigenem Antrieb zu fällen, vermag vorbestimmt zu sein. Die Wahl, ob Ihr Wein oder Wasser zum Mittagsmahl trinkt, mag als ein Ort von vielen auf Eurer Landkarte verzeichnet sein.«

»Die Einflüsterung des Heiligen Geistes?«, fragte Raphael.

Juda lachte. »Ich bin ein Jude arabischer Abstammung in einem katholischen Reich. Ob Ihr das Schicksal nun Heiliger Geist, Gott, Allah oder Jahwe tauft, ist mir einerlei. Die Tatsache ist es, die zählt.«

»Ich weiß nicht, ob ich das verstehe«, sagte Raphael.

»Es ist nicht wichtig, ob Ihr den Plan versteht«, sagte Juda. »Ihr müsst ihm nur folgen.«

»Bleibt mir eine Wahl?«

»Hat die Maus eine Wahl, wenn zwischen ihr und dem Käse die Katze lauert?«

Es gefiel Raphael nicht, wie eine Möwenfeder auf dem Ozean willenlos den Wogen des Schicksals ausgeliefert zu sein.

Wenn aber der Allmächtige – und Juda schloss dies nicht aus – der Herr über sein Geschick wäre, könnte er mehr Vertrauen in diesen Plan haben.

Eine letzte Frage blieb noch zu klären. »Wohin sollen wir uns wenden, wenn wir Montpellier verlassen haben?«

Juda wirkte unschlüssig. »Ich weiß es nicht«, sagte er. »Euer Weg ist gewunden wie der Leib einer Schlange. Alles, was ich sehen kann, ist ein Bär. Sagt Euch das etwas?«

Raphael dachte nach. »Nein«, murmelte er. »Sollen wir ihn meiden oder seine Nähe suchen?«

»Auch darauf kann ich Euch keine Antwort geben«, sagte Juda. »Ich vermute, Ihr werdet es wissen, wenn der Augenblick gekommen ist.«

Enttäuscht starrte Raphael aus dem Fenster. Er hatte gehofft, Juda könnte ihm wertvolle Hinweise für die Zukunft geben. Jetzt waren sie blind wie alle Menschen. »Wohlan«, sagte er schließlich. »Wir brechen auf.«

»Wartet«, sagte Juda. »Ich habe noch etwas für Euch.« Er ging hinüber zur anderen Seite des Bettes, wo eine uralte Truhe in der Ecke stand. Er öffnete sie und nahm zwei Bücher daraus hervor. Dann ließ er den Deckel hinunter. Lächelnd ging er zu Raphael zurück. »Ich möchte, dass Ihr das an Euch nehmt.« Er gab Raphael die zwei Bücher.

Eines erkannte dieser sofort. »Das Buch der Drogen?«, entfuhr es ihm. Er war so überrascht, dass er keine Worte fand. »Das …«, sagte er stotternd. »Das kann ich nie und nimmer annehmen, Juda.«

»Das müsst Ihr sogar.« Juda lächelte. »Für mich hat es seinen Zweck erfüllt. Nun liegt es an Euch, es im Sinne der Menschlichkeit einzusetzen. Zudem … einst wird es der Schlüssel sein, der Euch Einlass in einen Bereich gewährt, den Ihr ohne das Buch nie betreten könntet. Vergesst das nie.«

Auch diese Andeutung verstand Raphael nicht. Und er wusste, dass seine Fragen unbeantwortet bleiben würden. Wie im Traum studierte er das andere Büchlein. Auf den Seiten standen Formeln, Rezepturen und Wirkungsweisen von Kräutern und Arzneien. »Was ist das?«

»Mein Dispensatorium«, antwortete Juda nicht ohne Stolz in der Stimme. »Mein Lebenswerk sozusagen. Die Arbeit und Erfahrung von vier Jahrzehnten steckt zwischen diesen Deckeln. Bewahrt es gut.«

Raphael schüttelte den Kopf und hielt Juda die Bücher hin. »Euer Geschenk ehrt mich, aber es ist mir unmöglich, es zu behalten. Bitte, nehmt die Bücher wieder zurück.«

Juda wehrte mit beiden Händen ab. »Tut einem alten Mann einen Gefallen und nehmt das Geschenk an. Es ist mein Wunsch, dass Ihr das Wissen dieser Seiten weitertragt. Wer weiß, wie lange ich noch zu leben habe? Es gibt keinen Erben, dem ich diesen Schatz vermachen kann. Wollt Ihr, dass nach meinem Tod irgendwelche Narren diese Bücher in die Hände bekommen?«

»Ihr sprecht, als würdet Ihr bald sterben«, sagte Raphael.

Juda formte mit den Händen eine Schale. »Irgendwann kann ich dem Tod nicht mehr entkommen. Aber wenn die Stunde naht, kann ich im Wissen um das Schicksal dieser Bücher unbesorgt meine Augen schließen.«

»Nun gut«, sagte Raphael zögernd. »Ich will Euch diese Bitte nicht abschlagen und danke Euch für Euer Vertrauen. Ohnehin habe ich Euch für so vieles zu danken. Ohne Eure ...«

»Keine Abschiedsreden«, unterbrach Juda ihn. »Sie stimmen mich melancholisch. Lasst uns frohen Mutes auseinander gehen.«

Raphael nickte. Er klemmte die Bücher unter den Arm und folgte Juda nach unten und hinaus in den Garten.

Alle Freunde waren versammelt. Lächelnd erwarteten sie den Medicus. Amicus ging zuerst auf Juda zu, ergriff dessen Hände und sagte nur: »Habt Dank, Maître.« Andächtig ging er rückwärts zu seinem Platz zurück.

Nun war Jeanne an der Reihe. Sie schlang ihre Arme fest

um Judas schmale Schultern. Dann gab sie ihm zwei schmatzende Küsse auf die Wangen.

Auch Pierre reichte Juda zum Abschied die Hände. Er sagte: »Ihr seid ein großer Arzt und wunderbarer Mensch. Nie werde ich Euch vergessen.«

Juda winkte ab. Verstohlen wischte er eine Träne weg. Dann sah er Luna an und streckte die Arme aus. Bisher hatte sie ihre Gefühle noch unterdrücken können, doch jetzt lief sie weinend auf den alten Mann zu und presste sich zitternd an seine Brust. Juda strich ihr sanft über das Haar. Dann nahm er ihren Kopf in beide Hände, bog ihn ein wenig zurück und küsste ihre Stirn. Liebevoll lächelnd sah er ihr in die Augen. Die beiden schienen sich wortlos zu verstehen. Lunas Schluchzen verklang. Ihre Augen waren wieder trocken, ihr Körper entspannte sich. »Ich bin immer bei dir«, flüsterte er.

Nur langsam konnte Luna sich von Juda lösen. Den Blick auf ihn gerichtet, stieg sie auf ihr Pferd. Die Freunde folgten ihrem Beispiel.

»Auf Wiedersehen, Maître«, sagte Raphael. Er schnalzte mit der Zunge, und sein Pferd setzte sich in Bewegung.

»Lebt wohl«, rief Juda. Wie bei einer Parade ritten sie feierlich an ihm vorbei hinaus in die Gasse. Dann waren sie verschwunden.

Juda schaute zu den Bäumen hinauf, wo Kohlmeisen nisteten. In der Krone der von Amicus so geliebten Kastanie saß ein hässlicher Rabe, der ihn unentwegt anstarrte. Juda hob einen Ast vom Boden und warf ihn nach dem Vogel. Der Ast flog vorbei, und der Rabe schien ihn krächzend zu verlachen.

Schließlich ging Juda zurück in sein Haus. Er war müde, sein Gang war schleppend. Oben in seiner Kammer öffnete er erneut die alte Truhe. Zum Vorschein kamen ein Kleid seiner Frau und eine winzige Hose nebst Hemdchen, die sein Sohn als Säugling getragen hatte. Er presste die Sachen an sein Gesicht. Noch immer steckte in ihnen der Geruch seiner Liebsten. So kniete er in stiller Trauer und sehnsüchtiger Erwartung vor der Truhe.

Die Zeit verstrich. Längst stand die Sonne hoch am Himmel. »Es ist so weit«, murmelte Juda. Er verstaute die Kleidungsstücke und ging hinunter in sein Laboratorium. Dort nahm er zwei große, irdene Grapen, die mit einem dicken Pfropfen verschlossen waren. Nacheinander schaffte er sie in die Bibliothek. Er zog die Pfropfen heraus. Beißender Geruch strömte aus und drang in seine Nase. Er nahm eine Kelle, tauchte sie in eines der Gefäße und versprengte die Flüssigkeit über Boden, Wände, Regale und Bücher. Als die Grapen leer waren, war die Bibliothek erfüllt von betäubenden Dämpfen.

Achtlos warf er die Kelle fort, nahm eine Kerze und hielt sie an eines der Bücher. Sofort sprang die Lohe über und züngelte am Regal entlang. Die Flammen erreichten das nächste Regal, fraßen sich in Windeseile über die Dielen zur gegenüberliegenden Wand, und bald stand die ganze Bibliothek in Flammen.

Juda ging hinaus, warf die Tür zu und setzte sich in die Küche. Dort schenkte er Wein in ein großes, grün schimmerndes Glas. Zug um Zug trank er es leer. Eine Zeit lang starrte er vor sich hin. Sein Blick war in weite Ferne gerichtet. Dann klatschte er in die Hände und ging langsam auf die große Tür am Ende des Flurs zu. Er hielt kurz inne, legte eine Hand auf den Griff – und zog die Tür auf. Dort stand der Mann, den er erwartet hatte.

Imbert.

»Tu, was du tun musst, und dann verschwinde aus meinem Haus«, sagte Juda.

Imbert schien kurz unschlüssig, doch dann griff er Juda mit einer Hand am Kragen und stieß ihm mit der anderen ein Messer in den Hals. Ein Blutschwall ergoss sich über Imberts Habit. Er ließ von Juda ab, und der Medicus brach röchelnd zusammen.

Imbert achtete nicht weiter auf den Sterbenden. Er sprang

über dessen gekrümmten Körper hinweg und rannte in das Haus. Er suchte seine Beute in allen Räumen, riss die Tür zur Küche auf, schaute in den Keller, riss jeden Vorhang und jeden Wandteppich herunter, als könnten die Gesuchten in verborgenen Nischen hocken. Als er die Tür zur Bibliothek öffnete, schlugen ihm Flammen entgegen. Er eilte die Treppe hinauf und durchsuchte die Zimmer, aber er fand niemanden mehr vor. Die Ketzer mussten längst geflohen sein. Wutentbrannt verließ er das Haus und stieg auf sein Pferd. Er trat dem Tier so kräftig in die Flanken, dass dickes Blut aus den Wunden quoll.

Währenddessen griffen die Flammen auf die übrigen Räume und Kammern des Hauses über. Noch am späten Abend tauchte das Feuer die Umgebung in ein grell zuckendes Licht. Niemand eilte herbei, um zu helfen. Erst am nächsten Morgen fanden die Flammen keine Nahrung mehr. Zurück blieben verkohltes Balkenwerk und die verbrannte Leiche Juda ben Zekharya ibn Tibbons.

Angriff bei Nacht

Einige Stunden nach ihrer Flucht aus Montpellier legten sie zum ersten Mal eine Rast ein. Bisher waren sie durch waldreiches Gebiet geritten, und so stiegen sie, von Bäumen geschützt, auf einer kleinen Lichtung von den Pferden. Es war ein schöner Ort, erfüllt von harzigen und blumigen Düften und dem fröhlichen Zwitschern der Vögel in den Wipfeln.

Amicus setzte sich auf einen umgestürzten Baumstamm. »Wir haben kein Wasser.«

»Und kein Brot«, ergänzte Luna. Sie hockte im knöchelhohen Gras und pflückte Gänseblümchen.

In der Tat, dachte Raphael. Wie hatten sie derart Notwendiges vergessen können? Er ging zu seinem Pferd und holte die Karte hervor. Eingehend studierte er sie. Dann sagte er: »Im Norden liegt Saint-Gély-du-Fesc. Wohl eine größere Ortschaft. Dort sollten wir unsere Vorräte gefahrlos auffüllen können.«

Jeanne trat neben Raphael. Sie sah auf die Karte und folgte seinem Blick. »Wir müssten zur Mittagszeit dort sein. Ganz einfach.«

In Anbetracht ihrer bisherigen Schwierigkeiten mochte Raphael nicht glauben, dass es einfach werden würde. Irgendwo würden die Probleme geduldig auf ihr Erscheinen warten. Es konnte anders kaum sein. »Brechen wir auf«, sagte er und faltete die Karte zusammen.

Die Sonne war nur ein kleines Stück weitergezogen, da hielten sie ein weiteres Mal. Pierre war vorausgeritten und rief plötzlich aufgeregt durch die Bäume: »Wasser! Wasser!«

Tatsächlich: Zwischen den Bäumen, Sträuchern und Büschen wand sich ein Bach durch das Unland. Ohne zu zögern sprangen sie aus den Sätteln und erfrischten sich.

Viel später, als Jeanne vorausgesagt hatte, erreichten sie Saint-Gély-du-Fesc. Das Dorf lag dicht am Wald, sodass sie in dessen Schutze Häuser, Gassen und Bewohner beobachten konnten.

»Macht einen beschaulichen Eindruck«, sagte Amicus, der neben Raphael zwischen zwei Fichten lag.

»Ich weiß nicht recht«, flüsterte dieser. »Mich beschleicht ein ungutes Gefühl.«

Amicus lachte leise. »Ungute Gefühle sind *meine* Sache, Bruder.«

»Wir gehen getrennt«, sagte Raphael. »Aus verschiedenen Richtungen. Jeder bekommt eine eigene Aufgabe. Anschließend treffen wir uns wieder bei den Pferden.«

»Wie Ihr meint«, entgegnete Amicus.

Sie standen auf und gingen zurück zu den Freunden, die keine hundert Schritte entfernt im Dickicht auf sie warteten.

In kurzen Worten erläuterte Raphael ihnen seinen Plan

und verteilte die Aufgaben. Pierre war für Wasser und Wein zuständig, wofür er eine genügende Anzahl an Trinkschläuchen aus Ziegenleder auftreiben musste. Amicus sollte Schinken, Brot und Käse besorgen, Jeanne Äpfel, Pflaumen, Karotten und Tomaten. Raphael beauftragte Luna damit, im Lager bei den Pferden zu warten. Er selbst wollte nach irgendetwas suchen, das ihm die neue Richtung wies. Vielleicht stöberte er ja einen Bären auf. Immerfort kreisten seine Gedanken um die von Juda erwähnte Landkarte des Schicksals. War Saint-Gély-du-Fesc einer der Orte, zu denen er gehen musste? War die Entscheidung, hierher zu kommen, womöglich schon vorbestimmt? Raphael wünschte, Juda hätte ihm nie davon erzählt. Jetzt konnte er an nichts anderes mehr denken und fühlte sich in seiner Entscheidungsfreiheit gehemmt. Mit aller Macht wischte er die Gedanken aus seinem Kopf. Sie waren im Augenblick nur eine Last.

Das Dorf war erfüllt von Heiterkeit, Gesang und lachenden Menschen. Raphael, der Saint-Gély-du-Fesc von Westen aus betrat, ahnte, dass die Pest hier noch keinen Einzug gehalten hatte. Die Bestätigung fand er auf den Kirchtürmen: Keinen zierte die schwarze Fahne, die dem Besucher aus der Ferne das Wüten des schwarzen Todes anzeigte. Der Hauch der Pest lag noch nicht über den Dächern und Gärten dieses freundlichen Ortes. Wo immer man ihn sah, erntete er gute Wünsche. Sogar die Kinder, andernorts unerzogen, dreckig und garstig, lachten ihn an und zeigten ihm stolz ihr Spielzeug. Raphael atmete tief durch. Es war eine Freude, in diesen Straßen und Gassen zu wandern. Nicht einmal in Rouen besaßen die Leute die Leichtigkeit und Gastfreundschaft, mit der man ihn hier empfing.

Von der guten Laune angesteckt, ging er lächelnd und fröhlich pfeifend seines Weges. Nirgendwo lauerte Gefahr. Keine Söldner, Soldaten oder Ritter. Niemand, der ihm an den Kragen wollte. Schon nach kurzer Zeit fühlte sich Raphael so sicher wie in Judas Haus.

Vor einem Bauernhaus am südlichen Rand des Dorfs saß ein alter Mann auf einer Bank, der mit einem Knaben von vielleicht vier Jahren spielte. Der Alte schnitzte Pferde, Ochsen und Menschen, die der Knabe im Kreis aufstellte. Unter der Bank lag friedlich schlummernd ein großer schwarzer Hund, dessen Rasse Raphael nicht kannte.

»Gott zum Gruße, Fremder«, sagte der Alte, als er Raphael kommen sah. Sein dichtes, ergrautes Haar hing ihm bis über die Schultern. Er war von kräftiger Statur und, wie Raphael erst jetzt erkennen konnte, da er aufstand, von ähnlich hünenhafter Größe wie Amicus. In den Schultern war er allerdings noch breiter. Das Messer in der einen, das Schnitzwerk in der anderen Hand, wartete er auf den abendlichen Besucher.

»Auch Euch einen Gruß«, sagte Raphael. »Mein Name ist Raphael. Ich bin auf Pilgerfahrt und kam zufällig in dieses gastliche Dorf.«

»Dann kommt näher und ruht Euch bei mir aus«, sagte der Alte. Er deutete auf die Bank. »Man nennt mich Lazare.«

Dankend nahm Raphael Platz. Der Knabe beachtete ihn nicht. Er spielte still mit den Figuren.

»Gebt Acht!«, sagte Lazare. »Tretet nicht auf Philippes Pfoten.«

Raphael nickte. »Ihr gebt einem Hund den Namen des Königs?«

Lazare hüstelte. »Er ist genauso gefräßig und faul. Erfreulicherweise findet dieser Philippe wenig Gefallen an Salz.«

Raphael fiel die unbeliebte Salzsteuer ein, die Philippe VI. zur Finanzierung des Krieges gegen die Engländer eingeführt hatte, und er musste schallend lachen. »Ihr habt einen erfrischenden Humor, Lazare.«

»Apropos erfrischend«, sagte Lazare und stand auf. »Ich habe ein Fass Dünnbier im Haus. Ihr seid sicher durstig.«

»Für einen Krug Bier wäre ich Euch dankbar«, sagte Raphael. Als Lazare im Haus verschwunden war, wandte sich Raphael dem Knaben zu. »Wie heißt du, mein Sohn?«

»Noé«, antwortete der Junge. Sein goldfarbenes, kurz geschnittenes Haar bewegte sich leicht in der Abendbrise.

»Ein schöner Name«, sagte Raphael. »Wie alt bist du?«

»Sieben«, war die knappe Antwort.

Verdutzt zog Raphael die Brauen hoch. Vielleicht konnte Noé ja noch nicht zählen. Denn wie ein Siebenjähriger sah er gewiss nicht aus. Dazu war er viel zu klein und kümmerlich.

»Wundert Euch nicht«, sagte Lazare, der gerade mit zwei Krügen zurückkam. Einen davon gab er Raphael. Dann nahm er wieder seinen Platz auf der Bank ein. »Noé war schon immer schmaler und schwächlicher als andere Knaben in seinem Alter.«

»Seid Ihr der Vater?«, fragte Raphael.

»Nein«, antwortete Lazare. »Er ist der Sohn meines Sohnes. Seine Familie lebte in Montpellier. Als dort das große Sterben begann, holten mein Weib und ich den Knaben zu uns. Erst erkrankte mein Sohn, dann seine Frau. Mein Weib kehrte nach Montpellier zurück, um die beiden zu pflegen. Nun liegen sie alle drei in der verfluchten Stadt begraben.«

»Ich komme soeben aus Montpellier«, sagte Raphael. »Tausende haben das Schicksal Eurer Familie geteilt. Der schwarze Tod hat ganze Viertel entvölkert. Und nicht nur in Montpellier. Alle Städte und Dörfer, durch die ich gezogen bin, hält die Pest in ihrem Todesgriff gefangen.«

»Ich habe davon gehört«, sagte Lazare. Er prostete Raphael zu und trank in großen Zügen. Dann rülpste er kräftig. »Wohin pilgert Ihr, Raphael?«

»Nach Santiago de Compostela«, antwortete Raphael. Es behagte ihm nicht, diesen guten Mann anzulügen. Er hielt es aber für das Beste, seine Tarnung aufrechtzuerhalten. Was Lazare nicht wusste, konnte ihm nicht zur Gefahr werden. »Zum Grab des heiligen Jakobus.«

Anerkennend pfiff Lazare durch die Zähne. »Ihr seid noch fern vom Jakobsweg. Und Ihr reist allein?«

»Allein und auf eigenen Füßen.«

»Dann will ich mich um eine gute Mahlzeit für Euch kümmern«, sagte Lazare und stand auf.

Gerade wollte Raphael dankend ablehnen, da sprang Philippe unter der Bank hervor, rannte um das Haus herum und bellte laut.

Lazare lief hinterher, dicht gefolgt von Raphael. »Was hat der Hund?«

»Philippe wittert Gefahren schon aus großer Entfernung«, sagte Lazare. »Irgendetwas kommt auf uns zu.«

»Was?«

»Das weiß ich nicht.« Lazare ging zurück ins Haus und kehrte mit zwei schweren Äxten zurück. Eine gab er seinem Gast.

»Was soll ich damit?«, fragte Raphael.

»Euch verteidigen.«

»Ich verstehe nicht.«

Lazare zeigte in die Richtung, in die Philippe unentwegt bellte. »Was auch immer sich da nähert – es ist nichts Gutes.«

»Woher wollt Ihr das wissen?«, fragte Raphael.

Lazare zeigte auf den Hund. »*Er* weiß es.«

Jetzt mischte sich ferner Donner in das Rauschen des Windes. Raphael erkannte es sofort: Hufgetrappel. »Ich bin kein Kämpfer«, sagte er mit zitternder Stimme.

»Ihr könnt eine Axt halten. Also könnt Ihr auch kämpfen.«

Angestrengt blickte Raphael über das Feld, auf dem die Ähren kinnhoch standen. Noch war nichts und niemand zu sehen, aber das Trampeln unzähliger Hufe rückte unaufhaltsam näher.

Plötzlich tauchten Reiter am Horizont auf. Zuerst nur ihre behelmten Köpfe, dann die glänzenden Rüstungen, schließlich die mächtigen Schlachtrösser. Trotz der einbrechenden Dunkelheit genügte Raphael ein Blick, um zu wissen, wer die Reiter waren. Das schwarze Kreuz auf weißem Grund war genau zu erkennen. »Deutschordensritter«, flüsterte er.

Lazare sah ihn verwirrt an. »In dieser Gegend? Unmöglich!«

»Glaubt mir«, sagte Raphael. »*Ich* bin es, nach dem sie suchen.«

»*Ihr?*« Lazares Stimme vibrierte. »Was in Gottes Namen habt Ihr verbrochen, dass Euch Ritter des Deutschen Ordens suchen?«

»Besser, Ihr wisst es nicht«, antwortete Raphael.

»Verbergt Euch im Haus«, sagte Lazare. »Ich lenke sie ab.«

Raphael überlegte nicht lange. Er griff Noé, lief mit dem Knaben ins Haus und suchte fieberhaft nach einem Versteck. Erst stieg er in eine Truhe, in der er kaum Luft bekam, dann in einen leeren Schrank. Darin fühlte er sich wie in einem Kerkerloch. Schließlich hockte er sich hinter ein schmales Fenster. Von dort aus konnte er durch die halb geschlossenen Läden Lazare und die Ritter beobachten, ohne selbst gesehen zu werden. Noé kniete ängstlich neben ihm. »Es ist alles gut, mein Sohn«, flüsterte Raphael. »Sei ganz still. Dann ist die Gefahr bald vorüber.« Er war nicht sicher, ob Noé ihn verstand.

Schon erreichte der Tross das Ende des Feldes. Keine hundert Schritte von Lazare entfernt, stürmten die Ritter aus den dicht stehenden Ähren heraus auf den alten Mann zu. Raphael schätzte ihre Zahl auf vier oder fünf Dutzend. Eine kleine Armee. Woher wussten sie nur, wo er und seine Freunde sich aufhielten, fragte er sich. Niemand konnte es ihnen gesagt haben, auch nicht Juda. Er ahnte, dass diese Frage auf ewig unbeantwortet bleiben würde. Fieberhaft lugte er durch den Spalt. Er suchte einen dürren Mann in weißem Habit und schwarzem Skapulier. Und da war er auch schon. Imbert preschte an der Flanke der Ritter aus dem Feld heraus. Wie in einem Traum erschien er einen Herzschlag lang in Raphaels Blickfeld, dann war er auch schon wieder verschwunden.

Die Männer ritten weiter, ohne Lazare zu beachten. Raphael wollte schon aufatmen, als plötzlich fünf Ritter ausscherten und direkt auf Lazare zuritten. Die anderen zogen weiter in das Dorf. Vor dem großen Mann mit der Axt brachten die Männer die Pferde zum Stehen und richteten ihre Lanzen auf seinen Kopf. Alle trugen volle Rüstung mit schwerer Bewaffnung. Die Dolche und die schweren Zweihandschwerter steckten in den Scheiden. Hinter ihren Köpfen waren die Schäfte von Armbrüsten zu sehen, und an den Sätteln steckten Furcht einflößende Morgensterne. Zwei der Ritter trugen Fackeln.

»Was wollt ihr von mir?«, fragte Lazare unbeeindruckt.

»Hast du Fremde hier gesehen?«, fragte einer der Ritter. Durch das geschlossene Visier klang seine Stimme hohl. »Ein Mönch, der sich als Bauer ausgibt. In seiner Gesellschaft befinden sich zwei Männer und zwei Weiber.«

»Nein«, gab Lazare zurück. »Und wenn, warum sollte ich es dir sagen?«

Der Ritter trat seinem Pferd leicht in die Flanken, und das Tier machte einen Satz nach vorn. Gefährlich nah rückte die Lanzenspitze an Lazares Kehle. »Soll ich dir dein loses Maul stopfen?«

Raphael sah, wie Lazare leicht wankte und dann zwei Schritte zurückging. »Ich habe keine Fremden gesehen. Und jetzt verschwindet von meinem Land!«

Der Ritter lachte und wandte sich zu seinen Ordensbrüdern um. Die stimmten in das Gelächter ein. »Brennt das Haus nieder!«, rief er den Fackelträgern zu.

»Nein!«, schrie Lazare. Er stellte sich ihnen in den Weg. Die beiden Reiter ritten einfach über ihn hinweg. Lazare stürzte zu Boden und blieb regungslos liegen.

Entsetzt musste Raphaels mit ansehen, wie die Männer ihre Fackeln auf das strohbedeckte Dach schleuderten. Sofort fing das Stroh Feuer, und der Dachstuhl brannte lichterloh. Die Ritter verloren das Interesse an Lazare und dem brennenden Haus und jagten ihren Gefährten in das Dorf hinterher.

Ohne noch länger zu zögern, brachte Raphael Noé aus dem Haus und lief zu Lazare.

Vorsichtig strich Noé über dessen blutverschmiertes Gesicht. »Was ist mit Großvater?«, fragte er. »Ist er tot?«

Raphael legte einen Finger an dessen Kehle. Er fühlte ein schwaches Pochen. »Er lebt«, stieß er hervor. »Hat dein Großvater Geld im Haus? Geschmeide oder andere Dinge von Wert?«

»Was ist Geschmeide?«, fragte Noé.

»Ketten, Ringe, Armbänder«, sagte Raphael. »Alles, das glänzt und glitzert.«

»Ich weiß nicht«, sagte Noé mit Tränen in den Augen.

Der Wind hatte gedreht, und heiße Asche fiel auf sie herunter.

»Hör mir gut zu, Noé«, sagte Raphael.

Der Knabe beachtete ihn nicht, sondern kniff seinem Großvater unablässig in Wangen und Bauch, um ihn aufzuwecken.

Raphael packte den Knaben fest an den Schultern und zog ihn zu sich heran. »Noé! Hör zu, was ich dir sagen will!«

»Du tust mir weh«, heulte Noé.

Raphael lockerte den Griff. »Es tut mir Leid. Ich wollte dir nicht wehtun. Aber es ist wichtig, dass du mir gut zuhörst. Wir schaffen deinen Großvater dort hinüber.« Er deutete zum Rand des Feldes. »In der Nähe des Feuers ist es zu gefährlich. Bist du ein Mann und hilfst mir?«

Noé nickte. Raphael griff unter Lazares Arme und zerrte ihn fort. Noé, ganz Mann, unterstützte Raphael, indem er den Saum von Lazares Hosenbein ergriff und trippelnd Schritt zu halten versuchte.

Am Rand des Feldes legten sie Lazare ab. Raphael streifte seine Gugel ab und bettete Lazares Kopf darauf. »Ich gehe in euer Haus, um nach Münzen und Wertsachen zu suchen«, sagte er. »Bleib bei deinem Großvater und beschütze ihn. Wenn die bösen Männer zurückkehren, rufst du nach mir.«

Noé nickte nur.

Raphael lächelte und strich ihm über das Haar. »Dein Großvater kann stolz sein, einen so tapferen Enkelsohn zu haben.«

Raphael rannte zu dem brennenden Haus zurück. Vor der Tür zögerte er kurz, dann hielt er sich den linken Arm schützend vor Mund und Nase und stieß die Tür auf. Eine Welle sengender Hitze erfasste ihn. Überall nichts als brennende Balken, Tische, Stühle, Schränke. Beißender Rauch raubte ihm Atem und Sicht. Er musste husten, und nach wenigen Augenblicken tränten ihm die Augen. Wie sollte er in diesem Inferno nach wertvollen Sachen suchen?

Ohne nachzudenken, drang er tiefer in die Flammenhölle ein. Es knirschte, knisterte und knackte im Gebälk wie in einem riesenhaften Kamin. Aber so sehr er auch stöberte, er fand nichts von Wert. Um ihn herum fielen verbrannte Querbalken des Dachstuhls donnernd zu Boden. Hilflos musste sich Raphael eingestehen, dass es hier nichts mehr zu retten gab.

So verließ er das Haus und kehrte zu Lazare und Noé zurück. Gierig sog er die frische Luft ein. »Ich habe nichts gefunden«, sagte er hustend. »Wie geht es deinem Großvater?«

»Weiß nicht«, wisperte Noé.

Nochmals prüfte Raphael Lazares Puls. Er schien noch schwächer zu sein. »Habt ihr einen Brunnen, eine Zisterne?«, fragte er Noé.

Noé zeigte hinter das Haus.

Raphael stürzte los. Den Brunnen hatte er gleich gefunden. Er warf einen bereitstehenden Eimer hinunter und zog ihn an der Kurbel wieder hoch. Dann schleppte er ihn zu Lazare und schüttete das eiskalte Wasser über dessen Kopf aus.

Lazare schlug die Augen auf. Noé warf sich ihm weinend an den Hals. »Was ist geschehen?«, fragte der alte Mann.

»Die Ritter«, sagte Raphael. »Ihr erinnert Euch? Sie haben Euch niedergeschlagen und Euer Haus in Brand gesteckt.«

Lazare hob den Kopf. »Bei Gott!«, flüsterte er. Sein Kopf fiel ins Gras zurück.

»Auch wenn es Euch nicht zu trösten vermag«, sagte Raphael. »Wir können dem Herrn danken, dass wir noch am Leben sind.«

»Durst«, ächzte Lazare.

Im Eimer war noch ein Rest Wasser, den Raphael ihm zu trinken gab. Dann setzte er sich neben den Verletzten. »Ich habe Euch in Gefahr gebracht. Vergebt mir.«

»Was habt Ihr getan, dass diese Männer Euch nach dem Leben trachten?«

»Ich suche nach der Wahrheit«, sagte Raphael ausweichend.

»Eine Verderben bringende Suche, die Ihr da betreibt«, sagte Lazare.

»Wenn ich die Wahrheit finde, vermag sie tausenden das Leben zu retten.«

»Und Ihr seid nicht allein, oder?«

»Nein.«

Lazare kam wieder zu Kräften. Er richtete sich auf. »Ich nehme Euch die Lüge nicht übel«, ächzte er. »Auch lege ich Euch nicht zur Last, dass mein Haus in Flammen steht. Wenn Euch diese Gesellen nach dem Leben trachten, könnt Ihr nur ein guter Mensch sein und Eure Sache gerecht.«

»Habt Dank für Euer Wohlwollen«, entgegnete Raphael. Er griff in seine Gürteltasche und zog eine Hand voll Münzen heraus. Diese legte er neben Lazare auf die nasse Erde.

»Was habt Ihr vor?«, fragte Lazare, als er das Gold sah.

»Nehmt es von mir als Wiedergutmachung.«

»Das kann ich nicht«, keuchte Lazare. »Damit könnte ich ein Schloss bauen.«

Raphael lachte. »Dann tut es.«

»Wer zur Hölle seid Ihr?«, fragte Lazare. »Gekleidet wie ein Bauer, auftretend wie ein Mönch und wohlhabend wie ein König.«

Wieder lachte Raphael. »Womöglich bin ich ein wenig von jedem.« Er wurde ernst. »Meine Freunde sind im Dorf. Ich muss ihnen helfen. Nehmt die Münzen und baut ein schönes Haus für Euch und Noé.« Er nahm seine Gugel und stand auf.

Stöhnend versuchte Lazare, auf die Beine zu kommen. »Ich gehe mit Euch, um eine Schuld bei den Bastarden zu begleichen und einige von ihnen in die Hölle zu schicken.« Er schwankte und stürzte wieder zu Boden.

»Ihr bleibt hier bei dem Knaben«, wandte Raphael ein. »Er braucht Euch. Außerdem seid Ihr zu schwach.«

»Ihr habt wohl Recht«, grunzte Lazare.

»Lebt wohl, guter Lazare«, sagte Raphael zum Abschied.

»Lebt wohl, Raphael. Und viel Glück.«

Raphael nickte und wandte sich ab. Er ging vorbei an Lazares brennendem Haus, quer durch einen ausgetrockneten Bach und dann am Rand des Dorfs entlang. Hinter einer hüfthohen Steinmauer suchte er Deckung. Er spähte hinüber und erblickte einen hellen Lichtschein in der Dorfmitte. »Allmächtiger«, flüsterte er. Die Ritter hatten das halbe Dorf in Brand gesteckt. Jetzt, da der Wind sich drehte, hörte er auch die Schreie der Bewohner und das Dröhnen der Flammen. Wo waren die Freunde? Ob sie rechtzeitig fliehen konnten? Es blieb keine Zeit mehr, Pläne zu schmieden. Er musste handeln.

Einen Augenblick lang hielt er noch inne und sog die Luft in tiefen Zügen ein, dann stürmte er los. In der Hoffnung, man würde ihn zwischen all den Menschen nicht erkennen, rannte er direkt auf den Dorfkern zu. Bauern, Mütter und Kinder kamen ihm entgegen, die in den nahen Wald flohen. Raphael presste sich gegen eine Hauswand und blickte den Fliehenden hinterher. Da plötzlich stieß eine Horde Ritter aus dem Wald heraus und scheuchte die Menge in das Dorf zurück. Raphael zog die Gugel tief in sein Gesicht und ließ sich mit den Leuten treiben.

In der Mitte des Dorfs, rund um einen großen Brunnen, standen dicht gedrängt viele Menschen. Raphael schätzte ihre Zahl auf dreihundert bis vierhundert Seelen. Aus allen Ecken trieben die Ritter weitere Menschen her. Zusammengepfercht wie Vieh, ängstlich und verwirrt standen, saßen oder knieten sie schicksalsergeben auf dem großen Platz, während um sie herum all ihr Hab und Gut ein Opfer der Flammen wurde. Die Ritter hatten einen engen Kreis um sie gezogen. Außerdem waren je zwei von ihnen an jeder Gasse postiert, die vom Marktplatz wegführte. Ein Entkommen war unmöglich.

Raphael verbarg sich zwischen den Bewohnern. Immer wieder hob er kurz den Kopf und suchte seine Umgebung ab. Nirgends ein Lebenszeichen von Jeanne, Pierre oder Amicus. Glücklicherweise war Luna im Wald sicher.

Irgendwann verkündete einer der Ritter seinem Hauptmann, dass alle Bewohner entweder gefangen oder tot seien. Der Hauptmann ritt hinüber zu Imbert, der vor dem brennenden Gemeindehaus wie der Teufel am Eingang zur Hölle auf seinem Pferd saß und die Leute mit kaltem Blick musterte. Er quittierte die Meldung mit einem knappen Nicken. »Hört, was ich euch zu sagen habe. Keinem von euch geschieht ein Leid, wenn ihr befolgt, was ich verlange.«

Ein Mann, groß und kräftig, bekleidet mit der Lederschürze der Schmiede und in der rechten Hand einen Hammer schwingend, trat vor. »Kein Leid soll uns geschehen?«, rief er. »Ihr brennt unsere Häuser nieder, tötet unsere Schweine und Rinder und nehmt uns alles, was wir besitzen. Welches Leid vermögt ihr denn noch über uns zu bringen?« Er spie auf den Boden.

Einer der Reiter verließ seinen Posten. Während er auf den Schmied zuritt, zog er sein Schwert aus der Scheide. Noch bevor der Mann die Arme hochreißen konnte, war der Ritter bei ihm und trennte ihm mit einem Hieb den Kopf von den Schultern. Ein Aufschrei ging durch die Menge. Einige Frauen fielen ohnmächtig zu Boden.

Imbert zeigte auf den Toten, der keine zehn Schritte von ihm entfernt lag. »Da seht ihr, welches Leid ich euch noch zufügen kann.« Er machte eine Pause. »Nun hört, was ich zu sagen habe. Fremde sind unter euch. Drei Männer und zwei Weiber. Liefert sie aus oder sagt mir, wo ich sie finde, und wir brechen unverzüglich wieder auf. Versteckt ihr sie, ergeht es euch wie diesem Narren hier.«

Stille trat ein. Raphael sah in die Gesichter der Menschen um ihn herum. Würden sie ihn ausliefern? Aber da war nichts als Angst. Wenn nur Amicus bei ihm wäre! Er war ein geübter Kämpfer und würde schon einen Ausweg wissen. Doch womöglich waren die Freunde längst in den Wald geflohen und außer Gefahr.

Gedankenverloren drängte sich Raphael durch die Menge. Dabei stieß er versehentlich eine junge Frau mit schwarzem Haar und schmalen, verkniffenen Lippen an. An ihrer Brust hielt sie einen in Tüchern gehüllten Säugling. Die Frau blickte ihn an – und erstarrte. Langsam schüttelte Raphael den Kopf. Er betete, dass sie verstand und den Mund hielt. Da senkte sie den Blick und wandte sich ab.

Raphael schloss die Augen und atmete tief durch, als ihn plötzlich eine kräftige Hand von hinten packte und eine zweite sich auf seinen Mund legte. Eine bekannte Stimme drang flüsternd an sein Ohr: »Ich bin es – Amicus.«

»Ich bin froh, Euch wohlbehalten zu sehen«, sagte Raphael mit zitternder Stimme. »Ist Jeanne in Sicherheit?«

»Mitnichten«, antwortete Amicus. »Sie ist genauso gefangen wie wir und Pierre.«

»Was sollen wir jetzt tun?«

»Ich weiß es nicht«, sagte Amicus. »Mir scheint, wir sind am Ende unseres Weges angekommen.«

Raphael war erschüttert. Wenn dieser große, starke Mann keinen Ausweg mehr sah, woher sollte er, Raphael, dann noch die Kraft nehmen, sie alle zu retten?

Imberts Stimme schallte über sie hinweg. »Ich habe lange genug gewartet. Wo sind die Fremden?« Sein Blick strich über die Menge. »Nun?« Keine Reaktion. Er gab einem Ritter ein Zeichen, und dieser zerrte wahllos einen alten Mann an den Haaren herbei und stieß ihn vor Imbert in den Dreck. Zitternd krümmte er sich und bat um Gnade.

»Sprecht jetzt, oder er stirbt!«, gellte Imberts Stimme.

Die Leute schwiegen beharrlich. Imbert nickte dem Ritter zu. Der zog seinen Dolch und schnitt dem Alten die Kehle durch. Wieder ging ein Aufschrei des Entsetzens durch die Menge. Plötzlich begann jemand zu kreischen. Es war die Frau, die von Raphael gestoßen worden war. »Hier!«, schrie sie. »Hier sind sie!«

Raphael und Amicus versuchten zu fliehen. Gleichzeitig erklang eine zweite Stimme in der Dunkelheit.: »Imbert! Hörst du mich, Imbert?«

Raphael und Amicus hielten inne. Sie hatten die Stimme sogleich erkannt. »Luna!«, sagten sie gleichzeitig. Sie sahen sich um und entdeckten das Mädchen auf einem Hügel am Rand des Waldes, etwa zweihundert Schritte entfernt. Sie saß auf Giacomo und rief immer wieder Imberts Namen.

Jetzt hatte auch der Mönch sie entdeckt. Er zeigte zu ihr hoch und brüllte seine Männer an: »Worauf wartet ihr? Ergreift die Hexe!«

Sofort jagten die Männer Luna entgegen. Sie zögerte keinen Augenblick mehr. Sie gab Giacomo einen kleinen Klaps, und der Hengst sauste davon. So lockte Luna die Ritter in das tiefe Unland, das Saint-Gély-du-Fesc umgab.

Zurück blieben nur Imbert und der Hauptmann. Als die Bewohner bemerkten, dass ihnen von den Rittern keine Gefahr mehr drohte, stürmten sie in alle Richtungen auseinander. Imberts Drohungen gingen in dem Lärm unter.

Raphael und Amicus nutzten das Durcheinander aus, um Jeanne und Pierre zu suchen. Sie standen noch dort, wo Amicus sie zuletzt gesehen hatte. Als Jeanne Raphael entdeckte, fiel sie ihm um den Hals und presste ihren Kopf an seine Brust. »Da seid Ihr endlich«, schluchzte sie.

»Wir haben jetzt keine Zeit für Sentimentalitäten«, mahnte Amicus.

Jeanne löste sich von Raphael. »Ihr habt Recht«, sagte sie. »Machen wir, dass wir fortkommen.«

Amicus hielt sie zurück. »Wir sollten uns trennen. Die Ritter streifen durch das Unterholz. Allein können wir uns besser verbergen und sicher zu unserem Lager gelangen.«

Raphael stimmte ihm zu. »Ich gehe Richtung Süden und dann in den Wald hinein.«

»Gut«, sagte Amicus. »Der Norden ist von Imbert versperrt und im Osten drängen die Ritter Luna hinterher. Also verlasse ich das Dorf im Osten und Ihr, Madame, im Südosten. Pierre, du fliehst nach Südwesten.«

Pierre und Jeanne nickten. »Viel Glück Euch allen«, sagte Raphael und lief in südliche Richtung.

Plötzlich hörte er Imberts Stimme hinter sich: »Dort ist einer von ihnen!« Raphael drehte sich nicht um. Er lief so schnell, dass sein Atem rasselte und seine Lunge zu bersten drohte. Er hetzte in eine von Flammen erhellte Gasse hinein. Seine Beine schmerzten, und Stiche wie von glühenden Nadelspitzen quälten seinen Körper.

Da drängte sich hinter ihm ein Geräusch zwischen all die Schreie und das Knacken von brennendem Holz, das er nur zu gut kannte: Hufgetrampel. Im Laufen wandte er kurz den Kopf und erkannte den Hauptmann, der mit geöffnetem Visier und gezücktem Schwert hinter ihm herpreschte. Keuchend blieb Raphael stehen. Jetzt ist alles aus, dachte er.

Duell im Wald

Amicus floh nach Osten. Statt durch die Gassen zu laufen, durchquerte er die Höfe und Gärten hinter den Häusern, sprang über Zäune und Beete, hechtete über Büsche und Wassergräben.

Hinter einer hüfthohen Mauer auf einer Anhöhe blieb er stehen. Von hier aus konnte er das Inferno, das in Saint-Gély-du-

Fesc wütete, in seiner ganzen Schrecklichkeit erkennen. Kein Haus, das nicht in Flammen stand, kein Stall, den die Bastarde von Rittern nicht angesteckt hatten. Die Schreie verhallten. Von hier aus waren kaum noch Menschen zu erkennen. Die Gassen schienen leer, das Dorf war wie ausgestorben.

Gerade wollte er weiter, als er einen Schatten zwischen zwei Häusern in der Gasse unter sich entdeckte. Er rieb sich die Augen und der Schatten war verschwunden. Er schalt sich einen Narren, aber da tauchte der Schatten wieder auf. »Imbert!«, flüsterte er. »Verdammt!«

Jetzt musste er handeln. Der Wald war nah, und Imbert musste durch das halbe Dorf reiten, um ihn einzuholen. So schnell er konnte, rannte Amicus dem rettenden Unland entgegen. Am letzten Haus des Dorfs machte er noch einmal kurz Halt und atmete tief durch. Nur noch fünfzig Schritte über offenes Feld trennten ihn vom Wald. Er spähte in alle Richtungen. Imbert war nirgends zu sehen.

So überquerte er ungehindert das Feld und warf sich zwischen die Bäume auf den Waldboden. Er war in Sicherheit! Eine Weile blieb er liegen. Tief sog er die Luft ein, die nach Moos und Kräutern roch. Wölfe heulten in weiter Ferne, und aus den Baumwipfeln drang der Ruf eines Steinkauzes an sein Ohr.

Es war so ruhig, dass Amicus die Augen zufielen. Damit er nicht einschlief, stand er wieder auf und schüttelte die Müdigkeit aus seinen Gliedern. An Schlaf war nicht zu denken. Die Freunde waren noch immer in Gefahr. Er beschloss, im Schutz der Bäume am Waldrand Richtung Süden zu marschieren. Auf diese Weise musste er auf Jeanne und Raphael treffen.

Kaum hatte er ein paar Schritte gemacht, spürte er einen kräftigen Schlag auf den Hinterkopf. Benommen wankte er hin und her, dann stürzte er zu Boden. Noch bevor er die markante Stimme vernahm, wusste er, wer ihn attackiert hatte.

»Habe ich dich endlich, du Hurensohn«, höhnte Imbert.

Ächzend zog Amicus sich an einem Baumstamm hoch. Er

starrte in die Dunkelheit, konnte Imbert aber nirgends ausmachen. Der Feuerschein aus dem brennenden Dorf drang nur schwach hierher. Blitzschnell fasste er an seinen Gürtel und schrie wütend auf. Er hatte auf der Flucht beide Messer verloren. Und die anderen waren gut verstaut in seinen Satteltaschen. So tastete er über den Boden, bis er einen starken Ast zu fassen bekam.

Eisiges Lachen drang durch die Dunkelheit. »Mit *dem* Stöckchen willst du mich besiegen?«

»Zeig dich, und du wirst schon sehen, feiger Lump.«

Imbert lachte nur. Diesmal aus einer anderen Richtung. Amicus fuhr herum und schlug mit dem Ast in die Luft.

Da hörte er neben sich ein Geräusch. Noch bevor er reagieren konnte, fuhr die kalte Klinge eines Messers in seinen rechten Arm unterhalb der Schulter. Amicus schrie auf.

Imbert kicherte. »Ich habe nicht geahnt, dass mir deine Schmerzen ein solches Maß an Freude schenken würden.«

»Komm her!«, brüllte Amicus und schlug wild um sich.

Wieder hörte er ein Geräusch, und das Messer schlitzte ihm den anderen Arm auf. Amicus spürte, wie warmes Blut an seinen Armen herunterlief. Doch der Schmerz trieb ihn nur noch mehr an. Unentwegt hieb er mit dem Ast durch die Luft. Zwei weitere Messerstiche trafen Amicus in beide Beine, und schließlich brach er erschöpft zusammen.

Nun zeigte sich der Jäger. Wie ein triumphierender Feldherr der römischen Legionen stand er grinsend vor seinem Opfer. »Wie viele Stunden habe ich überlegt, was ich in diesem Augenblick sagen soll«, sprach Imbert. »Doch bist du keines weisen Wortes wert.« Er hob das Messer.

Amicus schloss die Augen. Seine Gedanken kreisten um die Freunde und dass sie ihn rächen und den Kampf des Guten gegen das Böse gewinnen würden. Dann erschien Eve vor seinem inneren Auge, und unsägliche Freude über das nahe Wiedersehen übermannte ihn.

Plötzlich hörte er, wie Imbert gequält aufschrie. Verwundert öffnete er die Augen und erblickte Jeanne, die gerade den Stein fortwarf, mit dem sie Imbert niedergeschlagen hatte.

Sie stürzte zu ihm. »Seid Ihr schwer verletzt?«

»Es ist nicht so schlimm«, log Amicus. Die Wunden brannten und der Blutverlust schwächte ihn. Eine Körperlänge entfernt lag der bewusstlose Imbert.

»Verschwinden wir«, sagte Jeanne.

Schon wollte er mit ihrer Hilfe aufstehen, als er eine Entscheidung traf. »Nein«, sagte er. »Ich laufe nicht mehr weg.«

»Was habt Ihr vor?«, fragte Jeanne. »Amicus?«

Amicus antwortete nicht. Auf allen vieren kroch er zu Imbert. Der Mönch bewegte Arme und Beine. Er schien aufzuwachen.

»Haltet ein!«, rief Jeanne und stellte sich zwischen Amicus und Imbert.

»Geht aus dem Weg«, presste Amicus hervor.

»Es ist nicht nach Gottes Geboten, zu töten.«

Amicus stöhnte. »Imbert ist da sicher anderer Meinung.«

»Es reicht, wenn wir ihn fesseln. Gewiss gibt es eine Reihe von Fragen, die Bruder Raphael ihm stellen möchte.«

Ächzend stand Amicus auf und hob beschwörend die Hände. »Madame Gousset, jeder Augenblick, in dem der Bastard lebt, birgt eine Gefahr für unser aller Leben. Lasst mich dem Spuk ein für alle Mal ein Ende machen.«

»Wir haben dennoch kein Recht, ihn zu töten«, beharrte Jeanne. »Wir fesseln ihn und warten auf Bruder Raphael. Er soll entscheiden, was mit ihm geschieht.«

»Fesseln?«, fragte Amicus. »Womit denn, zum Teufel?«

Jeanne schien zu erkennen, dass der Einwand berechtigt war. Sie hatten kein Seil. Vorsichtig schlich sie zu Imbert. Dann bückte sie sich schnell, nahm das blutverschmierte Messer aus seiner Hand und ging zurück zu Amicus. Sie gab ihm die Waffe. »Halten wir ihn eben so lange in Schach.«

Amicus gab seinen Widerstand auf. Mit dem Messer in der Hand ging er zu Imbert, packte ihn an den Schultern und zerrte ihn zum Stamm einer kräftigen Eiche. Er selbst setzte sich auf einen Stein, keine drei Schritte entfernt.

Allmählich erlangte Imbert das Bewusstsein zurück. Verwirrt schaute er sich um. Dann erblickte er Amicus und das Messer in dessen Hand. »Warum tötest du mich nicht?«, fragte er. »Was habt ihr mit mir vor?«

»Keine Sorge«, sagte Amicus. »Ich werde dich töten. Allerdings nicht jetzt.«

»Wusste ich doch, dass du ein Feigling bist«, höhnte Imbert.

»Na, warte!«, polterte Amicus und wollte aufstehen, aber Jeanne hielt ihn zurück.

»Er will Euch reizen«, sagte sie. »Lasst Euch nicht auf sein Spiel ein.«

Murrend setzte sich Amicus zurück auf den Stein.

Langsam ging Jeanne auf Imbert zu. Zwei Armlängen vor ihm blieb sie stehen.

»Madame!«, rief Amicus, aber Jeanne winkte ab.

»Was willst du von mir, Hexe?«, krächzte Imbert.

»Erzählt mir«, sagte Jeanne, »warum Ihr uns verfolgt. Aus welchem Grunde hetzt Ihr uns durch ganz Frankreich und trachtet uns nach dem Leben? Sprecht!«

Imbert lachte. »Welch dumme Frage. Weil dein Freund Raphael ein Ketzer ist. Ihr unterstützt ihn, ergo seid ihr alle Ketzer und verdient den Tod.«

»Weshalb hat sich Bruder Raphael der Ketzerei schuldig gemacht?«

»Er ist ein Hexenmeister und hat sich mit den Kräften der Hölle verbündet.«

»Ein Hexenmeister?«, echote Jeanne. Nun war *sie* es, die lachte. »Wenn es einen Menschen auf Erden gibt, der nach Jesu Worten und Taten lebt, dann ist es Bruder Raphael.«

»Jesus? Pah! Was weißt du schon von Jesus!«

Jeanne war verwirrt. »Was meint Ihr?«

Imbert schwieg.

»Wie soll ich Euch verstehen? Was wisst Ihr über Jesus, das ich nicht weiß?«

»Wir wissen mehr über ihn, als du dir träumen lässt.«

»*Wir?* Wen meint Ihr mit *wir*? Die Kirche?«

»Kirche?« Imbert lachte auf. »Ihr habt euch mit einer Macht eingelassen, die so viel größer ist als ihr kümmerlichen Kreaturen. Wüsstet ihr, mit wem ihr es zu tun habt, ihr würdet euch vor Angst zitternd in ein tiefes Loch verkriechen.«

Unvermittelt schnellte Imbert vor. In einer Hand blitzte eine Klinge. Er versuchte, Jeanne an ihrem Kleid festzuhalten, doch sie riss sich los und suchte hinter einem Baum Schutz.

Schnell war Imbert wieder auf den Beinen und stürzte mit dem Messer auf Amicus zu. Der sprang auf und hob einen Arm, um den Angriff abzuwehren. Dabei fiel ihm sein Messer aus der Hand.

Jeanne schrie auf. Jetzt ist alles aus, dachte sie verzweifelt. Aber in Amicus schienen neue Kräfte erwacht zu sein. Bevor Imbert noch einmal zustechen konnte, ergriff Amicus dessen Handgelenk und stemmte seinen Körper gegen den des Dominikaners. Beide stürzten zu Boden. Mit seinen mächtigen Händen versuchte er, Imbert die Klinge zu entreißen. Doch der Mönch hatte schier übermenschliche Kräfte. Da warf Amicus seinen Kopf zurück und ließ ihn vorschnellen. Seine Stirn krachte gegen Imberts Nase. Blut spritzte, und der Widerstand des Mönchs erschlaffte. Diesen Vorteil nutzte Amicus aus. Mit seinen Fingern umschloss er Imberts Fäuste, die das Messer hielten, und drückte sie zu dessen Brust hinunter. Imbert sah seinen Gegner angsterfüllt an. Er schien zu ahnen, dass er den Kampf nicht mehr gewinnen konnte. Amicus lachte siegessicher auf und presste mit seinem ganzen Gewicht das Messer gegen Imberts Körper. Erst erreichte die Klinge den Habit des Dominikaners, dann drang sie knirschend zwischen zwei Rippen in dessen Fleisch. Als sie die Lungen durchstach, spie Imbert Blutfontänen. Strampelnd und röchelnd steckte er in der tödlichen Umklammerung. »Und jetzt fahr zur Hölle«, flüsterte Amicus in Imberts Ohr. Er hob seinen Oberkörper leicht an und ließ sein ganzes Gewicht auf den Griff des Messers fallen. Bis zum Heft bohrte es sich in den erschlaffenden Leib. Erschöpft blieb Amicus auf Imbert liegen.

»Ist er tot?«, fragte Jeanne. Sie lief zu Amicus und hockte sich neben ihn.

Prüfend legte er Imbert zwei Finger an den Hals. »Ja«, keuchte er. Langsam rollte er von dem toten Leib des Dominikaners hinunter. Vorsichtig befühlte er seine Wunden.

»Lasst mich sehen«, sagte Jeanne. Sie riss den Stoff an Hemd und Hose auf. Vorsichtig untersuchte sie die Stiche. »Es sieht schlimmer aus, als es ist. Aber wir müssen die Wunden auswaschen und verbinden.«

»Dazu ist später Zeit«, sagte Amicus.

Jeanne griff nach seinen Händen. »Später«, sagte sie, »seid Ihr tot.«

Knurrend ließ Amicus sie gewähren.

Jeanne riss ein paar Streifen aus ihrem Kleid. »Ich glaube, nicht weit von hier fließt ein Bach.«

»Seid wachsam«, mahnte Amicus. »Überall könnten Ritter lauern.«

»Ich bin auf der Hut«, gab Jeanne zurück. Sie nahm die Fetzen und verschwand in der Finsternis.

Sie war noch nicht lange fort, als Amicus in der Nähe Schritte hörte. Das musste ein wahrer Tölpel sein, der da geräuschvoll wie ein Elefant durch den Wald trampelte. Kurzerhand zog er das Messer aus Imberts Körper und verbarg sich hinter einem Baum. Die Schritte kamen näher. Fest umschlossen lag das Messer in Amicus Hand.

Doch dann geschah etwas Unerwartetes. Der Unbekannte stolperte über Imberts Körper und stürzte zu Boden.

Schon war Amicus zur Stelle und hielt ihm das Messer an die Kehle.

»Haltet ein!«, rief eine vertraute Stimme.

»Pierre? *Du* bist es? Verdammt!«, zischte Amicus. Er ließ die

Hand sinken. »Beinahe hätte ich dir das Messer in den Leib gerammt.«

Pierre schluckte schwer. »Woher soll ich wissen, dass du hier wie eine Spinne auf Beute lauerst?«

Amicus stand auf. »Sei froh, dass *ich* es bin und nicht Imbert.«

»Pah!«, machte Pierre. »Wieso sollte der hier sein? Der wird noch immer im Dorf nach uns suchen.«

Da lachte Amicus laut auf. »Das glaube ich nicht. Du bist gerade über ihn gestolpert!«

»Über *wen*?«

»Imbert!«

Pierre schrie auf und kroch so schnell er konnte auf allen vieren davon. »Ist er tot?«, fragte er aus sicherer Entfernung.

»Der Bastard weilt in der Hölle. Komm wieder her.«

Zögernd kehrte Pierre zu seinem Freund zurück. Jetzt sah er auch die roten Flecken auf dessen Kleidern. »Ist das *sein* Blut?«

»Seins und meins«, antwortete Amicus.

In diesem Moment tauchte Jeanne wieder auf. Als sie Pierre erkannte, lief sie zu ihm und drückte ihn an sich. Dann wusch sie Amicus' Wunden gründlich aus und verband sie. »Das sollte vorerst genügen«, sagte sie. »Es ist Zeit, unser Lager aufzusuchen.«

»Ob Bruder Raphael schon dort ist?«, fragte Pierre.

»Gewiss ist er das«, sagte Jeanne. »Schließlich musste er nicht gegen Imbert kämpfen.«

Sie nahmen Amicus in ihre Mitte, um ihn zu stützen. So schlichen sie durch den Wald zu ihrem Lagerplatz.

Raphael musste zwar nicht gegen Imbert kämpfen, doch auch er befand sich in einer schier ausweglosen Lage.

Brüllend stürmte der Hauptmann auf ihn zu. Wie gelähmt erwartete er den tödlichen Stoß. Es gab kein Entrinnen mehr. Seine Gedanken kreisten um Jeanne und die anderen. Möge der Herr ihnen beistehen und ihre Wege lenken, dachte er noch, dann schloss er die Augen. Näher und immer näher kam das Getrampel der Hufe. Nur noch Augenblicke …

Da ertönte ein Schrei, gefolgt von lautem Scheppern und einem Fluch.

Raphael öffnete die Augen und erkannte Lazare, der winkend neben dem am Boden liegenden Hauptmann stand und rief: »Worauf wartet Ihr noch? Kommt endlich!«

Überrascht lief Raphael zu dem alten Mann. »Euch schickt der Himmel, bester Lazare!«

Der hob die schwere Axt über den Kopf. »Dankt mir, wenn ich diesem da den Schädel eingeschlagen habe.«

»Nein!«, rief Raphael und griff nach Lazares Arm. »Lasst ihn am Leben. Ich bitte Euch.«

»Erfülle ich Euch diesen Wunsch, ist unser eigenes Leben in Gefahr. Und *meine* Seele ist mir wichtiger als die seine.«

»Ihr sprecht wie jemand, den ich sehr gut kenne«, sagte Raphael.

»Das muss ein weiser Mann sein.« Lazare holte erneut zum Schlag aus.

»Nicht!« Raphael stellte sich zwischen Lazare und den ohnmächtigen Hauptmann. »Denkt an Noé! Tötet Ihr diesen Mann, seid Ihr und der Knabe nirgendwo mehr sicher.«

Lazare senkte die Axt. Im Feuerschein der brennenden Häuser glänzten Tränen auf seinen Wangen. »Noé ist tot«, flüsterte er. »Diese Hunde haben ihn gemeuchelt, nachdem Ihr fort wart.« Er zeigte mit dem Schaft der Axt auf den Ritter.

»Herr im Himmel!« Raphael legte Lazare tröstend eine Hand auf die Schulter. »Euer Verlust trifft mich tief. Aber Rache vermag ihn nicht wieder zum Leben zu erwecken. Eine Sünde rechtfertigt nicht, dass auch wir sündigen. Und der Tod dieses Mannes ist gewiss nicht im Sinne von Noé.«

»Der Tod ist ein guter Bekannter«, sagte Lazare. »Am Abend holte er den Jungen, in der Nacht will er diesen Mordbuben. Jetzt lasst mich tun, was Gevatter Tod von mir verlangt.« Wieder schwenkte er die Axt.

Es gab für Raphael keinen anderen Ausweg, als Lazare die Axt aus den Händen zu reißen und ihn fortzuschleifen.

»Nehmt Eure Finger weg!«, zeterte Lazare.

Glücklicherweise war der Mann noch viel zu geschwächt, um ernsthaft Widerstand leisten zu können. Die Axt behielt er jedoch in der Hand.

Hinter ihnen erwachte ächzend der Hauptmann.

»Wo schafft Ihr mich hin?«, fragte Lazare.

»Zu Freunden«, gab Raphael zurück. Er empfand es als seine Pflicht, fortan für Lazare zu sorgen.

»Lasst mich hier zurück«, sagte Lazare. »Zusammen schaffen wir es niemals, heil aus dem Dorf hinauszukommen. Die Ritter sind überall. Allein mögt ihr vielleicht Glück haben und entkommen.«

»Nie und nimmer«, erwiderte Raphael. »Ihr kommt mit mir! Wenn ich eines gelernt habe«, fügte er hinzu, »dann ist es, dass es immer einen Ausweg gibt. Also, denkt nach. Wie gelangen wir ungesehen in den Wald?«

Müde sackte Lazare zu Boden. »Ich will schlafen. Geht und lasst mir meinen Frieden. Ich bitte Euch.«

Raphael packte ihn unter den Armen und zog ihn hoch. »Kommt jetzt!« Er fühlte ungeahnte Kräfte in seinen Armen, und so schleppte er den alten Mann hinter eine brennende Scheune. »Fühlt Ihr Euch besser?«

Lazare nickte. »Ein wenig. Aber es ist töricht von Euch, Euer Leben für das meine aufs Spiel zu setzen.«

»Töricht«, sagte Raphael gedehnt und er lächelte, »wäre es gewesen, Euch den Schwertern der Ritter zu überlassen. Und nun sollten wir überlegen, wie wir das Dorf auf sicheren Pfaden verlassen können.«

»Mir ist kein Weg bekannt, auf dem wir gefahrlos in den Wald gelangen.«

Raphael dachte nach. »Ich habe vier Kirchen gesehen. Eine in der Dorfmitte, die anderen wie aufgereiht in östlicher Richtung. Eine seltsame Anordnung.«

»Sie sind in einem Abstand von dreihundertdreiunddreißig Schritten gen Jerusalem gerichtet«, erklärte Lazare. »Aber wozu erwähnt Ihr die Kirchen? Wollt Ihr etwa beten?«

»Mitnichten.« Raphael lächelte. »Doch glaube ich kaum, dass die Ritter auch die Gotteshäuser in Brand steckten.«

Lazare nickte und stand ächzend auf. »Seht Ihr die Gasse dort vorn neben der Schmiede?«

Raphael nickte.

»Am Ende der Gasse verläuft ein Bach. Von der anderen Seite aus können wir die erste Kirche schon sehen.«

»Ihr fühlt Euch stark genug?«, wollte Raphael wissen.

Ein grimmiges Lachen war die Antwort.

Ungesehen erreichten sie den Bach. Sie sprangen hinüber und warfen ihre müden Körper auf die Erde. Vor ihnen lag eine ausgedörrte Wiese. Lazare zeigte mit der Axt nach Osten, und da sah Raphael die erste Kirche, die hinter der Dorfmitte den Weg in die Freiheit wies. In den bunt bemalten Fenstern spiegelten sich die brennenden Häuser in bizarren Mustern wider. Umgeben war sie von einer niedrigen Mauer, aus der die Zeit längst die ersten Steine gebrochen hatte. Weit und breit war keine Menschenseele zu sehen.

»Was meint Ihr?«, fragte Raphael.

»Scheint sicher«, antwortete Lazare.

Sie sprangen auf und liefen über die Wiese. Schließlich erreichten sie die Kirchenmauer, sprangen darüber hinweg und stürzten durch das offene Portal in das Innere der kleinen Kirche. Diffuses Licht empfing sie, und es roch nach Staub und Moder. Eilig durchquerten sie das Mittelschiff und hielten dann im Querschiff inne. Unter einer prächtig gearbeiteten und in strahlende Farben gehüllten Madonnenfigur, die hoch über dem Altar hing, schlug Raphael kniend drei Kreuze. Zur Rechten wies eine kleine Tür hinaus ins Freie. Lazare öffnete sie einen Spalt.

»Könnt Ihr etwas sehen?«, fragte Raphael.

»Sssch«, machte Lazare. Er zog den Kopf zurück und schloss die Tür. »Der Weg scheint frei zu sein«, sagte er. »Ihr seid bereit?«

»Gewiss«, sagte Raphael.

Noch einmal spähte Lazare durch die Tür. »Auf!«

Hintereinander stürmten sie hinaus. Vor ihnen lag wieder eine ausgedehnte Wiese, an deren Ende das Ziel gut zu erkennen war.

Nach dreihundertdreiunddreißig Schritten drangen sie in die nächste Kirche ein. Auch hier herrschte diffuses Licht, und es roch modrig und staubig.

»Jetzt ist es nicht mehr weit.« Lazare atmete tief durch. Er öffnete die kleine Tür im Querschiff und streckte den Kopf hinaus.

Raphael stand neben ihm und wartete auf das Kommando. Plötzlich drang ein seltsam schmatzendes Geräusch an sein Ohr. »Habt Ihr das gehört?«

Keine Antwort.

»Was ist los?«

Lazare stolperte ein paar Schritte in das Querschiff zurück. Seine Augen starrten nach vorn. Von Raphael nahm er keine Notiz.

»Lazare? Was ist mit Euch? Hört Ihr mich nicht?«

Dann entdeckte Raphael etwas Glänzendes, das aus Lazares Bauch zu wachsen schien. Er erschrak. Ein breites Schwert steckte tief in Lazares Eingeweiden. Blut quoll über die Klinge. Die Hand, die den Griff umfasste, gehörte dem

Hauptmann. Grinsend trat er über die Schwelle in das Querschiff.

»Allmächtiger!«, platzte es aus Raphael heraus.

Der Hauptmann lachte wüst. »Warte, Bürschchen. Bist auch gleich dran.« Er wollte das Schwert aus Lazares Rumpf ziehen, aber dieser packte mit beiden Händen die Klinge. Sosehr der Hauptmann auch zog und zerrte, Lazare war noch im Todeskampf stärker.

Langsam wandte Lazare den Kopf zu Raphael. »Die … die … die Axt!«, presste er hervor. Er hatte die Axt fallen lassen. Sie lag zu Raphaels Füßen.

»Was …?«

Gurgelndes Husten drang aus Lazares Kehle. Er spuckte Blut. »Schlagt dem Bastard den Schädel ein!«

Wie betäubt stand Raphael mit aufgerissenem Mund da. Er konnte nicht begreifen, was da vor seinen Augen geschah. Eben noch waren sie fast gerettet. Und einen Wimpernschlag später war Lazare aufgespießt. Noch dazu verlangte er von ihm, Raphael, dass er einen Menschen tötete.

Lazare schwanden die Kräfte. »Verdammt, Raphael!«, röchelte er. »Nehmt die verfluchte Axt!«

Die Welt um Raphael herum schien auf einmal weich wie Wolle zu sein. Es war, als würde er über allem schweben und sich selbst beobachten, wie er dort unten regungslos stand. Plötzlich sah er, wie der Raphael dort unten langsam die Axt aufnahm und sie über seinen Kopf hob. Der Hauptmann schrie auf und ließ das Schwert los. Lazare stürzte rückwärts zu Boden. Die Zeit schien auf einmal stillzustehen. Dann leitete Raphael all seine Kraft in den Schaft der Axt und ließ sie auf den Hauptmann niedersausen. Es klang wie das Bersten eines Klafters Holz, als die Klinge den Kopf des Hauptmanns spaltete. Blut spritzte in alle Ecken des geweihten Ortes.

In diesem Moment erwachte Raphael. Er war wieder er selbst. Ohne den Hauptmann, der in der offenen Tür lag, weiter zu beachten, stürzte er zu Lazare. Er zog das Schwert aus dessen Leib und warf es fort. Mit einer Hand hob er Lazares Kopf hoch. Trotz der Schmerzen gelang Lazare ein Lächeln. »Es …«, stammelte er. »Es … es war …«

»Nicht sprechen, guter Lazare«, flüsterte Raphael. »Nicht sprechen.« Mit der freien Hand strich er die verschmierten Haare aus Lazares Stirn.

Wie ein erleichtertes Seufzen drang der letzte Atemzug aus Lazares Kehle. Sein Kopf kippte zur Seite.

Raphaels Lippen bebten. Er spürte, wie seine Hände, wie sein ganzer Körper zitterte. Der unnütze Tod dieses guten Mannes traf ihn tief. Trauer und Leid paarten sich mit der ungezügelten Wut und dem Hass auf diese teuflischen Ritter und Henri le Brasse, ohne den so mancher gute Mensch noch leben würde. Wie viele würden es noch sein, fragte er sich. Wie viele mehr würden ihr Leben lassen müssen, bis die Unmenschlichkeit der Inquisition ein Ende hatte? Bis Rechtlosigkeit und Gewalt von selbst ernannten Richtern und Henkern nicht mehr in Städten und Dörfern wüten konnte?

Laute Rufe schreckten Raphael auf. Die Männer des Hauptmanns näherten sich. Er strich noch einmal über Lazares Gesicht und legte dessen Kopf vorsichtig auf den Boden der Kirche. Dann ging er zur Tür und sah fünf oder sechs Reiter, die sich der Kirche näherten. Er hetzte zurück durch die Kirche, verließ sie durch das Hauptportal und hielt sich links. Von der anderen Seite hörte er, wie die Männer abstiegen und durch die kleine Tür im Querschiff die Kirche betraten.

Jetzt oder nie, dachte Raphael. Schnell und geschickt wie ein Wolf lief er dem Waldrand entgegen, der keine tausend Schritte entfernt war. Mit jedem Schritt kamen die rettenden Bäume näher. Er hörte noch, wie die Ritter brüllend in die Sättel stiegen, um ihn zu verfolgen, doch da hatte er die rettenden Büsche und Bäume schon erreicht.

Eine Weile irrte er orientierungslos durch den Wald. Seine Gedanken kreisten um Lazare und den Hauptmann – den ersten Menschen, den er getötet hatte. Und er betete, dass es der letzte war.

Allmählich wichen die dunklen Gedanken aus Raphaels Kopf. Im Osten glänzten die ersten Schimmer der aufgehenden Sonne. Das schwache Licht wies ihm den Weg zum Lager. Hoch droben in den Wipfeln stimmten die Vögel die ersten Lieder des neuen Tages an. Die Freunde würden längst warten. Durch blasse Nebelschwaden, die ihm bis zu den Knien reichten, watete er über moosbedecktes Geröll und durch feuchte Farne. An einem markanten Felsen, der neben einer umgestürzten Buche stand, erkannte er, dass er auf dem richtigen Weg war. Von hier aus war es nicht mehr weit.

Plötzlich hörte er in der Ferne Männerstimmen. Sofort warf er sich zu Boden. War es möglich, dass die Ritter ihr Lager aufgespürt hatten? Waren die Freunde längst gefangen?

Da hörte er hinter sich ein Knacken. Jemand war in seiner Nähe! Er wandte den Kopf und sah einen dunklen Schatten auf sich zueilen, und noch ehe er aufstehen und fliehen konnte, presste sich eine große Hand auf seine Lippen. »Keine Angst«, flüsterte eine wohl bekannte Stimme. »Ich bin es – Amicus.« Er gab Raphaels Mund wieder frei.

»Amicus!«, flüsterte Raphael erleichtert. »Seid Ihr allein?«

»Nein«, sagte Amicus. »Jeanne und Pierre sitzen unweit gut versteckt in einer Erdmulde.«

»Wo ist Luna?«

Amicus senkte den Kopf. »Sie ist noch nicht zurück.«

»Sie ist klug und geschickt«, sagte Raphael. »Und Giacomo ist ein Ross, das seinesgleichen sucht. Ich kann nicht glauben, dass irgendwer die beiden zu fangen vermag.«

»Hätt ich Wein, ich würde darauf trinken.«

»Später.« Raphael lächelte. »Nun führt mich zu Jeanne und Pierre.«

Am Rand zweier mächtiger Eichen hatten Wind und Wetter die Wurzeln freigelegt und eine mannshohe Vertiefung gespült, in der fünf Menschen reichlich Platz hätten. Jeanne sprang auf, als sie Raphael erblickte. Er umarmte sie. Pierre gab er freudestrahlend beide Hände zum Gruß. »Gott sei es gedankt«, sagte er. »Ihr seid wohlauf.«

»Wir dachten, Ihr wäret nicht mehr aus dem Dorf entkommen«, sagte Pierre.

»Es war ein beschwerlicher Weg«, sagte Raphael. In wenigen Worten schilderte er seine Flucht. Die Geschehnisse um Lazare verschwieg er. Warum, wusste er selbst nicht. Vermutlich wollte er sie einfach aus seinen Erinnerungen sperren. Er versuchte ein Lächeln. »Gott sei Dank ist alles gut gegangen.«

»Bis ich Euch einen gehörigen Schrecken eingejagt habe«, ergänzte Amicus.

»Fürwahr«, lachte Raphael unterdrückt. Dann wurde er schlagartig ernst. »Habt Ihr Imbert gesehen?«

»Um den Bastard braucht Ihr Euch nicht mehr sorgen«, sagte Amicus.

»Ich verstehe nicht.«

»Ich habe ihm sein eigenes Messer in sein verfluchtes Herz gerammt. Ist das deutlicher, Bruder?«

Raphael schüttelte den Kopf. Imbert tot? Ihr gefährlichster Gegner, der sie über Monate hinweg durch ganz Frankreich gejagt hatte, lebte nicht mehr? »Wo ist er?«

»Etwa zweihundert Schritte rechts von uns«, erklärte Amicus.

»Ich will ihn sehen«, sagte Raphael.

»Wir sollten warten, bis die Ritter fort sind«, warf Jeanne ein.

Sie kletterten an den Baumwurzeln hoch und sahen, wie die Ritter den Wald in entgegengesetzter Richtung verließen.

»Verdammt!«, fluchte Amicus.

»Was hast du?«, fragte Pierre.

»Siehst du es nicht? Sie nehmen unsere Pferde mit.«

»Und damit all unser Gold«, sagte Raphael. Wenigstens steckten Judas kostbare Bücher in seiner Gürteltasche.

»Wir haben noch die Münzen, die Giacomo trägt«, sagte Amicus. »Die reichen allemal.«

Jeanne hüstelte. Die drei Männer sahen sie fragend an. »Ich fürchte«, sagte sie und schluckte, »das ist nicht ganz richtig.«

»Wieso?«, fragte Amicus.

»Juda gab mir vor unserer Abreise drei Gewänder seiner Frau«, sagte Jeanne. »Ich habe sie in meine Satteltaschen getan und Münzen und Geschmeide in Raphaels Taschen gesteckt.«

Amicus fluchte. »Jetzt ist Schmalhans Küchenmeister.«

Jeanne schlug die Hände vor ihr Gesicht. Sie war den Tränen nahe. »Bitte, verzeiht mir. Ich konnte ja nicht ahnen, wie alles kommen würde.«

Tröstend nahm Raphael sie in den Arm. »Was geschehen ist, können wir nicht mehr ändern.« Was er verheimlichte, war, dass er noch eine letzte Goldmünze in seiner Tasche verwahrte, die er Lazare nicht gegeben hatte. Er wollte sie erst hervorholen, wenn es keinen Ausweg mehr geben sollte.

»Erklärt das meinem Magen«, wandte Amicus ein.

»Eurem Magen wird es an nichts mangeln«, sagte Raphael. Er legte Amicus eine Hand auf die Schulter. »Nun führt mich bitte zu Imberts Leichnam.«

Brummend kletterte Amicus aus der Mulde. Er wartete nicht, sondern stapfte los, sodass die Freunde Mühe hatten, ihm zu folgen.

Bald hatten sie den toten Dominikaner erreicht. Aus der Wunde in der Brust war viel Blut geflossen, das jetzt schwarz auf seinem Habit klebte. »Hier habt Ihr den Bastard. Tot wie der Heiland und seine Apostel.«

Auf die Blasphemie ging Raphael nicht ein. Er durchsuchte Imbert, fand aber nichts.

»Was ist das?«, fragte Pierre.

»Was meinst du?«, wollte Raphael wissen.

»Der dunkle Fleck auf seinem Arm.«

Raphael schaute auf die Stelle, die Pierre meinte. Der Ärmel des Habits war hochgerutscht und entblößte Imberts linken Arm. Halb verdeckt war dort das Fragment einer Zeichnung in schwarzer Farbe zu erkennen. Raphael schob den Ärmel höher. Zum Vorschein kam das ganze Bildnis. Es war eine hässliche Fratze mit vier geschlitzten Augen und zwei grinsenden Mündern, die messerscharfe Zähne zeigten. Der Schädel war haarlos. Zwei abgeflachte Hörner traten über den Schläfen aus der Stirn hervor.

»Was zur Hölle ist das?«, fragte Amicus.

»Ich weiß es nicht«, antwortete Raphael. »Ein Dämon, dessen Bildnis ich nie zuvor gesehen habe.«

»Ist es in sein Fleisch gebrannt?«, fragte Jeanne.

»Nein«, sagte Raphael. »Ich habe von Völkern fern im Osten gehört, die diese Kunst beherrschen. Mittels einer Nadel stechen sie Farbe unter die Haut. Doch ich hätte solch ketzerisches Idolum nicht auf dem Körper eines Dominikaners erwartet.«

»Ein weiteres Rätsel«, sagte Jeanne.

»Und eine Spur«, ergänzte Raphael. »Folgen wir der Fährte, gelangen wir an unser eigentliches Ziel. Das spüre ich.«

»Ihr glaubt, dass das Idolum in Verbindung zu Henri le Brasse steht?«, fragte Jeanne.

»Genau das. Ich wünschte, wir hätten Tinte und Feder, dass ich es aufzeichnen könnte.«

»Wartet«, warf Amicus ein. Er zog das Messer aus seinem Gürtel, hockte sich neben die Leiche und begann, das Stück Haut aus Imberts Arm zu schneiden.

Mit einem Schrei wandte Jeanne sich ab.

Amicus' geschickte Finger verrichteten ihre Arbeit schnell und sicher. Nach dem letzten Schnitt gab er Raphael den blutigen Hautfetzen. Der wickelte ihn in ein Tuch, das er in sein Hemd steckte.

»Wir hatten Gelegenheit«, sagte Jeanne, »vor seinem Tod mit Imbert zu reden. Mir scheint, dass wir es nicht unmittelbar mit der Inquisition zu tun haben, sondern mit einem geheimnisvollen Zirkel, der uns nach dem Leben trachtet. Ihr müsst irgendwann in ein Wespennest gestochen haben, Bruder Raphael.« In wenigen Worten berichtete sie, was sie von Imbert erfahren hatten.

»In der Tat«, sagte Raphael daraufhin. »Ich fand in Henris Besitz ein uraltes Dokument, das von Hexenwerk kündet. Somit bestätigt sich nun auch mein Verdacht.«

»Und«, meldete sich Amicus zu Wort, »wann hattet Ihr gedacht, uns davon zu erzählen?«

Raphael lächelte. Sanft berührte er die Schulter des Freundes. »Verzeiht mir. Ich wollte Euch nicht beunruhigen, bevor ich keine Beweise in Händen hielt.« Er klopfte auf die Stelle seines Hemdes, unter der der Hautfetzen lag. »Nun habe ich einen.«

Plötzlich hörten sie ein Geräusch hinter sich. Sie fuhren herum, bereit, ihr Leben zu verteidigen. Aber im gleichen Augenblick lachten sie erleichtert auf.

»Vor mir müsst ihr keine Angst haben«, sagte Luna, die strahlend auf Giacomo saß.

Sofort lief Jeanne zu ihrem Hengst und umarmte ihn. »Ich danke dir, dass du ihn wohlauf zurückbringst.«

Luna streichelte den mächtigen Kopf des Rappen. »Giacomo ist unbesiegbar.« Sie reckte den Kopf, um an Raphael und Amicus vorbeizusehen. »Ist das Imbert?«

»Ja«, antwortete Raphael.

»Ist er tot?«

Raphael nickte.

»Gut.« Lunas Stimme klang ungewöhnlich kühl. Sie sprang aus dem Sattel.

»Euch ist auch wirklich kein Leid geschehen?«, fragte Pierre.

Luna streichelte seine Wange. »Nein.« Ihre Stimme klang wieder warm und herzlich. »Die Männer konnten Giacomo nicht folgen. Ich habe mich im Wald auf der anderen Seite des Dorfs verborgen gehalten. Als die Ritter aufbrachen, habe ich mein Schlupfloch verlassen und mich auf die Suche nach euch gemacht.«

»Also dann«, sagte Raphael. »Brechen wir auf und sorgen für ein reichliches Frühstück.«

Dieser Vorschlag gefiel vor allem Amicus. Und so lief er den anderen stets zwanzig Schritte voraus, um ja der Erste beim Essen zu sein.

Unter dem Zeichen des Bären

Sie wanderten abseits der Wege nordwärts und kamen nach Les Matelles. Die Stadt lag auf mehreren Hügeln. So waren die schwarzen Fahnen auf den Kirchtürmen schon von weitem auszumachen. Sie schlugen einen großen Bogen um die Stadtmauern. In Causse-de-la-Selle hielt man sie für Pestflüchtlinge und hätte sie um ein Haar in Kerkerhaft außerhalb der Stadt gesetzt. Amicus' starke Fäuste retteten sie ein Mal mehr.

Fortan hielten sie sich westlich und durchquerten den Osten des Languedoc. Es war die Zeit der Weinlese. Mönche, Bauern, Grundherren, Junge, Alte, Frauen und Männer verrichteten für wenige Wochen die gleiche Arbeit. Die Kinder der Unfreien, so sie alt genug waren, die Reben unversehrt in die Körbe zu legen, rannten lachend zwischen den Weinstöcken hin und her. Die Menschen sangen altvertraute Lieder, während sie zwischen Morgengrauen und Dämmerstunde die prall gefüllten Körbe in große Tröge kippten, wo emsige Füße den Saft aus ihnen herauspressten. Der Most floss in dunkle Holzfässer. Die Kellermeister fügten nun Zucker und Hefe hinzu – die Gärung begann.

Oft standen die Freunde mit knurrenden Mägen und durstigen Kehlen am Rand der bunten Hügel und starrten gierig auf das Treiben. Des Nachts stahlen sie im Schutz der Dunkelheit so viele Trauben, wie sie tragen konnten. Auf Ritter des Deutschen Ordens trafen sie nicht mehr. Allmählich wähnten sie sich sicher. Doch Hunger und Durst blieben ihre ständigen Begleiter, und so machten sich Luna und Jeanne in die Städte und Dörfer auf, um Brot und Wein zu erbetteln. Die Männer blieben versteckt im Hinterland und warteten.

Immer wieder beobachtete Raphael die schweigsame Luna. Sie redete wenig, und wenn überhaupt, dann nur mit Jeanne. Nachts, wenn Luna tief schlief, berichtete Jeanne Raphael von ihren Gesprächen. Der Verlust ihrer Fähigkeiten hatte Luna geistig und körperlich geschwächt. Ihr starker Wille, vormals wie ein reißender Strom unbesiegbar, war verdunstet wie ein Bächlein in der Sommerhitze. Raphael versuchte sich vorzustellen, wie es in Lunas Innerem aussah, doch es gelang ihm nicht. Einmal mehr vertraute er auf Gott und dass der tragische Einschnitt in Lunas Leben vorherbestimmt war – ein weiterer Punkt auf Judas Landkarte.

Nach drei Wochen erreichten sie die südöstlichen Ausläufer des gewaltigen Zentralmassivs. Das Land wurde karger und trockener. Der Weg führte durch Flüsse und Bäche, zerklüftete Felsen und Hügel, tiefe Schluchten und weite Täler. Kümmerliche Büsche, die keine Früchte trugen, und verdorrte Bäume, an denen kein Blatt mehr wuchs, stellten die einzigen Farbkleckse in dieser graubraunen Welt dar. Die Bewohner des Landstrichs waren arm, aber gastfreundlich. Waren sie auch nicht in der Lage, den Fremden eine warme Mahlzeit zu geben, hatten sie doch immer einen warmen Platz für die kühlen Nächte.

Eines Abends waren sie in einer kleinen Scheune in Boisset einquartiert. Ihr Gastgeber war ein alter Schäfer, den die Jahre bucklig und fast blind gemacht hatten. Sie saßen auf dem Boden um ein schmutziges Tuch herum, auf dem Käserinden und trockene Brotkrumen verstreut lagen.

Amicus griff nach einem Stück Käserinde, kaute darauf herum und spie es aus. »Ich habe Schuhe gesehen, die besser schmecken würden.«

Daraufhin zog Jeanne einen ihrer durchgetretenen Lederstiefel aus und hielt ihn Amicus vor die Nase. »Guten Appetit!«

Knurrend schob Amicus den Schuh beiseite. »Wir sollten den Gaul endlich verkaufen.«

»Hütet Euch!«, drohte Jeanne mit erhobenem Zeigefinger.

»Giacomo bleibt bei uns«, sagte Raphael. »Ohne ihn wären wir längst tot.«

»Oder satt«, erwiderte Amicus.

»Die Entscheidung steht unwiderruflich fest«, sagte Raphael. Er schob ein Stück Brot in den Mund. Widerwillig kaute er darauf herum.

Amicus zuckte mit den Schultern. »Ich kann warten. In drei Wochen verkauft Ihr das Ross für ein gebratenes Hühnchen und einen Krug Wein.«

Jeanne wollte gerade etwas entgegnen, da kam Luna ihr zuvor: »Wir dürfen Giacomo zwar nicht verkaufen, aber Amicus hat Recht. Wir brauchen Nahrung und neue Kleider. Dazu einen sicheren Platz, damit wir ruhen und Kraft schöpfen können. Reisen wir weiter ziellos umher, gehen wir zugrunde.«

»Eben«, stimmte Pierre zu. »Jetzt, da Imbert tot ist und unsere Verfolger scheinbar aufgegeben haben, ist unsere Lage besser als jemals zuvor. Suchen wir einen ruhigen Ort auf und planen dort unsere nächsten Schritte.«

Stumm holte Raphael den Fetzen Haut hervor, auf dem das Idolum zu sehen war. Er hatte es von Blut und Schmutz gereinigt und einen Tag lang in der Sonne gerben lassen. Nun war es von brauner Färbung, auf dem die schwarze Zeichnung noch gut zu erkennen war. Er glaubte keineswegs daran, dass sie nach Imberts Tod außer Gefahr waren. Es passte nicht zu Henri le Brasse, dass er von ihnen abließ. Der Prior barg ein Geheimnis, das er um jeden Preis verteidigen würde. Ein Geheimnis, das Henri – und vermutlich andere – den

Kopf kosten könnte, würde es entdeckt. Diese Überlegungen behielt Raphael jedoch für sich. Stattdessen sagte er: »Ein sicheres Domizil kostet Geld. Wie sollen wir an so viel Geld gelangen?«

»Indem ihr tut, was ihr am besten könnt«, sagte eine Stimme. Sie fuhren herum. Der alte Schäfer, Courbette, wie die Leute im Dorf ihn nannten, stand in der offenen Scheunentür mit einem Krug Schafmilch in der Hand.

»Und das wäre?«, fragte Amicus.

Courbette gab Luna den Krug, die gierig daraus trank. »Pierre hat mir erzählt, ihr wäret Spielleute. Also spielt!«

»In deiner Scheune mit dir als Publikum?«, spottete Amicus.

»Oh, nein!« Courbette lachte. »In drei Tagen findet in Limousis ein großer Jahrmarkt statt. Viele Menschen werden dort sein. Und viele Menschen bedeuten viele Münzen.«

»Wie weit ist Limousis entfernt?«, fragte Pierre.

»Zwei Tagesreisen südwestlich von hier. Schlaft euch aus und zieht nach dem Frühstück weiter. Ihr werdet rechtzeitig ankommen.«

»Limousis ist so gut wie jeder andere Ort«, sagte Raphael. »Wir danken dir für den Hinweis.«

Courbettes zahnloser Mund formte ein Lächeln. Er wünschte eine gute Nacht und verließ die Scheune.

»Schlafen wir«, schlug Raphael vor. »Für die Reise durch die Berge sollten wir ausgeruht sein.«

Sie schoben die Heuballen zusammen, sodass sie eine bequeme Schlafstatt abgaben. Dann warfen sie alte Decken, barmherzige Almosen eines Bauern, über das Heu. Bald war es still in der Scheune.

Die Nacht war kurz, aber das Heu warm und weich. Das Blöken der Schafe weckte die Freunde kurz nach Tagesanbruch. Pierre ging hinaus, um Wasser aus dem Brunnen zu schöpfen, damit sie sich waschen konnten. Dann erschien auch schon Courbette, um seinen Gästen Brot und Käse mitzugeben. Raphael dankte ihm, und Courbette erklärte ihnen den Weg durch die Berge nach Limousis. Nach einem herzlichen Abschied zogen sie fort.

Es war ein beschwerlicher Pfad, der durch die triste Hügel- und Bergwelt führte. An einigen Stellen war er kaum breit genug, um mehr als drei Menschen nebeneinander Platz zu bieten. Ihre größte Sorge, dass es womöglich kaum Wasser und nicht genug Nahrung für Giacomo geben würde, war schnell zerstreut. Dutzende Bäche und Flüsse strömten durch die Berge. Ihr Wasser war kalt, aber von köstlicher Frische. An den Ufern wuchsen Gräser und kleine Büsche, die saftige Blätter trugen. Auf Menschen trafen sie selten. Noch seltener auf Siedlungen oder gar Dörfer. Die Nacht verbrachten sie zitternd in ihre schäbigen Decken gehüllt unter freiem Himmel.

Endlich, am Abend des zweiten Tages, erblickten sie Limousis. Jubelnd fielen sie sich in die Arme. Mit neuem Mut machten sie sich wieder auf den Weg.

Während sie den Pfad hinunterstiegen, schweiften ihre Blicke unablässig über die Häuser der Stadt. Nirgends schwarze Fahnen, die von der Pest kündeten. Dann standen sie vor den schwer bewachten Toren von Limousis.

Vier behelmte Wachen in Lederwams und mit Schilden und Lanzen bewaffnet traten den Fremden entgegen. »Was ist euer Begehr in Limousis?«, wollte der Anführer, ein dicker, schwitzender Kerl, wissen.

»Wir sind Spielleute«, erklärte Raphael. »Wir wollen unsere Kunst auf dem Jahrmarkt darbieten.«

»Wo kommt ihr her?«, fragte der Soldat weiter.

»Aus Boisset«, antwortete Raphael.

»Lebt ihr dort?«

»Nein.«

»Wo wart ihr vorher?«

Die Episode in Saint-Gély-du-Fesc wollte Raphael verschweigen. Man wusste ja nie, ob die Leute in dieser abgelegenen Region durch irgendwelche Umstände von den dortigen Vorkommnissen erfahren hatten. So sagte er: »Montpellier.« Und biss sich gleich darauf auf die Zunge.

»Montpellier?« Der Soldat zog die Augenbrauen hoch. Seine Kameraden richteten ihre Lanzen auf die Köpfe der Fremden. »Wenn ihr aus Montpellier seid, gewähren wir euch keinen Einlass.«

»Warum nicht?«, fragte Raphael, obwohl er die Antwort ahnte.

»Weil ihr womöglich die Pest einschleppt.«

»Wir haben Montpellier vor über einem Monat verlassen«, sagte Raphael. »Bei keinem von uns gibt es Anzeichen der Pest.«

»Was heißt das schon? Vielleicht tragt ihr die Krankheit längst in euch.«

»Dann wäre sie schon ausgebrochen«, bekräftigte Raphael.

»Bist du ein Medicus?«

»Nein, aber …«

»Dann schwatz nicht von Dingen, die du nicht verstehst.«

Raphael wurde wütend. Was bildete dieser aufgeblasene Fettwanst sich ein? »Du willst uns also den Einlass verweigern?«

»Ja«, sagte der Soldat. »Aber es gibt eine Möglichkeit für euch, in die Stadt zu gelangen.«

Raphael wurde hellhörig. »Die wäre?«

»Indem ihr in das Aussonderungsquartier geht. Das Haus dort vorn.«

Er zeigte auf ein Haus an der Außenseite der Stadtmauer. Es war aus Stein errichtet und zwei Stockwerke hoch. Es besaß keine Fenster, sondern nur vergitterte Öffnungen. Ein ungemütlicher Ort, wie Raphael fand.

»Wie lange sollen wir dort ausharren?«, fragte Amicus. »Eine Nacht?«

Der Soldat lachte hämisch. »Eine Nacht?« Er prustete vor Vergnügen. »Vierzig Nächte!«

Amicus ballte die Fäuste. »Vierzig Nächte? Dir werd ich helfen!« Zornesrot ging er auf den Soldaten los.

Die Soldaten hielten dem aufgebrachten Mann ihre Lanzen entgegen.

»Amicus!«, rief Jeanne und griff nach seinem Arm. »Nicht!«

Der Anführer, gut geschützt hinter seinen Männern, lachte noch immer. »Entweder ihr geht in das Quartier oder ihr macht euch davon.«

»Niemals!«, rief Amicus.

»Wir gehen«, beruhigte Raphael den Freund. Dann fiel sein Blick auf das Wappen, das auf den Schilden der Soldaten prangte. Er erstarrte. Das Wappen war bunt in den Farben Rot, Blau, Purpur, Grün und Gold. In die weiße Einfassung waren kunstvoll kleine schwarze Figuren, Fabeltiere und Menschen mit Schwertern eingearbeitet. Der Untergrund war in verschiedenen Grüntönen gehalten. Es sollte wohl eine Lichtung dargestellt werden, auf der sich, genau in der Mitte des Wappens, zwei große Bären kampfbereit gegenüberstanden. Über den Bären befanden sich zwei gekreuzte Schwerter. »Wem gehört dies Wappen?«, fragte er den Anführer mit zitternder Stimme.

»Was?« Der Soldat machte große Augen. »Ihr kennt den Marquis de Froissy nicht?«

»Wir sind ihm leider nie begegnet«, sagte Raphael.

»Ihm gehört das ganze Land hier«, erklärte der Soldat. »Jeder Stein, jeder Baum und jede Seele, die ihren Fuß auf seinen Boden setzt.«

Raphael dachte kurz nach. »Wir bleiben und gehen in das Quartier«, entschied er.

Amicus sah ihn entgeistert an. »Was sagt Ihr da?«

»Vertraut mir«, raunte ihm Raphael zu.

»Ihr glaubt doch nicht, dass ich mich vierzig Tage lang einsperren lasse!«

Luna trat hinzu. »Bitte, lieber Amicus«, flüsterte sie. »Es ist sehr wichtig.«

Und einmal mehr erlag der große, starke Mann dem Zauber des Mädchens. Die Furchen auf seiner Stirn verschwanden und der Mund formte ein leichtes Lächeln. »In Gottes Namen«, sagte er. »Gehen wir in diesen Kerker.«

Luna gab Amicus einen schmatzenden Kuss auf die Stirn.

»Bringt uns in das Quartier«, sagte Raphael zu den Soldaten.

Der Anführer hielt ihn zurück. »Nicht so eilig. Habt ihr überhaupt Geld?«

»Geld?«, echote Raphael. »Wofür willst du Geld?«

Wieder lachte der Soldat. »Wovon wollt ihr denn vierzig Tage lang leben?«, höhnte er. »Von den alten Lumpen, die um eure Körper hängen?«

Jetzt ist es an der Zeit, den Schatz herauszuholen, dachte Raphael. Er griff in seine Tasche, zog die Goldmünze hervor und hielt sie dem Anführer unter die Nase. Die Augen des Soldaten bekamen einen glasigen Glanz. »Das sollte genügen«, sagte Raphael. »Für diese Münze erwarten wir drei Mahlzeiten am Tag, ausreichend Wein und Wasser und einen Platz mit viel Heu und Hafer für das Ross.«

»Du sollst bekommen, was du verlangst«, sagte der Soldat. »Der Gaul kann im Stall stehen. Ich werde persönlich für sein Wohl sorgen.«

»Ihr schenkt ihm doch wohl keinen Glauben, oder?«, fragte Amicus.

Raphael lächelte. Er war sich sicher, dass sie auf dem richtigen Weg waren und keinerlei Befürchtungen zu hegen brauchten. Alles, was hier geschah, war ein Teil des großen Plans. »Gewiss glaube ich ihm«, sagte er.

Amicus atmete tief durch. Dann senkte er den Kopf und trottete zu dem Quartier.

»Gehen wir«, sagte Raphael zu den Freunden, und sie folgten dem leise vor sich hin fluchenden Amicus.

Die Männer schlossen die schwere Eisentür auf und führten sie in den Stall, der im Erdgeschoss untergebracht war. Unter Tränen nahm Jeanne Abschied von Giacomo.

»Heul nicht, Weib«, sagte der Soldat. »Ihr könnt euch hier frei bewegen. Nur verlassen dürft ihr das Quartier nicht.«

Das beruhigte Jeanne. Sie ergriff Raphaels Hand und erwiderte den Druck.

Die Soldaten zeigten ihnen ihre Unterkunft im ersten Stockwerk. Die winzigen Kammern verfügten über je zwei gezimmerte Betten. Ansonsten standen sie leer. Der Wind pfiff durch die offenen Fenster. Es war kalt und feucht.

»Sind noch andere hier?«, fragte Raphael den Soldaten.

»Nein.«

»Wen wundert's?«, zeterte Amicus. »Kein Narr ist so verrückt, sich hier einsperren zu lassen.«

»Bringt uns neue Decken«, sagte Raphael. Er gab dem Soldaten die Münze. »Und Kerzen.«

»Es soll euch an nichts fehlen«, entgegnete der Soldat. Er wog das Goldstück in der Hand und biss darauf. Zufrieden steckte er es in sein Wams.

Die Männer verschwanden. Kaum war die Tür hinter ihnen verschlossen, öffnete Amicus den Mund: »Nun sagt uns, was genau wir hier tun. Ich sehe Euch an, dass Ihr mehr wisst, als Ihr preisgebt.«

Raphael war bereit, sie einzuweihen. Jetzt, wo das nächste Ziel erreicht war. Er wusste nicht genau zu sagen, warum er bisher geschwiegen hatte. Vielleicht, weil er selbst zweifelte, ob Judas Hinweis einen Funken Wahrheit in sich barg. Vielleicht, weil er verhindern wollte, dass das Ansehen des Medicus' bei den Freunden Schaden litt, sollte das Zeichen nicht ihren Weg kreuzen. Nun aber gab es keine Ungewissheit mehr. Der Bär, den Juda vor Wochen in seinem Geist gesehen hatte, war in Gestalt des Wappentiers des Marquis de Froissy zur greifbaren Wirklichkeit geworden. Und so berichtete Raphael in wenigen Worten von seinem letzten Gespräch mit dem Medicus.

Es war spät geworden. Zwei Soldaten kamen und brachten Decken und Kerzen. Wortlos verließen sie das Quartier wieder. Da ausreichend Platz vorhanden war, nahm jeder der Freunde eine eigene Kammer in Beschlag. Zwar hätte Raphael gern einen Raum mit Jeanne geteilt, und er sah an ihrem Blick, dass es ihr nicht anders erging, aber das ziemte sich einfach nicht. Zudem tat es gut, nach langer Zeit mal wieder allein zu nächtigen. Seine Gedanken richteten sich auf den unbekannten Marquis, der offenkundig ihr Schicksal mitbestimmen sollte. Dann schlief er ein.

Der Marquis

Thibaut de Froissy erwachte mit bohrenden Kopfschmerzen. Er rief lauthals nach seinen Dienern. Sogleich eilte die Dienerschar herbei, wusch und rasierte ihren Herrn, kleidete ihn an und servierte ihm ein üppiges Frühstücksmahl. Das Frühstück entsprach seinen Wünschen. Die Eier waren nicht zu hart und nicht zu weich, der Wein genau richtig mit Wasser verdünnt, und die kalten Hühnerschenkel waren gut gewürzt. Dennoch wollte es dem Marquis nicht recht schmecken. Schon seit er erwacht war, fühlte er eine innere Unruhe. Irgendetwas Ungewöhnliches würde heute passieren. So stand er auf und begutachtete seine Erscheinung nicht ohne Bewunderung im reich verzierten Spiegel. Die Schnabelschuhe in den Farben Grün und Blau saßen perfekt. Die rot und orange gestreiften Beinkleider waren aus edlem Brokat gefertigt und zeigten stramme Waden und Schenkel. Das Untergewand bestand aus purpurfarbener Seide. Als Obergewand trug der Marqius einen güldenen Rock, in der Taille eng geschnitten, sodass die schmalen Schultern breiter wirkten. Ein letzter Blick prüfte Frisur und Spitzbart, den ganzen Stolz des Marquis. Fürwahr, der Schopf war in den Jahren schütter geworden, aber der Bart, der wäre eines Kaisers würdig!

Zufrieden klatschte er dreimal in die Hände. Zwei Diener erschienen und brachten Mantel und Gürtel. Zuletzt setzten sie ihrem Herrn die Calotte auf den Kopf. Die aus feinster Wolle gewobene Bundhaube diente als Halt für den bunten, mit Pelz und Silberstiften besetzten, breitkrempigen Hut.

»Ist meine Tochter erwacht?«, wollte der Marquis wissen.

»Wir hörten an diesem Morgen noch keinen Ton aus ihrer Kemenate, Monseigneur.«

Erbost stieß Thibaut de Froissy die Diener zur Seite. »Warum weckt ihr sie dann nicht?« Er scheuchte die Dienerschaft fauchend aus seinem Gemach.

Er schritt hinüber zu den großen, mit Motiven aus der Heiligen Schrift bemalten Fenstern. Von hier aus ließ er seinen Blick über die Vorburg und weiter über die gesamte Stadt Limousis streichen. Emsiges Treiben herrschte dort unten, wie in einem widerlichen Ameisenhaufen. Marktweiber krakeelten mit ihren fürchterlichen Stimmen – so laut, dass der Marquis sie mitten in seinem gemarterten Schädel wähnte. Er zählte die Wachen auf der Stadtmauer und den Türmen. Ihre Zahl entsprach seinen Vorgaben. Irgendwo unter ihm im Burghof quiekte ein Schwein, das man zur Schlachtbank führte. Kurz darauf erstarben die Todesschreie.

Es klopfte an der Tür. Constance, die Tochter des Marquis, trat ein. Ihre scharlachroten Haare waren noch nicht frisiert. Das türkisfarbene Gewand hing schief über den Schultern und bildete auf diese Weise eine groteske Harmonie mit ihren großen, nicht minder schiefen Zähnen. Bei Gott! Eine Schönheit war sie wahrlich nicht zu nennen. Ein Kobold mochte von größerer Anmut sein. Das war wohl auch der Grund, warum kein edler Herr kam, um sie zu freien. An der Dotation konnte es kaum liegen. Die Grafschaft war riesig, und die Erträge konnten als königlich bezeichnet werden.

»Du hast nach mir geschickt, Vater«, sagte Constance mit ihrer zischenden, nasalen Stimme.

Jede einzelne Silbe hämmerte mit der Wucht eines Katapults in den Schädel des Marquis. »Du weißt, dass ich es nicht gern sehe, wenn du länger schläfst als ich«, tadelte er.

Constance versuchte einen Knicks. »Verzeih, Vater.«

»Lassen wir das«, sagte er und fasste sich an den Kopf.

»Hast du wieder Schmerzen, Vater?«

»Ja«, sagte Froissy. »Sie scheinen mit jedem Tag schlimmer zu werden.«

»Das tut mir Leid«, sagte Constance matt.

»Es ist nicht deine Schuld«, erwiderte Froissy, obwohl er dies nicht wirklich glaubte.

»Hast du mit dem Medicus gesprochen?«

»Der Quacksalber hat nicht die geringste Ahnung!«

»Das ist sehr schade, Vater.«

Die dümmliche Konversation verärgerte ihn. Es war einfach nicht möglich, mit diesem Mädchen eine anregende Unterhaltung zu führen. Aber heute gab es keine Ausrede. Es galt, wichtige Angelegenheiten zu besprechen. »Lass uns ein wenig durch die Stadt gehen, Constance.«

Unwillkürlich trat seine Tochter einen Schritt zurück. »Dort unten sind so viele Menschen«, sagte sie gedehnt. »Sie trinken, raufen und stehlen. Zudem stinken sie wie Schweine und verbreiten gewiss so manche Krankheit. Ich will nicht in die Stadt.«

Thibaut de Froissy räusperte sich vernehmlich. Sehr vernehmlich. Für Constance war es das Zeichen, ihren Widerstand aufzugeben. So ließ sie die Schultern hängen und folgte ihrem Vater.

Vor Froissys Schlafgemach wartete Gonzalo Carcastilla, ein ehemaliger Söldner aus Navarra und jetzt ergebenster Diener des Marquis und Kastellan der Burg. Sein langes schwarzes Haar war zu einem Zopf geflochten. Die dunklen Augen blitzten unstet umher. Das glatt rasierte Gesicht, Hals und Arme waren von Narben überzogen. An der linken Hand fehlten drei Finger. Er war gekleidet in eng anliegendes schwarzes Tuch. In der breiten Schärpe um seinen Bauch steckten zwei silberne Dolche. Ein maurischer Krummsäbel an seiner Hüfte vervollständigte die Bewaffnung. Als er seinen Herrn und dessen Tochter erblickte, folgte er ihnen wortlos mit fünf Schritten Abstand.

Sie verließen die Burg, stiegen hinunter in die Vorburg und weiter in die Stadt. Bei dem Anblick all der Marketender, Handwerksleute, Soldaten, Frauen, Kinder und Bettler hielt sich Constance angewidert die Nase zu.

Als sie an einem Händlerkontor in der Stadtmitte ankamen, blieb Froissy stehen. Es war hier etwas ruhiger als auf dem Marktplatz, die Luft war frisch und erfüllt vom Duft der nahen Backstuben.

»Meine liebe Constance«, sagte er unvermittelt.

Sie starrte ihn mit ihren wässerigen, rot geäderten Augen an. »Ja, Vater?«

»Mein liebes Kind«, begann Froissy erneut, weil er die richtigen Worte einfach nicht finden konnte.

»Ja?«

»Es ist an der Zeit …« Er stockte.

»Ja?«

Noch ein Wort, und ich erwürge sie mit meinen eigenen Händen, dachte Froissy. Er befühlte seinen Kopf. Diese Schmerzen! »Du bist jetzt fünfundzwanzig Jahre alt. Ein Alter, in dem eine Frau aus gutem Hause längst die Pflichten eines Eheweibs und einer Mutter erfüllen sollte.« Er gab ihr Zeit zu erfassen, worauf er hinauswollte. Dies schien ihr gelungen zu sein, denn sie verzog das ohnehin schon schiefe Gesicht.

»Ich will nicht heiraten, Vater«, protestierte sie.

»Sei still und hör zu, was ich dir zu sagen habe.«

»Ja, Vater.«

»Du bist mein einziges Kind«, sagte Froissy. »Erbin meiner Ländereien und Titel. Wenn ich dereinst sterbe, und gebe Gott, dass dieser Tag noch fern ist, muss es einen Nachfolger geben. Ein Kind meines Blutes, das unseren edlen Stammbaum fortführt.«

»Aber ...«

»Schweig!«, herrschte Froissy seine Tochter an. »Seit dreizehn Jahren versuchst du dich hinter dem Wörtchen ›aber‹ zu verstecken. Nun ist die Stunde gekommen, in der deine Weigerungen ein Ende haben.« Er war derart aufgebracht, dass er nach Luft schnappte. »Baron de Beaujeu hat eingewilligt, dich zu seinem Weib zu nehmen.«

Jetzt war es Constance, die nach Luft schnappte. »Der Baron ist über hundert Jahre alt!«, keifte sie.

»Der Baron ist so alt wie ich. Ein Mann in den besten Jahren.«

»Er ist kaum noch im Stande, allein zu gehen.«

»Es steckt noch Kraft in seinen Lenden«, erwiderte Froissy. »Das genügt.«

In diesem Augenblick stürmte eine Horde Knaben kreischend und lachend an ihnen vorbei.

Der Marquis fasste an seinen Kopf. »Das ist ja nicht auszuhalten!«, jammerte er. »Lass uns ein Stück gehen, wo es stiller ist.« Er packte Constance am Arm und zog sie mit sich.

Es gab aber keinen stillen Ort. In jeder Gasse, in jedem Winkel wuselte, wimmelte und drängelte sich das Volk.

»Gehen wir vor die Stadt. Dort werden wir die Ruhe finden, die wir suchen.«

Vor den Stadttoren salutierten die Wachen, als sie den Marquis erkannten. Er schenkte den Männern keine Beachtung.

»Der Baron ist ein reicher, mächtiger Mann und steht dem König nahe. Eine Verbindung mit dem Hause Beaujeu wäre für uns in höchstem Maße einträglich«, fuhr der Marquis fort.

»Er ist fett, beinahe blind und stinkt wie abgestandene Ochsenpisse!«

Erschrocken fuhr Froissy zusammen. »Was für Worte nimmst du in den Mund?«

Zornesfalten durchfurchten Constances Stirn. »Es ist nur die Wahrheit, Vater.«

Insgeheim musste Froissy zugeben, dass sie durchaus Recht

hatte. Aber die Nase seiner Tochter durfte nicht über Wohlstand oder Untergang seines Erbes bestimmen. »Mit etwas Glück stirbt er, nachdem er dir einen Sohn geschenkt hat.«

Constance schnaufte. »Es gibt andere reiche Männer, die nicht uralt sind und nach …«

»Ich weiß, ich weiß«, unterbrach Froissy sie. »Was hältst du von Alfonse, dem Sohn des Vicomte de Gaujac? Ein Junker, der es versteht, mit Schwert und Lanze umzugehen.«

»Alfonse ist dumm und hässlich.«

Dumm und hässlich? Froissy betrachtete seine Tochter eingehend. Er schluckte seine Antwort herunter.

Mittlerweile standen sie vor dem Quartier. Froissy suchte weiter fieberhaft nach einem Kandidaten, der zum einen reich und angesehen war, der zum anderen aber, und das war bei weitem das größte Hindernis, Constance zum Weibe nehmen wollte. Und während er nachdachte, fiel sein Blick wie zufällig auf die vergitterten Fenster des Quartiers. Er erstarrte. Hinter einem der Gitter entdeckte er ein Gesicht, das schöner war als alles, was er je gesehen hatte. Ein junges Mädchen von vielleicht fünfzehn oder sechzehn Jahren. Ihr lockiges Haar leuchtete in der Farbe reinsten Bernsteins und umgab ihr fein gezeichnetes Antlitz wie ein goldener Rahmen. Und erst die Augen! Sie waren tiefblau und besaßen den Glanz des klarsten Bergsees. Tief schien ihr Blick in Froissys Kopf einzudringen, und es war, als wäre nicht *er* der interessierte Beobachter, sondern als würde dieses Kind ihn der genauesten Begutachtung unterziehen. Nur mühsam konnte er sich von dem Anblick losreißen. »Wir gehen zurück«, sagte er zu Constance, ohne den Blick von dem schönen Geschöpf zu wenden.

Constance war dies nur recht. Sie eilte ihrem Vater voraus.

Vor den Stadttoren winkte der Marquis Carcastilla heran. »Bringt mir dieses Mädchen«, flüsterte er. »In zwei Stunden soll sie in meinen Gemächern erscheinen.«

Carcastilla nickte. Dann folgte er seinem Herrn und dessen Tochter zurück auf die Burg.

Im Quartier war Raphael die seltsame Begegnung zwischen Luna und dem in edelstes Tuch gekleideten Herrn nicht entgangen. Wohl ein Mann von Stand oder ein Patrizier. »Weißt du, wer das war?«

»Ich glaube, es war der Marquis«, antwortete Luna. Ihre Stimme war leise und wirkte zerbrechlich wie Porzellan.

»Hast du mit ihm gesprochen?«, fragte Raphael weiter.

»Nein.«

»Weißt du, was er wollte?«

Sie schüttelte den Kopf.

Raphael war besorgt. Der verlangende Blick des alten Mannes war ihm nicht entgangen. Vorerst beschloss er, seine Befürchtungen nicht mit den anderen zu teilen. Das würde sie nur beunruhigen.

Als jedoch nach einer Stunde ein vierschrötiger Diener des Marquis erschien und Luna fortschleppte, verlangten sie von Raphael eine Erklärung. Und so berichtete er, was geschehen war und was er vermutete.

Pierre wurde blass. Er stürzte zum nächsten Fenster und starrte hinaus. Es schien, als wollte er seinen Körper durch das Gitter pressen.

Sorgenvoll legte Jeanne ihren Kopf an Raphaels Schulter. Amicus nahm die beiden zur Seite. Er flüsterte, sodass Pierre ihn nicht hören konnte: »Wir müssen hier raus. Unverzüglich. Das Kind ist in größter Gefahr.«

»Ich weiß, mein Freund«, sagte Raphael. »Jedoch seid selbst Ihr nicht in der Lage, dieses Mauerwerk mit Euren Fäusten zu zerschlagen. Wir können nur warten.«

Amicus fluchte.

»Gott wird sie schützen«, erwiderte Raphael. »Niemand ist in der Lage, ihr ein Leid zuzufügen.« Er sah zu Pierre hinüber, der noch immer die Gitterstäbe umfasste und nach draußen starrte.

Schachpartie

Ungeduldig ging Thibaut de Froissy in seinen Gemächern auf und ab. Ab und zu warf er einen prüfenden Blick in den großen Spiegel und richtete seine Kleidung. Sein Körper roch nach lieblichem Rosenwasser.

Wann endlich erschien Carcastilla mit dem Mädchen? Er sah aus dem Fenster. Der Kastellan war nirgends zu sehen.

Schließlich klopfte jemand an die Tür. Froissy rief ein aufgeregtes »Herein!«, und Carcastilla trat mit dem Mädchen ein. Wortlos brachte er sie zu seinem Herrn und verschwand wieder. Froissy war mit ihr allein. Er ging um sie herum, und das Wasser lief ihm im Munde zusammen. Kein Juwel war makelloser, keine Speise süßer und kein Stern glänzender als dieses schöne Kind. Ihre Haltung war von betörender Anmut, ihre Scheu geradezu aufreizend. Lüstern leckte er über seine Lippen. »Wie heißt du, mein Kind?«

»Luna«, sagte sie.

»Luna?«, echote er. »Welch ungewöhnlicher Name.«

Sie antwortete nicht, sondern starrte ihn nur an, sodass der Marquis glaubte, im tiefsten Meer zu versinken. »Woher kommst du?«, fragte er schließlich.

»Aus Rouen.«

»Aus Rouen? Du bist sehr fern deiner Heimat.«

»Ich weiß.«

»Was hat dich in diese Gegend verschlagen?«

»Ich reise mit meinen Freunden. Und du?«

Aufgrund der ungebührlichen Anrede verlor Froissy für einen Moment die Contenance. Welch freches Ding, dachte er. Aber er konnte ihr einfach nichts übel nehmen »Wie unaufmerksam von mir«, sagte er lächelnd. »Ich bin der Marquis de Froissy.« Er verneigte sich tief.

»Aha«, sagte Luna. »Ich will zurück zu meinen Freunden. Sie machen sich gewiss Sorgen.«

»Ihr könnt bald zurückkehren«, entgegnete Froissy. »Doch gewährt mir zuvor die Bitte, mit Euch speisen zu dürfen.« Ohne es zu merken, war Froissy zur höfischen Anrede übergegangen.

Luna nickte, und Froissy führte sie in den angrenzenden Speisesaal, wo auf einer Tafel allerlei Köstlichkeiten auf ihn und seinen bezaubernden Gast warteten. Er schickte das Küchengesinde hinaus und bot Luna einen Platz am Kopfende der Tafel an. Er setzte sich neben sie und lächelte anzüglich. »Bitte, nehmt, wonach Euch der Sinn steht. Und verlangt es Euch nach einer Speise, die nicht vor Euch steht, sagt es mir, und ich lasse sie unverzüglich zubereiten.«

Froissy erwartete eine Antwort. Zumindest ein Wort des Danks. Aber Luna enttäuschte ihn. Stumm griff sie nach dem erstbesten Hühnerschenkel und nagte lustlos daran herum.

Eine Weile betrachtete er sie schweigend. Welch außergewöhnliche Grazie sie selbst bei einer so ordinären Verrichtung wie dem Verzehr eines Hühnerschenkels ausstrahlte! »Wie alt seid Ihr?«

»Fünfzehn.«

Prächtig, dachte Froissy. Somit ist sie alt genug, vermählt zu werden. »Hat man Euch schon jemandem versprochen?«

Luna legte den Schenkel beiseite und griff nach dem nächsten. »Was meinst du?«

Froissy hüstelte verlegen. »Haben Eure Eltern Euch schon einem Mann zum Weibe versprochen?«

»Nein«, war die einsilbige Antwort. Sie sah ihn an. »Warum stellst du diese merkwürdigen Fragen?«

»Aus Neugier«, sagte Froissy. Anscheinend wusste dieses unschuldige Mädchen wirklich nicht, worauf er hinauswollte. Er beschloss, es vorerst dabei zu belassen. Apropos ... Es galt, noch ein recht delikates Detail zu klären. »Habt Ihr je mit einem Manne eine Nacht verbracht?« Froissy trank einen Schluck Wein.

Verständnislos runzelte Luna die Stirn. »Natürlich. Sehr viele Nächte.«

Froissy verschluckte sich. »Oh! Tatsächlich?« Er hustete.

»Ich habe dir doch gesagt, dass ich mit meinen Freunden reise.«

Froissy atmete erleichtert auf. Dieses dumme Kind hegte in der Tat nicht den geringsten Verdacht. »Verzeiht«, sagte er. »Ich habe Euch wohl missverstanden.«

Luna warf den abgenagten Hühnerschenkel auf den Tisch und stand auf. »Ich möchte zurück zu meinen Freunden.«

Auch Froissy erhob sich. »Bleibt doch noch eine Weile und leistet mir Gesellschaft«, bat er. »Ich führe Euch durch meine Burg. Es gibt viel zu entdecken.« Er setzte das lauterste Lächeln auf, dessen er fähig war.

»Nein«, protestierte sie. »Ich will zurück. Auf der Stelle!«

Nur schwer konnte Froissy das heftige Verlangen unterdrücken, das freche Mädchen hier und jetzt zu züchtigen. Was bildete dieses Bauernkind sich ein? Doch kaum blickte er Luna wieder tief in die Augen, verließ ihn sein Groll. Aber er konnte sie nicht ziehen lassen. Nur, wie würde es ihm gelingen, sie freiwillig zum Bleiben zu bewegen? Da kam ihm eine Idee. »Wäre es Euch genehm, wenn ich Eure Freunde auf die Burg bringen ließe? Dann wäret Ihr vereint, hättet einen warmen Schlafplatz und die köstlichsten Speisen.«

Luna überlegte kurz. »Gut«, sagte sie. »Schaff meine Freunde her, und ich bleibe.«

Froissy klatschte begeistert in die Hände. Carcastilla erschien. Froissy winkte ihn zu sich. »Führe die Männer und das Weib aus dem Quartier auf die Burg, und weise ihnen Kammern zu«, flüsterte er. »Stell Wachen vor ihre Türen, und lass sie keinen Moment aus den Augen.«

Wie immer nickte Carcastilla nur stumm und verschwand.

Froissy lächelte. »Bitte, liebste Luna, setzt Euch wieder, und kostet von der ausgezeichneten Konkavelite. Die Kirschen stammen aus meinen eigenen Plantagen, die Mandeln aus Antiochia.« Er beobachtete, wie sie neugierig einen Löffel in die rosafarbene Masse tauchte und ihn dann zu ihrem Mund führte. Und unter dem Tisch rieb Froissy sich voller Vorfreude die Hände.

»Sie ist schon zu lange fort!«, tobte Amicus und trat wütend gegen die Wand.

»Wir können hier nichts ausrichten«, sagte Raphael. Auch er war voller Sorge, sah es jedoch als seine Pflicht an, Ruhe und Gelassenheit zu verbreiten.

»Was meint Ihr, geschieht mit Luna?«, fragte Pierre. Seine Stimme zitterte.

»Gar nichts«, sagte Raphael. Er sandte eine stumme Botschaft an Juda: Warum nur habt Ihr uns an diesen Ort geführt, alter Mann?

»Gleich müssten die Wachen mit dem Mittagsmahl auftauchen«, sagte Amicus. »Schlagen wir sie nieder, und befreien das Kind!«

»Glaubt Ihr wirklich, dass wir auch nur in Lunas Nähe kämen?«, fragte Jeanne.

»In der Tat«, pflichtete Raphael ihr bei. »Man würde uns erschlagen, noch bevor wir durch das Stadttor sind.«

Amicus spie auf den Boden. »Bleibt hier, wenn Ihr wollt. Ich gehe in die Burg!« Er stellte sich neben die Tür.

»Ich gehe mit dir«, sagte Pierre. Tapfer postierte er sich neben Amicus.

Mit einem Rasseln wurde die Tür aufgeschlossen. Amicus war bereit, den Männern den Schädel einzuschlagen. Pierre stand wacker hinter ihm. Doch als sie die Gestalt wahrnahmen, die das Quartier betrat, zogen sie die Hände flink zurück. Es waren nicht die bekannten Soldaten, sondern ein schwarz gekleideter Mann mit schwarzem Haar und narbenentstelltem Gesicht. »Mein Name ist Gonzalo Carcastilla«, sagte der Unbekannte mit spanischem Akzent. »Ich habe Weisung, euch auf die Burg zu geleiten. Kommt.«

Die Freunde sahen einander verdutzt an. Schließlich folgten sie dem Mann. Als Jeanne darum bat, Giacomo mitzunehmen, nickte Carcastilla nur, und sie holte den Hengst aus dem angrenzenden Stall.

Sie passierten das Stadttor. Carcastilla führte sie über eine breite Straße. Von hier aus war die Burg des Marquis hoch oben auf einer Kuppe gut auszumachen. Raphael beschloss, sich jede Einzelheit des Wegs und der Burganlagen genau einzuprägen. Er ahnte, dass ihnen das dereinst vielleicht gute Dienste leisten würde.

Der Weg verlief fast schnurgerade durch die ganze Stadt. Überall herrschte hektisches Treiben. Niemand nahm von den Fremden Notiz. Doch Raphael bemerkte die furchtsamen Blicke, die die Leute Carcastilla zuwarfen. Er schien nicht beliebt zu sein.

Dann gelangten sie an den Fuß des Hügels, auf dem die Burg stand. Zwischen den letzten Häusern der Stadt und dem tiefen, mit braunem Wasser gefüllten Wallgraben erstreckten sich etwa hundert Schritte Ödland. Dahinter erhoben sich die Burgmauern, die tausend Schritte lang und fünfhundert breit sein mochten. Als sie den Graben erreichten, rief Carcastilla den Wachen in den beiden Tortürmen ein Kommando zu. Gleich darauf ließen sie die schwere Zugbrücke herunter. Die Freunde betraten hinter Carcastilla die Vorburg. Sogleich zogen die Wachen die Brücke wieder hoch. Nun gab es kein Zurück mehr.

Erst von hier aus war zu erkennen, wie stark die Burg befestigt war. Die Mauer war eine Manneslänge dick und fünf Längen hoch. Sie trug einen Wehrgang mit Brustwehr und Schießscharten. An ihren schwächsten Punkten war sie zusätzlich mit einer noch höheren und stärkeren Schildmauer umgeben. Ringsum ragten Wehrtürme in den Himmel. An ihnen und in regelmäßigen Abständen auch an der Mauer waren Pechnasen zum Schutz gegen Feinde angebracht.

Über einen gewölbten Torweg drangen sie tiefer in die Burg

ein. Direkt an der Mauer lagen die Behausungen des niederen Personals, die Ställe, Scheunen und Hundezwinger. Carcastilla rief einen Stallburschen heran und befahl ihm, sich um Giacomo zu kümmern. Dann standen sie vor dem nächsten Tor, das wiederum in eine hohe Mauer eingelassen war. Die Wachen zogen das Tor in die Höhe und gewährten der Gruppe Einlass in die Niederburg. Hier standen die Häuser für die Burgmannen und Ministerialen und die Stallungen für die Pferde des Marquis. Der obere Teil der Niederburg war zum Turnierplatz für Ritterturniere hergerichtet. Dort lag auch die überdachte Zisterne.

Schließlich erreichten sie den höchsten Punkt der Kuppe, auf der die Oberburg lag. In der Mitte stand das dreistöckige steinerne Herrenhaus. Eine strenge Bewachung war hier nicht mehr nötig. Wer bis hierher gekommen war, war dazu berechtigt. Andernfalls lägen seine sterblichen Überreste unten im Wallgraben.

Carcastilla ging voran und erklärte, dass das Herrenhaus im Keller einen Kerker und den Weinkeller beherbergte. Raphael fiel auf, dass er das Wort ›Kerker‹ besonders betonte. Darüber befand sich der Rittersaal. Im ersten Stock lebte der Marquis. Diesen Bereich durften sie nur auf ausdrückliches Geheiß des Marquis betreten. Darüber lagen die Gemächer der Frauen und die Küche, im dritten Stock dann die Kammern für Getreide, Mehl und andere Lebensmittel. Zudem waren hier die Schlafstuben der Pagen und des Küchengesindes untergebracht.

»Dort werdet auch ihr schlafen. Habt ihr alles verstanden?«, fragte Carcastilla die Gäste.

Sie nickten.

»Dann bringe ich euch zu euren Kammern«, sagte er und stieg die breiten Stufen im schmucklosen Inneren des Herrenhauses hinauf.

»Wann können wir Luna sehen?«, wollte Amicus wissen.

Carcastilla wandte sich nicht um, als er antwortete: »Bald.«

Kopfschüttelnd und die Hände zu Fäusten geballt, stapfte Amicus hinter dem Kastellan her.

Im obersten Geschoss war es düster und stickig. Auf dem Gang gab es kein Fenster, die einzige Lichtquelle war eine heruntergebrannte Fackel. Es roch nach Mehl und Schweiß. Feiste Küchenjungen trugen unermüdlich Zutaten für ein opulentes Mahl hinunter in die Küche. Ein Koch trieb sie mit harschen Worten zur Eile an. »Hier sind zwei Kemenaten für euch«, sagte Carcastilla und wies auf zwei zersplitterte Türen, die einander gegenüberlagen.

»Raphael und ich nehmen die eine«, sagte Jeanne.

»Warte.« Carcastilla hielt sie zurück. »Ist sie dein Eheweib?«, wollte er von Raphael wissen.

»Nein, aber ...«

»Dann schläft sie allein.«

»Aus welchem Grund?«

»Der Marquis ist ein gottesfürchtiger Mann. Untugendhaftes Benehmen findet niemals seine Zustimmung.«

»Verstehe«, mischte Amicus sich lautstark ein. »Dann erzähl uns doch bitte, was dein Marquis mit der jungen Luna im Sinn hat. Eine tugendhafte Partie Schach etwa?«

Carcastilla riss den Kopf herum. Katzengleich bewegte er sich auf den Störenfried zu. Eine halbe Armlänge vor Amicus blieb er stehen. Der, einen Kopf größer als der Kastellan, blickte spöttisch lächelnd auf ihn hinunter. Doch Carcastilla zeigte keine Furcht. Im Gegenteil: Für Augenblicke schien es, als würde er Amicus an die Gurgel springen. »Ihr befolgt, was wir euch sagen«, flüsterte er kaum hörbar. »Oder wir werfen euch aus der Stadt, und ihr seht das Mädchen niemals wieder. Verstanden?« Er sah in die Runde.

»Wir haben verstanden«, sagte Raphael.

Mit einem letzten warnenden Blick zu Amicus ging Carcastilla zur Treppe. Auf dem obersten Absatz machte er Halt. »Der Marquis gibt dem Mädchen zu Ehren ein Fest. Ich lasse nach euch schicken, wenn es an der Zeit ist.«

Amicus wartete, bis der Kastellan verschwunden war. Zwei Küchenjungen huschten noch vorbei, dann waren sie allein. »Holen wir uns Luna und verschwinden wir«, sagte er.

»Wir kämen nicht lebend aus dem Herrenhaus heraus«, gab Raphael zu bedenken. »Vom Rest der Burg ganz zu schweigen. Habt ihr nicht die Verteidigungsanlagen gesehen?«

»Wir kommen schon durch«, meinte Amicus.

»Es ist noch zu früh«, mahnte Jeanne. »Wir werden schon einen Ausweg finden.«

»Warten wir das Fest ab«, ergänzte Raphael. »Womöglich können wir in dem ganzen Trubel untertauchen.«

Von der Treppe waren Schritte zu hören.

»Still jetzt!«, mahnte Raphael. »Gehen wir in die Kammern.«

Jeanne huschte in die eine und die Männer in die andere Kammer. Pierre sah sich um und rümpfte die Nase. »*Hier* sollen wir leben?«

Die Kammer war klein und dunkel. Es gab nur ein kleines Fenster, durch das kaum Licht fiel. Auch waren da nur ein Bett ohne Kissen und Decke, ein Stuhl mit morschen Beinen und ein alter Tisch. Über der Schlafstatt hing ein großes Kruzifix aus Kirschholz.

»Wir haben schon schlechter geschlafen«, sagte Raphael. Er setzte sich auf den Rand des Bettes, rüttelte prüfend daran und legte sich gähnend hin. Dabei knarrte und quietschte es, als würde es jeden Augenblick auseinander brechen.

Pierre machte es sich auf den Boden bequem. Er verschränkte die Arme unter dem Kopf und sagte: »Gar nicht übel.«

Gleich danach hörte Amicus die beiden schnarchen. Murrend setzte er sich auf den Stuhl, sodass er die Tür im Blick hatte, holte sein Messer hervor und schnitzte leise fluchend Fratzen in die Tischplatte.

Stunden vergingen, in denen Amicus seinen Platz nicht verließ. Dann klopfte es an der Tür, und die hässlichste Fratze, die er in seinem Leben je gesehen hatte, starrte ihn an. »Allmächtiger!«, rief er entsetzt.

Die Schlafenden wachten auf. Raphael zwang sich zu einem Lächeln, stieg aus dem Bett und fragte die Unbekannte: »Womit dürfen wir Euch dienen, Mademoiselle?«

Die junge Frau wirkte verunsichert. Mit ihren Froschaugen glotzte sie scheu, aber neugierig umher. »Mein Vater schickt mich«, sagte sie mit einer ungewöhnlich dumpfen, näselnden Stimme.

»Ihr seid die Tochter des Marquis de Froissy?«, fragte Raphael.

»Ja«, sagte sie. »Mein Name ist Constance. Das Fest beginnt, und mein Vater bittet euch, in den Rittersaal zu kommen.«

»Ist Luna dort?«, fragte Pierre.

»Sie nimmt an dem Fest teil.«

»Bitte, geht voran, Mademoiselle«, sagte Raphael. »Wir folgen Euch.«

Constance nickte schüchtern und wartete vor der Kammer, bis die Gäste heraustraten. Raphael klopfte an die gegenüberliegende Tür, und Jeanne kam heraus. Dann stiegen sie in das Erdgeschoss hinunter.

Das Fest war schon in vollem Gange. Das weinselige Lachen der Burgmannen, das Scheppern der Krüge, Teller und Schüsseln, Musik und Gesang zeugten von heiterem Gelage.

Niemand schenkte ihnen Beachtung, als Constance sie zum unteren Ende der langen Tafel aus dunkelbraunem Eichenholz brachte.

Währenddessen betrachtete Raphael die Gäste des üppigen Gelages. Es mochte gut ein Dutzend Burgmannen hier sein, raubeinige, ungepflegte Gesellen mit wüstem Benehmen. Außer den Burgmannen waren die Ministerialen anwesend, ehemalige Unfreie aus der Familie des Marquis, die aufgrund besonderer Verdienste wichtigere Aufgaben in der Burgverwaltung innehatten. In einer Ecke standen sechs Spielleute, die fröhliche Lieder auf Drehleiern, Dudelsäcken, Pauken, Schellen und Zimbeln spielten und dazu sangen. Um die Tafel herum bewegten sich Jongleure, Feuerspucker und Rad schlagende Artisten. Raphael suchte weiter. Schließlich fand er Luna am Kopf der Tafel, rechts neben dem Marquis. Ihre Blicke trafen sich, und Raphael erkannte beruhigt, dass sie wohlauf war.

Constance wies ihnen ihre Plätze zu. Sie selbst ging zurück und setzte sich zur Linken ihres Vaters.

»Weiter weg ging es wohl kaum«, brummte Amicus.

»Zumindest können wir sie sehen«, sagte Jeanne. Sie nahm zwischen Raphael und Amicus Platz.

Amicus schenkte ihre Becher voll. Er stutzte, sah sich um und sagte: »Jeder hier trinkt aus Gläsern, und uns setzt man diese alten Holzbecher vor die Nase.« Er nippte – und spie auf den Boden. »Verwässert!«, schimpfte er.

Unbeeindruckt nahm Raphael einen großen Schluck. Er sah, dass der Marquis ihn amüsiert musterte. »Wir lassen uns nicht reizen«, sagte er zu seinen Freunden. »Man gibt uns zu verstehen, dass wir nur geduldet sind, weil der Marquis Gefallen an Luna findet. Ohne sie wären wir nicht hier, oder wir wären längst tot.«

»Luna wird sich ihm nicht hingeben«, sagte Jeanne. »Was geschieht, wenn sie den Marquis ein ums andere Mal abweist?«

Raphael zuckte mit den Schultern. Wer konnte schon wissen, wie dieser alte, verknöcherte Mann reagieren würde, sollte Luna sich ihm versagen?

Das Gelage endete tief in der Nacht. Die Ministerialen waren die Ersten, die sich zurückzogen. Ihnen folgten die Burgmannen. Zumindest die, die noch gehen konnten. Dann waren die Freunde allein mit Luna, dem Marquis und dessen Tochter, Gonzalo Carcastilla und drei Dienern.

Aus der Ferne sah Raphael, dass Luna energisch auf Froissy einredete. Der aber hielt unbeeindruckt dagegen. Luna wurde immer heftiger. Einige Bruchstücke drangen zu Raphael herüber. Es ging darum, dass Luna zu ihnen wollte, der Marquis dies aber ablehnte.

Da stand Amicus auf. »Mir reicht's!«, sagte er. »Ich hole das Kind, und wir verschwinden.«

Sofort wurde Carcastilla aufmerksam.

Raphael, Jeanne und Pierre hielten Amicus fest und zerrten ihn zurück auf seinen Stuhl. »Wie oft soll ich es Euch noch sagen?«, schimpfte Raphael. »Wir können im Augenblick nicht lebend mit Luna entkommen. Wir brauchen Zeit, um die Flucht vorzubereiten, und wir müssen die richtige Gelegenheit abpassen. Alles andere wäre Selbstmord. Also beherrscht Euch in Gottes Namen!«

Schnaufend wie ein Stier starrte Amicus Raphael an. Es schien, als wollte er seine ganze Wut an dem Mönch auslassen. Doch dann gewann der Hüne seine Fassung wieder. Fluchend trank er in einem Zug den halben Krug verwässerten Wein leer.

Carcastilla kam auf die Freunde zu. »Ich geleite euch zu euren Kammern«, sagte er höflich, aber bestimmt und wies in Richtung Tür.

»Lasst uns zuerst mit Luna sprechen«, forderte Amicus.

»Ich geleite euch zu euren Kammern«, wiederholte Carcastilla. *»Jetzt!«* Er schob den schwarzen Umhang beiseite, der an seinen Schultern befestigt war. Zum Vorschein kamen ein Krummsäbel und zwei Silberdolche. Der Fingerzeig war eindeutig.

»Wir gehen mit Euch«, sagte Raphael. »Doch erlaubt mir, vorher einige Worte mit Eurem Herrn zu wechseln.«

Unschlüssig stand Carcastilla da. Dann wandte er sich ab, ging zum Marquis und flüsterte ihm etwas zu, woraufhin der Marquis nickte. Als er zurückkehrte, sagte er: »Du darfst mit dem Marquis sprechen. Die anderen gehen in die Kammern.« Er brachte sie zur Tür, wo ein Diener auf sie wartete.

Kaum waren die Freunde fort, schleppte der zweite Diener Luna aus dem Festsaal, und Raphael sah seine Hoffnung schwinden, doch noch mit ihr reden zu können. Er war jetzt allein mit dem Marquis und seinem Leibwächter.

Froissy stand nicht auf, blickte Raphael noch nicht einmal an, als er fragte: »Was willst du von mir?«

»Monseigneur«, sagte Raphael. Er überdachte seine Worte gut. »Lasst mich Euch danken für Eure großzügige Bewirtung und das Dach über dem Kopf, das Ihr uns wohlwollend zur Verfügung stellt.«

»Du bist wohl kaum gekommen, um mir zu danken«, sagte Froissy. »Also, worauf willst du hinaus?«

»Mitnichten, Monseigneur«, sagte Raphael. »Euer Interesse an Luna ist mir nicht entgangen.«

»Du bist sehr scharfsinnig«, spottete Froissy.

Unbeirrt fuhr Raphael fort: »Dieses Interesse ist nicht im Sinne des Herrn. Ihr dürft das Mädchen nicht freien.«

»Warum nicht? Sie ist alt genug.«

»Sie findet keinerlei Gefallen an Euch, Monseigneur.«

Froissy lachte. »Sie wird im Laufe der Jahre schon Gefallen an mir finden. Zudem wird gut für sie gesorgt. Drum zieht weiter eures Weges, und kümmert euch nicht um sie.«

»Es ist nicht Gottes Wille, dass sie bei Euch bleibt«, erwiderte Raphael. Seine Stimme gewann an Schärfe. Wie sollte er diesen alten Mann nur von dessen Vorhaben abbringen?

»Was weiß ein Bauerntölpel wie du schon von Gottes Willen?«

»Genug, um zu verstehen, dass Er andere Pläne mit dem Mädchen hat. Sie ist ein außergewöhnliches Geschöpf, Monseigneur. Ich bitte Euch untertänigst: Lasst von ihr ab.«

»Schluss mit dem Geschwätz!«, herrschte Froissy ihn an.

»Du wolltest mich sprechen, das hast du getan. Nun zurück in deine Kammer.« Er erhob sich.

Raphael wollte etwas entgegnen, aber Carcastilla packte ihn unsanft am Arm und zerrte ihn fort. Dabei fiel das Hautstück mit dem Idolum aus Raphaels Tasche zu Boden.

Froissy hatte es bemerkt und rief Carcastilla zu: »Warte!« Er hob den Fetzen auf und betrachtete ihn lange. »Woher hast du das?«

»Auf meiner Reise gefunden«, sagte Raphael.

»Wo genau?«, wollte Froissy wissen.

»In den Bergen«, log Raphael. Er war sicher, dass der Marquis das Idolum erkannte. »Die Fratze ist Euch bekannt, Monseigneur?«

»Gewiss«, flüsterte Froissy. Er schien plötzlich der Welt entrückt zu sein. »Dies ist das Gesicht Asmodis.«

»Asmodi?«, echote Raphael. Er konnte es nicht glauben. Blitzartig suchte er im Geiste alle Hinweise auf diesen Namen zusammen, die er je gelesen hatte. Im Alten Testament wurde Asmodi im Buch Tobias erwähnt. Dort wurde er beschrieben als zorniger, lustbesessener Dämon, der Sara, die Tochter Raguels, geliebt haben sollte und deren sieben Ehemänner tötete. Tobias, der Sara auch liebte und ehelichen wollte, bezwang den Dämon mithilfe des Erzengels … Raphael fuhr innerlich zusammen. Der Erzengel, der Tobias und Sara zu Hilfe eilte und den Dämon besiegte, trug seinen eigenen Namen: *Raphael!* Konnte dies ein Zufall sein? Er wischte seine Überraschung beiseite und überlegte weiter. Der jüdische Talmud nannte ihn Aschmedai, was so viel hieß wie ›Zerstörer‹. Der Talmud sagte, dass Asmodi mit Salomo verbündet war und diesem half, den Tempel von Jerusalem zu bauen. Auch an Salomos sündigem, ausschweifendem Lebenswandel sollte er schuldig gewesen sein. Aber warum war ein Abbild des bösen Oberhaupts der Dämonen in die Haut eines einfachen Dominikaners gestochen worden? Ein finsterer Geist, der in maßlosester Weise nach weiblichem Fleisch und Wein gierte.

Er ahnte, dass die Antwort auf diese Frage unmittelbar mit Prior Henri le Brasse in Verbindung stand – und womöglich noch viel größere Kreise zog, als er sich augenblicklich vorzustellen vermochte.

Froissy gewann seine Fassung zurück. »Jetzt sag mir, woher du diesen Fetzen hast, gottloser Bursche!«

»Ich sagte Euch doch, dass ich ihn in den Bergen fand, Monseigneur.«

Froissys Hand schnellte vor und packte Raphael an der Gugel. »Noch eine Lüge, und ich lasse dir die Zunge herausschneiden. Jetzt sprich!«

»Ein Händler in Cruzy verkaufte ihn mir«, sagte Raphael. Zum ersten Mal spürte er Angst. Er hoffte, dass der Marquis ihm *diese* Lüge abkaufte. »Das Bild gefiel mir, so nahm ich es mit.«

Eine Weile starrte Froissy Raphael prüfend an. Schließlich ließ von ihm ab.

»Bitte, Monseigneur«, sagte Raphael. »Was wisst Ihr über dieses Idolum?«

Unwillig wiegte Froissy den Kopf. »Die Katharer beteten Asmodi an. Heimlich natürlich.«

»Die Katharer?«, wiederholte Raphael. Das Rätsel wurde immer noch geheimnisvoller. »Die Bewegung gilt seit über hundert Jahren als ausgelöscht.«

»Du befindest dich in Okzitanien.« Froissy lachte auf. »Der Glaube der Ketzer wird hier in alle Ewigkeit Bestand haben.« Mit ernster Stimme fuhr er fort: »Bist du ein Ketzer?«

Schlagartig wich die Farbe aus Raphaels Gesicht. »Ich, Monseigneur?«, fragte Raphael. »Ich bin ein gottesfürchtiger Katholik. Das schwöre ich im Namen des Herrn.«

»Schon manchem Manne ist ein falscher Schwur leicht über die Lippen gekommen. Danach baumelte sein Leib umso schwerer am Galgen.«

»Es ist die Wahrheit, Monseigneur.« Mehr gab es für Raphael nicht zu sagen. Jetzt wusste er genug, um Gewissheit zu haben, dass sie nur so lange am Leben blieben, wie Luna dem Marquis zu widerstehen vermochte. Ganz gleich, ob sie in Froissys Augen Ketzer waren oder nicht.

»Gut«, sagte Froissy. »Da auch ich ein gottesfürchtiger Mann bin, will ich dir Glauben schenken. Nun geh hinauf zu deinen Gefährten.«

»Gebt Ihr mir den Fetzen zurück, Monseigneur?«, fragte Raphael. Er streckte eine Hand aus.

Froissy steckte das Hautstück in eine Tasche seines Gewandes. »Das behalte ich. Dir könnte es schaden, träfest du auf die falschen Leute. Und jetzt geh endlich!«

Carcastilla stieß Raphael hinaus. Froissy rief den Kastellan zurück und flüsterte ihm etwas zu.

Carcastilla nickte, dann ging er zu Raphael und brachte ihn in den obersten Stock des Herrenhauses zurück. Vor den Kammern standen Soldaten Wache.

»Was hat das zu bedeuten?«, wollte Raphael wissen.

»Schweig!«, sagte Carcastilla. Er stieß Raphael in die Kammer. Dann verschloss er die Tür.

»Man lässt uns nicht mehr raus«, sagte Amicus. »Auch Jeanne dürfen wir nicht mehr sehen. Was zur Hölle habt Ihr mit dem Marquis besprochen, Bruder?«

Mit knappen Worten erzählte Raphael, was vorgefallen war.

»Wer sind die Katharer?«, fragte Pierre anschließend. »Ich habe den Namen schon gehört, weiß aber nichts über diesen Orden.«

»Die Katharer waren kein Orden«, erklärte Raphael, »sondern vielmehr eine Gemeinschaft. Hier, im Languedoc, nannte man sie Albigenser. Damals, zu Beginn des letzten Jahrhunderts, gehörte das Languedoc nicht zu Frankreich. Es war eine unabhängige Grafschaft, die von wenigen Adelsgeschlechtern regiert wurde. So waren die Albigenser in der Lage, ihren Glauben zu verbreiten, ohne von der Kirche Strafen befürchten zu müssen.«

»Waren die Unterschiede zum katholischen Glauben denn derart groß?«, fragte Amicus.

»In der Tat«, sagte Raphael. »Die Katharer bezogen ihren Glauben aus direkter Erfahrung und Erkenntnis, nicht nur aus der Bibel. Das Alte Testament kam in ihrer Lehre ohnehin nicht vor. Auch glaubten sie an die Gleichrangigkeit von Mann und Frau. Daher gab es nicht nur Prediger und Lehrer unter ihnen, sondern den Männern gleichberechtigte Predigerinnen und Lehrerinnen.«

»Klingt merkwürdig«, sagte Pierre. »Kaum vorstellbar, dass die Kirche das zuließ.«

»Da die Bewegung von Spanien bis Bulgarien reichte, blieb ihr vorerst keine Wahl«, sagte Raphael. »Ein weiterer Pfeiler ihres Glaubens war die Lehre vom dualistischen Prinzip. Zwar ist die gesamte christliche Gedankenwelt dualistisch aufgebaut, nämlich als Kampf Gut gegen Böse, doch die Katharer gingen auch hier einen Schritt weiter. Während wir katholischen Christen einen höchsten Gott anerkennen, dem der Teufel untergeordnet ist, hielten die Katharer Gott und den Teufel für ebenbürtig. Der *gute* Gott war nicht stofflich, sondern ein rein geistiges, makelloses Wesen. Ihm gegenüber stand der böse Gott, der Gott der Macht. Die Schöpfung sahen die Katharer als Ergebnis dieser Macht an. Der böse Gott schuf die Erde, den Mittelpunkt des Universums, und sie nannten ihn *Rex mundi* – den König der Welt. In ihren Augen war jeder Mensch, jedes Tier und jeder Baum von Grund auf böse.«

»Wie standen sie zu Christus?«, fragte Pierre.

»Das war es wohl«, sagte Raphael, »was ihnen zum Verhängnis wurde. Da die Schöpfung das Werk des bösen Gottes war, konnte Jesus nicht Menschengestalt angenommen haben und *gleichzeitig* Gottes Sohn sein. Für sie war er nur ein Prophet unter vielen. Daher hatte auch die Kreuzigung Jesu keinerlei Bedeutung. Darüber konnte die Kirche natürlich nicht hinwegsehen. Im Jahre des Herrn 1209 fiel dann ein dreißigtausend Mann starkes Kreuzfahrerheer aus Frankreich in das Languedoc ein.«

»Die Albigenserkriege begannen«, sagte Amicus.

Raphael nickte. »Die Soldaten des Papstes und der französischen Krone verwüsteten das Land innerhalb von zwanzig langen Jahren. Sie mordeten, brandschatzten und vergewaltigten. Doch erst im Jahre 1243 erlosch auch der letzte Widerstand. Nur in der Bergfestung Montsalvat auf dem Montségur widersetzte sich ein kleines Häuflein. Über zehn Monate dauerte die Belagerung. Man versprach den vierhundert Männern und Frauen, Milde walten zu lassen, sollten sie sich ergeben. Am 1. März 1244 gaben sie ihren Ungehorsam auf. Sie erbaten eine fünfzehntägige Frist. Am Morgen des 16. März trieben die Kreuzritter die Hälfte von ihnen den Berg hinunter und verbrannten sie. Den Rest, Männer der katholischen Festungsbesatzung, kerkerte man entgegen der Versprechungen ein.«

»War das das endgültige Ende?«, fragte Pierre.

»Nein. Erst 1321 wurde der letzte Priester der Katharer, Guillaume Belibaste, in eine Falle gelockt und verbrannt.«

»Offensichtlich war das nicht das Ende«, wandte Amicus ein.

»Es gab seit jeher Gerüchte, dass die Albigenser niemals ausgestorben seien«, fuhr Raphael fort. »Dass viele überlebt hätten und ihren Glauben seitdem von Generation zu Generation weitergäben. Man spricht von geheimen Zeichen und Symbolen, an denen sie sich untereinander erkennen.«

»Das Idolum an Imberts Arm ist eines davon?«

»Es scheint so, Pierre«, antwortete Raphael. »Es heißt, dass sie noch heute den geheimen Schatz hüten, den furchtlose Männer eines Nachts während der Belagerung von Montsalvat den Steilhang hinunterschafften. Viele Kisten mit Gold, Silber, Juwelen und anderen kostbaren Dingen, sagt man.«

»Hm«, machte Amicus. »Was ich nicht verstehe: Wie ist aus den augenscheinlich gerechten und redlichen Glaubensbrüdern und -schwestern innerhalb von hundert Jahren eine mordlüsterne und menschenverachtende Geheimbewegung geworden?«

Raphael dachte an Henri und Imbert. Die Antwort auf diese Frage stellte womöglich den Schlüssel zur Ausbreitung der Inquisition und ihrer brutalen Methoden dar. Er ging hinüber zu dem kleinen Fenster und schaute hinauf zu den Wolken. Würden sie ihn finden können?

Am nächsten Tag besuchte Constance Luna in deren großzügig ausgestatteter Kammer. Der Boden war mit Bärenfellen bedeckt. Bärenfelle lagen auch auf den Stühlen und der breiten Sitzbank. Das breite Bett war übersät mit prall gefüllten Daunenkissen. Auf dem Tisch standen Obst und Wein.

Luna stand an dem großen Fenster und blickte hinaus. Es sah aus, als würde die Sonne durch sie hindurchscheinen.

»Ich will zu meinen Freunden«, sagte Luna, ohne sich umzudrehen.

»Du kannst sie gewiss bald sehen«, sagte Constance. Sie schloss die Tür und ging in die Mitte der Kammer. »Brauchst du etwas? Brot, Fleisch oder vielleicht Wasser? Sag es, und ich lasse es sofort für dich herschaffen.«

Langsam wand Luna den Kopf. »Ich will hier heraus. Sofort!«

»Das kann nur mein Vater entscheiden.«

»Dann hol ihn hierher!«

»Ich glaube nicht, dass er dich gehen lässt.«

»Warum nicht?«

»Du gefällst ihm.«

»Er mir dagegen überhaupt nicht.«

Verschüchtert spielte Constance mit ihren feuchten Fingern. »Ich bin gekommen, um dir Gesellschaft zu leisten. Sollen wir Blindekuh spielen?«

Jetzt drehte sich Luna um. Das Sonnenlicht umgab sie wie eine glänzende Aura, die Constance nur von Kirchenbildern kannte. Als stünde der Erzengel Gabriel vor ihr! Verschreckt wich sie zurück.

»Ich will nicht spielen«, sagte Luna. »Ich will nicht essen, nicht trinken und mich auch nicht waschen. Ich will sofort aus dieser Kammer, aus dieser Burg und aus dieser Stadt. Verstehst du, was ich sage?«

»Mit der Zeit wird es dir hier gefallen«, sagte Constance. »Es ist gut, auf einer Burg zu leben. Du wirst jederzeit bedient. Niemals wird es dir an etwas mangeln. Wir können immer zusammen sein und lustige Sachen machen. Und mein Vater kann ab und an recht umgänglich sein. Ich habe mir schon so lange eine Freundin gewünscht.«

Wie eine Löwin schlich Luna auf Constance zu, den Kopf gesenkt, die Augen zu Schlitzen verengt, die Hände angriffslustig erhoben. »Was willst du damit sagen?«

»Oh, du weißt es noch nicht?«, fragte Constance. Sie wusste, dass sie einen Fehler gemacht hatte. Auf der Stelle kehrte sie um und lief auf die Tür zu.

Doch Luna war schneller. Noch bevor Constance die rettende Tür erreicht hatte, hielt Luna sie fest. »Was soll das alles hier? Rede!«

Constance zuckte zusammen, schwieg aber.

Luna hob beide Fäuste. »Rede, oder ich schlage dir deine schiefen Zähne aus dem Mund!«

Tränenüberströmt fiel Constance auf die Knie. »Mein Vater«, schluchzte sie, die Arme schützend über dem Kopf haltend, »will dich zu seinem Weib nehmen. Ich dachte, du wüsstest es längst. Bitte, schlag mich nicht. Bitte.«

Luna senkte die Fäuste. Wie vom Donner gerührt stand sie da. Schließlich half sie Constance auf. »Verzeih mir«, sagte sie mit sanfter Stimme. »Ich war böse zu dir, dabei hast du es nicht verdient. Hätte dein Vater mir seine Absichten verraten, wäre es nie so weit gekommen.«

Constances Gesicht hellte sich auf. »Heißt das, du gehst nicht fort?«

Lächelnd nickte Luna. »Aber das bleibt unter uns. Versprichst du mir das? Es soll noch niemand erfahren. Auch dein Vater nicht.«

»Ich verspreche es.« Das Glück kam so unerwartet über sie, dass Constance wieder zu weinen anfing.

Mit einer Falte ihres Kleides trocknete Luna ihr die Tränen. »Würdest du mir noch einen Gefallen tun?«

Constance nickte heftig.

»Dann bring mir Gänsekiel, Papier und Tinte. Ich muss wissen, wie es meinen Freunden geht, und möchte ihnen einige Zeilen schreiben.«

»*Du* kannst lesen und schreiben?«

»Meine Mutter hat es mich gelehrt.«

»Deine *Mutter*?«

»Ja, und jetzt beeil dich«, drängte Luna. »Bitte.«

Aufgeregt flüsterte Constance: »Ich bin gleich wieder da.« Schon huschte sie durch die Tür.

Ruhelos streifte Luna durch ihre Kammer. Immer wieder schaute sie aus dem Fenster, dann horchte sie an der Tür. Tatsächlich dauerte es nicht lange, und Constance kehrte zurück. »Wo sind die Dinge, um die ich dich gebeten habe?«, fragte Luna, als sie deren leere Hände sah.

»Hier!« Constance griff unter ihr Kleid. Sie zog die Utensilien hervor und gab sie Luna, die sich sofort an den Tisch setzte und zu schreiben begann. Als sie fertig war, gab sie Constance das Papier und sagte: »Bring das zu Raphael. Und zu niemandem ein Sterbenswörtchen! Versprich es mir. Du möchtest doch meine Freundin sein, nicht wahr?«

»Ja, ja!«, stieß Constance erregt hervor. Sie hielt das Blatt vor ihre Brust wie den Liebesbrief eines ungestümen Verehrers. Dann versteckte sie es unter ihrem Kleid und eilte davon.

Sie lief vorbei an den Gemächern des Vaters, die Treppen hinauf und den stickigen Gang entlang, an dem die Kammern der Gäste lagen. Ohne anzuklopfen, stürmte sie in eines der

Zimmer. Die Männer schraken hoch und starrten sie verwundert an. Wortlos gab sie Raphael das Papier. Er las es aufmerksam und zog die Augenbrauen hoch. Schließlich faltete er das Schriftstück behutsam zusammen und sagte: »Habt Dank, Marquise. Bitte richtet Luna aus, dass es uns allen gut geht und der Wein vorzüglich schmeckt.«

Constance versuchte ein Lächeln und verschwand.

Raphael las das Papier ein zweites Mal.

»Sprecht doch endlich«, sagte Amicus. »Was schreibt das Kind?«

»Es ist so, wie wir befürchtet haben«, sagte Raphael. Mit ernster Miene sah er die Freunde an. »Der Marquis will Luna ehelichen. Wann, weiß sie noch nicht. Doch ist es ihr scheinbar gelungen, mit der Marquise Freundschaft zu schließen. Durch sie will sie uns regelmäßig Nachrichten übermitteln.«

»Das ist alles?«, fragte Pierre.

»Sie fügt hinzu«, antwortete Raphael, »dass wir an einem Fluchtplan arbeiten sollen.«

»Da hat sie gut reden«, spottete Amicus. »Sie muss ja nicht bei Wasser und Brot in diesem Zwinger sitzen.«

»Wie auch immer«, sagte Raphael, ohne auf Amicus einzugehen. »Wir haben einen Weg gefunden, Kontakt mit ihr zu halten. Da der Marquis davon nichts weiß, sind wir ihm einen Schritt voraus. Alles andere wird sich ergeben.«

Auge um Auge

Eine Woche verging, in der Luna ihren Freunden regelmäßig Nachrichten zukommen ließ. Eine Gelegenheit zur Flucht hatte sich bisher nicht ergeben.

Es war früher Abend, als Constance wieder einmal in der

Kammer der Freunde erschien. In einer Hand hielt sie ein Schriftstück. Sie gab es Raphael. »Das hier ist von Luna«, sagte sie. »Sie erwartet unverzüglich Eure Antwort.«

Raphael las das Schreiben durch. »Heute Abend gibt der Marquis ein Fest.«

»Zu dem wir nicht eingeladen sind«, setzte Amicus hinzu.

Raphael dachte nach. Luna schlug vor, dass sie abwarten sollten, bis alle betrunken waren und schliefen. Dann sollten sie die Wachen niederschlagen und zu ihr in den Rittersaal kommen.

Raphael wandte sich an Constance. »Marquise, bitte richtet Luna aus, dass wir zur rechten Zeit an Ort und Stelle sein werden.«

Constance nickte und verschwand.

Quälend langsam vergingen die Stunden. Dem Lärm nach zu urteilen, feierte der Marquis ein rauschendes Fest. Musik, Gesang und Gelächter drangen zu ihnen herauf. Dann, es war schon spät in der Nacht, ebbten die Geräusche aus dem Rittersaal ab, bis es schließlich still war.

Raphael stand auf. »Es ist so weit«, sagte er. »Machen wir, dass wir wegkommen.«

Amicus ging zur Tür und hämmerte dagegen. Eine Wache öffnete, steckte den Kopf in die Kammer und bekam Amicus' Faust zu spüren. Die zweite Wache stieß mit erhobenem Schwert die Tür auf und stieg über den bewusstlosen Kameraden hinweg. Auch diesen Mann schlug Amicus zu Boden; dessen Schwert nahm er an sich.

Sie öffneten Jeannes Kammer und schlichen gemeinsam die Stufen hinab. Alles blieb ruhig.

Raphael horchte am Portal zum Rittersaal. Auch hier Totenstille. Er stieß es vorsichtig auf. Das Nächste, was er sah, war Lunas Gesicht. Erleichtert fielen sie sich in die Arme.

»Es tut gut, wieder bei Euch zu sein«, flüsterte sie in Raphaels Ohr. »Bei euch allen«, sagte sie zu Jeanne, Amicus und Pierre und drückte auch sie an ihre Brust.

Unvermittelt tauchte Constance hinter ihr auf. Raphael sah Luna fragend an.

»Sie will uns helfen«, sagte das Mädchen. »Unten in der Stadt gibt es einen geheimen Fluchtweg aus der Stadt. Sie führt uns hin.«

Raphael war unsicher. »Warum wollt Ihr uns helfen?«

»Ich mag vielleicht nicht so gescheit sein wie du«, sagte Constance, »aber meine Mutter hat mich gelehrt, Recht von Unrecht zu unterscheiden. Und wenn ich sehe, wie mein Vater mit euch verfährt, steht mein Urteil fest.«

Raphael lächelte. »Ich danke Euch, Mademoiselle.«

Amicus entdeckte ein Messer in Lunas Hand. »Was willst du damit anstellen?«

»Wir brauchen Geld«, sagte Luna. »Der Marquis hat mehr als genug davon.«

»Kluges Mädchen«, grinste Amicus. »Wenn du so weitermachst, verliebe ich mich noch in dich.«

Fragend schauten sie Constance an. »Nehmt so viel Geld, wie ihr tragen könnt«, sagte sie.

»Du weißt, wo das Gold versteckt ist?«, wollte Raphael von Luna wissen.

Sie nickte. »In einer Kammer seiner Gemächer.«

Pierre verstellte Luna den Weg. »Ich komme mit Euch.«

Sie küsste Pierre auf die Wange und schob sich an ihm vorbei. »Danke, lieber Pierre, aber ich muss allein gehen.«

»Wir treffen uns am Söller im Garten«, sagte Raphael zu Luna. »Viel Glück, mein Kind.«

Sie lächelte zum Abschied und verschwand in der Dunkelheit.

»Mademoiselle«, sagte Raphael. »Wir benötigen Leinen, viel Leinen. Könnt Ihr es besorgen?«

»Wozu brauchst du es?«, fragte Constance.

»Ich will ein Seil knüpfen, das vom Söller hinunter in die Vorburg reicht.«

»Warum nimmst du nicht gleich ein Seil?«

»Ihr habt ein Seil, das lang genug ist?«

»Gewiss«, antwortete sie. »Es liegt in einem Lagerhaus.«

»Verlieren wir keine Zeit«, sagte Amicus und lief voran.

Sie schlichen aus dem Herrenhaus. In der Dunkelheit war keinerlei Bewegung auszumachen, so huschten sie an der Mauer entlang um das Herrenhaus herum zum Lagerschuppen.

»Bringt mir das Seil«, bat Raphael die Marquise.

Die verschwand im Schuppen und kehrte gleich darauf zurück. In den Händen hielt sie ein langes Seil. Raphael nahm es ihr ab. »Auf zum Söller«, flüsterte er.

Sie eilten zum Herrenhaus zurück und in den Garten, immer auf der Hut, ob nicht irgendwo ein Schatten auftauchte oder ein Geräusch zu hören war. Am Söller angekommen, machte Raphael das Seil an der Brüstung fest und ließ es hinunter.

»Meint Ihr nicht«, sagte Amicus, »dass es jeder sehen kann?«

»Es *soll* jeder sehen.« Raphael grinste.

Amicus zuckte mit den Achseln. »Wie Ihr meint.«

»Was geschieht nun?«, fragte Jeanne.

»Wir verstecken uns hinter diesen Felsen dort und warten«, sagte Raphael.

Derweil schlich Luna in den ersten Stock des Herrenhauses. Es herrschte Grabesstille. Leise öffnete sie die Tür zu den Gemächern des Marquis. Dann schlich sie hinein und hielt kurz inne, um sich zu orientieren. Die Kammer mit Gold, Silber und Juwelen müsste in einem Raum sein, der rechts von ihr lag. Zur Linken hörte sie Froissy schnarchen. Sie wandte sich nach rechts und schlich weiter. Neben der nächsten Tür stand ein Kandelaber mit drei brennenden Kerzen. Sie nahm ihn auf, öffnete die Tür, huschte in die Kammer und schloss die Tür hinter sich. Nun stand sie in einem rechteckigen, fensterlosen Raum. Reste alter Rüstungen lagen verstreut herum, sonst war die Kammer leer. Doch Luna wusste, hinter dieser Kammer gab es einen kleinen verschlossenen Raum. Sie hatte einmal Froissy hier überrascht, als er gerade einen Sack voll Münzen aus der Kammer holte. Als er sie bemerkt hatte, verschloss er sogleich die Kammer und versteckte, wie er glaubte, den Schlüssel. Luna hatte nicht sehen können, wo genau er ihn verbarg, aber sie hatte gehört, wie er, verdeckt von seinem Körper, einen Stein in die Mauer geschoben hatte. Jetzt prüfte sie sorgfältig jeden einzelnen Stein – und sie hatte Glück. Mit zwei Fingern zerrte sie einen lockeren Stein heraus und griff in die kleine, schwarze Öffnung. Der Schlüssel war tatsächlich dort.

Rasch schloss sie die Kammer auf. Das Licht der Kerzen fiel auf Smaragde, Diamanten, Amethyste, Opale und Rubine. Kostbare Amulette, goldene Spangen und mit Perlen besetzte Gold- und Silberkränze glitzerten vor ihr auf. Sie öffnete eine Truhe und fand mehr als ein Dutzend Münzsäcke vor. Vier Säcke hob sie heraus. Dazu stopfte sie zwei Hand voll Geschmeide in ihren Ausschnitt.

Sie machte sich nicht die Mühe, die Kammer zu verschließen. Die Säcke zerrte sie über den Boden. Sie öffnete die nächste Tür … und schrie auf.

Vor ihr stand Froissy.

»Du kleine Schlange!«, fauchte er. »Hast wohl gedacht, du könntest dich einfach mit meinem Gold wegschleichen.« Er ging auf Luna zu.

Luna stolperte rückwärts. Die Säcke ließ sie vor Froissy stehen. »Was willst du von mir?«

Der Marquis lachte höhnisch. »Armes Dummchen. Glaubst du denn, ich lasse dich wie eine Königin auf meiner Burg leben, veranstalte Feste für dich, gebe dir vom besten Wein und den köstlichsten Speisen, und du stiehlst dich des Nachts klammheimlich davon? Ohne dich dafür erkenntlich zu zeigen?«

Lunas Stimme zitterte. »Was willst du von mir?«

»Das wirst du gleich sehen«, grinste Froissy. Er öffnete sein Gewand. Zum Vorschein kam sein bleicher, knöcheriger Leib, übersät von schwarzen Flecken und Warzen – und sein steifes Gemächt.

Luna schrie auf.

Die Panik in den Augen seines Opfers stachelte den Marquis nur noch mehr an. Er warf sein Gewand ab und warf sich auf Luna.

Während er mit einer Hand Lunas Arme über ihrem Kopf auf den kalten Boden presste, nestelte er mit der anderen an ihrem Kleid herum. Stück um Stück schob er es höher und betastete gierig Lunas warme Schenkel. Lüsternes Stöhnen drang aus seiner Kehle. Luna gelang es nicht, ihre Beine freizubekommen. Nichts und niemand schien Froissy aufhalten zu können. Als er mit seinen langen Fingern ihre Scham berührte, bäumte sich Luna schreiend auf. Froissy verlor das Gleichgewicht und fiel zur Seite. Diesen Augenblick nutzte Luna. Sie griff nach hinten in ihren Gürtel und holte das Messer hervor. Nun geschah alles sehr schnell. Sie sprang mit ihrem ganzen Gewicht auf seine Brust, holte aus und stach die Klinge in sein linkes Auge.

Froissy schrie auf. Er warf Luna zur Seite und versuchte, auf die Beine zu kommen. Mit zitternden Händen befühlte er sein Gesicht. Luna achtete nicht auf ihn. Zwei der Geldsäcke warf sie aus dem Fenster, dann sprang sie hinterher. Sie landete auf den Füßen wie eine Katze, nahm die Säcke auf und lief so schnell sie konnte in den Garten hinein.

Im Herrenhaus flammten Lichter auf. Schritte hallten, Kommandos gellten und Waffen klirrten.

Raphaels Pfiff wies Luna die Richtung. Keuchend ging sie hinter den Felsen in Deckung.

»Man hat dich erwischt, oder?«, fragte Amicus.

»Froissy«, entgegnete Luna. »Macht euch um ihn keine Sorgen mehr.«

»Hast du ihn …?«, fragte Jeanne.

Luna schüttelte den Kopf. »Die Wachen sind mir auf den Fersen.«

Genau so hatte Raphael es geplant. »Gut so«, sagte er. »Sobald die Wachen das Seil am Söller finden, werden sie vermuten, dass wir hinuntergeklettert sind. Sie öffnen die Tore, lassen die Zugbrücke herunter und suchen unten in der Stadt nach uns.«

»Und was machen wir?«, fragte Pierre.

»Wir schleichen hinterher«, sagte Raphael. »Ich glaube kaum, dass auch nur ein Mann hier oben bleibt. Wir sollten also unbemerkt in die Stadt gelangen, von dort aus müssen wir uns irgendwie durchschlagen.«

»Ein guter Plan«, meinte Amicus. »Aber was geschieht, wenn die Wachen die Tore wieder verschließen und die Zugbrücke hochziehen?«

»In diesem Fall«, sagte Raphael, »müssen wir uns etwas einfallen lassen.«

Amicus feixte. »Das ist ganz nach meinem Geschmack!«

Irgendjemand schrie Befehle durch die Nacht. Durch einen Spalt konnten die Freunde den Garten und das Herrenhaus dahinter sehen. Über den Büschen blitzten Lanzen und Helme auf.

»Da sind sie«, flüsterte Raphael.

Zwei Dutzend schwer bewaffneter Männer stürmten aus dem Garten heraus. Sie bemerkten das Seil am Söller und rannten sofort weiter. Raphaels Plan ging auf.

»Wir warten noch«, sagte er. »Womöglich kommen noch welche.«

Tatsächlich stürmte gleich darauf ein weiteres Dutzend Soldaten durch den Garten an ihnen vorbei.

Raphael spähte über den Rand des Felsens zum Herrenhaus. Jetzt war alles ruhig. »Auf!«, sagte er.

Sie liefen los. Ab und zu sah Raphael sich um, aber niemand folgte ihnen. Aus dem Garten heraus hielten sie sich links und gelangten zur Mauer. An ihr schlichen sie entlang, bis sie die Oberburg verlassen hatten. Weiter ging es hinunter in die Niederburg. Hinter einem Stall suchten sie Schutz und schöpften Kraft.

»Seid ihr bereit?«, keuchte Raphael. Er wollte keine Zeit verlieren. Alle nickten. »Dann weiter!«

Unvermittelt hob Amicus die Hand. »Wartet!« Er lauschte in die Nacht. »Da kommt jemand«, flüsterte er. Er bedeutete den anderen, stehen zu bleiben. Dann schlich er um den Stall herum.

Ein Pfiff gellte über die Straße. Ein Mann, in einen schwarzen Umhang gehüllt und in der Finsternis kaum auszumachen, kam ihm entgegen. Er rannte nicht, sondern näherte sich gemächlich. Als könnte seine Beute ihm ohnehin nicht entkommen.

»Carcastilla!«, entfuhr es Amicus.

Er schlich zu den anderen zurück. »Es ist der Kastellan. Ich kümmere mich um ihn. Ihr lauft in der Zwischenzeit hinunter. Wir treffen uns am Tor zur Vorburg.«

»Ich lasse Euch jetzt nicht allein«, sagte Raphael.

»Mit dem Laffen werde ich noch allemal fertig.« Amicus lachte.

Raphael nickte und gab den anderen ein Zeichen. Sofort liefen sie los, immer im Schutz der Scheunen und der Mauer.

Derweil wartete Amicus seelenruhig auf den Rivalen.

Zwanzig Schritte vor Amicus blieb Carcastilla stehen. Er warf seinen Umhang fort. Ein halbes Dutzend Messer blitzten an seinem Gürtel auf. Im schwachen Mondlicht glaubte Amicus, den Kastellan grinsen zu sehen.

»Gib auf«, rief Carcastilla. »Du bist unbewaffnet.«

»Dir drehe ich noch mit gebrochenen Fingern den Arm um, Bürschchen!«, rief Amicus zurück.

Der Kastellan zögerte.

»Worauf wartest du?«, fragte Amicus. »Hast du dir in die Hosen geschissen? Oder musst du zurück zu deiner Mutter? Mit der du ja bekanntlich das Bett teilst.« Er lachte.

Wutentbrannt zückte Carcastilla ein Messer und schleuderte es Amicus entgegen.

Gleichzeitig griff Amicus hinter seinen Kopf und zog das Schwert, das er der Kerkerwache abgenommen hatte. Er machte einen Schritt zur Seite und fing das Messer noch im Flug ab. Es gab ein kurzes Klirren, und das Messer zerbrach in kleine Stücke.

Schon warf Carcastilla das nächste Messer. Auch dieses fing Amicus mit dem Schwert ab, ebenso das dritte.

Mit einem wilden Schrei rannte der Kastellan auf Amicus zu. Er zog zwei Messer und hielt sie vor seinen Körper.

Das Schwert mit beiden Händen hoch erhoben, lief Amicus dem Gegner entgegen. Kurz bevor er ihn erreicht hatte, ließ er sich fallen und rollte zur Seite, sodass Carcastilla an ihm vorbeistürzte. Ehe der begriff, was geschehen war, stieß Amicus ihm das Schwert in den Rücken. Es krachte, als würde ein Baum gefällt. Der Kastellan starb so schnell, dass er nicht einmal mehr schreien konnte.

Amicus zog das Schwert aus dem Leib des Toten und lief zum vereinbarten Treffpunkt.

Raphael sah die blutverklebte Schneide und beschloss, keine Fragen zu stellen. »Alles verläuft nach Plan«, erklärte er Amicus. »Das Tor ist nicht bewacht. Man scheint uns in der Tat in der Stadt zu vermuten.«

»Gut«, sagte Amicus. »Worauf warten wir dann noch?«

Sie schlichen, stets auf der Hut, durch das Tor. Als sie schließlich die Vorburg erreicht hatten, sagte Jeanne: »Ich gehe nach Giacomo suchen.«

Raphael hatte das Pferd ganz vergessen. Da er wusste, dass Jeanne eher sterben würde, als ihr geliebtes Ross zurückzulassen, willigte er ein. Er bestand jedoch darauf, dass Pierre sie begleitete. Die beiden verschwanden, und der Rest hielt auf die Zugbrücke zu.

Hinter einer Scheune machten sie Halt.

»Verdammt!«, fluchte Amicus.

Raphael folgte seinem Blick. Die Zugbrücke, von hier aus gut zu erkennen, war nicht heruntergelassen. Das war im Grunde kein Hindernis, da auf dieser Seite des Burggrabens die Winden zugänglich waren und sie die Brücke selbst herunterlassen könnten. Aber deshalb hatte Amicus nicht geflucht. Er deutete auf den einsamen Soldaten, der zwischen den Zinnen eines der beiden Brückentürme Wache stand.

»Ich erledige das«, sagte Amicus. »Wartet Ihr auf Madame Gousset und Pierre.«

»Ich bitte Euch«, sagte Raphael mit Blick auf das Schwert, »geht dieses Mal behutsamer vor und lasst dem Mann sein Leben.«

»Mein Wort darauf«, entgegnete Amicus.

Schon wenige Augenblicke später winkte er den Freunden zu. Raphael, Luna und Constance liefen los. Als sie den Turm erreicht hatten, stiegen sie zu Amicus hoch. Raphael wandte sich an Constance. »Wo liegt der Fluchtweg, von dem Ihr gesprochen habt?«

Constance zeigte Richtung Süden. »An der Stadtmauer liegt eine Zisterne. Im Schacht ist eine Öffnung. Ihr kriecht hindurch und gelangt so auf die andere Seite.«

In diesem Augenblick sah Raphael Jeanne und Pierre kommen. An Jeannes Seite der schwarze Giacomo. Raphael überlegte. »Was machen wir mit dem Pferd?«

Nachdenklich beobachtete Raphael, wie Luna die Treppe hinterstürzte und den Hengst mit einer herzlichen Umarmung begrüßte. »Kümmern wir uns darum, wenn der Zeitpunkt gekommen ist«, sagte er nur.

Sie stiegen vom Turm. Raphael und Amicus bedienten die Winden. Rasselnd bewegte sich die Zugbrücke Stück um Stück nach unten. Die Männer gingen voran. Nachdem sie die Umgebung der Brücke abgesucht hatten, folgten die Frauen mit Giacomo.

Das Ödland zwischen der Burgmauer und den ersten Häusern von Limousis überwanden sie zügig. Im Inneren der Stadt legten sie eine kurze Rast ein. In der Ferne war Hundegebell zu hören.

»Vor den Hunden müssen wir uns in Acht nehmen«, sagte Constance. »Sie sind über die Maßen blutgierig. Vater lässt sie nur alle zwei oder drei Tagen füttern.«

»Ein Vorteil für uns«, sagte Pierre. »Auf diese Weise hören wir die Patrouillen, bevor sie uns sehen.«

»Nicht alle Patrouillen führen Hunde mit«, warnte Constance.

»Wir werden vorsichtig sein«, sagte Raphael. »Ist es noch weit zu der Zisterne, Mademoiselle?«

»Durch die halbe Stadt.«

Damit das Klackern der Hufeisen sie nicht verriet, banden sie kurzerhand Wäschestücke, die sie von einer Leine stahlen, um Giacomos Füße. Vor die Tür der Bestohlenen legten sie eine Goldmünze.

Wenig später wichen sie einer Patrouille aus. In einer Gasse entdeckten sie einen Hundeführer und zwei Soldaten, die einen Garten durchstöberten. Auch diesmal hatten sie Glück.

Schließlich gelangten sie zu einer Kapelle. Die Freunde versammelten sich um Constance. »Auf der anderen Seite der Kapelle«, sagte sie, »liegt eine Gasse, die zur Stadtmauer führt. Von dort ist es nur noch ein Steinwurf bis zur Zisterne. Sobald wir sie erreichen, bleibt nicht viel Zeit, daher möchte ich mich jetzt von euch verabschieden.«

Raphael verneigte sich vor ihr. »Wir haben Euch zu danken, Mademoiselle. Ihr habt nicht nur unser Leben, sondern das von vielleicht tausenden von Menschen gerettet. Vergesst das niemals.«

»Genug davon«, sagte Constance verlegen. »Folgt mir.«

Sie führte die Freunde um die Kapelle herum und durch die Gasse. Von dort aus war es tatsächlich nicht mehr weit bis zur Zisterne.

Constance wiederholte: »Auf halber Höhe ist eine Öffnung.

Mit den Füßen ist sie gut zu erspüren. Schacht und Fluchtweg sind breit genug für einen jeden von euch.«

»Ich gehe vor«, sagte Amicus. Er schwang sich über den Rand und zerrte zur Probe an dem Seil, das an einem Balken festgezurrt war. »Wir sehen uns in der Freiheit.« Dann hangelte er sich hinunter.

»Und was machen wir mit ...«, wollte Jeanne gerade fragen, als Luna plötzlich aufschrie und die Gasse hinaufzeigte.

Mit einem Mal lag ein eisiger Hauch in der Luft. Keine zwanzig Schritte entfernt stand eine dunkle Gestalt. Die Umrisse und das im Mondschein glänzende Weiß des Habits waren unverkennbar: ein Dominikaner. Sein Gesicht war nicht zu erkennen. Die Gestalt, groß und hager, ähnelte Imbert.

»Eure Flucht findet hier ebenso wie euer Leben ein klägliches Ende«, sagte der Mönch.

»Bei Gott!«, flüsterte Pierre. Unwillkürlich ging er drei Schritte zurück.

»Wer bist du?«, rief Raphael.

Der Mönch lachte rau. »Du sollst deinen Henker kennen lernen. Mein Name ist Cumanus. Inquisitor der heiligen Mutter Kirche.«

Raphael überlegte fieberhaft. Henri le Brasse hatte offensichtlich zwei Mönche ausgesandt, um ihn töten zu lassen. Vermutlich gehörte auch Cumanus zu der ketzerischen Gemeinschaft. Cumanus kam langsam näher. Raphael musste Zeit gewinnen. Nur wie? »Bleib stehen, oder es ergeht dir wie Imbert!«, rief er.

Cumanus blieb tatsächlich stehen. »Was ist mit ihm geschehen?«

»Wir haben ihn getötet«, sagte Raphael. »Und anschließend haben wir das ketzerische Idolum aus seinem Arm geschnitten. Mit dir werden wir das Gleiche tun! Wir wissen längst, dass ihr und Henri le Brasse zu den Katharern gehört. Sobald der Heilige Stuhl davon erfährt, bekommt ihr eure gerechte Strafe.«

Cumanus ballte die Fäuste.

Raphael blickte in die schwarze Öffnung der Zisterne. Das Seil bewegte sich noch, Amicus war also noch nicht im Fluchttunnel. Es blieb nicht mehr genug Zeit, dass alle durch den Schacht flüchten konnten. Was sollte er tun?

Überraschend traf Constance eine Entscheidung. Sie ging auf Cumanus zu, der noch immer am selben Fleck stand. Sie sprach leise auf ihn ein, sodass Raphael kein Wort verstehen konnte.

Als sie nur noch wenige Schritte von Cumanus entfernt war, bewegte sich dieser plötzlich. Erst nur langsam, dann immer schneller näherte er sich der Marquise. Zuerst schien es, als ginge er an Constance vorbei, ohne sie zu beachten. Doch unvermittelt zog er ein ungewöhnlich langes und breites Schwert unter seinem Skapulier hervor und schlug der Marquise in einer fließenden Bewegung den Kopf ab.

Luna und Jeanne schrien auf. Es war entsetzlich. Einen Augenblick lang stand der enthauptete Leib noch aufrecht da, dann fiel er in sich zusammen. Der Kopf rollte auf Pierre zu und blieb vor seinen Füßen liegen. Kreidebleich starrte er in die leeren Augen. Cumanus achtete nicht weiter auf die Tote, sondern ging an ihr vorbei, sein eigentliches Ziel immer im Blick.

Plötzlich ging ein Ruck durch Raphael. »Lauft!«, schrie er den Freunden zu. »So lauft doch!«

Jeanne stieg auf Giacomo, zog Luna hoch und galoppierte los. Raphael und Pierre rannten hinterher. Keiner schaute zurück. Auch auf Patrouillen achteten sie nicht mehr. Es galt nur noch, vor Cumanus zu fliehen.

Neben einem Patrizierhaus entdeckte Raphael einen Stall.

Er blieb stehen und gab Pierre ein Zeichen.

Gott sei Dank waren die Tore des Stalls nicht verschlossen. Sie stürmten hinein, orientierten sich kurz und griffen vier Zügel. Sie legten sie um vier kräftige Pferde und führten sie hinaus. Die Pferde blieben ruhig und ließen alles mit sich geschehen. Luna sprang von Giacomo, und Raphael half ihr auf den Rücken eines der Pferde. Dann sprangen er selbst und

Pierre auf. Die Zügel des vierten Pferdes nahm Raphael in die Hand. »Weiter, nur weiter«, keuchte er.

Am Ende der Gasse erreichten sie einen breiten, unbefestigten Weg. Raphael erkannte ihn sofort wieder. »Hier entlang!«, rief er. »Der Brunnen am Ende des Weges steht auf einem kleinen Platz, von dem die Straße zum Stadttor abzweigt.«

Sie preschten den Weg hoch und bogen auf die Hauptstraße ein. Schon sahen sie das Tor, es war – verschlossen! Vier Wachen mit Hunden standen davor. Sie hatten die Fliehenden offenbar noch nicht bemerkt.

Raphael lenkte sein Pferd hinter ein Haus.

»Wie sollen wir das schaffen?«, fragte Luna.

»Wäre nur Amicus hier«, sagte Pierre.

Während Raphael noch grübelte, wie sie die Wachen ausschalten konnten, drang ein gellender Ruf durch die Nacht. Es war die Stimme von Amicus. »Heda!«, rief er. »Ihr Tölpel! Hier bin ich!«

Die Wachen sahen einander an, wechselten ein paar Worte und öffneten das Tor.

Jetzt zögerte Raphael nicht mehr. Er stürmte den anderen voran dem Tor entgegen. Auf halbem Wege jagte Giacomo an ihm vorbei. Die Wachen liefen durch das Tor und suchten die Umgebung ab. Offenbar hatten sie Amicus entdeckt, denn sie ließen die Hunde frei. Es waren Furcht erregende Geschöpfe, groß und kräftig wie Wölfe, mit spitzem Maul und mächtigen Zähnen. Bellend stoben sie davon.

Jeanne erreichte als Erste das Tor und ritt an den verblüfften Soldaten vorbei. Die Männer hatten sich noch nicht von dem Schrecken erholt, als auch Raphael, Luna und Pierre an ihnen vorbeistürmten. Raphael sah, wie Amicus vor den Hunden zu fliehen versuchte. Kurz bevor ihre geifernden Fänge ihn erreichten, sprang er aus vollem Lauf auf Giacomos Rücken. Amicus war gerettet. Raphael atmete erleichtert durch.

Ohne Pause ritten die Freunde bis zum Fuß der Berge und verbargen sich zwischen den zerklüfteten Felsen.

Als der Morgen graute, erreichten sie eine Stelle zwischen zwei Anhöhen, von wo aus sie hinuntersehen konnten auf das erwachende Limousis. Von Cumanus oder den Soldaten Froissys war weit und breit nichts zu sehen.

»Wohin ziehen wir jetzt?« Jeanne blickte zu Raphael.

Dieses Mal wusste er die Antwort. »Nach Avignon«, sagte er.

»Ihr habt wohl Fieber«, keuchte Amicus.

»Mitnichten. Selten zuvor lag ein Ziel deutlicher vor meinen Augen.«

»Warum Avignon?«, fragte Jeanne. »Die Stadt ist von der Pest heimgesucht.«

»Luna ist dort krank geworden«, erinnerte Pierre. »Wer weiß, wen es dieses Mal trifft?«

»Wir müssen in das Archiv des Heiligen Stuhls«, antwortete Luna an Raphaels Stelle. »Ich habe davon geträumt.«

»In der Tat«, sagte Raphael. »Das geheime Archivum im Papstpalast ist der Ort, an dem wir Klarheit gewinnen werden. Wir haben herausgefunden, dass es sich bei dem Idolum um Asmodi handelt. Über diesen Dämon und die Vernichtung der Katharer *muss* der Heilige Stuhl Schriftstücke besitzen. Prozessakten, Verhandlungsprotokolle und Berichte finden wir nur dort. Ich bin überzeugt, dass wir in diesen geheimen Unterlagen den Schlüssel zu Henris geheimen Machenschaften suchen müssen.«

»Und bevor du etwas einwenden willst, Amicus«, fuhr Luna dazwischen, »niemand wird sich die Pest holen.«

»Das hast du geträumt?«, fragte Amicus.

»Das habe ich.«

Amicus grinste. »Dann kann uns ja nichts passieren.«

Und während er durch das stete Schaukeln auf dem Pferderücken allmählich schläfrig wurde, dachte Raphael daran, dass sie einen weiteren Punkt auf Judas Landkarte des Schicksals hinter sich gelassen hatten. Was würde sie als Nächstes erwarten? Wo würde das Ziel wohl liegen?

Dritter Teil

Der Schatz der Katharer

Nur der Weg über den Himmel bleibt noch,
also werden wir es über den Himmel versuchen.
Ovidius, Ars amatoria 2. 37

Drei Rollen

Die Rückreise dauerte drei Monate. Sie nahmen nicht den direkten Weg, sondern verließen das Zentralmassiv im Norden bei Le Soulié, um Verfolger in eine falsche Richtung zu locken. Dann ritten sie östlich nach Mons, nördlich nach Bédarieux und südlich Richtung Küste über Gabian, Tourbes und Marseillan.

In Pinet machten sie drei Tage Rast in verschiedenen Gasthäusern. Jeden Tag und jede Nacht durchstreiften sie die Gegend. Doch weder von Cumanus noch von Froissys Soldaten, von denen Raphael annahm, dass auch sie auf ihrer Fährte waren, gab es eine Spur.

In Mireval, einem kleinen Fischerdorf, trafen sie einen Kaufmann auf der Durchreise nach Kastilien. Bei einem Glas Wein erzählte er ihnen, dass er erst kürzlich in Avignon gewesen war, die Stadt aber sofort wieder verlassen hatte. Der Teufel sollte dort wüten und jede Seele dem Irrsinn verfallen. Der Heilige Vater, sämtliche Bischöfe und Kardinäle mieden Avignon. Die übrigen Pfaffen und Mönche taten, was in ihrer Macht stand, um zu helfen. Doch auch sie konnten dem Tod nicht entrinnen. Die Hälfte der Einwohner war längst in den Himmel oder in die Hölle gefahren.

Trotz dieses Berichts blieb Raphael bei seiner Entscheidung. Nur in Avignon konnte er hoffen, das Rätsel um Henri le Brasse zu lösen. Es gab keine andere Möglichkeit. Und nun, wo ihnen erneut die Inquisition im Nacken saß, galt es, Henri ein für alle Mal Einhalt zu gebieten. Oder sie waren alle verloren.

Sie ritten an der Küste entlang um Montpellier herum und drangen, nun in der Provence angekommen, ins Hinterland vor.

In Saint-Clément suchten sie einen Schneider auf. Zwei Tage später waren die ungewöhnlichen Kleider, die Raphael in Auftrag gegeben hatte, fertig. Er kehrte mit einem großen Bündel zurück. Auf die fragenden Blicke der Freunde reagierte er nur mit einem geheimnisvollen Lächeln.

Dann endlich, am Morgen eines nassen und kalten Spätherbsttages, lag Avignon vor den Freunden.

Zuerst fiel ihnen auf, dass keine Wachen an den Stadttoren postiert waren. Die Straßen, Gassen und Plätze waren verlassen, und überall lagen Tote. Von irgendwoher drang Glockengeläut zu ihnen herüber. Leichengeruch hing über der Stadt, wenn er auch bei weitem nicht mehr die erstickende Macht der Sommertage besaß.

»Seht!«, sagte Jeanne und zeigte auf zwei Kinder – einen Knaben und ein Mädchen von etwa zehn Jahren – die von schwarzen Beulen übersät bei den verwesten Leibern ihrer Eltern hockten. Sie husteten Blut und schwarze Galle über ihre Lumpen.

Amicus sprang vom Pferd und zückte ein Messer. »Ich erlöse sie von ihren Qualen«, sagte er.

»Nein!«, rief Raphael. »Gott allein hat das Recht, diese Kinder zu sich zu rufen. Nicht Ihr, Amicus.«

»Wie Ihr meint, Bruder«, entgegnete Amicus mit zusammengebissenen Zähnen. Er nahm die Zügel auf und führte sein Pferd neben den anderen her.

Sie überquerten den Platz vor dem Papstpalast und ritten um den Palast herum. Raphael beobachtete die Umgebung, doch niemand war zu sehen. Er nahm die vier ledernen Bündel von seinem Sattel.

Zum Vorschein kamen drei weiße Habite der Dominikaner samt schwarzen Skapulieren und Kukullen. In dem vierten Bündel waren drei Paar Sandalen und drei lederne Gürtel, an denen jeweils ein Rosenkranz hing. Daraufhin zog er Kleider und Schuhe aus und streifte nach vielen Monaten zum ersten Male seine Ordenstracht über. »Genug von dieser Maskerade«, sagte er. Und zu Amicus gewandt: »Sind Eure Messer scharf?«

Amicus nickte. »Bei meiner Seel, Bruder.«

»Dann befreit mich von dieser Haartracht und schneidet mir eine Tonsur, mein Freund.« Er kniete vor Amicus zu Boden, der sogleich mit seinem Werk begann.

»Ich glaube nicht«, sagte Jeanne, »dass Ihr drei Kutten für Euch allein anfertigen ließet, Bruder.«

»Mitnichten«, antwortete Raphael, während die ersten Haarbüschel vor seinen Augen herunterfielen. »Allein in das Archiv zu gehen könnte ungeahnte Gefahren mit sich bringen. Und ich kenne weder Weg noch Lage. Deshalb habe ich entschieden, dass Luna und Pierre mich begleiten. Ihr, Madame Gousset, bleibt bei den Pferden. Damit Ihr nicht allein und ohne Schutz seid, bleibt Amicus bei Euch. Lunas Hilfe brauche ich bei der Sichtung der Schriftstücke, und Pierres Geschick mag hinter den Mauern des Palastes von großem Nutzen sein.«

»Ihr seid sicher, dass Ihr auf meine Messer verzichten könnt, Bruder?«, fragte Amicus.

»Einem Mönch wird im Reich des Heiligen Vaters kein Leid geschehen«, antwortete Raphael.

»Hm«, machte Amicus. »Wenn ich mich recht entsinne, wart Ihr bei Eurem ersten Besuch im Palast des Papstes in Eure Tracht gekleidet. Habt Ihr vergessen, was damals geschah?«

Wie hätte Raphael Imberts Hinterhalt vergessen können? Aber dieses Mal lag der Fall anders. »Ihr habt durchaus Recht, Amicus«, sagte er. »Doch heute erwartet uns niemand. Keine Menschenseele weiß von unserem Vorhaben.«

»Und Cumanus?«, fragte Pierre, während er sich den Habit überstülpte.

»Cumanus hat unsere Fährte verloren«, sagte Raphael. »Wäre es anders, würden wir diese Unterhaltung nicht führen können.«

»Vielleicht«, sagte Luna langsam, »war er nur nicht schnell genug.«

»Hast du von ihm geträumt?«, wollte Raphael wissen.

Sie sah zu Boden. »Ich bin nicht sicher.«

Raphael lächelte ihr aufmunternd zu. »Hab Vertrauen, mein Kind.«

Jeanne nahm den Habit vom Boden auf. »Ich helfe dir in die Gewänder«, sagte sie zu Luna.

Inzwischen war die Tonsur auf Raphaels Hinterkopf perfekt. Es war ein seltsames Gefühl, nach so vielen Monaten äußerlich wieder ein Mönch zu sein. Es schien fast, als wollte die gewohnte Kleidung nicht mehr recht sitzen.

»Verlangt Ihr von uns auch, die Tonsur zu tragen?«, fragte Pierre mit einem schiefen Blick auf Raphaels Haupt.

»Das ist nicht nötig«, sagte Raphael. »Zieht nur die Kapuzen tief ins Gesicht.« Er nahm eine kleine Tasche aus Schweinsleder von seinem Sattel. Darin verwahrte er die beiden kostbaren Bücher, die Juda ihm einst geschenkt hatte. Eines davon spielte in seinem Plan eine wichtige Rolle. Das andere nahm er heraus und verstaute es in einer Satteltasche.

Nachdem Luna und Pierre sich die Sandalen umgeschnürt hatten, war es an der Zeit aufzubrechen.

»Wann, glaubt Ihr, seid Ihr wieder zurück?«, fragte Jeanne.

»Ich weiß es nicht«, antwortete Raphael. »Versprecht mir, bei Gefahr sofort zu fliehen. Beide!«

Jeanne und Amicus nickten. »Viel Glück«, sagte Jeanne. »Und seid vorsichtig. Ich bitte Euch in Gottes Namen.«

Zum Abschied winkten sie den Zurückbleibenden zu. Dann waren sie aus Jeannes und Amicus' Blick verschwunden.

Am Aufgang der Treppe gab Raphael seinen Begleitern die letzten Anweisungen. »Sprecht kein Wort«, sagte er. »Lasst mich reden, selbst, wenn man eine Frage an euch richtet. Schaut nicht auf, sondern gebt Acht, dass eure Gesichter niemals zu erkennen sind. Dies gilt insbesondere für dich, Luna. Geht stets hinter mir und nebeneinander. Und vor allem: Tut unbedingt genau das, was ich euch sage.«

Luna und Pierre nickten und zogen die Kapuze über den Kopf.

»Gott mit uns«, sagte Raphael und stieg die sandfarbenen Stufen hinauf.

Er sah, dass keine Ritter Wacht hielten. Stattdessen standen da zwei jämmerlich aussehende Benediktiner. In der Hand hielten sie verbeulte, rostige Schwerter. »Gott zum Gruße, Brüder«, sagte er zu den beiden.

»Sei auch du gegrüßt, Bruder«, war die freundliche Antwort.

»Bei meinem letzten Besuch standen hier zwei Ritter des Deutschen Ordens«, sagte Raphael. »Was ist geschehen, dass man euch hier wachen lässt?«

»Die Ritter sind längst bei unserem Herrn«, erklärte der kleinere der beiden. »Ihnen folgten Johanniter, Lazariten, Mercedarier, Ritter der Orden von Alcántara, Calatrava und Montesa, des Christus- und Schwertbrüderordens.«

»Und sie alle sind tot?«, fragte Raphael.

»Ohne Ausnahme«, antwortete der Mönch. »Nachdem hunderte gestorben waren, entschieden die Großmeister, keine Männer mehr zur Bewachung eines Papstpalastes ohne Papst zu entsenden. So stehen wir nun hier.«

»Ich verstehe«, sagte Raphael. »Sind Kardinäle oder Bischöfe anwesend, Brüder?«

»Kein einziger.«

Genau wie der Kaufmann in Mireval berichtet hatte. »Wer führt die Aufsicht über den Palast?«

»Ein Zisterzienser namens Claudius Latini.«

»Gewährt ihr mir und meinen Novizen Einlass, Brüder?«, fragte Raphael.

Die Mönche hoben die Waffen. »Wir haben Order, niemanden in den Palast zu lassen«, sagte der größere Mönch.

Raphael war nicht gewillt, sich auf einen endlosen Disput mit den Brüdern einzulassen. Er zückte das Buch der Drogen und hielt es den beiden hin. »Mein Auftrag lautet, dieses Buch in das Archivum des Heiligen Stuhls zu bringen. Wollt ihr mich daran hindern?«

»Das ist ein Falsifikat«, sagte der Kleinere. »Gewiss ist es das.«

»Um das zu überprüfen«, sagte Raphael, »bin ich gekommen. Gewährt ihr uns nun Einlass?«

Die Mönche traten zur Seite, die Augen noch immer auf das Buch gerichtet.

»Wo finde ich diesen Latini?«, wollte Raphael wissen.

»Er ist mal hier, mal da. Doch kannst du ihn kaum verwechseln. Er hat nur einen Arm.«

»Habt Dank und Gott mit euch«, sagte Raphael und schritt an den beiden vorbei.

Die heiligen Hallen empfingen sie mit eisiger Stille. Jeder ihrer Schritte hallte gespenstisch von den hohen Wänden wider. Sie durchquerten die Eingangshalle und traten in den breiten Gang, der um den gesamten Palast führte. Kein Mensch war zu sehen. Er drängte Luna und Pierre hinter eine Säule. »Wir dürfen diesem Zisterzienser nicht über den Weg laufen«, erklärte er. »Möglicherweise verlangt er Erklärungen von uns, die wir ihm nicht zu geben vermögen. Warnt mich, sobald ihr diesen Einarmigen erblickt.«

»Wie weit ist es zum Archiv?«, fragte Pierre. Die Umgebung schien ihn zu ängstigen.

»Ich weiß es nicht«, antwortete Raphael. »Es muss irgendwo in den Kellergewölben liegen. Die Treppe hinunter liegt demzufolge auf dieser Ebene.«

Sie gingen weiter. Durch die in herrlichsten Farben bemalten Fenster drang schwaches Morgenlicht. Regen plätscherte gegen die Scheiben und schuf einen unheimlichen, dumpfen Chor.

Diesmal hielt Raphael sich links. In der anderen Richtung

lag der große Audienzsaal mit der großen Kapelle darüber und der südlichen Sakristei. Er entsann sich nicht, auf diesem Wege eine Treppe in den Keller gesehen zu haben.

Als sie einmal um den Cour d'Honneur herumgegangen waren und an ihren Ausgangspunkt zurückkehrten, überdachte er sein Vorgehen erneut. Gewiss, das geheime Archivum wäre nicht geheim zu nennen, würde ein jeder es zu finden in der Lage sein. Dennoch war es nicht einem jeden erlaubt, den Palast zu betreten, geschweige denn, dort herumzustöbern. Er schlug sich mit der flachen Hand an die Stirn.

»Was habt Ihr?«, fragte Luna.

»Ich bin ein Narr«, sagte Raphael. »Ich habe angenommen, das Archiv liegt hier im neu errichteten Teil des Palastes. Dabei muss es bereits existiert haben, als der erste Papst aus Rom hierher kam. Benötigte er doch ein Archiv für die Schriftstücke und Bücher, die er aus dem Archiv des Laterans mitnahm. Folglich müssen wir im alten Palast suchen.«

»Wo liegt der alte Palast?«, wollte Pierre wissen. »Ist es weit?«

»Keineswegs«, sagte Raphael. »Wir gehen den Cour d'Honneur wieder hier hinauf.« Er zeigte die Richtung an. »Dann durch das breite Portal mit den goldenen Ornamenten, das ihr dort hinten seht.«

Eiligen Schrittes liefen sie den Weg, den sie zuvor gegangen waren, ein zweites Mal entlang. Langsam kamen sie dem Portal näher. Davor blieb Raphael kurz stehen, atmete tief durch, öffnete es … und stieß mit einem Mönch zusammen, der, wie Raphael sah, nur einen Arm hatte: Claudius Latini.

Der kleine, feiste Mönch, der nur noch einen grauen Haarkranz um den fleischigen Kopf trug, stöhnte auf. »Herr im Himmel! Gib doch Obacht!«

Schnell warf Raphael einen Blick über seine Schulter. Lunas und Pierres Gesicht war unter der Kapuze verborgen. Er sah Latini an und senkte den Kopf. »Verzeih, Bruder. Ich war gedankenverloren.«

Latini klopfte mit dem Fuß auf den Boden. »Dein Gesicht kommt mir nicht bekannt vor. Wer bist du und was treibst du im Palast des Heiligen Vaters?«

»Mein Name ist Nicolas«, log Raphael. »Ich bin Prior des Klosters Sainte-Marie in der Picardie. Ich reise im Auftrag Kardinal Sagniers.«

Latini fuhr sich über sein stoppeliges Doppelkinn. »Von dem Kloster habe ich nie zuvor gehört.« Er kratzte sich am Bauch. »Du bist ein recht junger Prior. Wie lautet dein Auftrag?«

»Ich muss in das geheime Archivum. Kardinal Sagnier offenbarte mir den Ort, doch finde ich ihn nicht.«

»Das geheime Archivum?«, flüsterte Latini. Seine Blicke huschten ängstlich umher. »Ich glaube nicht, dass ich Euch Einlass gewähren darf.«

»Aus welchem Grund?«

»Nur der Heilige Vater und die Kardinäle sind befugt, das Archivum zu betreten.«

»Es ist ein Kardinal, der mich schickt«, erwiderte Raphael.

»Dennoch«, sagte Latini, ohne Raphael anzusehen. »Es ist mir verboten.«

Raphael griff in die Tasche an seinem Gürtel und nahm Judas Buch vorsichtig heraus, als wäre es kostbares Porzellan, Er öffnete das Buch und zeigte Latini die erste Seite.

Latini wich zurück. »Das ist nicht möglich«, flüsterte er. »Das … das kann nicht sein.«

»Verstehst du jetzt, warum ich hier bin?«, fragte Raphael.

Latini streckte seine Hand aus, um Salomons Buch der Drogen zu berühren. »Wir dachten, es gäbe nur eins davon.«

»Möglicherweise ist es ein Falsifikat«, sagte Raphael. »Um die Echtheit zu überprüfen, benötige ich Einsicht in das Original aus dem Archiv.«

Latinis Gesicht zuckte. Schließlich traf er eine Entscheidung. »Gut, ich führe Euch hin, ehrwürdiger Vater. Bitte, folgt mir.«

Wie Raphael vermutet hatte, lag das Archiv tatsächlich hinter den Mauern des alten Palastes. Latini lief ihnen voran und brachte sie in das Konsistorium, eine gewaltige Halle, wo der Papst und das Kardinalskolleg ihre Beratungen abhielten. Das Konsistorium war leer. Der Marmorboden von einer dünnen Staubschicht bedeckt.

Gleich daneben, durch eine reich verzierte Tür verbunden, lag die Halle des Grand Tinel. Hier pflegte der Heilige Vater zu festlichen Anlässen mit seinen Gästen zu tafeln. Auch hier fehlte während der Abwesenheit des Papstes jegliches Mobiliar.

Durch eine weitere Tür erreichten sie die Küche. Schmutziges Geschirr stand herum. Latini griff nach einer Fackel an der Wand und entzündete sie an der lodernden Feuerstelle. Auf der anderen Seite war eine unscheinbare Tür, die Raphael nur bis zu den Schultern reichte. Latini öffnete sie, und sie fanden sich in einer Vorratskammer wieder, in der kaum noch Vorräte waren.

»Ich bin nicht gekommen, mit dir zu speisen«, sagte Raphael. »Was soll das?«

Latini lächelte. »Ihr befindet Euch am Eingang zum Archivum.«

»*Hier* ist das Archivum?«, fragte Raphael.

»Nicht hier, sondern dort.« Latini zeigte nach unten. Zu seinen Füßen war eine Falltür. Er zog sie an dem eisernen Ring auf. Eine schmale Treppe führte in die Dunkelheit. »Seht Euch vor, ehrwürdiger Vater«, sagte Latini und stieg hinunter.

Raphael, Luna und Pierre folgten ihm. Irgendwo fielen stetig Tropfen auf den Boden und erzeugten ein dumpfes Echo. Es kam Raphael vor, als steige er in den Hades hinab. Es roch modrig und faulig. Der Lichtschein der Fackel erleuchtete den Weg kaum mehr als vier Schritte weit. Sie gingen hinein in ein großes, schwarzes Loch.

Als sie den Grund des Gewölbes endlich erreicht hatten, sagte Latini: »Es ist nicht mehr weit. Da vorn ist die Tür zum Archivum.«

Raphael verengte die Augen zu Schlitzen. Etwa dreißig Schritte entfernt war eine unscheinbare Tür zu erkennen. Latini ging darauf zu.

Vor der morschen Tür mit den rostigen Scharnieren kramte Latini einen Schlüsselring unter seinem Habit hervor. Es dauerte eine Weile, bis er den richtigen Schlüssel fand. Er steckte ihn ins Schloss und drehte ihn knirschend herum. Kaum war das Schloss entriegelt, ging die Tür wie von Geisterhand nach innen auf. Die geheimsten Kammern der christlichen Welt lagen vor Raphael, Luna und Pierre.

Latini entzündete einige Fackeln an den Wänden. »Wünscht Ihr, dass ich bei Euch bleibe, ehrwürdiger Vater?«, fragte er.

»Nein«, antwortete Raphael. »Sag mir nur, wo ich das Original finde.«

»Das Buch der Drogen findet Ihr in der hintersten Kammer in einer goldenen Schatulle. Sie ist nicht zu übersehen.«

»Hab Dank«, sagte Raphael. »Sollte ich deine Hilfe benötigen, schicke ich nach dir.« Er beobachtete, wie Latini das Archiv verließ und die Tür schloss. Raphael ging leise auf die Tür zu und legte ein Ohr daran. Latinis Schritte verhallten. Er nickte Luna und Pierre zu, die auf dies Zeichen hin ihre Kapuzen abstreiften.

»Wo fangen wir an?«, fragte Pierre und blickte über die langen Regale, die drei Mann hoch bis unter die Decke reichten. In den Riegen waren alle Arten von Büchern zu finden. Breite, schmale, große, kleine, in Leder oder Holzdeckel gebundene, mit reich verzierten goldenen Aufschriften versehene oder mit verwischten Zahlen und Buchstaben bekritzelte. Dazwischen zahllose Konvolute, Koperte, Niederschriften, Urkunden und lose Blätter.

Das Gewölbe mochte hundertfünfzig Schritte lang sein. Am Ende war ein dunkler Durchgang zu einem weiteren Raum zu erkennen. Raphael ahnte, dass das Archivum dort noch weiterging. Angesichts dieser Dimensionen hielt er es für fraglich, ob sie bis zum Abend finden würden, wonach sie suchten. »Ich nehme die rechte Seite, du die linke, Luna. Du weißt, wonach du Ausschau halten musst?«

»Nach allem, was mit den Katharern zusammenhängt«, sagte Luna.

Raphael lächelte. »Dann ans Werk, mein Kind.«

»Was ist mit mir?«, wollte Pierre wissen.

»Kannst du lesen?«, fragte Raphael.

»Nein.«

»So ist es deine Aufgabe, für unsere Sicherheit zu sorgen.«

Pierre streckte stolz die Brust heraus. »Wohlan!« Er postierte sich neben der Tür.

Mit beiden Händen zog Raphael das erste Buch heraus. Eine Abschrift der Werke des Sokrates. Er stellte es zurück und nahm das nächste. Eine Abschrift der Werke Platons. Auch alle weiteren Bücher hier waren Abschriften großer Philosophen. Ganz und gar nichts, was er im geheimen Archivum des Papstes zu finden geglaubt hätte. Weiter zum nächsten Regal. Dort standen Abschriften medizinischer Werke der Römer, Griechen und Araber. Diesen folgten Riegen verbotener Schriften wie Gedichte, Verse, Possen und Weisen. Danach eine endlose Zahl von Reiseberichten in ferne Länder. »Wie steht es bei dir, Luna?«, fragte Raphael.

»Nichts«, antwortete Luna, während sie die Regale entlangstreifte. »Gar nichts.«

Die Stunden vergingen. Irgendwann schickte Raphael Pierre in die Küche hinauf, um neue Fackeln zu besorgen. Die alten waren allmählich heruntergebrannt.

Schließlich verließen sie das erste Gewölbe und drangen in das nächste vor. Zwar fanden sie hier Berge von Protokollen vieler Katharerprozesse, doch waren diese aus den Tagen der ersten Verfolgungen in den Jahren 1209 bis 1229. Und so gingen sie weiter in das dritte Gewölbe.

»Ich habe Hunger«, sagte Pierre, als Raphael und Luna ihre Arbeit hier aufnahmen.

Dass ich daran nicht gedacht habe, fuhr es Raphael durch

den Kopf. Und bei der besessenen Suche war ihm selbst entgangen, dass sein Magen knurrte. »Oben in der Küche solltest du etwas finden«, sagte er. »Bring auch Wasser mit. Und sei vorsichtig.« Er sah Pierre nach, bis er in der Dunkelheit verschwunden war. Schon griff er nach den nächsten Büchern und Schriftstücken.

Jetzt, wo sie schon besser erkennen konnten, welche Dokumente für sie nutzlos waren, drangen sie weitaus schneller vor. Noch bevor Pierre zurückkam, standen Raphael und Luna im vierten und letzten Gewölbe.

Pierre brachte ihnen die ersehnten Speisen. Anschließend setzte er sich auf einen breiten, halbhohen Schrank und biss gierig in einen Laib Brot.

Zeit war kostbarer als Gold, und die Sonne weit über ihnen war gewiss längst untergegangen. So beendete Raphael seine Mahlzeit zügig.

Als sie im letzten Winkel des Gewölbes, und somit des gesamten Archivums, angelangt waren, kam die Ernüchterung. Nirgends auch nur der kleinste Hinweis auf die Katharer. Dabei musste es hier Unmengen von Prozessakten, Urkunden und Schriftstücke über die Katharer geben. Wo, wenn nicht hier, hätten sie suchen sollen? Niedergeschlagen lehnte sich Raphael an ein Regal und sah zu Boden. Dabei fiel sein Blick auf Pierres Füße. Der hatte die Sandalen abgestreift und die Kutte hochgeschoben, um bequemer auf dem Schrank sitzen zu können. Seine Augen wanderten weiter zu Luna, die neben Pierre stand. Und dann … wieder zurück zum Schrank. Sein Blick brannte sich in das dunkelbraune Holz. In der Mitte des Schranks prangte Asmodis Antlitz! Das unverkennbare Idolum, das sie in Imberts Haut gestochen gefunden hatten. »Komm da herunter, Pierre«, flüsterte Raphael.

Verwundert schaute Pierre ihn an, folgte aber dem Befehl. Er und Luna gingen zu Raphael. Sechs Augen starrten auf die hässliche Fratze mit den vier geschlitzten Augen, zwei Mündern und zwei Hörnern.

Raphael trat an den Schrank heran, strich über das glatte Holz und öffnete die beiden Türen. Zum Vorschein kamen Bündel von Schriftstücken. Darin war Henris Geheimnis verborgen. Dessen war er sicher. Jetzt, wo er dem Ziel so nah war, schien der Boden unter ihm zu schwanken. Er dachte an Raphael und Jeanne und Amicus und an die vielen Orte, die sie bereist hatten. An die unzähligen Menschen, die ihnen begegnet waren. Gute Menschen wie Juda, Lazare und Constance. Hier, an der Mündung des Arkanums der Katharer, ergaben ihre Arbeit und ihre Opfer endlich einen großen, gar göttlichen Sinn. Obgleich sie noch nicht am Ziel ihrer Reise waren, würden sie noch in dieser Nacht den ursprünglichen Grund erfahren. Mit zitternden Händen holte er das oberste Bündel heraus und gab es Luna. Sie begann damit, sie zu studieren, und auch Raphael begann zu lesen.

Nachdem er drei Bündel Akten durchgesehen hatte, kam er zu den Verhandlungsprotokollen eines Ketzerprozesses aus dem Jahr des Herrn 1308, der zunächst nichts Auffälliges zu enthalten schien. Dann aber stieß Raphael auf die Namen der Angeklagten – und ihm stockte der Atem. Die Liste der Namen war lang; ungewöhnlich lang für einen Inquisitionsprozess. Raphael zählte vierundneunzig Angeklagte. Darunter waren drei Namen, die Raphael in höchste Erregung versetzten: Tristan und Marie le Brasse und ihr achtjähriger Sohn Henri. Sie hatten in einem Dorf namens Montaillou in den Pyrenäen gelebt. Raphael schwitzte. Seine schweißnassen Finger fuhren über die Schriftstücke, seine Augen glänzten fiebrig. Er nahm die Welt um sich herum nicht mehr wahr.

Am Morgen des 8. September des Jahres 1308, stand dort geschrieben, hatte eine Horde Tempelritter auf Befehl des französischen Königs Montaillou gestürmt. Wer sich wehrte, den metzelten sie auf der Stelle nieder. Als alle Bewohner des Dorfes auf dem Marktplatz versammelt waren, sortierte der Hauptmann der Horde die 94 Angeklagten aus. Anschließend ließ er sie fortschaffen und ihren gesamten Besitz verbrennen.

Als Ketzer und Anhänger der katharischen Lehre wurden sie drei Tage später in Carcassonne vor ein Inquisitionsgericht verbracht. Darunter auch der Gerber Tristan le Brasse, seine Frau und der Knabe.

Hier verlor sich Henris Spur. Tristan und Marie le Brasse sowie alle anderen Ketzer wurden kurz nach dem Prozess auf dem Scheiterhaufen verbrannt. Die Protokolle sagten jedoch nichts über Henris Schicksal. Aber noch hatten sie längst nicht alle Schriftstücke aus dem Schrank gesichtet. Da das Idolum darauf abgebildet war, wurden dort gewiss alle Berichte über jene Katharer verwahrt, die sich vom traditionellen Glauben der Ketzer abgespalten hatten. Er ging die Schriftstücke weiter durch und fragte beiläufig: »Hast du etwas gefunden, Luna?«

Keine Antwort.

Raphael sah sie an. Sie hockte regungslos neben ihm auf dem Boden, auf ihrem Schoß einen Stapel Papier. »Luna?«, sagte Raphael noch einmal. Er berührte ihre Schulter, woraufhin sie den Kopf schüttelte. Besorgt kniete er neben ihr nieder und sah sie an. Tränen liefen über ihre Wangen. »Was ist mit dir, mein Kind?« Er sah zu Pierre hinauf, der ahnungslos mit den Schultern zuckte.

Mit zitternden Händen zog Luna einige Dokumente aus dem Stapel und gab sie Raphael. Der sortierte sie und begann zu lesen. Seine Augen weiteten sich. Die Schriftstücke beurkundeten eine Untersuchung, die der päpstliche Legat Angelico d'Arezzo im Jahre 1332 durchgeführt hatte. Es ging um den Vorwurf, ein Mönch hätte eine fleischliche Beziehung zu einem Weib. Bei dem Mönch handelte es sich um einen Dominikaner, der Präpositus eines kleinen Klosters in der Auvergne gewesen war. Sein Name: Henri le Brasse. Raphael ließ die Hände sinken und holte tief Atem. Luna saß noch immer wie erstarrt neben ihm. Pierre kümmerte sich um sie. Raphael las weiter. Angelico, offensichtlich ein umsichtiger und akkurater Mann, hatte die Befragungen der Beschuldigten auf das Genaueste dokumentiert. Zuerst stand ihm Henri Rede und Antwort. Henri bestritt alle Vorwürfe und beschuldigte das Weib zuletzt gar, eine Hexe zu sein. Daraufhin befragte Angelico das Weib. Ihr Name war Anne Aynard. Eine starke Person, die den Fragen standhielt. Auf die Frage, ob sie eine Hexe sei, antwortete sie, dass in diesem Falle auch Maria Magdalena als Hexe gelten müsste. Der Legat fragte, wie er das verstehen sollte, doch gab die Aynard nur zurück, dass er den Angeklagten diesbezüglich ins Verhör nehmen sollte. Dies tat Angelico dann auch. Henri blieb stur, was Angelico veranlasste, ihn drei Tage und drei Nächte lang zu verhören. Am Morgen des vierten Tages war Henris Widerstand gebrochen. Er bestätigte die Vorwürfe, er habe mit der Aynard eine Liebschaft. Angelico wollte mehr über die Hintergründe erfahren und verlangte alle Einzelheiten. Die gab Henri preis. Er sagte aus, er wäre einer der *perfecti*, ein Katharer-Priester. Die Aynard wäre ebenfalls eine *perfecta* und seine Geliebte. Angelico warf Henri und Anne Aynard in den Kerker, forderte von der französischen Krone ein großes Ritterheer an und ließ die ganze Gegend und das Kloster durchforsten. Der Bericht des Legaten endete mit einer Liste von Dingen, die er dem Heiligen Stuhl übergeben wollte. Darunter gotteslästerliche Götzenbilder und mehrere alte Schriftrollen. Henri und Anne wurden nach Avignon gebracht, um dort vor ein geheimes kirchliches Gericht gestellt zu werden. Drei Kardinäle unterzogen sie weiteren Befragungen. Deren Namen waren in den Protokollen nicht genannt. Offenbar ging es hier auch nicht mehr um die Liebschaft oder gar um die Bestrafung für dieses Vergehen, sondern vielmehr um die Schriftrollen, die Angelico gefunden hatte und deren Inhalt hier keine Erwähnung fand. Die Kardinäle wollten Einzelheiten über mögliche weitere Schriftrollen erfahren. Henri und Anne schwiegen. Ob sie wirklich nichts wussten oder ob sie die Antwort verweigerten, blieb ungewiss. Und hier änderte sich merkwürdigerweise der Prozessverlauf. Per Erlass ließ man die Gefangenen frei. Anne, längst sichtbar mit einer Leibesfrucht gesegnet, wie der Schreiber festhielt, wurde verbannt. Sie durfte weder in die Auvergne noch in das Languedoc jemals wieder zurückkehren. Henri hatte dagegen eine vollkommen neue und unerwartete Aufgabe erhalten: die heilige Inquisition. Der Erlass und sämtliche Urkunden wiesen geschwärzte Passagen auf. »Pierre!«, rief Raphael.

Pierre nahm den Arm von Lunas Schultern. »Bruder Raphael?«

»Geh nach oben und besorge mir eine Schale aus Holz, eine Zitrone, Lavendelöl, Acetum, eine Hand voll Salz und ein Messer. Eil dich!«

Unverzüglich ging Pierre hinauf.

Die letzte Seite des seltsamen Protokolls enthielt die nüchterne Bemerkung, dass Angelico d'Arezzo drei Wochen nach Henris Vernehmung seinem Leben ein Ende gesetzt hatte. Auch zwei von den drei Kardinälen, die Henri und Anne befragt hatten, waren durch eigene Hand gestorben. Der dritte war über Nacht spurlos verschwunden.

Raphael legte den Stapel zur Seite und setzte sich neben Luna. Er strich sanft über ihr Haar. Sie sah ihn nicht an, sondern starrte auf den kahlen Boden vor ihren Füßen. »Diese Anne Aynard«, flüsterte Raphael. »Sie war deine Mutter, nicht wahr?«

Luna nickte. Noch immer rannen stille Tränen über ihr Gesicht.

Raphael wusste nicht, was er sagen sollte. Welche tröstenden Worte mag es geben, wenn ein junges Mädchen erfährt, dass ihr Vater der Teufel selbst ist?

»Ich glaube«, flüsterte Luna plötzlich, »ich habe es schon gewusst, als ich ihn zum ersten Male sah. Damals, als du mit ihm unseren Hof betreten hast.«

»Hast du es vorher gesehen?«, fragte Raphael. »Ich meine die Liebschaft zwischen ihm und deiner Mutter.«

»Nein«, antwortete Luna. Sie wischte mit einem Zipfel ihres Kleides die Tränen weg. »Mamans Vergangenheit war für mich immer hinter einem schwarzen Schleier verborgen.«

»Wer auch immer wusste, dass du diese Gabe hast, wollte vermutlich nicht, dass du zu früh davon erfährst.«

»Du hast wohl Recht«, sagte Luna. »Es wäre mir aber lieber, wenn ich es niemals erfahren hätte.«

Einmal mehr wünschte Raphael, mehr über Lunas Fähigkeiten zu erfahren. Der Herr musste einen Grund gehabt haben, sie damit zu segnen – oder zu strafen. Wenn es denn überhaupt der Allmächtige gewesen war. Im Laufe ihrer langen Reise war dies nicht der einzige Zweifel geblieben, der in seinem Herzen nagte.

In diesem Augenblick tauchte Pierre im Schein der Fackeln auf. Er brachte eine Schale, ein Messer, drei Zitronen, ein Salzfässchen und zwei braune Fläschchen.

Raphael stellte die Schale auf den Boden, öffnete das Salzfässchen und tat Salz in die Schale. Anschließend gab er sechs Tropfen Lavendelöl und zwölf Tropfen Acetum dazu. Die Mischung rührte er mit der Messerspitze gut um. Dann schnitt er eine Zitrone in zwei Hälften. »Gib mir die Schriftstücke da«, bat er Pierre. Kaum hielt er sie in Händen, begann er vorsichtig die Zitrone auf die geschwärzten Passagen zu reiben. Sodann entnahm er mit dem Messer etwas von dem Brei aus der Schale und strich ihn auf die Tintenkleckse. Er wartete einige Augenblicke und schabte den Brei samt Tinte herunter. Zum Vorschein kam, was ursprünglich dort gestanden hatte. Langsam schälte sich eine Unterschrift heraus. Aufgeregt stand er auf und hielt das Schriftstück vor eine Fackel. Nun würde sich zeigen, wer Henri gedeckt hatte. Welcher hohe Würdenträger diesen gnadenlosen Menschen schützte und in seinem Treiben stärkte. Die Wärme der Flamme ließ die Feuchtigkeit auf dem Papier verdunsten und gab das Geheimnis preis. Nur noch wenige Augenblicke.

»Könnt Ihr etwas sehen?«, fragte Pierre.

Die Stimme schreckte Raphael auf. »Sei still!«, herrschte er Pierre an. Seine Blicke waren auf die Urkunde geheftet. Und dann wurde die Unterschrift sichtbar. Raphael war so überrascht, dass er aufschrie und das Schriftstück fallen ließ.

»Was habt Ihr gesehen?«, wollte Pierre wissen. Er hob die Urkunde auf und gab sie Raphael.

Raphaels Hände zitterten. Die Unterschrift war unverkennbar, eine Verwechslung war ausgeschlossen. Normalerweise hätte Raphael ein Siegel erwartet. Er vermutete, dass es nicht befestigt worden war, weil es dann unsinnig gewesen wäre, die Unterschrift zu schwärzen. Denn es war die Unterschrift des damaligen Heiligen Vaters: Johannes XXII. »Was geschieht hier nur?«, flüsterte Raphael.

»Was habt Ihr herausgefunden?«, fragte Pierre mit ahnungsloser Unbefangenheit.

»Nicht jetzt, Pierre«, sagte Raphael. »Kümmere dich um Luna.«

In Angelicos Protokoll war von Schriftrollen die Rede. Wo waren sie und was enthielten sie? Raphael ging zu dem offen stehenden Schrank und holte jedes einzelne Dokument heraus, doch da waren keine Schriftrollen. Er lehnte sich an ein Regal. Ein päpstlicher Legat und zwei Kardinäle, die mit den Rollen zu tun gehabt hatten, lebten nicht mehr aus eigenem Willen. Zwei überführte Ketzer, einer davon ein Mann Gottes, waren freigelassen worden. Nicht nur das: Der Mönch erhielt gar eine so heilige Aufgabe wie die Inquisition. Von Bestrafung keine Rede. Was also stand in diesen Rollen, das so viel Macht über die höchsten Würdenträger der Kirche, des Heiligen Vaters höchstselbst, hatte? Hatte man sie an einen geheimen Ort gebracht? Noch geheimer als dieses Archivum? Waren sie womöglich verbrannt worden? »Es muss noch mehr geben«, flüsterte Raphael. »Schaut euch weiter um. Lasst keinen Winkel aus.«

Gemeinsam schoben sie den Schrank weg, in der Hoffnung, dahinter eine verborgene Nische zu entdecken. Doch sie fanden nichts als Stein und Staub.

Auch um den Schrank herum konnten sie nichts entdecken.

Sie klopften die Steinplatten auf dem Boden und die Wände ab – vergeblich.

Irgendwann setzte sich Pierre erschöpft auf den kalten Boden. Träge nahm er das Messer und ritzte damit in den Stein.

Raphaels Augen ruhten auf ihm, aber seine Gedanken schwebten in weiter Ferne. Er konnte nicht glauben, dass die Rollen an einem anderen Ort versteckt waren. Es gab in der ganzen Christenheit keinen geheimeren Ort als das Archivum Secretum. Ergo mussten sie irgendwo hier zu finden sein. Unbewusst fiel sein Blick auf Pierres Hände und wie sie mit dem Messer in die Steinplatte ritzten. Dann besah er die Platte genauer, und etwas fiel ihm auf. Zahlen waren darin eingemeißelt. Er blickte sich um. Auf allen Steinplatten befanden sich Zahlen. Er ging den Gang zurück, die Augen auf den Boden geheftet. Zahlen überall. Das konnte kein Zufall oder eine Marotte des Baumeisters sein. Diese Zahlen hatten eine Bedeutung. Ob ein Zusammenhang zwischen ihnen und den Rollen bestand? Hastig eilte er zurück zu Pierre und Luna und berichtete knapp über seine Beobachtung.

»Ihr meint, wir sind dem Rätsel auf der Spur?«, fragte Pierre.

»Ganz gewiss«, antwortete Raphael. Er studierte die Zahlen um sich herum. Dabei erkannte er, dass einige Zahlenreihen häufiger vorkamen. »Diese Ziffern«, murmelte er, »kommen mir irgendwie bekannt vor.« Er suchte in seinem Gedächtnis nach der Antwort. Irgendwo hatte er diese Zahlenfolgen schon einmal gesehen. Und als er die Antwort fand, sprang er auf und stieß einen Schrei aus. »Dass ich nicht gleich darauf gekommen bin!«, jubelte er. »Gematria!«

»Gematria?«, fragten Pierre und Luna wie aus einem Munde.

Nur langsam gewann Raphael die Fassung wieder. »Die Gematria entstammt der hebräischen Geheimwissenschaft, der Kabbala«, erklärte er. »Führen wir uns vor Augen, dass die Hebräer keine Zahlzeichen kennen. Sie behelfen sich damit, jedem Buchstaben des hebräischen Alphabets einen Zahlenwert zuzuweisen. Die Gematria nun ist das Einsetzen von Zahlen oder Buchstaben nach einer festgelegten Ordnung. Wörter mit dem gleichen Zahlenwert können einander ersetzen, sie können aber auch durch ihren Zahlenwert auf eine neue Bedeutung hinweisen. Sie dient somit der Schriftexegese, um Einsichten in verborgene Botschaften der heiligen Schriften zu erlangen.«

Pierre griff sich an den Kopf. »Ich glaube nicht, dass ich das verstehe.«

»Ein Beispiel«, sagte Raphael. »Das hebräische Alphabet kennt keine Vokale. Der Name David besteht aus den Konsonanten *daleth, vav* und *daleth. Daleth* ist der vierte Buchstabe im hebräischen Alphabet und erhält den Zahlenwert 4. *Vav* ist der sechste Buchstabe und erhält die Ziffer 6. Somit ergibt die Summe des Namens *David* 4 plus 6 plus 4 ist gleich 14. Wenn ihr euch umschaut, seht ihr auf vielen Steinen zu unseren Füßen die Ziffer 14. Auf diese Weise lässt sich auch der Stammbaum Jesu verstehen, den Matthäus angibt mit vierzehn Geschlechtern von Abraham bis David, vierzehn Geschlechtern von David bis Babylon und vierzehn Geschlechtern von Babylon bis Christus. Somit erklärt die Zahlenmystik der Gematria, dass Jesus in der Tat von David abstammt.«

»Bedeutet das«, wollte Luna wissen, »dass wir jeden Stein, auf dem eine 14 steht, untersuchen müssen?«

»Gewiss nicht«, sagte Raphael. »Aber durch die Zahl Davids bin ich auf die Buchstabenrechnung der Gematria gekommen.«

»Was schlagt Ihr also vor, Bruder?«, fragte Pierre.

Raphael hob einen Finger. »Wir wissen nun, wie das Rätsel gelöst wird. Alles, was noch zu tun ist, ist, das Rätsel selbst zu finden.«

»Warum klopfen wir nicht einfach alle Steine ab?«, wollte Luna wissen.

Raphael lächelte. »Schau dich um. Es müssen tausende in

diesem Gewölbe sein. Sie alle auf das Genaueste zu untersuchen dürfte Stunden dauern. Doch sobald wir die richtige Zahl kennen, werden wir auch den richtigen Stein finden.«

»Und wenn Ihr Euch irrt?«, fragte Pierre.

»Dann, lieber Pierre«, sagte Raphael, »werden wir das Geheimnis wohl niemals lösen. Ich lese noch einmal die Dokumente aus dem Schrank, und ihr schaut euch im Gewölbe um. Ich kann nicht sagen, wonach ihr suchen müsst, doch ich vermute, ihr werdet es wissen, sobald ihr es seht.« Er griff nach den Dokumenten und studierte sie erneut, während Pierre und Luna den Gang zurückschritten, die Augen auf Wände und Boden gerichtet.

Raphael las jeden Satz mit höchster Aufmerksamkeit. Einige Sätze übersetzte er ins Hebräische, ermittelte die Zahlenwerte mittels der Gematria und zählte sie zusammen. Zwar erhielt er stets ein Ergebnis, nur glaubte er nicht, dass die errechneten Ziffern mit dem Rätsel in Zusammenhang standen. Bald begannen seinen Augen zu tränen. Müdigkeit machte sich in seinem Körper und seinem Geist breit. Er legte die Dokumente beiseite und massierte Augen und Schläfen.

Nun kamen Pierre und Luna zurück. Sie schüttelten müde den Kopf. Luna hockte sich neben den Schrank auf den Boden, Pierre legte einen Arm auf den Schrank, als wollte er ihn liebkosen.

Raphael lächelte ihm zu – und plötzlich traf es ihn wie ein Schlag. Er riss den Mund auf und flüsterte: »Geh beiseite, Pierre!« Er tat zwei Schritte auf den Schrank zu und betrachtete ihn. Da waren drei Sätze in verschnörkelten Buchstaben in das Holz geritzt. Zwei am Rand jeder Tür von unten nach oben und ein dritter in der Mitte. Laut las er, was an der linken Tür geschrieben stand: *»Er ist Messias.«* Auf der rechten Tür war zu lesen: *»Jahwe im Messias.«* Und oben in der Mitte: *»Jeschua.«*

Verwirrt kratzte Pierre sich am Kopf. »Glaubt Ihr, das ist das Rätsel, das wir suchen?«

Lächelnd nickte Raphael. »Beginnen wir mit der Berechnung der Zahlenwerte. Jeschua ist der hebräische Name für Jesus. Er besteht aus den Buchstaben *yud, shin, vav* und *ayin*.« Er rechnete still. »Die Summe lautet 386. *Er ist Messias* besteht im Hebräischen aus den Buchstaben *hei, vav, alef, hei, vav, hei, mem, shin, yud* und *chet*.« Wieder rechnete er. »Auch hier lautet die Summe 386.« Nun begann er den Zahlenwert des dritten Satzes zu erahnen. Er übersetzte ihn ins Hebräische, rechnete die Werte zusammen und rief dann: »386!« Er schrieb die Zahl in den Staub auf einem der Bücher, damit Pierre wusste, wonach er suchen musste. »Schnell! Lauft und sucht nach dieser Zahl auf den Steinplatten!«

Wie eine Hasenfamilie, die von Wölfen gehetzt wird, stoben sie auseinander. Die Müdigkeit machte ihnen allen zu schaffen, doch beflügelt davon, dass sie der Lösung des Rätsels nah waren, mobilisierten sie all ihre Kräfte.

Schließlich war es Luna, die den richtigen Stein fand. »Hierher!«, rief sie.

Raphael und Pierre fanden sie zwei Gänge weiter. Sie stand, wild mit den Armen gestikulierend, vor einer Steinplatte und deutete darauf. Raphael zog das Messer hervor und begann, die Fugen freizukratzen. Aufregung, Erschöpfung und Anstrengung ließen Raphael den Schweiß auf die Stirn treten. Er grub, kratzte und scharrte wie im Fieberwahn.

Und endlich war der Stein vom Mörtel befreit. Raphael wischte sich übers Gesicht und rief Pierre herbei, ihm zu helfen. Gemeinsam wuchteten sie die drei Ellen messende Platte beiseite. Darunter kam eine verwitterte eherne Truhe zum Vorschein. Die beiden Männer packten an und zogen sie aus ihrem jahrelangen Versteck.

Andächtig berührte Raphael die Truhe, als stünde die Bundeslade selbst vor ihm. Vorsichtig hob er den Deckel an. Vor ihm lag etwa ein Dutzend vergilbter, spröder Schriftrollen. Darunter stachen die Hörner einer Asmodi-Skulptur hervor. Zudem Kandelaber mit derselben Fratze, silberne Ringe, in die

Sprüche in einer unbekannten Sprache eingraviert waren, und Gebetbücher der Katharer. Raphael ließ dies alles liegen. Er war allein an den uralten Schriftrollen interessiert. Behutsam nahm er die erste heraus und entrollte sie. *Diese* Sprache war ihm bekannt. Es war Aramäisch. »Die Sprache Jesu«, keuchte er. Es waren Zeugnisse aus der Zeit der Menschwerdung des Herrn. Jeder Zweifel war ausgeschlossen. Schweißtropfen bildeten sich auf Raphaels Stirn und rannen an den Schläfen herunter. Der Schreiber, offenbar ein Mann aus der nächsten Umgebung Jesu, beschrieb den Werdegang des Herrn seit dessen Wirken in Kapernaum. Auch die ersten Jünger Andreas, Matthäus und Petrus führte der Unbekannte auf. Die nächsten Rollen berichteten von Jesu Leben und Wirken, wie die Evangelien es darstellten. Es war mühsam, die korrekte Reihenfolge der Rollen festzustellen, aber mit etwas Übung musste Raphael nur die ersten Sätze lesen, um sie einordnen zu können.

Bei acht Rollen fielen Raphael keine bedeutsamen Unterschiede zur Heiligen Schrift auf. Nun waren noch drei Rollen übrig. Seine Augen tränten. Er gähnte und griff ein wenig enttäuscht nach der nächsten Rolle. Die ersten Absätze erzählten von der Zusammenkunft Jesu mit seinen Jüngern zum letzten Abendmahl. Auch hier keine großen Unterschiede zur Bibel. Dann aber berichtete der Unbekannte weiter, und Raphael war schlagartig hellwach. Seine Blicke rasten über die Schriftzeichen. Es war unglaublich, was dort geschrieben stand. Dinge, die die ganze Christenheit erschüttern würden, würden sie bekannt.

Als Raphael die letzten Zeilen der letzten Rolle gelesen hatte, schwankte er. Pierre musste ihn stützen. Er ahnte, dass er den geheimen Schatz der Katharer gefunden hatte. Er bestand nicht aus Gold, Silber oder Edelsteinen, sondern aus diesen uralten Schriftstücken mit ihrem unfassbaren Inhalt. Nur langsam gewann Raphael die Fassung wieder. Nun, mit diesem Wissen belastet, und eine Last war es gewiss, waren sie in größerer Gefahr als jemals zuvor. Sollte der Heilige Vater von ihrem Besuch im Archivum erfahren, würde er jeden Kreuzritter auf sie hetzen. Sie mussten fort von hier. Sehr weit fort. Henri und Cumanus waren von einem Moment zum anderen unwichtig geworden. Er sammelte die Rollen zusammen und klemmte sie sich unter den Arm. »Luna, Pierre«, sagte er. »Sehen wir, dass wir hier herauskommen. Schnell!«

Luna und Pierre griffen nach den Fackeln und liefen Raphael voraus. Es schien, als wären die Gewölbe noch größer geworden. Unendlich lang war der Weg zurück.

Als sie fast bei der Tür zur Treppe nach oben waren, ging diese auf. Claudius Latini erschien. »Ehrwürdiger Vater, die Nacht ist bald vorüber«, sagte er, als er Raphael erblickte. »Ihr habt …« Er sah Luna und Pierre, die ihre Kapuzen nicht übergezogen hatten. Und er sah somit auch, dass einer der Novizen ein Mädchen war und der andere keine Tonsur trug. Dann gewahrte er die Rollen unter Raphaels Arm. Fassungslos starrte er die drei an. »Was ist hier los?« Luna und Pierre stürmten an ihm vorbei. Als Raphael ihnen folgen wollte, packte Latini die Rollen. »Die bleiben hier!«, schrie er Raphael an.

Raphael hielt die Rollen fest, doch es war gewiss, dass er sie der kräftigen Hand nicht entreißen konnte, ohne sie zu beschädigen. So entschied er, sie Latini zu überlassen. Es war ohnehin zu spät. Er ließ die Rollen los, Latini taumelte und fiel nach hinten, und Raphael stürmte über ihn hinweg. Während er die Treppe zur Küche hinaufrannte, hörte er die Hilferufe Latinis.

Oben warteten Luna und Pierre. »Los!«, rief Raphael. »Lauft, so schnell ihr könnt! Lauft!«

Sie hetzten den ganzen Weg zurück. Einige Mönche kamen ihnen entgegen, behelligten sie jedoch nicht.

»Judas Buch«, rief Pierre plötzlich und wollte schon zurücklaufen.

Das Buch der Drogen! Wie hatte Raphael es nur vergessen können. Aber sie konnten nicht mehr zurück. Er packte Pierre und zog ihn mit sich. »Es soll bleiben, wo es ist!«, rief er.

Endlich erreichten sie das Eingangsportal des Palastes. Sie rissen es auf und rannten an den beiden wachhabenden Mönchen vorbei. Die ersten Strahlen der Sonne waren im Osten zu erkennen. Sie rasten die Treppe hinunter und um den Palast herum. Von Jeanne und Amicus keine Spur. »Wo stecken sie bloß?«, fragte Raphael.

Luna und Pierre zuckten mit den Schultern.

Da hörten sie plötzlich leises Rufen. Raphael erkannte Amicus, der auf der gegenüberliegenden Seite der breiten Straße stand. Sie überquerten die Straße in großen Schritten. »Wo ist Jeanne?«, wollte Raphael von Amicus wissen.

»Gleich hinter dem Haus«, sagte Amicus.

Raphael lief an ihm vorbei um das Haus herum. Jeanne saß auf dem Boden und schlief. Er schüttelte sie. »Wacht auf, Madame! Wacht auf!«

Müde öffnete sie die Lider. Raphael packte sie unter der Schulter und zog sie hoch. »Steigt auf Euer Pferd, Madame«, sagte er. »Schnell! Ihr auch, Amicus.« Er stieg aufs Pferd, und auch Luna und Pierre saßen auf. »Und jetzt fort aus der Stadt, so schnell wie möglich!« Er stieß dem Gaul die Fersen in die Flanken und stürmte voran. Durch schmale Gassen, über Plätze und Straßen.

Sie verließen Avignon durch das Osttor und ritten in das unwirtliche Unland.

Während Wälder, Wiesen und Felder an ihm vorüberzogen, dachte Raphael darüber nach, was die Protokolle über Henri und Anne berichtet hatten. Und darüber, was in den Rollen stand. Er wusste nun mehr, als er je hatte wissen wollen. Viel mehr.

Die letzte Botschaft Jesu

Erst nach Stunden, es musste wohl Mittag sein, hielt Raphael es für ungefährlich, eine Rast einzulegen. Sie fanden eine Lichtung im Wald, fernab des Weges. Die Sonnenstrahlen brachen golden durch das Blattwerk auf das braune Gras. Der Wind rauschte in den Wipfeln und bildete mit tausend Vogelstimmen einen beruhigenden Singsang.

Sie stiegen aus dem Sattel. Jeanne breitete eine Decke auf dem Gras aus. Luna und Pierre holten Brot und Käse hervor. Amicus las Zweige und Äste auf.

»Kein Feuer, Amicus!«, rief Raphael.

»Wie Ihr meint«, antwortete Amicus. Er ließ das Holz fallen und legte sich auf die Decke. Luna reichte ihm ein dick belegtes Brot, in das er genüsslich biss.

Bevor Raphael die Ruhe fand, um bei seinen Freunden zu sitzen, suchte er die Gegend ab. War ihnen jemand gefolgt? Strich irgendwer hier herum? Doch keine Menschenseele war zu sehen. So kehrte er zurück und setzte sich neben Jeanne. Das Brot, das sie ihm anbot, lehnte er ab. Ihm war ganz und gar nicht nach Essen zumute. Er schaute in die Runde. In den Augen der Freunde stand eine Frage. In den vergangenen Stunden hatte er mit sich gerungen, ob er ihnen diese Frage beantworten sollte. Ob er sich selbst gestatten durfte, sie mit einem Wissen zu belasten, das ihren Glauben zerstören oder gar ihren Tod bedeuten konnte. Erst auf dem Weg vom Waldpfad zu diesem anheimelnden Ort war er zu der Überzeugung gelangt, dass es seine heilige *Pflicht* war, die Freunde einzuweihen. Sollte er sterben, wären sie die Einzigen, die die Wahrheit wussten und, sollte es irgendwann nötig sein, davon berichten konnten. Zwar glaubte er nicht, dass dieser Moment je eintreten würde, doch er kannte die Zukunft nicht. Und er fühlte im tiefsten Herzen, dass sie es wissen sollten. Dass sie ein Recht auf die Wahrheit hatten. Sie alle hatten unzählige Male ihr Leben aufs Spiel gesetzt, um ihn auf seiner Mission zu schützen. Er überdachte seine Worte gut und beschloss, ganz vorn zu beginnen. »Ihr fragt euch gewiss, warum ich so überstürzt aus Avignon geflohen bin.« Er machte eine Pause. »Wir fanden im Archivum die Auskünfte, die wir zu finden gehofft haben. Lasst mich euch zunächst von Henri berichten.« Er erzählte von Henris Kindheit, der Barbarei der Kreuzritter in Montaillou und von dessen Verhältnis zu Anne, Lunas Mutter. Nachdem er geendet hatte, schwiegen alle betroffen.

Jeanne legte tröstend einen Arm um Luna, die Raphaels Ausführungen mit geschlossenen Augen gefolgt war. »Mein armes Kind«, sagte sie.

»Das erklärt Henris unmenschliches und blutrünstiges Gebaren«, sagte Amicus. »Wer als Knabe seine Eltern, Freunde und Nachbarn brennen sieht, kann dies nur überstehen, wenn er dem Wahnsinn verfällt oder wenn sein Herz zu Stein wird. Demnach ist er als ein Opfer der Umstände zu betrachten.« Er hüstelte. »Ich scherze nur.«

»Dass er den Glauben seiner Väter annahm, ist auch wenig erstaunlich«, warf Jeanne ein. »Nur sagt mir, warum nicht auch er auf dem Scheiterhaufen starb.«

Über diese Frage hatte Raphael auch schon gegrübelt. »Ich nehme an«, sagte er, »dass irgendjemand Interesse an dem Knaben hatte. Vielleicht ein Verwandter in einem hohen Amt. Dies ist auch nicht das eigentliche Rätsel. Vielmehr interessiert mich, warum der Heilige Vater Henri und Anne schützte. Jeder andere wäre auf den Scheiterhaufen gekommen, nur die beiden nicht. Warum?«

»Erpressung«, sagte Pierre.

»Wie kommst du darauf?«, fragte Raphael.

»Ihr habt etwas in den alten Rollen gefunden, das Euch sehr aufgebracht hat. Diese Rollen sind offensichtlich von so brisantem Inhalt, dass sie Henri die Macht verliehen, den Papst selbst zu erpressen.«

Bei Gott, der Junge mag Recht haben, dachte Raphael. Dass er auf diesen einfachen Gedanken nicht gekommen war! Zu sehr hatte ihn das, was in den Rollen stand, in seinem klaren Verstand beeinträchtigt. Gewiss war es so gewesen! Mit dem Wissen der alten Schriften war Henri in der Lage, dem Heiligen Stuhl seine Freiheit und die von Anne abzuringen und obendrein für sich eine herausragende Stellung in der Inquisition herauszuschlagen. Als er Anne dann fünfzehn Jahre später wieder begegnete, wollte er die letzte Mitwisserin seiner Vergangenheit beseitigen. Johannes XXII. war längst tot. Und der einzige Kardinal, der der Untersuchung beigewohnt hatte und sich nicht selbst richtete, war spurlos verschwunden und lebte wohl ebenfalls nicht mehr.

»Ich hoffe«, sagte Amicus, »Ihr wollt uns diesen Inhalt nicht vorenthalten, Bruder.«

»Was sagt Ihr?«, fragte Raphael gedankenverloren.

»Die Rollen, Bruder.«

»Ach!«, rief Raphael. »Gewiss, die Rollen.«

»Was habt Ihr darin gelesen?«, fragte Jeanne.

»Die Rollen«, sagte Raphael langsam. »Ein unbekannter Chronist aus der unmittelbaren Umgebung Jesu hat sie verfasst.«

Alle hingen an Raphaels Lippen.

»Der Unbekannte«, fuhr Raphael fort, »zeichnete Leben und Wirken Jesu auf. Es gab hierbei kaum Unterschiede zu den Evangelien. Bis auf die Beschreibung der Geschehnisse nach dem letzten Abendmahl. Erinnert euch an die Worte der Heiligen Schrift: Nach dem letzten Abendmahl ging Jesus mit seinen Jüngern hinaus zum Ölberg und kam zum Garten Gethsemane. Er meditierte und wartete darauf, dass Judas Ischariot ihn verraten würde. Der kam in tiefer Nacht mit den Männern des Hohepriesters, gab Jesus den verräterischen Kuss, woraufhin die Schergen den Gesuchten erkannten und gefangen nahmen.« Raphael brach ab und atmete einige Male tief durch. »Der unbekannte Chronist jedoch weicht nach dem Abendmahl von den Schilderungen der Bibel ab. Und zwar ganz entscheidend, wenn mir dies zu bemerken erlaubt ist.«

»Nun spannt uns nicht ewig auf die Folter, Bruder«, warf Amicus ein.

»Gut, gut«, sagte Raphael. »Unser unbekannter Freund schildert in seinen Aufzeichnungen, dass es nicht Jesus war, den Judas küsste, sondern Petrus.«

»Nun scherzt Ihr«, sagte Jeanne.

»Mir war nie zuvor weniger zu Scherzen zumute, Madame«, erwiderte Raphael.

»Was geschah dann?«, fragte Pierre.

»Die Männer des Hohepriester nahmen folglich Petrus gefangen«, sagte Raphael. »Offenbar ist die Rolle, die Judas in den Evangelien einnimmt, nicht die, die ihm eigentlich zusteht. Nicht Verräter Jesu war er, sondern Retter. Er hatte Jesus einige Tage vor dem letzten Abendmahl berichtet, dass der Hohepriester ihn zum Verrat bestechen wollte. Jesus war dennoch bereit, in die plumpe Falle zu gehen, weil er glaubte, dies wäre seine Bestimmung. Doch Judas und Petrus überzeugten Jesus, dass seine Bestimmung eine andere war: nämlich zu leben und zu predigen. Das Wort des Herrn weiterzutragen. Eine Aufgabe, die keiner der Jünger zu bewältigen vermochte. Nach endlosen Auseinandersetzungen willigte Jesus ein – und Petrus opferte sein Leben für das seines Rabbis.«

Stille trat ein. Die Gesichter der Freunde waren zu Masken erstarrt. Fassungslos blickten sie zu Boden. Nur Luna hatte die Augen geschlossen und wiegte ihren Oberkörper hin und her.

Der Erste, der die Worte wiederfand, war Amicus. »Wenn Petrus am Kreuz starb«, sagte er, »wer stand dann nach Jesu Tod … ich meine, nach Petrus' Tod der Jerusalemer Urgemeinde vor? Wer ging nach Rom und wurde dort erster Papst der Christenheit?«

Raphael sah Amicus an, ohne zu antworten.

Da fiel Amicus die Kinnlade herunter, und er keuchte: »Ihr meint doch nicht etwa …«

»Ich sehe, dass Ihr Euch selbst die Antwort gebt, mein Freund«, sagte Raphael. »Die Bibel und die alten Texte erzählen, dass Petrus viele Jahre nach Jesu Kreuzigung in Jerusalem weilte, die Urgemeinde leitete und missionierte. Auf seiner Flucht vor Herodes Aggripa nach Antiochia und auf all seinen Reisen begleitete ihn seine Frau. Auch auf seiner letzten Reise nach Rom. Doch es war nicht Petrus, der dies erlebte, sondern Jesus Christus, und die Frau, die ihn begleitete, war Maria Magdalena.«

»Wäre dies bekannt«, sagte Amicus, »würde es die ganze Welt auf den Kopf stellen. Der Papst und all die hohen Männer könnten einpacken.«

»Wäre es möglich, dass die Rollen eine Fälschung sind?«, fragte Jeanne.

»Möglich wäre es gewiss«, antwortete Raphael, »doch ich glaube das nicht. Ich selbst habe ähnliche Rollen, die aus dem Heiligen Land geschmuggelt wurden, im Auftrag des Bischofs von Rouen übersetzt. Sie alle stammten aus der Zeit von Christi Wirken und kurz danach. Sowohl Schriftart als auch Papier und *tincta aqua* sind identisch. Der untrügliche Beweis jedoch ist die Tatsache, dass der Heilige Stuhl diese Rollen im Archivum, und dort nochmals gut versteckt, verwahrte. Fälschungen, und darauf ist beim Heiligen Vater und der Kurie Verlass, gelangen nicht in das Archivum, sondern in den Kamin. Die Rollen sind folglich geprüft und für echt befunden worden.«

»Warum«, meldete sich Pierre zu Wort, »wäre es für die Kirche verhängnisvoll, käme die Wahrheit ans Licht? Ob Jesus nun gekreuzigt wurde oder nicht, ist doch nicht von Belang. Es geht schließlich um seine Lehren.«

»Ganz und gar nicht, Pierre«, sagte Raphael. »Die Kreuzigung Jesu, seine Passion und die anschließende Auferstehung stellen die zentralen Elemente des christlichen Glaubens dar.

Durch seinen Tod reinigte er alle Menschen von ihren Sünden. Sein Tod bildete den Anfang der Sammlung eines erneuerten Gottesvolkes. So wie Jesus sollen alle Toten auferstehen am Tag des Jüngsten Gerichts. Er selbst erweckt die Toten am Jüngsten Tag und vollendet auf diese Weise die Erlösung der Menschheit.«

»Aber«, wandte Pierre ein, »Jesus ist gestorben. Nur nicht am Kreuz, sondern irgendwann in Rom.«

»Das, mein lieber Pierre«, sagte Raphael, und er brachte ein schwaches Lächeln zu Stande, »sag dem Henker, der den Scheiterhaufen unter dir entzündet.«

»Ist das alles, was Ihr in den Rollen gefunden habt?«, fragte Jeanne. »Oder stand noch mehr darin?«

»Unser unbekannter Freund«, antwortete Raphael, »erwähnt noch drei weitere Rollen, in denen Jesus ihm eine Botschaft für alle folgenden Generationen übermittelte. Besagte Rollen waren nicht im Archivum verwahrt.«

»Womöglich waren sie ebenfalls dort versteckt«, sagte Amicus. »Nur an einem anderen Ort.«

»Ihr mögt Recht haben«, sagte Raphael. »Doch ich glaube, wenn sie sich im Besitz des Heiligen Stuhls befänden, wären sie zusammen mit den übrigen Rollen in der alten Truhe gewesen. Nein, ich hege vielmehr den Verdacht, dass Henri oder seine Gleichgesinnten sie rechtzeitig vor dem Zugriff der Kreuzritter retten und fortschaffen konnten. Die Legende sagt, dass die Katharer in der Nacht vor der Erstürmung ihrer Burg einen Schatz fortschafften. Über die Zeiten hinweg nahm man an, dass es sich hierbei um Juwelen, Gold und Silber handelte. Doch offensichtlich bestand der Schatz aus besagten drei Rollen. Und ich glaube, dass sie die Rollen später, nach dem Wiederaufbau der Burg, wieder an ihren alten Platz verbrachten.«

Plötzlich schlug Luna die Augen auf. »Raphael«, sagte sie und stand auf. »Ich muss mit dir reden. Bitte, folge mir.«

Unter den überraschten Blicken der Freunde führte Luna

Raphael tief in den Wald hinein. Als sie außer Sicht- und Hörweite der anderen waren, hielt sie inne.

»Was ist geschehen?«, fragte Raphael. Es war seltsam, das Mädchen von einem Moment zum anderen derart aufgebracht zu sehen.

»Ich weiß nun«, sagte sie, »wo das Ziel unserer Reise liegt.«

Die Überraschung verschlug Raphael für Momente die Sprache. »Du hast es geträumt?«, fragte er dann. »Oder ist deine Gabe vollends zurückgekehrt?«

»Ich habe es geträumt«, antwortete Luna. Sie wirkte traurig. »In dreiunddreißig Tagen vom heutigen Tage an muss einer von uns gehen.«

»Was meinst du mit *gehen*?«

»Einer wird sterben.«

Unwillkürlich wich Raphael drei Schritte zurück. Er war unfähig, auch nur ein Wort herauszubringen. Zu sehr schnürte es ihm das Herz zu.

»Ich weiß nicht, wer es ist«, sprach Luna weiter. »Aber es wird geschehen.«

»Das … das …«, stotterte Raphael, »das kann nicht sein.«

Lunas Augen bekamen einen glasigen Glanz. Sie stürmte auf Raphael zu und schlang ihre Arme um ihn. »Hilf mir, Raphael«, schluchzte sie. »Bitte, hilf mir. Ich kann das alles nicht länger ertragen.«

Beruhigend strich Raphael ihr über den Kopf. »Sssch«, machte er. »Ich weiß, dass es schwer für dich ist, mein Kind. Aber bald ist es vorüber.« Er dachte nach, während er ihren Kopf sanft an seine Brust legte. »Wo wird es geschehen?«

»Ich weiß es nicht«, sagte Luna. »Ich sehe eine Kirche, deren Glocke herunterfällt. Schnee. Sehr viel Schnee. Ein umgestürzter Amboss. Ein hängender Mann, dem ein Rabe mit dem Schnabel im Mund herumpickt. Ein Grab im Wald. Und ein Schwert. Ein langes Schwert.«

Cumanus, fuhr es Raphael durch den Kopf. Wer könnte es sonst sein! »Gut«, sagte er. »Wir kennen den Ort und die

Hand, die den Mord vollführt. Damit sollten wir in der Lage sein, ihn zu verhindern.«

»Ich glaube nicht daran«, sagte Luna. »Der Weg von einem von uns ist zu Ende. Wir können dem Schicksal nicht entfliehen. Niemand kann das.«

»Hab nur Vertrauen, mein liebes Kind«, sagte Raphael. »Wir sind schon manchen Zwangslagen entkommen. Du hast vom Ziel unserer Reise gesprochen. Liegt an dem Ort mit der zerstörten Kirche unser Ziel?«

Sanft schüttelte Luna den Kopf. »Unser Ziel ist eine Burg auf einem hohen Berg.«

»Montsalvat!«, entfuhr es Raphael. Der alte Zufluchtsort der Katharer. »Dann liegen die drei verloren geglaubten Rollen in der Tat noch immer dort in einem Versteck. Hast du sie gesehen?«

»Nein, aber viele Mönche kommen dort zusammen«, erklärte Luna. »Ich weiß nicht, was sie dort tun. Am dritten Tag erscheint mein …« Sie brach ab und presste sich noch fester an Raphael.

»Dein Vater?«, fragte er, und Luna nickte stumm. »Wann wird dies geschehen, Luna?«

»Am Josephstag trifft er auf der Burg ein.«

Raphael rechnete. Der Josephstag fiel auf den 19. März. Folglich begannen die Feierlichkeiten auf Montsalvat am 16. Der Jahrestag der Eroberung durch die Kreuzritter. »Wir könnten ihn vorher abfangen«, sagte er. »Noch bevor er die Burg erreicht.«

»Nein«, sagte Luna. »Am Josephstag soll sich unser aller Schicksal auf Montségur erfüllen. An keinem anderen Tag, an keinem anderen Ort.«

»Weißt du, was dort geschehen wird?«, wollte Raphael wissen. »Kommt es zum Kampf mit Henri? Werden wir obsiegen?«

»Ich habe davon nichts gesehen. Und ich bezweifle, dass es mir erlaubt ist, vorher davon zu erfahren.«

Bei dem Gedanken, auf Henri zu treffen, fröstelte Raphael, obwohl er von Beginn an gewusst hatte, dass dieser Tag kommen würde. Nun gut, bis zum Josephstag waren es noch sechs Monate. Zeit genug, Kraft zu schöpfen, und die Reise dorthin war noch lang. Er nahm Lunas Gesicht in beide Hände und sah sie lächelnd an. »Wollen wir zurück zu unseren Freunden gehen?«

Sie lächelte mit verquollenen Augen, und so gingen sie zu den anderen.

Jeanne eilte ihnen entgegen. Sie sah Lunas verweintes Gesicht und rief: »Ist alles in Ordnung mit dir, mein Kind?« Als sie bei den beiden war, schloss sie Luna fest in die Arme.

»Es ist alles gut«, sagte Raphael. Als sie zu Amicus und Pierre kamen, berichtete Raphael in wenigen Worten, was Luna ihm gesagt hatte. Dass einer von ihnen sterben sollte, verschwieg er.

»Es ist eine lange Zeit bis dahin«, sagte Amicus.

»Es ist ein weiter Weg bis Montségur«, erwiderte Raphael. Er ahnte, dass am Ende die Zeit ihr kostbarstes Gut sein würde. Er stieg auf sein Pferd und gab das Zeichen zum Aufbruch.

Der weite Weg zurück in das Languedoc begann.

Einer wird gehen

Die Wochen zogen ins Land, und die Freunde ritten durch kleine Dörfer, tiefes Unland und große Städte. Die Pest wütete noch immer. Irgendwann entschieden sie, die Städte zu meiden. Je heftiger die Pest dort ihre Opfer suchte, desto grässlicher war der Irrsinn, der die Leute befiel. Man war nirgends in den Städten davor sicher, plötzlich und grundlos erdolcht zu werden. Die Erkrankten, die noch einigermaßen bei

Kräften waren, überfielen in ihrem Wahn arglose Menschen und beschmierten sie mit ihrem Erbrochenem oder gar der übel riechenden Flüssigkeit, die aus ihren Pestbeulen sickerte. Vorräte gab es in den Dörfern und auf den Höfen genug zu erwerben, sodass die Freunde gut zurechtkamen. War es zu kalt, nächtigten sie in kleinen, gemütlichen Gasthäusern. Zumeist jedoch schliefen sie im Wald, eingehüllt in wohlig warme Schaffelle bester Güte. Vom Gold des Marquis ließ es sich wahrlich gut leben.

Als Raphael an diesem Morgen erwachte, begann es just zu schneien. Dicke Flocken fielen durch die kahlen Äste der Bäume herab auf den gefrorenen Waldboden. Sein Magen knurrte, und er fragte Jeanne, die das gemeinsame Lager längst verlassen hatte, wann denn das Frühstücksmahl bereitet würde.

»All unsere Vorräte sind verbraucht«, sagte Jeanne. »Jemand muss in das nächste Dorf gehen und sie wieder auffüllen.«

Sie betonte *jemand* auf eine Weise, die Raphael eindeutig zeigte, dass es nicht sie selbst war, an den sie dachte. Also ging Raphael zu Amicus und Pierre und bat sie, ihn zu begleiten.

Zum nächsten Dorf war es der Karte nach nicht weit, daher ließen die Männer die Pferde bei den Frauen. Um die Wege zu meiden, zogen sie mitten durch den Wald, an dessen Ende Aubignas lag.

Es war windstill; die Luft im Wald war trotz des ungewöhnlich starken Schneefalls mild. Die Stimmung stieg, und so dauerte es nicht lang, bis die Männer witzelnd und lachend durch den Wald zogen. Opfer ihres Spotts war vornehmlich der Marquis de Froissy.

Amicus posierte, eine Hand an der Hüfte und mit der anderen dramatisch über seinem Kopf wedelnd. »Bester Pierre«, sagte er und imitierte die hohe Stimme Froissys, »mich dünkt, Ihr seid ein wahrhaft dreister Bursche. Eure Äußerungen alles andere als konvenabel. Sie piksen gar wie Messerstiche. Pfui,

pfui, pfui! Nun husch hinauf in die kleine Kammer und sinnt über Euer arg frivoles Benehmen nach. So Gott will, erhaltet Ihr zur Nachtspeise einen Apfel, der älter ist als ich höchstselbst.«

Pierre wieherte vor Lachen, und auch Raphael grinste von einem Ohr zum anderen. »An Euch ist ein talentierter Possenreißer verloren gegangen, mein Freund«, sagte er.

Dann endlich kamen sie an die Mauern des Dorfes Aubignas. Ein Dorf war Aubignas kaum zu nennen. Eher eine Stadt mittlerer Größe. Auf den ersten Blick erkannten die Männer, dass Aubignas eine arme Stadt war. Die Menschen, die ihnen vor den Toren begegneten, waren ärmlich gekleidet, die Tiere dürr und ausgemergelt.

Sie gingen durch das Stadttor, aus dem bereits die Steine bröckelten.

Die Freunde machten ihre Runde. Sie gingen zu Bäcker, Schlachter und Butterfrau. Zur Käserei, dem Löffelmacher und dem Gerber. Überall begegnete man ihnen freundlich und zuvorkommend.

Als sie alle Dinge besorgt hatten, die sie benötigten, schlug Amicus vor, eine Schänke aufzusuchen. Raphael war nicht begeistert. Der Schneefall wurde von Stunde zu Stunde stärker, sodass man kaum den Weg vor Augen sah. Er fühlte sich irgendwie nicht wohl an diesem Ort, er hatte das Gefühl, als würden sie beobachtet, und drängte, wieder aufzubrechen.

»Nur einen Krug Bier, Bruder«, bettelte Amicus. »Einen winzigen Krug.«

»Ein Ort zum Aufwärmen vor dem Rückmarsch wäre auch mir recht«, sagte Pierre.

Raphael überlegte hin und her. Schließlich verwarf er seine Bedenken. Die Zeit für einen Krug Bier war allemal, und ein warmer Platz nicht das Schlechteste. So stimmte er zu.

Auf der Suche nach einer Schänke kamen sie an einer Schmiede vorbei. Durch die zur Straße offene Seite der Schmiedehalle sah Raphael, wie der Schmied ein langes Eisen aus dem Feuer zog und auf dem Amboss mit einem schweren Hammer bearbeitete. Den Schmied würde sicher nicht frösteln, dachte er noch, als plötzlich die vom Haus abgewandte Seitenwand der Halle einstürzte. Im letzten Augenblick brachte sich der Schmied mit einem weiten Sprung in Sicherheit. Die Steine prasselten in das lodernde Feuer und auf den Amboss und warfen ihn um. Erst dachte Raphael bei dem Anblick nichts. Dann plötzlich fielen ihm Lunas Worte wieder ein. »Bei Gott«, flüsterte er. Es bedurfte einer gewaltigen Willensanstrengung, nicht unverzüglich alles hinzuwerfen und aus Aubignas zu fliehen. Er redete sich ein, dass die Mauer auch eingestürzt wäre, wenn sie nicht hierher gekommen wären. Es lag zu viel Schnee auf dem Dach, und das alte Mauerwerk war nicht mehr in der Lage gewesen, die Last zu tragen. Er biss sich auf die Lippen. Während aus allen Richtungen Leute herbeieilten, um dem Schmied zu helfen, suchten sie weiter nach einer Schänke.

Sie kamen am Gerichtsgebäude vorbei. Davor, am Galgen auf dem Richtplatz, hing die Leiche eines Mannes. Er trug weder Hemd noch Schuhe und mochte dort oben schon eine Weile hängen. Der tote Körper baumelte im Wind hin und her. Plötzlich kam eine Windböe auf und drehte den Gerichteten. Auf seinem Kopf saß ein Rabe und pickte im halb geöffneten Mund der Leiche herum.

Nackte Angst stieg in Raphael empor. Erst der Schneesturm, dann der umgestürzte Amboss, und dies war das dritte Zeichen von Lunas Prophezeiung. Er rechnete nach. Waren dreiunddreißig Tage vergangen, seit Luna ihm offenbart hatte, was geschehen würde? Die vielen Wochen im Wald ließen einen jeden Sinn für Zeit vergessen. »Wir sollten gehen«, flüsterte er. Und lauter: »Lasst uns von hier verschwinden. Auf der Stelle.«

Amicus schlug Raphael auf die Schulter. »Was, Bruder? Von so einem armen Schwein lassen wir uns doch nicht ins Bockshorn jagen! Und weit kann es nicht mehr sein.«

Durch die nächste Straße gelangten sie zum einem Kirchplatz. Die Kirche war wie alles andere in der Stadt alt und baufällig. Im Kirchturm fehlten unzählige Steine. Der Glöckner drinnen schlug die Glocke an. In diesem Augenblick, Raphael blickte gerade sorgenvoll zu der Glocke hinauf, riss das Glockenseil, und das schwere Ding schlug gleich darauf krachend im Kirchboden ein. Staub drang aus den geöffneten Fenstern.

Das genügte Raphael vollends. »Wir verlassen diese Stadt. Keine Widerrede. Mir ist es äußerst ernst!« Er wandte sich um – und schrie auf. Vor ihm stand ein wahrer Riese von einem Mann. Er musste den Kopf weit in den Nacken legen, um ihn anschauen zu können. Der Hüne war kahl, und die Augen in dem feisten Gesicht funkelten böse. Bekleidet war er mit einem dünnen Hemd und einer viel zu kurzen Hose. Die klobigen Füße waren mit zusammengebundenen Tüchern umwickelt.

Bei Raphaels Schrei wandten sich auch Pierre und Amicus um. »Magnus!«, rief Pierre entsetzt.

»Es freut mich«, sagte der Riese mit tiefer Stimme, »dass ihr mich wieder erkennt. Mein Geld habt ihr mir genommen. Aber ihr habt etwas vergessen, und durch Gottes Fügung kann ich es euch nun geben.« Er holte aus, ein Messer blitzte, und er rammte die Klinge in Amicus' Brust. Der so schwer Verwundete starrte seinen Widersacher mit offenem Mund an. Dann strömte Blut über seine Lippen, tropfte auf den Mantel und rann hinab, wo es rote Tupfen im Schnee bildete. Ohne einen einzigen Schrei auszustoßen, kippte Amicus nach hinten. Der Riese, den Pierre Magnus genannt hatte, lachte und glotzte auf das blutverschmierte Messer. »Und jetzt bist du an der Reihe, Bürschchen«, sagte er zu Pierre und ging auf ihn zu.

Unwillkürlich tat Pierre einen Schritt zurück. Er stolperte über Amicus und fiel neben ihm in das weiche Schneebett.

Raphael beobachtete die Szene wie aus weiter Ferne. Es war ihm unmöglich, zu begreifen, was sich da vor seinen Augen abspielte. Amicus, der hünenhafte Recke, der so viele Male ihrer aller Retter gewesen war, dem er selbst zu danken tausend Jahre benötigen würde, lag tödlich verwundet zu seinen Füßen. Pierre als nächstes Opfer dieses Golems gleich daneben. Schon beugte sich dieses Ungeheuer über den Jungen. Luna hatte in diesem Punkt versagt. Nicht Cumanus sollte Amicus' Mörder sein, sondern dieser Magnus. Aber hatte sie auch geirrt, als sie von nur einem Opfer sprach? Wenn nicht, müsste nun ein Wunder geschehen.

Und das Wunder geschah. Von einem Moment zum anderen mischte sich unter das Heulen des Windes ein ungewöhnliches, krachendes Geräusch, das schnell auf sie zukam. Dann erreichte seine Ohren das Gebrüll vieler Männerkehlen. Magnus senkte die Hand und starrte mit Raphael in die Richtung, aus der der Lärm sich näherte.

Das Schneetreiben war zu dicht, als dass der Blick weit reichte. Dreißig Schritte vielleicht. Plötzlich waren dunkle, bewegte Flecken zu sehen. Gleich darauf erkannte Raphael, dass es Reiter waren. Zwei oder drei Dutzend mochten es sein. Der Anführer ritt ihnen weit voraus und stürmte in gerader Linie auf sie zu. Als Raphael den Anführer erkannte, der wie ein Wirbelsturm dahinraste, flüsterte er: »Das kann nicht sein. Das ist unmöglich. Völlig ausgeschlossen.« Er war fassungslos. Hier musste es mit dem Teufel zugehen. Denn es war Cumanus persönlich, der da wie ein Dämon erschien. Seine linke Hand hielt die Zügel, während die rechte das lange Schwert drohend hochreckte. Die Hufe seines Pferdes schlugen krachend in den Schnee.

Als Cumanus noch zehn Schritte entfernt war, warf Raphael sich neben Pierre und Amicus hin. Magnus schien nicht fähig, zu begreifen, was da soeben geschah. Allerdings hatte es den Anschein, als verstünde er instinktiv die Bedrohung, die von dem unheimlichen Reiter ausging. Er stellte sich breitbeinig hin und hob das Messer zum Angriff. Ein recht lächerlicher Versuch jedoch, dem Reiter mit dem langen Schwert mit diesem Pikser entgegentreten zu wollen. Das schien selbst er in den letzten Momenten seines Lebens zu verstehen. Kurz bevor Cumanus bei ihm war, drehte Magnus sich um und wollte davonlaufen. Er kam vier Schritte weit, dann enthauptete Cumanus ihn mit einem kurzen Hieb. Der haarlose Kopf flog über den ganzen Kirchplatz. Ein Hund kam herbeigelaufen, biss in die Nase und trug den Schädel fort.

Währenddessen lenkte Cumanus sein Pferd zurück. Vor Raphael zog er an den Zügeln, und die mächtigen Hufe standen still. Kalt lächelte er auf Raphael hinunter. »Mir scheint, ich habe dir das Leben gerettet.«

Mühsam stand Raphael auf. Die Männer, die Cumanus führte, ritten neben ihren Herrn. Raphael erkannte das Bärenwappen des Marquis de Froissy auf ihren Schilden und Wämsern. Statt einer Antwort spuckte Raphael auf Cumanus' Habit.

Doch Cumanus lachte nur, und die Welt schien noch kälter als zuvor. Er deutete mit der Schwertspitze auf Magnus' toten Körper. »Um ein Haar hätte dieser Lump mir die Freude genommen, dich mit eigener Hand zu töten.«

Ein paar Männer sprangen aus dem Sattel. Zwei packten Raphael, zwei hoben Pierre auf die Füße. Die anderen untersuchten Amicus.

»Lebt er noch?«, fragte Cumanus. Die Männer nickten. »Dann nehmt auch ihn mit.«

In der Mitte des Kirchplatzes stand einsam eine mächtige Eiche. Die Männer führten die Gefangenen dorthin. Amicus war nicht bei Bewusstsein und sie schleiften ihn mit. Sie warfen drei Galgenstricke über einen Ast und stellten Raphael, Pierre und Amicus darunter.

»Du kannst uns zwar töten«, rief Raphael. »Doch am Ende wirst du und dein ketzerischer Führer Henri le Brasse auf dem Scheiterhaufen enden.«

Cumanus blieb unbewegt. »Legt ihnen die Stricke um den Hals«, befahl er seinen Männern.

»Wir wissen um eure geheimen Machenschaften«, rief Raphael. Es war an der Zeit, die letzte Waffe zu ziehen. »Und wir wissen um die drei Rollen.«

Jetzt wurde Cumanus hellhörig. »Wartet!«, rief er den Soldaten zu. Er stieg vom Pferd und ging zu Raphael. Aus seinen schwarzen Augen stierte er Raphael an. »Was sagst du da?«

»Du hast richtig gehört«, sagte Raphael. »Wir wissen von der Botschaft Jesu Christi. Die Botschaft, die er seinem Begleiter in Rom auftrug und die dieser auf drei Schriftrollen niederschrieb. Der Heilige Vater wird euch kaum verschonen, wenn er erfährt, dass ihr im Besitz dieser Rollen seid.«

»Er wird nie davon erfahren«, sagte Cumanus. »Denn ihr seid bald mausetot.« Er gab den Männern ein Zeichen, und sie begannen, an den Stricken zu ziehen.

Raphael wurde bleich. Er verlor den Boden unter den Füßen. »Wir sind nicht die Einzigen«, keuchte er.

»Lasst sie herunter«, befahl Cumanus. »Du sprichst von den Weibern? Kein Bischof, kein Kardinal und schon gar nicht der Papst wird ihnen Gehör schenken. Zudem besitzen wir eine Macht über den Heiligen Stuhl, die du dir nicht im Entferntesten vorzustellen vermagst.«

Selbst im Angesicht des Todes brachte Raphael es fertig, laut zu lachen. »Ihr besaßet Macht über Johannes XXII. Clemens VI. jedoch ist aus ganz anderem Holze. Ich kenne ihn aus seiner Zeit als Erzbischof von Rouen. Er ist kein Mann, der sich von Ketzern erpressen lässt. Wenn er erfährt, dass ihr im Besitz der drei Rollen seid, lässt er euch suchen, fangen und verbrennen. So viel ist gewiss.«

Cumanus wich zurück. Er ballte die Hände zu Fäusten. Raphael glaubte, der Dominikaner wollte ihn erschlagen. Dann gewann Cumanus seine Fassung wieder. »Wir haben euch gefunden, wir finden auch die Weiber. Bis nach Avignon schaffen sie es niemals.«

Raphael lachte. »Luna, Henris Tochter, ist mit der Gabe des Hellsehens gesegnet. Du kannst sie nie und nimmer gefangen nehmen.«

Nun war es Cumanus, der lachte. Er lachte und lachte und klopfte sich auf die Schenkel. Dann wurde er von einem Moment zum anderen schlagartig ernst. »Dann sage mir, warum sie euch hierher kommen ließ? Sie hätte doch wissen müssen, dass unsere Wege sich kreuzen. Warum also lässt sie euch hier sterben? Offenbar ist es mit ihrer Hellsichtigkeit nicht weit her.«

»Wir werden sterben«, sagte Raphael. »Doch nicht hier und nicht an diesem Tag.«

»Eine recht dumme Behauptung, wenn du mir diesen Ausdruck erlaubst«, höhnte Cumanus.

Raphael lächelte kalt. Beinahe so kalt wie Cumanus. »Dreh dich um, du mieser Lump.«

In Cumanus' Rücken und hinter seiner Horde hatten sich unzählige Männer versammelt. Sie waren mit Äxten, Hämmern, Heugabeln, Sicheln und Messern bewaffnet. Ihre Kleidung war zerschlissen, doch der Ausdruck auf ihren Gesichtern war entschlossen. Sie stapften durch den Schnee auf Cumanus zu.

Etwa zehn Schritte vor ihm bedeutete ihnen ihr Anführer, ein kräftiger Mann von vielleicht vierzig Jahren, Halt zu machen. Er selbst löste sich aus der Gruppe und trat vor Cumanus. In der Hand wiegte er einen schweren Hammer, als er fragte: »Was in Gottes Namen treibt Ihr hier?«

Cumanus verzog angewidert den Mund. »Wer bist du, dass du mir freche Fragen stellst? Verschwindet und geht in eure Häuser zurück, wenn euch euer armseliges Leben lieb ist. Auf der Stelle!«

Der Mann rührte sich nicht vom Fleck, sondern erwiderte unbeeindruckt den Blick des Dominikaners. »Mein Name ist Claude Larroque«, sagte er. »Ich bin der Bürgermeister von Aubignas.«

»Dann nimm deine Männer, Bürgermeister, und geht da hin, von wo ihr gekommen seid«, rief Cumanus aus. »Siehst du denn nicht, mit wem du es hier zu tun hast?«

»Meine Augen sind gesund, mein Verstand klar«, entgegnete Larroque. »Drum frage ich Euch ein weiteres Mal: Was treibt Ihr hier?«

Cumanus schnappte nach Luft. »Was ... was fällt dir ein? Ich vollziehe im Namen der heiligen Inquisition ein Gottesurteil. Das sollte dir als Erklärung genügen. Noch eine dumme Frage, und du selbst leistest den Ketzern Gesellschaft. Jetzt geh!«

Noch immer zeigte Larroque keinerlei Zeichen von Nachgiebigkeit. »Hier zu richten«, sagte er, »ist nur auf Geheiß des Comte de Saint-Montant gestattet. Habt Ihr ein vom Comte unterzeichnetes Urteil vorzuweisen?«

»Hast du nicht gehört, dass ich im Auftrag der heiligen Inquisition handle?«, fragte Cumanus zurück. »Was schert mich da dein dreimal verfluchter Comte?«

»Unser Herr allein«, sagte Larroque und hielt Cumanus den Hammer hin, »entscheidet, wer in der Grafschaft gehängt wird. Willst du diese Männer richten, musst du sie vor einem ordentlichen Gericht unter Vorsitz des Comte anklagen.«

»Wie lange wird das dauern?«, wollte Cumanus wissen.

»Etwa eine Woche.«

Cumanus dachte lange nach. Dann sagte er: »Gut, ich will zum Comte gehen und meinen Fall vortragen. Kerkere die Männer bis zur Inquisitio ein.«

Larroque schüttelte den Kopf. »Das ist nicht möglich.«

Cumanus riss die Augen auf. »Was sagst du da?«

»Sie sind noch nicht angeklagt. Bis dahin bleiben sie freie Männer und können gehen, wohin sie wollen.«

Fast schien es, als wollte Cumanus den dreisten Kerl erwürgen. Er hob die Hände und ging zwei Schritte auf seinen Widersacher zu. »Du kleiner dreckiger ...«

Larroque holte mit dem Hammer aus. Gleichzeitig kamen seine Gefährten näher. Die zahlenmäßig deutlich unterlegenen Soldaten des Marquis zückten ihre Schwerter und Lanzen.

»Rufe deine Männer zurück oder keiner von euch verlässt diesen Platz lebend«, verlangte Larroque.

Cumanus blickte über die Reihen Dorfbewohner. Schaute in die entschlossenen Gesichter. »Steckt eure Waffen weg!«, rief er seinen Soldaten zu. Er stellte sich vor seine Gefangenen. »Macht sie los«, befahl er zwei Männern, ohne Raphael aus den Augen zu lassen.

Kaum von den Stricken befreit, stürzten Raphael und Pierre zu Amicus. Er atmete noch, wenn auch schwach. »Hilf mir«, sagte Raphael und deutete auf den Verletzten. Gemeinsam hoben sie Amicus auf Raphaels Schultern. Der Körper des Freundes war schwer, und Raphaels Knie knickten leicht ein.

»Glaubt nicht«, sagte Cumanus, »dass ihr weit kommt. Wir sehen uns wieder. Schon bald.«

»Ich weiß«, sagte Raphael und wandte sich um. Vor Larroque blieben er und Pierre stehen.

»Ich weiß nicht«, sagte Larroque, »wer Ihr seid, Bruder. Noch, was Ihr getan habt, dass diese Männer Euch verfolgen. Doch schaue ich in Eure Augen und die Eures Widersachers, vermag ich zu erkennen, wo Recht und Unrecht liegen. Ich halte die Soldaten auf, bis Ihr über einen ausreichenden Vorsprung verfügt.«

»Habt Dank, guter Mann«, sagte Raphael. »Von Herzen habt Dank.« Er ging an Larroque vorbei über den Kirchplatz. »Die Vorräte, Pierre.«

Pierre lief zu der Stelle, an der Magnus sie überfallen hatte. Er nahm die Säcke auf und lief hinter Raphael her.

Sie gingen durch die Stadt und kamen in den Wald. Pierre schritt voran, um Raphael vor Unwegsamkeiten im Boden zu warnen. Schwerer und schwerer drückte Amicus' Gewicht auf Raphaels Schultern. Oft fürchtete er, zu stürzen und den Freund damit vollends umzubringen. Wie sollte er mit dieser Last den weiten Weg zu ihrem Lager bewerkstelligen? Durch den hohen Schnee zu stapfen war auch so schon äußerst kräftezehrend.

Als sie an einen Bach kamen, legte Raphael Amicus sachte auf den Boden. Er setzte sich daneben und sog keuchend die kalte Luft ein. Sein Kopf schien ein einziger Eisblock zu sein, an dem dünne Wasserfäden hinabrannen, die langsam gefroren. Sein Rücken schmerzte, sein Nacken war steif. Seine Füße spürte er längst nicht mehr.

»Wie steht es um Euch?«, fragte Pierre.

»Es geht schon«, ächzte Raphael. »Wirf die Säcke ans andere Ufer und hilf mir.«

Pierre tat wie ihm geheißen. Dann griff Raphael unter Amicus' Arme, Pierre packte die Beine. So trugen sie den Freund über den Bach, der an dieser Stelle nur hüfttief war.

Als sie die andere Seite erreicht hatten, brach Raphael zusammen. Sofort war Pierre bei ihm. »Bruder!«, rief er und bettete Raphaels Kopf auf seinen Schoß. »Bruder Raphael!«

Nur langsam kam Raphael wieder zu Bewusstsein. Alles um ihn herum schien seltsam entrückt. Wie eine Szene in weiter Ferne. Müdigkeit überfiel ihn. Eine unendlich tiefe Sehnsucht, einfach einzuschlafen. Alles andere konnte warten.

Da nahm Pierre eine Hand voll Schnee und rieb damit Raphaels Gesicht ein. Mit einem Schrei richtete Raphael sich auf. »Amicus«, sagte Pierre. »Wir müssen weiter. Wir müssen!«

»Ja, ja«, stammelte Raphael. Er streckte seine Hände nach Pierre aus. »Hilf mir auf, Junge.« Dann stand er wieder auf den Beinen. Auf recht wackeligen zwar, aber er stand. Er ging zu Amicus und wollte ihn hochheben.

»Ich trage ihn ab jetzt«, sagte Pierre und schob Raphael sanft zur Seite.

»Du?«, fragte Raphael. »Du bist ein noch dürrerer Bursche als ich selbst.«

Pierre stemmte die Hände in die Hüften. »Noch dreißig Schritte weiter, und ich habe Euch *und* Amicus zu schleppen. Da wähle ich doch lieber das kleinere Übel.«

»Da magst du wohl Recht haben«, seufzte Raphael. So half

er Pierre, Amicus auf die Schultern zu laden, nahm die Vorräte auf, und weiter ging es durch den Wald.

Pierre tat sich schwer. Sehr schwer. Dennoch schaffte er es, die schwere Last zu tragen. Einige Male musste Raphael Pierre stützen. Der Junge ächzte und stöhnte. Sein Gesicht war rot wie glühende Kohlen.

Endlich erreichten sie das Lager.

Es war Jeanne, die die Freunde als Erste erblickte. Sie rührte gerade die Suppe in einem ehernen Kessel um. Mit einem erstickten Aufschrei ließ sie den Löffel fallen und stürzte den Männern entgegen. Luna stürmte, durch den Schrei alarmiert, aus dem Wald heraus auf die kleine Lichtung. Gemeinsam mit Jeanne bereitete sie ein Lager aus Schaffellen für den Verletzten. Dann halfen sie dem völlig erschöpften Pierre, Amicus abzulegen. Sogleich begann Jeanne, ihn zu untersuchen. Sie zerriss das blutdurchtränkte Hemd, untersuchte die klaffende Wunde und prüfte den Herzschlag. »Sein Herz ist kaum noch zu spüren«, sagte sie.

Derweil holte Luna einen Becher heißen Kräutertee, den sie Amicus an die Lippen setzte. Er war noch immer ohne Besinnung, so träufelte sie ihm einige Tropfen in den geöffneten Mund. Amicus schluckte leicht, wachte jedoch nicht auf.

»Was ist geschehen?«, fragte Jeanne.

Raphael berichtete ihr in wenigen Worten.

»Reden wir später weiter«, sagte Jeanne. Mit einem feuchten Tuch säuberte sie Amicus' Gesicht und Hals von dem vielen Blut.

»Er wacht auf!«, rief Pierre, der schnaufend neben Raphael stand.

In der Tat. Amicus öffnete die Augen einen Spalt. »Was …« Er brach ab, und Luna gab ihm etwas Tee zu trinken. »Was … mache ich hier? Wir waren in Aubignas …«

»Magnus«, sagte Pierre.

»Magnus?«, fragte Amicus. Dann zeigten seine Augen Verstehen. »Dieser verdammte …« Er wollte sich aufrichten, brach aber mit einem Schmerzensschrei zusammen.

»Bleibt ruhig liegen«, sagte Jeanne. »Ihr seid schwer verletzt.«

Amicus begann am ganzen Körper zu zittern. Seine Zähne klapperten wie Mühlenräder. »Mir ist so kalt«, sagte er.

Jeanne zog ihm die Schaffelle bis zum Kinn. Zärtlich streichelte sie seine Wangen. Alle knieten jetzt um Amicus herum. Luna setzte sich hinter ihn, um seinen Kopf auf ihren Schoß zu betten. Keiner der Freunde war fähig, irgendetwas zu sagen. Alles, was sie für Amicus tun konnten, war, bei ihm zu bleiben bis zum Schluss. Raphael war betrübt, dass Amicus nicht die Sterbesakramente aus seiner Hand empfangen konnte. Aber er hatte kein geweihtes Öl, um die letzte Ölung vorzunehmen. So blieb ihm nur, für die Seele des Freundes zu beten.

Noch immer zitterte Amicus wie Espenlaub. Er sah zu Jeanne. »Ihr seid eine gute Frau, Madame«, sagte er. »Ich habe stets Euren Humor genossen und Euren Mut bewundert. Es war mir eine Ehre, an Eurer Seite zu stehen.«

Jeanne weinte. »Sprecht nicht so, Amicus. Bitte, nicht.«

Sein Blick wanderte weiter zu Pierre. »Du bist ein tapferer Bursche, alter Freund. Hast das Herz am rechten Fleck. Behalte auf ewig deine kindliche Neugier, und tritt für andere ein, wenn ihnen Unrecht widerfährt.«

Pierre war nicht in der Lage zu antworten. Fassungslos schüttelte er den Kopf und starrte den sterbenden Freund aus großen, feuchten Augen an.

»Bruder Raphael«, fuhr Amicus fort. »Vergebt mir all die Schwierigkeiten, die ich Euch bereitet habe. Ich war nur allzu oft ein Narr. Ihr seid ein Mann, wie ich es gern gewesen wäre. Geradlinig und in allem, was Ihr tut, von unerschütterlicher Ehrlichkeit. An jedem Tag unseres großen Abenteuers habe ich Euch dafür hoch geachtet. Habt Dank, dass ich all dies mit Euch erleben durfte.«

»Ich habe Euch rein gar nichts zu vergeben, mein Freund«, sagte Raphael mit versagender Stimme. »Vielmehr habe ich Euch zu danken. Ohne Euch wäre keiner von uns bis hierher gekommen.«

Amicus lächelte. Dann legte er den Kopf in den Nacken und schaute zu Luna auf. »Luna, liebstes Kind. Du bist ein einzigartiges Geschöpf. Mal verschlossen wie eine Blume in der Nacht, dann stürmisch wie ein tosender Wasserfall. Ein Mann bräuchte einhundert Leben, um dich auch nur annähernd zu verstehen.« Er hustete heftig, und ein Schwall schwarzes Blut ergoss sich über die Felle.

Luna senkte den Kopf und legte ihre Lippen an Amicus' Ohr. »Es ist Zeit zu gehen«, flüsterte sie sanft. Es klang wie das Singen einer Nachtigall. »Doch wir sehen uns wieder. Irgendwann. Das verspreche ich dir, lieber Amicus. Eve wartet nun auf dich. Geh zu ihr. Geh zu Eve, Amicus. Geh.«

Amicus' Atem wurde mit jedem Zug flacher. Er schloss die Augen. Jeanne und Raphael legten ihre Hände in die seinen. Noch erwiderte er den Druck zitternd. Einige Atemzüge später erschlafften die starken Finger, und sein Kopf sank zur Seite. Amicus war tot.

Bleierne Schwere fiel über die Freunde. Jeanne sackte schluchzend zusammen. Erst weinte sie leise, dann lauter und immer lauter. Pierre stand auf und ging einige Schritte in den Wald hinein. Raphael schloss die Augen und betete leise. Und Luna? Sie lächelte und streichelte unablässig das Gesicht des toten Freundes. »Er ist nun bei Eve«, hauchte sie. »Es ist so wunderschön.«

Eine Weile saßen sie so bei Amicus. Jeder nahm auf seine Weise Abschied. Langsam bedeckte der Schnee die Leiche. Irgendwann kehrte Pierre zurück und setzte sich neben Luna, die noch immer mit geschlossenen Augen Amicus' Gesicht streichelte. Kopfschüttelnd betrachtete er den toten Freund.

Als der Abend hereinbrach, stand Raphael auf. »Es ist an der Zeit«, sagte er, und jeder verstand, was er damit meinte.

Gemeinsam hoben sie den schweren Leichnam hoch und trugen ihn in den Wald hinein. Das Stapfen ihrer Füße im Schnee war das einzige Geräusch auf diesem kurzen Weg. Sie suchten nach einer Stelle, wo der Boden mit viel Laub bedeckt war. Als sie einen geeigneten Ort gefunden hatten, legten sie Amicus vorsichtig ab, entfernten die schneebedeckte Laubschicht und begannen mit ihren Händen zu graben. Das Laub hatte den Waldboden darunter vor dem Gefrieren geschützt, sodass die Arbeit gut voranging. Noch immer schwiegen sie. Es gab keinen noch so weisen Gelehrten, der jetzt ein schlaues Wort gefunden hätte, um den Schmerz der vier Gefährten zu lindern.

In der Nacht war das Grab gegraben. Sie betteten Amicus hinein, stellten sich darum herum auf, und Raphael sprach das Gebet. Er schloss mit den Worten: »*Requiescas in pace*, mein Freund. Auf dass wir uns dereinst im Himmelreich wiederbegegnen.« Er bekreuzigte sich.

Die anderen taten es ihm nach. Dann schoben sie das Erdreich über Amicus. Pierre baute ein Kreuz aus Ästen, das er am Kopfende des Grabes in den Boden schlug. So schweigend, wie sie gekommen waren, gingen sie auch zurück zu ihrem Lager. Jeanne lehnte sich an Raphael, der einen Arm um sie legte. Mehr Trost vermochte auch er nicht zu spenden.

An der Feuerstelle holte Pierre einen mit Wein gefüllten Schlauch aus einem Vorratssack. »Trinken wir auf einen guten Freund«, sagte er.

»Hört, hört!«, rief Raphael, und Jeanne holte vier Becher, die Pierre bis zum Rand füllte. Raphael hob seinen Becher an. »Auf Amicus!«

»Auf Amicus!«, sagten die anderen im Chor.

Nachdem der erste Becher geleert war, entspannte sich die Stimmung.

»Eines möchte ich wissen«, sagte Jeanne. »Woher wusste Cumanus, dass ihr an diesem Tag zu dieser Zeit in Aubignas sein würdet?«

»Womöglich hat man uns verraten«, vermutete Pierre.

»Dann stellt sich die Frage: wer?«, erwiderte Jeanne. »Es gab niemanden, der auch nur ahnen konnte, dass ihr nach Aubignas geht.«

»Wir haben uns einige Zeit in der Stadt aufgehalten«, sagte Raphael. »Irgendwer hätte genug Zeit gehabt, Cumanus Bescheid zu sagen.«

»Wir werden es wohl niemals erfahren«, sagte Pierre und hob seinen Becher. »Trinken wir auf Amicus!« Er leerte seinen Becher in einem Zug. »Wisst ihr«, lallte er dann, »mir fällt da eine Geschichte von Amicus aus der Zeit vor unserer Reise ein. Sie ist sehr lustig, also lasst sie mich erzählen.« Und er erzählte in blumigen Worten von vielen amüsanten Begebenheiten, als Amicus noch Messerwerfer auf Marktplätzen war.

Die Freunde bogen sich vor Lachen. Schließlich fielen ihnen allen liebevolle, heitere und kühne Geschichten über Amicus aus ihrer gemeinsamen Zeit ein. Es wurde eine fröhliche Nacht, in der sie eines Mannes gedachten, dem dieser Abschied wohl gefallen hätte.

Nachdem der zweite Schlauch geleert war, schlüpften sie unter ihre Schaffelle. Jeanne kuschelte sich ganz dicht an Raphael. Er strich ihr Haar aus dem Gesicht, zog das Fell unter ihr Kinn und sah hinauf zum Himmel. Die dunklen Wolken waren weitergezogen, die Sterne waren in der klaren Luft gut auszumachen. Ob Amicus irgendwo dort oben war und auf sie herunterschaute? Mit diesem Gedanken schlief er ein.

Eine Prophezeiung erfüllt sich

Am Morgen des 16. März 1349 erwachte Maurice d'Aubrac im Bett der Witwe Dufaux. Sein Kopf war schwer von der Zecherei der vergangenen Nacht. Er betrachte die Dufaux, die neben ihm lag. Ihr Atem ging röchelnd, ihre Haut war weiß und welk wie die eines alten Weibes, obwohl sie noch keine dreißig Jahre alt war. Ihr Mund stand offen, und er sah die schwarzen Stumpen hinter den blutleeren Lippen, die einst weiße Zähne gewesen sein mochten. Es waren neun. Wie viel Wein hatte er getrunken, dass er mit diesem Waldschrat das Bett teilen wollte? Das Letzte, woran er sich erinnerte, war die Schänke, das Gesicht der Dufaux, das letzte Nacht völlig anders ausgesehen hatte, der Weg zu ihrem Haus und der Hahn, der seit Mitternacht ununterbrochen krähte. Er stand auf, schüttete Wasser aus einem alten Krug in eine Schale und wusch sich Gesicht und Hals. Anschließend stieg er in seine Kleider. Es klopfte. »Herein!«, rief d'Aubrac.

Roger Simoneau, seine rechte Hand, steckte den Kopf durch die Tür. »Hier steckst du«, sagte er.

»Offensichtlich«, raunte d'Aubrac. »Schließ die Tür, es zieht.«

Roger trat durch die Tür und schloss sie hinter sich. Er ging hinüber zu dem großen Bett und sah hinein. »Pfui Teufel!«, rief er. »Du warst betrunkener, als ich dachte, Maurice.«

»Bist du gekommen, um mir auf den Geist zu gehen?«, fragte d'Aubrac. Plötzlich stampfte er mit dem Fuß auf, dass die Dielen unter ihm bebten. »Verdammt!«, rief er und ging zum Fenster. Er öffnete es und brüllte hinaus: »Kann nicht endlich wer diesem gottverfluchten Gockel den Hals umdrehen?« Er schmetterte das Fenster zu, und das Glas zersprang.

»Ich glaube«, grinste Roger, »ich weiß, was dir fehlt. Ein ordentliches Frühstück.«

»Ach, was weißt du schon?«, knurrte d'Aubrac.

Roger packte seinen Freund an den Schultern und zog ihn mit sich. D'Aubrac nahm fünf Livre aus seinem Geldbeutel und warf sie der schnarchenden Dufaux auf den Tisch.

Draußen drang d'Aubrac gleißendes Sonnenlicht in die Augen. Er schützte sie mit beiden Händen, während sie weitergingen.

»Ist es nicht ein herrlicher Tag, Maurice?«, fragte Roger.

»Frag mich das, wenn er vorbei ist«, antwortete d'Aubrac. Er stutzte. »Wo sind die Männer?«

»Einige liegen noch in den Betten der Huren«, erklärte Roger. »Die anderen sind im Lager. Sie warten darauf, dass wir ihnen Brot, Käse und Speck bringen.«

Ruckartig blieb d'Aubrac stehen. »Sie warten darauf, dass *ich* ihnen das Frühstück heranschaffe? Ich glaube, du hast die letzte Nacht im Heuhaufen neben diesem Gockel verbracht, Roger!«

Roger lachte laut auf. »Hab dich nicht so«, sagte er. »Nach der ganzen Zecherei tut dir ein wenig Bewegung nur gut. Nun komm schon. Die Bäckerei ist gleich dort vorn.«

D'Aubrac brummte so ziemlich alle Schimpfworte in allen Sprachen, die er je gehört hatte. Und das waren viele.

Schließlich kamen sie zur Bäckerei. Die Tür war verschlossen, und durch das große Fenster war niemand in der Backstube zu sehen.

»Jetzt reicht's!«, brummte d'Aubrac. Er ging um die Backstube herum.

Roger blieb dicht hinter ihm. »Hast wohl doch größeren Hunger, als du zugeben mochtest«, spottete er.

Die Hintertür zur Backstube war nicht versperrt. D'Aubrac stieß sie auf und rief nach dem Bäckersmann. Keine Antwort. Er sah Roger an. »Rein da.«

Hintereinander betraten sie die Backstube. Es war staubig und roch nach Mehl. Doch weder vom Bäcker noch von seiner Frau noch von irgendwem war etwas zu sehen. Sie sahen sich überall um. Dann gingen sie die Treppen in die Wohnräume des Bäckers hinauf. Vor der Schlafkammer blieben sie stehen. D'Aubrac legte ein Ohr daran. »Da schnarcht wer«, raunte er Roger zu. Er legte seine Hand auf den Türgriff, atmete einmal tief durch und polterte in die Kammer.

Von dem Lärm geweckt, sprangen der Bäcker und seine Frau auf. Als sie die großen, bärbeißigen Gestalten erblickten, schrien sie auf. »Was … was wollt ihr von mir?«, stammelte der Bäcker. Seine Schlafmütze war verrutscht und verdeckte sein halbes Gesicht. »Ich habe kein Geld. Bitte, tötet uns nicht.«

D'Aubrac genoss die Panik, die er bei den beiden auslöste. Er stellte sich ans Bett, verschränkte die Arme und sagte mit tiefer Stimme: »Wo ist das Brot?« In seinem Rücken hörte er, wie Roger nur schwer einen Lachanfall unterdrückte.

»Brot?«, echote der Bäcker. Es war ihm anzusehen, dass ihn die Situation völlig überforderte. Er sah von d'Aubrac zu Roger, dann zu seiner Frau, die ihre Decke bis unters Kinn gezogen hatte. Sein Blick fiel auf das Fenster. »Herr im Himmel!«, rief er aus. Er riss seine Schlafmütze herunter. »Es ist längst helllichter Tag. Das ist mir mein Lebtag noch nicht passiert.« Er schlüpfte in Hemd und Hosen. »Gebt mir eine Stunde, gute Leute«, bat er. »Dann sollt Ihr Brot bekommen, so viel Ihr tragen könnt.«

»In einer Stunde«, brummte d'Aubrac. Er wandte sich um und verließ mit Roger die Kammer und die Backstube.

Als sie wieder auf der Straße waren, sagte Roger: »Seltsam. Ein Bäcker, der am Morgen schläft.«

D'Aubrac wollte etwas entgegnen, doch er hielt schlagartig inne. »Was hast du da eben gesagt?«

»Ein Bäcker, der am Morgen schläft«, wiederholte Roger. »Warum fragst du? Spreche ich etwa undeutlich? Das mag am Wein liegen. Du musst wissen, ich …«

»Schwatz nicht so viel«, wehrte d'Aubrac ab. Er ließ die Worte in seinem Geiste widerhallen. Erst der Hahn, der schon in der Nacht kräht, jetzt der Bäcker, der morgens noch immer schläft. War es wirklich möglich, dass ...? Er wischte die Gedanken beiseite. Völliger Humbug.

»Was ist mit dir?«, fragte Roger.

»Nichts«, entgegnete d'Aubrac. »Gehen wir weiter. Ich habe Hunger.«

Sie kauften Eier, Speck, Käse und Dünnbier. Alsdann kehrten sie erneut in die Backstube zurück. Wie versprochen, stand eine Unmenge Brot für sie bereit. Dem Bäcker war sein Missgeschick derart unangenehm, dass er für das Brot keinen Sou berechnen wollte.

So gingen d'Aubrac und Roger in ihr Lager vor den Toren der Stadt. Drei von d'Aubracs Männern saßen vor den Zelten an einem Feuer, drei weitere fanden sie in den Zelten schlafend. Die anderen fünf mussten noch in der Stadt sein. Als sie ihren Anführer sahen, standen sie auf.

»Hier habt ihr euren Fraß!«, rief d'Aubrac und warf den Männern das Brot vor die Füße. Roger legte den Sack mit den übrigen Naturalien daneben. Gierig griffen die Männer danach.

Der Tumult im Lager weckte die Schlafenden. Müde traten sie aus den Zelten. Als sie aber den üppigen Schmaus erblickten, waren sie plötzlich hellwach und stürzten sich darauf.

»Hauptmann«, sagte einer der Soldaten kauend, »wie lange bleiben wir noch in Carcassonne?«

»Frag nicht, sondern friss!«, herrschte d'Aubrac ihn an.

»Die Frage ist durchaus berechtigt, Maurice«, raunte Roger seinem Freund zu. »Seit drei Monaten sitzen wir hier. Langsam kommt bei den Männern Langeweile auf. Es sind Soldaten, keine Bauern.«

»Wollt ihr zurück zu den Engländern?«, rief d'Aubrac. »Dann geht zu König Philippe und ersucht ihn, den Waffenstillstand zu beenden.« Er holte einen Humpen aus seinem Zelt, füllte ihn mit Dünnbier und trank ihn leer.

Die Männer sahen betreten zu Boden und kauten still ihr Brot.

Nach einer Weile kehrten die übrigen Männer zurück. Auch sie langten hungrig zu. Anschließend legten sich alle neben ihre weidenden Pferde in die warme Frühlingssonne, um zu ruhen.

Zur Mittagszeit brachen zwei der Soldaten in den Wald auf, um etwas für ein warmes Mittagsmahl zu erlegen.

»Sie sind fett geworden«, sagte d'Aubrac zu Roger, während er ihnen nachsah.

Zwei Stunden später waren die beiden wieder im Lager. »Magere Ausbeute«, sagte einer und leerte den Sack auf seinem Rücken vor d'Aubracs Füßen aus. Das Blut einer toten Eule befleckte die Stiefel des Hauptmanns.

D'Aubrac schrie auf und sprang zur Seite. »Das ist unmöglich!«, rief er mit weit aufgerissenen Augen.

»Was ist mit dir, Maurice?«, fragte Roger.

»Die Eule!«, rief d'Aubrac. »Erst der Hahn, der nachts kräht, dann der Bäcker, der morgens schläft. Und jetzt die Eule, die mittags stirbt.« Er sah zur Sonne hinauf. Sie war klar am wolkenlosen Himmel auszumachen.

»Was meinst du?«, fragte Roger weiter.

D'Aubrac beruhigte sich. Zufall, alles Zufall, dachte er. Was sollte das schon bedeuten? Während die Männer die Eule rupften und über dem Feuer brieten, legte er sich in das Gras und schaute in den Himmel. Die Sonne ließ er dabei nie aus dem Blick. Schließlich nickte er ein.

Irgendwann weckte ihn tosender Tumult. Die Männer brüllten und liefen aufgeregt durcheinander, die Pferde wieherten und scheuten. Aus der Stadt drangen Schreie zu ihnen herüber. Sofort war d'Aubrac auf den Beinen. Er suchte Roger und fand ihn in seinem Zelt unter eine Decke versteckt. Nur die Füße schauten hervor. D'Aubrac trat ihm in den Hintern. »Roger!«, rief er. »Komm da heraus!«

Vorsichtig lugte Roger unter der Decke vor. »Maurice!«, rief er. »Beeil dich und suche dir ein Versteck.«

»Seid ihr denn alle völlig übergeschnappt?«, fragte d'Aubrac.

»Schnell, wenn dir dein Leben lieb ist!«

»Was zum Teufel ist denn nur mit euch los?«, polterte d'Aubrac.

»Die Welt geht unter«, flüsterte Roger.

»Wenn die Welt untergeht, nützt dir die Pferdedecke auch nicht viel.«

»Sie ist immer noch besser als nichts«, wimmerte Roger und zog den Kopf wieder ein.

Mit einem Ruck riss d'Aubrac Roger die Decke weg, packte ihn unter den Achseln und hob ihn auf die Füße. »Roger, du sagst mir jetzt auf der Stelle, was all der Aufruhr zu bedeuten hat. Wird's bald!«

Roger nahm d'Aubrac an die Hand und führte ihn zum offen stehenden Durchgang des Zelts. Dann zeigte er in den Himmel – zur Sonne hinauf. D'Aubrac stockte der Atem, und ihn selbst überkam das Bedürfnis, sich unter die alte Decke zu hocken. Ein Teil der Sonne war verschwunden. Ein dunkles Loch klaffte auf einer Seite. »Was, zum Teufel …?«, murmelte er und trat aus dem Zelt. Um ihn herum herrschte heilloses Durcheinander. Seine Männer liefen schreiend durcheinander, und aus der Stadt kam ein nicht enden wollender Strom von fliehenden Menschen, die Sack und Pack auf Ochsenkarren verladen hatten oder mit den eigenen Händen davonschleppten.

Derweil verschwand die Sonne Stück um Stück. Es wurde dunkel. Dann war sie verschwunden. Nur ein gleißender Kreis war noch zu sehen. Die Menschen knieten nieder und bekreuzigten sich. Stille trat ein. Auch die Vögel sangen nicht mehr. Das seltsame Mädchen, das sich Luna genannt hatte, hatte Recht behalten. Ihre Prophezeiung war eingetreten. D'Aubrac wusste, was nun zu tun war. Auch nach einem Jahr hatte er keines ihrer Worte vergessen.

Kurz darauf kehrte die Sonne langsam zurück. Es wurde heller herum. D'Aubrac sammelte seine Männer und befahl ihnen, das Lager abzubrechen.

Als die Sonne wieder vollständig am Himmel stand, strömten die Fliehenden zurück nach Carcassonne. D'Aubrac stieg auf sein Pferd.

»Wohin reiten wir?«, wollte Roger wissen.

»Gen Süden«, erklärte d'Aubrac und hob die Hand.

»Was machen wir im Süden?«

»Von dort reiten wir nach Westen.«

»Ich weiß nicht«, sagte Roger, »ob ich dich recht verstehe. Hast du zu viel Dünnbier getrunken?«

»Wir helfen einer Freundin und begleichen eine alte Schuld«, sagte d'Aubrac und ließ die Hand sinken. Der Tross aus einem Dutzend schwer bewaffneter und kampferfahrener Männer brach auf.

Sie ritten drei Tage und drei Nächte durch das karge Land. Sie schliefen nicht viel, und wenn, dann meist nur, um den Pferden Ruhe zu gönnen.

Am Morgen des vierten Tages kamen sie in eine Gegend, in der endlose Felder vor ihnen lagen. Nachdem sie eine Weile durch das wenig abwechslungsreiche Gebiet geritten waren, machte d'Aubrac Halt. Er sah sich um. Keine Menschenseele weit und breit. Rechter Hand dunkles Unland, links die weiten Felder.

»Wonach suchst du?«, fragte Roger.

»Wo ist er nur?«, murmelte d'Aubrac.

»Wen oder was suchst du, Maurice?«, wiederholte Roger.

»Nach einem Mann«, antwortete d'Aubrac, ohne den Blick von den Feldern abzuwenden.

»Aha«, sagte Roger. »Ein Mann. Und wie soll dieser Mann aussehen?«

»Weiß ich nicht«, antwortete d'Aubrac. »Er winkt.«

»Er winkt?«

»Verdammt, ja, er winkt!«, brummte d'Aubrac.

Roger wandte sich zu den Männern um. »Wir suchen einen winkenden Mann! Habt ihr einen gesehen?«

Gelächter.

»Weiter«, knurrte d'Aubrac, und sein Pferd schritt langsam voran.

»Hauptmann!«, rief plötzlich einer der Soldaten.

»Was ist?«, rief d'Aubrac zurück.

Der Soldat streckte einen Arm aus. »Sieh doch! Ist das der Mann, den du suchst?«

D'Aubrac folgte der Richtung, die der Arm anzeigte. Weit hinten auf einem der Felder stand eine einsame Vogelscheuche. Einer ihrer Arme flatterte im Wind hin und her. Der winkende Mann! »Zum Teufel«, flüsterte d'Aubrac. »Weiter«, sagte er, dann lauter: »Weiter, Männer!«

Keine hundert Schritte später bog ein breiter Pfad in das Unland gen Westen ein. »Hier entlang!«, rief d'Aubrac. Er ahnte, dass er am Ende dieses Pfades auf Luna treffen würde. Und er ahnte, dass es lebenswichtig war, vor Einbruch der Dunkelheit dort zu sein.

Am Montségur

Raphael, Luna, Jeanne und Pierre lagen auf einer dicht bewaldeten Anhöhe bei Montségur. Bereits vor Morgengrauen waren sie von ihrem Lager aufgebrochen und hatten hier Stellung bezogen. Worauf sie warteten, vermochten sie selbst nicht genau zu sagen. Der Blick von diesem Ort auf Montségur war ausgezeichnet. Der Berg ragte über ihnen auf, die verlassene Burg stand auf der Spitze. Dennoch waren die weiß glänzenden Mauern gut auszumachen. Unter ihnen verlief ein steiniger Pfad, der aus dem Wald direkt zu einem unbefestigten Weg am Berg entlang auf die Burg führte. Wollte irgendjemand die Burg betreten, die Freunde würden es erfahren.

»Wie lange gedenkt Ihr, hier auszuharren, Bruder Raphael?«, fragte Pierre und streckte seine Glieder.

Raphaels Blick blieb auf den Pfad gerichtet, als er antwortete: »Frag Luna.«

»Mademoiselle?«, fragte Pierre.

»Ich weiß nicht, was geschehen wird, lieber Pierre«, sagte Luna.

»Fein«, grummelte Pierre. »Ich habe einen Bärenhunger.«

Jeanne lachte. »Ich habe dir geraten, einige Äpfel mitzunehmen«, sagte sie. »Wenn du es nicht erträgst, geh zurück ins Lager.«

Empört schaute Pierre sie an. »Und mir den ganzen Spaß entgehen lassen? Warum bin ich dann mitgekommen?«

»Still!«, rief Raphael plötzlich. »Am Waldrand bewegt sich etwas.«

Tatsächlich. Ein paar Gestalten traten vorsichtig aus dem Wald heraus und sahen sich um.

»Wer ist das?«, fragte Jeanne.

»Ich weiß es nicht«, flüsterte Raphael. »Ich glaube, es handelt sich um … ja, ganz gewiss, es sind Mönche.«

»Mönche?«, echote Jeanne. »In der Tat. Jetzt erkenne ich sie auch. Von welchem Orden?«

Die Frage war für Raphael einfach zu beantworten. Die schwarze Ordenstracht war unverkennbar. »Es sind Benediktiner«, sagte er.

»Was haben Benediktiner hier verloren?«, wollte Pierre wissen.

»Das, mein Junge«, antwortete Raphael, »vermag ich dir nicht zu sagen.«

Sie beobachteten, wie die Mönche, ständig um sich blickend, auf den Berg zustrebten. Schließlich stiegen sie den Weg zur Burg hinauf.

»Da kommen noch mehr«, sagte Luna.

Weitere Gestalten schälten sich aus dem Wald. Ebenso vorsichtig wie die Benediktiner gingen sie langsam auf die Burg zu.

Raphael zählte zehn Männer. Er erkannte die braunen Kutten auf einen Blick. »Franziskaner!«

Die Franziskaner folgten den Benediktinern zur Burg. Gleich darauf kamen wieder Mönche aus dem Wald.

»Es wird immer verrückter«, sagte Raphael. »Das dort unten sind Kartäuser.«

Nun strömten Brüder aller Orden aus dem Wald. Raphael erkannte Zisterzienser, Dominikaner, Augustiner, Karmeliter, Serviten und Prämonstratenser. Bis zum Abend mochten gut und gern zweihundert Mönche auf die Burg gekommen sein.

In der Nacht knurrte Pierres Magen im Einklang mit den Rufen der Käuzchen.

»Ob noch mehr kommen?«, fragte Jeanne.

»Ich glaube nicht«, sagte Raphael und stand stöhnend auf. Er selbst verspürte Hunger für zehn Männer. »Brechen wir auf.«

»Seltsam«, sagte Pierre.

»Was meinst du?«, fragte Raphael.

»Die Mönche«, Pierre zeigte zur Burg. »Sie sitzen wohl im Stockdunklen.«

Sie sahen hinauf, und Raphael ahnte, worauf Pierre hinauswollte. In den Fenstern der Burg brannte kein einziges Licht. Raphael dachte nach, konnte sich aber nicht daran erinnern, in den Stunden zuvor Licht gesehen zu haben.

»Womöglich schlafen sie«, sagte Jeanne.

»Nein«, erwiderte Luna. »Sie sind nicht mehr in der Burg.«

Sechs Augen starrten Luna fassungslos an. »Was willst du damit sagen?«, fragte Raphael. »Sie haben sich wohl kaum in Luft aufgelöst.«

»Ich weiß es nicht«, sagte Luna. »Ich weiß nur, dass sie nicht mehr auf der Burg sind.«

Raphael massierte seine Schläfen. »Reden wir morgen darüber, und legen wir uns schlafen.«

So marschierten sie durch den Wald zurück zu ihrem Lager. Dort angekommen, riss Pierre einen großen Kanten von einem Brot und verschlang ihn. Anschließend gähnte er einmal und fiel auf das Fell, wo er unverzüglich zu schnarchen begann.

»Ich streife noch ein wenig umher«, sagte Luna zu Raphael und Jeanne. »Die Luft riecht in der Nacht so wundervoll nach Moos und Bäumen.«

»Geh bitte nicht zu weit«, bat Raphael das Mädchen. »Und bleib nicht zu lang fort. Hörst du?«

»Ja, ja«, sagte Luna und war auch schon verschwunden.

Raphael richtete die Felle von seiner und Jeannes Schlafstatt und bedeutete ihr, sich zu setzen.

»Warum, glaubt Ihr, sind Mönche aller Orden am Jahrestag der Vernichtung der Katharer an diesen Ort gekommen?«, fragte Jeanne.

Aus einem Schlauch füllte Raphael einen Becher voll Wein, reichte ihn Jeanne und nahm neben ihr Platz. »Ich vermute«, sagte er, »dass all diese Mönche den Katharern angehören. Im Verborgenen gewiss, da die Offenlegung dieses Geheimnisses ohne Zweifel ihren Tod bedeuten würde.«

Jeanne nickte. »Ihr mögt Recht haben.« Sie stellte den Becher ab und legte sich nieder.

»Es ist spät geworden«, sagte Raphael. Er gähnte und ließ sich neben Jeanne sinken. »Habt eine gute Nacht.« Er schloss die Augen.

Und während er noch über die Mönche und ihre Verbindung zu Montsalvat grübelte, spürte er plötzlich Jeannes Hand, die ihn zärtlich am Arm streichelte. Es war sehr angenehm, und so ließ er sie gewähren. Derlei Zärtlichkeiten hatten beide schon unzählige Male ausgetauscht. Als ihre Finger dann aber zu seinem Bauch glitten und weiter an seinen Beinen entlang und schließlich unter die Kutte, begann sein Herz zu schlagen wie die Glocke von St. Albert. »Madame«, flüsterte er, »ich weiß nicht, ob …«

»Sssch«, hauchte sie und legte sanft, aber bestimmt die Finger ihrer anderen Hand auf Raphaels Lippen. Sie beugte sich vor und küsste ihn.

Ihre warmen Lippen, die die seinen liebkosten, behutsam daran saugten, und ihre Zähne, die sanft in seine Lippen bissen, ließen ihn die Welt um ihn herum vergessen. Es schien nichts im Universum mehr zu existieren. Nur Jeanne und er, zwei Seelen allein im Kosmos Gottes. Plötzlich bahnte sich ihre Zunge einen Weg in seinen Mund und spielte mit der seinen. Im gleichen Moment schlangen sich ihre Finger unter der Kutte um sein steifes Glied, um es zu liebkosen. Es geschah so plötzlich, dass Raphael zusammenzuckte. Selbst wenn er ihr noch Widerstand hätte leisten wollen, war soeben jegliches Aufbegehren von ihren äußerst geschickten Fingern zerschlagen worden. Sein Glied immer noch fest im Griff, schob sie mit der anderen Hand erst ihr Gewand hoch, dann Raphaels Kutte. Hastig half Raphael ihr dabei. Auch als sie sich auf ihn setzte, unterstützte er sie keuchend. Und endlich kam der Moment der Vereinigung. Jeanne führte sein Glied ein, und sie stöhnten gleichzeitig auf. Langsam hob und senkte sie ihren Körper. Immer und immer wieder. Raphael sah sie im roten Lichtschein des Feuers an. Sie war ein so wunderschönes Geschöpf. Jeanne bemerkte seinen Blick und lächelte lustvoll. Als der Höhepunkt kam, glaubte Raphael, sein Körper würde bersten. Ihre Stimmen vermischten sich zu einem einzigen gewaltigen Schrei in der Nacht. Raphael spürte das gemeinsame Zittern ihrer Leiber wie bei einem Erdbeben. Er keuchte und rang nach Atem wie ein altes Weib. Jeanne ließ sich auf ihn sinken und gab ihm einen langen Kuss. Er wollte etwas sagen, aber wieder schnitt sie ihm das Wort mit ihren Fingern ab. Sie legte ihren Kopf auf seine Brust und streichelte seinen Bauch unter der Kutte. Überwältigt von dieser außergewöhnlichen Erfahrung mit dieser außergewöhnlichen Frau schaute Raphael zu den Sternen hinauf. Wieder und immer wieder spielte sich das Erlebnis in seinem Kopf ab. Schließlich überfiel ihn schlagartig bleierne

Müdigkeit. Er küsste Jeanne auf den Kopf und schlief Augenblicke später ein.

Nach einer Weile kehrte Luna in das Lager zurück. Sie ging hinüber zu Raphael und Jeanne, sah in ihre glücklichen Gesichter und lächelte. Einige Augenblicke blieb sie so stehen. Dann ging sie hinüber zu ihrer Schlafstatt, hob das Schaffell an und legte sich darunter. Kurz darauf schlief auch sie ein.

Der Schlüssel Petri

In den zwei folgenden Tagen beobachteten die Freunde weiterhin Montsalvat. Doch nichts geschah. Sie entdeckten niemanden zwischen den Zinnen der Burg, und es erschienen auch keine Neuankömmlinge. Im Schutz des Waldes streiften sie um den Berg, um einen besseren Überblick zu bekommen. Aber weder auf der einen Seite noch auf der anderen gab es irgendein Anzeichen, dass zweihundert Männer auf der Burg weilten. Und des Nachts blieb es weiterhin dunkel hinter den kleinen Fenstern. Die Mönche schienen wie vom Erdboden verschwunden.

Am Morgen des dritten Tages, dem Josephstag, gingen sie erneut zu ihrem Versteck, von dem aus sie den Waldpfad beobachten konnten. Auf dem Weg dorthin erläuterte Raphael seinen Freunden den Plan, den er in den vergangenen Monaten erdacht, verworfen und wieder neu erdacht hatte. Im Grunde genommen war es kein wirklicher Plan; es gab zu viele Unwägbarkeiten. »Luna und ich«, sagte er, »werden auf die Burg gehen. Wir finden heraus, wo die Mönche geblieben sind. Wenn wir sie aufgespürt haben, mischen wir uns unter sie und versuchen, die letzten drei Rollen zu finden. Ich bin überzeugt, dass wir sie irgendwo dort oben finden. Sobald wir sie in unseren Besitz gebracht haben, schaffen wir sie hinaus, bringen sie dem Heiligen Vater und klären ihn über alles auf.«

Luna, die darauf bestanden hatte, Raphael zu begleiten, trug bereits den weißen Habit der Dominikaner mit dem schwarzen Skapulier. »Ich hoffe«, sagte sie, »es wird so einfach, lieber Raphael. Doch ich fühle, dass alles gänzlich anders kommt.«

»Gewiss wäre es erstaunlich«, sagte Raphael, »wenn dieses Mal alles nach Plan laufen würde. Warten wir es ab. Unser Schicksal liegt allein in Gottes Hand.«

Im ihrem Versteck angekommen, legten sie sich sogleich auf die Lauer. Nun hieß es warten. Warten auf Henri le Brasse.

Stunden voller Eintönigkeit zogen dahin. Sie sprachen kaum ein Wort, aus Angst, jemand könnte sie hören und im letzten Moment verraten. Und es gab auch nicht viel, was zu sagen gewesen wäre.

Da plötzlich, als die Mittagssonne schon tief im Süden stand, hörten sie es: Hufgetrappel. Sie blickten zu der Stelle, an der der Pfad aus dem Wald führte. Der Reiter kam näher. Sehr schnell. Die Hufe rasten über den Boden. Und dann erschien er: Henri. Auf einem Rappen jagte er zum Berg, dann auf den Weg zur Burg hinauf, bis die Mauern Montsalvats ihn verschluckten. Ihre Zeit war gekommen.

Luna stand auf, aber Raphael zog sie wieder zu sich herunter. »Wir warten noch«, sagte er.

Es mochte eine Stunde her sein, seit Henri die Burg betreten hatte. Seitdem gab es keinerlei Anzeichen, dass sich irgendetwas verändert hatte. Raphael hielt es nun für sicher, in das Herz der Katharer vorzustoßen. »Gehen wir«, sagte er und erhob sich.

Jeanne ging auf Raphael zu und schloss ihn fest in die Arme. »Gebt auf Euch Acht«, flüsterte sie ihm ins Ohr. »Und auf das Kind. Hört Ihr?«

Raphael erwiderte die zärtliche Umarmung und nickte. Er schob sie ein Stück von sich und gab ihr einen Kuss auf die

Wange. Zuversichtlich lächelte er sie an. Anschließend gab er Pierre beide Hände und wartete, bis auch Luna von den Freunden Abschied genommen hatte. »Ganz gleich, was geschieht«, sagte er zu Jeanne und Pierre, »folgt uns nicht. Geraten wir in Gefangenschaft, dann flieht von hier und versucht, euch beim Papst Gehör zu verschaffen. Sollte euch das nicht gelingen …« Er brach ab.

»Nein, Ihr werdet selbst mit dem Heiligen Vater reden, Bruder«, sagte Pierre. »Ich zumindest betrete den Palast nie wieder.«

Raphael lächelte, warf Jeanne einen letzten warmen Blick zu und bedeutete Luna, sich auf den Weg zu machen.

»Viel Glück euch beiden!«, rief Jeanne ihnen nach.

Der Abstieg war mühelos. Der dicht bewachsene Waldboden bot guten Halt, auch für ihre Sandalen. Als sie unten ankamen, zog Raphael sich die Kapuze über den Kopf und bedeutete Luna, es ihm nachzumachen.

Von hier aus nahmen sie den gleichen Weg wie die Mönche und Henri. Zerklüftete, finstere Felsspalten überall; wie gespenstische Höhlen, in denen verborgene Augen sie unentwegt zu beobachten schienen. Lose Felsbrocken und Geröll drohten jeden Augenblick auf sie niederzustürzen.

Der Weg zur Burg hinauf war weitaus beschwerlicher, als der Abstieg gewesen war. Immer wieder rutschten sie aus; ihre Füße schmerzten. Ein Rabe verfolgte in kreisförmigem Fluge jeden ihrer Schritte und krächzte unwillig. Der Stoff klebte an Raphaels schwitzendem Körper, und er verspürte einen ungeheuren Durst.

Keuchend und stöhnend erreichten sie schließlich den Gipfel. Vor ihnen ragte die Festung auf. Der Weg führte geradewegs zum Torbogen. Raphael wollte schon hindurchschreiten, als Luna ihn festhielt. Sie zeigte auf den Bogen. »Was steht dort eingemeißelt?«, fragte sie. »Ich kenne die Sprache nicht.«

»Aramäisch«, flüsterte Raphael.

»Was sagen die Zeichen?«

»Die Klarheit des Geistes führt über die Reinheit des Körpers.«

»Was bedeutet das?«, fragte Luna.

»Ich habe nicht die geringste Ahnung, mein Kind«, sagte Raphael. »Gehen wir weiter.«

Ein Tor, das ihnen den Weg versperren könnte, gab es nicht. Montsalvat war verfallen, die Mauern aus weißem Kalkstein brüchig und rissig. Raphael erinnerte sich, dass die ursprüngliche Katharer-Burg nach der Festnahme der Belagerten abgerissen und neu errichtet worden war. Von wem und aus welchem Grund vermochte er nicht zu sagen. Offenbar hatte diese Burg nie eine Besatzung erlebt. Ein kostspieliger Abriss samt Neubau erschien ihm daher wenig sinnvoll. Montségur blieb durch die Jahrhunderte hindurch ein geheimnisvoller Ort.

Sie betraten eine kleine Halle, die vormals eine Kapelle gewesen sein mochte. Nun stand sie leer. Es war dunkel, bis auf einen schwachen Lichtschein am anderen Ende. Raphael ging voraus, während Luna dicht hinter ihm blieb. Jeden Augenblick erwartete er, dass irgendetwas geschah. Dass ihnen jemand auflauerte, sie ansprang oder ihnen den Weg versperrte. Doch nichts geschah. Sie schritten durch eine halb geöffnete Tür. Dahinter lag ein Hof mit einem quadratischen Gebäude in der Mitte, das zwei Stockwerke hatte, allerdings kein einziges Fenster. Sie gingen um das Gebäude herum, fanden jedoch nichts Ungewöhnliches. Nichts, das ihnen das Verschwinden von zweihundert Mönchen erklären könnte. Nur Henris Rappe stand hier und fraß das Gras aus den Mauerspalten.

Die Festung war klein im Vergleich zu anderen Burgen. Außer der finsteren Kapelle und diesem Gebäude, das keine dreißig Schritte in Länge und Breite maß, gab es gar nichts. Sie stiegen die Stufen zum Wehrgang hinauf, fanden aber auch dort keinerlei Hinweise.

»Gehen wir in dies seltsame Haus«, sagte Raphael.

Über der Tür, dem einzigen Zugang zu dem Haus, fanden sie wieder Schriftzeichen.

»Es sind zwei Sprachen«, sagte Raphael. »Die aramäischen Zeichen sagen: Opfere dem Herrn, was dem Knecht Ehre erweist.« Die zweite Inschrift war in lateinischen Buchstaben geschrieben, jedoch ergaben sie keinen Sinn, denn es handelte sich um eine ihm unbekannte Sprache. *»Azag-Toth Ta Ardata! Ia Marduk! Ia Asalluchi!«*

»Klingt nach einer Beschwörungsformel«, sagte Luna.

Raphael nickte. »Doch ich glaube, ich möchte nicht wissen, wem diese Beschwörung gilt. Gehen wir hinein.«

Der Innenraum war von zwei halb heruntergebrannten Fackeln schwach erleuchtet. Raphael war enttäuscht. Dieser Raum war ebenso leer wie die Kapelle. Kein Tisch, kein Stuhl, kein Altar. Nur in der Mitte des Raumes war eine tiefe Mulde in den Boden eingelassen. Sie war mit Fliesen aus Ton ausgekleidet, die mit Motiven aus dem Neuen Testament bemalt waren. Kleine Mosaiksteinchen, die ein Bild ergaben. Die Mulde bot gut und gern zwei Menschen nebeneinander Platz.

»Was mag das sein?«, sagte Raphael mehr zu sich selbst. Auch hier kein Hinweis auf die Mönche.

»Es ist ein Bad«, sagte Luna.

Verständnislos starrte Raphael sie an. »Ein Bad?«

»Ja«, antwortete Luna. »Wenn ich hineinschaue, sehe ich Bilder von Männern und Frauen, die hier miteinander Vergnügung fanden.«

»Was siehst du noch?«

»Nichts«, sagte Luna. »Die Bilder sind verschwommen. Wie die Oberfläche eines Sees, wenn man einen Stein hineinwirft.«

Zuerst dachte Raphael nicht weiter über Lunas Bemerkung nach. Dann aber stutzte er. »Bedeutet das, du hast deine Gabe zurückerlangt?«

Luna schüttelte den Kopf. »Nein«, antwortete sie, »doch sehe ich wieder zusammenhanglose Bilder außerhalb meiner Träume, seit wir die Festung betreten haben.«

Hoffnungsvoll strich Raphael ihr über den Rücken. »Das ist gut, mein Kind«, sagte er und blickte um sich. »Der Ort hier scheint eine große Spiritualität zu besitzen. Dieser Einfluss wirkt sich augenscheinlich auf deine Gabe aus. Gehen wir nach oben.«

Eine schmale Treppe führte in den oberen Bereich, der ebenfalls aus einem einzigen Raum bestand. Auch hier kein einziges Möbelstück, sondern nur kahle Wände. Im zweiten Stockwerk das gleiche Bild. So stiegen sie wieder hinunter und setzten sich auf den Rand der Bademulde.

Raphael drehte an einem Rädchen am oberen Rand der Mulde. Wasser floss langsam daraus. »O Herr!«, rief er aus. »Ich danke dir!« Er beugte sich zu der erbsengroßen Öffnung und trank. Anschließend ließ er Luna ihren Durst stillen; er legte sich neben sie und starrte auf die Fliesen. Er sah das Leben Jesu nachgestellt: Geburt, Taufe, Christus als Lehrenden und die Kreuzigung. Plötzlich fiel sein Blick auf den Rand der Senke. Da waren winzige Schriftzeichen in den Stein eingeritzt!, fuhr es ihm durch den Kopf. »Luna!«, rief er. »Lass mich da hin!«

Luna sprang zur Seite. »Was hast du entdeckt?«

Raphael las laut vor, während er auf allen vieren um die Mulde kroch: »Weit bist du gereist, um Erlösung zu finden. Hoch hinauf bist du gestiegen, um Rettung zu erfahren. Doch bist du auch bereit, in die Tiefe deiner Seele zu dringen, um deinem Herrn zu begegnen? Suche den Gesalbten, und der einzig wahre Gott wird sich dir zeigen.« Raphael erhob sich. »Hier endet der aramäische Text. Der Rest steht wieder in der unbekannten Sprache geschrieben.«

»Hm«, machte Luna. »Ich verstehe das alles noch immer nicht.«

»Ich auch nicht, mein Kind«, gab Raphael zu. »Sosehr ich auch darüber grübele, ich ...« Plötzlich durchfuhr ihn die Erkenntnis wie ein Blitz. »Moment«, sagte er. »Was stand draußen am Tor geschrieben?«

»Die Klarheit des Geistes führt über die Reinheit des Körpers«, sagte Luna.

»Und du sagtest, dies wäre ein Bad.« Er zeigte auf die Mulde. »Am Eingang zu diesem Gebäude steht geschrieben: ›Opfere dem Herrn, was dem Knecht Ehre erweist.‹ Der Herr weilt weit oben über uns im Himmel. Das höchste Geschöpf all überall. Der Knecht hingegen steht weit unten. Ein Stallbursche. Nichts weiter. Die Worte um die Mulde führen das Rätsel fort, indem sie sagen, man solle in die Tiefe dringen. Es ist eindeutig!« Er sprang vor lauter Freude in die Luft.

Luna sah ihn verständnislos an.

»Begreifst du es denn immer noch nicht?«, fragte er Luna und packte sie an den Schultern. »Wir müssen hinuntersteigen. Und zwar dorthin, wo der Körper Reinheit erlangt. In diese Bademulde!« Er ließ Luna los und sprang in die Mulde. Unverzüglich begann er, an den Mosaiksteinchen herumzudrücken.

»Das kann eine Weile dauern«, sagte Luna und setzte sich mit gekreuzten Beinen auf den Boden.

In der Tat dauerte es eine Weile ... bis Raphael schnaufend aufgab. Es waren tausende Steinchen. Und er vermochte nicht zu sagen, ob er auf jedes einzelne dieser bunten Teile gedrückt hatte. So setzte er sich neben Luna und starrte schweigend auf das verteufelte Mosaik.

»Es ist verzwickt«, sagte Luna und legte tröstend eine Hand auf Raphaels Schulter.

Er streichelte ihre Hand. »Das ist es.« Dann spürte er, wie sie hochfuhr.

»Ich weiß, was wir unbeachtet ließen«, sagte sie und stand auf. Sie zeigte auf die Schriftzeichen am Rand der Mulde. »Der letzte Satz. Lies ihn noch einmal vor.«

Raphael suchte die Stelle, die Luna meinte. Er las erneut: »Suche den Gesalbten, und der einzig wahre Gott wird sich dir zeigen.« Da hob er die Hände zum Himmel, lief zu Luna und küsste sie auf die Stirn. »Mein Kind, du bist wunderbar! Dabei ist es derart simpel. Der Gesalbte ist Jesus Christus. Folglich müssen wir seine Ebenbilder auf dem Mosaik finden. Unter einem davon verbirgt sich der geheime Schalter.«

Gemeinsam sprangen sie nun in die Mulde und drückten auf jedes Jesusbildnis, das sie fanden.

Dann die Ernüchterung. Keines der Steinchen ließ sich eindrücken. Sie waren nicht minder fest mit dem Stein der Einfassung verbunden als alle anderen.

Sie stiegen wieder heraus, und Raphael stampfte wütend mit dem Fuß auf.

»Ich erkenne den Fehler, den wir gemacht haben«, sagte Luna. Sie schloss halb die Lider. Mit einem Finger spielte sie an ihren Lippen. »Du hast uns erzählt, dass nicht Jesus am Kreuz starb, sondern Petrus. So stand es doch in den alten Schriftrollen.«

»Eben so stand es dort«, bestätigte Raphael.

Wieder stieg Luna in die Senke. Sie suchte das Bildnis der Kreuzigung. Als sie es gefunden hatte, wandte sie sich zu Raphael um. »Wer von den Menschen um das Kreuz mag Petrus sein?«

In diesem Augenblick verstand Raphael, worauf sie hinauswollte. Wieder sprang er in die Mulde. Er beugte sich zu der Darstellung und besah sie eingehend. Er sah die römischen Kriegsknechte neben dem Kreuz, Maria Magdalena, die Mutter des Gekreuzigten und dessen Tante. »Sie weinen nicht«, murmelte er. Er hatte nie zuvor ein Bildnis der Kreuzigung gesehen, auf der Maria Magdalena und Jesu Mutter nicht in Trauer und Tränen abgebildet waren.

»Wundert dich das?«, fragte Luna. »Schließlich war es nicht Jesus. Doch das ist nicht wichtig. Such weiter!«

Und Raphael suchte weiter. Da standen Männer und Frauen, die zu dem Gekreuzigten hinaufsahen. Einige von ihnen waren offensichtlich jüdische Hohepriester. Welcher der Männer mochte Jesus sein? Gemäß der Bibel hatte Petrus der Kreuzigung nicht beigewohnt. Allerdings glaubte Raphael nicht, dass Petrus, also Jesus, keinen Platz in diesem Mosaik einnahm. Der unbekannte Meister musste um das Geheimnis gewusst haben. Vermutlich war es gar ein Katharer gewesen, der dies Bildnis einst geschaffen hatte. Doch mit welchem unverfänglichen Zeichen konnte man Jesus tarnen? Raphael besah die Kleidung der Männer. Doch ihm fiel nichts Ungewöhnliches auf. Auch Haltung oder körperliche Merkmale gaben keinen Hinweis. Und da sprang es ihm in die Augen. Dass er darauf nicht sofort gekommen war! Ein Mann, etwas abseits stehend und halb verdeckt von den Hohepriestern, hielt einen Schlüssel in der Hand. Den Schlüssel, der nach christlichen Vorstellungen den Weg ins Himmelsreich öffnete. Er symbolisierte die Macht, die der erste Papst Petrus, und somit alle seine Nachfolger, direkt von Jesus erhalten hatten. Folglich war der Mann, der den Schlüssel hielt, Petrus – ergo Jesus. Mit zitternden Fingern drückte er auf das Mosaiksteinchen, das den Kopf des Trauernden abbildete. Nichts geschah. Er drückte fester – und tatsächlich gab das Steinchen nach.

Unter ihnen begann es, vernehmlich zu rattern. Ein verborgener Mechanismus ließ den Boden der Mulde langsam absinken. Raphael stieg heraus und half Luna aus der Mulde. Es ratterte noch einige Augenblicke, dann war der Boden gänzlich versunken und gab eine geheime Treppe frei, die in einen dunklen Schacht führte. Nun verstand er Lunas Bemerkung, dass die Mönche sich nicht mehr auf der Burg aufhielten. Sie waren gleich nach ihrer Ankunft in diesen finsteren Schlund hinabgestiegen. Fragend sah er Luna an.

»Gehen wir«, sagte sie und nahm eine der Fackeln.

Raphael nahm die andere Fackel. Luna voran kletterte er in den Schacht. Die Stufen waren glatt, die Luft kühl und moderig. Der Schacht bot gerade Platz für eine Person, wobei größere Menschen wie Raphael den Kopf einziehen mussten. Er hörte, wie Luna ihm folgte. Plötzlich, etwa auf der zehnten Stufe, schloss sich die Öffnung über ihnen. Offenbar hatte einer von ihnen versehentlich den Schließmechanismus in Gang gesetzt. Raphael sah kurz zurück, um sich zu vergewissern, dass Luna wohlauf war. Sie lächelte zuversichtlich.

Irgendwo zwischen der zwanzigsten und dreißigsten Stufe gewahrte er ein fahles Licht weit unter ihnen. Nach vierzig weiteren Stufen gelangten sie an das Ende des Tunnels und kamen in einen breiten, von dutzenden Fackeln hell erleuchteten Gang, der nach links und rechts führte.

»Sie haben den ganzen Berg ausgehöhlt«, flüsterte Raphael. »Vermutlich nach dem Neubau der Festung.«

»Warum glaubst du, dass sie es nach der Belagerung getan haben?«, fragte Luna.

»Weil einige der belagerten Katharer sich mit dem Schatz, von dem wir nun wissen, dass er aus diesen alten Schriftrollen bestand, unter Einsatz ihres Lebens über die Steilkante abgeseilt haben. Hätte dieses Gewölbe damals bereits existiert, wäre ihr Vorhaben unnötig gewesen.«

Luna nickte. »In welche Richtung sollen wir uns wenden?«

Ratlos blickte Raphael sich um. »Was meinst *du*?«

»Ich weiß es nicht.«

Er zeigte nach links. »Dieser Weg ist so gut wie der andere«, sagte er. »Achte darauf, dass deine Kapuze immer weit ins Gesicht gezogen ist. Und sprich nicht. Ganz gleich, was geschieht.«

»Ich habe verstanden«, sagte Luna.

Raphael nahm ihr die Fackel aus der Hand und warf die beiden in den Tunnel hinter ihnen. Jetzt benötigten sie keine mehr. Es herrschte ausreichend Helligkeit hier unten.

Die Handwerker, die diese Katakomben geschaffen hatten, mussten Meister ihres Faches gewesen sein. Der Boden im graubraunen Fels war glatt wie Marmor, bot aber dennoch ausreichend Halt für jedwedes Schuhwerk. Wände und Decke zeigten sich nicht minder sorgfältig aus dem Stein gearbeitet. In regelmäßigen Abständen waren auf Augenhöhe dämonische Fratzen aus dem Gestein gehauen. Einige von ihnen kannte Raphael, wie Belial oder Behemoth, andere hatten Hörner und mehrere Augen. Am häufigsten war die Fratze von Asmodi dargestellt. Das Wesen, das für diese Gruppe der Katharer eine herausragende Stellung einnahm. Zwischen den Fratzen standen in Stein geschlagene Schriftzeichen, ähnlich denen, wie sie droben in der Festung prangten. Etwa die Hälfte in Aramäisch, die andere Hälfte in der fremdartig klingenden Sprache.

Der Gang machte einen Bogen – und dort stießen sie auf die ersten Mönche.

Instinktiv wollte Raphael kehrtmachen. Es kostete ihn große Überwindung, nicht stehen zu bleiben. Er wich den fünf Männern, es waren Benediktiner und Zisterzienser, aus. Sie grüßten freundlich, indem sie sich mit gefalteten Händen verneigten. Raphael und Luna taten es ihnen gleich, und schon war der Spuk vorüber.

Raphael warf Luna einen verstohlenen Blick zu. Sie antwortete mit einem entspannten Lächeln. Er stand Höllenqualen durch, doch ihr schien es durchaus Spaß zu bereiten. Er schüttelte den Kopf und ging weiter.

Gleich darauf begegneten ihnen die nächsten Mönche. Auch sie grüßten freundlich. Kaum waren sie außer Sicht, kam ihnen wieder eine Gruppe Katharer entgegen. Immer mehr Mönche strömten durch die Gewölbe an den Eindringlingen vorbei. Sie alle trugen ihre Kapuzen über dem Kopf, sodass die ungebetenen Gäste nicht auffielen.

Gerade als Raphael Luna zuraunen wollte, dass sie doch umdrehen und mit den anderen gehen sollten, berührte ein Mönch ihn an der Schulter. Raphael zuckte zusammen. »Bruder«, sagte der Mönch, ein kleiner, feister Dominikaner, »ihr geht in die falsche Richtung. Habt ihr die Zusammenkunft vergessen?«

»Die … die Zusammenkunft?«, stotterte Raphael. »Ach, gewiss! *Die* Zusammenkunft. Ich fürchte, wir haben uns verlaufen, Bruder.«

Der Dominikaner lächelte milde. »Der Kapitelsaal befindet sich dort hinten. Ich führe euch gern.«

Verstohlen schaute Raphael zu Luna. Die Kapuze verdeckte ihr Gesicht. Er blickte wieder zu dem Dominikaner. »Hab Dank, Bruder. Dein Angebot nehmen wir gern an.«

Hinter dem Mann schritten Raphael und Luna den Weg, den sie gekommen waren, wieder zurück. Es ging vorbei an dem Tunnel, der zur Bademulde hinaufführte, weiter durch verzweigte Katakomben, Gewölbe und durch kleine, halb offene Räumlichkeiten, in denen Götzenbildnisse in Lebensgröße standen.

Schließlich erreichten sie den Kapitelsaal. Die doppelflügelige Tür stand weit offen. Die gesamte Bruderschaft schien bereits versammelt. Höflich wartete der feiste Dominikaner, bis Raphael und Luna durch die Tür waren, dann schloss er sie hinter sich.

Raphael starrte mit offenem Mund die Reihen entlang. Der Kapitelsaal war ein gewaltiger Raum im Fels, der an ein römisches Amphitheater erinnerte. Unzählige, die ganze Breite des Saales einnehmende Treppenstufen führten tief hinunter zu einem ovalen Areal. An der Längsseite befand sich ein drei Manneslängen breiter und eine Manneslänge hoher Altar aus Lydit; so schwarz, dass er das Licht der vielen Fackeln zu verschlucken schien. An der Vorderseite des Altars prangte gülden die grinsende Fratze Asmodis. Die Mönche blickten schweigend auf den Altar.

Was bedeutet das alles, fragte sich Raphael. Und wo in Gottes Namen war Henri?

Es war Henri le Brasse selbst, der Raphaels stille Frage beantwortete. Aus einer geheimen Tür hinter dem Altar schob sich Henris hagere Gestalt aus der Wand. Gekleidet in eine schwarz glänzende Robe, auf dem Haupt eine Tiara in derselben Farbe, stieg er drei Stufen zum Altar hinauf und betrachtete die Reihen seiner Gefolgsleute. Dann straffte er seinen Körper und sprach: »Meine lieben Brüder. Wieder ist ein Jahr vergangen, seit wir uns an diesem heiligen Ort versammelten. Für einige von euch, liebe Brüder, ist es die erste Zusammenkunft. Andere können nicht mehr bei uns sein, weil unser Herr Asmodi beschloss, sie in sein Reich zu holen, damit sie dort neue Aufgaben übernehmen. Beten wir für sie in der Gewissheit, dass sie allzeit bei uns wachen und unser Schicksal lenken.« Er schloss die Augen, senkte das Haupt und faltete die Hände. »O Asmodi, schau auf Deine Diener! *Adu En I Ba Ninib! Pirik Ba Agga Ba Es! Ekhi Asaru! Ekhi Azag-Toth!*« Er verneigte sich und küsste den Altar.

Die Brüder neigten mit gefalteten Händen den Kopf und sprachen ihrem Meister nach.

»Es war ein gutes Jahr für die Bruderschaft«, sprach Henri weiter, »Größe, Macht und Einfluss gedeihen wie auf den Weiden Baels, wo die Toten ruhen, um am Heiligen Tage zum Kampf gerufen zu werden.«

Während Henri weitersprach, dachte Raphael über das Gesagte nach. Wer war Bael? Vermutlich einer der vielen Götzen, die es hier gab. Und welcher Kampf sollte am Heiligen Tage stattfinden? War etwa mit dem Heiligen Tag der Jüngste Tag gemeint? Würden an diesem Tag Asmodis Anhänger gegen die himmlischen Heerscharen in den Krieg ziehen? Raphael grübelte und grübelte.

Die Tür hinter dem Altar öffnete sich erneut. Zwei Mönche trugen eine reich verzierte Truhe herein, auf deren Seiten das vergoldete Abbild der Asmodi-Fratze prangte. Feierlich hoben sie den Deckel der Truhe hoch, legten ihn daneben ab und entnahmen ihr drei Schriftrollen. Raphaels Herz drohte auszusetzen. Es gab für ihn keinen Zweifel: Dies waren die Schriftrollen mit der letzten Botschaft Jesu.

Henri nahm die Rollen entgegen, entrollte sie und befestigte sie an der Stirnseite des Altars. »So zeigt denn nun euer Antlitz«, rief Henri, »und lasset uns singen.«

Die Mönche streiften ihre Kapuzen zurück, senkten ihr Haupt mit geschlossenen Augen und stimmten einen choralen Singsang an.

Entsetzt starrte Raphael zu Luna, die ihren Kopf leicht anhob und ihm unter der Kapuze zublinzelte. Raphael bedeutete ihr, Ruhe zu bewahren und vorerst nicht auf Henris Befehl zu reagieren. Die Enttarnung mitten unter diesem teuflischen Haufen wäre tödlich. So faltete er wieder die Hände, fiel in den Singsang ein und betete, dass sich niemand nach ihnen umdrehen möge.

Die Raubritter kommen

Dieses Warten, dass irgendetwas passiert, zermürbt mich«, sagte Pierre und warf ein Stöckchen gegen einen Felsen unter ihnen.

»Uns bleibt nichts anderes übrig«, entgegnete Jeanne.

»Geduld gehört nicht zu meinen Stärken.«

»Ich kenne dich gut genug, um das zu bestätigen«, lachte Jeanne. Sie zog einen halben Laib Brot und ein Stück Käse aus ihrem Beutel und reichte beides Pierre. »Magst du?«

Nur widerwillig griff Pierre nach Brot und Käse, holte ein Messer aus seiner Tasche und schnitt je zwei Scheiben ab. Er gab Jeanne ihren Teil und biss lustlos in den seinen. Nach zwei Bissen warf er die Reste weg und stand auf.

»Was hast du vor?«, fragte Jeanne.

Er zeigte zur Festung hoch. »Ich gehe da hinein.«

Jetzt stand auch Jeanne auf. Sie hob strafend einen Zeigefinger. »Das lässt du schön bleiben, junger Mann! Erinnerst du dich daran, was Bruder Raphael uns aufgetragen hat?«

Verlegen kratzte Pierre sich am Kopf. »Ja«, sagte er. »Gewiss erinnere ich mich.« Er stocherte mit dem Fuß im Waldboden. »Aber sie sind in Gefahr. Ich weiß, dass es so ist.«

»Beruhige dich«, sagte Jeanne und packte Pierre an den Schultern. »Sie kommen schon bald wieder heraus.«

Er riss sich los. »Woher wollt Ihr das wissen?«, rief er. »Habt Ihr etwa ebenfalls die Gabe?«

»Nein«, erwiderte Jeanne ruhig. »Aber ich …«

»Dann sprecht nicht so!«, unterbrach Pierre. Er schaute in den Himmel. »Wenn die Sonne über dem Berg steht und Luna und Bruder Raphael nicht wieder an diesem Platze stehen, gehe ich in die Burg. Mein Wort darauf!«

Jeanne schwieg und setzte sich wieder auf die Decke. Sie blickte zur Sonne. Es würde nicht mehr lange dauern, bis sie hinter der Festung stand.

Nun sprachen beide kein Wort mehr miteinander. Pierre warf Steinchen den Hang hinunter, und Jeanne starrte unentwegt zur Burg, in der Hoffnung, die Freunde zurückkommen zu sehen.

Und endlich erreichte die Sonne die Festung. Pierre stand auf. »Ich gehe jetzt«, sagte er. »Mit oder ohne Euch, Madame.« Er wartete keine Antwort ab, sondern machte sich an den Abstieg.

Jeanne verharrte noch einige Momente. Dann rief sie: »Warte doch! Ich komme mit dir. Warte!«

Pierre blieb stehen. Als Jeanne bei ihm war, nahm er ihre Hand und half ihr den Hang hinunter. In der Ebene sahen sie sich um. »Niemand hier«, sagte Pierre.

»Ich habe niemanden erwartet«, gab Jeanne zurück.

»Warum dann die Furcht?«

Sie zeigte zur Festung. »Dort oben erwarte ich jemanden.«

Pierre winkte ab. »Nur keine Angst, Madame. Bin ich doch bei Euch.«

Jeanne lächelte gequält. »Womöglich ist es das, was mich fürchten lässt.«

So ganz wusste Pierre die Bemerkung nicht einzuordnen. Also lächelte er ebenfalls und ging weiter.

Am Fuße von Montségur öffnete Pierre den Mund, um etwas zu sagen. Doch in diesem Augenblick erscholl der Lärm vieler Reiter, die sich aus Westen näherten.

»Das bedeutet nichts Gutes«, sagte Jeanne. Sie zog Pierre am Ärmel. »Komm! Vielleicht schaffen wir es zwischen die Bäume.«

»Zu spät!«, rief Pierre. Er sah, wie zwei Dutzend bewaffnete Männer um den Berg herumstürmten. Allen voran Cumanus. »Bei Gott! Lauft, Madame! Lauft!«

Sie rannte den Pfad zum Wald entlang, aus dem drei Tage zuvor die Mönche gekommen waren. Plötzlich vernahmen sie auch von dort Hufgetrappel.

»Jetzt ist alles aus«, stöhnte Pierre.

Jeanne packte ihn und zerrte ihn mit. »Nicht aufgeben!«

Und da preschten ebenfalls schwer bewaffnete Männer aus dem Wald. Etwa halb so viele, wie Cumanus anführte. Jeanne schlug einen Haken und rannte mit Pierre im Schlepptau zu der Anhöhe, wo sie kurz zuvor noch ausgeharrt hatten. Aber schon in diesem Augenblick war abzusehen, dass sie es nicht schaffen würden.

In Todesangst starrte Pierre auf die Männer aus dem Wald – und er verlangsamte seinen Lauf. »Maurice!«, brüllte er. »Maurice d'Aubrac!«

»Wer?«, fragte Jeanne.

»Ein alter Freund, Madame«, sagte Pierre, ohne den Blick von den Männern in voller Rüstung abzuwenden. Sie würden noch vor Cumanus und den Soldaten des Marquis bei ihnen sein. »Wir sind gerettet!« Er nahm Jeannes Gesicht in beide Hände und gab ihr zwei dicke Küsse auf die Wangen.

Als Cumanus die Horde erblickte, verlangsamte er den Tritt seines Pferdes. Er ließ seine Soldaten vorbei und blieb im Hintergrund.

Wild winkend lief Pierre Maurice entgegen. Der Ritter gewahrte ihn und ritt zu ihm hin. Durch das geöffnete Helmvisier blitzte ein verschmitztes Lächeln. »Mir scheint, wir kommen im rechten Moment, junger Bursche!«

Pierre schaute atemlos zu Maurice auf. »Nie gab es einen rechteren Augenblick«, keuchte er.

D'Aubrac zeigte auf Cumanus' Soldaten. »Wer sind diese Männer?«

»Sie trachten uns nach dem Leben«, sagte Pierre. »Bitte, helft uns!«

»Eben aus diesem Grunde sind wir hier.« Er schloss das Visier und gab seinen Männern das Zeichen zum Angriff.

Der Eindruck, den d'Aubrac und seine elf Männer in den glänzenden Rüstungen und mit Lanzen und Langschwertern bewaffnet auf Froissys Soldaten machten, war unverkennbar. Allein die mächtigen, gepanzerten Streitrösser, auf denen sie ritten, ließen einige Reißaus nehmen. Die Soldaten verlangsamten den Tritt ihrer Pferde und blickten fragend zu ihrem Anführer zurück. Cumanus rief ihnen etwas zu und bedeutete ihnen mit Gesten, vorwärts zu stürmen und sie niederzukämpfen.

D'Aubrac jagte seinen Männern voran. Als die grobschlächtigen Männer mit wildem Kampfgeschrei auf die Soldaten Froissys trafen, ertönte ohrenbetäubendes Waffenklirren. Schon in der ersten Welle starb fast ein Drittel der Soldaten. Sie waren trotz ihrer zahlenmäßigen Überlegenheit ohne Chance. Da sie nur leichte Schwerter und Dolche hatten, brach das Waffenarsenal d'Aubracs wie ein Orkan über sie herein. D'Aubracs Lanzenträger warfen ihre tief in die Leiber der Gegner gestoßenen und zum Teil geborstenen Lanzen weg und holten schwere Streitäxte und Morgensterne hervor. Es bereitete keinerlei Mühe, mit diesen Waffen die Lederwämser und das Kettenzeug der Soldaten zu durchdringen und fürchterliche Wunden zu reißen. Mit ihren Schwertern und den ungeheuerlichen Kräften ihrer Arme trennten d'Aubracs Mannen Köpfe und Gliedmaßen ihrer Gegner ab.

Als nur noch sechs seiner Männer der wilden Ritterhorde Widerstand leisteten, ergriff Cumanus die Flucht. Er wendete sein Pferd und stürmte den Berg zur Festung hinauf.

»Maurice!«, brüllte Pierre, der mit Jeanne abseits stand.

Gerade rammte d'Aubrac dem letzten Mann sein Schwert in den Leib. Er blickte zu Pierre. Der zeigte wild fuchtelnd auf Cumanus. D'Aubrac nickte, rief einem seiner Männer ein Kommando zu, und sie ritten zu Pierre und Jeanne. D'Aubrac hielt Pierre eine Hand hin. »Steig auf, mein Junge.« Er zog Pierre hinter sich aufs Pferd, während Jeanne auf das Schlachtross des anderen Ritters stieg. »Vorwärts!«, rief d'Aubrac.

Wie der Wind rasten sie Cumanus nach. Als sie auf halber Höhe des Berges ankamen, verschwand er gerade aus ihrem Sichtfeld.

»Schneller!«, rief Pierre d'Aubrac zu.

»Schlachtrösser sind starke Tiere«, brüllte d'Aubrac zurück. »Jedoch für einen verdammten Araber zu langsam.«

Endlich erreichten sie die Festung. Dort fanden sie Cumanus' Hengst. Von dem Dominikaner selbst keine Spur.

Pierre sprang von d'Aubracs Pferd und lief zu Jeanne hinüber. Er streckte ihr beide Hände entgegen und half ihr herunter. D'Aubrac sammelte seine Männer. Sie schritten durch den Torbogen und gingen durch die dahinter liegende Halle.

»Wo steckt der Höllenhund?«, fragte d'Aubrac und betrat, Schwert und Dolch im Anschlag, den Burghof mit dem quadratischen Gebäude aus weißem Kalkstein in der Mitte.

Ebenso wie Raphael und Luna Stunden zuvor, stiegen sie auf die Zinnen, suchten den Hof ab und betraten schließlich das Gebäude.

»Leer«, sagte Jeanne. »In der gesamten Festung findet sich kein Stuhl, kein Tisch, kein Feuerholz oder sonst ein Zeichen, dass hier jemand wohnt.«

»Ich glaube nicht, Madame«, sagte d'Aubrac, »dass in dieser Burg je irgendjemand leben sollte.« Er entdeckte das eingelassene Becken und stellte sich an den Rand. Zugleich gab er drei Männern das Zeichen, in den oberen Stockwerken nach Cumanus zu suchen.

»Was ist das?«, fragte Pierre und starrte verwundert auf das Mosaik.

»Eine Bademulde«, sagte d'Aubrac.

»*Was?*«, fragte Pierre. Er kannte Badezuber aus Holz, in die man stieg, aber er hatte noch nie solch eine Ausbuchtung im steinernen Boden gesehen.

»Man badet darin«, erklärte d'Aubrac. »Schon die Römer liebten es, in öffentliche Badehäuser einzukehren. In den Ruinen finden sich noch heute in den Boden eingelassene und mit Mosaiken ausgekleidete Bäder. Gewiss etwas größer als dieses hier, doch das Prinzip ist dasselbe.«

Die drei Männer kehrten aus den oberen Stockwerken zurück. »Da oben ist nichts«, meldete einer von ihnen.

D'Aubrac nickte. Sein Blick blieb in der Senke haften. »Nur eine Sache ist hier seltsam«, murmelte er.

»Was meint Ihr?«, fragte Jeanne.

D'Aubrac antwortete nicht. Stattdessen bat er Roger um eine Axt und sprang in die Mulde. Der reichte sie ihm und d'Aubrac klopfte damit den Boden der Senke ab. Zufrieden stieg er wieder hinaus. »Dachte ich es mir.«

»Was dachtet Ihr Euch?«, fragte Jeanne.

»Seht Euch um«, antwortete d'Aubrac. »Überall Fußspuren. Hier um die Mulde herum, aber keine führt wieder aus dem Haus. Unter der Mulde klingt es hohl. Folglich ist unser finsterer Freund mittels eines geheimen Mechanismus hier durchgestiegen und im Inneren des Berges verschwunden.«

Pierre stöhnte auf. »Dorthin sind alle Mönche gegangen!«

»Mönche?«, fragte Roger. »Sind hier noch mehr?«

»Zweihundert an der Zahl«, sagte Pierre.

Nun stöhnte Roger auf.

»Bewaffnet?«, fragte d'Aubrac.

»Das wissen wir nicht«, sagte Pierre.

D'Aubrac nahm den schweren Helm ab und wischte sich

den Schweiß von der Stirn. »Wie auch immer. Wir brechen nun durch. Alles Weitere sehen wir dann.« Er gab vier Männern mit Äxten und Morgensternen ein Kommando, woraufhin diese reihum ihre schweren Waffen auf den Boden der Senke krachen ließen. Splitter schossen durch die Luft. Bereits nach dem ersten Schlag bildeten sich Risse im Mosaik. Hieb um Hieb drangen sie weiter vor.

Der letzte Kampf

Noch immer sangen die Katharer, noch immer blieben Raphael und Luna vor einer Entdeckung verschont. Doch das war nur eine Frage der Zeit.

Fieberhaft dachte Raphael nach. Würden sie einfach die vier oder fünf Schritte zur Tür zurückgehen, fiele das gewiss ihren Nachbarn auf. Jedoch … wer wollte das wissen? Möglicherweise bemerkten diese gar nichts, sondern verharrten in ihrer Meditation. Es kam auf einen Versuch an. Wenngleich Raphael ahnte, dass es nur diesen einen Versuch für sie gab. Er streckte seine Hand aus und zupfte Luna am Ärmel, woraufhin sie den Kopf hob und ihn ansah. Er deutete hinter sich. Sie nickte verstehend.

Kaum hatten sie einen Fuß nach hinten gesetzt, flog die kleine Tür hinter dem Altar auf, durch die Henri keine Stunde zuvor geschritten war. Raphael erkannte den Mann, der zu Henri hinstürzte, auf den ersten Blick: Cumanus. Raphael hielt es in dieser Situation für das Beste, einfach aus dem Saal zu stürmen. Nun war ohnehin alles gleich.

Cumanus kam ihm zuvor. Er flüsterte Henri einige Worte zu, Henri blickte erschrocken auf und blickte suchend über die Reihen seiner Anhängerschar. Schnell fand er die beiden vermummten Eindringlinge. Er zeigte mit dem Finger auf Raphael und Luna. »Ergreift sie!«, brüllte er aus Leibeskräften. »Tötet die Ungläubigen!«

Raphael packte Luna an der Hand und zog sie mit sich. Er riss die Tür auf und sie rannten aus dem Kapitelsaal. Gleich darauf hörten sie die klappernden Schritte unzähliger Sandalen.

Hinter einer Biegung gelangten sie an eine Abzweigung, von der drei Wege weiterführten.

»Welchen sollen wir nehmen?«, fragte Raphael. Er blickte zurück. Die Schatten ihrer Verfolger zeichneten sich an den Wänden ab.

Luna schloss die Augen. »Ich kann es nicht genau sehen«, sagte sie.

»Luna!«, drängte Raphael.

»Links!«, rief Luna. »Ich glaube, wir müssen uns nach links wenden.«

»Möge der Herr unsere Wege leiten«, sagte Raphael, und sie liefen in den linken Weg hinein.

Dieser Abzweigung folgten weitere. Ein jedes Mal fragte Raphael Luna, welcher Weg der richtige war. Nun würden sie Gewissheit erlangen, ob dieser Ort wirklich einen Einfluss auf Lunas Gabe hatte.

Immer tiefer drangen sie in den Berg vor. Nach einer Weile vermochte Raphael nicht mehr zu sagen, ob sie den Aufgang je lebend erreichen konnten. Die Strecke, die hinter ihnen lag, war weitaus länger als der Weg zum Kapitelsaal. Es gab keinen Zweifel. Mindestens einmal hatte sich Luna geirrt. Ihr Vorteil bestand allein darin, dass die Mönche sich aufteilen mussten, um all die Gänge, Säle und anderen Räumlichkeiten abzusuchen.

In einer Nische, in der eine Götzenstatue stand, hielten sie inne und verschnauften.

»Wir haben uns verlaufen«, keuchte Raphael.

»Wir sind dem Aufgang nicht mehr fern«, sagte Luna. »Ich spüre es.«

»Mir wäre wohler«, sagte Raphael, »du würdest es *sehen*, mein Kind.«

»Die Bilder werden jeden Moment, den wir uns hier aufhalten, klarer«, erklärte sie. »Doch sieht hier alles gleich aus. Ein Gang wie der andere. Es ist mühsam, den richtigen zu erkennen.«

In der Nähe erklangen erneut Schritte. Raphael trat aus der Nische und gab Luna die Hand. »Mir scheint, du wirst ausreichend Zeit haben, um deine Gabe vollends zurückzuerhalten. Komm!«

Weiter ging die Flucht durch die hell erleuchteten Gewölbe. Doch da die Verfolger zahlenmäßig so überlegen waren, konnten sie sich auf das gesamte Höhlensystem aufteilen. Raphael und Luna würden gefangen genommen werden.

An einer weiteren Abzweigung hielt Luna unvermittelt inne. Raphael wäre um ein Haar ohne sie weitergelaufen. »Was ist mit dir?«, fragte er.

»Ich sehe den Aufgang«, sagte sie mit aufgeregter Simme. »Es ist ganz nah. Hier durch, dann links und wieder geradeaus.«

»Verlieren wir keine Zeit«, sagte Raphael und rannte in den mittleren Gang.

Dreißig Schritte später standen sie vor zwei Abzweigungen. Sie nahmen die linke und hetzten weiter.

Dann erblickte Raphael die dunkle Öffnung im Fels. Der rettende Aufgang zur Burg. Sie hatten es tatsächlich geschafft!

Einen Herzschlag später tauchten viele Mönche vor ihnen auf. Und allen voran schritt kalt lächelnd Cumanus.

»Wir können das Loch noch erreichen!«, rief Raphael. »Lauf, mein Kind! Lauf!«

Tatsächlich erreichten sie kurz vor Cumanus den Aufgang. Mit fliegenden Kutten stürmten sie die Stufen hinauf.

»Obacht, Raphael!«, rief Luna.

Zu spät. Raphael prallte gegen ein metallisches Hindernis, das ihn rücklings auf den kalten Felsboden warf.

Benommen massierte Raphael seinen schmerzenden Schädel. Was in Gottes Namen war das gewesen? Es war die riesige Gestalt eines Ritters in voller Rüstung.

Cumanus und die Mönche sahen den Ritter, blieben stehen und rannten in entgegensetzter Richtung davon.

Der Ritter hob sein mächtiges Schwert. »Freund oder Feind?«, fragte er Raphael.

Raphael hob die Arme. »Bei Gott!«, rief er. »Das müsste ich *Euch* fragen!«

Da ließ der Ritter das Schwert sinken und lachte dröhnend.

Weitere Ritter drangen in das Gewölbe ein. Sie waren kaum kleiner und schmächtiger als ihr Anführer.

Plötzlich sah Raphael Jeanne im Schacht auftauchen und auf ihn zulaufen. »Jeanne!«, rief er überrascht.

Gleich darauf sprang Pierre in das Gewölbe. Er sah Luna neben dem Schacht und kümmerte sich um sie.

»Bruder Raphael«, hauchte Jeanne und drückte ihren Kopf an seine Wange. »Wir dachten, Ihr und Luna wäret längst tot.«

»Einen Moment lang«, presste er hervor und blickte den Ritter an, der ihm um ein Haar das Genick gebrochen hätte, »habe ich es mir sogar gewünscht. Wer in Gottes Namen ist dieser Kerl?«

»Sein Name ist Maurice d'Aubrac«, erklärte Jeanne. »Er und seine Männer sind Freunde von Luna und Pierre. Sie sind gekommen, uns zur Seite zu stehen.«

Die letzte Benommenheit abschüttelnd, streckte Raphael ihr seine Hände hin. »Helft mir hoch.«

Kaum stand Raphael wieder auf den Beinen, schlug ihm eine eisenbeschlagene Hand auf den Rücken. »Ihr seid wohl der Mönch, von dem der junge Pierre sprach«, dröhnte d'Aubrac. »Meine Männer und ich stehen fortan unter Eurem Befehl. Was gedenkt Ihr nun zu unternehmen? Sollen wir die Wahnsinnigen hier unten aus ihren verfluchten Kutten prügeln?«

»Um Himmels willen!«, rief Raphael aus. »Verschont die Mönche. Sie sind unbewaffnet. Es sind nur zwei Männer, die wir suchen. Der eine ist an seiner schwarzen Robe und an der Tiara leicht zu erkennen. Der andere … nun, Ihr werdet es merken, wenn er vor Euch steht. Ich glaube, sie sind dort entlang.« Er zeigte den Gang hinunter, wo er Cumanus kurz vor dem Zusammenprall mit d'Aubrac zuletzt gesehen hatte.

»Nein«, sagte Luna, und alle Augen richteten sich auf sie. »Er ist irgendwo auf der anderen Seite.«

»Dann führe uns zu ihm«, sagte d'Aubrac und tätschelte sanft Lunas Kopf.

»Ich hoffe, ich bin in der Lage dazu.«

»Was denn?«, entfuhr es d'Aubrac. »*Du* kannst gewiss Wunder vollbringen!«

Luna lächelte gequält und lief los. Raphael, Pierre und Jeanne hielten leicht mit ihr Schritt. Die Ritterhorde polterte etwas langsamer hinterdrein.

An jeder Abzweigung blieb Luna stehen und schloss die Augen. Schließlich entschied sie sich für einen Weg, und weiter ging es durch die Gewölbe. Gelegentlich kamen ihnen Mönche entgegen, die aber beim Anblick der Gruppe schreiend Reißaus nahmen. Raphael vermutete, dass sie alle hinauf in die Burg laufen und in den Wald fliehen würden. Eine Gefahr stellten sie keineswegs mehr dar.

Vor einem Götzenbild blieb Luna unvermittelt stehen. »Sie bewegen sich nicht mehr«, sagte sie.

»Henri und Cumanus?«, fragte Raphael.

Sie nickte. »Ich kann es nicht genau sehen, aber sie sind in einer Höhle, deren eine Wand grell erleuchtet ist. Als stünden sie vor der Sonne.«

»Vor der Sonne?«, echote Jeanne. »Was willst du damit sagen?«

»Ich beschreibe nur, was ich sehe«, antwortete Luna.

»Weißt du, wo diese Höhle ist?«, fragte Raphael.

Luna schloss die Augen. »Ich glaube schon. Es ist nicht mehr weit.«

»Hat Henri die Rollen bei sich?«, fragte Raphael.

»Ich … ich sehe sie nicht. Es ist so hell. Selbst Henri und Cumanus erscheinen wie dunkle Schemen vor der gleißenden Sonne.«

»Gut«, sagte Raphael. »Weiter!«

Luna führte sie in einen Teil, wo Sprüche und Formeln, Gebete und Beschwörungen in allen Sprachen in Stein gehauen waren. Raphael sah griechische, hebräische und arabische Zeichen, aramäische und lateinische Worte, akkadische neben phönizischen Symbolen. Dazwischen Sprüche in der seltsamen Sprache, die sie schon oben auf der Burg gehört hatten. Vor den Wänden ragten übergroße Statuen von Asmodi und anderen Dämonen auf.

»Wir sind in ihrer Nähe«, sagte Luna. Sie betastete die Wände.

Pierre schaute um sich. »Wo sollen sie sein? Es gibt hier keinen anderen Weg herein oder hinaus als den, der hinter uns liegt.«

Luna legte ihre Wange an eine Wand. »Sie sind hier«, flüsterte sie.

Raphael zeigte auf die Wand. »Dahinter?«

»Ja.«

»Eine geheime Tür«, sagte d'Aubrac und schob Luna beiseite. »Damit sind wir schon einmal fertig geworden. Roger, die Axt.« Roger gab d'Aubrac seine schwere Streitaxt und trat einige Schritte zurück. D'Aubrac holte weit aus, schlug mit seiner ganzen Kraft zu … und prallte scheppernd zurück. D'Aubrac warf die Axt weg, stieß ein gequältes »Verflucht!«, aus und nahm den Helm ab. »Gönnt mir einen Augenblick Ruhe«, ächzte er und lehnte sich gegen eine Statue.

»So kommen wir nicht weiter«, sagte Raphael. »Wir können diese Wände offenbar nicht durchbrechen. Wir stehen also vor einem neuen Rätsel.« Er ging zu der Stelle, in die d'Aubrac geschlagen hatte, und klopfte mit den Fingerknöcheln darauf. Er probierte es noch an einigen anderen Punkten, stellte dann aber fest. »Die Wand ist massiv.«

»Merkwürdig«, sagte Jeanne. Sie stand in der Mitte der Höhle und betrachtete die Wände.

»Was meint Ihr, Madame?«, fragte Raphael.

»Die Wand«, sagte sie und zeigte darauf. »Fällt Euch denn gar nichts auf?«

Und jetzt erkannte Raphael, worauf Jeanne hinauswollte. Die Wand, hinter der sich laut Luna die Gesuchten verbargen, war glatt und trug kein einziges Schriftzeichen.

»Teufel auch!«, brummte d'Aubrac. Er ging in die Ecke, drückte gegen den Fels, und siehe da: Er konnte die Wand ohne große Anstrengung verschieben. Über eine Mittelachse drehte sie sich in die Höhle. Es knirschte wie das Mahlen von Mühlrädern aufeinander. Sonnenlicht und ein frischer Luftstrom drangen durch den Spalt. D'Aubrac schob weiter, und endlich war die Öffnung breit genug, um ihnen Einlass in das Versteck zu gewähren.

Raphael brauchte einen Moment, um sich an die plötzliche Helligkeit zu gewöhnen, als er durch den Spalt schlüpfte. Er hob eine Hand schützend vor die Augen. Und dann sah er sie. Henri und Cumanus standen am Rande eines Plateaus, das am Ende der verborgenen Höhle ein Stück weit aus dem Berg ragte.

Seine Freunde folgten ihm auf dem Fuße. Schweigend traten sie neben Raphael und blickten den Dominikanern furchtlos entgegen. Gleich darauf zwängten sich die Ritter durch die schmale Öffnung. D'Aubrac schien zu spüren, dass dies ein besonderer Moment für die Freunde war. Er bedeutete seinen Gefolgsleuten, Abstand zu wahren.

Dann löste Cumanus sich von seinem Meister, zog ein langes Schwert unter seinem Habit hervor und hielt es mit beiden Händen vor sich. So ging er auf Raphael, Luna, Jeanne und Pierre zu.

D'Aubrac gab zwei seiner Männer ein Zeichen, woraufhin diese dem Dominikaner entgegenschritten. Der eine mit einem Breitschwert, der andere mit einer Streitaxt bewaffnet.

Dann trafen die Kontrahenten aufeinander. Kurz vor dem Angriff klappten die Ritter ihre Visiere herunter. Cumanus blieb stehen, die Männer spöttisch belächelnd. Mit einem wilden Schrei stürzte sich der Ritter mit dem Schwert auf Cumanus. Der wich geschickt aus wie eine Katze, vollführte eine schnelle Drehung und hieb sein Schwert auf den verbeulten Helm seines Gegners. Der Ritter taumelte benommen davon. Nun griff sein Gefährte in den Kampf ein. Er schwang die Axt über seinem Kopf schnell und immer schneller. Wie ein Blitz ließ er sie auf Cumanus niederfahren. Doch wieder war dieser schneller. Er sprang zur Seite, rollte sich ab, und der riesenhafte Mann prallte mit Wucht gegen die Höhlenwand.

»Er spielt nur mit ihnen«, raunte Raphael Jeanne zu. »Die Männer hatten von Anfang an keine Chance.«

Cumanus selbst bestätigte die Worte Raphaels. Die Ritter stürmten erneut brüllend auf ihn zu. Er nahm drei oder vier Schritte Anlauf, stieß sich, kurz bevor sie zusammenprallten, ab, vollführte einen Salto über den Köpfen seiner Gegner und landete hinter ihnen. Noch bevor diese begriffen, was da soeben geschehen war, tötete Cumanus beide Männer durch einen Stich in ihren ungeschützten Nacken. Ohne zu schreien, fielen beide tot vornüber. Hämisch grinsend starrte Cumanus auf die erschütterte Gruppe am Höhleneingang.

»Gut«, stieß d'Aubrac hervor. »Der Bursche will es nicht anders. Befreit mich von dieser verfluchten Rüstung!« Sofort nahmen seine Männer ihm Helm, Brust- und Rückenpanzer, Arm- und Beinschienen ab. Nur das Kettenhemd mit der aufgesetzten Kapuze legte d'Aubrac nicht ab. »Wartet hier«, sagte er zu seinen Männern.

Cumanus hatte währenddessen geduldig gewartet. Erst als d'Aubrac schnaufend auf ihn zupolterte, kam Bewegung in den hageren Mönch.

Plötzlich erfüllte wütendes Krächzen die Höhle, und einen Herzschlag später flatterte ein Rabe über das Plateau herein. Er flog über Henris Kopf hinweg, über Cumanus und weiter zu d'Aubrac.

»Jetzt reicht es mir aber!«, tobte d'Aubrac. Er hob sein Schwert und sah dem Raben ruhig entgegen. Dann beugte er die Knie, holte kurz aus und spaltete den Raben der Länge nach. Die zwei Teile klatschten gegen die zerklüfteten Wände.

Fassungslos sahen Henri und Cumanus, was d'Aubrac mit dem Vogel gemacht hatte. Zum ersten Mal flackerte Unsicherheit, gar Angst in ihren Augen auf.

Nun war es Cumanus, der zum ersten Schlag ausholte. Er sprang in großen Schritten auf d'Aubrac zu. Die Schwerter der Kämpfer prallten klirrend aufeinander. Funken stoben davon. Cumanus versuchte, d'Aubrac niederzuringen, scheiterte jedoch an dessen mächtiger Gestalt und ungeheuren Kraft. D'Aubrac dagegen kostete es wenig Mühe, Cumanus Widerstand zu leisten, ihn gar in die Knie zu zwingen. Da stieß Cumanus seinen Schädel gegen d'Aubracs Nase, sodass dieser aufschrie. Cumanus wich ein paar Schritte zurück, nahm Anlauf und sprang über d'Aubrac hinweg. Auf der anderen Seite holte er, d'Aubracs Hals im Blick, weit aus. Doch er hatte nicht mit der Erfahrung des alten Recken gerechnet. D'Aubrac ließ sich zur Seite fallen. Der kräftige Hieb fuhr an seinem Kopf vorbei. Cumanus fing den Schlag ab, drehte das Schwert und ließ es auf d'Aubrac niedersausen. Der Ritter machte eine halbe Drehung auf dem staubigen Boden, allerdings zu langsam für das Schwert des Dominikaners. Die Klinge traf d'Aubrac an der linken Schulter, schlug durch das Kettenhemd und riss eine lange Wunde. Doch d'Aubrac kümmerte sich nicht darum. Auf der Seite liegend, trat er zu wie ein Stier und traf das Knie des Dominikaners, das krachend zersplitterte. Cumanus stieß einen unmenschlichen Schrei aus. Auf dem unverletzten Bein humpelnd, schlug er auf d'Aubrac ein. Der konnte sich nur durch schnelle Drehungen retten. Es war unmöglich, unter den blitzartigen Hieben auf die Beine zu kommen. Schließlich lag d'Aubrac mit dem Rücken an der Wand. Es gab keinen Ausweg mehr. Cumanus lächelte kalt.

In diesem Augenblick löste sich Pierre von seinen Freunden und stürmte auf Cumanus los. Gerade als dieser sein Schwert zum letzten Schlag erhob, sprang Pierre ihm in den Rücken. Überrascht schrie Cumanus auf. D'Aubrac nutzte den Moment. Er rammte Cumanus sein Schwert tief in den Leib. Pierre wich zurück, dann raste Cumanus wild in der Höhle umher, unmenschliche Schreie ausstoßend. Gleichzeitig versuchte er, das Schwert aus seinem Bauch zu ziehen. Er taumelte um Henri herum, der ihn nur angewidert anstarrte, dann auf d'Aubrac und Pierre zu und dann zu Raphael und den anderen. Sie wichen aus, und Cumanus stolperte auf die Ritter zu. Einer von ihnen erbarmte sich. Er hob seinen Morgenstern und schmetterte ihn Cumanus auf den kahlen Schädel, sodass Blut und Hirn auf Kleider, Wände und Boden spritzten.

Pierre half dem stöhnenden d'Aubrac auf, und sie gingen zu den Freunden. »Ich habe meine Pflicht erfüllt, Bruder«, sagte d'Aubrac zu Raphael. »Nun seid Ihr an der Reihe.«

Raphael nickte und sah zu Luna. Sie nickte ebenfalls, und gemeinsam gingen sie auf Henri zu, der, vom Licht der Sonne in seinem Rücken bestrahlt, nur als Schatten zu erkennen war. Zehn Schritte von ihm entfernt blieben sie stehen. Sie sprachen kein Wort und rührten sich nicht, sondern starrten Henri nur unverwandt an.

Nach einer Weile schien Henri es nicht mehr auszuhalten. Er hob eine Faust. Unter den anderen Arm hatte er sich die Rollen geklemmt. »Ihr müsst stolz auf Euch sein!«, fauchte er.

Raphael antwortete nicht gleich. Ja, sie waren am Ende ihrer Reise angekommen. Sie hatten dem bösen Feind erfolgreich widerstanden und ihn schließlich besiegt. Es war kein Moment des Triumphes, kein Augenblick der Genugtuung oder Befriedigung. Vielmehr war es die Gewissheit, dass Hass, Gier und Niedertracht nicht über Liebe, Freundschaft und Wahrhaftigkeit zu obsiegen vermochten. Henri, der Ketzer, der Abt eines teuflischen Ordens, würde niemals wieder unschuldige Menschen richten. Sein Schicksal sollte sich nunmehr selbst auf dem Scheiterhaufen erfüllen. Jetzt gab es nur noch eine Sache zu erledigen. »Gebt mir die Rollen«, sagte er. »Und ich verschone Euch.«

»*Ihr* verschont mich?« Henri lachte schallend.

»Mir scheint«, sagte Raphael, »Euch ist nicht klar, in welcher Lage Ihr Euch befindet. Lebend kommt Ihr hier nicht mehr heraus, wenn ich es nicht will. Gebt mir also die Rollen, und wir lassen Euch gehen. Sofern Ihr mir versprecht, niemals wieder einen Fuß auf das Gebiet der französischen Krone zu setzen.«

»Glaubt Ihr, in den Rollen findet Ihr Worte der Liebe und Gerechtigkeit?« Henri lachte irr auf. »Törichter Narr! Die letzten Worte Christi beschwören das Weltenende herauf. Tod, Leid und Dunkelheit prophezeite er. Die Herrschaft der schwarzen Mächte. Nicht das Licht, nach dem Ihr sucht.«

»Die Welt hat ein Recht, zu erfahren, wie das Ende aussehen wird«, erwiderte Raphael.

»Ihr wisst nicht, wovon Ihr redet«, sagte Henri. »Wüsstet Ihr es, würdet Ihr und Eure lächerliche Entourage in die tiefsten Löcher kriechen, die Ihr finden könnt.«

Jetzt lachte Raphael. Er lachte und lachte und lachte.

»Was lacht Ihr so einfältig?«, fragte Henri.

»Ich …« Raphael konnte kaum sprechen, so sehr wurde er von Lachen geschüttelt. »Ich hatte damals bei Eurer Ankunft in St. Albert eine Höllenangst vor Euch. Jedes Mal, wenn ich in Eurer Nähe war, schnürte es mir die Kehle ab. Ich zitterte am ganzen Leib. Danach das lange Jahr unserer Flucht vor Euch und Euren Mordbuben. Wie oft habe ich des Nachts wach gelegen und mir vorgestellt, wie wir uns wohl wieder begegnen würden. Was ich Euch sagen würde. Ich habe mich gefragt, ob mich Eure Gegenwart immer noch zittern lassen würde. Und nun steht Ihr hier vor mir und seid eine so jämmerliche, erbarmungswürdige Erscheinung. Ihr glaubt, Ihr seid vom Schicksal auserwählt, dabei ist jeder unfreie Bauer mehr wert als Ihr.«

Wortlos glotzte Henri Raphael an. Er schwankte leicht, während er die drei Rollen festhielt.

»Er wird springen«, flüsterte Luna.

»Springen?«, fragte Raphael. »Du meinst, er springt in den Abgrund hinunter?«

»Ja.«

»Das darf nicht geschehen«, flüsterte Raphael. »Die Rollen könnten zerstört werden.«

»Es muss geschehen«, sagte Luna. »Und es wird geschehen.« Noch bevor Raphael etwas entgegnen konnte, breitete sie die Arme aus und ging auf Henri zu. »Vater!«, rief sie. »Willst du deine Tochter nicht in den Arm nehmen? Fleisch aus deinem Fleisch, Blut aus deinem Blute.«

Entsetzt starrte Henri Luna an. Mit der freien Hand bedeutete er ihr, stehen zu bleiben. Schritt um Schritt näherte er sich der Felskante.

Doch Luna ging weiter. Die Arme ausgestreckt, schritt sie auf Henri zu, der bereits am Rand des Plateaus stand. Sie war noch drei Schritte entfernt. Da ließ Henri sich nach hinten fallen und stürzte hinab.

Sofort lief Raphael zu Luna und schaute über die Kante. Aus dieser Höhe zu fallen, bedeutete zweifellos den Tod. Irgendwo dort unten zwischen den schroffen Felsen, den Büschen und Bäumen musste Henri mit gebrochenen Gliedern liegen. In seinen Händen die Rollen. »Wir müssen zu ihm!«, rief er. »Sofort.« Er stürmte an Jeanne, Pierre und den Rittern vorbei. Durch die Gänge und zu dem Schacht, der hinauf zur Bademulde führte. Seine Freunde blieben dicht hinter ihm. Oben auf der Burg stieg er in den Sattel von Henris Rappen, trat ihm die Fersen in die Flanken und jagte den Berg hinunter.

Als die Freunde Raphael etwas später auf einem Stein hockend fanden, blickte er gedankenverloren zu Boden.

»Wo ist der Teufel?«, fragte d'Aubrac.

»Weg«, gab Raphael zurück, ohne aufzusehen.

»Weg?«, echote d'Aubrac. »Na, irgendwo wird er wohl liegen.«

Raphael breitete die Arme aus. »Sucht ihn und gebt mir Nachricht, sobald Ihr ihn gefunden habt.«

Gemeinsam mit seinen Männern, Pierre und Jeanne durchkämmte d'Aubrac die Gegend unter dem Plateau.

Luna setzte sich neben Raphael und riss einen langen Grashalm zwischen zwei Steinen aus. »Wohin ist er entkommen?«, fragte Raphael.

Sie zeigte zum Berg hoch. »Du hast gesehen, wie er hinuntergestürzt ist.«

»Gewiss«, sagte Raphael. »Die Felswand fällt senkrecht ab. Es gibt keine Möglichkeit, sich auf irgendeinen Vorsprung zu retten. Also muss Henris zerschmetterter Leib an ebendieser Stelle liegen. Wo ist er also?«

Luna schwieg. Sie spielte mit dem Grashalm in ihrem Gesicht.

»Luna!«, sagte Raphael scharf. »Wo ist Henri? Und wo sind die Rollen? Sprich endlich!«

Jetzt sah Luna auf. Sie lächelte. »Ich weiß es nicht, lieber Raphael«, sagte sie.

»Mein Kind«, sagte Raphael und hob beschwörend die Hände. »Du scheinst deine Gabe zurückerlangt zu haben. Du musst doch sehen, wo er ist. Bitte, sag es mir.«

Luna nahm sein Gesicht in beide Hände und zog ihn zu sich heran. »Raphael«, flüsterte sie, »es gibt Dinge, die kann ich nicht sehen, weil ich sie nicht sehen *darf*. Weder du noch ich können daran irgendetwas ändern. Es tut mir Leid. Sehr Leid.«

Die Berührung ihrer warmen Hände, die Kraft, die durch Lunas Finger zu fließen schien, und die Anspannung, die nach mehr als einem Jahr von Körper und Geist abfiel, brachten Raphael zum Weinen. Luna drückte ihn an sich, doch er schluchzte nur noch heftiger. Sie schloss ihn in die Arme wie ein Kind, das bei seiner Mutter Trost und Geborgenheit sucht.

Kurz bevor d'Aubrac und die anderen wieder bei ihnen waren, gewann Raphael seine Fassung wieder. Er trocknete sein Gesicht mit einem Ärmel. »Es ist gut«, sagte er, und Luna lächelte still.

Schon von weitem rief d'Aubrac: »Hier geht es mit dem Teufel zu! Weit und breit keine Spur von dem Bastard!«

»Vergesst Henri«, sagte Raphael, als d'Aubrac neben ihm stand. »Es gibt Rätsel, die werden wir nie lösen.«

Jeanne stellte sich vor Raphael. Sie wirkte besorgt. »Seid Ihr wohlauf?«

»Ja«, sagte er und blickte zu Luna, die wieder mit dem Grashalm spielte. »Es ist alles in Ordnung.«

In diesem Moment versank die Sonne hinter den Bergen. Sie entschieden, ein Lager für die Nacht aufzuschlagen. Die Katharer waren längst aus der Burg geflohen und stellten keine Gefahr mehr dar. Sie mussten bereits weit fort sein. So richteten sie das Lager an Ort und Stelle her. D'Aubrac hatte einen ansehnlichen Vorrat an Wein dabei, sodass für ausgelassene Stimmung gesorgt war. Einer der Männer spielte Dudelsack, ein anderer hatte eine Schalmei in seinem Gepäck. So sangen und tanzten, scherzten und lachten sie miteinander. So mancher Ritter wartete mit Anekdoten auf, die den Frauen die Schamesröte ins Gesicht trieben.

Irgendwann in tiefster Nacht, Pierre vollführte gerade einige Kunststückchen, stahl sich Raphael davon. Jeanne bemerkte die stille Flucht und eilte ihm hinterher. Sie fand ihn an einen Baum gelehnt, den Mond betrachtend.

»Ihr müsst stolz auf Euch sein«, sagte sie hinter ihm.

Raphaels Blick blieb auf den Mond gerichtet. »Habt Ihr Euch einmal gefragt, wie viele Menschen vor uns den Mond angeschaut haben? Und wie viele nach uns sich von seinem Glanz verzaubern lassen werden?«

Jeanne trat neben ihn und schaute hinauf. »Nein«, sagte sie. Sie schwiegen eine Weile. Dann fuhr sie fort: »Doch in dieser Nacht zählt das alles nicht. Heute Nacht scheint er nur für uns. Für Euch, für mich und für unsere Freunde dort am Feuer.« Sie küsste ihn zärtlich auf die Wange.

In den letzten Tagen seit ihrer Vereinigung, eigentlich bereits seit Monaten, wie Raphael sich eingestand, hatte er über seine Gefühle für Jeanne nachgedacht. Er war zu dem Schluss gekommen, dass er beenden musste, was niemals hätte sein dürfen. Er ein Mönch und dem Zölibat verpflichtet, sie eine verheiratete Frau. Es gab keine Zukunft für sie. Morgen würden sie jeder an seinen Bestimmungsort zurückkehren, und alles, was blieb, wäre die Erinnerung an einen wundervollen Traum. Er küsste sie auf die Stirn und schob sie sanft von sich weg. Im fahlen Mondlicht sah er, dass in ihren Augen Verständnis zu glimmen schien.

Sie gingen schweigend zum Lager. Einige Ritter lagen längst volltrunken um das Feuer. Nur Luna, Pierre, d'Aubrac und Roger scherzten noch herum. Doch auch sie fielen bald in tiefen Schlaf.

Raphael wartete, bis Jeanne unter die Felle gekrochen kam, dann schlief auch er auf der Stelle ein.

Abschied

Am nächsten Morgen weckten Pierres Schreie die gesamte Mannschaft. Raphael riss die Augen auf und sprang auf. Er lief zu Pierre, packte ihn an den Schultern und schüttelte ihn kräftig. »Bei Gott, Pierre! Komm zu dir!«

»Luna!«, stammelte Pierre. »Sie ist fort! Seht doch!« Er zeigte auf die Stelle, wo Luna geschlafen hatte. Sie war leer.

»Ihr Pferd steht auch nicht mehr hier!«, rief Jeanne.

In der Tat. Luna war über Nacht spurlos verschwunden. Spurlos? Nicht ganz. Raphael fand neben seiner Schlafstatt unter einem Stein ein Schriftstück. Er hob es auf. »Es ist von Luna«, sagte er, während sich alle um ihn scharten.

»Nun lest schon«, drängte Pierre. »Was hat sie geschrieben?«

Raphael räusperte sich. »Sie schreibt: *Lieber Raphael, lieber Pierre und liebe Jeanne, vergebt mir, dass ich euch klammheimlich verlasse. Bitte, glaubt mir, dass dies die einzige und beste Lösung für mich ist. Glaubt mir auch, dass es mir schwer fällt, euch alle nicht ein letztes Mal in die Arme schließen zu können. Folgt mir nicht, und sucht nicht nach mir. Ihr könnt mich niemals finden. Viel wichtiger ist, was fortan mit euch geschieht. Raphael und Jeanne, ihr bedürft nicht vieler Worte. Euer Schicksal erfüllt sich in Rouen. Pierre, liebster Freund, begib dich in das Dörfchen Ardon bei Orléans. Spüre das Haus mit den roten Schindeln auf. Dort wirst du finden, wonach du dein Leben lang gesucht hast. Ich werde euch alle stets in meines Herzens tiefstem Grunde tragen und euch nie vergessen. Luna.*« Raphael hatte das Gefühl, ihm stecke ein dicker Kloß im Hals. Er ließ das Blatt sinken und schaute seine Freunde an. Tränen erschienen in Jeannes Augenwinkeln. Pierre kratzte sich nachdenklich am Kopf.

Es war d'Aubrac, der zuerst sprach. »Welch wundersames Mädchen«, sagte er. »Aber tapfer und klug. Wäre sie ein Mann, Königreiche könnte sie zerstören und neu errichten. Bei meiner Seel!«

»Was …«, sagte Pierre, »was bedeutet das nun?«

»Es bedeutet«, antwortete Raphael, »dass wir Luna niemals wiedersehen.«

»Aha«, machte Pierre. Langsam schien er zu verstehen. Er wandte sich ab und lief in den Wald hinein.

Jeanne wollte ihm folgen, aber Raphael hielt sie fest. Er schüttelte den Kopf.

D'Aubrac ging zu seiner Schlafstatt, zog aus einer Ledertasche eine Karte hervor und kam zurück. Er schlug die Karte auf und fuhr mit dem Zeigefinger darüber. »Orléans«, sagte er und tippte mit dem Finger darauf. »Da ist es. Und Ardon? Da!«

»Ist es sehr weit?«, fragte Jeanne.

D'Aubrac nickte nachdenklich. »Wir nehmen den Burschen mit«, sagte er. »Die verdammten Engländer liegen nicht weit entfernt in Stellung, und die Waffen werden nicht auf ewig schweigen.«

»Du meinst, es geht in den Kampf, Maurice?«, fragte Roger.

»Nun«, sagte d'Aubrac, »vielleicht nicht direkt in den Kampf, aber wir sind dabei, sobald der erste Pfeil in der Luft ist.«

Roger drehte sich zu den Männern um. »Habt ihr gehört? Wir ziehen gegen die Engländer!« Die Männer antworteten mit lautem »Hurra!«

»Da kommt Pierre«, sagte Jeanne und deutete zum Wald.

»Geht es dir gut?«, fragte Raphael, als Pierre neben ihm stand.

»Ja, ja«, sagte Pierre. »Es ist nur ... ich hätte mir gewünscht, sie ein letztes Mal umarmen zu können. Nur noch ein einziges Mal. Doch dies war ihr Wille, und ich werde ihn erfüllen.«

»Gut«, sagte Raphael und strich Pierre aufmunternd übers Haar. »D'Aubrac und seine Männer nehmen dich mit nach Ardon. Du gehst doch nach Ardon?«

Pierre nickte. »Ich weiß nicht, was ich dort finden soll, aber ich gehe nach Ardon.«

D'Aubrac und die Ritter sammelten ihr Hab und Gut zusammen und sattelten ihre Pferde.

»Dann heißt es nun Abschied nehmen«, sagte Raphael. Er wollte noch etwas sagen, aber Pierre kam ihm zuvor. Er fiel Raphael um den Hals und drückte ihn an sich. Eine Weile standen sie so da. Und Raphael verstand. Es gab in keiner Sprache die richtigen Worte, die den Schmerz des Abschieds und die tief empfundene Freundschaft zwischen ihnen auszudrücken vermochten. Er ging zu seinem Pferd, nahm aus den Satteltaschen einen prall gefüllten Geldbeutel und reichte ihn Pierre mit den Worten: »Das ist dein Anteil vom Schatz des Marquis. Er wird dir ein sorgenfreies Leben ermöglichen, junger Freund.«

Lächelnd nahm Pierre die Geldkatze. Dann umarmte er auch Jeanne. Schließlich sprang er auf sein Pferd, das d'Aubracs Männer bereits gesattelt hatten. D'Aubrac winkte Raphael und Jeanne lächelnd zu.

»Habt Dank!«, rief Raphael ihnen nach. »Von Herzen Dank! Und passt mir auf den Jungen auf.« Er und Jeanne blickten den Reitern nach, bis diese im Wald verschwanden. »Wir haben einen weiten Weg vor uns, Madame«, sagte er.

Jeanne lächelte. »Lasst uns nicht zögern und diesem unheimlichen Ort den Rücken kehren.«

Ein Hof bei Dreux

Die Reise zurück in die Heimat, nach Rouen, wo ihre Odyssee den Anfang genommen hatte, dauerte annähernd drei Monate. Gelegentlich ritten Raphael und Jeanne durch Orte oder ganze Landstriche, die von der Pest leer gefegt worden waren. Verlassene Häuser, verendetes Vieh und überall Leichen. Sie ritten schnell durch diese Orte, ohne ein Wort zu sprechen. Oft bekamen sie tagelang keine Menschenseele zu sehen.

Jeanne äußerte den Wunsch, einige Tage am Meer zu verbringen. So hielten sie sich gen Norden, um in der Bretagne bei Saint-Benoît-des-Ondes in einem Gasthaus nahe am Wasser zu nächtigen.

Es waren drei wundervolle, erholsame Tage, in denen sie viel in der warmen Sonne saßen, miteinander lachten, schwatzten und schweigend das Meer betrachteten. Zärtlichkeiten tauschten sie nicht aus.

Von Saint-Benoît-des-Ondes ritten sie nach Nordosten Richtung Rouen.

Am 21. Juni 1349 erblickten sie die Burg von Rouen. Jeanne bat Raphael, sie heimzubegleiten. Er war besorgt, da Auguste Gousset ihn einst bei Henri verraten und sie, Jeanne, anschließend sein Gold und Silber geraubt hatte.

»Ebendas ist der Grund«, erwiderte sie, »warum ich um Euer Geleit ersuche. Nun, da Henri tot ist, seid Ihr der Mann, der Auguste in die Schranken zu weisen vermag. Droht ihm mit dem ewigen Höllenfeuer, weil er gegen das siebte, achte, neunte und zehnte Gebot verstoßen hat. Er wird verstehen, was gemeint ist. Vertraut mir.«

Raphael nickte, und sie zogen an Rouen vorbei zum Dorfe Boos. Noch vor Einbruch der Nacht erreichten sie Auguste Goussets Gutshaus.

Raphael stutzte, als er sah, dass die Haustür sperrangelweit offen stand. »Etwas stimmt hier nicht, Madame«, flüsterte er. Im ganzen Haus, so schien es, brannte kein einziges Licht.

Sie stiegen vom Pferd und schlichen leise auf das Haus zu.

»Wartet hier, Madame«, flüsterte Raphael. Er steckte den Kopf durch den Eingang und spähte hinein. Was er sah, sagte ihm, dass er hier nicht mehr viel vorfinden würde. Und dass der Eigentümer des Hauses vermutlich nicht mehr unter den Lebenden weilte.

Im Haus stand kein Stuhl, kein Tisch und kein Schrank mehr. Die Teppiche von den Wänden waren geraubt wie das silberne Besteck, die kostbaren Gläser und goldenen Kruzifixe. Selbst Auguste Goussets Nachttopf hatten die Diebe mitgehen lassen. Er schlich durch die leeren Räume, auf der Suche nach dem Hausherrn. Er fand ihn in der hintersten Ecke der Speisekammer. Seine Leiche war halb verwest, die Haut brüchig wie altes Pergament. Trotzdem konnte Raphael die schwarzen Beulen erkennen. Gousset war also an der Pest gestorben. Raphael verließ das Haus. Es gab hier nichts mehr für ihn zu tun.

»Was habt Ihr gefunden?«, fragte Jeanne, als er durch die Tür trat. »Wo ist Auguste?«

Raphael streichelte ihre Arme. »Euer Gemahl, Madame«, sagte er, »ist tot. Seid Euch meines tiefsten Mitgefühls versichert.«

Sie sah zu Boden. Als sie wieder aufblickte, spiegelten sich in ihren Augen Entschlossenheit und seltsamerweise Gewissheit. »Ich begleite Euch nach St. Albert«, sagte sie. »Danach … nun, warten wir es ab.«

Sie stiegen auf ihre Pferde, und weiter ging es zum Kloster St. Albert.

Es war stockfinstere Nacht, als sie die Mauern des Klosters erreichten. Raphael betrachtete sie mit gemischten Gefühlen. Wie lange hatte er sich gewünscht, an diesen Ort zurückzukehren? Jetzt, da es nur einige wenige Schritte in sein altes Leben brauchte, spürte er Schwermut und Trauer. Er sah Jeanne zu, wie sie behände aus dem Sattel sprang und wie sie elegant um Giacomo herumging. Selbst im blassen Mondlicht leuchtete das flammende Rot ihrer wilden Mähne. Diese Frau war wie ein Sturm auf hoher See, wie ein Bündel Sonnenstrahlen, wie das Flüstern des Waldes. Es schien, als hätte Gott eine bessere Eva schaffen wollen und ihr den Namen Jeanne gegeben. Mühsam riss er sich von den Gedanken los. Das Kloster lag vor ihm und die Arbeit im Scriptorium. Er freute sich auf das Wiedersehen mit Bruder Bruno und allen anderen Mitbrüdern. St. Albert war seine Heimat, der Dienst an Gott seine Berufung.

Andächtig schritt Raphael auf das große Klostertor zu. Er hob die Hand, holte tief Atem und schlug dreimal gegen das Tor. Jeanne stand neben ihm und lächelte. Nichts geschah. Raphael hämmerte mit beiden Händen an das Tor – und plötzlich öffnete es sich einen Spaltbreit. Raphael drückte mit seinem Körper dagegen und stieß es auf. Er spähte in den Klosterhof. Niemand war zu sehen.

»Ich warte hier auf Euch«, sagte Jeanne auf seinen fragenden Blick.

Raphael ging hinein. Wo waren nur die Brüder? Die Laudes mussten längst begonnen haben. Er schritt durch den Garten. Als er die verdorrten Blumen sah, die verwilderten Beete und Wege, ahnte er, was ihn erwartete.

Er betrat den Arkadengang und stieg in den Kreuzgang hinauf. Dann ging er gen Norden zum Dormitorium. Der Schlafsaal war verlassen, die Schlafstätten ordentlich gemacht, als kämen die Mönche jeden Augenblick zurück, um zu ruhen. Er rannte hinaus und weiter zum Scriptorium. Bücher, Tintenfässchen und Gänsekiel lagen auf den Stehpulten, bereit, von geschickten Fingern benutzt zu werden. Raphael lief weiter. Schaute in Werkstätten, Archiv, Refektorium und Kellergewölben nach.

Der letzte Ort, den er aufsuchte, war die Mönchsbrauerei. Hier endlich fand er Bruder Bruno. Der alte Freund saß auf einem Stuhl, den Oberkörper auf dem kleinen Tisch davor. Auch er zeigte deutlich die Anzeichen der Pest. Zärtlich streichelte Raphael den Kopf des Bruders. »Guter Bruno«, flüsterte er. Vor Bruno auf dem Tisch lag eine Note. Er nahm sie und las vom Schicksal des Klosters. *Oft ereilte die Seuche die Brüder unseres Konvents*, schrieb Bruno, *als sie den Kranken die Gnadengaben reichten. Und unversehens starben sie, bisweilen schneller als diese, allein durch die Berührung und wegen des Pesthauchs. Wir haben sie alle, Brüder und Fremde, auf dem Klosterfriedhof in Würde bestattet. Nun bin allein ich noch übrig, selbst seit vier Tagen von der Krankheit gezeichnet. Vielleicht findet sich ein guter Mensch, der auch meine sterbliche Hülle zu den Brüdern auf den Totenacker trägt. Möge Gott uns allen gnädig sein.*

Raphael setzte sich neben Bruno und beweinte den guten Freund und seine Brüder.

Dann stand er auf und versuchte, Bruno auf den Friedhof zu tragen. Doch der Körper war zu schwer. So ging er in den Garten, holte eine Karre und legte ihn darauf. Der Weg zum

Friedhof war selbst mit der Karre beschwerlich. Als Raphael es geschafft hatte, stellte er die Karre ab. Er fand eine Schaufel und hob ein Grab aus, in das er Bruno legte. »*Requiescas in pace*, guter Bruno«, flüsterte er und schaufelte das Grab zu.

Was soll ich nun tun, fragte er sich. Er konnte darauf keine Antwort finden. Er verließ den Friedhof und ging durch die Gärten zurück zum Tor, wo Jeanne noch immer auf ihn wartete.

»Es tut mir sehr Leid«, sagte Jeanne, noch bevor Raphael ein Wort sagen konnte, und nahm ihn in den Arm.

Eine Zeit lang standen sie so da. Schließlich löste sich Raphael von ihr. »Habt Dank«, sagte er.

»Was habt Ihr vor«, fragte sie, »jetzt, da Euer Konvent nicht mehr existiert? Wollt Ihr in ein anderes Kloster gehen?«

»Ich weiß es nicht«, sagte Raphael. »Mein Glaube an Gott hat durch die Erfahrungen und Entdeckungen, die wir gemacht haben, keinen Schaden genommen. Mein Leben als Mönch dagegen schon. Ich bin nicht sicher, ob ich so in einem anderen Kloster von Nutzen wäre. Ich bin ich mir nicht einmal gewiss, ob ich in St. Albert lange hätte leben können.« Er stockte. »Welche Pläne habt Ihr, Madame?«

Da nahm sie sein Gesicht in ihre Hände und küsste ihn. »Ich gehe nach Dreux«, sagte sie und lächelte. »Es gibt dort einen Hof, der bewirtschaftet werden muss. Vielleicht möchtest du mich begleiten.«

Erst verstand Raphael nicht, worauf sie hinauswollte. Dann aber glomm Erkenntnis in seinen Augen auf, und er küsste sie. »Ich denke, das ist eine sehr gute Idee, Jeanne.«

Drei Tage darauf erreichten sie Raphaels elterlichen Hof bei Dreux. Es war alles noch so, wie sie es ein Jahr zuvor verlassen hatten. Giacomo und Raphaels Stute tobten ausgelassen über die Felder. Arm in Arm gingen Raphael und Jeanne zum Grab der Eltern unter der Ulme und verweilten an dem von Kornblumen umrahmten Ort, bis der Abend anbrach. Im

Haus machten sie dann eine Flasche Wein auf, aßen von dem Brot und dem Käse, den sie mitgebracht hatten, und sprachen über ihre Zukunft. Es war ein wundervoller Abend, dem noch viele, viele folgen sollten.

Das Haus mit den roten Schindeln

Pierre, d'Aubrac und dessen Männer benötigten zwei Monate, bis sie vor den Toren von Ardon standen. Pierre verabschiedete sich herzlichst von ihnen und betrat mit zitternden Knien das Dorf. Wo stand das Haus mit den roten Schindeln?

Er streifte durch das Dorf, fand das Haus jedoch nicht. Er wollte schon auf sein Pferd steigen, um, tief enttäuscht von Lunas falscher Prophezeiung, weiterzuziehen, als sein Blick auf eine kleine Schmiede fiel. Sie stand auf einem Feld, abseits der Straßen und Gassen. Im Garten vor dem Haus wuchsen Kräuter, Äpfel und Pflaumen. Zwischen den Bäumen stand eine Frau von etwa dreißig Jahren. Aus der Schmiede drangen die Geräusche eines schweren Hammers, der auf einen Amboss schlug. Und auf dem Dach der Schmiede: leuchtend rote Schindeln! Pierres Herz raste.

Er ließ das Pferd stehen und ging auf die Frau zu. Da entdeckte sie den Fremden. Mit einer Hand schützte sie die Augen vor der Sonne. Plötzlich stieß sie einen erstickten Schrei aus, schlug die Hände vor den Mund und schwankte leicht. Dann ging sie Pierre langsam entgegen. Als sie einander gegenüberstanden, wusste Pierre nicht so recht, was er tun sollte. Die Frau musterte ihn von oben bis unten und begann zu weinen.

Endlich verstand Pierre. Er erinnerte sich, dass er einst Luna erzählt hatte, dass er seine Eltern nicht kannte, dass er beim alten Bertrand aufgewachsen war. Luna hatte damals gelächelt und gesagt, sie hoffe, dass er seine Eltern eines Tages finden würde. Ob sie schon damals wusste, wo seine Eltern lebten? Mit ihrer letzten Prophezeiung hatte sie ihn zu Vater und Mutter geführt. Diese kleine schlanke Frau mit den braunen Augen und dem zum Zopf geflochtenen schwarzen Haar … sie war seine Mutter. Sie hatten noch kein Wort miteinander gewechselt, und doch wussten beide um die Bande zwischen ihnen. Jetzt stürzten die Tränen auch aus seinen Augen. Sie sanken zu Boden, umarmten sich und weinten vor lauter Freude.

Der Schmied, wohl durch das merkwürdige Heulen aufmerksam geworden, erschien im Garten. Suchend blickte er sich um. Er entdeckte seine Frau und den Fremden, die sich schluchzend in den Armen lagen, und schien zu verstehen. Erst ging er langsam, dann immer schneller zu den beiden hin und schloss sie in seine Arme. Pierre hatte Mutter und Vater, die er nie gekannt hatte, endlich gefunden.

Später erzählten seine Eltern ihm, was damals vor achtzehn Jahren geschehen war. Pierre war gerade ein Jahr alt gewesen, als das Dorf von marodierenden Engländern heimgesucht wurde. Sie raubten alles, was sie zu tragen vermochten, einschließlich einiger Kinder, die sie später zu Geld machten, indem sie sie verkauften. Pierres Vater versuchte noch unter großer Gefahr, die Engländer zu verfolgen, hatte jedoch ihre Spur bald verloren.

Anschließend berichtete Pierre von seinem Leben. Seine Eltern wollte alles ganz genau erfahren. Kein Detail schien ihnen unbedeutend, kein Ereignis nicht erzählenswert. So schilderte Pierre ihnen, wie er beim alten Bertrand und Agnès aufgewachsen war, wie sie ihn zaubern und jonglieren lehrten. Berichtete von seinen unzähligen Reisen, seinen Auftritten auf Marktplätzen und bei Festlichkeiten. Dann gelangte er an den Punkt, als er in Rouen Luna traf, sie befreite und gemeinsam mit ihr, Bruder Raphael, Jeanne und Amicus den bösen Henri zur Strecke brachte. Seine Eltern lauschten den Erzählungen mit offenem Mund. Die ganze Nacht lang redeten und lachten sie miteinander. Als der Morgen graute, legte sich Pierre zum ersten Mal in seinem Elternhaus zu Bett.

EPILOG

In den folgenden Jahren lernte Pierre von seinem Vater das Schmiedehandwerk. Es wurde ein guter Schmied aus ihm, geschickt und kunstfertig. Mit der Zeit wurden seine Arme muskulös und stark, und aus dem schmächtigen Bürschlein wurde ein kräftiger, stattlicher Mann. Doch ein Weib zur Frau nehmen wollte er nie. Obwohl es an ansehnlichen jungen Mädchen nicht mangelte.

Die Jahre vergingen. In einem Herbst starb seine Mutter schnell und unerwartet. Sein Vater folgte ihr ein Jahr später. Fortan führte Pierre die Schmiede allein weiter. Tagsüber arbeitete er, abends saß er entweder im Garten auf einer Bank oder schaute bei Regen aus dem Fenster. Die Bewohner von Ardon hielten ihn für einen sonderbaren Gesellen und blieben fern.

Nur ein junger Knabe aus der Nachbarschaft mit Namen Didier besuchte den wunderlichen Schmied. Sie verbrachten viel Zeit miteinander. Didier half Pierre in der Schmiede und stellte auch so manchen Schabernack an. Die beiden lachten oft und viel miteinander. Hier und da nahm Pierre den kleinen Didier auf den Schoß und berichtete ihm von seinen Abenteuern aus längst vergangenen Tagen. Jedes Mal saß der Knabe mit offenem Mund da und lauschte still.

Drei Jahre später wurde Didier krank. Er starb an einem warmen Frühlingstag. Die Vögel sangen, die Welt herum war bunt und voller Blumenduft. Und Pierre war wieder allein.

Dann, eines Tages, es schneite und die weiße Pracht verdeckte die roten Schindeln, spürte Pierre, dass seine Zeit gekommen war. Schon lang hatte sein Haar die Farbe des Schnees vor dem Haus. Hatte er richtig gerechnet, währte sein Leben nun siebenundachtzig Jahre? Ein wahrlich biblisches Alter. Keiner im Dorf, so viel wusste er, war je so alt geworden. Nun wich das Leben aus ihm wie Wasser aus einem durchlöcherten Eimer. Er räumte die Schmiede auf, putzte Amboss, Hämmer und Zangen, fegte den Boden und die Wände. Anschließend ging er gemächlich ins Haus und verfuhr mit allen Räumen wie mit der Schmiede. Als alles blitzblank war, kochte er die Suppe vom Vortag auf. Er aß wenig und mit geringem Appetit.

Der Abend brach an. Pierre blies die Kerze aus und legte sich ins Bett. Von hier aus konnte er weit hinaussehen. Seine Gedanken kreisten um all die Abenteuer, die er bestanden, und um all die Freunde, die er gefunden hatte. Um Raphael und Jeanne und um Amicus, den tapfersten aller Männer.

Der Schneefall setzte aus, die Wolken zogen weiter und gaben den glitzernden Vollmond frei. Luna, dachte er, ich werde dich auf ewig lieben. »Luna«, flüsterte er, »Luna.« Als er die Augen zum letzten Male schloss, glaubte er gar, ihre Stimme zu hören.

Der zweite Fall von Rotrud von Saulheim am Hofstaat Friedrichs I.

Susanne Kraus
DAS FLAMMENSIEGEL
Historischer Roman
384 Seiten
ISBN-10: 3-404-15491-6
ISBN-13: 978-3-404-15491-3

Crema, 1159: Mit einem riesigen Heer belagert Kaiser Friedrich I., genannt Barbarossa, die italienische Stadt. In der nahe gelegenen Burg San Bassano bangt Rotrud, die Kammerzofe der Kaiserin, um das Leben ihres Gatten Trushard. Als ein Ritter kaltblütig umgebracht wird, ist sie nicht länger bereit, tatenlos zu warten, während Trushard in höchster Gefahr schwebt. Als Mann verkleidet, schleicht sie sich in das kaiserliche Lager. Dort werden die Krieger von mysteriösen Plagen und Todesfällen heimgesucht. Sind es himmlische Zeichen, oder hat ein menschlicher Teufel seine Hand im Spiel? Die Spur führt zu einem dunklen Geheimnis, das die Zukunft des Reiches bedroht …

Bastei Lübbe Taschenbuch

Die Kinder des Gral, das Ende der Kreuzzüge – die abenteuerliche Welt des Peter Berling

Peter Berling
DER KELIM
DER PRINZESSIN
Roman
528 Seiten
ISBN-13: 978-3-404-15539-2
ISBN-10: 3-404-15539-4

Als um 1250 die Kreuzritter des Abendlandes die gefürchteten Mongolen im Kampf gegen den Islam zu Hilfe rufen, ahnen sie noch nicht, dass die Gräueltaten der Mongolen bald schon im eigenen Lager für Entsetzen sorgen. Bagdad und Aleppo sind bereits zerstört, nun steht Damaskus auf dem Plan. Nur eine geheime Bruderschaft, die sich die Versöhnung von Abendland und Orient auf die Fahnen geschrieben hat, kann die Eskalation noch aufhalten: Das junge Königspaar Roc und Yeza, Erben des legendären Gralsgeschlechts sollen die Hoffnungsträger für den Frieden sein. Doch dann sind die beiden Königskinder plötzlich spurlos verschwunden ...

Bastei Lübbe Taschenbuch